La maison secrète

Les disparues de Turquoise Canyon

Piégée par le mensonge

B.J. DANIELS

La maison secrète

Traduction française de
CHRISTINE BOYER

BLACK ROSE

HARLEQUIN

Collection : BLACK ROSE

Titre original :
HARD RUSTLER

HARPERCOLLINS FRANCE
83-85, boulevard Vincent-Auriol, 75646 PARIS CEDEX 13
Service Lectrices — Tél. : 01 45 82 47 47

www.harlequin.fr

ISBN 978-2-2804-1496-8 — ISSN 1950-2753

1

Annabelle Clementine arrêta son élégant cabriolet quelques instants au sommet de la montagne. La gorge serrée, elle considéra le paysage tourmenté qui s'étendait devant elle. Jamais elle n'aurait imaginé revoir un jour ce spectacle grandiose, d'une beauté à couper le souffle. En quittant Whitehorse et le Montana, treize ans plus tôt, elle pensait ne jamais y revenir. En tout cas, elle l'espérait.

La perspective de passer son existence au cœur d'une nature aussi sauvage, dans cet État immense et loin de tout, ne l'avait jamais tentée. Elle préférait les lumières et l'animation des métropoles aux grands espaces qui lui avaient toujours paru synonymes d'ennui mortel et d'isolement. D'ailleurs, elle roulait depuis des kilomètres sans avoir croisé âme qui vive, et aucun village n'était visible à l'horizon, pas même un ranch.

Comme elle repartait, sa jauge à essence se mit à clignoter. Son réservoir était presque vide. Une heure plus tôt, elle s'était arrêtée à une station-service pour faire le plein mais sa carte de crédit ne fonctionnait plus. Elle avait retourné ses poches, fouillé son sac à main, sa boîte à gants, dans l'espoir de trouver quelques pièces ou mieux, un petit billet oublié. Malheureusement, la somme qu'elle avait réunie ne lui avait permis d'acheter que trois ou quatre litres d'essence.

Pourvu que je ne tombe pas en panne sèche avant d'arriver à Whitehorse !

Pour économiser un peu de carburant, elle laissa sa voiture descendre en roue libre vers la rivière du Missouri. Par bonheur, si la neige recouvrait les cimes alentour, la route était bien dégagée. Annabelle se demandait comment elle aurait réussi à conduire sans pneus neige sur des voies verglacées.

Le moteur eut des ratés et elle regarda avec une angoisse croissante sa jauge qui flirtait maintenant avec le zéro. Sans doute parvenait-elle encore à rouler grâce à la réserve. Mais quelle distance pourrait-elle parcourir ainsi ? Et quand il ne lui resterait plus une goutte d'essence, que ferait-elle ? Elle était encore loin de Whitehorse.

Des larmes brûlaient ses paupières mais elle les refoula. Il n'était pas question de se mettre à pleurer. D'accord, tout allait mal. Très mal, même. Mais…

Elle arrivait au bas de la montagne lorsqu'elle aperçut un pick-up arrêté sur le bas-côté de la route, une remorque pour transporter les chevaux attelée à l'arrière. Au simple fait de comprendre qu'un autre être humain se trouvait certainement à proximité — sans parler de la possibilité qui lui était sans doute offerte d'obtenir du carburant —, le cœur d'Annabelle se gonfla d'espérance. Avec un peu de chance, elle réussirait à atteindre Whitehorse…

Mais comme elle approchait du pick-up, elle ne remarqua personne alentour. Son propriétaire était-il parti galoper dans la montagne ?

Se pourrait-il qu'il ait laissé un bidon d'essence dans son véhicule ? se dit-elle, pleine d'espoir.

Seigneur ! songea-t-elle, accablée par la tournure de ses pensées. Pour envisager de voler du carburant, il fallait vraiment qu'elle soit tombée très bas.

Heureusement, elle n'eut pas la possibilité de céder à la tentation parce qu'elle aperçut enfin un cow-boy, de l'autre côté de la camionnette. Le soulagement qui la traversa fut vite balayé par un regain d'angoisse en prenant conscience qu'ils étaient seuls, tous les deux, au milieu de nulle part.

Ne sois pas idiote. La probabilité que ce type soit un tueur en série, un violeur ou un kidnappeur est quand même très faible.

Le moteur hoqueta comme s'il s'apprêtait à rendre l'âme. De toute façon, elle n'avait pas le choix. Elle n'avait pas croisé une voiture depuis des kilomètres. Elle avait vu dans les champs de nombreux troupeaux de vaches et des groupes de chevaux mais pas d'êtres humains. Et il en serait de même jusqu'à Whitehorse, elle le savait.

Dans l'immédiat, elle était donc obligée de demander de l'aide à la seule personne qui avait la possibilité de lui en apporter, en espérant que cet homme était quelqu'un de correct.

Elle se gara près du pick-up.

Détends-toi, ma vieille. Tu vas lui emprunter quelques litres d'essence et repartir en vitesse. Tu n'as vraiment aucune raison de t'en faire.

Elle faillit éclater de rire. Vu la manière dont son existence partait à vau-l'eau, ces derniers temps, elle avait au contraire toutes les raisons de s'inquiéter. Et devoir quémander du carburant à un inconnu était sans doute le cadet de ses soucis.

J'ai déjà touché le fond. Que peut-il m'arriver de pire ?

Elle avait voulu tenter sa chance dans un monde de requins, certaine qu'elle deviendrait quelqu'un, qu'elle trouverait la gloire et la fortune… Elle avait pris des risques et elle s'était trompée. Elle avait joué et perdu. Voilà pourquoi rien n'allait dans sa vie.

Le moteur toussa une dernière fois et se tut.

Maintenant, elle n'avait vraiment plus le choix, se dit-elle en coupant le contact.

Avant de quitter l'habitacle, elle vérifia d'un bref coup d'œil sa coiffure et son maquillage dans le rétroviseur.

Tu es Annabelle Clementine. Tu peux le faire.

La femme dont elle considérait le reflet dans le petit miroir semblait dubitative.

Prenant son courage à deux mains, elle sortit de l'habitacle en veillant à ne pas abîmer ses bottes en cuir — qui lui avaient coûté les yeux de la tête — dans la boue.

— Excusez-moi ! lança-t-elle. J'ai un petit problème et peut-être pourriez-vous m'aider…

Par prudence, elle resta à proximité de sa voiture dont elle avait laissé la portière ouverte. Si ce type devenait menaçant, elle n'aurait qu'un pas à faire pour sauter au volant. Cela dit, sans carburant, elle n'irait pas loin. Mais au moins, aurait-elle la possibilité de s'enfermer dans son véhicule. Dommage d'avoir opté pour un cabriolet, songea-t-elle avec dépit. Lorsqu'elle vivait en Californie, acheter une décapotable lui avait paru judicieux, mais à présent…

Le cow-boy lui tournait le dos et il ne lui avait pas encore accordé un regard. Il semblait très occupé à fouiller l'arrière de son pick-up.

— Excusez-moi ? répéta-t-elle.

Il l'avait forcément entendue. Mais jusqu'ici, il n'avait pas eu la moindre réaction.

Contrainte de s'éloigner de son véhicule, elle s'approcha de lui avec précaution. L'homme qu'elle découvrit alors n'avait rien d'impressionnant, loin de là. Ayant grandi au milieu des cow-boys, elle n'avait jamais compris la fascination qu'ils exerçaient sur certaines femmes. Certes, celui-ci n'était pas mal, même de dos. Grand et large d'épaules, il avait le profil de l'emploi.

Malheureusement, le reste laissait vraiment à désirer. Il avait l'air sale et il semblait avoir dormi dans ses vêtements. Son jean, sa veste et ses bottes étaient couverts de poussière. Il était mal rasé et ses cheveux hirsutes avaient besoin d'une bonne coupe.

Comme s'il avait enfin remarqué son existence, il lui jeta un rapide coup d'œil par-dessus son épaule. Pour protéger ses yeux du soleil hivernal, il portait des lunettes noires et il avait baissé son stetson mais Annabelle parvint à entrevoir brièvement son visage. Sa barbe de plusieurs semaines accentuait son côté crasseux et négligé.

Soit il venait de chevaucher des jours durant en pleine nature, soit il s'agissait d'un vagabond.

Pourquoi s'en souciait-elle ? De toute façon, elle n'avait pas l'intention de l'épouser. Elle n'espérait de lui que quelques litres d'essence.

— Hello ? dit-elle, un peu plus fort.

Cessant enfin de fouiller l'arrière de son pick-up, il se retourna, visiblement à contrecœur.

— Il y a un problème ? demanda-t-il d'une voix rauque.

Elle se rendit compte alors qu'il était en train de nourrir un chien dans sa camionnette. L'animal — qui semblait très jeune, presque un chiot — avait un œil bleu et un œil marron entouré d'une tache noire. Il paraissait aussi sale que son maître.

Annabelle reporta son attention sur le cow-boy qui considérait son cabriolet comme s'il n'en avait encore jamais vu. Il ne devait pas sortir souvent de son ranch.

La nonchalance de cet inconnu l'exaspéra.

— Oui, il y a un problème.

Ne le lui avait-elle pas déjà dit ?

Il souleva le bord de son stetson et il baissa un instant ses lunettes de soleil. Elle aperçut alors des yeux marron qui l'observaient avec curiosité. Sous son regard, Annabelle se sentit presque nue malgré son pull noir en cachemire et son pantalon.

— J'ai oublié d'acheter de l'essence à la dernière station-service, ajouta-t-elle, pressée d'en finir, même si cette réflexion la faisait passer pour une idiote.

Elle n'en était plus là.

— Je me demandais, reprit-elle, si je pourrais vous emprunter quelques litres… De quoi regagner la ville.

— Me les emprunter ? répéta-t-il en riant. Et de quelle ville s'agit-il ?

À contrecœur, elle lui dit où elle se rendait.

— Whitehorse.

— C'est à une heure de route.

Comme si elle l'ignorait !

— Ma voiture consomme plus que je ne le pensais.

Furieuse d'être forcée de s'exprimer comme une écervelée, elle émit un petit rire nerveux. À l'époque où elle gagnait bien sa vie, faire le plein ne lui avait jamais causé de soucis. Elle n'avait pas eu conscience du coût des choses avant d'avoir eu des difficultés à les payer.

L'homme jeta un coup d'œil vers les méandres de la rivière comme s'il réfléchissait à sa requête.

— Je peux sans doute siphonner quelques litres de mon réservoir, répondit-il enfin.

Cette perspective ne semblait pas l'emballer. C'est sans doute pourquoi il restait immobile.

— Cela me rendrait vraiment service, dit-elle en consultant sa montre.

— Vous êtes pressée ? demanda-t-il. Peut-être êtes-vous attendue quelque part ?

— En effet, j'ai un rendez-vous.

— À Whitehorse ?

— Voilà.

À l'abri derrière son chapeau et ses lunettes de soleil, il l'étudia encore un moment avant de soupirer.

— Garez votre voiture près de mon pick-up pendant que je vais chercher un tuyau.

Heureusement, le peu d'essence qui restait dans la réserve du cabriolet suffit à Annabelle pour parcourir ces quelques mètres. Elle coupa le moteur, ouvrit son réservoir et regarda le cow-boy s'approcher de son véhicule à pas lents. Il se comportait comme s'il avait tout le temps devant lui. Sans doute était-ce le cas, d'ailleurs.

En le voyant parler à son chien, elle tapa le sol du pied en soupirant. La patience n'avait jamais été son fort. Il chuchotait pour qu'elle ne puisse entendre ce qu'il racontait à son clebs. Comme si elle ignorait qu'il lui disait du mal d'elle !

Quoi que son maître lui ait confié, l'animal salua ses propos en agitant la queue avec enthousiasme. Visiblement, il trouvait sa réflexion du plus haut comique. Annabelle se consola en songeant que l'animal était sans doute le seul être au monde à supporter la compagnie d'un individu aussi horripilant.

Il fallut dix bonnes minutes au cow-boy pour transvaser de l'essence de son pick-up à sa voiture. Elle se demanda s'il en avait siphonné assez, si elle aurait de quoi rejoindre Whitehorse. Sans doute pas. À cette idée, elle sentit son ventre se nouer.

En tout cas, à présent, elle devait lui proposer de l'argent pour le dédommager de ces quelques litres de carburant. Mais elle n'avait plus de liquide et elle doutait qu'il accepte les cartes de crédit… De toute façon, la sienne était bloquée pour dépassement du découvert autorisé…

Elle décida de profiter du fait qu'il retournait ranger le tuyau dans son pick-up pour filer en « oubliant » de le payer. Certes, un tel comportement était indigne — et même franchement honteux —, mais elle n'avait pas le choix.

La fin justifie les moyens, se répétait-elle depuis des mois. Mais elle ne se sentait pas mieux pour autant.

Tout en actionnant la marche arrière, elle baissa sa vitre.

— Merci beaucoup pour votre aide. Si vous passez un jour par Whitehorse…

Sans attendre sa réponse, elle accéléra, partagée entre la culpabilité et la joie de constater qu'il lui avait donné presque un plein d'essence.

Quand elle se risqua à jeter un coup d'œil dans le rétroviseur, elle vit le cow-boy debout près de son pick-up qui la regardait s'éloigner. Elle se remémora ses yeux bruns qu'elle avait aperçus tout à l'heure. Même à moitié dissimulés sous son vieux stetson, ils lui avaient curieusement semblé presque… familiers.

2

Dawson Rogers retira son stetson et regarda la jeune blonde démarrer en trombe comme si elle avait le diable à ses trousses.

Il passa la main dans ses cheveux.

— Annabelle Clementine.

Dans sa bouche, son nom sonnait comme un juron. Depuis des années, Dawson ne la voyait plus que sur des couvertures de magazines féminins ou des affiches publicitaires — ce qui lui convenait très bien. Il était persuadé qu'il n'aurait plus jamais l'occasion de la croiser en chair et en os. Lorsqu'elle avait quitté le Montana, à la sortie du lycée, elle avait proclamé haut et fort qu'elle n'y remettrait jamais les pieds.

Alors, pour quelle raison revenait-elle à Whitehorse ?

Que son cœur s'emballe encore pour cette fille le rendait furieux. Quand parviendrait-il à tirer un trait définitif sur elle ? Lorsqu'il avait reconnu sa voix derrière lui, il avait d'abord refusé de le croire. Il s'était dit qu'il faisait erreur, que la fatigue lui jouait des tours. Pétrifié, il avait compté jusqu'à dix avant de recommencer. Il avait eu peur de se retourner et de s'apercevoir qu'il s'était trompé. Ou pire, qu'il ne s'était pas trompé.

De nouveau, il jura en se remémorant sa réaction. Il était vraiment le dernier des imbéciles.

Et pourtant, le simple son de sa voix avait fait remonter à sa mémoire tout ce qu'il aurait voulu oublier à jamais. Sa souffrance, d'abord. Annabelle lui avait brisé le cœur en partant. Pire, l'entendre avait suffi à raviver un feu qu'il pensait éteint. Envers et contre tout bon sens, il avait espéré de toutes les fibres de son être qu'il s'agissait bien d'elle. Malgré tout ce qu'elle lui avait fait subir autrefois, l'idée de la revoir avait fait naître en lui une indicible allégresse. Pourtant, il savait bien que cette joie intense serait vite balayée par la froideur et l'indifférence de celle qu'il avait aimée à la folie.

Lorsqu'il s'était enfin décidé à poser les yeux sur elle, il avait senti sa gorge se serrer. C'était bien Anna. En chair et en os. Et plus belle que jamais.

En proie à une ribambelle d'émotions dévastatrices, il la regarda s'éloigner dans la montagne.

— Pourquoi est-elle revenue ? lança-t-il au chiot qui s'approchait pour lui lécher la main.

Pour toute réponse, Sadie remua frénétiquement la queue.

Il ébouriffa la fourrure de l'animal.

— Et pourquoi te le demander ? Tu n'en as aucune idée.

De nouveau, il reporta son attention sur le cabriolet jusqu'à ce qu'il disparaisse dans un virage.

— Elle avait juré qu'elle ne remettrait jamais les pieds à Whitehorse, poursuivit-il. Alors qu'est-elle venue y faire ?

Et dire qu'un bref instant, avant qu'elle ne lui réclame de l'essence, il avait espéré…

Mieux valait ne pas s'y attarder. Dès qu'il s'agissait d'elle, il se berçait d'illusions.

Quand comprendrait-il qu'il n'était rien pour elle ? Quelle qu'en soit la cause, le retour d'Annabelle Clementine à Whitehorse n'avait aucun rapport avec lui.

— Rentrons à la maison, dit-il au chiot.

Dawson n'aurait sans doute pas dû être surpris qu'elle n'ait pas changé. Ses vêtements étaient peut-être plus élégants et plus coûteux que ceux qu'elle portait autrefois, sa voiture aussi. Mais pour lui, elle était toujours la fille qui avait daigné un jour poser ses beaux yeux sur lui…

Malgré sa résolution, il ne cessait de s'interroger. Quelle raison l'avait poussée à revenir dans le Montana ?

Il secoua la tête, se répétant que ça ne le regardait pas. Le mieux était de l'oublier. Il s'y efforçait depuis très longtemps déjà, depuis des années… En vain, apparemment.

Après deux semaines passées dans une réserve de chasse,

il n'aspirait qu'à rentrer chez lui pour prendre une douche chaude et dormir dans un vrai lit. Si une envie pressante ne l'avait pas contraint à s'arrêter au bord de la route et s'il n'en avait pas profité pour donner un petit en-cas à Sadie, eh bien, il n'aurait sans doute pas vu Annabelle. À quoi tenait le destin…

Finalement, la seule chose qui ne l'étonnait pas, se dit-il tout en se réinstallant au volant, était l'attitude dédaigneuse d'Annabelle. Alors qu'il lui avait rendu service, elle l'avait pris de haut, méprisé. Sans doute n'avait-elle gardé aucun souvenir de lui. Après tout, leur histoire remontait à… À combien d'années, déjà ? se demanda-t-il avec un froncement de sourcils.

Treize ans. Un bail.

Et il était certain qu'Anna ne lui avait pas accordé une pensée depuis qu'elle avait quitté la région, après le lycée. Avant de plier bagage, elle lui avait clairement fait comprendre qu'elle n'avait pas l'intention de partager sa vie de péquenaud, qu'ils n'avaient rien à faire ensemble. Puis, elle était partie dans l'espoir de trouver ailleurs la gloire et la fortune.

Tout en roulant vers Whitehorse, Dawson ne cessait d'imaginer ce qui l'avait poussée à retourner dans le Montana. Certainement pas les obsèques de sa grand-mère. Seules ses deux sœurs étaient revenues pour l'occasion. Certes, Chloe et TJ n'avaient fait que passer et étaient reparties juste après l'enterrement, mais au moins s'étaient-elles manifestées. Contrairement à Annabelle. Il secoua la tête. Jamais il n'aurait pensé que la fille dont il était tombé amoureux, il y a si longtemps, se comporterait ainsi. Son attitude était d'autant moins excusable que son aïeule l'avait élevée et adorée…

Avec Annabelle, il s'était trompé sur toute la ligne. Prévoir ce qu'elle allait faire lui était plus difficile encore que de prédire le temps dans le Montana. Il se remémora l'adolescent fou amoureux qu'il était à cette époque. Il avait économisé chaque sou gagné cette année-là pour lui offrir une bague dans l'espoir qu'elle changerait d'avis, qu'elle renoncerait à s'en aller. À ce souvenir, il poussa un grognement.

Enfin, Dieu merci, il n'était plus ce jeune imbécile. Et

voilà pourquoi il se promit de se tenir à distance d'Annabelle Clementine tant qu'elle serait en ville. D'ailleurs, elle n'y resterait certainement pas longtemps. La connaissant, il était sûr qu'elle retournerait en Californie dès que possible pour y retrouver le luxe et les projecteurs dont elle rêvait depuis toujours.

— Ce qui nous va très bien, n'est-ce pas, Sadie ? dit-il à sa petite chienne. Nous n'avons pas besoin d'elle, nous sommes bien tranquilles sans elle et nous n'avons pas envie qu'elle revienne perturber notre existence.

L'animal aboya pour lui signifier son accord.

— Tu n'étais pas née à l'époque mais cette femme a été mon premier chagrin d'amour. J'étais alors si naïf, si crédule. Heureusement, j'ai mûri.

Ses mots sonnaient faux à ses propres oreilles. En se remémorant la quantité de carburant qu'il lui avait donnée, il aurait voulu se gifler. Au lieu de l'aider, il aurait dû la laisser se débrouiller seule. Mais il n'avait jamais été capable de lui refuser quoi que ce soit — même en sachant qu'elle ne l'en mépriserait que davantage. Elle avait toujours estimé qu'elle méritait mieux qu'un rustre comme lui.

Tout en roulant vers le nord, Annabelle s'efforçait d'oublier le cow-boy et son chiot… et sa culpabilité. Elle ne laisserait rien ni personne se mettre au travers de son chemin. Et dès qu'elle aurait achevé ce qu'elle était venue faire dans le Montana, elle s'en irait. Là encore, elle n'avait pas vraiment le choix.

Elle approchait de Whitehorse. À l'origine, les premiers colons s'étaient installés sur les bords de la rivière Missouri. Mais avec l'arrivée du chemin de fer, la bourgade avait migré vers le nord, emportant son nom avec elle. Et désormais, la vieille ville n'était guère plus qu'une ville fantôme.

Cela dit, la nouvelle Whitehorse n'avait rien d'une métropole florissante. Les trains y passaient toujours mais ils ne s'y arrêtaient plus. Whitehorse était devenue un petit village rural du Montana parmi tant d'autres.

Pour quelle raison sa grand-mère avait-elle jeté son dévolu

sur ce trou perdu ? Cela restait un mystère. Mais quand Annabelle et ses deux sœurs s'étaient retrouvées orphelines après la mort de leurs parents dans un accident de la route, elle les avait accueillies à bras ouverts. Annabelle avait donc grandi dans le Montana mais elle n'avait jamais cessé de rêver d'une autre existence.

Tandis qu'elle longeait la rue bordée d'arbres et de grandes maisons qui menait à la rivière Milk, des images de son enfance remontèrent à sa mémoire. D'aussi loin qu'elle se souvienne, elle n'avait eu, enfant, qu'une ambition : s'en aller, quitter ce trou perdu et réussir ailleurs.

La sensation de malaise qui l'habitait depuis des mois revint la tourmenter. Ce n'était pas le moment de mesurer à quel point elle s'était trompée. Certes, elle avait tout raté, tout gâché, mais se miner le moral avant même d'arriver à destination ne servirait à rien.

Redressant les épaules, elle se répéta que tout irait bien. Elle allait se prendre en main et bientôt, elle surmonterait ses échecs, ses déceptions. Comme elle cherchait quelque chose de positif au milieu de ce marasme, elle s'aperçut qu'il lui restait encore beaucoup d'essence. Grâce à ce cow-boy, elle aurait de quoi rouler un petit moment. De nouveau, elle repoussa la culpabilité qui l'assaillait. Si jamais elle le revoyait, elle le rembourserait, se promit-elle.

Elle s'engagea dans la Millionaire's Row, la rue où vivait sa grand-mère, et elle ralentit pour entrer dans la propriété. Comme elle remontait l'allée, elle se rendit compte, non sans surprise, que la grande maison n'avait pas changé — tout comme la ville sans doute. Elle eut soudain l'impression d'être revenue quinze ans en arrière, de n'être jamais partie. Depuis qu'elle avait quitté Whitehorse, tant de choses lui étaient arrivées qu'elle avait pensé plus ou moins confusément que le reste du monde aussi se serait métamorphosé au cours du temps.

Au lieu de quoi, la vieille demeure ressemblait tellement à celle qu'elle avait gardée en mémoire qu'elle s'attendait presque à voir apparaître sa grand-mère Frannie à la porte.

Elle s'arrêta et coupa le moteur. La clé était dans sa poche mais elle n'était pas prête à entrer. Pas encore.

Elle était en avance, constata-t-elle en consultant sa montre. L'agent immobilier n'était nulle part en vue.

Elle en profita pour essayer de se détendre tout en observant la propriété.

La façade avait besoin d'être ravalée, les haies taillées, les feuilles mortes ramassées. Mais en fermant les yeux, elle se revoyait avec ses sœurs buvant de la limonade sous le porche en gloussant comme les écolières qu'elles étaient alors.

Des larmes brûlèrent ses paupières. Dévorée par la culpabilité, elle posa la tête sur le volant. Elle aurait dû se rendre à l'enterrement, se reprocha-t-elle. À l'époque, elle avait estimé qu'elle avait de bonnes raisons pour ne pas assister aux funérailles de son aïeule, mais à présent elle le regrettait.

Pourtant, sa grand-mère aurait certainement compris et ne lui en aurait pas tenu rigueur. Annabelle avait toujours été sa préférée. En tout cas, c'était ce qu'elle lui répétait souvent.

— Tu me ressembles tellement, Annabelle Clementine, que parfois cela me fait peur !

Un doux sourire éclairait alors son visage ridé et elle ajoutait en lui caressant la joue :

— Tu es mon portrait craché, chérie. Quand je te regarde, j'ai l'impression de me voir à ton âge.

— Et voilà pourquoi je suis ta chouchoute, répondait Annabelle.

Sa grand-mère secouait la tête en riant avant de lui dire d'aller jouer dehors.

Pourtant, cette préférence était bien réelle. Sinon, pourquoi Frannie lui aurait-elle laissé cette maison, son seul bien, à elle plutôt qu'à ses trois petites-filles ?

Un petit coup sur la vitre la fit sursauter. Annabelle battit des paupières et il lui fallut un moment pour chasser les souvenirs doux-amers, les regrets et la tristesse qui l'assaillaient.

Mary Sue Linton, l'agent immobilier de Whitehorse, considéra le luxueux cabriolet garé devant la maison et secoua la tête. Elle n'était pas étonnée qu'Annabelle s'affiche au volant de ce genre de véhicule. L'Annabelle Clementine qu'elle connaissait depuis l'école primaire adorait frimer, étaler sa superbe.

En revanche, Mary Sue avait été surprise que son ancienne camarade de classe l'ait chargée de vendre la maison de sa grand-mère. Plus que surprise. Sidérée. Elles n'étaient pas amies autrefois. Au collège et au lycée, elles évoluaient dans des cercles complètement différents, même si l'établissement ne comptait pas beaucoup d'élèves. En vérité, Annabelle ne lui avait sans doute pas adressé la parole plus d'une fois ou deux au cours de leur scolarité. Tout le monde la trouvait prétentieuse.

Avec ses traits fins, son teint de porcelaine, ses cheveux blonds et ses yeux myosotis, sans parler de sa silhouette de rêve que Mary Sue enviait plus que tout, Annabelle avait le profil pour devenir une célébrité. En tout cas, à en croire, les quelques lignes la concernant dans l'annuaire des anciens élèves, toute la ville avait toujours su qu'elle deviendrait quelqu'un. Annabelle n'avait d'ailleurs cessé de le répéter.

Cela dit, elle avait également juré qu'elle ne reviendrait jamais à Whitehorse.

Et elle était là.

Pourquoi avait-elle voulu faire tout ce chemin pour vendre la propriété de sa grand-mère ? Au téléphone, Mary Sue lui avait assuré qu'elle était capable de s'occuper de tout et de lui épargner le voyage. Elle s'attendait à ce qu'Annabelle saute sur l'occasion et accepte avec enthousiasme. Au lieu de quoi, son ancienne camarade avait insisté pour revenir, prétendant qu'elle préférait s'en charger elle-même.

— Si tu ne me fais pas confiance pour t'obtenir un bon prix, avait commencé Mary Sue, tu…

— Ce n'est pas la question, avait coupé Annabelle. Mais il s'agit de la maison de ma grand-mère.

Exact. Sa grand-mère avait en effet été enterrée quelques semaines plus tôt. Toute la ville avait assisté aux funérailles. Les deux sœurs d'Annabelle aussi avaient fait un saut à Whitehorse pour accompagner leur aïeule jusqu'à sa dernière demeure. En revanche, Annabelle n'avait pas honoré la cérémonie de sa présence. Voilà pourquoi Mary Sue avait du mal à croire que cette maison ait une quelconque valeur sentimentale pour elle. Certainement pas.

En tout cas, Annabelle n'avait pas changé, se dit-elle. Elle était encore plus ravissante qu'au lycée, constata Mary Sue, s'efforçant de réprimer un pincement de jalousie.

Comme elle s'apprêtait à donner un autre petit coup sur la vitre, elle surprit Annabelle en train d'essuyer furtivement une larme. Désarçonnée par ce débordement inattendu d'émotions, Mary Sue se demanda si elle ne se trompait pas à son propos. Malgré les apparences, cette fille avait peut-être un cœur, après tout. Peut-être aimait-elle sa grand-mère. Peut-être se souciait-elle de cette propriété, de Whitehorse et des gens qu'elle avait snobés autrefois.

Mais Mary Sue comprit qu'elle se faisait des illusions lorsque son ancienne camarade de classe sortit de son élégant cabriolet en disant :

— Bon, allons-y et tâchons d'en finir au plus vite. J'ai hâte de quitter ce trou paumé.

Dawson descendit son cheval de la remorque et le mena au pré avant d'entrer dans la ferme qu'il avait construite de ses mains. Depuis plus de quinze ans, il travaillait dur sur le ranch familial. Son frère et lui avaient dû aider leur mère à gérer l'exploitation à la mort de leur père. Il était fier de ce qu'il avait accompli.

Annabelle n'était pas la seule à avoir fait son chemin, se dit-il, un peu sur la défensive.

— Manifestement, tu lui en veux toujours, grommela-t-il pour lui-même.

Pourquoi ne cessait-il de repenser à elle ? Tout en roulant vers Whitehorse, il avait tenté de la sortir de son esprit mais il n'y était pas parvenu. Avant de plier bagage, autrefois, Annabelle lui avait fait comprendre qu'elle le considérait comme un plouc et un bon à rien. Ses mots lui étaient restés au travers de la gorge.

Il la revoyait, assise dans son luxueux cabriolet comme une princesse dans son carrosse pendant qu'il la ravitaillait en carburant. Elle n'avait même pas eu la décence de lui accorder un quelconque intérêt pendant l'opération, de lui faire la grâce d'un sourire. Pire, elle ne l'avait pas reconnu.

Avec colère, il repoussa ce souvenir de sa mémoire. Quand Annabelle Clementine avait quitté la ville dans un nuage de poussière, il y a des années, elle lui avait dit qu'elle ne regardait jamais en arrière. Eh bien, aujourd'hui, elle l'avait bien prouvé !

Se remémorer leurs prises de bec d'autrefois mit Dawson en fureur. Il devait arrêter de se torturer inutilement. Il avait surtout besoin d'une douche chaude et de vêtements propres. Mais à la vue de son reflet dans le miroir de la salle de bains, il s'arrêta net et éclata de rire. Lui-même avait du mal à se reconnaître. Après deux semaines à chasser dans les Missouri Breaks, il avait tout d'un vagabond, il fallait bien le dire.

Il considéra son visage fatigué, ses vêtements sales et chiffonnés après des jours à chevaucher, des nuits à dormir à la belle étoile, et il dut avouer qu'il n'était pas surprenant qu'Annabelle ne l'ait pas reconnu. Et sans doute cela valait-il mieux. Le voir avec cette tête de clochard n'aurait fait que la conforter dans l'idée qu'elle avait de lui. Il ressemblait à un raté, à un pauvre type.

Il se déshabilla, ouvrit la cabine de douche et y entra. L'eau chaude lui parut merveilleuse. Il se savonna énergiquement, se lava les cheveux avec force, espérant ainsi chasser les souvenirs d'Annabelle. Mais ses pensées revenaient sans cesse vers elle. Il la revoyait près de la rivière, le soleil jouant dans ses cheveux blonds, vêtue de ce pull et de ce pantalon cigarette noirs qui épousaient chaque courbe de son corps — un corps qu'il avait si souvent caressé. Avec un grognement, il actionna le robinet d'eau froide.

Il s'essuya à l'aide d'une serviette-éponge avant de regarder de nouveau son reflet dans le miroir. Était-il vraiment possible qu'elle ne l'ait pas reconnu ? Il s'empara de son rasoir en se disant que cela n'avait pas d'importance.

Menteur !

Avec un juron, il s'avoua qu'il se racontait des histoires depuis des années à propos d'Annabelle Clementine, à propos des sentiments qu'il nourrissait pour elle depuis le jour où il avait fait sa connaissance. Du haut de ses cinq ans, elle avait voulu alors s'aventurer dans une cabane que Dawson avait construite avec un ami dans un arbre… Avant de se rendre compte qu'elle était incapable de redescendre toutc seule. Il était venu à son secours et il lui avait permis de retrouver la terre ferme en toute sécurité.

Et il l'avait de nouveau sauvée aujourd'hui, pensa-t-il avec amertume. Décidément, il n'avait pas tiré les leçons de ses erreurs passécs.

Annabelle sortit la clé de sa poche et ouvrit la porte, Mary Sue Linton derrière elle. Avec une profonde inspiration, elle entra, se préparant à affronter une nouvelle vague de souvenirs douloureux. Au lieu de quoi, le spectacle qu'elle découvrit la pétrifia.

Mary Sue secoua la tête.

— On ne peut pas vendre la maison dans cet état ! s'exclama-t-elle.

Annabelle n'en croyait pas ses yeux. La vieille demeure était pleine à craquer d'objets hétéroclites, c'était un véritable capharnaüm. Manifestement, sa grand-mère n'avait jamais rien jeté. Au fil des ans, elle avait amassé des dizaines de bibelots, des centaines de vieux journaux et de magazines, des tas de vêtements de toutes sortes. Annabelle avait plus l'impression d'être au milieu d'un vide-greniers que dans une maison. Et tout ce bazar était bon à mettrc à la poubelle.

— Que vais-je bien pouvoir faire de tout ça ? demanda-t-elle. À cette époque de l'année, difficile de trouver un vide-greniers. Et de toute façon, personne n'aurait envie d'acheter ces cochonneries.

Novembre touchait à sa fin. Noël n'était que dans quelques semaines.

Mary Sue haussa les épaules.

— Peut-être devrais-tu embaucher quelqu'un pour t'aider.

À mon avis, rien n'intéressera le brocanteur de la ville. Mais peut-être seras-tu contente de garder quelque chose… en souvenir.

— Non.

— J'allais te suggérer de mettre ce que tu souhaites conserver dans un garde-meubles.

Tout en passant de pièce en pièce, Annabelle secoua la tête.

— À quoi bon ?

— Dans ce cas, je connais quelques personnes qui accepteraient peut-être de te donner un coup de main pour emporter tout ça à la déchetterie.

— Combien de temps faudra-t-il pour vider cette maison ? J'ai besoin de la mettre en vente au plus vite.

Mary Sue sur les talons, elle longea les couloirs. Elles finirent par atteindre ce qui avait été autrefois une chambre mais qui ressemblait plus à un entrepôt dans lequel une bombe aurait explosé.

— Il n'est pas normal d'accumuler tant de choses et de vivre dans un tel désordre, déclara Mary Sue. On dirait que cette pièce a été mise à sac.

En effet, quelqu'un avait éventré toutes les boîtes et les cartons pour répandre leur contenu sur le sol. Mais qui ? Frannie avant sa mort ? Ses sœurs lorsqu'elles étaient revenues pour l'enterrement ?

— Regarde la fenêtre, balbutia soudain Mary Sue d'une voix blanche en attrapant le bras d'Annabelle.

Manifestement terrifiée, elle lui enfonça les ongles dans la peau et Annabelle poussa un cri de douleur.

— Aïe !

Se dégageant brusquement, elle se fraya un chemin vers la fenêtre, qui était entrouverte, la moustiquaire déchirée.

— Elle a été forcée.

Derrière elle, Mary Sue laissa échapper un gémissement de frayeur.

— Quelqu'un est entré par effraction.

Elle avait raison, même si Annabelle avait du mal à imaginer pourquoi quelqu'un aurait voulu s'introduire chez sa grand-mère.

Elle se tourna vers Mary Sue.

— Qui que ce soit, l'intrus n'est plus là, dit-elle. Allons voir là-haut. Peut-être est-ce mieux rangé.

Malheureusement, le même chaos régnait à l'étage. Toutes les pièces étaient dans un bazar indescriptible, y compris l'ancienne chambre de Frannie.

Lorsqu'elles redescendirent, Annabelle retourna dans celle qu'elle-même occupait autrefois, au rez-de-chaussée. Elle semblait moins en désordre que les autres. Ouvrant les placards, elle y trouva des vêtements qui avaient sans doute appartenu à sa grand-mère. En prenant de l'âge, Frannie avait préféré s'installer en bas, peut-être pour ne pas risquer de tomber dans l'escalier.

De son côté, Mary Sue inspectait la cuisine, ouvrait le réfrigérateur.

— À mon avis, tout est périmé là-dedans.

— Je vais commencer par vider et nettoyer l'une des pièces du bas pour pouvoir y vivre pendant mon séjour, annonça Annabelle en la rejoignant.

Elle allait s'installer dans la chambre où elle dormait lorsqu'elle était jeune, se dit-elle.

Mary Sue ne parut pas l'entendre. Les sourcils froncés, elle regardait le bloc-notes qu'elle tenait à la main.

— Qu'y a-t-il ? demanda Annabelle. Un problème ?

— Non, pas vraiment. Mais c'est étrange. Le service des Archives du palais de justice m'a envoyé des plans de la maison, dit-elle en brandissant des feuillets. Et cette cloison ne devrait pas être là.

— Comment ça ?

— D'après les plans, un enfoncement se trouve à cet endroit. Une alcôve.

— Une alcôve ? Peut-être est-elle cachée derrière tout ce bazar.

Le visage de Mary Sue s'assombrit davantage encore.

— Te souviens-tu avoir vu un renfoncement dans cette cuisine quand tu étais petite ?

Comment aurait-elle gardé en mémoire un détail de ce genre ? se demanda Annabelle.

— Pas du tout. Les plans doivent être faux.

— Non, c'est impossible. Ta grand-mère avait acheté cette propriété lorsqu'elle avait une vingtaine d'années. Ce qui signifie qu'elle y a vécu…

— Elle avait soixante-seize ans quand elle y est morte. Elle y a donc vécu plus de cinquante ans.

Annabelle n'avait mesuré le temps que Frannie avait passé à Whitehorse qu'en lisant la rubrique nécrologique qu'une de ses sœurs lui avait envoyée. Chloe ne lui avait pas fait parvenir le texte par bonté d'âme. Ce n'était pas son genre. Chloe et Tessa Jane — TJ — s'efforçaient de la culpabiliser parce que leur grand-mère lui avait légué sa demeure et qu'elles s'estimaient lésées… Sans parler du fait qu'Annabelle ne s'était pas rendue aux obsèques.

— Frannie avait fait l'acquisition de cette maison peu de temps après sa construction, poursuivit Mary Sue. À mon avis, si quelqu'un avait entrepris des aménagements intérieurs et modifié la structure initiale du bâtiment, il s'agissait forcément d'elle. Mais pourquoi aurait-elle muré une alcôve ? Je me demande bien ce qu'il y a derrière cette cloison…

— Tu me donnes la chair de poule ! s'écria Annabelle. On t'a manifestement fait parvenir les plans d'une autre baraque. J'imagine qu'il y en a beaucoup qui sont bâties sur le même modèle dans cette rue, non ?

Mary Sue hocha la tête mais elle ne semblait pas convaincue.

— Je demanderai aux Archives de vérifier les plans mais tu reconnaîtras que, s'ils sont bons, il est plus que curieux de condamner une alcôve, d'autant que…

— Tu as trop d'imagination. Tu connaissais ma grand-mère.

En levant un sourcil, Mary Sue fit remarquer :

— Frannie racontait toujours que son mari était mort avant qu'elle n'emménage à Whitehorse. Mais si…

— Tu délires ! Penses-tu vraiment que le cadavre de mon grand-père soit emmuré là-dedans ?

— As-tu vu la pièce *Arsenic et Vieilles Dentelles* ?

— Frannie était l'une des femmes les plus gentilles et les plus généreuses de la ville. Elle n'aurait pas fait de mal à une mouche.

Haute comme trois pommes, sa grand-mère avait toujours fait preuve d'une grande bonté. Elle aimait les enfants, les vieux objets et la cuisine. Et toute sa vie, qu'il neige, qu'il pleuve ou qu'il vente, elle s'était rendue au temple le dimanche pour assister à l'office.

Annabelle voyait bien que Mary Sue s'amusait à l'effrayer. Était-il surprenant qu'elles n'aient pas été amies au lycée ?

Son ancienne camarade de classe s'efforça de dissimuler un sourire.

— Certes, mais savais-tu que, depuis sa mort, les gamins du quartier prétendent que sa maison est hantée ?

— C'est ridicule. Ce n'est pas parce que Frannie y est morte que…

Annabelle essaya de réprimer le frisson qui la traversait. Si l'une de ses voisines, la vieille Inez Gilbert, n'était pas venue rendre visite à sa grand-mère, le corps de la malheureuse aurait pu rester dans ce capharnaüm pendant des jours, des semaines peut-être. Cette pensée ne fit rien pour améliorer la situation.

— Le soir d'Halloween, certains d'entre eux prétendent qu'ils ont vu un fantôme qui se déplaçait à l'étage. Ils ont raconté qu'il ressemblait à une vieille femme vêtue de blanc et…

— Arrête !

Annabelle en avait assez. La demeure était assez effrayante comme ça, avec ce bazar accumulé dans toutes les pièces. Elle n'avait vraiment pas besoin que son ancienne camarade en remette une couche.

— Il s'agissait sans doute d'Inez, la voisine d'à côté. Elle a toujours aimé fouiner à droite à gauche.

Si Mary Sue pensait pouvoir lui faire peur avec ses théories fumeuses, elle se trompait. Elle ignorait ce qui était vraiment terrifiant, dans l'existence. Annabelle le savait, elle. Elle avait perdu le travail de ses rêves, un mode de vie merveilleux et elle avait été contrainte de revenir dans cette ville et de se replonger dans les souvenirs qui y étaient attachés.

— La maison n'est pas hantée. Il n'y a jamais eu d'alcôve dans cette cuisine et…

Mary Sue tapota ses feuillets.

— Mais les plans…

— En tout cas, l'alcôve n'est plus là et c'est tout ce qui m'importe. J'ai besoin de vider ce bazar et tu dois trouver un acheteur pour cette propriété. Le reste, je m'en moque. Contente-toi de me donner les noms des personnes susceptibles de m'aider à tout nettoyer.

Dans l'immédiat, Annabelle avait surtout besoin d'un peu d'air frais. Elle sortit sous le porche, laissant la porte se refermer derrière elle. Elle s'était doutée que revenir ici ne serait pas facile mais son retour se révélait plus douloureux encore qu'elle ne l'avait imaginé. Les souvenirs, la disparition de cette alcôve, sans parler de cet indescriptible capharnaüm… Elle avait assez de soucis pour ne pas en rajouter avec des élucubrations d'adolescents qui se plaisaient à imaginer des fantômes.

Le temps pressait, pensa-t-elle en considérant son cabriolet, dernier vestige de sa vie passée avec les vêtements qu'elle portait. Elle devait impérativement vendre cette maison.

Mary Sue serra les mâchoires. Annabelle finissait par l'exaspérer.

— Décidément, elle n'a pas changé, marmonna-t-elle entre ses dents. Fais ci, fais ça… Elle me prend pour sa bonne.

Elle promena les yeux autour d'elle, revenant toujours vers la cuisine et l'alcôve manquante.

— J'espère qu'il y a un cadavre emmuré là-dedans — et un fantôme vengeur qui déteste les blondes, ajouta-t-elle à mi-voix. Ce serait bien fait pour Annabelle.

Elle se sentait coupable — mais un peu, seulement — d'essayer d'effrayer son ancienne camarade de classe. Cela dit, la disparition de l'alcôve la perturbait réellement. Des années durant, sa mère avait été agent immobilier à Whitehorse. Peut-être Mary Sue lui demanderait-elle si elle savait quelque chose à propos de cette maison. La propriété des Clementine était située sur une artère où se trouvaient beaucoup d'autres grandes et belles demeures, et voilà pourquoi les habitants l'appelaient « The Millionaire's Row », la rue des millionnaires.

Mary Sue longea le porche et elle contempla le grand terrain qui s'étendait à l'arrière jusqu'à la rivière Milk. À quelques mètres se dressait un vieux garage en ruine.

— Son mauvais état fera baisser le prix de vente, dit-elle en désignant la structure délabrée avant de noter quelque chose sur une feuille de son bloc-notes.

À travers les arbres à moitié nus en cette fin d'automne, une partie du toit du manoir voisin était visible. Il y avait vraiment de très belles maisons dans cette rue, protégées des regards indiscrets par de magnifiques cèdres, de grands érables et d'immenses pelouses.

— Bon, je crois que nous avons fait le tour, conclut Mary Sue, en se tournant vers Annabelle qui semblait perdue dans ses pensées. À quel numéro puis-je te joindre ?

— Tu as mon numéro de portable et tu sais où me trouver. Je serai ici.

— Ici ? s'écria Mary Sue, incapable de masquer sa surprise.

Annabelle se retourna pour la dévisager.

— Pour quelles raisons n'y resterais-je pas ?

— Aucune mais…

Se souvenant du bazar qui encombrait toutes les pièces, du fait que Frannie y était morte, sans parler de l'alcôve murée, Mary Sue frissonna.

Si, un peu plus tôt, elle avait voulu effrayer Annabelle, elle devait reconnaître que la vieille demeure la mettait mal à l'aise. Peut-être était-elle peureuse, mais elle n'y aurait séjourné pour rien au monde. D'autant que quelqu'un avait cassé une fenêtre pour y entrer par effraction et était susceptible de revenir.

Elle le dit à Annabelle qui balaya cette hypothèse d'un haussement d'épaules.

— Il s'agissait sûrement de gamins. Tu sais comment sont les adolescents. Ils aiment jouer à se faire peur…

— Je pensais que tu préférerais aller à l'hôtel comme tes sœurs lorsqu'elles étaient venues pour l'enterrement.

Annabelle poussa un cri de colère.

— Elles ne sont donc pas restées ici ? Voilà pourquoi elles n'ont rien emporté ou presque. Je pensais qu'elles avaient mis tout sens dessus dessous en cherchant quoi prendre. Mais apparemment, rien ne les intéressait. C'est toi qui les as fait entrer, non ?

Mary Sue se demanda si Annabelle allait lui en faire le reproche.

— Oui, mais je ne les ai pas accompagnées à l'intérieur. J'étais seulement chargée d'ouvrir la porte et de m'assurer qu'elle était bien verrouillée après leur départ. Je ne me serais pas sentie à l'aise de pénétrer dans la maison sans toi.

— Tu penses qu'elles ont pris quelque chose ?

— Je n'en ai pas l'impression, répondit Mary Sue avec une grimace. Elles ne se sont pas éternisées à l'intérieur. Ensuite, elles se sont assises sur les marches extérieures pendant un petit moment, puis elles sont parties. D'après ce que j'ai vu, elles n'ont emporté que quelques photos encadrées.

Annabelle semblait sur le point d'exploser.

— J'aurais dû me douter qu'elles ne seraient d'aucune utilité. Eh bien, puisque c'est ainsi, elles n'auront rien ! Tant pis pour elles. De toute façon, il n'y a rien dans cette baraque qui vaille la peine d'être gardé. D'après ce que j'ai vu, il faudra tout mettre à la déchetterie. As-tu appelé les personnes dont tu m'as parlé ?

Son ton exaspéra encore plus Mary Sue qui s'efforça pourtant de ne pas envenimer la discussion.

— Tu sais que demain nous fêtons Thanksgiving, n'est-ce pas ? demanda-t-elle. Et après-demain, c'est Black Friday. Tout le monde se rendra à Billings dans l'espoir de faire de bonnes affaires.

Située à trois heures de route de Whitehorse, Billings était la plus grande ville du Montana. Mary Sue avait l'intention d'aller y faire du shopping avec des amies. Elles passeraient la nuit à l'hôtel et elles profiteraient de l'occasion pour s'offrir un petit week-end entre copines.

— Et donc ?

— Et donc il va être difficile de trouver quelqu'un pour te

donner un coup de main, répondit-elle. Mais je vais essayer. Laisse-moi passer quelques coups de fil.

Son téléphone à la main, elle descendit les marches du perron et remonta l'allée jusqu'à sa voiture. Même s'il gelait dehors, elle n'avait pas envie de retourner dans la maison. Elle ne voulait pas non plus qu'Annabelle entende ses conversations. Elle se doutait que, lorsqu'elle leur apprendrait pour qui ils devraient travailler, les gens qu'elle contacterait rechigneraient à venir.

Quelques instants plus tard, elle regagna le porche sous lequel Annabelle faisait les cent pas. Elle avait l'air frigorifiée ce qui n'était pas étonnant vu la façon dont elle était habillée — absurde pour le Montana. Mary Sue devina qu'elle non plus n'était pas pressée de retourner à l'intérieur.

— Deux hommes sont prêts à t'aider pour trente dollars de l'heure.

— Trente dollars de l'heure ? Je ne leur demande pas de reconstruire la maison.

Annabelle calcula mentalement le nombre d'heures de travail nécessaire pour vider la vieille demeure.

— Laisse tomber, dit-elle finalement avec un soupir. Je vais tout emballer moi-même. Où puis-je dénicher des cartons ?

— Au centre de recyclage. Mais tu n'en mettras pas beaucoup dans ta voiture. Tu es sûre de ne pas vouloir…

— Je me débrouillerai.

— D'accord, mais lorsque tu auras tout empaqueté, tu auras besoin d'un camion pour aller au dépotoir ou chez le brocanteur.

— Je m'en occuperai quand tout sera prêt.

— Sinon, j'ai d'autres solutions…

Et lesquelles ? Après tout, si Annabelle était trop radine pour embaucher des gens capables de l'aider, c'était son problème.

D'un geste de la main, Annabelle la congédia.

— Cela ira, merci. Salut, Mary Sue ! Je ne retiens pas, j'ai du travail.

— Très bien, je m'en vais. Tu m'appelleras quand la propriété sera prête à être mise en vente, répondit-elle, préférant ne pas lui faire remarquer qu'un grand ménage semblait également indispensable.

Une ou deux couches de peinture dans les chambres ne seraient pas du luxe non plus. Mais elle sentait qu'Annabelle n'était pas prête à l'entendre, dans l'immédiat.

De toute façon, Mary Sue avait hâte de parler à sa mère. Alors qu'elle se dirigeait vers sa voiture, son bloc-notes à la main, elle essaya de se convaincre que le palais de justice lui avait envoyé par erreur le plan d'une autre maison.

Mais au fond d'elle-même, elle savait que ce n'était pas le cas. Frannie avait muré l'alcôve de la cuisine. Mais pour quelle raison ? Et qu'y avait-il derrière cette cloison ?

— Vous ne devriez pas être en train de dormir à cette heure-ci ? demanda l'infirmière de nuit depuis la porte de la chambre.

Bernard McDougal, alias « Bernie the Hawk » — le faucon —, lui décocha le sourire qui faisait craquer les femmes depuis toujours. Même à quatre-vingt-neuf ans, le vieux gangster était encore capable de faire rougir une fille d'Ève d'un clin d'œil ou d'un sourire.

— Je finis un petit travail et je vais me coucher, répondit-il depuis son bureau.

Il attendit qu'elle s'éloigne pour reprendre les ciseaux.

Il tira la coupure de journal vers lui, encore sous le choc de sa découverte. Depuis des années, il avait l'habitude de consulter les avis de décès en ligne, s'intéressant en particulier à ceux concernant les femmes d'un certain âge. Dès qu'il avait vu celui-ci, il l'avait imprimé mais la résolution n'étant pas bonne, il avait demandé au journal qui l'avait publié — *The Milk River Courrier* — de lui en envoyer un exemplaire papier.

L'hebdomadaire était arrivé dans l'après-midi pendant sa sieste. Quand il s'était réveillé, il s'était jeté dessus. À l'intérieur, il avait trouvé l'édition complète du journal de la semaine, relatant les événements survenus à Whitehorse, un village du Montana.

Maintenant, Bernie étudiait avec attention le visage de la morte, le portrait illustrant le faire-part de décès. La photo ne lui rendait pas justice. Celle qu'il avait vue sur Internet était plus flatteuse.

Mais aucun cliché de sa Baby Doll ne pouvait rivaliser avec la femme de chair et de sang qu'elle avait été — surtout quand elle était jeune. Sa poupée était ravissante, sublime, une véritable déesse. Et ses yeux de vrais joyaux. Autrefois, tous les hommes se retournaient sur son passage, éblouis. Elle les rendait fous.

En tout cas, elle lui avait fait perdre la tête, songea-t-il avec un juron. Il aurait fait n'importe quoi pour elle. Il *avait* fait n'importe quoi.

Sa beauté n'était pas le seul de ses charmes, se remémora-t-il. Il avait également aimé son franc-parler. Elle n'avait jamais eu peur de lui ni de ses sbires. Ils ne l'impressionnaient pas. Dotée d'une langue bien acérée, elle était capable de briser un homme en trois phrases assassines.

Il se mit à rire. Au premier regard, il était tombé fou amoureux d'elle. Il était prêt à l'épouser, à l'époque, mais elle n'avait jamais voulu en entendre parler. Elle tenait à sa liberté, disait-elle. Elle avait toujours cultivé un certain mystère autour d'elle. Il n'avait jamais su son nom, par exemple. Il l'avait rencontrée dans un restaurant qu'il affectionnait particulièrement, situé en haut d'un gratte-ciel de New York. Un soir, il y avait organisé une petite fête. Elle et sa copine n'étaient pas invitées mais elles avaient réussi à s'incruster. Bernie avait hésité à les virer manu militari mais cette fille avait quelque chose qui avait tout de suite retenu son attention.

Toute la soirée, elle avait flirté avec lui mais elle avait refusé de lui dire qui elle était, comme si elle craignait qu'il appelle son papa pour lui demander de venir la chercher afin de la ramener à la maison. Alors qu'il n'avait évidemment jamais eu l'intention de faire une chose pareille.

— D'accord, lui avait-il dit. Tu veux jouer les timides ? Alors tu seras ma poupée, ma Baby Doll.

— Ta poupée ? Cela me plaît.

Elle n'avait pas dix-sept ans lorsqu'il avait fait sa connaissance. Elle était donc mineure. Comme si ce genre de détails avait été susceptible de l'arrêter. Bernie avait toujours eu la réputation de savoir ce qu'il voulait et d'avoir l'habitude de l'obtenir. Mais Baby Doll aussi, comme il n'allait pas tarder à l'apprendre.

Revenant au présent, il découpa avec précaution la photo. Bernie aimait faire les choses correctement, soigneusement. Ce qui lui avait sauvé la vie plus d'une fois et qui l'avait surtout empêché de finir derrière les barreaux.

En regardant les yeux de la morte, il se souvint de tout. C'était bien sa poupée. Aucun doute là-dessus. Par le passé, il avait souvent cru l'avoir retrouvée. À tort. Mais cette fois… Il était certain qu'il s'agissait d'elle.

Il aurait aimé trouver un portrait d'elle quand elle était plus jeune mais il n'y avait rien sur Internet. Depuis des années, Francesca Marie Clementine avait évidemment veillé à ne pas se faire photographier, à ne pas attirer l'attention sur elle. Qu'elle ait cherché à faire profil bas était une preuve supplémentaire que cette Francesca était bien sa poupée.

Oh ! ces magnifiques yeux myosotis…

Il n'avait jamais connu une femme de cette trempe. Elle savait rendre un homme fou de désir. Il avait compris très vite qu'il ne se lasserait jamais d'elle. Il lui avait demandé de l'épouser des dizaines de fois.

Il secoua la tête. Alors qu'il ne la connaissait qu'à peine, il avait cru pouvoir lui faire confiance. Il lui avait parlé de sa vie, de ses secrets et… de son butin. Une grave erreur.

Il avait été le dernier des imbéciles, se disait-il en découpant la photo du journal. Il avait fait confiance à une femme qui, elle, ne lui avait même pas confié sa véritable identité.

— Allez, ma poupée, dis-moi ton nom, disait-il pour la taquiner. Nous ne pouvons pas nous marier tant que je ne sais pas qui tu es.

Elle lui décochait chaque fois un sourire timide.

— Oh ! tu sais très bien qui je suis. Je suis la poupée de Bernie McDougal. Cela suffit. Pour le moment.

Et il avait cédé, accepté qu'elle ait des secrets, qu'elle ne veuille pas l'épouser. Comment aurait-il pu lui refuser quoi que ce soit ? De son côté, il lui avait tout donné. Pour elle, il organisait des soirées grandioses où le champagne coulait à flots, il la couvrait de fourrures, de diamants, de robes. L'argent lui brûlait les doigts. Rien n'était trop beau pour elle.

Elle l'avait roulé dans la farine, depuis le début, pensa-t-il.

Maintenant, plus de cinquante ans plus tard, il était capable de l'admettre. À l'époque, il l'avait crue jeune et naïve. Il s'était bien fait avoir !

Le faire-part de décès était bref mais il fournissait quelques informations utiles, comme l'endroit où elle avait vécu toutes ces années et l'identité de ses trois petites-filles, Annabelle Clementine, Tessa Jane Clementine (TJ St. Clair) et Chloe Clementine. Sa poupée n'avait pas de mari. Il n'en fut pas surpris.

Il avait dû consulter Internet pour localiser la ville. Whitehorse, un petit village perdu au fin fond du Montana. Il avait été étonné que sa poupée soit allée s'enterrer là-bas, en pleine montagne. Il avait imaginé qu'elle était partie vivre à Paris ou à Londres, ou même à New York, là où tout avait commencé. C'est la raison pour laquelle il l'avait cherchée sur les visages de toutes les femmes qu'il avait croisées pendant toutes ces années.

Mais sa Baby Doll n'avait jamais cessé de le surprendre, n'est-ce pas ? Il n'arrivait toujours pas à croire qu'elle ait réussi à lui échapper. Il avait envoyé ses sbires à sa recherche, plusieurs de ses associés aussi. Sa jolie petite tête avait été mise à prix. Mais cela n'avait rien donné, ils étaient tous revenus bredouilles. Comme si elle avait disparu de la surface de la terre.

Il la retrouvait enfin, mais trop tard. Elle était morte. Ce qui signifiait qu'elle avait sans doute emporté ses secrets dans sa tombe. Cette idée le remplit de tristesse. Il aurait aimé revoir une dernière fois ses beaux yeux… avant de la tuer.

Il prit sa photo et l'épingla sur le mur à côté de son bureau. Alors qu'il s'apprêtait à jeter le reste du journal, son regard tomba de nouveau sur le nom de Clementine.

Cette fois, il s'agissait d'une annonce immobilière. Il se mit à rire. Logique. Elle avait vécu dans une maison qui était maintenant à vendre. Une maison où elle avait gardé ses trésors… Il s'ordonna de ne pas s'emballer tout en cherchant frénétiquement son téléphone portable, même s'il était encore tôt dans le Montana.

La propriété de Francesca… Pourquoi n'y avait-il pas songé tout de suite ? Sa Baby Doll n'avait pas été enterrée avec le butin. À condition, bien sûr qu'elle ne l'ait pas dilapidé de son vivant. Peut-être — sans doute — avait-elle tout claqué depuis longtemps. Mais peut-être pas. Il n'y avait qu'une seule façon de le savoir.

Il composa le numéro de l'agent immobilier qui avait publié l'annonce. Le journal datait d'une semaine. La propriété était peut-être déjà vendue.

Une dénommée Mary Sue Linton répondit à la troisième sonnerie.

— J'appelle à propos d'une maison à vendre à Whitehorse, dit-il. Celle de feu Mme Clementine, si ma mémoire est bonne.

— En effet. Ce bien vient d'être mis sur le marché. Que puis-je vous dire à ce sujet ?

Il avait la photo de la vieille demeure devant lui. Il n'aurait jamais imaginé sa poupée dans ce genre d'endroit. Pourquoi avoir été s'enterrer dans ce trou perdu ? Au fond, tout se résumait aux questions qui le hantaient depuis toutes ces années. Pourquoi l'avait-elle quitté ? Pourquoi s'enfuir comme elle l'avait fait — et pourquoi s'être installée dans ce patelin loin de tout ?

Ce qui le conduisait à sa deuxième grande interrogation. Qu'avait-elle fait du trésor qu'elle lui avait volé ?

— J'aimerais envoyer quelqu'un pour la visiter dans les prochains jours, reprit-il. Est-ce possible ?

— Elle n'est pas tout à fait prête à être montrée.

— Vraiment ? Je me fiche de l'état dans lequel elle se trouve.

— Quelqu'un de la famille est en train de tout nettoyer. J'ai peur que Frannie y ait amassé beaucoup d'affaires… Elle gardait tout. Mais la maison sera vidée dans quelques semaines.

Frannie ?

— Vous dites que quelqu'un de sa famille est en train de la nettoyer ?

— Sa petite-fille, Annabelle.

Le vieux cœur de Bernie battait fort dans sa poitrine. Et si cette Annabelle avait déjà balancé le butin par inadvertance ? Il fallait à tout prix empêcher une telle catastrophe.

— Je reviendrai alors vers vous, poursuivait l'agent immobilier.

— Ce serait formidable.

Le vieux gangster raccrocha et appela son neveu.

— J'ai besoin de te voir. Tout de suite.

À nous deux, Baby Doll, songea-t-il en raccrochant.

Sa poupée croyait l'avoir roulé en beauté. Mais elle se retournerait sous peu dans sa tombe. Quant à sa petite-fille, elle n'allait sans doute pas tarder à rejoindre Frannie dans le caveau familial…

3

Dawson n'était pas revenu dans le quartier de la propriété des Clementine depuis des années. Après s'être lavé et rasé, il avait décidé de se rendre à Whitehorse. Son frère lui avait proposé de prendre un verre au Mint Bar. Luke voulait savoir comment s'était passée sa chasse. Avant de s'installer au volant, Dawson s'était interdit d'approcher de la maison de la grand-mère d'Annabelle mais il s'aperçut soudain qu'il se trouvait sur la Millionaire's Row. À croire que son pick-up agissait de son propre chef.

À une époque, il vivait pratiquement dans cette rue. Son meilleur ami habitait à deux pas de chez Frannie Clementine. Tous deux avaient construit une cabane dans les arbres, et un jour Annabelle y avait grimpé.

Elle n'avait pas montré beaucoup de gratitude quand il l'avait sauvée, se rappela-t-il avec un rire amer.

Il ralentit, surpris de prendre conscience qu'il n'était pas retourné dans cette partie de la ville depuis des lustres. Son meilleur ami avait déménagé dans un autre État, et une fois Annabelle partie…

La demeure des Clementine, érigée sur un immense terrain, était entourée d'érables, de cèdres et de pins. La rivière Milk longeait l'arrière de la propriété. Le vieux garage, conçu pour abriter une seule voiture, semblait sur le point de s'écrouler.

Dawson se gara de l'autre côté de la rue. À la vue du panneau « À VENDRE », planté devant le perron, il hocha la tête. Mystère résolu, songea-t-il. Voilà, bien sûr, qui expliquait le retour d'Annabelle à Whitehorse. Elle avait l'intention de se débarrasser de la maison — la seule chose qui l'attachait encore au Montana — maintenant que sa grand-mère était morte.

Se sachant invisible derrière les branches protectrices d'un grand cèdre, il laissa le moteur tourner et observa les lieux de loin. Il s'interrogeait sur le prix d'une demeure comme celle-ci quand une femme vêtue d'un jean, d'un sweat-shirt de couleur criarde, et coiffée d'un bandana, en sortit, les bras chargés d'un grand carton. Elle le posa sous le porche, près de l'allée. Même à distance, il voyait qu'elle était couverte de poussière. Annabelle avait donc embauché une aide, se dit-il. Il n'en fut pas étonné.

Comme elle se redressait en se frottant les reins, une mèche de cheveux blonds s'échappa de son foulard et il la reconnut. *Annabelle ?* Il eut envie de se pincer.

Voir une top model attifée comme un épouvantail avait quelque chose de risible et, un bref instant, Dawson fut tenté de la prendre en photo avec son téléphone portable. Mais il se doutait qu'elle en serait horrifiée. Il l'avait à peine reconnue. Et il était certain qu'elle n'avait jamais effectué ce genre de travail de toute sa vie. Pour elle, il s'agissait forcément d'une première. En tout cas, elle ne vidait sûrement pas la maison toute seule. Quelqu'un devait l'aider.

Pourtant, en promenant les yeux autour de lui, il se rendit compte que le seul véhicule garé à proximité était son cabriolet. Et personne d'autre ne sortit de cartons ou de boîtes pendant tout le temps où il resta à épier la propriété. Pourquoi Annabelle n'avait-elle pas recruté quelqu'un pour lui donner un coup de main ? Cela ne lui ressemblait pas.

Une idée lui vint soudain. Sur la route, tout à l'heure, elle avait prétendu avoir oublié de faire le plein d'essence à la dernière station-service, mais peut-être qu'en réalité… Non. L'idée était tellement absurde que Dawson éclata de rire tout en enclenchant la première pour repartir. De toute façon, quoi qu'ait manigancé Annabelle, cela n'avait rien à voir avec lui. Il ne comprenait même pas pourquoi il était revenu traîner dans ce quartier.

La sonnerie de son portable le fit sursauter. Il n'était vraiment pas doué pour jouer les espions. Il répondit, tout en regardant Annabelle poser un autre carton, s'étirer et retourner à l'intérieur. Comme elle jetait un coup d'œil dans sa direction avant de refermer la porte, il s'éloigna lentement, veillant à garder la tête tournée de l'autre côté. Il ne voulait surtout pas qu'elle aille s'imaginer qu'il s'intéressait à elle.

Au téléphone, son frère avait l'air furieux.

— Qu'est-ce que tu fabriques ? Ça fait une heure que je t'attends ! lança-t-il sans préambule.

Dawson avait perdu la notion du temps.

— J'arrive, j'arrive.

Il raccrocha, espérant que Luke lui avait juste proposé de boire une bière pour parler de chasse. Vu la vitesse à laquelle les nouvelles circulaient dans ce comté, tout le monde devait déjà être au courant de la présence d'Annabelle Clementine à Whitehorse — y compris son frère. Et c'était un sujet dont il ne voulait pas discuter avec son cadet.

Lorsqu'il entra au Mint, Luke était déjà installé au bar. En voyant surgir Dawson, il lui commanda un demi et tapota le tabouret à côté de lui.

— Assieds-toi. Il fait beau pour un mois de novembre, non ?

— Oui, c'est sûr.

Dawson retint un gémissement. Luke souriait comme un imbécile et sa mine réjouie ne présageait rien qui vaille.

— Annabelle Clementine est de retour, lâcha-t-il soudain, manifestement incapable de garder son scoop un instant de plus.

— Qui ? répliqua Dawson d'un air innocent en buvant une gorgée de bière.

— Qui ? répéta Luke en secouant la tête. Annabelle Clementine ou Anna, si tu préfères, puisque tu l'appelais ainsi autrefois. Tu ne vas pas me faire croire que tu l'as oubliée…

Il s'interrompit et lui décocha un sourire.

— Tu le savais ?

Il semblait déçu.

— En fait, je l'ai vue, répondit Dawson.

— Sérieux ? Elle est toujours aussi canon ? Elle t'a dit pourquoi elle était revenue ?

Du pouce, Dawson caressa sa chope pendant un moment. Quelque chose l'empêchait de raconter à son frère qu'il avait siphonné le réservoir de son pick-up pour faire le plein du cabriolet d'Annabelle.

— Elle était en train d'emballer les affaires de sa grand-mère dans des cartons. Elle a mis la maison en vente.

— Tu es passé dans son quartier par hasard, j'imagine ? demanda Luke, goguenard. Ce n'était pas sur ta route, pourtant. T'a-t-elle dit combien de temps elle pensait rester ?

— J'ai dit que je l'avais vue. Pas que je lui avais parlé. Je n'en sais donc rien mais je suppose, sans grands risques de me tromper, qu'elle quittera la ville dès que possible, répondit-il en évitant de regarder son frère.

— Pourquoi ne lui as-tu pas parlé ? demanda ce dernier.

— Pourquoi l'aurais-je fait ?

— Après toutes ces années, tu aurais pu être curieux d'apprendre ce qu'elle devenait. La vente de la propriété de sa grand-mère n'est peut-être pas l'unique raison de son retour. Peut-être que…

— Elle n'est revenue que pour vendre cette maison.

— Tu n'en sais rien. Peut-être…

— Alors qu'as-tu prévu pour demain ? lança Dawson dans l'espoir de faire diversion.

Penser à Annabelle lui donnait la migraine. Discuter d'elle était pire encore. Voilà des années qu'il ne l'avait pas appelée Anna, voilà des années qu'il ne lui avait pas adressé la parole. Anna était la fille dont il était tombé amoureux. Annabelle était… Eh bien, elle était à présent une top model dont il ne savait rien. Il ne connaissait pas la femme qu'elle était devenue et il n'avait aucune envie de faire sa connaissance.

— Pour demain ? répéta Luke, déstabilisé par le brusque changement de sujet.

— Demain, c'est Thanksgiving.

— Inutile de me le rappeler, répliqua son frère en s'emparant de sa chope de bière, manifestement contrarié de n'avoir rien appris de neuf sur le retour d'Annabelle. Je n'ai pas encore tué de biche. Mais tu connais maman. Pour elle l'important est que je n'arrive pas en retard pour le repas. Comme d'habitude, elle a invité tout le voisinage.

Dawson hocha la tête avec un petit sourire. Leur mère

était vraiment unique. Wilhelmina — alias Willie — Rogers avait élevé seule ses deux fils après la mort de leur père alors qu'ils étaient encore tout jeunes. Dans le même temps, elle avait dirigé le ranch avec énergie. Dès lors qu'il s'agissait de donner un coup de main à quelqu'un, Willie répondait toujours présente. Elle témoignait de son affection en confectionnant de bons petits plats. Elle consacrait l'essentiel de son temps libre à cuisiner pour ceux qu'elle aimait mais aussi pour tous les esseulés, les endeuillés ou les malades du coin.

— Maman compte sur nous pour le déjeuner, déclara Luke. Elle m'a déjà passé un savon à propos de ma chasse au cerf qui risque de me retarder. À propos de chasse, comment s'est déroulé ton séjour dans les Breaks ? As-tu abattu quelque chose qui vaille la peine d'être rapporté à la maison ?

Dawson secoua la tête.

— J'ai vu un gros mâle mais je n'ai pas réussi à l'avoir.

En vérité, s'il aimait faire de la randonnée, partir à la recherche de cerfs et d'élans, il n'avait pas forcément envie de les tuer. D'autant qu'il avait encore beaucoup de viande dans son congélateur.

Cela dit, passer deux semaines par an dans une réserve de chasse avec des copains était une tradition à laquelle il ne dérogeait jamais. Il adorait dormir à la belle étoile, chevaucher dans la campagne, préparer ses repas sur un réchaud, discuter des choses de la vie avec sa bande autour d'un feu de camp avant de se glisser dans son sac de couchage. Il dormait toujours comme un loir en pleine nature.

Et il était également content de rentrer chez lui, de prendre une douche chaude et de retrouver le confort d'un lit.

— As-tu une idée de la valeur de la propriété des Clementine ? demanda Luke.

— Aucune. Je n'y ai jamais réfléchi.

— Pourtant, reconnais qu'il est bizarre qu'Annabelle n'ait pas laissé Mary Sue s'occuper de la vente ce qui l'aurait dispensée de revenir ici, poursuivit Luke. À moins que la maison ne soit pas la seule raison de son retour, ajouta-t-il. Avoue que tu aimerais bien le savoir.

Dawson refusa de tomber dans le piège grossier que lui tendait son frère.

— J'aimerais surtout savoir ce que tu cherches exactement en me parlant de cette histoire, dit-il en le regardant en face.

— En fait, je trouve fascinant ton prétendu manque d'intérêt sur le sujet. Comme si j'ignorais les sentiments que tu nourrissais autrefois pour cette fille. Et maintenant qu'elle est de retour, tu prétends que tu t'en moques, que tu n'as pas envie de lui parler. Tu veux mon avis ? Tu as peur, conclut Luke en secouant la tête.

— Ton analyse me semble… magistrale, répondit Dawson, ironique.

— Le frère que je connaissais aurait donné sa vie pour Annabelle Clementine. Si l'occasion s'était présentée, il n'aurait pas laissé passer la moindre chance de la reconquérir. Et tu aimerais me faire croire que tu ne ressens plus rien pour elle ?

Dawson finit sa chope et se leva en secouant la tête.

— Je ne te fais rien croire du tout. Pense ce que tu veux, ce n'est pas mon problème. J'y vais. Merci pour la bière.

Luke soupira.

— Très bien, continue à nier tes sentiments, espèce de crétin. Mais tu le regretteras.

— C'est sûr. Dis à maman que je passerai tôt chez elle demain pour voir si elle a besoin d'aide.

— Tu as toujours été le bon fils, n'est-ce pas ? Je chasserai un chevreuil avant de venir. Garde une place pour moi à table au cas où je serais en retard.

Sans répondre, Dawson quitta le bar. Avant même de démarrer son pick-up, il sut qu'il allait retourner épier Annabelle en catimini. Céder à la tentation lui donnait l'impression d'une défaite personnelle et sa propre faiblesse le rendait furieux contre lui-même.

Il n'était pas tard mais la nuit tombait de plus en plus tôt. Avec l'approche de l'hiver, les ombres envahissaient la campagne et les températures chutaient.

Comme il arrivait près de la propriété des Clementine, il vit que les lumières étaient allumées dans la maison. Et que d'autres cartons étaient empilés sous le porche. De nouveau, il se gara de l'autre côté de la rue et éteignit ses phares. Des grands arbres dissimulaient en partie la vieille demeure mais il parvenait à apercevoir Annabelle qui s'activait à l'intérieur.

Apparemment, elle était toujours seule. Personne ne l'aidait à tout empaqueter.

— Que se passe-t-il, Anna ? dit-il dans l'habitacle sombre de son camion.

En tout cas, si elle ne quittait la ville avant les premières tempêtes de neige, elle serait sans doute incapable de le faire ensuite au volant de son élégant cabriolet. Depuis qu'elle vivait en Californie, elle avait certainement perdu l'habitude de mettre des pneus neige. Mais dans le Montana, ils étaient indispensables en hiver. Sans chaînes, elle ne parviendrait sans doute même pas à sortir de sa propriété.

Dawson se rappela que ce n'était pas son problème. Et pourtant, il ne pouvait s'empêcher de penser à ce que son frère lui avait dit au bar. Malheureusement, il s'était déjà comporté comme le dernier des imbéciles avec Annabelle. Il tentait de se convaincre qu'il était trop intelligent pour retomber dans le panneau, pour réitérer ses erreurs passées mais au fond, il n'en était pas sûr du tout.

Il l'observa alors qu'elle passait devant les hautes fenêtres. Elle avait l'air épuisée. Depuis combien de temps emballait-elle toute seule les affaires de sa grand-mère ?

Même à cette distance, il mesurait sa détermination à l'expression peinte sur son visage. Il n'avait jamais connu de femme plus volontaire, pensa-t-il alors qu'il rallumait ses phares pour retourner au ranch.

Annabelle avait mal partout. Elle ferma un autre carton rempli de bibelots ébréchés ou cassés mais elle était trop fatiguée pour le porter jusqu'au porche. Voilà des heures qu'elle triait et empaquetait le bric-à-brac de Frannie. En proie à un découragement croissant, elle promena les yeux autour d'elle. Elle avait cru qu'elle avançait, mais en réalité elle n'avait emballé qu'un millième du bazar accumulé depuis des années par son aïeule.

Elle avait commencé par vider son ancienne chambre au rez-de-chaussée où elle comptait dormir pendant son séjour. À la fin de sa vie, sa grand-mère s'était installée dans celle aménagée à l'arrière de la maison, près de la cuisine. Et apparemment, elle avait utilisé celle d'Annabelle comme dressing. Des dizaines de pulls tous plus moches et criards les uns que les autres encombraient la commode. Où sa grand-mère avait-elle déniché de telles horreurs ? Beaucoup d'entre eux étaient ornés de Pères Noël, de guirlandes, de licornes et même d'un œuf de Pâques multicolore. Monstrueux.

Ne voulant pas risquer d'abîmer les rares vêtements corrects qu'elle n'avait pas été obligée de vendre pour payer son voyage vers le nord, Annabelle s'était changée. Elle avait choisi une tenue un peu moins affreuse que les autres : un sweat-shirt paré d'un clown, un jean de sa grand-mère si large qu'elle avait dû mettre une ceinture serrée à fond pour qu'il ne tombe pas, une paire de baskets et des chaussettes avec des hauts en dentelle. L'ensemble n'était pas très seyant mais pour travailler, elle n'avait pas besoin d'être sur son trente et un.

Après avoir nettoyé la chambre, elle avait préparé son lit. Puis elle était retournée au centre de recyclage prendre le plus de cartons possible.

De retour à la maison, elle avait recommencé à empaqueter le fourbi de Frannie. Plus tard, elle devrait tout emporter à la déchetterie. Mais dans l'immédiat, elle avait envie de s'asseoir, de s'octroyer une petite pause.

Tu avais raison, Mary Sue. J'ai vraiment besoin d'aide. Mais pas à trente dollars de l'heure. Je n'ai pas les moyens de payer des gens à ce tarif.

Elle se rendit dans la cuisine, la seule pièce où les chaises ne croulaient pas sous des piles de vieux journaux ou de livres. Même si elle savait qu'il lui faudrait des heures pour vider la vieille demeure, Annabelle éprouvait une profonde gratitude envers sa grand-mère. Frannie ne lui avait pas seulement légué sa propriété. Elle lui avait laissé aussi de quoi payer les impôts et taxes liés à l'héritage. Elle lui avait fait un vrai cadeau.

Repoussant une mèche de cheveux de son visage, elle se

demanda si Frannie avait eu vent de ses difficultés financières. En tout cas, elle lui avait donné la possibilité de vendre la maison sans être acculée à la brader pour régler les droits de succession.

Comme elle promenait un regard circulaire dans la cuisine, elle poussa un gros soupir. Sa grand-mère ne jetait vraiment rien. Était-ce le comportement classique d'une personne âgée ? Ou perdait-elle la tête à la fin de sa vie ? Annabelle ne comprenait pas comment son aïeule avait pu vivre au milieu de tant d'objets inutiles, de cochonneries. Il y en avait partout. Cette manie de tout garder ne ressemblait pas à la femme qui l'avait élevée.

Il était également bizarre que Frannie l'ait désignée comme unique héritière au détriment de ses sœurs. Cela l'ennuyait.

— Pourquoi as-tu fait ça ? Pourquoi m'avoir laissé la maison, uniquement à moi ?

TJ avait peut-être raison. Frannie avait sans doute légué sa propriété à la petite-fille qui lui semblait avoir le plus besoin d'argent.

Sur le moment, cette hypothèse l'avait rendue furieuse. À présent, elle se demandait si sa grand-mère avait été la seule à deviner que sa carrière de top model, qui paraissait si prometteuse, se solderait par un échec. Tout le monde l'avait certainement vu venir, à l'exception d'Annabelle elle-même.

Quelle que soit la raison pour laquelle elle en avait hérité, cette maison était maintenant la sienne et il lui fallait la vendre très vite… Pour se remettre à flot.

Son estomac criait famine. Jusqu'à cet instant, Annabelle n'avait pas pensé qu'il lui faudrait se nourrir. Pendant des années, elle avait dû surveiller son poids et se priver de tout. Elle n'avait toujours pas l'habitude de manger ce qui lui faisait plaisir. Maintenant qu'elle savait qu'elle ne serait plus jamais mannequin, plus rien ne lui interdisait de céder à sa faim. Dommage qu'elle n'ait pas les moyens de se régaler d'un bon steak frites.

En tout cas, elle avait besoin d'aller acheter de quoi se restaurer. Il lui fallait d'abord se changer. Même à Whitehorse, il n'était pas question de se rendre à la supérette affublée de ces vêtements hideux. Elle se souvint alors qu'elle n'avait pas d'argent, plus un sou vaillant. La gorge serrée, elle se demandait si elle était condamnée à mourir de faim quand ses yeux se posèrent sur le vase dont sa grand-mère se servait autrefois pour mettre la monnaie des courses.

Elle se souvint du jour où elle s'était fait surprendre à dérober quelques pièces. Honteuse de s'être fait pincer, la main dans le sac, elle avait tenté de se justifier, de balbutier une excuse. Mais son aïeule l'avait tout de suite arrêtée.

— Si tu dois voler, assume, ma petite. Si tu te fais prendre, assume aussi. Mais n'aggrave jamais ton cas en mentant ou en pleurnichant. Ces réactions sont réservées aux faibles.

Avec un soupir, Annabelle inspecta le vase, persuadée qu'il serait vide. Mais quand elle le retourna, elle y découvrit un peu de monnaie et… un billet de cinquante dollars !

— Grand-mère…, dit-elle en fondant en larmes.

Frannie avait deviné qu'Annabelle aurait besoin d'argent. Elle savait qu'elle ne réussirait pas comme top model, qu'elle se casserait les dents. En prendre conscience lui fit mal et en même temps, son cœur se remplit d'amour pour sa grand-mère qui n'avait jamais cessé de veiller sur elle. Et qui continuait à le faire… Grâce à Frannie, elle n'allait pas mourir de faim, se dit-elle avec reconnaissance.

Elle consulta sa montre. Avait-elle l'énergie de se doucher et de se changer pour descendre au village acheter quelque chose à manger ? Non, clairement pas. Tant pis. Elle allait faire un saut à la supérette vêtue comme l'as de pique, en espérant qu'elle ne croiserait personne.

Robert McDougal — Rob pour les intimes — s'empara de son téléphone portable. En voyant que son oncle Bernie cherchait à le joindre, il décida d'abord d'ignorer l'appel. Le vieux gangster voulait sans doute se plaindre une fois de plus de la maison de retraite où il vivait depuis quatre ans.

Rob, qui finançait le séjour du vieillard dans cette résidence pour personnes âgées, n'avait pas envie d'entendre qu'il se saignait aux quatre veines pour rien. Le vieil homme avait passé un accord avec sa « famille ». En réalité, ils n'étaient pas du même sang mais ils appartenaient au même clan, à la mafia.

Rob n'était pas stupide au point de remettre en cause ce pacte. Il tenait à la vie. Mais il n'était pas d'humeur à écouter Bernie pleurnicher sur son triste sort.

Pourtant, quand la sonnerie de son téléphone retentit à nouveau, il se résolut à écouter le message que son oncle avait laissé.

— J'ai un travail pour toi, Rob. Une vraie mission. Rapplique au plus vite. Il s'agit d'une affaire familiale urgente.

Une affaire familiale urgente ? gémit Rob. Quelle mouche avait encore piqué le vieux Bernie ?

Il ne prit pas la peine de rappeler son oncle. Il se contenta de lui envoyer un texto pour lui indiquer qu'il arrivait.

Dès qu'il entra dans sa chambre, Bernie lança :

— Allons faire un tour.

Après avoir obtenu l'autorisation de l'infirmière en chef, Rob poussa le fauteuil roulant du vieil homme vers le canal.

La nuit tombait mais il faisait encore très chaud. Rob détestait les températures caniculaires qui régnaient en permanence en Floride. Le changement de saison lui manquait. Mais il ne pourrait pas repartir vers le nord tant que Bernie était vivant... Et le vieux gangster ne semblait pas pressé de passer l'arme à gauche.

— Nous sommes assez loin, non ? demanda Rob après un moment, en chassant d'un geste les moustiques qui pullulaient près de l'eau. Alors de quoi s'agit-il ?

Tout en parlant, il gardait un œil sur les alligators. Les crocodiles tuaient en moyenne dix personnes par an et ils en avaient déjà croqué vingt-trois depuis 1948, avait-il lu quelque part. Voilà pourquoi longer le canal avec Bernie rendait toujours Rob nerveux.

Enfin, son oncle lui permit de s'arrêter. D'un regard circulaire, il s'assura qu'ils étaient seuls. Ils l'étaient. Rob s'impatientait. Trempée de sueur, sa chemise collait à son dos. Il frappa un autre insecte qui bourdonnait autour de lui.

— Tu te souviens, bien sûr, du casse de l'exposition Marco Polo, répondit Bernie.

Rob sentit son estomac se nouer. Il avait grandi sans père à cause de ce hold-up. Tout s'était parfaitement déroulé jusqu'à ce qu'un gardien censé être en congé surgisse sans crier gare et fasse feu. Son père et l'un de ses comparses avaient été tués. Le seul à s'en être bien tiré était Bernie. Les flics avaient compris qu'il avait participé au braquage, qu'il en avait sans doute même été le cerveau, mais ils n'avaient jamais pu le prouver.

Bernie s'était enfui avec le butin mais il n'en avait pas profité longtemps puisque celui-ci lui avait été volé par sa copine d'alors. Ce triste épisode était la seule ombre au tableau, la carrière criminelle de Bernie ayant été par ailleurs brillante. Et le vieil homme n'avait jamais digéré de s'être fait ainsi rouler dans la farine.

— J'ai une piste, déclara son oncle.

Après plus de cinquante ans, après avoir suivi tant de pistes qui s'étaient révélées autant d'impasses, Rob n'y croyait plus.

Il regarda son oncle d'un air sceptique.

— Et vous l'avez trouvée comme ça, d'un coup ?

Bernie le fusilla du regard.

— Ne sois pas stupide. Tu me considères peut-être comme un vieux gâteux mais j'ai toute ma tête, je te le garantis.

Il sortit une coupure de journal de sa poche.

— C'est elle, annonça-t-il en lui tendant une photo en noir et blanc. Francesca Clementine.

Comme Rob ne réagissait pas, il ajouta avec impatience :

— Ma poupée ! Cette Francesca est ma Baby Doll.

La fameuse Baby Doll, songea Rob qui réprima un éclat de rire. Il avait entendu parler d'elle toute sa vie. La fille qui, non contente d'avoir brisé le cœur de Bernie, lui avait surtout volé une fortune.

— C'est elle ?

Pour sa part, il était loin d'en être convaincu. Il en avait vu tant d'autres.

Son oncle hocha la tête et lui tendit l'avis de faire-part. Rob le lut, essayant de ne pas lever les yeux au ciel.

— Elle aurait vécu à Whitehorse, dans le Montana ? C'est une blague !

Bernie sourit.

— Sa maison est à vendre.

— Et vous voulez que j'achète sa baraque ?

— Non. Il n'est pas question d'attirer l'attention. Les Fédéraux m'ont toujours à l'œil. Et nous ne sommes pas les seuls à chercher le butin. Bref, tu dois partir tout de suite là-bas, poursuivit-il en baissant la voix, certain que le FBI les écoutait.

Ils avaient dû se traîner jusqu'à ce maudit canal infesté d'alligators parce que Bernie était convaincu que les Fédéraux avaient truffé sa chambre de micros.

— Vas-y seul, poursuivit le vieux. C'est plus prudent.

Rob hocha la tête, mais en réalité il n'avait pas l'intention d'y aller. Pas question de se rendre au Montana pour rien.

— Je compte sur toi, Robby, poursuivit Bernie en lui prenant la main pour la serrer avec force.

— Rob, corrigea-t-il pour la millionième fois.

Son oncle ne l'avait pas choisi pour aller dans le Montana parce qu'il avait confiance en lui. Mais parce qu'il n'avait personne d'autre à envoyer là-bas. Quatre ans plus tôt, Rob avait été désigné pour jouer au papy-sitter. Le clan avait encore peur de Bernie. Certes, il était âgé mais il avait le bras long. Voilà pourquoi Rob venait chaque fois que le vieux l'appelait et ne discutait jamais ses ordres. Mais de là à se traîner au fin fond du Montana…

Les médecins avaient estimé que Bernie n'avait pas plus d'un an à vivre. C'était il y a quatre ans. Doté d'une volonté inflexible, le vieux gangster s'accrochait à la vie et il menait toujours son monde à la baguette.

— Je suis très honoré que vous me confiiez une mission de cette importance, dit Rob.

Son oncle se mit à rire.

— Honoré et surtout intelligent. Tu sais ce qui t'arrivera si tu ne reviens pas avec *mon trésor*.

Son trésor. Quelle arrogance !

— Mais dites-moi. Cette dame, cette… Baby Doll.

— Elle n'a jamais rien eu d'une dame.

— Qui vous dit qu'elle n'a pas dilapidé tout le butin de son vivant ? Après tout, ça fait plus de cinquante ans qu'elle a filé avec.

Bernie secoua la tête.

— Si elle avait vendu l'un des bijoux, si l'une des pierres précieuses était remontée à la surface, j'en aurais forcément entendu parler. Baby Doll m'a tout pris... Elle a écoulé l'argent et l'or, c'est sûr. Mais elle n'aurait pas fait l'erreur de mettre les pierres précieuses sur le marché. Elles étaient uniques. Le plus mauvais des bijoutiers, le pire des receleurs, les aurait immédiatement identifiées comme provenant de l'exposition Marco Polo. Ma poupée était trop intelligente pour se faire pincer aussi bêtement, ajouta-t-il d'un ton admiratif. Elle a planqué les joyaux chez elle, c'est évident. Voilà pourquoi tu dois y aller. Elle a légué sa propriété à l'une de ses petites-filles, une certaine Annabelle Clementine.

Rob haussa les épaules.

— Connais pas.

— Apparemment, cette Annabelle vide la maison afin de la mettre en vente. Alors, saute dans le premier avion et rends-toi là-bas en vitesse. Elle pourrait jeter quelque chose sans mesurer la valeur de ce qu'elle balance. Mais encore une fois, veille bien à ne pas attirer l'attention sur toi.

Rob n'avait toujours aucune envie de se traîner dans le Montana.

— Demain, c'est Thanksgiving...

Son oncle le fusilla du regard et Rob sentit sa gorge se serrer.

— Quand tu retrouveras mon butin, tu seras évidemment tenté de le garder pour toi. Mais tu ne le feras pas. Tu sais pourquoi ?

Rob hocha la tête. Ils avaient déjà eu cette discussion des dizaines de fois, son oncle ne s'en lassait pas.

— Parce qu'il y a une malédiction attachée à ce trésor, Rob. Sans parler de celle qui te tomberait dessus si tu t'avisais de me trahir. Maintenant, reconduis-moi dans ma chambre et file. Il n'y a pas un instant à perdre. Si cette maison se vend avant ton arrivée… ou si la petite-fille de ma poupée découvre les pierres précieuses…

Rob hocha la tête en jurant intérieurement.

— Encore une chose, ajouta Bernie. Je ne suis certainement pas le seul à avoir reconnu Baby Doll sur ce journal. Ni le seul à l'avoir cherchée toutes ces années.

Rob en doutait mais il le garda pour lui.

— Ce qui veut dire que tu ne seras pas seul sur le coup. Il n'y a pas que les Fédéraux. Il faut compter avec la compagnie d'assurances qui a dû dédommager son client, et avec le conservateur du musée qui a juré de récupérer ces joyaux d'une valeur historique inestimable…

Rob ne prit pas la peine de mentionner que ces deux types étaient probablement morts depuis longtemps.

— S'ils ont reconnu Baby Doll, le pire est à craindre, poursuivit son oncle. Nos photos étaient dans tous les journaux de l'époque. J'emmenais ma poupée dans les soirées chics de la ville. Une femme de cette trempe méritait d'être traitée en princesse. Alors, surveille tes arrières !

Dawson tournait en rond chez lui, incapable de rester en place ou de s'atteler à quelque tâche que ce soit. Après s'être préparé à dîner, il avait nettoyé sa cuisine, lavé ses vêtements de chasse, déballé et rangé son équipement et même changé les draps.

Voilà deux semaines qu'il rêvait de dormir dans son lit. Mais même s'il était fatigué, il savait qu'il ne pourrait pas fermer l'œil, tant il se sentait nerveux. Sadie n'avait pas ce problème. Roulée en boule sur le tapis devant la cheminée, la petite chienne ronflait doucement.

Un coup frappé à sa porte le surprit. Il pensa immédiatement à Annabelle. Elle venait le remercier pour le carburant et s'excuser d'avoir filé comme une voleuse, tout à l'heure. Son cœur battit plus vite dans sa poitrine mais très vite, il recouvra ses esprits. Cette hypothèse était improbable. Sans doute s'agissait-il de Luke venu lui donner d'autres nouvelles. Il hésita à ne pas répondre mais les coups se faisaient insistants…

Lorsqu'il ouvrit, il écarquilla les yeux, surpris de reconnaître son voisin, éleveur de bétail comme lui.

— Cull ?

— Désolé de te déranger si tard, dit le cow-boy. Je chevauchais près de tes clôtures cet après-midi lorsque j'ai vu qu'un arbre était tombé dessus et que des barbelés étaient à terre. J'ai rafistolé le tout comme j'ai pu mais mon bricolage de fortune ne tiendra pas longtemps. Peut-être devrais-tu effectuer de vraies réparations dès demain matin si tu ne veux pas retrouver des bêtes sur la route.

— Merci de m'avoir prévenu.

Dawson aimait bien Cull McGraw. En fait, il appréciait tous les membres de la famille McGraw et il était heureux de les avoir comme voisins.

Il ouvrit plus largement sa porte.

— Tu entres ? J'ai quelques bières au frigo.

Soudain, il n'avait pas envie d'être seul.

— Merci, mais je dois retourner chez moi, répondit Cull. Peut-être une autre fois.

Sans doute était-il impatient de retrouver sa femme, songea Dawson.

Il retourna à l'intérieur de sa maison déserte. Vide. C'est drôle, mais il ne s'y était jamais senti seul auparavant… Jusqu'au retour d'Annabelle, se dit-il en se maudissant intérieurement.

Il commença à éteindre les lumières. Après s'être assuré que le pare-feu était devant la cheminée, il se dirigea vers l'escalier pour regagner sa chambre.

Derrière lui, il entendit le petit bruit des pattes de Sadie sur le plancher. Quand l'animal s'allongea sur le sol au pied de son lit, il se dit qu'il n'avait besoin de personne. La petite chienne lui tenait compagnie et cela lui suffisait.

Mais dès qu'il se glissa entre ses draps, ses pensées revinrent à Annabelle, son premier amour, sa première amante.

Que devait-il faire pour la sortir de son crâne ?

4

Furieux, Rob resta un moment sur le parking de la luxueuse maison de retraite, le temps de se calmer. Ce n'était pas la première fois que Bernie était certain d'avoir retrouvé sa Baby Doll. Ces dernières années, son oncle l'avait envoyé successivement dans le Maine, en Californie, dans le Maryland et au Tennessee…

Et maintenant, il lui demandait d'aller la chercher à Whitehorse, dans le Montana… Rob avait suivi trop de fausses pistes qui avaient toutes abouti à des impasses. Aucune des femmes qu'il avait pourchassées n'était la poupée de Bernie. Aucune n'avait le butin. Ils les avaient toutes tuées pour rien.

Il tira de sa poche la photo et l'avis de décès découpés par le vieux pour les examiner à nouveau. Francesca Clementine ? Au moins, il n'aurait pas à la descendre. Elle était déjà morte. Mais pas sa petite-fille, se rappela-t-il.

Peut-être allait-il faire croire au vieillard qu'il s'était rendu dans le Montana et que cette Francesca Clementine n'était pas Baby Doll. Bernie en aurait le cœur brisé mais il s'en remettrait. Ce ne serait pas la première fois que ses espoirs seraient déçus.

Après tout, quelle était la probabilité que cette Francesca Clementine ait vécu à New York, il y a plus de cinquante ans, et qu'elle ait eu une histoire d'amour avec un gangster avant de se volatiliser en emportant dans ses valises le fruit d'un braquage particulièrement juteux ? Presque nulle.

Pourquoi perdre son temps à traverser le pays pour rien ? Dans quelques jours, il reviendrait voir Bernie et lui rendrait compte de sa mission en déplorant qu'elle se soit soldée, comme les autres, par un échec.

Cela dit, le pari était risqué. Certes, il soupçonnait Bernie de souffrir d'un début de maladie d'Alzheimer ou de démence sénile mais, gâteux ou non, il restait dangereux. Il avait encore la faculté de faire de la vie de Rob un enfer. Ou de le faire descendre.

Rob réfléchit. Le vieillard était fou. S'il apprenait que Rob n'était pas allé dans le Montana, il était capable de tout…

Avec un soupir résigné, Rob sortit son téléphone portable et appela une compagnie aérienne pour réserver une place dans le premier avion en partance pour Billings. Après avoir atterri, il lui faudrait encore trois heures de route pour atteindre Whitehorse.

Le Montana en plein hiver serait un cauchemar, se dit-il. Il espérait que Bernie s'était de nouveau trompé, qu'il pourrait le prouver rapidement et rentrer sans tarder chez lui.

Quand elle avait quitté la Californie, Annabelle avait espéré vendre la maison de sa grand-mère et quitter le Montana avant que quiconque ne s'aperçoive qu'elle était revenue à Whitehorse. Elle avait pensé n'y séjourner que quelques jours, incognito. Mais tout en roulant vers la supérette, elle se rendit compte qu'elle avait été stupide de l'imaginer.

Whitehorse était une si petite ville qu'il n'y avait même pas de feux rouges dans les rues. Le centre commercial le plus proche était à trois heures de route. Et encore… À condition que lesdites routes ne soient pas verglacées. Affirmer que Whitehorse se trouvait au milieu de nulle part était un euphémisme. Il était fréquent, en hiver, que les voies express soient fermées à cause des chutes de neige. Piégés, les habitants devaient alors attendre le passage des engins de déblaiement pour avoir la possibilité de quitter la ville.

C'était d'ailleurs l'une des préoccupations d'Annabelle. Elle craignait de se retrouver coincée par la neige avant d'avoir pu vendre la maison et de ne plus avoir un sou vaillant pour vivre. En attendant, elle espérait qu'elle ne croiserait personne de connaissance à Whitehorse. Cela dit, vu la façon dont elle était attifée, elle-même avait du mal à se reconnaître, pensa-t-elle, en remettant en place le bandana qui couvrait ses cheveux blonds.

Elle se gara sur le parking, coupa le moteur et resta assise un instant à observer les alentours. Il était tard et la supérette fermerait bientôt. Deux adolescents regardèrent sa décapotable avec intérêt mais ils ne s'attardèrent pas.

Affamée, elle sortit finalement de l'habitacle, verrouilla sa voiture et se dirigea vers l'entrée. À Whitehorse — et dans les commerces, en particulier —, tout le monde se montrait toujours très poli. Personne ne cherchait à resquiller pour ne pas faire la queue à la caisse, chacun veillait à ne pas heurter les Caddie des autres. Les gens n'étaient pas seulement civilisés. Mais profondément gentils et bienveillants.

Heureusement, la première allée où Annabelle se rendit était déserte. Elle chercha ce dont elle avait besoin. Sa grand-mère lui avait dit un jour qu'un rayon traiteur avait fait son apparition dans l'établissement. Un rayon qui ne s'y trouvait pas, il y a quinze ans.

Annabelle ne savait pas quoi prendre. Elle se sentait dépassée. Elle n'avait jamais appris à cuisiner, même si Frannie l'y avait souvent encouragée.

— Tu pourrais avoir faim, un jour, disait-elle.

Manifestement, elle avait tout prévu.

Annabelle avait cru qu'elle n'aurait jamais à se confectionner de repas — pas avec la vie dont elle rêvait — et d'ailleurs, pendant des années, elle n'avait pas eu à s'en soucier. Mais à présent qu'elle devait se débrouiller pour se nourrir, elle ignorait par où commencer.

Guidée par de délicieux effluves, elle trouva le rayon traiteur. Les mets présentés derrière les vitrines semblaient si appétissants qu'elle en avait l'eau à la bouche.

— J'aimerais prendre une part de poulet rôti avec des pommes de terre sautées, dit-elle. Et une barquette de salade composée.

Maintenant qu'elle n'avait plus à compter les calories,

elle se réjouissait de pouvoir se régaler de bons petits plats. Toute contente, elle rangea ses emplettes dans son Caddie.

Je devrais acheter quelque chose pour le petit déjeuner, se dit-elle.

Les beignets aux pommes lui faisaient très envie, comme les rouleaux à la crème et au fromage ou les bâtons d'érable. Elle n'avait pas eu à faire de choix si difficiles depuis des lustres.

— Annabelle ?

En reconnaissant la voix derrière elle, Annabelle se pétrifia. D'un seul coup, les années s'envolèrent et elle eut l'impression de redevenir l'adolescente intimidée qu'elle était autrefois.

Comme elle se retournait vers Wilhelmina Rogers, celle-ci s'exclama en riant :

— Je ne rêve pas ! Il s'agit bien de ma presque belle-fille préférée.

La mère de Dawson la prit dans ses bras pour l'étreindre avec chaleur.

Sa presque belle-fille.

La gorge nouée par l'émotion, Annabelle ne parvenait pas à parler. La réaction de Willie en la revoyant était surprenante. Bouleversante, même. Annabelle avait cru que Willie la détesterait pour avoir fait souffrir Dawson. Mais là, elle se sentit aimée et pardonnée et… coupable. Des larmes brûlèrent ses paupières tandis qu'elle se blottissait plus étroitement contre cette grande brune dont elle avait été si proche autrefois.

— Laisse-moi te regarder, poursuivit Willie en la tenant à bout de bras pour l'examiner des pieds à la tête. Tu es toujours à croquer, même si je veillerais à t'engraisser un peu d'abord, dit-elle en riant. Sérieusement, je suis trop contente de te voir.

Annabelle ne parvint qu'à hocher la tête tout en s'efforçant de refouler ses larmes. Elle avait toujours beaucoup aimé la mère de Dawson. Peut-être que si les choses avaient été différentes… De qui se moquait-elle ? Peut-être que si *elle* avait été différente, que si *elle* avait désiré quelque chose de différent… Mais à l'époque, rester à Whitehorse lui semblait inconcevable, un vrai cauchemar. Elle aurait eu l'impression de s'enterrer vivante. Elle avait voulu se prouver qu'elle pouvait réussir ailleurs. Rester dans le Montana aurait signifié échouer avant même d'avoir essayé. Cela dit, échouer après avoir essayé était-il plus valorisant ? Pas vraiment.

— Viens déjeuner à la maison, demain, reprit Willie. Je t'attends à midi pile, tu me donneras un coup de main.

— Demain ? répéta Annabelle, se sentant perdue.

— Demain, c'est Thanksgiving ! lui rappela Willie. Inutile de discuter. Tu viens. Et si à midi cinq tu n'es pas là, j'enverrai l'un de mes journaliers te ramener de gré ou de force. Je suis heureuse que tu sois revenue. Tu n'as pas oublié le chemin jusqu'à mon ranch, n'est-ce pas ?

Annabelle secoua la tête.

— Non, non, balbutia-t-elle d'une voix étranglée.

Mais elle n'avait aucune envie de fêter Thanksgiving au ranch avec son ex presque fiancé.

— Luke m'a dit qu'il irait chasser avec son frère demain, alors j'aurai besoin de ton aide, poursuivit Willie, comme pour lui glisser que Dawson ne serait probablement pas là.

Estimant sans doute que tout était réglé, Willie s'éloigna en poussant son Caddie rempli de victuailles. Elle avait donné à Annabelle l'impression qu'elle lui rendrait service en venant déjeuner chez elle, mais en réalité celle-ci savait pertinemment qu'elle lui faisait une faveur en la conviant à sa table.

À l'idée de se régaler des bons petits plats de Willie, qui était un véritable cordon-bleu, Annabelle salivait déjà. De plus, elle savait que la mère de Dawson enverrait en effet quelqu'un la chercher si elle ne venait pas. Elle comprit qu'elle n'avait pas le choix. Elle se rendrait au ranch Rogers demain pour Thanksgiving, comme dans le bon vieux temps.

Sauf que, cette fois, Dawson serait à la chasse avec son frère et non assis à côté d'elle.

Tout en se demandant si elle n'avait pas commis une erreur en acceptant cette invitation, Annabelle prit un paquet de beignets aux pommes. Maintenant, il lui fallait sortir de cette supérette sans que personne d'autre ne la reconnaisse…

Mary Sue avait tenté de joindre sa mère une bonne dizaine de fois. En vain. Cette dernière la rappela enfin dans la soirée.

— Je viens seulement d'écouter tes messages, chérie. J'avais des courses à faire et j'avais oublié mon portable sur ma table de nuit. Qu'avais-tu de si important à me demander ?

— Te souviens-tu de la maison des Clementine, maman ? Y es-tu déjà rentrée ?

— Non, jamais. Pourquoi ? J'ai entendu dire qu'elle était pleine d'un bazar innommable. Frannie ne jetait rien. J'imagine que l'intérieur est dans un état déplorable, non ?

— C'est pire que ça. Il y en a partout : des livres, des magazines, des bibelots en pagaille... Mais surtout, quelque chose me chiffonne. À en croire les plans que le tribunal du comté m'a envoyés, une alcôve se trouvait à l'origine dans la cuisine.

— Alors qu'il y a quoi, maintenant ?

— Un mur.

— Un mur ? répéta sa mère d'un ton perplexe.

— C'est comme s'il n'y avait jamais eu de renfoncement.

— Pourquoi quelqu'un murerait-il une alcôve ?

— C'est ce que j'aimerais savoir.

— Es-tu sûre que le bureau du tribunal t'a envoyé les bons plans ? Et ne s'est pas trompé de maison ?

— J'en suis sûre. Je suis même retournée là-bas cet après-midi pour le vérifier. Il y avait bien une alcôve d'environ cinq mètres de large et de trois mètres de haut. Assez grande donc pour y cacher un cadavre...

Ou même plusieurs en les empilant, songea-t-elle.

Mais elle ne le dit pas.

— C'est vraiment étrange, reconnut sa mère. Cela dit, ce détail ne devrait pas nuire à la vente. Annabelle va laisser cette cloison, n'est-ce pas ?

— J'en ai l'impression. Pourtant, c'est un peu effrayant, tu ne penses pas ?

— Oh ! Mary Sue, répondit sa mère. Tu regardes trop de séries policières à la télévision. Pourquoi ne viendrais-tu pas m'aider à faire cuire les tartes au lieu de te monter la tête ? Je suis épuisée.

Pourquoi pas ?

— Très bien. Veux-tu que je t'apporte quelque chose ?

Sa mère resta silencieuse comme si elle réfléchissait à la dernière question que Mary Sue lui avait posée. Mais quand elle reprit la parole, ce ne fut pas pour évoquer les tartes de Thanksgiving.

— Tu sais, personne ne l'a su avant sa mort, mais Frannie ne s'était jamais mariée.

— Ah bon ? Je croyais qu'elle était veuve, que son mari était mort avant qu'elle ne s'installe à Whitehorse ? En tout cas, elle a forcément eu un homme dans sa vie : le père de son fils. De qui s'agissait-il alors ?

— Je l'ignore. Je n'ai jamais vu Frannie fréquenter qui que ce soit. Cela dit, Inez m'avait affirmé qu'elle l'avait aperçue un jour — il y a des années — chez elle en compagnie d'un inconnu… que personne n'a jamais revu.

Mary Sue cherchait surtout à comprendre pourquoi Frannie avait fermé ce renfoncement.

— Peut-être a-t-elle tué cet homme et l'a-t-elle emmuré dans l'alcôve.

— Oh ! Mary Sue ! Frannie n'aurait pas fait de mal à une mouche.

— C'est ce que m'a dit Annabelle.

Mais Mary Sue ne pouvait s'empêcher de se demander ce qu'il y avait derrière cette cloison.

Les gens qui avaient l'air innocents ne l'étaient pas toujours…

5

Tout en s'engageant dans l'allée qui menait à la maison de sa grand-mère, Annabelle se sentait barbouillée. Elle avait sans doute eu tort de s'empiffrer sans attendre des beignets aux pommes qu'elle venait d'acheter à Whitehorse. Voilà des années qu'elle ne s'était pas autant régalée. Posée sur le siège du passager à côté d'elle, la boîte était presque vide. Mais l'excès de sucreries n'était pas la seule cause de son malaise. Voir Willie l'avait profondément remuée. Et avait ravivé trop de souvenirs de Dawson. Trop de souvenirs, en général.

À la hâte, elle referma le couvercle sur les beignets qui restaient. Avait-elle vraiment imaginé pouvoir revenir incognito, vendre la propriété et s'éclipser à la faveur de la nuit avant que quiconque n'apprenne son retour ?

— Tu n'es qu'une idiote, dit-elle en sortant de la voiture.

En partant, elle n'avait pas pris la peine de verrouiller la maison et elle s'en félicita. Encombrée de sacs de provisions comme elle l'était, elle n'aurait pas réussi à glisser la clé dans la serrure sans tout faire tomber.

Elle referma la porte derrière elle d'un coup de hanche et traversa le salon plongé dans l'obscurité en direction de la cuisine. Le clair de lune se glissait à travers les stores, peignant des bandes de lumière dans la pièce. Elle posa son chargement sur le comptoir. Elle cherchait l'interrupteur à tâtons quand elle crut entendre un bruit.

Aussitôt, elle sentit les poils de sa nuque se hérisser et, terrifiée, elle posa les yeux sur ce stupide mur qui n'était pas censé être là.

Comme elle regardait la cloison en s'interrogeant sur sa

raison d'être, elle eut soudain l'impression d'y voir une tache sombre… comme du sang. Son cœur bondit dans sa poitrine.

C'était impossible après toutes ces années. Mais…

Avec un cri étouffé, elle recula, heurtant le comptoir. Une partie du chargement qu'elle y avait posé tomba sur le sol. Le sac, qui contenait du lait, du jus d'orange et du café, heurta le lino avec fracas.

Les yeux toujours rivés sur la tache, elle tenta de se persuader qu'il s'agissait d'un jeu de lumière, du clair de lune. D'une ombre. Elle tentait frénétiquement de se rappeler où se trouvait l'interrupteur, impatiente de se prouver qu'elle n'avait aucune raison de s'inquiéter.

De façon irrationnelle, elle craignait que la marque ne s'élargisse, ne s'étende…

Il était temps de réagir, de recouvrer ses esprits.

Sortant son téléphone portable, elle appela sa sœur Chloe sans cesser de chercher l'interrupteur.

— Pourquoi TJ et toi n'êtes-vous pas restées dans la maison ? demanda-t-elle sans préambule, dès que son aînée répondit.

— Annabelle ? As-tu bu ? Quelle heure est-il ?

Chloe semblait à moitié endormie.

Annabelle jeta un coup d'œil à l'horloge. Il était 22 heures. Mais 22 heures dans le Montana, c'était minuit à New York.

— Réponds-moi. Pourquoi n'êtes-vous pas restées chez Frannie quand vous êtes venues pour l'enterrement ?

— C'est « chez Frannie » maintenant ? Je pensais que c'était *ta* maison puisque c'est toi qui en as hérité, comme tu ne cesses de le répéter.

— Tu ne réponds pas à ma question.

Se rappelant soudain où était situé l'interrupteur, Annabelle l'actionna et, aveuglée par la lumière qui jaillissait brusquement dans la cuisine, elle cligna des paupières. La tache sur le mur avait disparu. Comme si elle n'avait jamais existé.

L'intense soulagement qui la traversa la détendit, même si elle se sentait idiote. Bien sûr, il n'y avait pas de marque. Elle n'avait vu qu'un jeu de lumière, qu'une ombre.

Pourquoi avait-elle été imaginer du sang ? À cause de Mary

Sue, songea-t-elle en maudissant son ancienne camarade de classe.

En revanche, la cloison était toujours là, se dit-elle en frissonnant.

Lorsque Chloe répondit, sa sœur semblait sur la défensive.

— Nous n'avions pas envie de rester dans la maison.

— Pourquoi ?

— Et pourquoi t'en soucies-tu ? répliqua Chloe. Nous ne nous sommes pas parlé depuis des mois et c'est tout ce que tu as à me dire ?

— Y avait-il quelque chose à l'intérieur qui… vous ait fait peur ? insista Annabelle, furieuse d'être forcée d'admettre que la vieille demeure l'effrayait.

Elle aurait voulu étrangler Mary Sue pour la punir de lui avoir parlé de l'alcôve manquante, des vieilles dames qui tuaient leurs maris avant de les enterrer chez elles ou des collégiens qui évitaient l'endroit le soir d'Halloween parce qu'ils voyaient le fantôme de Frannie à la fenêtre.

— Que se passe-t-il, Annabelle ?

Annabelle secoua la tête, épuisée. Elle se sentit sale et nauséeuse. Elle n'avait pas appelé ses sœurs pour leur raconter ses problèmes parce que toutes trois s'étaient disputées à propos de l'héritage et qu'elles ne s'adressaient plus la parole depuis l'ouverture du testament. Elle n'avait pas voulu leur avouer que sa carrière de mannequin était terminée et qu'elle n'avait plus un sou vaillant. Mais maintenant, elle n'avait plus personne à qui se confier. Ses soi-disant amis californiens avaient disparu en apprenant sa disgrâce. Elle était ruinée, désespérée et seule.

Elle s'efforça de se ressaisir.

— Ce n'est rien. Tout va bien, répondit-elle, se rappelant leurs réactions quand elles avaient appris que leur grand-mère ne leur avait rien laissé, désignant Annabelle comme son unique héritière.

S'estimant lésées, ses sœurs en avaient été blessées et elles lui avaient lancé des horreurs. Annabelle en était toujours meurtrie.

— As-tu vendu la propriété ? reprit Chloe.

— Pas encore mais je m'en occupe. Je suis désolée de t'avoir dérangée en pleine nuit.

Elle raccrocha et regarda de nouveau la cloison. Pourquoi sa grand-mère avait-elle muré l'alcôve ?

Annabelle se jura que si Mary Sue se présentait demain en lui avouant qu'elle s'était trompée de plan et qu'il n'y avait jamais eu de renfoncement dans cette maison, elle l'étranglerait.

6

— Alors, il a pris l'avion ? demanda Bernie au téléphone tout en éloignant son fauteuil roulant de la fenêtre.

— Oui. Il m'a confié son chat avant de partir.

— Robby a un chat ?

Bernie se rendit compte qu'il ne savait pas grand-chose de son neveu, et pourtant il ne regrettait pas de l'avoir chargé de cette mission. Cette fois, il ne se trompait pas. Cette Francesca Clementine était bien sa Baby Doll. Il en était sûr et certain. Bizarrement, plus que de récupérer ce qu'elle lui avait volé autrefois, il avait surtout envie de comprendre pourquoi. Et pourquoi elle l'avait quitté. N'était-elle intéressée que par son argent ?

Il secoua la tête. Au fond de son cœur, il savait que ce n'était pas le cas. Il l'aimait follement. Et sa poupée devait l'aimer, elle aussi. Il espérait que Robby en trouverait la preuve. Tant qu'il n'en aurait pas la certitude, il ne pourrait pas mourir en paix.

— S'il te donne de ses nouvelles, transmets-les-moi immédiatement. Dans cette maison de retraite, personne ne me dit jamais rien, et j'ai parfois l'impression de vivre sur une autre planète.

Comme il raccrochait, son regard se posa sur la corbeille à papier. Elle n'avait pas encore été vidée, mais le journal de Whitehorse qu'il y avait jeté quelques heures plus tôt avait disparu.

Il était certain de l'avoir mis à la poubelle. Cela dit, peut-être avait-il seulement pensé le faire. Depuis quelque temps, sa mémoire lui jouait des tours, ce qui le rendait fou. Il promena les yeux autour de lui. S'il n'était pas dans la corbeille, le *Milk River Courrier* devait être ailleurs. Sur son bureau peut-être, ou sur le lit. Qui aurait envie de lire l'hebdomadaire d'un bled perdu au fin fond du Montana, d'autant qu'il l'avait en partie découpé ?

Son cœur commença à battre à grands coups dans sa poitrine. Le journal n'était pas là. Quelqu'un l'avait pris dans sa corbeille à papier. Mais qui ? Il jeta un coup d'œil vers le couloir. Sa jeune et jolie infirmière ? Il secoua la tête. Non, sûrement pas. Mais alors, qui ? Ces derniers temps, il n'avait pas prêté beaucoup d'attention aux nouveaux pensionnaires de la maison de retraite ni à leurs visiteurs, se reprocha-t-il.

La vieillesse était un naufrage. Il avait baissé la garde, une erreur qu'il n'aurait jamais commise lorsqu'il était plus jeune.

Saisi d'une brusque angoisse, il rapprocha son fauteuil roulant de la fenêtre. Il posa les yeux sur le canal tout proche et, à la vue du bateau à moteur qui s'éloignait lentement avec deux hommes à bord, il sentit son ventre se nouer.

Les Feds.

Annabelle se réveilla au petit jour après une nuit passée à se tourner et à se retourner dans son lit. Comme elle s'asseyait, le vieux sommier grinça sous elle. Elle avait mal à la tête et se sentait nauséeuse. Peut-être avait-elle eu tort de s'empiffrer de pâtisseries, la veille au soir.

Après avoir vu ce qui ressemblait à une tache de sang sur le mur de la cuisine et avoir appelé sa sœur, elle était allée directement se coucher, l'appétit coupé. Avait-elle vraiment mangé tous ces beignets ? Cette seule idée lui donnait envie de vomir.

Tout en ouvrant la porte de la chambre pour gagner la salle de bains, elle ne parvenait pas à chasser de son esprit les rêves étranges qui l'avaient visitée pendant la nuit.

Elle frissonna au souvenir d'un songe qui lui avait paru plus réel que les autres. Frannie lui était apparue. Debout au pied de son lit, elle avait l'air si vivante qu'Annabelle en avait été terrifiée. Pire, sa grand-mère lui avait parlé.

« Je sais que tu te demandes pourquoi je t'ai légué la maison, pourquoi je te l'ai laissée, à toi seule, et non à vous trois. Je suis désolée des remous que j'ai créés entre tes sœurs et toi mais tu es la seule à pouvoir gérer la situation. De mes trois petites-filles, tu es celle qui me ressemble le plus. Chloe et TJ ne supporteraient pas de découvrir ce que j'ai caché derrière ce mur. Elles ne supporteraient pas la vérité. »

Secouant la tête, Annabelle se mit à rire. Il n'était pas difficile de comprendre l'origine de ce rêve. Les bêtises que lui avait dites Mary Sue hier en étaient la cause.

Elle retourna dans la chambre et s'habilla avec les vêtements qu'elle avait portés la veille. Elle ne voyait pas l'intérêt d'en mettre des propres pour nettoyer ce capharnaüm.

Alors qu'elle traversait la pièce, l'une des lattes du parquet grinça sous ses pieds nus, lui rappelant les gémissements de la maison pendant la nuit. La vieille demeure n'était pas si bruyante autrefois.

Comme elle reprenait sa marche sur le plancher, elle sentit ce dernier s'affaisser un peu sous son poids. Elle s'accroupit pour l'examiner et s'aperçut que certaines lattes étaient décollées. En les observant plus attentivement, elle remarqua des éraflures sur le bois, comme si quelqu'un avait cherché à les soulever.

À son tour, elle s'efforça de les écarter. Elle n'y parvint pas mais elle comprit qu'elle y arriverait sans mal avec un outil quelconque. Dans la cuisine, elle trouva un couteau à beurre qui ferait parfaitement l'affaire.

De retour dans la chambre, elle s'agenouilla de nouveau sur le sol et glissa la lame sous les lattes branlantes. Celles-ci bougèrent mais Annabelle hésita soudain à mener plus loin ses investigations. Peut-être y avait-il des insectes là-dessous ou pire, des souris…

Elle se remit pourtant au travail et parvint à retirer les minces pièces de bois, grimaçant de dégoût à la vue de la toile d'araignée accrochée à l'une d'elles. Elle les posa sur le côté et se pencha pour inspecter l'espace qu'elle venait de découvrir. Il était étroit et poussiéreux mais, après y avoir plongé la main, elle en tira une vieille boîte en fer-blanc.

Elle l'essuya avec un chiffon puis, assise en tailleur, tenta de l'ouvrir. Mais elle était fermée à clé.

Comme elle essayait de forcer la serrure à l'aide du couteau, elle entendit sonner à la porte. Par la fenêtre, elle aperçut sous le porche un vieil homme à cheveux blancs. Il portait une casquette de base-ball et un manteau à carreaux rouges et noirs.

N'ayant aucune envie d'ouvrir à cet inconnu, elle décida de rester là où elle était jusqu'à ce qu'il s'en aille. Les rideaux la dissimulaient aux regards. Mais l'inconnu agita une nouvelle fois la cloche. Sans doute avait-il vu sa voiture garée dans la cour. En tout cas, il semblait déterminé à sonner jusqu'à ce que quelqu'un réponde.

Avec un gémissement, Annabelle se leva. Elle rangea rapidement la boîte dans l'un des tiroirs de la commode et se dirigea vers l'entrée en se tapotant les cheveux. Peu importe ce qu'espérait lui vendre ce type, elle n'avait pas l'intention de l'acheter.

Elle ouvrit la porte.

— Que voulez-vous ? demanda-t-elle. Je suis désolée mais je suis très occupée et je…

— Vous êtes certainement Annabelle, répondit-il en s'appuyant sur sa canne, un sourire aux lèvres.

De la fenêtre, elle n'avait pas remarqué sa canne. Ni son visage. Il pouvait avoir dans les quatre-vingts ans mais il semblait en forme.

— Vous êtes bien comme votre grand-mère vous avait décrite, poursuivit-il.

Elle réprima un soupir. Cet importun n'était pas un démarcheur à domicile comme elle l'avait d'abord subodoré. Il avait connu Frannie. Mais qui était-il ? Il n'était pas habillé comme la plupart des hommes de Whitehorse.

Il s'agissait sans doute du pasteur. Ou d'un membre bien intentionné de la congrégation qui voulait l'inviter à assister au service du dimanche.

Tandis qu'elle s'interrogeait ainsi, il poursuivit :

— J'ai l'impression que Frannie ne vous a jamais parlé de moi. Excusez-moi, je manque à tous mes devoirs. Je ne me suis pas présenté : Lawrence Clarkston. J'étais le petit ami de votre grand-mère.

— Son petit ami ?

Il se mit à rire.

— Préférez-vous le mot « compagnon » ?

— Vous viviez avec Frannie ?

Elle en restait sans voix. Son aïeule avait donc quelqu'un dans sa vie ? Après toutes ces années passées seule ? Ce type n'était visiblement pas du coin et quelque chose chez lui la rendait nerveuse. Il s'efforçait de jeter un œil par-dessus son épaule pour voir l'intérieur de la maison.

— D'accord, monsieur Clarkston. Excusez-moi mais je dois me remettre au travail...

— Vous semblez en effet très occupée, dit-il, cherchant toujours à regarder derrière elle. Vous êtes en train de ranger ses affaires, non ? Manifestement, c'est du boulot. Je serais heureux de vous aider.

— Merci, mais ça va aller.

— Bon. Dans ce cas, je repasserai plus tard.

Il s'éloigna, s'appuyant lourdement sur sa canne, vers une voiture sombre garée en bordure du trottoir. Annabelle le regarda s'installer au volant tout en se demandant combien de secrets comme celui-ci sa grand-mère lui avait cachés.

Dawson retira son stetson et l'agita pour encourager la dernière des vaches à retourner dans les champs du ranch Rogers puis il s'approcha de la clôture. Le soleil se levait à peine derrière les Rocheuses. L'air de novembre était frais. Il aurait aimé siroter un café devant le poêle à bois de sa cuisine.

Mais il était réveillé depuis des heures après une longue nuit à se tourner et à se retourner entre ses draps. Il ne lui était pas difficile de comprendre l'origine de son insomnie. Annabelle Clementine. Qu'elle ait hanté son esprit ne faisait qu'attiser sa colère contre lui-même. Il croyait avoir réussi à chasser pour de bon cette femme de sa vie. Mais il n'en était rien.

Il jura entre ses dents tout en sortant sa tronçonneuse de

son camion. Un vieil érable était tombé sur ses barbelés. Il coupa l'arbre en tronçons qu'il empila avec soin à l'arrière de son pick-up. Ces bûches lui serviraient plus tard de bois de chauffage. De l'intérieur de l'habitacle, Sadie le regardait faire, aboyant quand des vaches approchaient de la clôture, curieuses de voir ce qui se passait.

Alors qu'il venait de terminer son travail et rangeait sa tronçonneuse, il vit son frère arriver au volant de son 4x4. Pendant un moment, il pensa que Luke était venu lui donner un coup de main. Il remarqua alors que son cadet n'était pas seul. Sa petite amie, Sally, était avec lui, tous deux étaient en tenue kaki, chaussés de bottes et armés de fusils.

Il se demanda si Luke allait réussir à chasser quoi que ce soit en compagnie de Sally. Pas étonnant que son frère n'ait pas encore abattu de biche.

Dawson préféra garder cette pensée pour lui.

— Qu'es-tu donc venu faire ici à cette heure matinale ? lança-t-il alors que son cadet s'arrêtait à sa hauteur et baissait sa vitre.

— Maman m'a dit que je te trouverais ici, occupé à réparer la clôture.

Mais Luke se désintéressa rapidement du sujet et tourna son regard vers les Rocheuses.

— J'ai entendu parler d'un gros mâle qui se baladait à l'orée de la forêt. Nous allons essayer de le traquer.

Comme il reportait son attention sur Dawson, le visage de Luke s'éclaira de nouveau.

— Tu as une mine épouvantable, dis donc ! Que se passe-t-il ? Aurais-tu mal dormi ?

Il posait la question d'un ton moqueur comme si cette éventualité l'amusait beaucoup. Non qu'il se réjouisse que le retour d'Annabelle Clementine perturbe le sommeil de son grand frère. Mais Luke espérait lui prouver ainsi qu'il s'intéressait plus à elle qu'il ne le prétendait.

— Je m'inquiétais à cause du bétail qui pourrait sortir par-là et aller se promener sur les routes, déclara Dawson sans se compromettre.

Il avait peut-être une sale tête mais il n'était pas prêt à parler de ce qui l'avait tenu éveillé une grande partie de la nuit.

— Bon, je dois terminer mes réparations, reprit-il en s'écartant du 4x4. Bonne chance avec ce cerf. J'espère que tu l'auras.

— À plus tard !

Par sa vitre ouverte, Luke lui adressa un signe de la main et ajouta :

— Gardez-moi un morceau de dinde !

Dès que Lawrence Clarkston fut parti, Annabelle referma la porte et se remit au travail. Sa grand-mère avait donc eu un petit ami ? Elle n'en revenait pas. Pendant toutes les années où elle avait vécu avec elle, Frannie n'avait jamais voulu nouer de relations amoureuses, répétant que son mari avait été le seul et unique amour de sa vie. Qu'il n'y aurait jamais personne d'autre dans son cœur.

Se pourrait-il qu'elle ait finalement changé d'avis et soit tombée dans les bras de ce Lawrence Clarkston ? Annabelle essaya de comprendre pourquoi ce type l'avait rendue si nerveuse. Peut-être était-ce parce qu'il n'était pas du tout le genre de Frannie, pensa-t-elle tout en portant un carton pour le poser sous le porche. Mais, encore une fois, quel était le genre de Frannie ?

Ce n'est que plus tard, quand la mère de Dawson lui téléphona pour lui rappeler qu'elle comptait sur elle pour venir déjeuner, qu'Annabelle cessa de travailler et regagna sa chambre pour se préparer.

En entrant dans la pièce, elle vit le trou qu'elle avait découvert en retirant les lattes et elle les remit en place. Elle ne voulait surtout pas risquer de se tordre la cheville en y glissant le pied par inadvertance. Par association d'idées, elle se souvint de la boîte en fer-blanc. Troublée d'apprendre que Frannie avait eu un amoureux, elle l'avait un peu oubliée.

Elle la sortit de la commode et, son couteau à la main, essaya à nouveau de forcer la serrure. Mais pendant qu'elle travaillait, elle se remémora le coup de fil de Willie. Elle ne pouvait pas se permettre d'être en retard. Elle n'avait pas prévu d'aller au ranch Rogers pour Thanksgiving. Hier, en se couchant, elle pensait trouver une excuse pour ne pas s'y rendre.

Maintenant, il était trop tard pour se défiler. Elle n'avait pas le choix, elle devait aller chez Willie. D'ailleurs, elle connaissait assez cette dernière pour savoir qu'elle mettrait ses menaces à exécution et enverrait quelqu'un la chercher si Annabelle ne venait pas. Et comme Dawson et son frère étaient partis chasser, elle n'avait rien à craindre en déjeunant chez Willie. Ce n'était pas comme si Willie jouait les entremetteuses dans l'espoir de les réconcilier.

De plus, elle avait gardé d'excellents souvenirs d'autres Thanksgivings passés au Rogers Ranch. Willie était un véritable cordon-bleu et elle préparait toujours de véritables festins pour ses hôtes. En revanche, elle doutait que Willie ait réellement besoin de son aide. Elle avait beaucoup aimé la mère de Dawson et s'était toujours sentie proche d'elle. Peut-être Willie éprouvait-elle la même chose à son égard. Pour quelle autre raison lui aurait-elle pardonné d'avoir fait souffrir son fils aîné et l'aurait-elle invitée à déjeuner ?

La serrure céda enfin. Posant le couteau à beurre, Annabelle souleva prudemment le couvercle de la boîte en fer-blanc. Qui l'avait cachée sous le plancher ? Les premiers propriétaires ? Ou sa grand-mère ? Et pourquoi Frannie aurait-elle dissimulé quelque chose à cet endroit-là ?

Annabelle fut un peu déçue de constater que la boîte ne contenait que des vieilles photos et des coupures de journaux jaunies.

Elle étudia rapidement quelques clichés en noir et blanc. Elle ne reconnut aucun des visages. Qui sait depuis combien de temps ces papiers étaient sous la maison ? Elle doutait que les personnes représentées sur les photos soient liées à Frannie, vu la façon dont elles étaient habillées. De toute façon, elle n'avait pas le temps de les passer en revue pour le moment.

Elle se rendit dans la cuisine pour se servir une tasse de café et, tout en le sirotant, elle posa distraitement la boîte sur la table. Puis elle alla prendre une douche et se préparer.

Voilà des années qu'elle n'était pas revenue au ranch Rogers mais jamais elle n'aurait oublié le chemin pour y aller. Cela lui ferait drôle d'y retourner. Au moins, Dawson ne serait-il pas là. Pourtant, elle craignait qu'il ne tarde pas à apprendre son retour. Ou pire, qu'elle tombe sur lui en ville.

Elle ne pouvait s'empêcher de se demander s'il avait beaucoup changé au cours des treize dernières années. Il était peut-être chauve à présent et avait une bedaine. Cette pensée la fit rire. Elle se demanda si elle le reconnaîtrait. Peut-être pas.

En entrant dans la maison, Dawson vit la table dressée pour une douzaine de personnes et il secoua la tête en souriant. Sa mère ne changerait jamais. Les jours de fête, et en particulier à Thanksgiving, elle avait l'habitude de ramasser tous les esseulés du coin pour les inviter à sa table.

— Offrir un bon repas ne coûte pas grand-chose et fait toujours plaisir, disait-elle.

Chaque année, elle conviait au moins une quinzaine de voisins et amis au ranch.

Il suivit les parfums de la dinde rôtie. En passant, il remarqua les tartes posées sur le buffet. Elle en avait confectionné pour un régiment. Il trouva Willie dans la cuisine, riant avec des voisines. Son visage rayonnait, ses yeux brillaient. Elle était dans son élément devant les fourneaux.

— Regardez qui est là ! s'exclama-t-elle en se précipitant vers lui pour l'embrasser avec chaleur.

Grande et mince, Willie avait un visage tanné à force de travailler au grand air. Une telle joie de vivre l'animait qu'elle réchauffait ses semblables par sa seule présence. Et d'un sourire, elle gagnait tous les cœurs.

Depuis la mort du père de Dawson, des dizaines d'hommes avaient demandé sa main mais elle avait éconduit tous ses soupirants en riant, répétant qu'elle n'avait pas besoin d'un mari. Dawson craignait qu'elle ait refusé de refaire sa vie pour ne pas imposer un beau-père à ses fils.

Elle lui présenta les autres femmes qui se bousculaient dans la cuisine.

— Tu connais Kay, qui vit près du petit bois, dit-elle, indiquant une sexagénaire aux cheveux gris. Et Patricia, qui joue de l'orgue à l'église.

Il sourit.

— Maman, je connais Kay depuis toujours. Bonjour, madame Welch. Et Patricia depuis… avant ma naissance.

Sa mère s'esclaffa.

— Alors je suppose que je n'ai pas besoin de te rappeler non plus qui est Annabelle, ajouta-t-elle alors que cette dernière remontait de la cave, un crumble aux pommes dans les mains. Je crois que tu la connais depuis tes dix ans.

— Mes sept ans, corrigea-t-il tandis que ses yeux se posaient sur Annabelle.

Elle avait l'air aussi surprise que lui de le voir. Avait-elle pensé qu'il ne serait pas là ?

— Et elle en avait cinq, ajouta-t-il.

Annabelle portait la tenue noire dans laquelle il l'avait vue au bord de la rivière, la veille. Elle était sexy en diable.

— Sept ans, tu as raison, répondit sa mère. Au temps pour moi. Mets ce crumble sur la desserte, dit-elle à Annabelle. Dawson, peux-tu sortir les mottes de beurre du réfrigérateur ?

Tout en s'exécutant, il fusilla sa mère du regard. Comment avait-elle osé lui faire ce coup-là ?

Elle lui sourit d'un air innocent.

— J'étais ravie d'apprendre qu'Annabelle était de retour en ville. Et plus heureuse encore qu'elle accepte de se joindre à nous pour Thanksgiving.

Willie planta les yeux dans les siens comme pour lui dire : « Je te conseille d'être poli avec elle, sinon… »

Aucun fils de Wilhelmina Rogers n'aurait osé se montrer grossier envers un de ses invités.

Il suivit Annabelle dans la salle à manger, hors de portée des oreilles maternelles.

— Que fais-tu ici ? demanda-t-il dans un souffle.

— Et toi ? répliqua-t-elle sur le même ton. Je pensais que tu étais à la chasse.

— J'étais parti chasser, oui. Jusqu'à hier.

Il attendit qu'Annabelle dise quelque chose au sujet de leur rencontre au bord de la route. Comme elle n'y faisait pas la moindre allusion, il ajouta :

— Ce qui est une chance pour toi. Si je n'étais pas revenu hier, tu serais sans doute toujours plantée près du Missouri, devant ton cabriolet sans une goutte d'essence.

Annabelle écarquilla les yeux, et ses joues s'enflammèrent.

— C'était toi ?

Il laissa échapper un rire amer.

— Et tu ne m'as même pas reconnu… On peut dire que tu m'as vite oublié !

7

Annabelle se sentit blêmir. Comment avait-elle pu ne pas le reconnaître ? Certes, la veille, terrifiée à l'idée de tomber en panne, elle ne l'avait pas bien regardé. À sa décharge, le type à qui elle avait demandé de l'aide avait l'air si débraillé, si sale que jamais elle n'aurait imaginé…

Elle poussa un gémissement.

— Si j'avais su que c'était toi, je ne me serais pas arrêtée.

Elle mentait, parce qu'elle n'avait plus une goutte d'essence lorsqu'elle l'avait croisé non loin des rives du Missouri et qu'elle n'aurait pas réussi à parcourir plus de deux cents mètres s'il ne l'avait pas approvisionnée en carburant.

Il grimaça.

— Merci !

— Non, je voulais dire que…

— Ne t'inquiète pas, j'avais bien compris le message. Comme celui que tu m'as adressé, il y a treize ans, ajouta-t-il en plantant les yeux dans les siens.

— Dawson…

Elle s'interrompit. Le simple fait de dire son nom lui était douloureux, lui rappelant tout ce qu'ils avaient partagé — et qu'elle avait repoussé.

— Je n'ai jamais…

— Je t'en prie, ne dis rien.

Elle regarda son beau visage, ses yeux bruns qui lui semblaient maintenant si familiers. Il était rasé de près, aujourd'hui. Et il était toujours aussi séduisant. Sa chemise de cow-boy ne parvenait pas à dissimuler ses larges épaules. Et Annabelle n'avait pas besoin de voir ses abdominaux pour savoir qu'ils étaient durs comme du roc et encore bronzés après un été à travailler torse nu sur le ranch.

Au souvenir de son corps contre le sien, elle déglutit avec difficulté.

— Je suis désolée, Dawson. J'aurais au moins dû te proposer de l'argent, te dédommager pour l'essence.

Il secoua la tête, comme accablé par sa réflexion.

— Tu vis depuis trop longtemps en Californie, Annabelle. Ici, dans le Montana, les gens s'entraident sans rien demander en échange. Comme tu as grandi à Whitehorse, je pensais que tu t'en serais souvenue mais j'avais tort. Tu as tout oublié, ce qui n'est pas si surprenant, en définitive. Il y a treize ans, tu avais tellement hâte de partir, de tourner la page, d'effacer de ta mémoire cette région et ses habitants que tu t'es dépêchée de désapprendre leur façon de vivre et de se comporter. Que m'avais-tu dit en pliant bagage déjà ? Que contrairement à moi, tu ferais quelque chose de ton existence…

De nouveau, elle sentit ses joues s'embraser.

— Dawson…

— Ne t'inquiète pas. Tu as été très claire, à l'époque. Et j'ai reçu le message cinq sur cinq, ajouta-t-il avant de tourner les talons pour sortir de la pièce.

Annabelle le regarda s'éloigner, submergée par une vague de regrets à laquelle elle ne s'attendait pas. Pendant des années, elle s'était répété qu'elle n'avait rien laissé derrière elle en quittant Whitehorse. Et elle n'y était même pas revenue pour les funérailles de sa grand-mère. Quel genre de femme était-elle donc ?

— Je comprends que tu aies besoin de déployer tes ailes, Annabelle, avait dit Frannie le jour où elle avait fait ses valises pour partir.

D'un ton ferme, elle avait ajouté :

— Il n'y a rien pour toi ici. Tu as besoin d'espace, de liberté, de découvrir d'autres cieux et de te faire une place au soleil. J'étais comme toi à ton âge. Je rêvais de croquer le monde à pleines dents. J'en avais tellement envie que cela me rongeait de l'intérieur. La gloire, la fortune, quoi que tu cherches, je te fais confiance pour les trouver. J'espère seulement que tu n'attends rien d'autre de la vie.

— Mais je m'en veux de te laisser, avait rétorqué Annabelle.

— Ne sois pas ridicule. Il est temps pour toi de quitter le nid, avait protesté sa grand-mère en l'embrassant avec chaleur. J'ai fondé de grands espoirs sur toi, quoi qu'il arrive.

— Parce que je suis ta préférée.

Frannie avait éclaté de rire.

— Tu l'es, c'est vrai, avait-elle répondu avec un clin d'œil. Et tu seras sans doute la seule capable de me comprendre, toi aussi.

Revenant au présent, Annabelle se rendit compte que Patricia était entrée dans la salle à manger et lui parlait.

— Excusez-moi, je ne vous ai pas entendue. J'étais dans la lune.

— Je vois ça… Je disais que je n'avais pas tout de suite saisi que vous aviez eu une relation amoureuse, autrefois, Dawson et vous. Vous ne me paraissiez pas très proches l'un de l'autre mais Willie vient de m'apprendre qu'elle avait toujours cru que vous deviendriez sa belle-fille.

Une sourde douleur revint torturer Annabelle. Elle avait quitté cette ville, cette existence, sans un regard en arrière et pourtant…

Elle se remémora la cabane dans les arbres, chez les voisins de sa grand-mère, et la première fois qu'elle avait posé les yeux sur Dawson. Elle avait toujours aimé prendre des risques, et voilà pourquoi elle n'avait pas hésité à grimper l'échelle de corde jusqu'à la maisonnette en bois. Bien sûr, elle avait vu le panneau : « ENTRÉE INTERDITE » — elle avait appris à lire à trois ans — mais elle n'en avait eu cure.

Plus tôt, elle avait échappé à la vigilance de ses sœurs. Leur grand-mère leur avait recommandé de la surveiller mais Chloe et TJ étaient en train de jouer avec leurs poupées et elles n'avaient pas fait attention à elle.

Une fois dans l'arbre, Annabelle avait d'abord été émerveillée de se retrouver au milieu des oiseaux et des écureuils. Mais lorsqu'elle avait voulu repartir, prise de vertige, elle avait été incapable de redescendre. Certes, elle était une enfant précoce, comme le répétait Frannie. Ou une crâneuse, comme la qualifiaient ses sœurs. Mais si elle avait toujours eu une âme d'aventurière, elle n'était qu'une petite fille qui se demandait comment regagner la terre ferme sans tomber.

Alors qu'au bord des larmes, elle cherchait toujours une solution, Dawson, alors âgé de sept ans, avait surgi en bas de l'échelle.

— Descends tout de suite ! avait-il ordonné avec colère. Tu n'as pas vu le panneau ? Il dit…

— J'ai lu ce qui est écrit dessus, avait-elle répondu d'une petite voix tremblante, craignant qu'il ne veuille la pousser dans le vide pour la punir de s'être introduite sans autorisation dans son domaine.

— Comment t'appelles-tu ? avait-il demandé tout en grimpant pour la rejoindre.

Regrettant d'avoir regardé vers le bas, Annabelle l'avait dévisagé en blêmissant. Allait-il lui faire du mal ? Incapable de lui donner son nom entier, elle n'avait réussi qu'à en balbutier la moitié.

— Anna.

— Très bien, Anna, avait-il dit en arrivant à sa hauteur. Je vais t'aider à descendre. Il faut me faire confiance, d'accord ?

Il se montrait gentil avec elle, pas comme les autres garçons qui venaient parfois à la maison, invités par ses sœurs, et qui s'amusaient à lui tirer les cheveux.

Instinctivement, elle s'était fiée à lui. Elle l'avait laissé la guider pour retrouver la terre ferme. Déjà, à l'époque, il était venu à son secours. Comme la veille en lui donnant de l'essence.

— Nous avions l'habitude de jouer ensemble quand nous étions enfants, voilà tout, répondit-elle à Patricia, se reprochant aussitôt son mensonge.

En réalité, Dawson avait toujours été là pour elle quand elle avait besoin de lui. Mais il avait les pieds bien plantés sur le sol du Montana, alors que ceux d'Annabelle semblaient pressés de partir à la conquête d'autres horizons. Du plus loin qu'elle s'en souvienne, elle avait toujours rêvé de quitter

Whitehorse, certaine qu'elle trouverait la gloire et la fortune ailleurs. Dommage que rien ne se soit pas passé comme prévu.

— Annabelle ! Comment vas-tu ? s'exclama une voix masculine derrière elle.

Elle se retourna pour découvrir Jason Reynolds, le meilleur ami de Dawson.

— Bienvenue à Whitehorse ! poursuivit-il avec chaleur. Mais tu as l'air frigorifiée, ajouta-t-il. Tiens, voilà un verre de vin. Cela te fera du bien.

— Merci, Jason. Je ne peux pas te dire à quel point c'est agréable de voir un visage amical.

Jason avait toujours été charmant avec elle et il était l'une des rares personnes à avoir compris son besoin de quitter Whitehorse — et Dawson.

En riant, il la serra dans ses bras.

— J'avais entendu dire que tu étais de retour mais je ne pouvais le croire.

— Je ne suis revenue que pour quelques jours, le temps de vendre la maison de ma grand-mère.

— Oh ! dit-il en jetant un coup d'œil vers la cuisine où Dawson était appuyé contre le comptoir. Voilà qui explique beaucoup de choses. Que dirais-tu d'aller boire une bière au Mint Bar en sortant d'ici ?

Annabelle hésita quelques instants.

— J'ai beaucoup à faire mais d'accord.

Pendant le repas, Dawson fit de son mieux pour se conduire en être civilisé mais la présence d'Annabelle lui avait coupé l'appétit. Sa mère se comportait comme si son amoureuse d'autrefois faisait désormais partie de la famille.

Après le café, comme il aidait Luke à charger le lave-vaisselle, il soupira :

— Jason a flirté avec elle pendant tout le déjeuner.

Leur mère avait laissé ses fils débarrasser la table et elle avait entraîné ses amies dans le salon pour regarder un feuilleton à la télévision. Jason était parti à peine le dessert avalé, expliquant qu'il devait passer à la maison de retraite pour embrasser sa grand-mère. Peu de temps après, Annabelle avait également pris congé.

Luke sourit. Sally, sa petite amie, fêtait Thanksgiving chez ses parents.

— C'est de ta faute, vieux. C'est toi qui as demandé à Jason de s'asseoir à côté d'elle. Je crois qu'ils se sont bien amusés, tous les deux.

Dawson grogna dans sa barbe. Comme s'il ne l'avait pas remarqué !

— Ce n'était pas mon idée d'inviter Annabelle pour Thanksgiving, dit-il. Mais celle de maman. Pourquoi faut-il toujours qu'elle joue les entremetteuses ?

Luke se mit à rire.

— Eh bien, si ça peut te faire plaisir, sache que maman n'était pas contente que Jason et Annabelle sympathisent à ce point.

Sans répondre, Dawson mit le lave-vaisselle en route. Les mains dans les poches, il se mit alors à tourner en rond dans la cuisine, incapable de rester en place.

— Arrête, tu me donnes le tournis, protesta son frère. Quelle importance que Jason ait flirté avec elle ? Comme tu l'as dit, Annabelle ne compte pas s'éterniser à Whitehorse. Alors détends-toi. Dès qu'elle aura vendu la maison de sa grand-mère, elle partira.

— Qu'elle s'en aille alors. Et vite.

— Je pensais que tu n'en avais plus rien à faire d'elle, lui rappela Luke. Que tu avais tourné la page et que tu t'en fichais complètement qu'elle soit de retour.

Comme Dawson, cessant d'arpenter la pièce, prenait la porte, son frère lança :

— Où vas-tu ?

— En ville. J'ai besoin d'un alcool fort.

— Maman a de l'eau-de-vie qu'elle utilise pour ses gâteaux aux fruits. Je sais où elle le cache.

Dawson secoua la tête.

— Je dois sortir d'ici. Que dirais-tu d'aller prendre un verre au Mint ?

*
* *

Au moment précis où il entra au Mint avec son frère, Dawson aperçut Annabelle attablée avec Jason. Il hésita à tourner les talons et à s'en aller. Il l'aurait fait si Luke ne l'en avait pas empêché.

— Tu ne peux pas continuer à l'éviter, dit Luke. Tu finiras forcément par tomber sur elle, un de ces jours. Et puisque tu n'en as plus rien à faire d'elle, où est le problème ?

Dawson savait qu'il se faisait manipuler mais il avait plus envie de boire un verre que de discutailler avec son frère. L'orchestre jouait une chanson où il était question d'amours infidèles. Le simple fait de voir Annabelle avec Jason lui donnait envie de mordre…

Refusant de leur faire l'aumône d'un regard, il se dirigeait vers le bar quand Jason les héla pour les inviter à les rejoindre à leur table.

— Tout va bien ? demanda son ami.

Dawson commanda un whisky et une bière à la serveuse qui était apparue.

— Pourquoi ça n'irait pas bien ? répliqua-t-il en se tournant vers Annabelle qui faisait semblant de s'intéresser aux couples qui se trémoussaient sur la piste de danse.

— Ta mère s'est surpassée pour ce repas de Thanksgiving, poursuivit Jason, comme s'il n'était pas conscient des tensions entre eux. Je me suis régalé.

— Tu ne devrais pas en être étonné. Après tout, tu viens déjeuner chez elle pour Thanksgiving chaque année.

Son ami sourit.

— Dis donc, j'ai l'impression que tu t'es levé du pied gauche, ce matin, non ?

Dawson lui jeta un œil noir et le regretta aussitôt. Il se sentait stupide. Jason était son meilleur ami et il faisait pratiquement partie de la famille Rogers.

Lorsque la serveuse apporta ses boissons, il but d'un trait son whisky et en fit passer l'amertume avec une gorgée de bière.

Comme l'orchestre entamait un slow, Dawson se tourna vers Annabelle.

— Dansons, dit-il en se levant.

Elle sembla hésiter mais il lui prit la main d'autorité et il l'entraîna vers la piste.

— Dawson, qu'est-ce que tu fabriques ? demanda-t-elle, dès qu'ils commencèrent à se balancer au son de la musique.

— Je danse.

Penché vers elle, il sentit les effluves de son parfum, celui qu'il aimait. L'avait-elle mis pour ce déjeuner, pensant qu'il serait là ? Non, sûrement pas. Elle avait cru qu'il était parti chasser. Alors, avait-elle voulu séduire Jason ?

Il détestait être jaloux mais il n'arrivait pas à s'en empêcher.

— Tu me dois bien une danse, non ? ajouta-t-il.

— Pour te remercier de m'avoir fait le plein d'essence ?

Il secoua la tête.

— Pour m'avoir brisé le cœur, il y a treize ans. Ce n'est pas cher payé, n'est-ce pas ?

Annabelle perçut la douleur qui teintait la voix de Dawson, sa colère et quelque chose d'autre qu'elle ne parvint pas à définir. Ils n'avaient pas échangé un mot au cours du déjeuner après cette courte discussion dans la salle à manger avant de passer à table. Mais elle avait senti son regard sur elle pendant tout le repas.

— Je t'ai brisé le cœur ? répéta-t-elle, un peu sceptique.

Elle se remémorait sa fureur quand elle lui avait annoncé sa décision de quitter le Montana, oui. Mais à l'époque, il ne lui avait jamais dit qu'elle lui brisait le cœur en s'en allant. Il n'était même pas venu lui dire au revoir, le jour de son départ. Et elle n'avait pas eu de ses nouvelles depuis.

Il planta les yeux dans les siens.

— À ton avis ?

Son regard la transperçait. Elle déglutit avec difficulté et détourna la tête, en se disant que, treize ans plus tôt, il n'avait pas cherché à la retenir. Du coup, elle avait cru qu'il s'en remettrait vite, qu'il l'oublierait.

— Si c'est vrai, j'en suis désolée.

— Ne le sois pas. Tu avais bien fait de t'en aller, la suite l'a prouvé. Si tu étais restée ici et que tu m'avais épousé… Eh bien, comme tu me l'avais assené en partant, tu aurais eu l'impression de t'enterrer vivante. Tu n'étais pas faite pour cette existence, pour le Montana. De toute évidence, tu avais fait le bon choix.

Son sourire la blessa.

— Il ne s'agissait pas vraiment d'un choix, répondit-elle. Je sentais qu'il fallait que je parte. J'avais envie de découvrir le monde, de tenter ma chance ailleurs.

— Et tu avais raison… Regarde le chemin parcouru.

Refoulant les larmes qui brûlaient ses paupières, elle répliqua :

— Ça n'a pas été facile, tu sais.

— Mais tu as surmonté les difficultés et je n'en suis pas surpris. Je ne connais personne de plus fort ou de plus déterminé que toi.

Dans sa bouche, il s'agissait d'un compliment. Annabelle regarda son beau visage, ses yeux bruns qui l'avaient toujours fait fondre.

— Que tu le croies ou pas, il n'a pas été simple pour moi de te quitter.

Dawson se mit à rire.

— Tu n'as pourtant pas eu l'air d'avoir beaucoup de mal à le faire, rétorqua-t-il en repoussant une mèche de ses cheveux blonds en arrière.

Sentir ses doigts sur sa peau la fit frissonner.

Plantant les yeux dans les siens, elle se souvint de tout, depuis leur premier baiser jusqu'à la dernière fois qu'ils avaient fait l'amour. Renoncer à leur histoire avait été l'épreuve la plus douloureuse qu'elle ait eue à vivre. Aurait-elle préféré qu'il se batte pour la garder ? Qu'il la supplie de rester ? En tout cas, il ne l'avait pas fait. Il l'avait laissée s'en aller sans esquisser le moindre geste pour la retenir.

Cela dit, même s'il l'avait implorée, elle serait sans doute partie quand même, se dit-elle. Mais ils ne le sauraient jamais, n'est-ce pas ?

— Dawson…

Le slow touchait à sa fin. Le regard de Dawson se posa

sur sa bouche et elle sut qu'il allait l'embrasser. La douleur qui nouait son ventre s'intensifia lorsqu'il se pencha vers elle.

— Dawson.

L'étreignant plus fort, il la plaqua contre lui et captura ses lèvres.

Si la musique avait continué, Annabelle serait restée dans ses bras, emportée par l'ivresse de ce baiser. Mais le silence revint et ils se détachèrent l'un de l'autre. Et, en regardant le séduisant cow-boy qui ne l'avait pas lâchée, elle sentit le lourd poids du mensonge tomber sur ses épaules. S'il savait… Elle l'avait plaqué autrefois pour une existence dont elle rêvait depuis toujours mais qui s'était révélée terriblement décevante, au final. Elle avait voulu se faire un nom, réussir sa vie, mais elle avait échoué lamentablement…

Comme elle se dégageait de ses bras, elle mesura à quel point quitter cet homme avait été une erreur. En songeant à ce qu'elle avait perdu, elle éprouva une douleur telle qu'elle faillit éclater en sanglots. Elle comprit aussi qu'elle n'avait pas le droit de lui faire davantage de mal. Mais s'éloigner de lui lui brisait le cœur, une fois de plus. Au cours des treize dernières années, elle avait comparé tous les hommes qu'elle avait rencontrés à Dawson — et aucun ne lui arrivait à la cheville.

S'arrachant à son étreinte, elle se dirigea vers la sortie. Elle arrivait presque à la porte quand quelqu'un l'attrapa par le bras. Elle se retourna, pensant que ce serait Dawson. C'était Jason.

— Dawson vient de partir par l'arrière, dit-il, la ramenant à la table. Prenons un verre comme prévu. Cela lui donnera la possibilité de filer à l'anglaise. Il en a besoin dans l'immédiat.

Annabelle se sentait très mal à l'aise mais elle le laissa la ramener à leur table. Elle n'avait aucune envie de boire. Mais elle avait encore moins envie de se retrouver nez à nez avec Dawson sur le parking. Des larmes brûlaient ses paupières. Elle passa les doigts sur ses lèvres encore meurtries par leur baiser, s'efforçant de ne pas exploser en sanglots.

— Je n'aurais jamais dû revenir ici, dit-elle, s'emparant du verre que Jason poussait devant elle.

— Ça va s'arranger, répondit-il.

Elle secoua la tête.

— Je ne resterai pas longtemps. Une fois que cette maison sera vidée et nettoyée…

L'ampleur de ce qu'elle avait encore à faire l'accablait. Le petit orchestre s'accordait une pause mais le juke-box prenait le relais.

Jason continuait :

— Je ne peux pas te laisser faire souffrir Dawson une nouvelle fois. Il y a treize ans, ton départ l'a anéanti et je ne suis pas sûr qu'il soit assez fort pour repasser par là.

Elle comprit qu'il les avait vus s'embrasser.

— C'est lui qui m'a invitée à danser et…

Elle s'apprêtait à dire que c'était lui également qui l'avait embrassée mais cela aurait été un autre mensonge.

— Il lui a fallu des années pour se remettre de votre histoire. Tu lui as fait du mal, répéta Jason, sans méchanceté. Il avait passé des mois à économiser pour t'acheter cette bague de fiançailles…

Regrettant de ne pas pouvoir disparaître dans un trou de souris, Annabelle avala une gorgée de vin. Le breuvage avait un goût amer mais sans doute essayait-elle d'effacer ainsi le souvenir de leur baiser. Encore un mensonge. En vérité, elle aurait aimé se remémorer durant toute sa vie cette étreinte, le goût de ses lèvres, et les garder toujours.

— Je te le dis parce qu'il est mon ami et toi aussi, poursuivait Jason. Tu sais, le jour où tu es partie, je pensais que tu te rendrais compte de ce que tu laissais derrière toi et que tu reviendrais. Mais un an plus tard, j'ai vu ta photo sur un panneau publicitaire à Denver. Je me suis dit : « Bon sang, j'ai grandi avec cette fille ! » Tu nous en as jeté plein la vue, à Dawson, à moi et à toute la ville. Nous étions épatés.

Annabelle avait envie de pleurer.

— Il n'y avait pas lieu d'être épaté, crois-moi, dit-elle dans un souffle. Ne t'inquiète pas. Je partirai dès que possible. En attendant, je resterai à distance de Dawson, et je suis sûre qu'il fera de même.

Elle se leva.

— Je dois y aller. Je te remercie. Pour le verre. Et pour… tes conseils, ajouta-t-elle en lui tendant la main.

Pour lui avoir dit qu'elle avait brisé le cœur de Dawson et pour l'avoir exhortée à ne pas recommencer ?

— Je ne veux pas que tu souffres non plus, ajouta Jason. Dawson ne quittera jamais le Montana. C'est un cow-boy. Il serait mort en Californie.

Elle hocha la tête.

— Je sais.

Pourquoi n'avait-elle pas laissé Mary Sue vendre la maison et lui envoyer l'argent ? se demandait-elle en se dirigeant vers la sortie. Pourquoi était-elle revenue ici ?

Dawson quitta le bar. Il avait besoin d'air frais et surtout, il fallait qu'il prenne ses distances. Il n'aurait jamais dû danser avec Annabelle et encore moins l'embrasser. Il maudissait son impulsivité quand il remarqua l'élégant cabriolet de la jeune femme… et un homme qui s'apprêtait à le soulever pour le poser sur une dépanneuse.

Il ne reconnut pas la compagnie de remorquage. Il savait par ailleurs que le véhicule d'Annabelle était en bon état. Et comme il avait rempli son réservoir d'essence, elle n'était certainement pas tombée en panne.

— Hé, dit-il en s'approchant. Pourquoi embarquez-vous cette voiture ?

— Ne vous mêlez pas de ça, répondit l'employé. Je fais mon boulot, c'est tout. Je ne veux pas d'ennuis. J'ai les autorisations administratives sur moi.

Il tira des feuillets de l'une des poches de sa veste.

Des autorisations administratives ? Quelles autorisations administratives ?

— Montrez-les-moi. Je connais la propriétaire de cette décapotable, déclara Dawson.

Avec un soupir, le type déplia les papiers et les lui tendit.

En les lisant, Dawson eut du mal à en croire ses yeux. Annabelle n'avait pas honoré les traites de son cabriolet. Comme elle n'avait pas donné suite non plus aux nombreuses relances des huissiers, un juge avait ordonné la saisie de son véhicule pour dédommager ses créanciers.

Dawson regarda le Mint avant de reporter son attention sur le conducteur de la dépanneuse.

— Il doit y avoir une erreur. Savez-vous qui est Annabelle Clementine ?

— Il n'y a pas d'erreur. Annabelle Clementine n'a plus un sou et elle est incapable de rembourser ses dettes. Voilà tout ce que je sais.

Ses mots frappèrent Dawson.

— Écoutez... Chet, ajouta-t-il en voyant le nom de l'homme brodé sur sa salopette. Accordez-lui un petit délai. Je suis sûr qu'elle s'acquittera très vite des sommes dues.

— Elle a eu droit à beaucoup de délais, elle a épuisé tous ses recours et voilà pourquoi un huissier de justice m'a chargé de venir prendre sa voiture.

— Combien doit-elle ?

Chet continuait à installer des sangles sous le cabriolet.

— Dites-le-moi, insista Dawson en tirant un chèque vierge de son portefeuille. Avez-vous un stylo ?

Le dénommé Chet s'arrêta pour le dévisager pendant un long moment. Puis avec un soupir, il lui prit les papiers des mains, les feuilleta et il pointa du doigt une somme rédigée en chiffres et en lettres.

Le montant sidéra Dawson. Comment Annabelle avait-elle pu s'endetter à ce point ? Pourquoi avait-elle fait l'acquisition d'un cabriolet aussi cher si elle n'avait pas les moyens de le payer ?

Le dépanneur sourit, devant la surprise de Dawson.

— Vous avez-vous toujours envie de l'aider ?

— Oui.

Il serra les dents tout en rédigeant le chèque et le lui tendit.

— Décrochez cette voiture.

L'homme semblait hésiter.

— Je passe la nuit au motel du coin et j'encaisserai votre chèque à l'ouverture de la banque, demain matin. S'il est en bois...

— Il ne l'est pas, protesta Dawson d'un ton offusqué.

— J'espère que vous ne me ferez pas regretter de vous avoir fait confiance et que je ne serai pas obligé de courir après cette bagnole.

— Je vais ordonner à ma banque de transférer les fonds sur mon compte dès ce soir, en ligne. Ne vous inquiétez pas. La propriétaire de cette décapotable n'ira nulle part, de toute façon.

Il devinait qu'Annabelle n'avait pas les moyens d'acheter de l'essence pour repartir. Il comprenait mieux la situation, à présent. À commencer par l'empressement d'Annabelle à mettre la maison de sa grand-mère en vente. Et sa décision de trier et d'emballer seule les affaires de son aïeule au lieu d'embaucher quelqu'un pour lui donner un coup de main.

— Mais je préfère que vous gardiez le silence sur ce petit arrangement, ajouta Dawson.

Chet lui lança un regard apitoyé.

— C'est votre argent.

Il prit le chèque, le plia avec soin et le glissa dans sa poche avant de libérer le cabriolet d'Annabelle.

Derrière lui, Dawson entendit alors une porte claquer, puis un cri :

— Attendez !

Avec un gémissement, il se retourna au moment où Annabelle sortait du bar. Elle blêmit tout en se dirigeant vers eux.

Annabelle était en plein cauchemar. En voyant sa voiture soulevée par la dépanneuse, elle avait tout de suite compris la situation. Après des mois à tout faire pour éviter les huissiers, elle avait finalement été retrouvée. Catastrophée, elle traversa le parking en courant. Elle devait à tout prix convaincre ce type de ne pas embarquer son cabriolet. Elle en avait besoin pour espérer vendre la maison de sa grand-mère.

En revanche, elle n'avait pas aperçu tout de suite Dawson, qui se tenait dans l'ombre. Quand il se retourna, son cœur se serra. Instantanément, elle se mit sur la défensive, humiliée.

— Que se passe-t-il ? demanda-t-elle, les mains sur les hanches.

— Je m'en suis occupé, déclara Dawson. Le problème est réglé.

Annabelle jeta un coup d'œil au chauffeur de la dépanneuse qui se contenta de lui adresser un sourire satisfait accompagné d'un haussement d'épaules. Devinant ce que Dawson avait fait, elle se sentit rougir de honte. Mais bientôt la colère balaya tout.

— Comment as-tu osé faire ça ? cria-t-elle en se tournant vers lui. Qui t'a permis de payer mes dettes ?

Il retira son stetson et passa la main dans ses cheveux.

— Je ne pouvais pas le laisser prendre ta voiture.

— Ce n'est pas ton affaire.

— Tu as raison.

Il remit son chapeau et leva les deux mains en signe de reddition.

— Je pensais te rendre service mais clairement…

Se désintéressant de lui, Annabelle s'adressa à l'employé.

— Il s'agit d'un malentendu avec ma banque, poursuivit-elle. Je vais les appeler pour régler le problème.

— Bien sûr.

L'homme hocha la tête avec un sourire qui lui donna envie de vomir.

— Cela ne me concerne plus, madame. Arrangez-vous avec… votre… ami, ajouta-t-il en désignant Dawson.

Elle se tourna vers ce dernier qui semblait fasciné par le bout de ses bottes. Des larmes brûlaient ses paupières mais elle s'interdit de pleurer. Le pire était arrivé. Elle n'avait pas besoin de regarder Dawson dans les yeux pour savoir qu'il avait tout compris. Maintenant, il n'ignorait plus rien de la vérité.

Et cerise sur le gâteau, il venait de la sauver… Une fois de plus. Elle ne s'était jamais sentie aussi gênée. Elle regretta de ne pouvoir disparaître sous terre, engloutie par le parking.

— Tu dois être content. Tu as ta vengeance, à présent, dit-elle d'un ton mordant.

Il leva les yeux, l'air confus, et elle poursuivit :

— J'étais tellement imbue de moi-même. Je suis partie d'ici, bille en tête, certaine que j'allais me faire un nom, trouver ailleurs la gloire et la fortune.

— Et tu l'as fait.

Elle secoua la tête en luttant contre les sanglots.

— Tu parles ! J'ai tout raté. J'ai échoué sur toute la ligne. Et me revoilà, ruinée et…

Sa voix se brisa.

Alors que la dépanneuse s'éloignait, Dawson prit Annabelle par les épaules.

— Tu n'as pas échoué.

Elle laissa échapper un rire étranglé.

— J'ai été licenciée. Pire, je suis grillée dans le milieu. Je ne retrouverai plus jamais de travail comme mannequin, plus personne ne voudra m'embaucher, à présent.

— Et alors ?

— Et alors ? répéta-t-elle, hors d'elle. Je ne sais rien faire d'autre, figure-toi.

— Rien ne t'empêche de changer de vie. Je te connais. Tu es capable de réussir dans tous les domaines. Il te suffit de le vouloir. Ne te décourage pas. Tu as besoin d'un nouveau plan de carrière. Voilà tout.

Elle essuya ses larmes.

— Pourquoi es-tu si gentil avec moi ?

— Pourquoi ne le serais-je pas ?

— Sérieusement ?

— Il y a treize ans, j'ai été fâché contre toi pendant un moment, je l'admets. J'étais anéanti quand tu es partie. Mais tu avais raison. Tu devais suivre ton rêve. Et tu l'as fait, Anna.

Elle entendit ce qui semblait être de la fierté dans sa voix. Et il l'avait appelée Anna, le petit nom qu'il lui donnait autrefois.

— Cela n'a pas marché comme tu le pensais, poursuivit-il. Et alors ?

Et alors ?

Elle détourna les yeux, la gorge serrée.

— Tu avais également raison à mon sujet. Je ne suis qu'un cow-boy. Je n'ai pas envie de parcourir le monde. Je suis heureux de chasser, de m'occuper de mes vaches, de réparer les clôtures, de travailler sur mon vieux tracteur.

— Je suis désolée, je regrette toutes les choses horribles que je t'ai dites.

— Mais non ! Cela m'a forcé à en acheter un nouveau.

Il haussa les épaules avec une petite grimace.

— Mais j'ai aussi réparé l'ancien.

Elle ne put s'empêcher de sourire.

— Je suis contente que tu n'aies pas changé, Dawson. Et je suis contente que Whitehorse n'ait pas changé non plus.

— Parce que tu sais que tu vas vendre la maison de ta grand-mère et quitter cette ville pour te lancer dans une nouvelle aventure.

Il l'affirma avec un grand sourire mais Annabelle avait de nouveau envie de pleurer.

Et si elle ne voulait plus partir ? Comment réagirait-il si elle décidait finalement de rester ? Elle aurait aimé lui poser la question mais elle en fut incapable. Les mots étaient coincés dans sa gorge.

Quand elle reprit finalement la parole, sa voix se brisa.

— Je te rembourserai jusqu'au dernier cent.

Sur cette promesse, elle tourna les talons et, avec le peu de dignité qui lui restait, elle regagna son cabriolet. Elle démarra et quitta le parking.

De retour à la maison, elle resta un moment dans le hall d'entrée, derrière la porte. Elle hésitait à aller dans la cuisine. Elle craignait de voir le sang sur le mur à l'endroit où il y avait eu ou pas une alcôve, autrefois.

Mais elle mourait de soif et elle avait besoin de boire un verre d'eau. Se forçant à se rendre dans cette pièce qui la terrifiait, elle alluma rapidement la lumière avant de se tourner vers le mur. Un rire s'échappa de sa gorge.

Elle était épuisée à force d'emballer des bibelots et de s'inquiéter, à force d'essayer d'ignorer Dawson. À force de lutter contre des émotions qui semblaient la submerger à tout propos. À force de vivre dans le mensonge.

Mais soudain, elle se souvint qu'en effet, il y avait bien une alcôve à cet endroit quand elle était petite. Elle l'avait oubliée parce que sa grand-mère y avait installé un vaisselier.

Pourquoi ne s'était-elle pas souvenue plus tôt de ce meuble ? Parce qu'il était couvert de bibelots, de plantes, de journaux.

Frannie avait toujours accumulé un invraisemblable bric-à-brac chez elle.

Quand s'est-elle débarrassée de ce vaisselier ? Et pourquoi ?

Pourquoi murer cet espace ? Cela n'avait aucun sens.

Annabelle frissonna. Était-il possible qu'il y ait quelque chose derrière ce mur ? Et quoi ?

C'est idiot, se dit-elle. Quiconque connaissait sa grand-mère ne pouvait la soupçonner… De quoi ?

Elle se frotta les bras, se reprochant les idées folles qui la traversaient. Dormir, voilà ce dont elle avait besoin. Demain, tout irait mieux. Cela la fit rire à nouveau parce qu'elle savait qu'il n'en serait rien. Demain, elle serait à nouveau confrontée à des cartons à remplir et à trimballer jusqu'au porche.

Et ensuite…

Déterminée à ne pas y penser, elle éteignit la lumière de la cuisine mais elle resta un moment à fixer le mur. Aucune ombre ressemblant à du sang n'apparut. C'était déjà ça.

Rob regardait la campagne que ses phares balayaient depuis des heures. Il se sentait nerveux. Whitehorse était vraiment loin de tout, perdue au fin fond du Montana. Il n'avait pas croisé d'autres véhicules depuis des kilomètres sur la voie express. Il avait cru qu'il n'arriverait jamais dans le Montana. Un jour de Thanksgiving, il lui avait été impossible de trouver une place sur un vol venant directement de Floride. Il avait été obligé d'emprunter quatre avions différents et il avait bien failli rater le dernier.

Fatigué et irritable, il n'aurait pas pu se sentir plus exaspéré par cette prétendue mission.

Maintenant, il n'était même pas sûr d'être sur la bonne route. La voiture de location était équipée d'un GPS mais il ne maîtrisait pas bien ce genre d'appareils. Heureusement, l'employé de l'agence lui avait donné une carte qui était maintenant dépliée à côté de lui sur le siège du passager.

D'après la carte, il devait continuer de rouler vers le nord. S'il arrivait au Canada, eh bien, il serait allé trop loin. Il espérait trouver une ville, une station-service, un endroit où il pourrait demander son chemin. Mais il avait parcouru des kilomètres sans voir âme qui vive. Des grands espaces, beaucoup de troupeaux, mais rien d'autre.

Finalement, alors que le soleil se levait, il aperçut une station-service. À en croire les panneaux, il devait être aux portes du village de Grass Range. Il s'arrêta, fit le plein et demanda son chemin à la caissière.

— Continuez tout droit vers le nord. Vous ne pouvez pas manquer Whitehorse, lui assura-t-elle.

— Dites-moi que cette ville est plus grande que ce trou, dit Rob.

La caissière se mit à rire.

— Oui, elle est plus grande.

— Y a-t-il un motel à Whitehorse ?

— Il y en a même quatre.

Quatre ? Eh bien, c'était mieux que rien, pensa-t-il en regagnant la voiture de location.

Il avait hâte d'arriver à Whitehorse, de découvrir que la morte n'était pas la poupée de Bernie et de rentrer à la maison. Il avait manqué Thanksgiving et, même s'il n'avait jamais aimé la dinde, il n'était pas content.

Au fur et à mesure qu'il roulait, le paysage devenait plus sauvage. Il songeait à Baby Doll, la femme qui avait trompé le grand Bernie McDougal.

Était-il possible qu'elle se soit cachée toutes ces années dans cette région, si loin de tout ? Cela ne ressemblait pas à la fille que la famille lui avait décrite. Il ne pouvait pas l'imaginer vivant dans le Montana. Dès qu'il aurait la preuve que cette Francesca Marie Clementine n'était pas Baby Doll, il sauterait dans le premier avion.

Il se détendit un peu, alluma la radio et chercha une station. Il n'en trouva qu'une.

— De la musique de ploucs, aurait dit son ami Murph.

Normalement, tous les deux travaillaient ensemble. Rob avait été surpris que son oncle veuille qu'il se débrouille seul pour cette mission. Bernie croyait vraiment que cette vieille femme avait été sa compagne et que le butin était toujours caché quelque part chez elle.

Oui, avec l'âge, son oncle devait perdre la tête.

Au moment où il atteignait la périphérie de Whitehorse, il était si fatigué qu'il n'avait plus qu'une envie : trouver un motel et dormir vingt-quatre heures d'affilée. Mais il savait que son oncle l'appellerait pour faire le point avec lui.

L'employée de la station-service avait eu raison à propos d'une chose. Whitehorse était un peu plus grande que Grass Range. Mais pas beaucoup plus. Il ne lui serait pas difficile de trouver la propriété des Clementine.

8

Les premiers rayons du soleil réveillèrent Annabelle. En se remémorant les événements de la veille, elle se couvrit la tête de son oreiller. Elle avait envie de mourir de honte. Maintenant, Dawson n'ignorait rien des difficultés dans lesquelles elle se débattait depuis des mois. Pire, il avait payé les arriérés de crédit de son cabriolet afin que celui-ci ne lui soit pas enlevé. Annabelle ne s'était jamais sentie si mortifiée.

En tout cas, elle n'avait pas la possibilité de se prélasser au lit. Elle devait se lever. Mais la perspective de passer une autre journée à trier les affaires de sa grand-mère et à empiler des bibelots dans des cartons lui arracha un gémissement. Comment en était-elle arrivée là ?

Elle préférait ne pas s'attarder sur un sujet aussi déprimant. Mieux valait se mettre au travail, pensa-t-elle en rejetant ses couvertures. Pleurnicher sur son triste sort ne servirait à rien.

La veille au soir, revenir dans cette maison avait été une épreuve. La vieille demeure lui avait semblé lugubre. Toute la nuit, le vent avait soufflé dans les branches nues des peupliers et, à l'intérieur, des craquements avaient encore accentué l'atmosphère sinistre des lieux.

Annabelle se dirigea vers la cuisine pour se préparer un café. Sans Dawson, elle n'aurait plus de voiture. D'ailleurs, sans lui, elle n'aurait même pas réussi à atteindre Whitehorse parce qu'elle n'aurait pas eu assez d'essence. Des larmes débordèrent de ses yeux mais elle les essuya d'un revers de main, honteuse de la façon dont elle s'était comportée. Comment avait-elle osé reprocher à Dawson d'avoir payé ses arriérés de crédit pour empêcher la saisie de son véhicule ?

En réalité, la situation l'avait tellement humiliée qu'elle n'avait pas su réagir correctement. Se montrer cassante avec ceux qui ne cherchaient qu'à l'aider était sans doute son seul vrai talent, pensa-t-elle.

Au lieu de se faire des reproches, elle ferait mieux d'évaluer ce qu'il lui restait à jeter, se dit-elle, s'efforçant de positiver. Sa tasse à la main, elle se promena dans le salon. Elle se sentait découragée.

Mais, refusant de baisser les bras et de se laisser abattre par les difficultés, elle releva le menton. Elle allait y arriver. De toute façon, elle n'avait pas le choix. Elle finit son café avant d'aller s'habiller.

Elle se rappelait combien il lui avait été difficile de devenir mannequin. Naïvement, elle avait cru que sa beauté et son charme suffiraient à la propulser aux sommets mais elle avait vite déchanté. Elle avait dû travailler dur pour décrocher des contrats. Elle se rendit compte soudain qu'elle en parlait au passé. Sa carrière de top model était terminée. *Quel gâchis !* songea-t-elle, le cœur serré.

Secouant la tête, elle décida de se mettre au travail et de sortir Dawson de son esprit. Mais la façon dont il s'était comporté la veille était typique du personnage. Il l'avait aidée, il lui avait sauvé la mise en réglant ses dettes à sa place. Mieux, alors qu'elle lui avait donné une occasion en or de lui assener un : « Je te l'avais bien dit ! », il ne l'avait pas accablée. Comme toujours, il s'était montré gentil. Trop gentil. Elle se maudit intérieurement. Elle n'avait pas besoin de sa pitié. Elle n'avait besoin de la pitié de personne.

Penser aux problèmes financiers dans lesquels elle était engluée depuis des mois — et au fait que Dawson les avait découverts — lui nouait le ventre. Elle aurait tant voulu éviter de se retrouver dans cette situation. Il y a treize ans, elle avait quitté cette ville, déterminée à devenir une star et certaine d'y réussir… Maintenant, elle avait la preuve qu'elle ne valait rien et le seul homme qu'elle ait jamais aimé le savait, lui aussi.

Un coup frappé à la porte la fit sursauter. Un bref instant, elle imagina que Dawson venait lui rendre visite, comme si le simple fait de penser à lui suffisait à le faire apparaître.

Mais elle découvrit sous son porche une vieille femme aux cheveux gris. Elle reconnut Inez Gilbert, la voisine.

— Bonjour, madame. Que puis-je pour vous ?

— Je voulais vous prévenir que j'ai surpris un homme en train de regarder à travers vos fenêtres, hier soir…

— Vraiment ?

— Je l'ai chassé, bien entendu. Mais vous devriez garder vos stores baissés. Ces types reviennent souvent.

À la vue de la canne d'Inez, Annabelle se souvint brusquement de son visiteur de la veille.

— Dites-moi, Inez, Frannie avait-elle un petit ami ?

— Certainement pas !

— Un vieux monsieur distingué avec une canne ? insista-t-elle. Un certain Lawrence Clarkston.

— J'ai aperçu le type que vous me décrivez lorsqu'il est venu sonner chez vous, hier matin, répondit Inez. Mais je ne l'avais jamais vu auparavant. Et ce n'était pas lui qui rôdait hier sous vos fenêtres.

— Frannie n'avait donc pas de…

— Non, tonna la voisine d'un ton sans réplique. Et croyez-moi, si elle avait eu quelqu'un, je l'aurais su.

— J'en suis sûre, murmura Annabelle.

Après le départ d'Inez, elle referma la porte, songeuse. Qui donc était l'homme qui prétendait avoir été le compagnon de sa grand-mère ? Qu'espérait-il en se faisant passer pour tel ? Et plus angoissant encore, qui était l'individu qu'Inez avait surpris sous ses fenêtres, la veille au soir ?

À la vue de son reflet dans le miroir, Annabelle se promit d'aller acheter un jean à sa taille et quelques T-shirts en ville.

En attendant, elle devait se remettre au travail. Mais en considérant le désordre de la maison, elle se dit que sa vie était dans un état aussi pitoyable et elle fondit en larmes.

Dawson n'avait pas fermé l'œil de la nuit. Peu de temps après le lever du soleil, il se rendit au ranch de sa mère. Il la trouva dans la cuisine avec son frère.

— Tu as mal dormi, visiblement, dit-elle en lui tendant une tasse de café. Veux-tu que je te prépare un petit déjeuner ?

— Merci, mais je n'ai pas faim.

— Assieds-toi, au moins. Qu'est-ce qui ne va pas ?

Il hésita, même s'il était venu parce qu'il avait besoin de lui parler. Depuis toujours, sa mère était sa confidente. Il jeta un coup d'œil à son cadet déjà assis à table.

— Préfères-tu que je parte ? demanda Luke en se levant. Alors que je sais aussi bien que toi ce qui ne va pas.

— Tu peux rester, répondit Dawson en soupirant. Mais promets-moi que rien de ce que je dirai ne sortira de cette pièce.

— Juré, craché.

Dawson ne demanda rien à sa mère. Elle savait garder un secret mieux que quiconque.

Sans préambule, Dawson déballa son sac :

— Annabelle est ruinée. Voilà pourquoi elle est revenue.

Son frère se mit à rire.

— Annabelle Clementine ruinée ? Qu'est-ce que tu racontes ? Elle fait la couverture des magazines féminins. Elle doit gagner des millions, au contraire.

— Tu lis les magazines féminins, maintenant ? demanda sa mère.

Luke rougit.

— J'en ai feuilleté quelques-uns chez Sally.

Se tournant vers son frère, il poursuivit :

— Je vais te dire ce qui se passe. Tu lui en veux toujours d'être partie, de t'avoir quitté et d'avoir réussi ailleurs. Pourquoi ne pas l'avouer ? Tu es toujours amoureux d'elle et tu essaies de te persuader qu'elle a raté sa vie parce qu'imaginer le contraire t'est insupportable.

— J'aurais dû te demander de partir, Luke, déclara Dawson.

— Ton frère ne pensait pas à mal, assura Willie. Que veux-tu dire par « ruinée » ?

— Elle n'a plus un rond, elle n'arrive plus à faire face à ses échéances.

Il leur raconta qu'il l'avait croisée, en panne d'essence au bord de la route, alors qu'elle cherchait à gagner Whitehorse.

— Et, hier soir au Mint, sa voiture a failli être enlevée parce qu'elle n'avait pas payé les traites depuis des mois.

— Que s'est-il passé ? s'exclama Willie. Comment en est-elle arrivée là ? Le sais-tu ?

— Non, mais il semble qu'elle soit revenue pour vendre la propriété de sa grand-mère au plus vite afin de se remettre à flot, répondit-il.

— Que vas-tu faire ? demanda sa mère.

— Que veux-tu que je fasse ? Je lui ai donné de l'essence, j'ai payé ses dettes pour que son cabriolet ne soit pas embarqué… Et Annabelle m'a prié de cesser de me mêler de ses affaires.

— La pauvre petite doit se sentir tellement gênée. Tu es la dernière personne à qui elle aurait demandé de l'aide.

— C'est ce qu'elle m'a dit, oui.

— Eh bien, j'ai la solution et elle est toute simple, déclara Luke, apparemment content de lui. Il va lui falloir du temps pour vendre cette baraque parce qu'elle doit d'abord vider le bazar que sa grand-mère y avait accumulé depuis des années. De plus, Mary Sue estime qu'à un mois de Noël, les acheteurs potentiels ne vont pas se bousculer au portillon. Bref, d'après moi, il est temps de lui dire ce que tu éprouves pour elle.

Dawson poussa un gémissement.

— Si j'avais encore des sentiments pour elle, ce qui n'est pas le cas, cela changerait quoi ? Je suis un cow-boy, j'élève du bétail et des chevaux dans le Montana. Et Annabelle est… ce qu'elle est, aux antipodes de mon mode de vie. Si nous avons rompu, il y a treize ans, ce n'est pas pour rien. Sans parler du fait qu'une fois qu'elle aura de l'argent, elle partira. Elle ne s'intéresse pas à moi. Plus tôt elle s'en ira, mieux ça vaudra.

— Si c'est le cas, intervint sa mère, alors tu dois l'aider.

Dawson qui s'apprêtait à se lever s'arrêta net.

— Quoi ?

— Tu veux qu'elle quitte la ville ? Tant mieux parce qu'elle le souhaite également. Donne-lui un coup de main pour vider cette maison. Sinon, qui sait combien de temps elle y restera ?

Dawson regarda sa mère.

— Si tu essaies de jouer les entremetteuses…

— Pas du tout, l'assura Willie. Je vois bien que la présence d'Annabelle à Whitehorse te rend malade. Aide-la à vendre la propriété et elle partira.

Il la dévisagea d'un air suspicieux pendant un long moment, furieux d'admettre qu'elle avait raison.

Puis il se tourna vers Luke.

— D'accord. Mais je compte sur toi pour me prêter main-forte, frérot. Retrouve-moi chez Annabelle cet après-midi avec quelques copains. Nous irons jeter ses cartons à la déchetterie.

— Hé, ne m'embarque pas dans cette histoire, se plaignit Luke. J'ai beaucoup à faire, aujourd'hui.

— Viens à 14 heures, assena Dawson d'un ton sans réplique. Après tout, c'est toi qui t'intéresses à Annabelle…

Sur ces mots, il sortit de la maison en claquant la porte.

— Tu dois aider ton frère, Luke, dit Willie en se levant pour se resservir de café.

— Personne ne peut rien pour lui. Il est amoureux et trop têtu pour l'admettre. Comme si tu l'ignorais quand tu as invité Annabelle à déjeuner pour Thanksgiving…

— Crois-tu que Dawson soit resté ici, il y a treize ans, parce qu'il pensait que j'avais besoin de lui au ranch ?

— Mais non, maman, dit Luke en l'embrassant. Dawson est un cow-boy-né. Il regrette simplement de ne pas s'être battu pour la retenir, à l'époque.

— Je ne suis pas sûre que cela aurait aidé, répondit-elle.

— Alors, il mourra vieux garçon…

— Je le crains. Certaines personnes n'ont qu'un amour dans la vie.

— Ne me fais pas croire qu'en lui suggérant de l'aider à vider sa maison, tu n'espères pas qu'ils finissent par se rendre compte qu'ils s'aiment et par se remettre ensemble, maman. Allons !

— Ne sois pas ridicule. Ai-je déjà interféré dans ta vie amoureuse ?

— Tu veux vraiment que je réponde à cette question ? répliqua-t-il.

Mais elle se contenta de rire.

9

— Que t'a dit Annabelle quand elle t'a appelée ? demanda distraitement TJ tout en marchant dans son appartement, son téléphone portable collé à l'oreille.

Parvenue devant la fenêtre, elle écarta les rideaux pour jeter un coup d'œil dans la rue. Toute la journée, elle avait travaillé sur son dernier thriller. L'intrigue, qui se déroulait à New York, sortait tout droit de son imagination mais TJ avait peur que la réalité ne rattrape la fiction.

— Rien de particulier, répondit Chloe, sa sœur, avec un soupir. Elle voulait seulement savoir pourquoi nous n'étions pas restées à la maison lorsque nous étions venues à Whitehorse pour les funérailles de Frannie.

Chloe travaillait comme journaliste d'investigation pour un grand journal et TJ entendait en arrière-fond les brouhahas de la salle de rédaction.

— Elle ne manque pas d'air ! s'exclama TJ. Nous avions bien le droit de préférer passer la nuit à l'hôtel et nous n'avons aucun compte à lui rendre. Et de toute façon, une fille qui ne daigne pas se déplacer pour l'enterrement de sa grand-mère ferait mieux de se taire. J'espère que, d'outre-tombe, Frannie va la maudire.

— Annabelle avait l'air effrayée. Pour ma part, je n'aurais dormi dans cette baraque pour rien au monde. Tu avais peur, toi aussi. Mais je n'allais pas lui dire que c'était la raison pour laquelle nous avions décidé d'aller à l'hôtel.

— Pourquoi ne le lui as-tu pas dit ?

— Qu'aurais-je dû lui dire exactement ? Je ne sais pas très bien ce que nous avons entendu à l'étage. Ou cru entendre.

Peut-être avons-nous rêvé ou mal interprété des bruits anodins. Entre les obsèques de Frannie et les souvenirs provoqués par notre retour à Whitehorse, nous étions chamboulées et…

— Non, nous n'avons pas rêvé, protesta TJ. Il se passait quelque chose de bizarre là-haut. C'était peut-être le vent, une branche qui grattait les vitres ou les lattes du plancher qui grinçaient. Mais rien ne le prouvait. Et j'aurais été incapable de passer la nuit dans cette maison…

— Et s'il y avait un danger là-bas, un danger auquel risque d'être confrontée Annabelle ? demanda Chloe.

— Écoute, tu la connais aussi bien que moi. Elle réagit toujours de façon excessive. À mon avis, il n'y a pas lieu de s'inquiéter outre mesure.

Changeant brusquement de conversation, TJ demanda :

— Est-ce qu'elle t'a dit si elle avait trouvé un acheteur ?

— Non, pas encore, mais elle pense que ce sera bientôt chose faite et qu'elle quittera alors la région pour toujours. Mais tu as vu comme moi l'état de cette baraque. Il va lui falloir des semaines pour jeter le bazar accumulé par Frannie depuis cinquante ans.

— Chloe, te demandes-tu parfois pourquoi notre grand-mère a légué sa propriété à Annabelle et pas à nous ?

— Pas vraiment. Mais Annabelle a toujours été sa préférée. Et puis, si Frannie nous avait désignées, toutes les trois, comme héritières, nous nous serions écharpées sur le sujet. Nous ne nous sommes jamais entendues.

— Ce n'est pas vrai. Nous nous amusions bien ensemble, autrefois. Après le lycée, nos chemins se sont séparés, voilà tout. Quoi qu'il en soit, nous sommes toujours des sœurs et Noël approche. Et pour ma part, je suis heureuse que Frannie ait laissé la maison à Annabelle.

Chloe se mit à rire.

— Moi aussi, surtout depuis que j'ai vu le bazar qu'il y avait à l'intérieur. Frannie avait sans doute envie de lui donner une bonne leçon. Imagine la tête d'Annabelle en découvrant ce capharnaüm !

TJ se mit à glousser, elle aussi, mais Chloe sentit la douleur qui teintait sa voix quand elle répondit.

— Cette propriété ne vaut pas grand-chose, alors peu importe que nous en ayons hérité ou non, dit-elle.

Cela comptait tout de même un peu pour elles puisqu'elles s'étaient disputées avec leur sœur à propos de cet héritage et qu'elles ne lui adressaient plus la parole depuis l'ouverture du testament.

— Tu as sans doute raison.

— J'ai bien envie de retourner à Whitehorse pour Noël, poursuivit Chloe, comme si l'idée venait de la traverser. Pour faire une surprise à Annabelle. Si elle n'a pas fini de ranger la maison pour la vendre, à ce moment-là, peut-être pourrons-nous lui donner un coup de main.

— Sérieux ? Tu veux vraiment y aller ? demanda TJ.

— Tu devrais venir, toi aussi. Ça fait tellement longtemps que nous n'avons pas fêté Noël ensemble. Ça me paraît le moment idéal pour nous réconcilier toutes les trois, non ?

— Je ne sais pas, répondit TJ. Un de mes livres sortira à ce moment-là. Et mon éditeur aimerait que je fasse une tournée de dédicaces. Je vais y réfléchir et je te rappellerai. Bon, excuse-moi mais je dois te laisser, maintenant.

Après avoir raccroché, elle se remémora les bruits qu'elles avaient entendus dans la maison de leur grand-mère, le grincement des lattes, le raclement sur le plancher de ce qui ressemblait au déambulateur de Frannie…

Frissonnant à ce souvenir, elle laissa retomber le rideau. S'agissait-il du fantôme de leur grand-mère ? se demanda-t-elle.

Malheureusement, il y avait pire que des fantômes, pensa-t-elle, en vérifiant pour la énième fois que la porte de son appartement était bien fermée à clé.

Un simple coup d'œil suffit à Dawson pour comprendre qu'Annabelle avait pleuré. Que ses larmes puissent encore l'affecter le mit en colère. Il se reprochait surtout de ne pas avoir compris plus tôt à quel point elle souffrait, à quel point elle se sentait seule.

Appuyée contre le chambranle de la porte, elle le dévisagea d'un air suspicieux.

— Si tu es venu récupérer ton argent, je…

Dawson réprima un soupir.

— Mais non ! Je te l'ai déjà dit. Je ne m'inquiète pas pour l'argent.

— Je te rembourserai quand je vendrai la propriété.

— Très bien.

Il aurait préféré ne pas avoir à revenir ici mais sa mère avait raison. Plus vite Annabelle aurait vidé et nettoyé la maison, plus vite celle-ci serait mise sur le marché et vendue. Et plus vite Annabelle partirait. Il pourrait alors reprendre le cours normal de sa vie. Il était tellement pressé qu'elle s'en aille qu'il envisageait de se porter lui-même acquéreur de la vieille demeure.

Annabelle soupira.

— Qu'es-tu venu faire ici ?

Il aurait bien aimé le savoir. Quand sa mère avait suggéré qu'il aide Annabelle, tout paraissait simple. Mais se retrouver en face d'elle n'était pas anodin pour lui. Malgré les années, elle parvenait toujours à l'émouvoir par sa seule présence.

— Je voulais te proposer un coup de main pour emporter ce qu'il y a à jeter à la déchetterie.

— Je n'ai pas besoin de ta pitié.

— Écoute, Annabelle, tu n'as jamais su te montrer aimable avec ceux qui te tendaient la main, dit-il en soupirant. Il est peut-être temps que tu apprennes à le faire. Je ne te demande qu'un merci alors cessons d'en discuter et mettons-nous au travail.

Elle serra les mâchoires.

— Je refuse de faire des amabilités à des gens qui s'apitoient sur mon sort.

Il laissa échapper un petit rire.

— Tu es la dernière personne sur laquelle je serais tenté de m'apitoyer, Annabelle. Résumons-nous : tu dois vider la maison de ta grand-mère pour pouvoir la mettre en vente et quitter la ville. De mon côté, j'ai des vieilleries à déposer à la déchetterie. Je te propose donc de profiter du fait que je me rends là-bas pour me confier tes cartons. Maintenant, si tu ne veux pas de mon aide…

— Je te remercie.

Il s'adoucit. Elle avait l'air au bout du rouleau, ce matin, et il la trouvait ravissante. Ses yeux rougis de larmes lui donnaient un côté vulnérable qui le touchait.

— De rien, répondit-il calmement.

Il mourait d'envie de la toucher, de caresser ses lèvres du pouce, de repousser cette mèche de cheveux blonds de sa joue. Résister à la tentation fut difficile.

Un sourd grognement l'obligea soudain à détourner les yeux d'Annabelle. Pendant qu'ils parlaient, Sadie était entrée dans la cuisine. Les poils hérissés, les babines retroussées, la chienne montrait les crocs. Mais de là où il se tenait, Dawson ne voyait pas ce qui provoquait cette réaction.

Craignant que l'animal ne soit en train de faire une bêtise, il passa devant Annabelle pour se diriger à pas vifs vers l'arrière de la maison. Alors qu'il pénétrait à son tour dans la cuisine, il trouva Sadie devant le mur. Elle continuait à gronder, prête à bondir. Mais il ne comprenait toujours pas ce qui l'effrayait. Le mur ? Cela n'avait aucun sens.

Annabelle le rejoignit et elle frissonna devant l'étrange comportement de la chienne.

— Qu'est-ce qu'elle a ?

— Bonne question. Pour quelle raison grognerait-elle devant le mur de ta cuisine ?

— Crois-tu aux fantômes, Dawson ? demanda-t-elle d'une voix étouffée.

— Aux fantômes ? répéta-t-il en se tournant vers elle. Tu parles sérieusement ?

Annabelle secoua la tête pour en chasser cette idée folle, regrettant d'y avoir fait allusion.

— Bien sûr que non mais ce mur ne devrait pas être là.

Elle lui raconta ce que Mary Sue lui avait dit.

— Les plans ne sont pas les bons, voilà tout, répondit-il.

— C'est ce que je pensais aussi, mais maintenant…

Elle jeta un coup d'œil à l'animal.

— Ton chiot semble persuadé qu'il y a quelque chose derrière ce mur.

— Sadie ?

La chienne courut vers lui en gémissant et se recroquevilla derrière ses bottes.

Dawson regarda le mur avec perplexité.

— Je ne l'avais encore jamais vue se comporter ainsi, dit-il en fronçant les sourcils. Pourquoi ta grand-mère aurait-elle muré une alcôve ?

— C'est la question de la semaine. Ça n'a aucun sens, n'est-ce pas ? ajouta-t-elle.

Leurs regards se croisèrent et elle haussa les épaules.

— Bon, je dois me remettre au travail, dit-elle en quittant la pièce.

Elle se dirigea vers la troisième chambre, pleine à craquer d'un bric-à-brac inimaginable. Au passage, elle attrapa quelques cartons vides. Derrière elle, elle entendit Dawson parler à son chiot. Cela la fit sourire car il demandait à Sadie ce qui n'allait pas comme s'il attendait une réponse.

Dawson installa Sadie dans sa camionnette, baissant suffisamment les vitres pour pouvoir l'entendre si elle avait besoin de sortir. Il faisait frais en ce matin de novembre et une odeur de feuilles mortes flottait dans l'air.

Il ne lui fallut pas longtemps pour charger tous les cartons empilés sous le porche à l'arrière de son pick-up.

Comme Annabelle sortait avec d'autres boîtes remplies de vieilleries à jeter, il lui lança.

— J'emporte tout ça à la déchetterie puis je reviendrai en prendre d'autres.

Elle posa le carton et s'étira.

— Merci. Je m'apprêtais à préparer du café. Tu en veux une tasse avant de partir ?

Il secoua la tête.

— Je ne serai pas long.

Tandis qu'il s'éloignait, il sentit son regard sur lui. Pourquoi avait-il imaginé que ce serait facile ?

*
* *

À 2 heures de l'après-midi, Annabelle avait rempli tous les cartons vides que Dawson avait rapportés. Il fut heureux de voir son frère Luke arriver au volant du camion du ranch avec quatre de ses amis.

En un clin d'œil, ils emportèrent tout ce qu'elle avait emballé dans la matinée. Dawson les accompagna pour les aider. Puis Luke repartit avec ses copains. Dawson aurait pu s'en aller, lui aussi. Il était fatigué. La journée avait été longue.

Mais au lieu de rentrer chez lui, il retourna chez Annabelle sous prétexte de lui rapporter les cartons. En réalité, l'histoire de l'alcôve murée le tourmentait. Après avoir posé les cartons pliés dans un coin du salon, il partit à la recherche d'Annabelle.

Il la trouva occupée à travailler dans l'une des chambres à l'étage. En le voyant, elle lui adressa un signe de la main d'un air fatigué. Elle semblait surprise. Sans doute avait-elle cru qu'il ne reviendrait pas.

— Préviens-moi quand tu auras fini de remplir ces cartons, dit-il. Je les porterai sous le porche pour toi.

Il redescendit à la cuisine, toujours intrigué par cette cloison. Il essaya d'imaginer pourquoi quelqu'un boucherait un renfoncement. Il ne trouva aucune raison valable de le faire. Surtout pour Frannie Clementine. Cela dit, l'ancien propriétaire était peut-être à l'origine de ces travaux.

Derrière lui, il entendit Annabelle entrer dans la pièce et se verser du café. Elle lui en proposa une tasse mais il refusa. Il avait déjà du mal à dormir. Il préférait éviter la caféine en fin de journée.

— Ce mur continue visiblement à te perturber, dit-elle avec un petit rire. Je me suis souvenue que ma grand-mère avait installé un vaisselier à cet endroit-là quand j'étais petite. Il y avait bien une alcôve, à l'origine.

— Les plans de Mary Sue étaient donc bons.

— Oui. Mais pourquoi Frannie l'aurait-elle condamnée ?

Dawson l'ignorait mais en tout cas, ce qui se trouvait derrière cette cloison dégageait une odeur que son chiot avait sentie.

— N'es-tu pas curieuse de savoir ce qu'il y a derrière ?

— Non et je refuse de casser ce mur pour le découvrir.

J'ai seulement envie que cette maison soit vidée pour être mise en vente.

— En fait, maintenant que j'y pense, ma chienne a déjà eu cette réaction dans le passé, dit-il en se tournant vers Annabelle. Le jour où nous sommes tombés sur un veau que des loups avaient déchiqueté.

— Il n'y a pas de veau mort derrière cette cloison.

Il leva un sourcil surpris.

— Il y a forcément quelque chose. Sinon, pourquoi murer cette alcôve ?

— Pourquoi tout le monde essaie-t-il de me faire peur ? Il est tard, ajouta-t-elle en posant sa tasse. Nous devrions probablement arrêter pour aujourd'hui.

— Si j'étais toi, j'aimerais voir ce qu'il y a là-dedans.

— Mais tu n'es pas moi, répliqua-t-elle d'un ton cinglant. Comme tu l'as souligné il y a des années, nous n'avons rien en commun.

Dawson sentit son ventre se nouer. C'était la première fois que l'un d'eux revenait sur cet épisode du passé.

— C'est tellement vrai, dit-il. Nous n'avons jamais voulu les mêmes choses, toi et moi. Nous n'avons jamais partagé les mêmes rêves. Et maintenant, tu souhaites uniquement vendre cette propriété au plus vite et quitter la région pour toujours.

— C'est exact.

— Je ne veux pas te retarder, dit-il avec raideur en se dirigeant vers la porte.

— En tout cas, j'ai beaucoup apprécié ton aide aujourd'hui, ajouta-t-elle en lui emboîtant le pas, consciente de sa brutalité. Merci d'avoir apporté des cartons à la déchetterie pour moi.

— Aucun problème.

— Et je n'ai pas le temps de faire des travaux dans la cuisine, voilà.

Il hocha la tête. Il avait envie de la prendre dans ses bras et de lui dire que tout irait bien. Mais en vérité, il ne le pensait pas. Quelque chose n'allait pas dans cette demeure. Peut-être n'y avait-il rien derrière ce mur. Il l'espérait, en tout cas. Mais à l'expression d'Annabelle, il devinait qu'il y avait quelque chose et qu'elle avait peur de découvrir quoi.

Et elle n'avait aucune envie qu'il la réconforte.

Il regagna son pick-up, se reprochant de se laisser submerger par des émotions si douloureuses.

Rob passa devant la propriété au moment où le dernier camion en sortait. La petite-fille de Francesca Clementine se tenait sous le porche. Elle retira le bandana qui couvrait ses cheveux blonds avant de retourner à l'intérieur pour répondre au téléphone.

Parvenu au bout de la rue, il fit demi-tour pour revenir sur ses pas. Ce qu'il avait appris sur Francesca Clementine le troublait. Et ébranlait sa certitude initiale que Bernie s'était trompé. Peut-être s'agissait-il d'une coïncidence mais Francesca avait acheté cette demeure peu après que la Baby Doll de son oncle se fut enfuie avec le butin du hold-up.

Maintenant, Rob observait la jeune blonde qui discutait au téléphone dans le salon. Apparemment, elle était seule. Il s'apprêtait à contourner la maison pour y entrer par-derrière quand une voisine sortit sous son porche. Les poings sur les hanches, elle se tourna dans sa direction, se demandant manifestement ce qu'il fabriquait. Rob maudit les petites villes. Tout le monde semblait se connaître à Whitehorse et, comme il n'était pas du coin, il était automatiquement considéré avec suspicion.

Il salua la vieille femme d'un petit signe de tête et poursuivit son chemin. Tout en marchant, il sentait son regard dans son dos. Elle l'avait vu la veille au soir lorsqu'il était venu faire du repérage. Il espérait qu'elle n'allait pas continuer à le surveiller. Comprendre que son oncle avait eu raison à propos de cette baraque et surtout de son ancienne propriétaire le motivait. Il lui fallait à tout prix se glisser à l'intérieur. Mais que faire de la petite-fille ?

Inez Gilbert avait une âme de concierge. Que cela leur plaise ou non, elle s'intéressait à ce qui se passait chez ses voisins. Et à quatre-vingt-neuf ans, elle avait pour principe de ne jamais remettre au lendemain ce qu'elle pouvait faire sur-le-champ. Non qu'elle ait eu beaucoup plus de patience lorsqu'elle était plus jeune. Mais depuis quelques années, elle refusait de perdre ne serait-ce qu'un instant de son existence avec des imbéciles. Malheureusement, leur nombre semblait en constante augmentation.

Elle se targuait d'être plus observatrice que la plupart des gens. Quand elle serait morte, personne ne pourrait dire qu'elle s'était laissé mener en bateau par qui que ce soit au cours de sa vie. À son âge, elle avait eu le temps d'étudier la nature humaine sous toutes les coutures. Un coup d'œil lui suffisait pour jauger quelqu'un et elle se trompait rarement.

Voilà pourquoi, lorsqu'elle avait vu ce type traîner dans la rue, les yeux rivés sur la maison des Clementine, son comportement lui avait tout de suite paru louche. Quelque chose dans sa façon de marcher, de scruter les alentours comme dans la manière dont il était habillé lui avait mis la puce à l'oreille. Sans parler du fait qu'elle ne l'avait jamais vu et qu'il n'était certainement pas du coin.

S'emparant de son téléphone, elle appela le bureau du shérif. L'opérateur essaya d'abord de l'envoyer promener. Comme il n'y parvenait pas, il voulut lui passer l'un des adjoints.

Mais Inez ne se laissa pas faire.

— Je tiens à parler au shérif, dit-elle. Ne m'obligez pas à me déplacer.

De guerre lasse, il la mit en communication avec McCall Crawford, une femme très respectée dans le comté. McCall avait commencé sa carrière comme adjointe au shérif mais aux dernières élections elle s'était présentée et avait récolté la majorité des suffrages, dépassant largement les candidats masculins. Inez avait mené campagne pour elle, encourageant en particulier les membres du club du troisième âge à voter en sa faveur.

— Bonjour, Inez, lança McCall quand elle l'eut en ligne. J'ai entendu dire qu'il y avait un problème dans votre quartier.

Elle n'avait pas du tout l'air fâchée du fait qu'Inez ait insisté pour ne parler qu'à elle.

— J'ai repéré un individu mal vêtu et mal rasé qui espionnait la propriété des Clementine d'une manière suspecte.

— Peut-être s'intéresse-t-il à la maison parce qu'elle est à vendre ?

Inez apprécia la manière diplomatique dont elle avait posé la question.

— Je suis au courant. J'ai évidemment remarqué le panneau « À VENDRE » dans le jardin. Mais il ne regardait pas l'endroit comme s'il voulait l'acheter. Mais plutôt comme s'il cherchait quelqu'un. Et ce n'était pas la première fois que je le voyais rôder dans le quartier.

McCall connaissait Inez Gilbert depuis des années. La plupart de ses adjoints la considéraient comme un boulet. Mais Inez ne l'avait jamais dérangée pour rien.

— D'accord. Si vous le revoyez, Inez, appelez-moi immédiatement. Je vais demander aux opérateurs de me transmettre tous vos appels en priorité.

Inez laissa échapper un soupir satisfait.

— Ce type manigance un sale coup, croyez-moi. J'ai du nez pour ce genre de choses.

— Je sais.

McCall écouta Inez lui parler de ses intuitions pendant un moment avant de raccrocher. Comme l'un de ses adjoints passait dans le couloir, elle le héla.

— Martin, j'ai un service à vous demander, dit-elle. Chaque fois que vous partez en tournée, pourriez-vous penser à surveiller la maison des Clementine ?

— Sur Millionaire's Row ?

Elle sourit, se demandant comment ce quartier avait obtenu ce surnom.

— Voilà. Prévenez-moi si vous voyez un individu louche traîner par là-bas.

— Comptez sur moi.

Après son départ, elle décida de rentrer chez elle. Elle avait hâte de retrouver son mari et leur petite Tracey, âgée de quatre ans.

Mais, tout en fermant la porte de son bureau, elle ne put s'empêcher de songer à l'homme qu'Inez avait vu. Le comté était plutôt tranquille. Bien sûr, ses adjoints étaient confrontés de temps en temps à des problèmes susceptibles de surgir au sein de n'importe quelle communauté. Mais il y avait peu de crimes à déplorer. La plupart des appels concernaient des vols, des querelles de voisinage, des chiens qui aboyaient la nuit, des adolescents qui se rendaient coupables d'excès de vitesse ou de consommation d'alcool.

Vivre à Whitehorse était un vrai bonheur, se disait-elle tout en montant dans sa voiture.

Elle vivait à la périphérie de la ville mais par acquit de conscience elle fit un détour par Millionaire's Row. Elle avait toujours aimé les belles demeures de ce quartier avec leurs larges porches et leurs grands arbres. Certains cèdres étaient vraiment magnifiques.

À l'automne, les jardins étaient tapissés de feuilles mortes. Un mois plus tôt, à peine, en voyant des enfants y jouer, elle avait pensé à sa propre fille. Rien n'était plus amusant que de se rouler dans les tas de feuilles.

Elle ralentit en s'approchant de la propriété des Clementine. Un élégant cabriolet était garé dans l'allée. Elle avait entendu dire que l'une des petites-filles de Frannie était revenue à Whitehorse pour vendre la maison de sa grand-mère. Peut-être l'inconnu d'Inez était-il intéressé par ce domaine, pensa-t-elle.

Comme elle continuait sa route, elle vit Inez qui regardait par la fenêtre. McCall lui fit un appel de phares et agita la main. Manifestement ravie, Inez la salua à son tour.

Annabelle regarda Dawson grimper dans son pick-up et partir. À sa façon de serrer les mâchoires et à la raideur de son dos, elle devina qu'il était en colère. Parce qu'elle refusait qu'il casse le mur de sa cuisine ? Et pourquoi voulait-il faire ce genre de choses ? Par simple curiosité. Comme si elle avait du temps à perdre avec des travaux inutiles !

Elle était furieuse contre lui. Après tout, elle ne lui avait pas demandé de l'aider, encore moins de lui dire ce qu'elle devait faire.

Pourtant, au moment où elle eut cette pensée, toute son irritation s'envola. Le problème avec Dawson n'était pas cette cloison. Mais l'alchimie qui avait toujours existé entre eux, au-delà des malentendus et des incompréhensions. Se côtoyer toute la journée n'était simple ni pour elle ni pour lui.

Au bord des larmes, elle retourna dans la cuisine pour ouvrir le réfrigérateur et en inspecter le contenu.

En passant, elle jeta un coup d'œil vers le mur qui n'aurait pas dû être là.

— Qu'as-tu caché là-dedans, grand-mère ? demanda-t-elle dans la pièce déserte.

Le frigo était presque vide. Elle y avait mis quelques restes de sa dernière virée à la supérette mais rien ne la tentait. Pourtant, elle avait faim.

Consultant sa montre, elle calcula que l'établissement était ouvert pour encore vingt minutes.

Mais finalement, elle renonça à descendre en ville. Elle n'avait pas l'énergie d'aller faire des courses. Éteignant la lumière de la cuisine, elle se dirigea vers sa chambre et s'effondra sur son lit.

Dans un jour ou deux, la maison serait vidée. Il lui faudrait peut-être consacrer une journée supplémentaire à un grand nettoyage… Peut-être aussi à un coup de peinture…

Annabelle ne voulait pas y songer, pas maintenant. Elle était trop fatiguée. Malheureusement, son esprit revenait toujours à Dawson.

Sortant son téléphone portable, elle finit par se résoudre à lui passer un coup de fil. Elle fut soulagée de tomber sur sa messagerie vocale.

— Je suis désolée, Dawson. Merci pour ton aide aujourd'hui. J'ai vraiment apprécié.

Elle raccrocha.

Vêtue d'une chemise de nuit en flanelle qu'elle avait trouvée dans la commode, elle se glissa entre les draps. Si ses amies mannequins l'avaient vue maintenant, pensa-t-elle, elles n'en auraient pas cru leurs yeux. Avant de sombrer dans les bras de Morphée, sa dernière pensée, cependant, fut pour Dawson.

Plusieurs heures plus tard, elle se réveilla en sursaut. Elle tendit l'oreille, s'efforçant de comprendre ce qui l'avait tirée du sommeil. Identifiant soudain un bruit caractéristique, elle blêmit. Quelqu'un essayait de s'introduire dans la maison !

Rob jura en voyant une lumière s'allumer dans la demeure voisine. Cette vieille chipie trop curieuse finirait par le rendre fou. La veille au soir, elle l'avait fait fuir en sortant de chez elle avec un fusil de chasse.

Il recula, veillant à rester dans l'ombre. Voilà trop longtemps qu'il était en ville. Son oncle l'appelait tous les jours, lui demandant d'entrer dans la maison des Clementine sans attendre.

— Vous ne comprenez pas, avait-il essayé d'expliquer à Bernie. Il y a cette vieille femme qui habite à côté et qui…

— Ne me dis pas que tu as peur d'une vieille femme ! avait rétorqué Bernie. Dois-je y aller moi-même ?

Rob avait raccroché au milieu de la tirade de son oncle. Bernie ne savait rien de l'Amérique profonde. Chaque fois que Rob se promenait dans le quartier, les gens le dévisageaient comme une bête curieuse. Toute la journée, il avait vu des jeunes hommes défiler chez les Clementine. Ce soir, s'était-il dit, il pénétrerait dans la demeure. Le problème était que, s'il devait tuer la petite-fille, il craignait que son cadavre ne soit découvert trop rapidement. Ce qui ne lui laisserait pas beaucoup de temps pour fouiller l'endroit, d'autant que d'après ce qu'il avait vu par les fenêtres, un désordre indescriptible régnait dans la maison.

Mais il ne pouvait pas attendre indéfiniment. Peut-être la petite-fille connaissait-elle l'existence du butin et le cherchait-elle, elle aussi. Il ne voulait pas prendre le risque qu'elle le découvre en premier.

Il venait de forcer la fenêtre et il pensait qu'il n'avait plus qu'à sauter dans le salon quand, derrière lui, la voix de la voisine le fit sursauter.

— Bouge et je t'explose la tête, dit-elle.

Il sentit le canon d'un fusil dans son dos.

Il se retourna et frappa la vieille femme avec violence. La malheureuse tomba à terre. Elle ouvrit la bouche, mais avant qu'elle ne puisse crier il lui brisa la nuque d'un coup sec. Il traîna ensuite son corps jusque chez elle et se dirigea à grands pas vers les arbres qui séparaient les deux propriétés.

10

Dawson se réveilla en proie à un insupportable mal de tête. Avec un gémissement, il roula sur le côté et il se retrouva nez à nez avec Sadie. Le chiot le regarda d'un air déçu.

— J'étais soûl à ce point-là, hier soir ? demanda-t-il à l'animal.

Avec une petite plainte, Sadie se détourna.

Dawson poussa un grognement, le crâne dans un étau.

La veille, après avoir quitté la maison d'Annabelle, il pensait retourner directement au ranch. Mais en passant, il avait vu la camionnette de Jason garée devant le Mint. Il avait alors décidé de s'arrêter pour boire un verre avec lui. Ou deux. Maintenant, il ne parvenait même pas à se rappeler comment il était rentré chez lui.

En entendant quelqu'un s'activer dans sa cuisine, il sentit son cœur bondir dans sa poitrine. Qui était là ? Annabelle ? Non, certainement pas.

Comme il s'efforçait de se lever, il s'aperçut qu'il avait dormi tout habillé. Il ne savait pas si c'était plutôt bon ou mauvais signe. Dawson n'avait jamais été porté sur l'alcool et il lui était rarement arrivé de se soûler. En tout cas, quelqu'un l'avait aidé à retirer ses bottes. Ce qui signifiait qu'on l'avait reconduit chez lui, hier soir.

Il se traîna jusqu'à la cuisine, se demandant avec curiosité qui il y découvrirait. Quelle qu'elle soit, cette personne préparait du café, ce qui tombait bien parce que Dawson avait vraiment besoin d'une bonne dose de caféine.

— Jason ?

Son ami se tourna vers lui et fit la grimace.

— Tu as une sale tête.

— Et je me sens vraiment mal. Étais-je…

— Ivre mort ? Oui.

— Et je parie que je voyais tout en noir, non ?

Jason se mit à rire.

— Si tu me demandes si tu m'as parlé d'Annabelle toute la soirée, la réponse est « Oui. »

En se frottant les tempes, Dawson ressortit de la cuisine pour prendre la direction de la salle de bains.

— N'en as-tu pas assez de te comporter comme le dernier des imbéciles ? lança-t-il à son reflet dans le miroir.

— Tu parles tout seul maintenant ? ironisa Luke derrière lui. Manifestement, cela ne s'arrange pas.

— Est-ce qu'on t'a appris un jour à frapper ?

— La porte était ouverte, répliqua son frère. Tu as une sale tête.

— Merci, on me l'a déjà dit.

Il s'aspergea le visage d'eau froide et s'essuya avec une serviette.

— Que fais-tu ici si tôt, Luke ? reprit-il.

— Il est 10 heures.

Dawson ouvrit l'armoire à pharmacie, y trouva deux cachets d'aspirine et les avala.

Son frère lui sourit.

— Tu m'as appelé du bar hier soir.

Dawson sentit sa migraine empirer.

— Apparemment, tu avais des problèmes, ajouta Luke.

— Mis à part la gueule de bois, je vais très bien.

Luke leva un sourcil dubitatif.

— Alors, que se passe-t-il ? En tout cas, si tu as l'intention de retourner balancer des cartons à la déchetterie aujourd'hui, je suis désolé de te dire que ce sera sans moi.

— Tu dois venir. Débrouille-toi.

— Pourquoi t'es-tu soûlé ? le taquina son frère. Tout ne se passe pas comme tu veux avec Annabelle, c'est ça ?

Dawson lui lança un regard noir et sortit de la salle de bains pour retourner à la cuisine. Jason lui tendit une tasse de café. Il en offrit également une à Luke, qui l'accepta avec reconnaissance.

— Alors, où en es-tu avec elle ? demanda Luke en s'installant sur un tabouret.

Dawson ne prit pas la peine de répondre. Il ne lui fit même pas l'aumône d'un regard.

— Mieux vaut ne pas remettre le sujet sur le tapis, Luke, dit Jason en les rejoignant à table. Confirme-moi plutôt ce que j'ai entendu dire en ville : votre mère compte sur vous deux pour le défilé de Noël, cette année ?

Les deux frères gémirent dans un bel ensemble.

— Le cauchemar, dit Luke après avoir bu une gorgée de son café. Elle veut nous déguiser, moi en Père Noël et Dawson en elfe. Tu vois le tableau !

Dawson ne pensait qu'à une chose : au moment de Noël, Annabelle serait partie.

Annabelle ne s'attendait pas du tout à voir revenir Dawson. Lorsqu'il arriva au volant de son pick-up, elle se demanda ce qu'il fabriquait. En même temps, elle lui fut reconnaissante d'apporter de nouveaux cartons. Incapable de trouver le sommeil, elle était debout depuis l'aube et elle en avait déjà rempli cinq depuis le matin. Elle les avait empilés sous le porche.

Après l'avoir agressé verbalement, la veille, à propos de ce maudit mur d'alcôve, elle avait cru que Dawson jetterait l'éponge. Certes, elle lui avait présenté des excuses sur le répondeur de son téléphone mais elle était persuadée qu'elle ne le reverrait pas de sitôt. Sa présence la rendait d'autant plus méfiante quant à la raison pour laquelle il l'aidait.

Le manque de sommeil lui donnait la migraine. Toute la nuit, la vieille demeure avait été bruyante. À un moment, Annabelle avait même cru entendre quelqu'un entrer. Mais quand elle avait fait le tour des pièces, elle n'avait vu personne. Par la suite, elle s'était levée plusieurs fois au cours de la nuit sans remarquer quoi que ce soit d'anormal. Elle en avait conclu qu'elle avait confondu le bruit des branches grattant les vitres sous le vent avec celui d'un pied-de-biche sur une porte. Pourtant, alors qu'elle se tenait à la fenêtre, elle aurait juré apercevoir une ombre se faufiler entre les arbres qui séparaient la propriété de la maison voisine. S'agissait-il de l'homme qu'Inez Gilbert avait vu rôder ?

Elle avait scruté l'obscurité pendant un long moment mais la silhouette sombre n'était pas réapparue. Malgré tout, elle était descendue au rez-de-chaussée pour vérifier que les portes et les fenêtres étaient toutes bien fermées.

Dawson entassa des cartons vides dans le salon. Il n'avait pas remarqué la présence d'Annabelle et il sursauta quand, relevant le nez, il la découvrit sous le porche.

Il avait l'air d'avoir passé une mauvaise nuit, lui aussi, se dit-elle.

Il lui adressa un signe de la tête avant de retourner vers son pick-up. Peu après, Jason et d'autres cow-boys qu'elle ne connaissait pas arrivèrent en camion et sautèrent à terre. Ils se présentèrent à Annabelle avant de lui demander comment lui être utiles.

Exténuée comme elle l'était, elle n'avait pas l'intention de repousser leur aide.

— J'aimerais que vous descendiez des meubles qu'il faudra ensuite déposer chez le brocanteur, leur dit-elle. Il s'agit de têtes de lit, de tables de chevet et d'armoires.

Ils montèrent à l'étage pendant qu'elle continuait à empaqueter les affaires à jeter. Elle avait espéré trouver quelques instants pour parler seule à seul avec Dawson mais, tout en transportant les cartons pleins jusqu'à son pick-up, il gardait la tête baissée. Visiblement, il semblait pressé de finir le travail et de s'en aller.

À un moment, pourtant, alors que Jason et ses camarades étaient partis emporter les meubles, elle vit Dawson qui profitait d'une petite pause pour boire à sa gourde à l'extérieur.

— Pourquoi ne prends-tu pas d'eau au robinet ? demanda-t-elle. Elle sera plus fraîche.

— Tout va bien, répondit-il.

— Pourtant, tu n'as pas l'air en grande forme, répliqua-t-elle avant de pouvoir s'en empêcher.

— J'ai peut-être un peu trop bu, hier soir.

Annabelle en fut étonnée.

— Te soûler ne te ressemble pas. En tout cas, cela ne ressemble pas au Dawson Rogers que je connaissais.

— Voilà sans doute pourquoi il ne m'a pas fallu longtemps pour être soûl…

Il sourit pour la première fois de la journée.

— Je ne m'attendais pas à te voir revenir, ajouta-t-elle.

— Et en partant, hier, je ne le pensais pas moi-même, reconnut-il en riant.

Son regard croisa le sien.

— Je n'ai écouté ton message que ce matin.

— Je suis désolée pour hier.

— Tu n'as aucune raison de l'être. Nous étions tous les deux fatigués et je n'avais pas à me mêler de tes affaires.

Elle jeta un coup d'œil vers la maison.

— Moi aussi, je suis curieuse de savoir ce qui se cache derrière ce mur. Probablement des tonnes de poussière, ajouta-t-elle avec un petit rire. À mon avis, nous serions tous les deux déçus si nous le cassions.

— Probablement, répondit-il, bien qu'il soit certain du contraire.

La poussière n'avait jamais provoqué cette réaction chez Sadie.

— Peut-être vaut-il mieux ignorer ce qui est derrière cette cloison et pourquoi ta grand-mère avait muré l'alcôve, ajouta-t-il. Cela restera un mystère.

Jusqu'à ce que le prochain propriétaire décide de détruire la cloison et découvre… Quoi ?

Quand Jason et ses amis revinrent, ils se remirent au travail. Ils continuèrent toute la journée. Jason avait acheté des hamburgers pour le déjeuner.

La nuit tombait lorsque lui et les cow-boys qu'il l'avait accompagné décidèrent de rentrer chez eux après avoir chargé les derniers cartons. Annabelle les remercia de leur aide et les regarda partir. Elle se retrouvait donc seule avec Dawson.

Il se tourna vers elle :

— Pourquoi ne ferais-je pas un saut à la supérette pour acheter quelque chose pour le dîner ? proposa-t-il.

Quand il avait jeté un coup d'œil dans son réfrigérateur, il avait constaté que celui-ci était quasi-vide. Étant mannequin, Annabelle ne devait pas manger beaucoup mais il craignait surtout qu'elle n'ait rien parce qu'elle était à court d'argent.

Elle commença par refuser mais, repoussant ses protestations, il se hâta vers l'établissement avant qu'il ne ferme.

Il était tard. Très peu de voitures étaient garées sur le parking lorsque Dawson s'y engagea. Il était épuisé et il savait que cette fatigue n'avait rien à voir avec l'effort physique qu'il avait fourni toute la journée ni même avec sa gueule de bois.

Comme il sillonnait les rayons, une voix familière le héla :

— Dawson ! Tu es donc revenu de ta chasse.

Amy. Il se souvint brutalement qu'il lui avait promis de la rappeler à son retour. Pendant un moment, il ne trouva rien à répondre.

Ils sortaient ensemble depuis près d'un an. Il ne s'agissait ni d'un amour fou ni d'une grande passion mais plutôt d'une amitié un peu particulière.

En vérité, Dawson n'y avait pas beaucoup réfléchi. Ils s'étaient vus, revus et ils continuaient à se fréquenter sans se poser de questions, sans rien se promettre. C'était d'ailleurs ce qui avait plu à Dawson dans cette histoire. Leurs relations lui semblaient simples. Amy n'était certainement pas la femme de sa vie mais il l'aimait bien et c'était réciproque…

— Désolé, j'ai peur d'avoir oublié de te téléphoner, dit-il avec honnêteté en se tournant vers elle. Cela m'était sorti de l'esprit.

Elle leva un sourcil surpris.

— Sorti de l'esprit ?

Divorcée depuis quelques années, Amy Baker travaillait à la quincaillerie locale. Comme lui, elle s'était arrêtée à la supérette pour faire quelques courses.

Amy l'observait avec attention comme si elle cherchait quelque chose sur son visage. Dawson n'avait pas de mal à deviner quoi. Si elle avait entendu parler du retour d'Annabelle

Clementine, elle se demandait sans doute, comme beaucoup d'autres personnes, ce qui se passait entre eux. Certes, il ne lui avait jamais beaucoup parlé d'Annabelle. Mais il savait que des gens s'en étaient chargés. À Whitehorse, il était difficile d'avoir un cœur brisé sans que tout le comté ne soit au courant.

À la vue de son expression, il se sentit coupable et une colère sourde monta en lui. Amy et lui avaient noué une relation libre, sans engagement. Il n'avait donc aucune raison de culpabiliser.

— Comment s'est passé ton Thanksgiving ? demanda-t-il, se souvenant qu'elle avait prévu d'aller chez sa tante près de la frontière canadienne.

Il cherchait surtout à changer de sujet.

— Très bien, répondit-elle sèchement avant de s'éloigner pour aller peser des oranges.

Il réprima un gémissement.

Jetant un coup d'œil autour de lui, il comprit qu'il valait mieux éviter ce genre de discussions au rayon des produits frais. À Whitehorse, tout ce qui se disait au supermarché ou au bureau de poste se répandait ensuite dans toute la région comme une traînée de poudre. Les rumeurs y prenaient naissance et s'y colportaient.

— Je t'appellerai plus tard, lui dit-il.

Elle hocha la tête sans se retourner.

Il paya les cuisses de poulet, la salade de haricots, les petits pains et le pack de bières qu'il avait pris pour partager un morceau avec Annabelle, se répétant qu'il n'avait rien à se reprocher.

Mais lorsqu'il revint dans la maison des Clementine, il était de mauvaise humeur.

Annabelle le sentit tout de suite.

— Ton chiot a fait pipi sur le siège de ton pick-up ? demanda-t-elle en posant ce qu'il avait acheté sur la table de la cuisine.

Il secoua la tête. Il n'allait certainement pas lui parler d'Amy. Il regretta de ne pas être parti avec Jason. Qu'est-ce qui l'avait poussé à suggérer d'aller chercher quelque chose pour le dîner ? Il n'avait pas envie de laisser Annabelle mourir de faim, voilà tout.

— Fais comme chez toi. Je vais me changer, dit-elle avant de quitter la pièce.

Se changer ? Comptait-elle mettre une tenue plus sexy ? En suggérant de dîner avec elle, lui avait-il donné l'impression qu'il souhaitait davantage ? Maintenant, il se mordait les doigts de ne pas avoir suivi son instinct et de ne pas être rentré directement chez lui.

Annabelle se demandait ce qui s'était passé à la supérette. En tout cas, à en juger par le changement d'humeur de Dawson, un événement désagréable s'y était produit. Elle devinait qu'il regrettait de lui avoir proposé d'aller chercher quelque chose pour le dîner. Cela dit, elle lui en était reconnaissante. Elle avait senti les fragrances du poulet dès qu'il avait franchi la porte et elle s'était mise aussitôt à saliver.

Tout en retirant ses vêtements sales, elle se reprocha de ne pas avoir profité de son absence pour prendre une douche. Au lieu de quoi, elle avait continué à travailler, à empaqueter des bibelots. Elle avait tellement envie d'en finir, tellement hâte de vendre cette maison. Cet objectif occupait toutes ses pensées, sauf quand Dawson était là.

— Je suis contente que tu aies acheté des cuisses de poulet, dit-elle depuis la chambre alors qu'elle finissait de s'habiller.

Elle n'obtint pas de réponse mais elle ne s'en inquiéta pas. Elle était certaine qu'il avait également pris de la salade de haricots, des petits pains et de la bière. Autrefois, il choisissait toujours ce menu quand ils partaient pique-niquer dans la montagne. Dawson était un homme d'habitude. À l'époque, cela la rendait folle. Maintenant, elle le trouvait… merveilleux et adorable. Et elle regrettait de l'avoir quitté, il y a treize ans.

Ce matin, il était venu l'aider, alors qu'il n'était visiblement pas dans son assiette et qu'il souffrait d'une gueule de bois. Là encore, c'était du Dawson tout craché. Il n'était pas du genre à se dorloter, à prendre un jour de repos lorsqu'il y avait du travail à faire. Qu'il soit revenu lui donner un coup de main avait fait battre son cœur plus vite. Mais elle culpabilisait aussi. En quittant Whitehorse, elle l'avait fait souffrir et maintenant, au lieu de le lui faire payer, il se mettait en quatre pour l'aider.

Pour que tu t'en ailles le plus vite possible, se rappela-t-elle. *Il veut que tu partes.*

L'autre jour, quand elle avait croisé en ville une vieille amie du lycée, Annabelle lui avait demandé si Dawson avait quelqu'un dans sa vie.

— J'ai entendu dire qu'il voyait Amy Baker depuis un moment, lui avait-elle répondu. Mais je n'ai pas l'impression que ce soit très sérieux. Pourquoi ? Tu n'es pas retombée amoureuse de lui, n'est-ce pas ?

— Non, bien sûr que non. Je suis revenue uniquement pour vendre la maison. Quant à Dawson et moi… La foudre ne frappe jamais deux fois au même endroit, n'est-ce pas ?

— Faux, avait répliqué son amie en riant. Pourquoi ? Il y a de l'orage dans l'air ?

Lorsque Annabelle revint dans la cuisine, Dawson leva la tête, l'air surpris. Il battit des paupières, regarda ce qu'elle portait et parut se détendre.

— Tu t'es changée, dit-il d'un ton presque embarrassé.

Elle fronça les sourcils.

— Est-ce un problème ?

Elle avait mis le T-shirt et le jean qu'elle avait achetés à Whitehorse.

Les plats qu'il avait apportés étaient sur la table. Elle vit qu'il avait ouvert une canette de bière. Il la sirotait tout en jetant un coup d'œil au contenu de la boîte en fer-blanc qu'elle avait laissée sur la desserte, quelques jours auparavant. Dawson étudiait les photos et lisait les coupures de journaux qu'il avait trouvées à l'intérieur.

Quand Annabelle s'assit en face de lui, il poussa les barquettes vers elle.

— Sers-toi, dit-il.

Il cessa de s'intéresser aux articles pour dîner. Tous deux savourèrent leur repas dans un silence agréable.

— Que comptes-tu faire de ça ? demanda-t-il après un moment en désignant la boîte en fer-blanc.

— Je n'ai pas vraiment regardé ce qu'elle contenait. Je l'ai découverte sous le plancher de ma chambre. J'ai jeté un œil sur les photos et je n'ai reconnu personne. Il s'agit sans doute des premiers habitants de cette maison…

— Tu crois ? Regarde celle-ci.

Annabelle prit le cliché en noir et blanc qu'il lui tendait. Il représentait quatre personnes attablées dans un night-club. Deux femmes et deux hommes, visiblement sur leur trente et un.

Comme elle le reposait sans commentaire, Dawson insista :

— Tu as vu ? demanda-t-il avec un signe de tête en direction de la photo.

— Vu quoi ? Je n'ai rien remarqué de spécial.

Elle était fatiguée et la bière la rendait léthargique. Elle préférait finir tranquillement son dîner plutôt que d'étudier de vieilles photographies sur lesquelles figuraient des gens qu'elle ne connaissait pas.

— Regarde, répéta-t-il, tapotant du doigt le visage de la plus jolie des deux femmes.

Avec un soupir, Annabelle se força à examiner cette dernière avec plus d'attention. Il s'agissait d'une petite blonde aux cheveux longs et à la silhouette voluptueuse.

Mais à la vue de ses yeux clairs, elle sentit les battements de son cœur s'accélérer.

— Frannie ?

Dawson eut un petit rire.

— Elle était ravissante dans sa jeunesse, non ?

— Ce n'est sûrement pas elle. Cette inconnue est blonde.

— Blonde comme toi, sa petite-fille.

— Mais Frannie a toujours eu les cheveux roux.

— Eh bien, à une époque, ils étaient blonds.

Annabelle regarda la photo. C'était bien Frannie. Elle ne l'avait pas reconnue tout de suite parce qu'elle lui semblait très différente de la grand-mère dont elle avait gardé le souvenir. Et elle était habillée différemment.

Elle n'avait jamais vu Frannie maquillée. Mais sur le cliché en noir et blanc, elle avait les yeux faits et du rouge à lèvres.

Découvrir Frannie si jeune — et si sexy — fut un choc pour Annabelle. La petite blonde sur la photo souriait à un bel homme vêtu d'un costume à fines rayures.

Annabelle en fut attendrie. Frannie avait l'air heureuse. Et qui était ce beau brun ? Son prétendu mari ? Annabelle avait été choquée de découvrir que Frannie n'avait jamais été mariée, en réalité. Alors, qui était ce mystérieux inconnu ? Le père de son fils ? Se pouvait-il qu'il soit le grand-père d'Annabelle ?

Elle se demanda si le mensonge de Frannie au sujet d'un époux qui n'avait jamais existé n'était pas l'une des raisons pour lesquelles elles ne voyaient jamais leur grand-mère lorsqu'elles étaient petites. Ses sœurs et elle n'avaient fait sa connaissance qu'après la mort tragique de leurs parents. Frannie avait alors insisté auprès des autorités pour que ses petites-filles viennent vivre avec elle à Whitehorse.

— L'homme qui est avec Frannie sur la photo est encore plus intéressant, poursuivit Dawson.

Il passa le dos de la main sur une vieille coupure jaunie pour la défroisser.

— À en croire cet article, il s'appelait Bernard McDougal, alias Bernie the Hawk. C'était un gangster.

— Quoi ?

Annabelle parcourut rapidement le papier.

— Et il a été arrêté pour un hold-up qui est resté dans les annales ! s'exclama-t-elle, de plus en plus sidérée. Le casse du siècle, à en croire ce journal.

— Il a été arrêté mais relâché, faute de preuves, déclara Dawson. Les bijoux n'ont jamais été retrouvés.

Il reprit le cliché.

— En tout cas, je suis prêt à parier qu'ils étaient amoureux, tous les deux, dit-il. Regarde la façon dont il dévore ta grand-mère des yeux.

— On peut faire dire beaucoup de choses à une simple photo.

Pourtant, au fond d'elle-même, Annabelle savait qu'il avait raison. Elle se souvint soudain d'une photo d'elle et de Dawson, prise le soir du bal de promo. Une photo qu'elle avait gardée. La manière dont Dawson la regardait comme la façon dont elle lui souriait prouvaient l'amour fou qui les unissait.

Elle se demanda soudain s'il se souvenait de ce cliché. Et s'il en avait un tirage. Une boule se forma dans sa gorge.

Mais il poursuivait en riant :

— Ta grand-mère était la copine d'un gangster. Qui l'aurait soupçonné ?

Il lui sourit tout en s'emparant de la canette de bière qu'ils partageaient, tout comme autrefois quand ils étaient amants. Lorsque leurs mains se frôlèrent, Annabelle voulut écarter la sienne mais il la retint, entrelaçant leurs doigts. Son sourire avait disparu. Ses yeux s'assombrirent.

Annabelle sentit son cœur s'accélérer dans sa poitrine tandis qu'elle se perdait dans la chaleur de son regard. Ses lèvres s'entrouvrirent. En état d'hypnose, elle fixa la bouche de Dawson. Le sang battait si fort à ses oreilles qu'elle n'entendait rien d'autre. Elle comprit qu'il allait l'embrasser.

Elle retint son souffle, se remémorant leurs baisers d'autrefois. Elle avait envie qu'il l'embrasse à pleine bouche comme il l'avait fait sur la piste de danse, l'autre soir, au Mint.

Comme il se penchait vers elle, elle ferma les paupières.

Mais brusquement, il lâcha sa main. Repoussant sa chaise, il se leva.

— Excuse-moi, je dois y aller, dit-il d'une voix rauque.

— Dawson…

Elle voulait ce baiser, elle en avait besoin, et pourtant, tout en se mettant sur pied à son tour, elle reconnut que l'embrasser aurait été une erreur.

Jason ne l'avait-il pas exhortée à s'interdire de faire quoi que ce soit qui pourrait faire souffrir Dawson ? Annabelle n'avait pas l'intention de lui faire du mal. Et dès que cette maison serait vendue, elle s'en irait.

Alors pourquoi avait-elle envie de pleurer ?

De retour au ranch, Dawson s'insulta copieusement tout en allumant un feu et en nourrissant Sadie. Le chiot s'endormit rapidement devant les flammes sans se soucier de son maître qui arpentait la pièce, furieux contre lui-même.

Il aurait dû être fatigué après avoir chargé et déchargé tant de cartons toute la journée. Mais il se sentait comme une pile électrique.

Entendant un bruit de moteur, il se dirigea vers la fenêtre et écarta les rideaux. Lorsqu'il vit Amy se garer et sortir de sa voiture, il poussa un juron. Il ne manquait plus que ça !

Il alla lui ouvrir avant qu'elle n'ait le temps de frapper.

— J'en avais marre d'attendre ton coup de fil, dit-elle en s'arrêtant au pied du perron. Alors, j'ai préféré venir.

— Je suis désolé. J'ai été occupé.

— Je l'ai entendu dire, oui.

Elle jeta un coup d'œil dans la maison et ajouta :

— Elle est là ?

Il ne lui demanda pas de qui elle parlait.

— Non. Elle n'est jamais venue ici.

Amy hocha la tête et monta les marches.

— J'ai pensé que nous devrions discuter.

Elle ne lui donna pas la possibilité de répondre qu'il était fatigué et qu'il n'était pas d'humeur à ça. Clairement, elle s'en fichait.

Et en la suivant à l'intérieur, Dawson prit conscience qu'il lui devait en effet une explication. Ce qui le surprit, leur relation n'ayant jamais été sérieuse. Du moins, pour lui.

Quand elle se retourna et qu'il vit des larmes dans ses yeux, il fut sidéré. C'était la nuit des surprises. Clairement, Amy avait une idée de leur histoire très différente de la sienne.

Il se remémora l'avertissement de sa mère.

— Ne fais pas souffrir cette fille, lui avait-elle dit quand ils avaient commencé à se fréquenter.

— Elle sait que ce n'est pas sérieux entre nous, avait-il répliqué.

Willie avait levé les yeux au ciel.

— C'est devenu sérieux pour elle depuis que tu l'as fourrée dans ton lit.

— C'est *mon* lit, avait-il protesté. Arrête d'essayer de me caser.

— Je ne cherche pas à le faire. Et je ne crois pas que tu devrais épouser Amy. Si j'ai un conseil à te donner, c'est de te marier avec une femme sans qui tu serais incapable de vivre.

Mal à l'aise, il n'avait pas répondu parce qu'une seule personne correspondait à cette description.

Maintenant, en regardant Amy, il comprenait que Willie avait eu raison, comme toujours. Il avait cru qu'Amy savait aussi bien que lui que leurs relations ne les mèneraient nulle part. Il s'était trompé.

— Amy, je suis désolé de ne pas t'avoir appelée.

— Ce n'est pas parce que tu ne m'as pas téléphoné que je suis venue, dit-elle. Même si tu m'avais promis de le faire.

— Tu as raison. Il est arrivé quelque chose dans ma vie.

Amy laissa échapper un rire amer.

— Quelque chose ? Ne veux-tu pas dire quelqu'un, plutôt ?

— Écoute, ce n'est pas ce que tu crois.

— Et je crois quoi, d'après toi ? Ta chérie du lycée, ton premier amour, la fille qui t'avait brisé le cœur en quittant Whitehorse, il y a treize ans, est revenue.

— Elle s'appelle Annabelle et…

— Oh ! je connais son nom, ne t'inquiète pas, grogna Amy. Annabelle Clementine. Top model de son état, pas moins. En revanche, je n'imaginais pas que, si elle réapparaissait un jour, tu lâcherais tout pour courir, ventre à terre, te remettre avec elle.

— Ce n'est pas ce qui s'est passé mais…

— Je refuse de parler d'elle, coupa Amy en secouant la tête.

Elle promena les yeux dans la pièce pendant un moment. Elle semblait avoir du mal à retenir ses sanglots.

Dawson enfonça les mains dans ses poches.

— Écoute, Amy, je ne veux pas te faire souffrir. Tu sais que je t'aime beaucoup.

Une larme coula sur la joue d'Amy mais il poursuivit :

— J'aime bien être avec toi.

— Mais tu ne m'aimes pas.

Il grimaça, de plus en plus mal à l'aise.

— Je croyais que tu ressentais la même chose… Que tu m'aimais bien… sans plus.

— Tu n'as jamais pensé que je pourrais en vouloir davantage ?

— Je n'avais rien d'autre à te donner, répondit-il, se détestant de l'avouer.

Sa mère avait essayé de le prévenir. Il aurait dû le voir venir. Mais il n'avait pas pensé à la suite, à l'avenir. Depuis le départ d'Annabelle, il vivait au jour le jour.

— Je n'ai jamais souhaité te faire du mal, répéta-t-il.

— Alors tu t'es remis avec elle.

— Seigneur, non ! dit-il, surpris qu'elle ait imaginé une chose pareille.

— Alors que se passe-t-il ? Que fais-tu avec elle ?

— Je l'aide à vider et à nettoyer la maison de sa grand-mère pour qu'elle puisse la vendre et quitter la ville.

Amy le regardait fixement.

— Tu y crois vraiment ?

— C'est la vérité.

Avec un rire amer, elle secoua la tête.

— Et après ?

— Et après, rien.

— Tu vas la laisser partir ?

Ce fut au tour de Dawson de rire.

— Tu ne « laisses » pas une femme comme Annabelle Clementine faire quoi que ce soit. Depuis toujours, cette fille fait ce qu'elle veut, quand elle veut, et il vaut mieux s'écarter de son chemin avant qu'elle ne t'écrase en passant.

La surprise se peignit sur le visage d'Amy.

— À t'entendre, on jurerait que tu ne l'aimes pas.

Il y réfléchit un moment.

— Parfois, j'ai envie de l'étrangler, répondit-il enfin. D'autres fois…

— Tu es toujours amoureux d'elle.

Il voulut le nier, mais elle le coupa.

— Tu n'as jamais tourné la page, toutes ces années, n'est-ce pas ? Tu attendais juste qu'elle revienne…

— Non, répliqua-t-il en secouant la tête d'un air décidé. Je n'ai jamais pensé qu'elle reviendrait. Pourquoi l'aurais-je attendue ? Il faudrait être le dernier des imbéciles pour espérer qu'elle…

Amy n'en croyait manifestement pas un mot.

— C'est elle l'élue, celle que tu aimeras jusqu'à la fin de tes jours. Celle à qui tu compareras toujours toutes les autres femmes qui, du coup, n'auront jamais aucune chance. Est-il possible que tu ne l'aies pas encore compris ?

Il avait l'impression d'avoir été aveuglé.

— Écoute, tu te trompes. Je n'ai…

— Arrête de te mentir à toi-même et pire, à moi. Nous sommes amis, n'est-ce pas ?

Il opina, soulagé qu'elle ait cessé de pleurer.

— Alors, je vais te donner un conseil d'amie, Dawson. Si tu l'aimes, ne la laisse pas partir. Bats-toi pour la retenir. Avoue-lui tes sentiments.

Il se mit à rire.

— Je l'ai fait, il y a treize ans.

— Recommence. Avec un peu plus de conviction, cette fois. Si tu ne le fais pas, alors tu n'es pas l'homme que j'imaginais.

Et sur ces mots, elle tourna les talons et sortit, le laissant planté dans son salon.

Amy ne mesurait pas à quel point elle se trompait.

— Annabelle ne m'aime pas, dit-il en refermant la porte derrière elle. Elle ne m'a jamais aimé. En tout cas, pas assez, pas comme j'aurais voulu qu'elle m'aime.

Comme il l'entendait démarrer et s'éloigner, il maudit intérieurement Annabelle d'être revenue pour bousiller sa vie une nouvelle fois.

11

Après le départ de Dawson, Annabelle renversa le contenu de la boîte en fer-blanc sur la table de la cuisine. Maintenant qu'elle avait reconnu sa grand-mère sur une photo, elle n'eut aucune difficulté à la retrouver sur d'autres. Bernie, le gangster, figurait également sur nombre d'entre elles, parfois en compagnie de ses « associés ».

Autrefois, Frannie leur racontait souvent des histoires scandaleuses de sa jeunesse. Pour Annabelle et ses sœurs, il s'agissait de fables, sorties tout droit de l'imagination fertile de leur aïeule.

Mais, apparemment, il y avait une part de vérité dans ces récits — et plus même que ce qu'Annabelle était prête à accepter. Tout en jetant un œil aux coupures de presse, elle se rappela soudain où elle avait trouvé la boîte. Était-ce une coïncidence que sa grand-mère l'ait cachée dans la chambre qu'Annabelle occupait autrefois ? Frannie imaginait-elle qu'elle s'installerait dans cette pièce quand elle reviendrait pour vendre la maison ?

En tout cas, si les lattes du plancher avaient été décollées et si quelque chose avait été dissimulé dessous lorsque Annabelle était enfant ou adolescente, elle l'aurait vu. Elle en était certaine. Ce qui signifiait que sa grand-mère y avait caché cette boîte plus tard. Frannie avait voulu qu'Annabelle hérite de sa propriété et découvre ces coupures de presse et ces photos. Elles contenaient un message.

Mais Annabelle ne saisissait vraiment pas lequel. Le nom de Frannie ne figurait nulle part dans les écrits qui accompagnaient les photos. Sous l'une d'elles, une légende la désignait comme « Baby Doll ». Qu'est-ce que cela signifiait ? Peut-être s'agissait-il d'une autre femme qui ressemblait beaucoup à sa grand-mère.

Mais dans ce cas, pourquoi Frannie aurait-elle conservé ces clichés et ces articles de journaux ?

En lisant ces derniers, Annabelle eut vite la conviction que Frannie avait été impliquée dans les combines louches et dangereuses du gangster Bernie McDougal. Les hommes que sa grand-mère fréquentait dans sa jeunesse étaient des criminels. Était-il possible qu'elle l'ait ignoré, à l'époque ?

Annabelle en doutait. Frannie n'avait jamais été une idiote. Elle avait certainement su à qui elle avait affaire et à quoi ces types étaient mêlés. En se remémorant Frannie telle qu'elle l'avait connue — une femme minuscule à la voix douce —, elle se rendait compte que personne à Whitehorse n'avait jamais soupçonné le passé et certains aspects de la véritable personnalité de sa grand-mère.

D'après les coupures de presse, Bernie McDougal et ses associés avaient organisé l'attaque d'une exposition, l'exposition Marco Polo. Ils s'étaient emparés d'un trésor d'une valeur inestimable. De nombreux journalistes avaient qualifié le vol de « Casse du siècle ». Mais faute de preuves, la police avait dû relâcher l'amoureux de Frannie. Le butin n'avait jamais été retrouvé. Mais ce qui glaça Annabelle fut de comprendre que Frannie avait acheté cette maison moins d'un an plus tard.

Annabelle se souvint que Frannie leur avait dit qu'elle avait acquis cette propriété grâce à l'assurance-vie que son défunt époux avait souscrite en sa faveur. À l'époque, Frannie était enceinte et peu de temps après avoir emménagé à Whitehorse, elle avait donné naissance à son fils — le futur père d'Annabelle et de ses sœurs —, Walter Clementine.

Maintenant, Annabelle savait que sa grand-mère avait inventé de toutes pièces ce soi-disant mari. En réalité, elle n'avait jamais été mariée. Mais alors, qui avait été le père du bébé ? Avec précaution, elle remit les coupures de presse et les photos dans la boîte en fer-blanc. Tout en regardant le mur qui condamnait l'ancienne alcôve, elle comprit qu'elle avait découvert l'un des secrets de sa grand-mère. Mais que Frannie en avait certainement d'autres, beaucoup d'autres…

Que son aïeule ait connu ces hommes, ces gangsters, ne faisait plus aucun doute… Cette prise de conscience la fit frémir. Pire, Frannie avait laissé ces articles, ces photos, pour Annabelle. Pourquoi ? Que voulait-elle lui dire ? Essayait-elle de la prévenir d'un danger ?

Des bruits de pas sous son porche interrompirent ses pensées. Un instant plus tard, la sonnette retentit. Annabelle glissa à la hâte la boîte en fer-blanc dans l'un des placards de la cuisine. Elle avait presque peur de découvrir qui se tenait derrière la porte.

Comme elle risquait un œil à travers les rideaux de la fenêtre du salon, elle reconnut Mary Sue qui lui adressa un petit signe de la main. Avec un soupir de soulagement, Annabelle alla lui ouvrir.

— Tout va bien ? demanda Mary Sue avec méfiance.

— Très bien.

— Tu avais une expression tellement bizarre en regardant par la fenêtre que je me suis posé la question.

— Tu m'as surprise, voilà tout. Alors, es-tu venue m'annoncer que les acheteurs potentiels se battaient pour visiter la maison ? Ou qu'une personne au moins semblait intéressée ?

Mary Sue secoua la tête.

— Je suis seulement passée voir comment tu t'en tirais. J'ai entendu dire que Dawson et ses amis étaient venus te donner un coup de main. Tu as donc dû avancer.

Personne n'ignorait rien des faits et gestes de ses voisins dans cette ville, songea Annabelle tout en s'écartant pour laisser entrer Mary Sue.

Non sans une certaine fierté, elle lui montra le travail accompli.

— Toutes les chambres ont été vidées à l'exception de la mienne. J'ai fini de ranger et de nettoyer l'une des salles de bains. L'autre est en cours…

— Il reste encore beaucoup de choses à jeter, dit Mary Sue à la vue du bric-à-brac entassé dans le salon.

— Tout ce que tu vois doit être vendu ou donné. J'ai

appelé le brocanteur qui passera dans la semaine prendre ce qui pourrait l'intéresser.

— Tu as bien progressé, je le reconnais, poursuivit Mary Sue. Mais, idéalement, il faudrait repeindre les chambres, ajouta-t-elle en voyant les taches sur les murs.

Annabelle soupira.

— Tu es venue uniquement pour critiquer ?

Mary Sue parut surprise.

— Tu as l'impression que c'est ce que je fais ?

— Non, excuse-moi. Je suis juste fatiguée.

Mary Sue le serait aussi si elle avait travaillé jour et nuit pour débarrasser les pièces de ce capharnaüm. Et Annabelle préférait ne pas imaginer sa tête si elle découvrait qu'en plus d'une maison pleine de vieilleries, sa grand-mère lui avait légué une boîte remplie de secrets troublants.

Annabelle lui lança un regard impatient.

— Alors ? Est-ce que quelqu'un est intéressé par cette propriété ?

Mary Sue secoua la tête.

— Avec Noël qui approche, ce n'est pas la bonne période.

Annabelle poussa un gémissement. Avant d'avoir la possibilité de raccompagner Mary Sue jusqu'au porche, elle dut l'écouter lui faire d'autres suggestions pour rendre la vieille demeure plus attrayante aux yeux d'acheteurs potentiels.

Quand elle put enfin refermer la porte derrière elle, elle poussa un soupir de soulagement. C'est alors qu'elle aperçut une voiture de couleur sombre garée de l'autre côté de la rue. Elle se rendit compte que ce n'était pas la première fois qu'elle la voyait là.

En revanche, elle n'avait encore jamais remarqué que quelqu'un était assis au volant derrière les vitres teintées.

Dawson avait l'habitude de se balader à cheval lorsqu'il voulait se changer les idées. Malheureusement, ce jour-là, sa promenade équestre ne produisit pas l'effet escompté. Il ne cessait de penser à sa visite chez sa mère, la veille, et à ce qu'elle lui avait dit à propos d'Annabelle. Comme si cette dernière n'encombrait pas déjà assez son esprit !

Mais il avait pris une décision, une décision que même Willie soutiendrait, pensait-il en revenant au galop chez lui.

— Nous avons aidé Annabelle à vider sa maison, lui dit-il, mais tu avais raison, cela ne suffit pas.

À peine eut-il prononcé ces mots que Willie retira son tablier en disant :

— Alors, qu'attendons-nous pour aller lui donner un coup de main ? Avant de partir, je vais empaqueter quelques plats et demander à ton frère de nous prêter main-forte. Peut-être pourriez-vous faire appel à quelques amis en renfort tous les deux.

En le voyant hésiter, elle ajouta :

— C'est ce que tu veux, non ? Jason m'a dit que tu n'avais pas ménagé tes efforts pour aider Annabelle à préparer la maison pour la vente afin qu'elle puisse partir.

— C'était l'idée, non ?

Sa mère passa plusieurs coups de fil pour rameuter une poignée d'hommes valides.

— J'ai déjà contribué à l'opération, hier, protesta Luke quand elle le chassa de son lit.

— Oui et je t'en remercie. Mais aujourd'hui, nous y allons pour tout lessiver et commencer à peindre, répliqua-t-elle. Toutes les bonnes volontés sont bienvenues. Demande donc à quelques copains de venir chez les Clementine nous aider.

Luke gémit.

— Si je les appelle si tôt, ils vont me tuer.

— Dis-leur que s'ils ne nous retrouvent pas là-bas dans les meilleurs délais, ta mère va les…

— D'accord, d'accord. J'ai compris.

Il rejeta ses couvertures, puis les ramena rapidement sur lui.

— Pourrais-je avoir un peu d'intimité ?

— Comme si tu avais quelque chose à cacher, plaisanta Dawson depuis la porte.

Il n'avait aucune idée de la manière dont Annabelle les recevrait en les voyant débarquer en nombre mais il n'avait pas à s'inquiéter.

Lorsqu'ils arrivèrent, Annabelle ouvrit la porte, l'air à la fois surprise et méfiante. Elle avait déjà rempli une douzaine de cartons et les avait empilés sous le porche.

— Willie ?

Sa mère bondit du camion, les bras chargés de victuailles.

— Où est la cuisine ? demanda-t-elle.

Annabelle se tourna vers Dawson pour obtenir des éclaircissements. Comme s'il pouvait empêcher sa mère de n'en faire qu'à sa tête, lorsqu'elle avait décidé quelque chose.

Quand il atteignit le porche, Willie l'avait déjà trouvée toute seule.

— J'ai besoin de tes clés pour déplacer ta voiture, dit-il à Annabelle.

À la vue de deux autres camionnettes qui remontaient l'allée, pleines de jeunes hommes et de cartons, Annabelle parut stupéfaite. Luke en descendit le premier, un seau de produits de nettoyage dans les bras.

D'un pas d'automate, Annabelle retourna chercher son trousseau à l'intérieur. Lorsqu'elle le lui tendit, Dawson vit briller dans ses grands yeux bleus de la surprise et quelque chose d'autre. De la reconnaissance ? En tout cas, rien de plus, il en était sûr. L'autre soir, sur le parking du Mint, après l'avoir embrassée, elle lui avait demandé de ne pas se mêler de ses affaires. Pourtant, la veille, elle avait semblé vouloir aller plus loin quand il avait failli capturer ses lèvres pour un nouveau baiser. Heureusement, il avait repris ses esprits à temps.

En réalité, il ne comprenait pas très bien ce qui s'était passé entre eux, la veille au soir. Certes, il avait sans doute eu tort de ne pas garder ses distances alors qu'Annabelle l'avait prié de la laisser tranquille. Malgré ses résolutions, il en avait été incapable. Mais elle non plus ne semblait pas très claire sur ce qu'elle attendait de lui.

— Dawson…, commença-t-elle.

— Annabelle ? cria sa mère de l'intérieur.

Annabelle qui semblait sur le point d'ajouter quelque chose retourna dans la maison alors que Willie lui demandait par où ils devaient commencer.

Par la suite, occupé à transporter les derniers cartons à la déchetterie, Dawson ne vit pas beaucoup Annabelle. Willie avait mis les copains de Luke au travail. Ils remplissaient consciencieusement des boîtes de vieux journaux et magazines puis ils les empilaient sous le porche. Si quelqu'un était capable de mettre une armée en rangs de bataille, c'était bien sa mère.

Vers midi, ils firent une pause pour déjeuner. Les deux chambres d'amis et une salle de bains avaient été nettoyées. Willie demanda à Luke et à ses camarades d'en lessiver les murs avant de les peindre.

Comme Annabelle semblait surprise, Willie expliqua :

— J'ai appelé Mary Sue pour lui demander son avis sur la couleur idéale pour les chambres. Et elle a conseillé du blanc. Par chance, j'avais plusieurs pots de peinture blanche dans mon garage. Je les ai apportés. J'espère que cela ne te dérange pas.

Dawson se doutait qu'Annabelle ne croyait pas plus que lui que sa mère avait des pots de peinture en réserve.

— Je ne peux pas vous dire à quel point je vous suis reconnaissante pour tout ce que vous faites pour moi, balbutia Annabelle. Je ne sais pas comment vous remercier, ajouta-t-elle, au bord des larmes.

Willie l'embrassa avec simplicité.

— Inutile de remercier. Tu fais pratiquement partie de la famille.

Sa mère lança à Dawson un regard qui disait qu'Annabelle aurait fait totalement partie de la famille s'il s'était comporté autrement.

Il baissa la tête et soupira. Willie pensait qu'il aurait dû retenir Annabelle, il y a treize ans. Se battre pour la garder. Peut-être avait-elle raison. Pourtant, au fond de lui, il était certain que rien ni personne n'aurait pu empêcher Annabelle de partir. Et certainement pas lui.

Annabelle surprit le regard qui passa entre la mère et le fils. Dawson paraissait mal à l'aise. Il prit le sandwich que

Willie lui tendait et il sortit le manger dehors plutôt que dans la cuisine.

Annabelle le rejoignit sous le porche.

Elle s'assit à côté de lui, laissant ses jambes se balancer dans le vide, comme elle le faisait quand ils étaient gosses.

— Je suis sûre que tu es à l'origine de ce guet-apens, dit-elle.

Il secoua la tête.

— Non, c'est ma mère. Tu sais comment elle est. Elle adore aider les gens.

— Et par chance, elle avait dans son garage des pots de peinture blanche dont elle voulait se débarrasser.

Il lui sourit.

— Je lui avais expliqué à quel point tu avais envie de vendre la maison, alors…

Annabelle laissa son regard se perdre au loin, vers les arbres qui bordaient la rivière Milk. Malgré un été caniculaire et un automne clément, le jardin était encore luxuriant. Mais les températures commençaient à baisser drastiquement. Bientôt, le froid et la neige s'installeraient. Elle espérait qu'elle serait partie d'ici là.

Dawson se tourna vers elle :

— Tu tiens le coup ? demanda-t-il.

Elle sourit, sachant à quoi elle ressemblait, attifée dans les vêtements hideux de son aïeule, les cheveux sous un bandana, sentant la poussière.

— J'arrive à voir le plancher de presque toutes les pièces, maintenant. Alors je me sens mieux.

— Et à propos de ta grand-mère, des photos et des coupures de journaux ?

Annabelle secoua la tête.

— Je n'arrive toujours pas à y croire. Frannie nous racontait parfois des histoires sur les fêtes auxquelles elle se rendait quand elle avait dix-sept ans. Elle nous disait que les hommes la couvraient de cadeaux, lui achetaient des fourrures et des diamants…

Elle rit.

— Nous n'en croyions pas un mot. Nous nous disions qu'elle avait beaucoup d'imagination. Regarde comment elle vivait ici à Whitehorse. Et je t'assure qu'il n'y avait ni de fourrures ni diamants dans cette maison.

— Je partagerais ton avis si je n'avais pas vu les photos.

Elle tira sur le sweat-shirt hideux qu'elle portait.

— La plupart des vêtements que j'ai trouvés dans ses placards ressemblaient à cette horreur. Frannie ne possédait même pas de voiture et ce qui restait sur son compte bancaire servira tout juste à payer les droits de succession. Cette propriété était tout ce qu'elle possédait quand elle est morte.

La chaleur du regard de Dawson lui fit du bien.

— Ta grand-mère possédait bien davantage. Tout le monde l'aimait à Whitehorse. Elle était riche de ses amis. Pour elle, c'était plus important que les fourrures et les diamants, dit-il en se levant.

— Tu veux dire que les valeurs humaines de Frannie étaient supérieures aux miennes.

Il la regarda, interloqué.

— Pas du tout. Je ne cherchais pas à vous comparer toutes les deux.

— Hier soir…

— Je n'aurais pas dû t'embrasser, dit-il rapidement avant de détourner la tête. Tu as été très claire à propos de tes sentiments pour moi, pour cette ville et pour le Montana en général.

Vraiment ?

— Je ne suis plus très sûre de ce que je ressens à propos de beaucoup de choses, répliqua-t-elle.

Willie appela Annabelle depuis la porte.

— Je pensais commencer à nettoyer les placards de cuisine à moins qu'il y ait quelque chose que tu préfères faire en priorité.

— Non, c'est formidable, répondit Annabelle en se levant tandis que Dawson sautait du porche. Je vais vous aider.

Dawson se surprenait souvent à admirer sa mère. La regarder en action était un spectacle qui valait le détour. Au cours de l'après-midi, elle s'activa à tout récurer et elle organisa le travail de l'équipe. À la fin de la journée, la maison sentait les produits d'entretien et la peinture, ce qui était beaucoup mieux que la poussière et le moisi.

— Demain, nous repeindrons la cuisine et nous finirons les chambres, dit-elle. Je vous attends tous ici en fin d'après-midi pour nous aider.

Les amis de Luke lui assurèrent qu'ils seraient là. Dawson ne connaissait personne d'assez stupide pour s'opposer à la volonté de Willie. Sa mère commandait le respect.

Annabelle commença à protester mais Willie la coupa en disant :

— J'apporterai un gâteau au chocolat.

Comme si quelqu'un avait besoin d'encouragements supplémentaires.

Les cow-boys sourirent. Le gâteau au chocolat de Willie était une légende.

Dawson n'avait pas dit deux mots à Annabelle depuis leur conversation sous le porche. Le brocanteur était venu chercher ce qui l'intéressait, le reste avait été transporté à la déchetterie. Lorsque tout fut retiré de la maison, à l'exception d'une chaise, du lit et de l'armoire de l'ancienne chambre d'Annabelle ainsi que la table et les chaises de la cuisine, ils décidèrent d'arrêter pour la journée.

Tout le monde commença à partir. Quand Dawson proposa à sa mère de s'installer dans son pick-up, puisque tous deux étaient arrivés ensemble, elle déclina d'un geste sa suggestion.

— Je rentre avec Luke. De ton côté, regarde s'il y a encore quelque chose à faire pour aider Annabelle.

Comme s'il était dupe de ses manigances !

Annabelle non plus ne l'était pas.

— Merci, mais tu en as fait plus qu'assez, Dawson, dit-elle après avoir embrassé Willie.

Une fois seuls dans la maison, Annabelle et Dawson se retrouvèrent dans un silence qui paraissait soudain presque incongru.

Annabelle prit finalement la parole :

— Merci infiniment. Il m'aurait fallu des semaines pour accomplir tout ça…

Sa voix se brisa.

Dawson haussa les épaules.

— Tu avais besoin d'aide. Et dans le Montana, les gens ont l'habitude de donner un coup de main à leurs voisins.

Préférant ne pas s'attarder, il toucha son chapeau et s'en alla, décidé à aller boire une bière au Mint.

— À demain, dit-il par-dessus son épaule.

12

— Tu fais quoi, Annabelle, en ce moment ?

Annabelle se demanda pourquoi Mary Sue l'appelait et surtout pourquoi elle lui posait une question aussi stupide. En arrière-plan, elle entendait de la musique et un brouhaha de voix.

— Je suis au Mint Bar avec des amies du lycée, poursuivit Mary Sue. Et elles se demandaient si tu n'aurais pas envie de venir nous rejoindre pour prendre un verre… et parler du bon vieux temps.

Vu son manque d'enthousiasme, Annabelle avait un peu l'impression que ses « amies » avaient braqué un pistolet sur la tempe de Mary Sue pour la forcer à lui téléphoner.

— Si tu en as envie, bien entendu, et si tu n'as rien de mieux à faire…

— Je prends une douche et j'arrive.

— Super. À tout de suite.

À peine eut-elle raccroché qu'Annabelle hésita à rappeler son ancienne camarade de classe pour annuler. Pourquoi avait-elle accepté sa proposition ? D'un autre côté, avait-elle vraiment mieux à faire ? En réalité, elle était épuisée et elle n'aspirait qu'à aller se coucher. Mais avec un soupir, elle gagna la salle de bains. À quand remontait la dernière fois qu'elle était sortie boire un verre avec des amies ? Elle ne s'en souvenait pas.

Un quart d'heure plus tard, elle s'installait au volant. Un verre de vin lui ferait du bien. Ensuite, retour à la maison et au lit.

Dès qu'elle poussa la porte du Mint, Annabelle repéra

Mary Sue en compagnie de plusieurs jeunes femmes qu'elle n'était pas sûre de réussir à identifier. Au lycée, Mary Sue et Annabelle évoluaient dans des cercles différents. Mais l'établissement était si petit que tous les élèves se connaissaient, au moins de vue.

Elles se mirent à discuter des sujets habituels entre filles — des hommes, des mères et du travail. Heureusement, aucune ne l'interrogea sur les raisons de son retour. Mary Sue leur avait sans doute recommandé de s'en abstenir. Annabelle commençait à se détendre quand elle aperçut Dawson tout seul au bar devant une bière.

Comme il levait la tête, Dawson vit Annabelle dans le reflet du miroir accroché au-dessus du bar. Il jura dans sa barbe. Que faisait-elle ici ? L'avait-elle suivi ?

Il pivota sur son haut tabouret et il fut surpris de constater qu'elle s'était douchée et changée, contrairement à lui. Elle était assise avec un groupe de femmes de Whitehorse, des femmes avec qui elle n'avait jamais sympathisé autrefois. Pourtant, elles bavardaient avec animation comme de vieilles amies. Allez comprendre !

Il reporta son attention sur sa chope, déterminé à ne pas laisser Annabelle gâcher son plaisir de déguster une bière bien fraîche.

Alors qu'il la sirotait tranquillement, une altercation dans son dos le poussa à se retourner de nouveau. Stupéfait, il découvrit Annabelle aux prises avec un homme. Ce dernier, qui avait manifestement trop bu, exigeait une danse. Il la tirait par le bras pour la forcer à se lever.

— Pourquoi ne veux-tu pas danser avec moi ? Je ne suis pas assez bien pour toi, peut-être ? Maintenant que mademoiselle joue les stars et fait la une des magazines, elle snobe les péquenauds avec qui elle a grandi, c'est ça ?

Annabelle tentait de lui expliquer qu'elle était venue prendre un verre avec des amies et qu'elle n'avait pas envie de danser.

— Merci de m'inviter mais je suis vraiment fatiguée.

— Fatiguée ? Tu parles ! Allez, viens !

Dawson posa sa bière, descendit de son tabouret et se dirigea vers eux. Le fauteur de troubles ne lui était pas inconnu. Il s'agissait de Clyde Brown, un cow-boy du nord.

Il lui mit une main sur l'épaule.

— Laisse la dame tranquille, dit-il.

— La dame ? Où vois-tu une dame ?

Prenant Annabelle par la taille, Clyde l'entraînait vers la piste de danse.

— Lâche-la, répéta calmement Dawson, craignant que la dispute ne finisse mal.

Il était venu au Mint pour se détendre. Pas pour s'expliquer avec un ivrogne.

— Reste en dehors de tout ça, Rogers, gronda Clyde. Conseil d'ami.

Et sur ces mots, Clyde repoussa brutalement Annabelle qui, surprise, trébucha en arrière et s'effondra sur une table, renversant les verres au passage. Mais sans s'en soucier, Clyde se retourna vers Dawson pour lui envoyer son poing en pleine figure.

Dawson para le coup et saisit Clyde par le col.

— Je ne veux pas me battre avec toi, vieux. Alors, ne…

— Elle ne vaut pas la peine de se battre pour elle, c'est ça ?

Sans laisser à Dawson la possibilité de répondre, Clyde se libéra de son emprise et le frappa sur le nez avant d'encaisser un uppercut en retour.

En les voyant en venir aux mains, les amis du cow-boy qui discutaient au bar se levèrent comme un seul homme pour se joindre à la bagarre.

13

Le visage rouge d'humiliation, Annabelle reprit le chemin de la maison de sa grand-mère. Elle n'avait jamais imaginé en hériter, et soudain elle en voulait à son aïeule de la lui avoir léguée. Certes, elle avait besoin de l'argent qu'elle en tirerait mais dans l'immédiat, elle s'en fichait.

En fait, plus elle y pensait, plus elle était convaincue que Frannie avait fait exprès d'y stocker des années durant tout ce bric-à-brac pour obliger sa petite-fille à rester à Whitehorse le plus longtemps possible. Cela dit, Annabelle ne comprenait pas pour quelle raison Frannie voulait qu'elle joue les prolongations dans ce trou perdu au fin fond du Montana.

Alors qu'elle approchait de la propriété, elle se rendit compte qu'elle n'avait aucune envie de rentrer. Au lieu de s'y arrêter, elle poursuivit son chemin. Elle n'avait pas de destination précise, elle roulait au hasard. Au fond d'elle-même, elle se reprochait de gaspiller son précieux carburant mais au point où elle en était, ce genre de considération lui semblait à présent sans importance.

La nuit était noire. Il n'y avait personne sur la route. Elle conduisait droit devant, sans réfléchir, elle aurait voulu ne jamais avoir à faire demi-tour. Elle ignorait où elle irait après avoir vendu la maison, ce qu'elle ferait. Et ces incertitudes la minaient.

À la vue du panneau « Reservoir Nelson », elle comprit qu'elle arrivait au lac. Il scintillait sous le clair de lune au milieu des ténèbres. Elle se gara et sortit de la voiture pour faire quelques pas le long de la rive. En songeant à l'immense gâchis qu'était sa vie, elle fut un instant tentée de se jeter dans l'eau glacée et de couler à pic. Mais elle recouvra vite ses esprits. Quelles que soient les épreuves et les difficultés, elle avait toujours gardé l'envie de vivre chevillée au corps.

Elle pensa à Dawson, qui devait toujours être au bar, à donner et à prendre des coups — à cause d'elle. Elle revit l'expression peinte sur son visage quand le dénommé Clyde lui avait demandé si elle valait la peine de se battre pour elle.

Elle chassa cette image de sa mémoire, encore gênée. Dawson en était venu aux mains pour la défendre. Pour se porter à sa rescousse. Une fois de plus.

Secouant la tête, elle respira l'air frais de la nuit. Lorsque la situation avait dégénéré en bagarre générale, Mary Sue l'avait entraînée vers la sortie. Sur la route, Annabelle avait croisé une voiture de patrouille, sirènes hurlantes, qui se dirigeait vers le Mint.

Pourvu que quelqu'un lui fasse bientôt une offre pour la propriété de sa grand-mère. Maintenant, elle ne l'espérait plus uniquement parce qu'elle était ruinée et qu'elle avait besoin de se renflouer. Elle prenait conscience qu'elle devait quitter cette ville au plus vite et rompre tous ses liens avec Dawson avant de gâcher sa vie. Peut-être serait-il arrêté à cause d'elle. Si c'était le cas, elle n'avait même pas de quoi le faire libérer sous caution. Elle lui devait de l'argent. Avant de partir, elle tenait à le rembourser pour avoir payé pour elle les traites sur sa voiture.

Soudain frigorifiée par le froid de novembre, elle retourna à son cabriolet. Le seul fait de penser à Dawson la rendait malade. Pourquoi fallait-il qu'il soit si gentil avec elle ? Elle l'avait fait souffrir autrefois. Pourquoi, à présent, ne se comportait-il pas comme un salaud afin qu'elle ne regrette pas d'avoir rompu et d'avoir quitté Whitehorse ?

Sur le chemin du retour, elle se rappela que la maison serait bientôt prête à être mise en vente, grâce à Dawson et à sa famille. Demain, la plupart des chambres seraient terminées et Mary Sue n'aurait plus de raison de ne pas faire visiter la propriété à d'éventuels acheteurs.

Alors qu'elle s'engageait dans l'allée et que ses phares balayaient la façade de la vieille demeure, Annabelle sentit soudain la respiration lui manquer et un frisson lui parcourir l'échine. Il y avait quelqu'un à l'intérieur ! Elle pressa la pédale de frein, les yeux écarquillés de frayeur. Éteignant en vitesse ses phares, elle resta à l'arrêt dans l'obscurité, se demandant si, sous le coup des émotions dont elle était la proie, elle se faisait des idées ou si quelqu'un s'était bien introduit dans l'ancienne maison de Frannie.

Une silhouette passa devant la fenêtre du salon.

Annabelle enclencha la marche arrière et repartit en sens inverse. Au bout de l'allée, elle manœuvra rapidement pour faire demi-tour. Mais comme elle s'apprêtait à prendre la fuite, des phares l'éblouirent. Des crissements de freins lui firent comprendre qu'elle avait évité de justesse une collision avec un véhicule qui s'apprêtait à entrer dans la propriété.

Quelqu'un ouvrit sa portière et Dawson apparut.

— Que fabriques-tu, Annabelle ? cria-t-il. Tu es ivre ou quoi ?

Bondissant de l'habitacle, elle se jeta dans ses bras. Elle tremblait de tous ses membres.

— Il y a quelqu'un dans la maison, balbutia-t-elle.

— As-tu perdu la tête ? s'écria-t-il en arrachant les clés du contact. Où as-tu appris à reculer sans regarder derrière toi ? ajouta-t-il avant d'enregistrer ce qu'elle venait de lui dire.

Elle était livide.

— J'ai vu quelqu'un, répéta-t-elle. Dans le salon.

Il se tourna vers la vieille demeure.

— Reste ici.

Elle hocha la tête, les yeux écarquillés.

Dawson hésita à bouger les véhicules qui se trouvaient en travers de l'allée, mais s'il y avait vraiment quelqu'un à l'intérieur, l'urgence était ailleurs…

Il avait toujours le trousseau d'Annabelle à la main.

— Quelle est la clé de la maison ?

— Celle-ci.

— Retourne t'installer au chaud dans ta voiture et ne bouge pas.

— Peut-être faudrait-il appeler la police.

— Je viens d'écoper d'un long sermon du shérif, alors je ne préfère pas, merci.

— Bon, mais fais attention à toi.

S'inquiétait-elle vraiment pour lui ? Il s'était battu contre quatre cow-boys à cause d'elle et il s'était plutôt bien défendu. Même si la sollicitude d'Annabelle était touchante, Dawson se doutait qu'elle aurait montré la même avec n'importe qui d'autre s'apprêtant à surprendre un intrus chez elle.

Aussi discrètement que possible, il longea le porche jusqu'à la porte d'entrée. Tendant l'oreille, il écouta un moment avant de glisser la clé dans la serrure. Lentement, il tourna la poignée.

Lorsqu'il poussa le battant, une odeur de peinture fraîche chatouilla ses narines. Il s'immobilisa, aux aguets, laissant ses yeux s'adapter à la pénombre mais il n'entendit rien.

S'il y avait vraiment eu quelqu'un dans la maison, il s'était enfui depuis longtemps, se dit-il. L'intrus avait sans doute aperçu les phares d'Annabelle quand elle s'était engagée sur la propriété.

Ne voulant pas prendre le moindre risque, Dawson passa de pièce en pièce pour s'assurer qu'il n'y avait personne. Il inspecta la porte de derrière, toujours verrouillée — tout comme la porte d'entrée. Il vérifia les fenêtres, toutes bien closes.

Il traversa le salon, se rendit dans la cuisine et alluma le plafonnier. Encore une fois, rien ne montrait que quelqu'un s'était introduit dans la vieille demeure.

Comme il se retrouvait face au mur dissimulant l'alcôve, il se remémora la réaction de Sadie. Il s'accroupissait pour inspecter les lambris quand il entendit un bruit derrière lui.

D'un bond, il se retourna et découvrit Annabelle sur le pas de la porte. Elle avait toujours l'air terrifiée. Son regard croisa le sien. Il secoua la tête. Il n'était même pas surpris qu'elle ne soit pas restée dans la voiture comme il le lui avait demandé.

— Il est parti ? demanda-t-elle.

— Je n'ai rien vu indiquant que quelqu'un soit entré ici. Les portes et fenêtres sont fermées, aucune n'a été forcée. Apparemment, rien n'a été déplacé.

Annabelle se frotta les tempes.

— J'ai vu quelqu'un, j'en suis certaine.

Manifestement, elle espérait qu'il lui dirait que c'était possible. Elle regarda son visage orné d'un œil au beurre noir et d'une plaie sur la joue.

Il esquissa une grimace.

— En tout cas, rien ne révèle une éventuelle intrusion.

Elle se frotta les bras.

— Tu penses donc que j'ai tout imaginé.

Il ne répondit rien. Il parut s'intéresser au bout de ses bottes avant de la regarder en face.

— Je suis sûr que tu *crois* avoir vu quelque chose mais…

— Pourquoi es-tu revenu ? demanda-t-elle soudain.

Déstabilisé par sa soudaine colère, il n'en avait plus aucune idée.

— Après ce qui s'était passé au bar, je me suis dit… Je voulais m'assurer que tout allait bien. Je vais déplacer ta voiture.

Elle répondit quelque chose qu'il n'entendit pas. Lorsqu'il passa devant elle, un soupçon de son parfum chatouilla ses narines. Il avait le même effet sur lui qu'il y a treize ans. Troublé, il accéléra le pas pour sortir au plus vite, avant de faire ou de dire quelque chose d'idiot.

— Je te rapporte tes clés tout de suite, annonça-t-il, espérant que l'air frais le remettrait d'aplomb.

Mais il s'aperçut alors qu'Annabelle avait elle-même garé correctement son cabriolet dans l'allée. Seul son pick-up était toujours en travers de la voie.

En l'entendant derrière lui, il lança par-dessus son épaule :

— Verrouille bien derrière moi.

Il faillit lui dire de ne pas hésiter à l'appeler si elle avait peur de quelque chose mais il se l'interdit à temps.

— Préviens le shérif si tu vois encore quelqu'un rôder près de la maison. Ou à l'intérieur.

Il arrivait devant son pick-up quand il entendit la porte de la maison claquer. Il se retourna et vit Annabelle passer devant les fenêtres. Il comprit qu'elle pleurait.

Il en fut ébranlé, et aussitôt ses instincts protecteurs se réveillèrent.

— Merde, Anna, dit-il dans un souffle. Cela ne peut pas continuer ainsi.

Lorsqu'une lumière jaillit dans son ancienne chambre, il sentit une sourde douleur l'envahir.

Il fallait qu'elle parte, qu'elle quitte Whitehorse. Qu'elle vende sa maison. À tout prix.

Sinon… Elle allait lui briser le cœur une nouvelle fois.

Mais sans doute était-il déjà trop tard.

Annabelle savait qu'elle n'avait pas rêvé. En arrivant dans la propriété, au bout de l'allée, elle avait vu un homme dans le salon. Il ne s'agissait pas du fantôme de sa grand-mère, même si, pendant un moment, sa silhouette avait paru auréolée d'une lumière blanche. Peut-être s'agissait-il d'un jeu de lumière, du reflet de ses phares. En tout cas, elle ne croyait pas aux fantômes.

À son tour, elle passa de pièce en pièce, inspectant chaque placard et chaque cagibi, vérifiant elle-même les fenêtres et les portes, allumant toutes les lampes. Dawson avait raison. La vieille demeure était vide. Toutes les issues étaient bien verrouillées.

Il ne l'avait pas crue. Pire, quand elle était entrée dans la maison, elle l'avait trouvé en train d'examiner ce stupide mur de la cuisine. Pensait-il que l'intrus s'était échappé par l'alcôve ? Elle se demandait bien comment il aurait fait !

Exaspérée et fatigucc, cllc sc balançait d'un pied sur l'autre, hésitant à laisser toutes les lumières de la maison allumées pendant la nuit. Elle avait honte de l'avouer mais elle ne se sentait pas rassurée. Furieuse de se comporter en poule mouillée, elle traversa la vieille demeure en sens inverse pour tout éteindre. Puis elle regagna sa chambre.

Elle se culpabilisait toujours à cause de Dawson. Il avait passé toute la journée à ranger et à repeindre les chambres, il l'avait tirée d'un mauvais pas au Mint Bar, il était revenu ici s'assurer qu'elle allait bien, il avait eu le courage d'entrer dans la maison pour regarder si quelqu'un s'y trouvait…

Il ne cessait de la sauver. Il devait en avoir assez. Ne lui avait-il pas dit que s'il l'aidait à arranger cette baraque c'était uniquement pour se débarrasser d'elle au plus vite ?

Eh bien, plus vite elle la vendrait, mieux cela vaudrait pour eux deux, se dit-elle en entrant dans sa chambre.

Elle se figea.

Les lattes du plancher sous lesquelles elle avait découvert la boîte en fer-blanc avec les photos et les coupures de journaux de Frannie avaient été soulevées. Elle en était certaine.

Son cœur commença à battre à grands coups dans sa poitrine tandis qu'elle promenait les yeux dans la pièce. D'autres choses avaient été déplacées.

La gorge serrée, elle se rendit compte que quelqu'un avait également bougé son lit.

14

Annabelle resta pétrifiée, le cœur battant. Elle n'avait pas rêvé. Quelqu'un était bien entré dans la maison. Dawson avait peut-être déplacé le lit pour voir si quelqu'un s'était glissé dessous mais il n'aurait jamais soulevé les lattes du plancher.

Revenant sur ses pas, elle remit les lattes en place. Mais en s'approchant du lit, elle s'aperçut que le parquet était éraflé par endroits. Quelqu'un l'avait bien poussé et les pieds avaient raclé le bois.

Lentement, elle se pencha pour regarder dessous.

Elle ne vit d'abord que des amas de poussière. Elle fut soulagée de voir que personne n'était caché là jusqu'au moment où elle remarqua quelque chose qui lui fit froid dans le dos : un morceau de tissu était coincé sous l'une des lattes du parquet.

Une autre cachette secrète, Frannie ?

Elle se redressa et elle se mit en devoir de soulever le lit. Il était en bois massif et très lourd. Mais petit à petit elle parvint à le déplacer.

Elle constata alors qu'à cet endroit le plancher avait été creusé, sculpté comme… comme pour former une poignée. Elle ne tarda pas à comprendre de quoi il s'agissait.

Une trappe.

Au moment de l'ouvrir, elle se demanda soudain si son idée était très judicieuse. Et si l'homme qu'elle avait vu se promener dans la maison s'y était caché ? En proie à un brusque regain d'angoisse, elle s'empara de son téléphone. Sa première pensée fut d'appeler le bureau du shérif. Sa deuxième de prévenir Dawson.

Annabelle se reprocha aussitôt d'avoir une nouvelle fois besoin d'aide. N'était-elle donc pas capable de se débrouiller toute seule ? Glissant l'appareil dans sa poche, elle se rendit dans la cuisine. Willie avait vidé et nettoyé tous les placards mais elles avaient décidé d'un commun accord de ne pas toucher à l'un des tiroirs. En effet, il contenait toutes sortes de clés, de vis, de boulons, d'écrous et d'outils dont ils pourraient avoir besoin avant d'avoir fini les travaux.

Elle y trouva un marteau et une lampe de poche. Lorsqu'elle retourna dans la chambre, la trappe était exactement comme elle l'avait laissée. Si l'intrus s'y était glissé quand Dawson était entré dans la maison, il n'avait pas essayé de s'enfuir pendant qu'elle était dans la cuisine car le morceau de tissu était toujours coincé sous une latte du plancher.

Attrapant la poignée, Annabelle la souleva. La trappe était lourde mais elle parvint à l'ouvrir et à la maintenir ouverte grâce au morceau de bois qui était fixé au battant.

Avec précaution, elle promena le faisceau de la lampe de poche dans le trou béant, surprise de découvrir plusieurs marches qui descendaient dans le noir. Qu'y avait-il en bas ? Le morceau de tissu tomba dans le vide en virevoltant. Annabelle se pencha et aperçut ce qui ressemblait à un souterrain.

Glacée de peur, elle tendit l'oreille, se demandant si quelqu'un se trouvait à l'intérieur.

Oh ! Frannie, à quoi étais-tu mêlée ?

Elle pensa à Dawson décrivant Frannie comme une sainte. Les saintes cachaient-elles des trappes sous les lits ? Creusaient-elles des passages secrets sous leurs maisons ?

Annabelle n'avait aucune envie de s'aventurer là-dedans en pleine nuit. Peut-être n'en aurait-elle jamais envie, d'ailleurs, même à la lumière du jour. Mais en tout cas, ce soir, elle était trop fatiguée. Lentement, elle referma la trappe.

Elle redescendit dans la cuisine, prit des clous dans le tiroir et une planche trouvée dans un coin.

De retour dans la chambre, elle fixa la pièce de bois sur le plancher. Un travail grossier mais efficace.

Si quelqu'un était dans ce souterrain, il n'en sortirait pas. Pas cette nuit.

Elle s'occuperait de sa découverte plus tard.

Demain.

15

Le lendemain, Annabelle attendit toute la journée l'occasion de s'entretenir en tête à tête avec Dawson pour lui parler de la trappe. Sa découverte lui prouverait qu'elle ne s'était pas trompée, la veille au soir, qu'elle n'avait pas réagi de façon excessive, qu'elle n'avait pas essayé d'attirer son attention. Ou quoi qu'il ait pu penser.

Il arriva avec sa mère et avec Luke, tous trois armés de rouleaux et de pinceaux. Cinq hommes les rejoignirent bientôt. Ils se mirent tous au travail sous les ordres de Willie qui menait son monde à la baguette. Des bâches de protection furent étalées sur les parquets, des pots de peinture ouverts, des éponges, des brosses et des pinceaux distribués et, très vite, les murs retrouvèrent une nouvelle jeunesse.

Pendant ce temps, Annabelle et Willie nettoyèrent les placards de la cuisine. Dawson avait emporté le dernier carton de bibelots à la déchetterie. Il ne restait que ce dont Annabelle aurait besoin pour vivre jusqu'à la vente de la maison.

Willie lui avait proposé de vider la commode et l'armoire de sa chambre mais Annabelle avait refusé, assurant qu'elle aurait tout le loisir de s'en occuper plus tard. En vérité, ces affaires étaient les derniers biens de Frannie. Elle avait également gardé le vase dans lequel sa grand-mère mettait sa petite monnaie autrefois ainsi que quelques ornements de Noël.

— Raconte-moi ta vie de top model, dit Willie tout en lessivant les étagères. Comment était-ce ?

Elle semblait sincèrement intéressée.

Annabelle rinça son éponge avant de répondre.

— Personne ne s'en doute mais être mannequin demande

énormément de travail. Les gens imaginent que les filles ne font que sourire à l'objectif en se tournant dans un sens puis dans l'autre pour faire admirer leurs vêtements. Mais en réalité, il faut parfois rester des heures dans le froid ou en pleine chaleur pendant les réglages… Et ce n'est pas le plus dur.

Elle s'interrompit, craignant d'en dire davantage. Mais Willie la regardait, attendant visiblement la suite.

— Une top model ne mange jamais à sa faim mais elle finit par s'y habituer. Elle doit faire régulièrement du sport pour garder la forme. Et veiller à ne sortir que bien habillée, bien coiffée et bien maquillée, au cas où quelqu'un la prendrait en photo à l'aide de son téléphone portable et vendrait le cliché aux tabloïds. Les mannequins sont toujours en représentation sauf lorsqu'elles sont seules chez elles.

— Je suppose que ce n'était pas le pire, déclara Willie.

Annabelle laissa échapper un rire amer.

— Non. Le pire, ce sont les hommes chargés de mener à bien les carrières des top models… Ou de les briser. Ils abusent trop souvent de leur pouvoir. C'est si facile. De nouvelles recrues arrivent de partout, en permanence. Souvent très jeunes, elles ont les dents longues et elles sont avides de succès et de gloire. Elles rêvent de prendre votre place. Les pressions sont énormes. Au début, ce métier me paraissait merveilleux, c'était un rêve devenu réalité. Je rencontrais des gens célèbres, j'étais conviée à de grandes fêtes et j'étais très bien payée. Et, pourquoi le cacher, j'adorais voir mon visage sur les couvertures des magazines.

Elle secoua la tête.

— Mais je n'ai pas tardé à découvrir l'envers du décor. Rien n'est vrai dans ce milieu. Les photos sont toutes retouchées. Les filles que vous voyez sur les affiches publicitaires n'existent pas, en réalité. Photoshop est toujours passé par là.

Elle reprit son souffle, sidérée d'en avoir autant dit, surtout à la mère de Dawson.

— Comptes-tu retourner là-bas après avoir vendu la maison ? demanda Willie.

— Je n'ai pas le choix, répondit Annabelle, la gorge serrée.

Je ne travaillerai plus jamais au niveau que j'avais atteint, il y a encore quelques mois, mais je ne sais rien faire d'autre.

Willie secoua la tête.

— On a toujours le choix. Certains sont plus difficiles que d'autres, voilà tout. J'ai l'impression que tu te sens prise au piège. Tu ne l'es pas. Tu es toujours libre de changer ton fusil d'épaule, n'en doute pas. En revanche, ne t'accroche pas au premier canot de sauvetage qui passe si tu ne veux pas te retrouver piégée d'une autre manière…

Luke surgit alors, les interrompant, pour annoncer que les chambres étaient toutes terminées.

Mais Annabelle avait bien reçu le message. Le fils aîné de Willie n'était pas un prix de consolation. Elle ne devait pas compter sur Dawson pour se sortir de ses difficultés. Il y a treize ans, elle avait laissé passer sa chance et maintenant, il était trop tard.

Après un déjeuner sur le pouce, Annabelle et Willie entreprirent de peindre les frises des salles de bains. Elles travaillaient en silence. Willie lui avait dit ce qu'elle avait à dire et elle estimait sans doute qu'il n'y avait rien à ajouter. Annabelle ne lui reprochait pas l'avertissement qu'elle lui avait donné.

Dans l'après-midi, plusieurs membres de l'équipe durent partir, laissant Dawson et Luke repeindre la cuisine.

— Je n'en reviens pas de voir à quel point cette maison est différente ! s'exclama Willie en passant d'une pièce à l'autre.

Elle s'arrêta devant celle où dormait Annabelle.

— Tu es sûre de ne pas vouloir vider et peindre cette chambre aujourd'hui ? Déplacer le lit ne demanderait qu'un instant aux garçons et…

— Je m'en occuperai moi-même plus tard, l'interrompit Annabelle. Mais j'apprécie tout ce que vous avez fait pour moi, ajouta-t-elle très vite.

Willie lui tapota le bras.

— Chérie, nous avons été heureux de t'aider. Maintenant, tu vas pouvoir mettre la propriété en vente.

Annabelle hocha la tête, craignant de fondre en larmes si elle tentait de parler. Il y avait tellement de choses qu'elle aurait aimé lui dire. Willie l'avait aidée alors qu'elle avait fait souffrir son fils, autrefois. Mais peut-être souhaitait-elle, elle aussi, qu'Annabelle s'en aille au plus vite… Qu'elle s'en aille avant de faire davantage de mal à Dawson.

Une fois le travail fini, Dawson avait hâte de partir mais sa mère semblait traîner des pieds. La maison avait vraiment meilleure figure, à présent. La seule chambre qui n'avait pas été repeinte était celle d'Annabelle qui préférait s'en charger elle-même.

Sans doute avait-elle envie qu'ils prennent congé pour se retrouver seule chez elle. Pour sa part, Dawson était prêt à plier bagage. Comme à chaque fois qu'il était près d'elle, la présence d'Annabelle le troublait intensément. Ces tensions l'épuisaient. Il était temps que chacun d'eux retrouve le cours de sa vie.

Il venait de soulever la glacière de sa mère et se dirigeait vers la porte, quand Annabelle l'arrêta :

— Dawson, pourrais-je te dire un mot ?

Il savait qu'il devait ressembler à un lapin pris dans les phares.

— En privé ?

— Je rentre avec Luke, annonça rapidement Willie. J'ai besoin de lui parler, de toute façon.

Elle partit avant que Dawson ait la possibilité de protester.

Lorsqu'il se retrouva seul avec Annabelle, il lui lança avec lassitude :

— Si c'est à propos d'hier soir…

— Je voudrais te montrer quelque chose, dit-elle en l'entraînant vers sa chambre.

Il la regarda un moment avec perplexité avant de lui emboîter le pas. Sur le seuil de la pièce, il s'immobilisa et un bref instant il se demanda si Annabelle l'avait conduit là pour… Quoi ? Pour tenter de le séduire ?

Mais elle poussa le lit de toutes ses forces jusqu'à ce qu'il heurte le mur.

Surpris, Dawson battit des paupières. Qu'est-ce que…

Il écarquilla les yeux.

— Pourquoi as-tu cloué une planche sur le parquet ? demanda-t-il.

Avait-elle perdu la tête ?

Il découvrit alors la poignée sculptée dans le plancher et comprit de quoi il s'agissait.

— Qu'est-ce que cela signifie ? demanda-t-il en se rapprochant. Savais-tu qu'il y avait une trappe à cet endroit-là ?

— Pas avant-hier soir, je l'ai vue quand je suis retournée dans ma chambre et que j'ai remarqué que mon lit avait été déplacé.

Cherchait-elle de nouveau à lui faire croire que quelqu'un était entré chez elle ?

— Te souviens-tu de la boîte en fer-blanc que j'avais trouvée sous le plancher ? Je me suis aperçue que les lattes qui dissimulaient cette cachette avaient été soulevées et n'avaient pas été remises à leur place. J'ai compris alors que quelqu'un était bien venu ici en mon absence. Et quand je me suis agenouillée, j'ai repéré des marques sur le parquet, des éraflures, là où les pieds du lit l'avaient raclé.

Dawson dut reconnaître qu'elle était observatrice. La veille au soir, lorsqu'il avait parcouru la maison à la recherche d'un intrus, il n'avait rien vu de tout ça.

Mais il y avait certainement une explication toute simple à la présence de cette ouverture.

— Il s'agit sans doute d'un accès au vide sanitaire. As-tu…

— J'ai jeté un coup d'œil, mais non, je n'y suis pas descendue. En revanche, *quelqu'un* l'a fait. J'ai trouvé un morceau de tissu accroché à l'une des lattes.

Stupéfait, Dawson regarda la trappe.

Mais Annabelle poursuivait :

— Ce n'est pas tout. J'avais rangé la boîte en fer-blanc contenant les photos de ma grand-mère et les coupures de journaux dans un tiroir de la cuisine. Eh bien, elle a disparu.

Il leva les yeux vers elle.

— Quelqu'un est bien entré chez toi mais il n'est pas passé par une porte ou par une fenêtre. Désolé de ne pas t'avoir crue, hier soir.

Elle hocha la tête, sans insister.

Il fallut un moment à Dawson pour retirer les clous. Il les remit à Annabelle qui, en échange, lui tendit une lampe de poche. Celle-ci n'était pas très puissante, mais il ne pensait pas qu'il irait loin. Il avait déjà vu des trappes similaires qui permettaient d'accéder au vide sanitaire, sous une maison.

Voilà pourquoi il fut surpris quand, promenant le faisceau lumineux, il découvrit des marches qui s'enfonçaient dans la pénombre jusqu'à un souterrain.

— Je descends voir…

— Je t'accompagne.

Le regard déterminé, elle serrait les mâchoires.

Il grimaça.

— Il y a sûrement des araignées là-dedans, dit-il. Peut-être même des souris ou Dieu sait quoi d'autre.

Annabelle frissonna mais elle répéta :

— Je t'accompagne.

— Si tu veux mais tu ne diras pas que je n'avais pas prévenu.

Dawson s'aventura dans l'escalier de bois d'un pas prudent. Les marches étaient larges. Dès qu'il atteignit le sol, il se retourna pour tendre la main à Annabelle. Malgré son aide, elle trébucha et finit dans ses bras.

— Si c'est ce que tu désirais, nous aurions pu rester dans ta chambre, dit-il en riant.

— Très drôle.

Comme il éclairait les alentours, il découvrit un long tunnel. Il se tourna vers Annabelle.

— J'aimerais voir où il mène. Reste derrière moi.

Une odeur d'humidité chatouillait leurs narines.

Annabelle saisit Dawson par la ceinture. Comme elle tentait de regarder par-dessus ses larges épaules, une toile d'araignée lui caressa le visage. Réprimant un cri de terreur, elle l'écarta avec dégoût.

— Es-tu sûre d'avoir envie de continuer ? demanda-t-il, amusé.

— Sûre et certaine.

— Fais attention à ta tête, dit-il en reprenant sa marche.

Le souterrain semblait se prolonger au-delà des fondations de la vieille demeure. Il ne s'agissait donc pas du vide sanitaire. Maintenant, ils devaient se mettre à quatre pattes ou même ramper par endroits pour avancer.

Dawson s'arrêta soudain.

— Je ne suis pas sûr qu'il soit judicieux d'aller tous les deux plus loin, Annabelle. Nous n'avons aucune idée de la solidité de la structure de cette galerie. Si tout s'effondre...

Elle voulut protester mais il l'en empêcha d'un geste.

— L'un de nous doit pouvoir appeler à l'aide si l'autre ne revient pas. Que préfères-tu ? Continuer seule pour voir où mène ce souterrain ? Ou... Ou retourner dans la chambre ?

Même si Annabelle détestait l'admettre, Dawson avait raison. Si le tunnel s'écroulait sur eux, ils seraient enterrés vivants.

Dawson poursuivait.

— Retourne sur tes pas et, une fois revenue dans la maison, donne-moi cinq minutes. Si je ne suis pas de retour à ce moment-là, appelle les secours. Cela signifiera qu'une partie du souterrain s'est effondrée sur moi.

— Peut-être ne devrais-tu pas...

— Ne t'inquiète pas. Et de ton côté, es-tu capable de retrouver ton chemin ?

La gorge serrée, elle hocha la tête et elle se mit en marche. Il faisait noir comme dans un four. Elle tendit les bras, s'appuyant aux fondations pour se diriger. Des toiles d'araignées lui effleuraient les mains. À un moment, elle trébucha et faillit s'étaler de tout son long par terre. Elle se demanda soudain si des rats avaient élu domicile dans cette galerie...

Les yeux rivés sur le carré de lumière qu'elle distinguait au loin, elle poursuivit sa progression. Quand elle atteignit le petit escalier qui montait dans sa chambre, elle se retourna pour regarder en arrière. Tout était plongé dans le noir. Elle ne voyait même plus le faisceau de la lampe de poche.

Elle grimpa rapidement les marches, attrapa son téléphone portable et régla la minuterie pour qu'il sonne cinq minutes plus tard. C'est alors qu'elle aperçut l'énorme araignée qui se promenait sur son sweat-shirt.

Annabelle ne s'était jamais déshabillée aussi vite de sa vie. Ouvrant la fenêtre, elle jeta ses vêtements dehors. Elle sentait encore des toiles d'araignées dans ses cheveux. Téléphone en main, elle traversa le couloir jusqu'à la salle de bains. Elle posa l'appareil sur le lavabo et se précipita dans la cabine de douche. Actionnant les robinets, elle laissa l'eau chaude emporter la saleté, la poussière et les toiles d'araignées. L'alarme se déclencherait dans quelques minutes. Si Dawson n'était pas revenu…

Dawson suivit le tunnel, remarquant des empreintes de pas fraîches dans le sol. Annabelle avait raison. Quelqu'un avait récemment emprunté cette galerie secrète, ce qui expliquait comment il avait réussi à entrer dans la maison sans forcer les serrures.

Alors qu'il promenait le faisceau de la lampe de poche autour de lui, son esprit carburait à plein régime. Depuis combien de temps ce passage existait-il ? Les premiers propriétaires de la maison l'avaient-ils creusé ? Pour quelle raison ?

Il avait lu des histoires sur les souterrains. Au Mexique, il y a des années, de riches familles espagnoles en avaient percé sous leurs demeures pour pouvoir s'enfuir avec leur argent en cas d'attaque de hors-la-loi. Mais de quoi quelqu'un de Whitehorse pouvait-il avoir peur ? Que pouvait craindre une vieille dame comme Frannie Clementine ? Avait-elle besoin d'un endroit où se cacher ?

Il pensa aux coupures de journaux et à l'alcôve murée. *Frannie, quels secrets aviez-vous ?* s'interrogeait-il. *Et surtout, pourquoi avoir légué cette propriété à Annabelle ? Y avait-il quelque chose que vous vouliez qu'elle seule découvre ?*

Sous le faisceau de sa lampe-torche, il découvrit un escalier au bout du tunnel. Il grimpa les marches pour parvenir à une autre trappe. Il la souleva avec prudence et se rendit compte que le passage souterrain permettait de relier la maison au vieux garage en ruine. Quelqu'un avait entassé plusieurs sacs de sable sur l'ouverture. Pour la dissimuler ?

Quand l'alarme de son téléphone sonna, Annabelle sortit rapidement de la douche. Elle s'apprêtait à appeler le shérif pour demander de l'aide quand la porte de la salle de bains s'ouvrit. Elle poussa un cri et, d'un bond, retourna dans la cabine, couvrant sa nudité avec le rideau en plastique.

— Es-tu consciente que le rideau est transparent ? dit Dawson en traversant la pièce pour éteindre la sonnerie de son téléphone.

— Tu m'as fait peur, dit-elle. J'étais prêt à contacter la police pour qu'on se lance à ta recherche. Tu aurais pu frapper.

— Je l'ai fait. Quand j'ai vu tes vêtements éparpillés dans le jardin, je me suis inquiété.

— Il y avait une araignée sur mon sweat…

Il hocha la tête, la regardant toujours. Certes, il fixait ses yeux. Mais, visiblement, il s'amusait.

— Eh bien ? demanda-t-elle.

— Le tunnel débouche dans le vieux garage. Quelqu'un a posé plusieurs sacs de sable sur la trappe… pour dissimuler cet accès, manifestement.

— Je ne t'interrogeais pas à ce sujet. Je te demandais si tu allais quitter la salle de bains et me laisser m'habiller.

Il promena les yeux autour de lui.

— Apparemment, tu as oublié d'apporter des vêtements. Une chance que le tunnel ne me soit pas tombé dessus.

Elle pencha la tête vers lui.

— Vas-tu me laisser ? Un gentleman sortirait.

Il se mit à rire.

— Toi et moi sommes au-delà de ce genre de considérations, Anna.

À ce surnom, le cœur d'Annabelle s'affola dans sa poitrine. Dawson l'appelait ainsi autrefois quand ils étaient seuls, dans l'intimité, surtout.

Sans la quitter des yeux, il lui tendit une serviette.

Le rythme cardiaque d'Annabelle s'accéléra encore tandis

qu'un désir impérieux la traversait. À son regard brûlant, elle devinait qu'il se souvenait de tout ce qu'ils avaient partagé jusqu'au dernier baiser, la dernière caresse, la dernière fois qu'ils avaient fait l'amour.

Elle lâcha le rideau de douche pour nouer la serviette autour d'elle. Quand elle releva la tête, le regard de Dawson avait changé.

16

Rob remontait la rivière Milk qui longeait l'arrière de la propriété de Frannie Clementine.

Après s'être attaqué à la vieille voisine, il avait compris qu'il ne devait pas s'éterniser dans le quartier. Non seulement sa mort ne resterait pas longtemps inaperçue mais il se rendait compte que beaucoup d'autres femmes de la ville passaient leur temps à la fenêtre à épier leurs voisins.

La veille au soir, il avait ouvert la boîte en fer-blanc et trouvé les photos et les coupures de journaux. Si au départ, il avait douté que Francesca Clementine ait bien été la maîtresse de son oncle, il en était certain, à présent. Il lui fallait absolument pénétrer dans sa maison mais celle-ci bourdonnait d'activité. Avec l'aide de ses amis, la petite-fille la vidait.

Il avait suivi l'un des camions et compris, catastrophé, que tout allait à la déchetterie, à l'exception de quelques vieux meubles qu'un brocanteur était venu chercher. Et si la petite-fille n'avait pas mesuré la valeur de ce qu'elle jetait ?

Ce n'était pas possible. Elle n'aurait pas bazardé des pierres précieuses inestimables. Comme le pensait Bernie, le trésor était sans doute toujours dans la demeure, caché quelque part.

Rob était pressé d'en finir. Son motel était convenable mais son luxueux appartement de New York lui manquait. Surtout, il faisait de plus en plus froid dans le Montana. Loin de son confort habituel, il devenait nerveux et irritable. Il avait toujours détesté la campagne.

Un épais brouillard plongeait les alentours dans une atmosphère surréaliste. La nature était couverte de givre. Rob glissait sur l'herbe gelée. S'il tombait dans la rivière glacée, il tuerait quelqu'un aujourd'hui, se promit-il.

La veille au soir, lorsqu'il avait découvert une trappe dans le vieux garage en ruine, il avait cru avoir gagné le jackpot. Il était descendu dans le souterrain et, en le suivant, il s'était retrouvé dans l'une des chambres de la maison. Il avait eu beaucoup de mal à ouvrir le battant, bloqué par le lit posé au-dessus.

À sa grande déception, la vieille demeure s'était avérée sans intérêt parce qu'aux trois quarts vide. En revanche, il avait trouvé la boîte avec des photos et des coupures de journaux qui avaient confirmé ce qu'il savait déjà. Cependant, il n'avait vu aucune trace du butin.

Mais alors, quelle était la raison d'être de ce tunnel ? Rob ne pensait pas que le trésor y soit caché. Baby Doll avait sans doute fait creuser ce passage secret pour pouvoir s'échapper au cas où quelqu'un découvrirait qui elle était, ce qu'elle avait fait et l'importance de ce qu'elle avait volé.

Parvenu à l'arrière de la maison, il observa la propriété pendant un long moment, réfléchissant à la meilleure manière d'opérer. Les hommes qui avaient aidé la blonde à vider les pièces ne tarderaient sans doute pas à s'en aller.

La petite-fille serait seule. Enfin. Dans un premier temps, il devrait lui faire dire ce qu'elle savait. Puis la faire disparaître. Il se débarrasserait de son cadavre en le tirant dans le tunnel avant de fouiller la demeure.

Au départ, il avait été sûr et certain que la femme dont son oncle avait découpé l'avis de décès n'était pas Baby Doll. Par la suite, il avait peu à peu acquis la certitude que cette Francesca Clementine avait bien été la maîtresse de Bernie mais il s'était alors persuadé qu'elle avait dilapidé le butin. La découverte du souterrain avait tout changé. Il y voyait la preuve que Frannie Clementine avait bien conservé les pierres précieuses. Et voilà pourquoi elle avait mis au point le moyen de s'enfuir avec le trésor au cas où Bernie retrouverait sa trace. Elle n'était pas idiote.

C'est parce qu'elle était intelligente que Baby Doll avait acheté cette propriété et vécu grâce à l'argent dérobé. En revanche, elle n'avait jamais pris le risque de vendre les bijoux. Elle avait dû deviner que Bernie était à l'affût, attendant que l'un des joyaux refasse surface. La plupart des pierres précieuses étaient uniques, signées, et donc identifiables par n'importe quel collectionneur. Le butin du casse de l'exposition Marco Polo était donc toujours dans cette maison. Restait à remettre la main dessus…

— Tu comprends le sens de tout ça, n'est-ce pas ? demanda Dawson, penché vers Annabelle.

Le cœur battant, elle planta les yeux dans les siens. Se réveiller dans les bras de Dawson lui avait paru naturel et tellement juste. Elle l'aimait toujours. Elle n'avait jamais cessé de l'aimer.

Ce qui ne voulait pas dire qu'elle savait ce qu'elle souhaitait pour le reste de sa vie. Elle se remémora l'avertissement de Willie.

Mais Dawson poursuivait :

— Et surtout, tu sais ce que nous devons faire, à présent.

À quoi faisait-il allusion ? Une dizaine d'éventualités la traversèrent. Croyait-il qu'ils étaient de nouveau ensemble parce qu'ils avaient refait l'amour et qu'ils avaient passé la nuit dans les bras l'un de l'autre ? Imaginait-il qu'ils allaient reprendre leurs relations là où ils les avaient laissées, il y a treize ans ?

De son côté, elle était en plein brouillard.

Il sourit avant d'affirmer :

— Il faut casser ce mur dans la cuisine. Maintenant, nous n'avons plus le choix.

Annabelle le dévisagea avec incrédulité. Visiblement, Dawson était à mille lieues de ses propres préoccupations.

Il dut voir son soulagement sur son visage parce que le sien s'assombrit comme pour dire : « C'est bon, Anna. J'ai bien compris que tu n'avais pas envie de te remettre avec moi. Ce n'est plus un sujet d'actualité. »

Annabelle hésita à lui crier que ce n'était pas vrai. Qu'elle n'avait jamais aimé quelqu'un comme elle l'aimait lui. Mais tout était si compliqué. Elle refusait de considérer Dawson comme une bouée de sauvetage, comme le moyen le plus simple de se sortir de ses ennuis financiers. Pire, elle craignait qu'il se demande un jour si elle s'était remise avec lui pour cette raison.

Dawson avait senti la panique d'Annabelle quand ils s'étaient réveillés dans les bras l'un de l'autre. La passion était toujours là, l'alchimie aussi, et même l'amour. La nuit dernière l'avait prouvé. Mais ces ingrédients n'étaient pas suffisants pour la convaincre de rester dans le Montana avec lui. Depuis treize ans, elle menait une existence de rêve. Comment pourrait-elle s'imaginer devenir la femme d'un cow-boy après avoir vécu des années comme une star en Californie ?

Avait-il vraiment cru que la nuit dernière changerait la donne ?

— Anna, ta grand-mère avait des secrets. Entre les photos, les coupures de presse et le souterrain, il n'est plus possible d'en douter. Pour tout comprendre, nous devons détruire ce mur.

Quand Annabelle avait éclaté de rire, Dawson avait deviné, le cœur serré, qu'elle était soulagée qu'il parle de Frannie et non de leur couple. De toute évidence, la nuit dernière n'avait pas eu la même signification pour elle que pour lui. Cela dit, il ne regrettait rien. Ils s'étaient aimés, ils avaient eu du plaisir ensemble. En la prenant dans ses bras, il s'était douté que leurs retrouvailles ne déboucheraient sur rien. Mais une nuit était mieux que rien.

— Il est temps de découvrir la vérité, déclara Dawson tout en sortant du lit pour enfiler ses vêtements.

Ils n'allaient donc pas discuter de cette nuit, comprit Annabelle. Apparemment, pour lui, leurs retrouvailles charnelles ne changeaient rien, ne signifiaient rien. Elle allait vendre cette maison et quitter la région pour ne jamais y revenir, songea-t-elle, le cœur serré.

Mais il poursuivait :

— Si ta grand-mère avait fait construire ce souterrain, c'est qu'elle avait quelque chose à cacher.

Totalement désemparée, Annabelle le regarda s'habiller. Elle hésita à le retenir, à lui expliquer…

— Peut-être que les premiers propriétaires de la maison…

— Sûrement pas. Cette chambre était la tienne, autrefois. Cette trappe était-elle sous le lit, à l'époque ?

Elle secoua la tête. De même, quand elle était enfant, une alcôve se trouvait dans la cuisine, une alcôve qui avait été murée depuis lors. Mais Annabelle renâclait à le reconnaître parce qu'elle n'avait pas envie de découvrir les secrets de sa grand-mère. Frannie lui avait légué sa propriété pour une bonne raison. Et pas uniquement parce qu'elle était sa petite-fille préférée. Elle commençait à le comprendre.

— Nous parlons de Frannie, dit-elle en se levant à son tour. Tu te souviens d'elle, non ? Elle était gentille, serviable, douce…

— Je me souviens très bien d'elle mais n'oublie pas son passé. Avant de débarquer dans le Montana, elle était la copine d'un gangster.

— Nous n'en savons rien, protesta-t-elle. Ce n'est pas parce qu'elle apparaît aux côtés de ce type sur des photos que…

Elle savait qu'elle se raccrochait à de faux espoirs.

Elle regarda Dawson. Il était si beau qu'elle en avait le souffle coupé. Grand, fort, large d'épaules, viril. Mais également tendre et digne de confiance.

— Tu es déterminé à casser cette cloison, n'est-ce pas ?

— Bien sûr. Écoute, je sais que tu as peur mais…

Il ne mesurait pas à quel point il avait raison. Elle déglutit avec difficulté mais elle finit par hocher la tête.

— D'accord.

— Il nous faut casser ce mur, répéta Dawson. Découvrir ce qu'il y a derrière. Peut-être rien, d'ailleurs.

— Tu ne le crois pas.

— C'est vrai. Je suis sûr qu'il y a quelque chose. Tous ces secrets… Murer l'alcôve semble une drôle d'idée, reconnais-le…

— Oui.

— Je promets de tout réparer ensuite. S'il n'y a rien

derrière, tu auras gagné une alcôve. Ce qui donnera une valeur supplémentaire à la maison.

Annabelle se tourna vers lui.

— Et s'il y a quelque chose qui ne devrait pas y être ?

— Mieux vaut le savoir maintenant, non ?

Soudain effrayée, Annabelle se dirigea vers la cuisine.

Elle se souvenait du vaisselier qui avait longtemps trôné dans l'alcôve... Ce qui signifiait que Frannie avait fermé cette dernière au cours des dernières treize années, lorsqu'elle-même était loin.

— J'ai une masse dans mon camion, poursuivit Dawson derrière elle. Et une lampe de poche plus puissante.

Annabelle hocha la tête pendant qu'il se précipitait vers son pick-up. Elle regardait le mur. Dans la lumière du matin, il paraissait banal, insignifiant. Mais ce qu'ils allaient découvrir derrière la terrifiait.

Oh ! Frannie, combien de secrets avais-tu ?

Plus important encore, elle se demandait ce que Frannie attendait d'elle...

Dawson revint rapidement. Il lui tendit le marteau.

— À toi l'honneur, dit-il.

— Non, merci.

Elle ne voulait pas savoir ce qu'il y avait derrière. Elle avait déjà appris beaucoup de choses perturbantes sur Frannie et elle craignait d'en découvrir davantage encore.

Dawson recula et balança sa masse, faisant un énorme trou dans la cloison. Il frappa à nouveau, agrandissant la brèche. La troisième fois, le mur s'effondra assez pour qu'ils puissent voir à travers.

Posant l'outil, il ramassa la lampe-torche qu'il avait apportée de sa camionnette. Il jeta un coup d'œil à Annabelle et lança :

— Prête ?

Il n'était plus possible de revenir en arrière, maintenant. Annabelle se dirigea vers le trou que Dawson éclairait.

Une odeur pestilentielle les prit à la gorge.

Dawson laissa échapper un juron. Pétrifiée, Annabelle ne parvenait plus à parler.

Oh ! Frannie, qu'as-tu fait ?

17

Le shérif McCall Crawford entra dans la cuisine. Elle n'était encore jamais venue chez Frannie Clementinc, qui n'invitait pas souvent, même si elle était toujours prête à aider les autres. En revanche, McCall avait appris par la rumeur publique qu'à sa mort, sa maison était pleine à craquer d'un bric-à-brac indescriptible. Un vrai capharnaüm.

— C'est ici, dit Dawson Rogers en montrant d'un geste le trou dans le mur.

Annabelle Clementine, livide et visiblement effrayée, était adossée contre l'évier, les bras croisés.

McCall se demanda si Dawson et Annabelle s'étaient remis ensemble. Le retour de la top model à Whitehorse avait provoqué beaucoup de ragots dans le comté. Les spéculations allaient bon train.

Elle prit la lampe de poche que Dawson lui tendait et s'avança vers la brèche. Elle y promena le faisceau lumineux.

Quand Dawson l'avait appelée pour lui annoncer qu'ils avaient trouvé quelque chose qu'elle devrait venir voir, McCall ignorait à quoi s'attendre.

Elle découvrit des lambeaux de plastique moisi dans lequel un corps était enveloppé.

McCall se tourna vers la petite-fille.

— Avez-vous une idée de l'identité du mort ? demanda-t-elle.

Annabelle secoua la tête. Elle semblait en état de choc.

— Aucune.

McCall se tourna vers Dawson.

— Et vous ?

— Non plus.

— Pour quelle raison avez-vous décidé de regarder derrière ce mur ? reprit le shérif.

Quand Dawson lui eut expliqué le comportement étrange de son chiot devant la cloison, elle poursuivit :

— À l'origine, il y avait donc une alcôve que votre grand-mère a murée, c'est cela ?

— Et à présent, je comprends mieux pourquoi, dit Dawson en prenant la main d'Annabelle.

De nouveau, McCall se demanda où en étaient leurs relations actuelles. Comme tout le monde, elle savait qu'Annabelle lui avait brisé le cœur en quittant la ville, une dizaine d'années plus tôt.

Comme elle jetait un œil par la fenêtre, elle s'aperçut que plusieurs voisins s'étaient rassemblés devant la maison. Elle se rendit compte soudain qu'il manquait quelqu'un.

— Est-ce que vous avez vu Inez récemment ? demanda-t-elle.

Dawson se tourna vers Annabelle qui semblait anéantie.

— Tu ne peux pas rester ici ce soir, dit-il.

Il sc sentait coupable. Il l'avait poussée à détruire le mur, alors qu'elle ne le souhaitait pas. Avait-il l'intuition qu'ils y trouveraient un cadavre ? Non. En réalité, il avait espéré découvrir les joyaux dérobés lors du casse de l'exposition Marco Polo. Depuis qu'ils avaient appris l'existence de ces pierres précieuses dans les coupures de presse laissées par Frannie, il ne cessait d'y penser.

— J'ai une chambre d'amis chez moi, ajouta-t-il.

— En tout cas, vous ne pouvez pas rester ici, déclara McCall. J'aimerais d'ailleurs que vous partiez tout de suite et que vous ne reveniez pas avant que nous ayons fini. Il nous faudra sans doute deux ou trois jours.

Elle se tourna vers l'adjoint qui franchissait la porte.

— Auriez-vous la gentillesse d'aller faire un saut dans la maison voisine vous assurer qu'Inez va bien ?

Qu'Inez ne soit pas déjà venue aux nouvelles l'inquiétait.

Dawson prit la main d'Anna. Elle était glacée.

— Viens, dit-il. Le shérif veut qu'on évacue les lieux.

— Qui était-ce ? demanda Annabelle en montrant l'ancienne alcôve.

— Nous ne le saurons pas avant un moment, déclara McCall.

Tel un automate, Annabelle suivit Dawson vers son pick-up. La rue était remplie de badauds. Certains demandèrent à Dawson ce qui se passait. Sans répondre, il aida Annabelle à s'asseoir puis il s'installa au volant.

Anna regardait tous les gens qui discutaient entre eux.

— Tout le monde va savoir ce que Frannie a fait.

Il hésita à lui faire remarquer que rien ne prouvait que Frannie ait tué cet individu. Mais il devinait qu'elle ne le croirait pas. Depuis qu'ils avaient vu les photos de sa grand-mère avec le gangster, ils n'étaient plus sûrs de rien.

Il prit la direction de son ranch. Le visage défait, Annabelle fixait la route. Elle semblait au bord des larmes.

— Je suis désolé, dit-il. Je n'aurais jamais dû ouvrir ce mur.

— Frannie l'a certainement assassiné avant de cacher son cadavre dans l'alcôve et de condamner celle-ci, poursuivit-elle comme s'il n'avait rien dit. Voilà pourquoi elle m'a légué la maison et pas à mes sœurs.

Dawson n'était pas sûr qu'il y ait un rapport de cause à effet.

— Mais qu'espérait-elle ? Que dois-je faire de cette histoire ? poursuivait Annabelle. En tout cas, elle voulait que je connaisse son passé, elle tenait à me révéler les mystères de sa vie, y compris ce que nous avons trouvé derrière le mur.

— Je doute que ta grand-mère ait souhaité que tu découvres ce cadavre, dit Dawson.

— Pourquoi ai-je l'impression qu'il s'agit d'un avertissement ?

La nouvelle de la macabre découverte se répandit dans la ville comme une traînée de poudre. Où qu'il aille, Rob en entendait parler. À en croire les ragots, le corps d'un homme avait été trouvé dans la maison — mais, à sa connaissance, ni bijoux ni pierres précieuses.

De retour dans sa chambre de motel, il appela son oncle pour le mettre au courant.

— Ont-ils identifié ce type ? demanda Bernie.

Bizarrement, il ne semblait pas surpris de la tournure des événements.

— Pas encore. Pourquoi ? Pensez-vous le connaître ?

— Cela se pourrait, répondit finalement Bernie.

— Quelqu'un que vous aviez envoyé à la recherche de Baby Doll ?

— J'ai envoyé beaucoup de gens à sa recherche. Mickey Frazer, par exemple. Te souviens-tu de lui ?

— Attendez. Il a disparu il y a quoi, quinze ans ? Les copains pensaient qu'il s'était fait descendre par les Italiens.

Son oncle eut un petit rire.

— J'ai peut-être lancé cette rumeur à l'époque puisqu'il était toujours en bisbille avec eux.

— Mais comment son cadavre se serait-il retrouvé dans le mur d'une maison de Whitehorse, au fin fond du Montana ?

— Tu veux mon avis ? Il avait découvert la planque de Baby Doll et elle l'a tué avant qu'il ne puisse me prévenir. Puis elle l'a emmuré pour faire disparaître son corps. Mais qu'a-t-elle fait des bijoux ?

— En tout cas, ce n'est pas le moment de fouiller la propriété. Elle grouille de flics, se plaignit Rob.

Il se garda d'expliquer à son oncle que ces derniers avaient envahi le quartier en partie à cause de la mort de la voisine, une certaine Inez Gilbert. Elle avait été découverte dans l'escalier de sa cave, la nuque brisée.

— S'il reste une partie du butin, il est dans cette maison et je veux le récupérer, compris ? reprit Bernie.

Rob comprenait parfaitement.

— Comment voulez-vous que j'effectue des recherches ? Les adjoints du shérif sont encore occupés à sortir les restes de Mickey de cette alcôve. Si les pierres y étaient cachées… Eh bien, elles n'y sont plus.

— Baby Doll ne les aurait jamais mises avec le cadavre. Non, elle les a forcément planquées ailleurs. Rappelle-toi, c'était une femme intelligente.

— Je ne pige pas quelque chose, dit Rob. Pourquoi avait-elle volé ces joyaux si elle ne comptait pas les vendre ou les fourguer à un quelconque receleur ?

— Sans doute souhaitait-elle ainsi m'épargner un séjour en prison. Les Feds n'ayant pas retrouvé ce trésor, ils n'ont jamais pu prouver que je l'avais dérobé. Ils avaient retourné toute la ville dans l'espoir de mettre la main dessus. Ils y seraient parvenus si Baby Doll ne s'était pas enfuie avec le butin. Peut-être pensait-elle qu'elle me rendait service.

— Oui, vous avez raison. C'est très probable.

— À toi de retrouver ces pierres, maintenant.

Et sur ces mots, son oncle lui raccrocha au nez.

Furieux, Rob poussa un juron. Mais une pensée le traversa soudain. Dès que les flics auraient débarrassé le plancher, rien ne l'empêcherait plus de fouiller la vieille demeure. La petite-fille de Baby Doll n'aurait sans doute plus envie d'y vivre, à présent. Et surtout, il savait comment y entrer et en sortir sans se faire remarquer.

Il n'avait plus qu'à attendre que les policiers s'en aillent et lui laissent le champ libre, se dit-il, galvanisé par cette perspective.

— Le cadavre a-t-il été identifié ? demanda le procureur général Rand Bateman en passant devant le bureau du shérif.

— Frannie nous a facilité la tâche. Le mort avait son portefeuille sur lui. Il s'agissait d'un certain Michael James Frazer. D'après ce que j'ai découvert, il faisait partie de la mafia irlandaise de New York.

— Avez-vous une idée de la cause de son décès ?

— D'après le légiste, il a été poignardé.

— Incroyable !

— Et ce n'est pas tout ! Avez-vous entendu parler du casse Marco Polo ?

— Du tout.

— Il y a cinquante-six ans, ce braquage avait fait la une de tous les journaux, de nombreux journalistes le qualifiant de « casse du siècle ». Plusieurs bandits avaient été arrêtés ou tués au cours du hold-up. Un seul s'en était bien tiré, un certain Bernard McDougal, alias « Bernie the Hawk », un chef de la mafia irlandaise. À l'époque, nos collègues l'avaient soupçonné d'être le cerveau de l'affaire mais ils n'avaient pas réussi à le prouver.

— Que vient faire Frannie Clementine là-dedans ? Quel est le rapport entre cette histoire et elle ?

McCall se recala sur sa chaise.

— Le lien est justement Michael « Mickey » Frazer. S'il avait vécu, ce Frazer aurait soixante-dix ans aujourd'hui. Mais surtout, il travaillait pour Bernard McDougal. Faute de preuves, Bernie n'a jamais été reconnu coupable du casse de l'exposition Marco Polo. De plus, les pierres précieuses dérobées n'ont jamais refait surface. Et maintenant, nous découvrons l'un de ses anciens sbires emmuré chez Frannie Clementine. Le légiste pense qu'il était là depuis dix ou quinze ans.

Rand jura dans sa barbe.

— Le cadavre n'était donc pas dans la maison quand Frannie l'a achetée…

McCall secoua la tête.

— Nous avons retrouvé dans l'alcôve des journaux qu'elle avait utilisés pour éponger le sang. Ils dataient d'une vingtaine d'années. Frannie était déjà propriétaire de cette demeure, à l'époque. Même si elle n'a pas personnellement mis le corps dans l'alcôve avant de la condamner, elle savait forcément qu'il y avait quelque chose à l'intérieur.

Rand prit une chaise et s'assit.

— J'ai bien connu Frannie Clementine. Elle se rendait à l'office tous les dimanches, nous l'invitions souvent à dîner. Je n'arrive pas à croire qu'elle soit mêlée à une affaire pareille. Qu'en dit la petite-fille ?

— Annabelle est sous le choc. Je suis sûre qu'elle ne s'attendait pas à trouver un cadavre là-dedans mais j'aimerais savoir ce qui les a poussés à détruire le mur.

— « Les » ?

— Dawson Rogers était avec elle. Il m'a dit que son chiot avait senti quelque chose, que l'animal semblait effrayé par la cloison. Comme Annabelle préparait la maison pour la mettre en vente et qu'elle s'était rendu compte que l'ancienne alcôve avait été fermée, ils ont eu la curiosité de casser le mur pour voir ce qu'il y avait derrière.

— Comment Frannie a-t-elle pu garder si longtemps un secret pareil ?

— Comme le cadavre était enveloppé dans plusieurs feuilles de plastique, il n'y aurait pas dû y avoir d'odeur. Mais le corps en décomposition a fini par pourrir le plastique qui n'était plus étanche.

— Et la voisine ? La dénommée Inez Gilbert ? demanda-t-il, comme s'il voulait changer de sujet.

— Apparemment, elle aurait fait une mauvaise chute dans l'escalier de sa cave et elle se serait brisé la nuque.

Pourtant, McCall avait l'intuition que la mort d'Inez n'avait rien d'accidentel. Ses adjoints l'avaient retrouvée vêtue de son manteau et chaussée de ses bottes, comme si elle avait été dehors. En outre, ils n'avaient pu remettre la main sur son fusil de chasse.

Dawson se réveilla avant l'aube, inquiet pour Annabelle. Lorsqu'il se rendit dans la chambre d'amis, celle-ci était vide. Il finit par la découvrir dans son bureau, assise devant l'ordinateur.

Elle se tourna vers lui.

— Je pensais que ça ne te dérangerait pas, dit-elle.

— Cela ne me dérange pas. Que regardes-tu à cette heure-ci ?

— Quand elle m'a appelée, tout à l'heure, le shérif m'a demandé si j'avais déjà entendu parler d'un dénommé Michael « Mickey » Frazer.

Dawson entra dans la pièce.

— Est-ce le nom du type dont nous avons trouvé le cadavre derrière le mur ?

— Exactement. McCall a découvert l'histoire du casse de l'exposition Marco Polo. Mickey Frazer travaillait pour Bernie McDougal. Par contre, elle n'a pas fait le rapprochement entre Frannie et Bernie. Sans les photos, elle aura du mal à comprendre… Faut-il le lui dire ? Tout le monde va déjà savoir que Frannie était une meurtrière. Est-il indispensable de leur apprendre qu'elle était également la poule d'un gangster ?

— Anna…

Il mourait d'envie de la réconforter mais il essayait de garder ses distances. Faire l'amour, l'autre soir, avait été une erreur — en tout cas, il était certain qu'Annabelle le pensait.

Elle se moucha.

— Pire, je ne mesure pas l'implication de ma grand-mère dans toute cette histoire, poursuivit-elle entre deux sanglots. Elle a sans doute tué ce type avant d'emmurer son cadavre. Les pierres précieuses du casse de Marco Polo représentaient une fortune mais les braqueurs avaient également volé une belle somme d'argent, la recette de la journée. Or l'exposition Marco Polo faisait un tabac à l'époque. Bref, les truands ont embarqué des milliers de dollars. Et moi qui pensais que Frannie avait vécu toutes ces années grâce à l'assurance-vie que son mari avait souscrite à son bénéfice.

— Anna, tu ne…

— Sans doute avait-elle participé au braquage. Elle vivait à New York à ce moment-là. Cela dit, le hold-up n'est rien comparé au meurtre et au fait de cacher un cadavre dans sa maison.

Dawson lui tendit la main.

— Le jour se lève. Sortons d'ici. Pourquoi n'irions-nous pas faire un tour pour nous changer les idées ? Je vais seller les chevaux.

Le soleil, d'un superbe rouge ardent, brillait au-dessus de la prairie, dans un ciel sans nuages. Annabelle huma avec délice les parfums d'automne. Elle frissonnait dans l'air froid du petit matin mais elle était heureuse de monter à cheval. Et d'oublier un moment ses ennuis.

L'automne était toujours magnifique dans le Montana. Annabelle mesura à quel point le rythme des saisons lui avait manqué comme beaucoup d'autres choses. À force de se démener dans l'espoir de réussir et de se faire un nom, elle avait oublié de vivre et de profiter de la beauté de la nature.

Elle reporta son attention sur Dawson. Il était si à l'aise sur une selle qu'il semblait ne faire qu'un avec sa monture. Lui aussi lui avait manqué, se dit-elle, le cœur serré. Il était toujours aussi séduisant et les années lui avaient donné une assurance qu'il n'avait pas autrefois. Dawson Rogers savait qui il était, ce qu'il voulait et il était heureux de son sort.

Annabelle s'efforça de refouler les larmes qui brûlaient ses paupières.

Tout en chevauchant à côté d'elle, il lui lança :

— Tout ira bien. Dès que les adjoints du shérif auront fini de travailler dans la maison, je te ferai une cuisine neuve. Tu pourras vendre la propriété et…

— Dawson, dit-elle d'une voix brisée. Je me moque de tout ça.

Touché par sa détresse, il descendit de son cheval pour la prendre dans ses bras. Lorsque, blottie contre lui, Annabelle explosa en sanglots, il lui caressa les cheveux en lui murmurant des mots apaisants.

À travers ses larmes, elle ne put s'empêcher de lui sourire. Dawson avait toujours été là pour elle. Toujours.

— Je t'aime, dit-elle, incapable de s'en empêcher. Je t'aime tellement.

— Je t'aime aussi, répondit-il d'une voix rauque d'émotion.

— L'autre jour, quand nous avons fait l'amour…

— Tu n'as pas besoin de m'expliquer, l'interrompit-il. Je sais. Nous nous sommes laissé emporter. Je ne regrette rien, mais faire l'amour n'a rien changé entre nous, je l'ai bien compris.

Rien ?

— Rentrons, reprit-il. Le shérif va nous appeler, je le sens.

Elle le dévisagea avec désespoir. Elle avait tant à lui dire.

— Je voudrais te…

— Non, ne dis rien, la coupa-t-il en lui tendant les rênes. Je sais que tu apprécies mon aide. Inutile de me remercier. Les amis sont là pour ça.

De nouveau, elle sentit son cœur se briser. Dawson pensait

qu'elle était encore sous le choc de ce qu'ils avaient découvert chez sa grand-mère. Mais c'était lui qui la bouleversait. Elle prenait conscience qu'il incarnait tout ce qu'elle attendait d'un homme.

Se hissant en selle, elle demanda :

— Y a-t-il quelqu'un dans ta vie, Dawson ?

Il sembla hésiter mais il répondit :

— J'ai beaucoup vu Amy Baker, ces derniers temps. Rentrons au galop, ajouta-t-il. J'ai faim et je vais nous confectionner un bon petit déjeuner. Tu aimes toujours les toasts grillés ?

Dawson ne s'était jamais considéré comme un lâche mais il n'avait pas voulu laisser Annabelle lui dire ce qu'elle s'apprêtait à lui confier. Il n'aurait pas supporté qu'elle lui avoue que faire l'amour avec lui ne signifiait rien à ses yeux. Ou qu'elle retournerait en Californie, une fois la propriété vendue.

Il savait qu'elle n'avait envie de vivre ni dans le Montana ni avec lui… En tout cas, il l'avait compris depuis longtemps, même si, au fond de son cœur, il ne pouvait s'empêcher d'espérer. Pourtant, à la façon dont elle le regardait parfois, il aurait juré que… Mais non, elle était seulement un peu perturbée par les épreuves qu'elle venait de traverser. En tout cas, il ne voulait pas qu'elle prenne une décision sur le coup de l'émotion pour la regretter par la suite. Il n'avait pas envie qu'elle reste avec lui pour de mauvaises raisons, non plus. Honnêtement, il ignorait ce qui serait bien pour elle et il doutait qu'elle-même le sache.

De retour au ranch, il l'envoya à l'intérieur pendant qu'il s'occupait des chevaux. La serrer dans ses bras, tout à l'heure, lui avait donné envie de lui faire l'amour en pleine nature. Il la désirait tellement…

Il repoussa cette pensée avec l'énergie du désespoir. Une fois sa maison vendue, Annabelle s'en irait, se répétait-il. Mais quand il pensait à son départ, il avait envie de mourir.

— Te voilà, Dawson, lança sa mère derrière lui. Ça va ? ajouta-t-elle en s'approchant de lui.

Lorsqu'elle vit son visage ravagé, elle comprit tout. Elle avait toujours su lire en lui comme à livre ouvert.

— Oh ! Dawson !

Il secoua la tête, avalant la boule dans sa gorge.

— Ça ira.

— J'ai entendu parler de ce qui s'était passé chez Annabelle. Elle est chez toi ?

— Ce n'est pas ce que tu crois. Je l'ai installée dans la chambre d'amis.

Il n'avait jamais vu sa mère pleurer, mais là, elle semblait sur le point de fondre en larmes. Il l'enlaça tendrement.

— Dès que le shérif l'autorisera à retourner là-bas, je réparerai la cuisine, et ensuite elle mettra sa propriété en vente.

— Qui voudra l'acheter, maintenant ?

Il y avait pensé. Annabelle aussi, sûrement.

— Moi, peut-être.

— Pourquoi pas ? Tu pourras la louer, je suppose. Tu es donc si impatient qu'Annabelle s'en aille ?

— C'est une question de survie. Je n'ai pas le choix.

— Sans doute pas, en effet.

Willie en avait l'air aussi triste que lui.

Annabelle avait vu Willie se diriger vers l'écurie où Dawson était en train de desseller les chevaux. Elle les observa de loin pendant un moment avant d'entrer dans la salle de bains. Elle considéra son reflet dans le miroir. L'air frais de novembre avait rosi ses joues. Ses yeux n'étaient pas aussi rouges qu'elle le craignait. Elle avait tellement pleuré… Mais comme d'habitude, Dawson s'était montré gentil et compréhensif. Sa tendresse lui brisait le cœur.

La sonnerie de son téléphone portable retentit et, en voyant le nom s'afficher sur l'écran, elle fronça les sourcils, surprise. Clarissa ? Clarissa était l'un des mannequins avec qui elle avait travaillé autrefois. Elle fut tentée de ne pas répondre. Depuis son départ, elle n'avait plus aucun contact avec ses anciennes collègues. Clarissa était nouvelle. Très jeune, elle commençait à peine dans le métier.

Mais, au dernier moment, la curiosité l'emporta.

— Allô ?

— Annabelle, je suis tellement contente de t'avoir au bout du fil ! Es-tu au courant de ce qui s'est passé ?

— À quel sujet ?

— Au sujet de Chambers. Après avoir entendu parler de ce qui t'était arrivé, beaucoup de filles de l'agence ont porté plainte, à leur tour. Au début, elles avaient peur de le dénoncer mais très vite elles ont toutes tenu à le faire. Chambers a été arrêté hier pour violence et agressions sexuelles. Il ne pourra plus s'en prendre à personne désormais. Grâce à toi.

Annabelle avait du mal à en croire ses oreilles. Lorsqu'elle avait intenté une action en justice contre Gordon Chambers, elle ne pensait pas avoir la moindre chance d'aboutir. Gordon possédait la plus grande agence de mannequins de Californie. Il avait le pouvoir de briser la carrière de ceux et celles qui le contrariaient. Annabelle avait repoussé ses avances. S'il lui fallait coucher avec lui pour devenir top model, elle ne voulait plus l'être.

Elle lui avait dit son écœurement avant de porter plainte. Chambers l'avait immédiatement radiée de son agence et mise au ban de la profession. Annabelle se doutait qu'il avait la capacité de lui nuire mais pas à ce point.

— J'ai d'autres bonnes nouvelles, poursuivit Clarissa. Je suis tombée sur Thomas Darrington, l'autre jour. Il a demandé si je t'avais vue. Apparemment, il avait entendu parler de ce qui s'était passé entre Gordon et toi. Bref, il m'a dit qu'il aimerait que tu deviennes son mannequin vedette pour une campagne d'envergure qui débutera en janvier. Ma vieille, tu vas récolter des contrats à la pelle, maintenant. Beaucoup de top models ont eu le même problème avec Gordon mais toi, tu ne t'es pas laissée faire et tu l'as fait tomber.

Annabelle ne l'avait pas fait tomber. Elle avait seulement été la première à dénoncer ses agissements. Elle prit une profonde inspiration. Son cœur battait la chamade. Maintenant, elle avait la possibilité de reprendre sa carrière de mannequin là où elle l'avait laissée. Si elle retournait en Californie, elle aurait du travail. Elle appréciait beaucoup

Thomas Darrington. C'était un type bien, très professionnel, et il lui faisait une offre qui ne se refusait pas. À présent, elle avait une chance de retrouver son ancienne vie. À en croire Clarissa, Darrington l'attendait.

— Tu devrais passer un coup de fil à Thomas, insista son amie. Il semblait avoir hâte de te voir.

Annabelle trouva un bloc-notes sur le bureau de Dawson et nota le numéro.

— Merci de m'avoir prévenue.

— J'avais peur que tu n'en entendes pas parler, répondit Clarissa. Tu étais si gentille avec moi quand tant d'autres me mettaient des bâtons dans les roues… En tout cas, j'espère que tu reviendras. De plus, je connais une top model qui cherche une colocataire, si cela t'intéresse.

Annabelle raccrocha et regarda le numéro qu'elle avait écrit sur le papier. À côté, elle avait griffonné « Thomas », « Travail mannequin ». Elle avait encore du mal à croire à ce revirement inattendu. Après tant de mois à broyer du noir, à se répéter qu'elle avait échoué sur toute la ligne et qu'elle ne valait rien, voir enfin la lumière au bout du tunnel lui faisait un bien fou.

En entendant Dawson l'appeler de la cuisine, elle fourra le feuillet dans la poche de son jean. Malgré l'immense joie qu'elle venait d'éprouver, elle sentit son cœur se serrer.

Pouvait-elle vraiment revenir en arrière ? Abandonner une nouvelle fois Dawson ?

— Annabelle ?

Le simple son de sa voix lui fit fermer les yeux. Elle l'aimait. Mais Dawson était un cow-boy. Il ne partirait jamais du Montana. Si elle s'en allait, si elle le quittait à nouveau, tout serait définitivement fini entre eux.

18

Dawson remarqua le changement d'Annabelle dès qu'elle les rejoignit dans la cuisine. Willie leur expliquait qu'à son avis, il ne faudrait plus très longtemps pour que la maison de Frannie soit prête à être mise en vente.

Annabelle hocha la tête mais elle resta silencieuse. Elle semblait la proie d'une profonde tristesse, d'une sorte de résignation. Dawson se félicita de l'avoir empêchée de parler quand ils se baladaient à cheval. Il se doutait qu'elle s'apprêtait à lui dire qu'elle partirait dès que la propriété serait vendue.

Il proposa à sa mère de partager leur petit déjeuner. Il n'avait pas envie d'être seul avec Annabelle.

Tout en se restaurant, ils discutaient des fêtes de Noël à venir lorsque la sonnerie du téléphone portable d'Annabelle retentit. Elle jeta un coup d'œil sur l'écran comme si elle s'attendait à un appel. À son froncement de sourcils, il devina que ce n'était pas celui qu'elle attendait.

Avec un mot d'excuse, elle se leva et s'éloigna de quelques pas. Willie et Dawson firent semblant de ne pas écouter mais ils comprirent que le shérif lui annonçait qu'ils avaient fini de travailler dans la maison et qu'elle était autorisée à y retourner.

Sa mère demanda à Dawson à voix basse :

— Tu vas l'aider à tout ranger ?

Il hocha la tête comme Annabelle revenait s'asseoir.

— Chérie, tu as laissé tomber quelque chose, dit Willie en se penchant pour ramasser un papier.

Comme elle tendait le feuillet à Annabelle, Dawson ne put s'empêcher de lire ce qui y était écrit. S'il avait espéré qu'elle renoncerait à retourner en Californie, il comprit qu'il s'était trompé.

Annabelle enfonça rapidement le papier dans sa poche avant de planter les yeux dans les siens. Elle soutint son regard un moment. Mais, alors qu'elle s'apprêtait à dire quelque chose, Willie reprit la parole :

— Que veux-tu faire dans ta cuisine, Annabelle ? Refermer l'alcôve ou l'aménager ? Que préfères-tu ?

— Vous en avez assez fait tous les deux.

— Par principe, nous finissons toujours ce que nous avons commencé, n'est-ce pas, Dawson ?

Dawson regardait Anna et il sentait son cœur se briser de nouveau. Accablé, il se maudit d'être retombé amoureux d'elle. En réalité, il n'avait jamais cessé de l'aimer.

— Je vais m'en occuper tout de suite.

Comme il se levait pour débarrasser, Annabelle l'imita.

— Laisse-moi t'aider, dit-elle.

— Non, non, je m'en charge.

— Oui, laisse-le faire, renchérit Willie. Et viens avec moi. Nous allons retourner chez toi voir ce qu'il reste à faire.

Comme toutes deux sortaient de la pièce, Dawson entendit sa mère chuchoter à Annabelle :

— Dawson a besoin d'être un peu seul. Laissons-le tranquille pendant un moment, d'accord ?

Annabelle se sentait coupable. Dawson avait vu ce qu'elle avait griffonné sur le papier. Elle avait envie de lui dire qu'elle n'avait rien décidé, qu'elle hésitait, qu'elle ne savait pas ce qu'elle voulait et que l'idée de le quitter à nouveau la rendait malade. Mais elle refusait de jouer avec lui, de lui faire part de ses doutes. Il avait assez souffert à cause d'elle. Tant qu'elle n'aurait pas pris de décision, elle s'interdisait de lui donner de faux espoirs.

Sans un mot, elle quitta la cuisine avec Willie.

Pendant tout le trajet, toutes deux restèrent silencieuses, mais en arrivant Willie se tourna vers Annabelle.

— As-tu envie d'en parler ? demanda-t-elle.

— Comme vous l'avez certainement compris, un directeur d'agence m'a proposé du travail en Californie. J'admets que son offre me fait plaisir. J'étais tellement sûre de devoir mettre une croix sur ma carrière de top model.

— C'est donc une bonne nouvelle.

Annabelle lui expliqua pourquoi elle était partie et ce qui s'était passé.

Choquée, Willie s'exclama en secouant la tête :

— Comment un type peut-il se comporter ainsi ? C'est abominable.

— Oui mais les autres mannequins de l'agence m'ont soutenue et elles ont dénoncé à leur tour ses agissements. Il fait désormais l'objet de plaintes pour harcèlement.

— Tu n'as donc plus aucune raison de ne pas reprendre la vie que tu menais là-bas.

— Il y en a une, vous le savez bien, répondit Annabelle. L'idée de quitter de nouveau Dawson m'est insupportable…

Elle détourna la tête, les larmes aux yeux.

Willie la regarda en face.

— Tu l'aimes.

— De tout mon cœur. Je l'ai toujours aimé. Mais j'avais besoin de voler de mes propres ailes, de voir de quoi j'étais capable loin de Whitehorse.

— Et maintenant, de quoi as-tu envie ? demanda Willie.

Mais avant qu'Annabelle ne puisse le dire, elles virent Mary Sue sortir de sa voiture et leur faire signe.

Annabelle fut soulagée de ne pas avoir à répondre à Willie. Elle ne savait pas très bien ce qu'elle voulait, elle ne savait plus où elle en était.

Mary Sue s'approcha d'elle :

— Le shérif m'a appris qu'elle t'avait autorisée à retourner chez toi, Annabelle. Maintenant, il faut sans doute nettoyer la maison et faire le point. C'est pourquoi je suis là.

— J'arrive.

Comme elle ouvrait sa portière, Willie la retint par le bras.

— Décide de la suite de ton histoire avec Dawson en fonction de toi. Si tu restais pour de mauvaises raisons, pour ne pas lui faire de peine, par exemple, tu serais vite malheureuse et lui aussi. J'aimerais seulement que vous soyez tous les deux heureux, ajouta-t-elle avec un sourire triste.

Après avoir fini la vaisselle, Dawson prit la direction de la propriété des Clementine. Il n'avait aucune idée du temps qu'il lui faudrait pour restaurer la cuisine de Frannie. Mais il avait l'intention de s'en occuper rapidement en espérant qu'un acheteur se présenterait dès la fin des travaux. Au pire, il se porterait lui-même acquéreur.

Il se gara devant la maison au moment où Annabelle y entrait avec Willie et Mary Sue. Il se hâta de les rejoindre, cherchant à leur épargner le spectacle de sa cuisine dévastée.

Pourtant, il n'avait pas à s'en inquiéter. Apparemment, McCall avait demandé à quelqu'un de tout nettoyer.

Comme Annabelle considérait ce qu'il restait de la cloison d'un air pensif, il demanda :

— Préfères-tu revoir l'alcôve d'origine ou la condamner ?

— Je préfère garder l'alcôve mais je ne veux pas te demander de…

— Tu ne m'as rien demandé. Je vais prendre mes outils dans mon camion et achever de casser ce mur. Cela ne prendra pas longtemps. Ensuite, j'arracherai le vieux lino. À ta place, je le remplacerais par un beau parquet. Tu ne regretteras pas cette dépense qui facilitera la vente de la maison, crois-moi.

— Je te fais confiance. Je te dois déjà tant.

— De toute façon, l'argent ne sera bientôt plus un problème. Dès que tu retravailleras, tu auras de nouveau les moyens.

Willie et Mary Sue entrèrent à ce moment dans la cuisine, empêchant Annabelle de répondre. Comme Mary Sue complimentait Dawson pour son travail, Willie lui proposa de lui montrer le reste de la maison. Et toutes deux quittèrent la pièce.

Un peu sonnée par les événements des derniers jours, Annabelle enfonça les mains dans les poches, se demandant où elle en était, ce qu'elle devait faire.

Mais déjà Dawson revenait avec ses outils.

— J'ai appelé le menuisier, qui m'a promis de passer dans la journée pour livrer des lattes de parquet.

Elle hocha la tête, le regardant attacher sa ceinture à outils. Il n'aurait pas pu être plus sexy, pensa-t-elle en sortant de la cuisine pour ne pas le déranger.

À l'étage, Willie et Mary Sue faisaient le tour du propriétaire tout en parlant de personnes de Whitehorse qu'elles connaissaient.

Annabelle se dirigea vers sa chambre, la seule pièce de la maison qui n'avait pas encore été vidée, nettoyée et repeinte.

Elle ferma la porte et appela Chloe.

— Salut, dit-elle quand sa sœur répondit.

— Qu'est-ce qui ne va pas ?

Annabelle laissa échapper un rire nerveux.

— Tu devines un problème au seul son de ma voix ?

— Je te connais, tu t'en souviens ?

— En tout cas, tu as raison. Il s'est passé quelque chose.

Elle lui parla de l'alcôve condamnée et de ce qu'ils avaient trouvé à l'intérieur.

Chloe fut abasourdie.

— Un cadavre dans la cuisine ? Tu plaisantes, j'espère !

— J'ai bien peur que non. Peux-tu mettre TJ au courant ? D'après ce que le shérif m'a raconté, ce type a été assassiné, enveloppé dans du plastique et caché dans l'alcôve, il y a une dizaine d'années. Nous avions toutes quitté la maison, à ce moment-là.

— Ne me dis pas que Frannie aurait tué cet homme ! cria sa sœur.

Annabelle songea aux photos, aux articles qu'elle avait trouvés dans la boîte en fer-blanc. Tôt ou tard, l'affaire allait sortir, les médias en feraient leurs choux gras. Mieux valait que ses sœurs apprennent la vérité par elle et non par les journaux.

Lorsqu'elle eut fini de narrer toute l'histoire à Chloe, sa sœur refusait toujours de la croire.

— Notre grand-mère aurait été la petite amie d'un gangster, d'un mafieux qui aurait été l'auteur d'un casse et Frannie se serait enfuie avec le butin ? Ce n'est pas possible !

— Malheureusement, si.

— Qu'est-ce que j'entends derrière toi ? Quel est ce bruit ?

— Dawson est dans la cuisine en train d'enlever le reste du mur et de poser un nouveau plancher.

— À quoi bon ? Maintenant, plus personne ne voudra acheter cette propriété.

Sa sœur avait sans doute raison.

— En attendant qu'un acheteur se présente, je vais peut-être retourner en Californie, poursuivit Annabelle. Un directeur d'agence m'a offert un très bon travail de mannequin… Sauf si je décide de rester dans le Montana, ajouta-t-elle en se mordillant les lèvres.

— J'ignorais que tu l'envisageais… En tout cas, reste au moins jusqu'à Noël. TJ et moi venons à Whitehorse ! Nous avons déjà pris nos billets. Nous voulions te faire une surprise ! T'aider à ranger et fêter Noël ensemble.

— Ce serait formidable.

Émue, Annabelle avait du mal à retenir ses larmes.

— Rien ne pourrait me faire plus plaisir, Chloe. Je dois te laisser, ajouta-t-elle comme quelqu'un frappait à la porte. Mais je te rappellerai bientôt.

Quand Annabelle ouvrit, elle trouva Willie sur le seuil de sa chambre :

— Je dérange ?

Elle secoua la tête.

— C'était ma sœur, Chloe. TJ et elle viennent passer Noël avec moi.

— C'est merveilleux. Je suis contente pour toi. En attendant, Dawson me disait qu'il irait plus vite si tu t'installais chez moi, au ranch, jusqu'à ce qu'il ait fini.

— Merci beaucoup, mais je préfère rester ici, répondit-elle en souriant. Frannie m'a laissé cette maison parce qu'elle me savait capable de gérer la situation.

— Je vais rentrer, alors, dit Willie. Si tu changes d'avis…

— Merci encore pour tout, répondit Annabelle.

— De rien, dit Willie avant de partir.

Dawson fut surpris de voir apparaître Annabelle.

— Je pensais que ma mère t'inviterait chez elle.

— Elle me l'a proposé mais je préfère être ici.

Il n'eut pas l'air heureux de l'apprendre.

— Les travaux dans la cuisine vont être bruyants et poussiéreux.

— Ce n'est pas grave. À part ça, mes sœurs arrivent pour Noël.

— Alors tu restes jusqu'en janvier ? s'exclama-t-il, de plus en plus étonné. Et qu'en est-il de l'offre d'emploi que tu as reçue ?

— Je ne suis pas sûre de l'accepter, de toute façon. Je dois d'abord vendre la propriété.

— Elle trouvera peut-être rapidement preneur. Et alors, plus rien ne te retiendra à Whitehorse.

Préférant ne pas répondre, elle hocha la tête et sortit de la pièce.

Rob apprit par les potins locaux que les adjoints du shérif avaient quitté la maison de Francesca Clementine, une fois leur enquête terminée. Apparemment, ils n'avaient rien trouvé d'intéressant.

Baby Doll s'était sûrement débarrassée du butin, il y a des lustres, se disait-il. Sans doute avait-elle vendu les pierres précieuses à un collectionneur privé.

Pourtant, son oncle était certain que si elle les avait fourguées à quelqu'un, l'acheteur s'en serait vanté et Bernie aurait fini par le savoir.

Il était donc plus probable qu'elle les avait gardées. Et planquées quelque part comme elle avait caché le corps du pauvre Mickey.

Baby Doll s'était bien moquée de Bernie. Après lui avoir volé le butin du casse, elle avait fui New York pour s'installer dans ce trou perdu en racontant aux gens du coin qu'elle était veuve. Encore un mensonge. Parce qu'en réalité, elle n'aurait pas pu trouver si vite un mari, tomber enceinte et perdre son époux. Pas en si peu de temps… À moins que…

Il fronça les sourcils. D'après les ragots, Francesca Clementine avait donné naissance à un garçon peu après son arrivée à Whitehorse. Elle n'avait jamais travaillé, se contentant d'élever son fils, puis ses petites-filles quand celles-ci s'étaient brutalement retrouvées orphelines.

Rob compta sur ses doigts et il poussa un juron.

Depuis plus de cinquante ans, son oncle se demandait pourquoi sa poupée l'avait quitté et s'était enfuie comme ça. Il refit ses calculs pour s'assurer qu'il ne faisait pas erreur puis il s'empara de son téléphone.

— Vous n'allez pas être content, dit-il avant d'exposer à Bernie le fruit de ses réflexions. Mais je crois que j'ai tout compris.

— J'arrête pour aujourd'hui, déclara Dawson en retirant sa ceinture à outils.

Levant le nez, il vit Annabelle appuyée contre le chambranle. Elle regardait la cuisine d'un œil admiratif.

— Je n'en reviens pas que tu aies travaillé si vite, dit-elle.

— Es-tu sûre que tu ne feras pas de cauchemars, cette nuit ? demanda-t-il.

— Non. C'est drôle mais cette maison me faisait bien plus peur avec ce mur. Maintenant qu'il n'est plus là et ce qu'il y avait derrière non plus, je me sens mieux.

— Pourtant, l'endroit a été le théâtre d'un meurtre, dit Dawson.

— Nous ne saurons sans doute jamais ce qui s'est passé. Tout est lié à ce hold-up, aux pierres précieuses volées lors de l'exposition sur Marco Polo. J'espère que Frannie a tué ce type en état de légitime défense, pour nous protéger toutes. Elle fuyait peut-être son petit ami gangster… C'est marrant. Elle me semblait si heureuse, comme si elle avait fait la paix avec son passé.

— En tout cas, elle n'a pas à rougir de la façon dont elle vous a élevées et tout le monde l'aimait beaucoup à Whitehorse.

— Maintenant que les gens ont appris qu'elle cachait un cadavre dans sa cuisine, leur opinion va sans doute changer.

— Non, ils se souviendront de tout ce que ta grand-mère a fait pour la communauté, j'en suis sûr.

— Je l'espère.

Comme Dawson restait à la regarder — à la dévorer des yeux, plutôt —, Annabelle sentit un désir violent s'emparer d'elle.

Il le devina sans doute parce qu'il se redressa.

— Je dois y aller, dit-il.

Elle hocha la tête. Elle prolongerait son séjour jusqu'à Noël. Cela lui donnerait le temps de savoir ce qu'elle voulait et ce qu'il souhaitait… Avec un soupir, elle le regarda s'éloigner puis elle ferma la porte de la maison.

— Je me demandais si tu reviendrais au ranch ce soir, dit Willie alors que Dawson entrait dans sa cuisine.

— Pourquoi ne serais-je pas revenu ? répondit-il en se penchant pour voir ce qui mijotait dans la marmite. Tu as préparé un chili ?

Willie baissa le feu et elle se tourna vers lui.

— Je m'inquiète pour toi.

— Ça ira.

— Je crois qu'Annabelle n'a plus tellement envie de partir, poursuivit-elle en soupirant, comme s'il lui était difficile de le lui dire.

— Pourquoi imagines-tu une chose pareille ?

— À mon âge, tu sais, l'expérience aidant, la nature humaine n'a plus beaucoup de secrets. Annabelle ne sait tout simplement pas comment t'expliquer qu'elle préférerait rester. Elle ne veut pas te prendre pour une bouée de sauvetage, ni surtout que tu penses qu'elle se sert de toi pour régler ses problèmes. La situation est bloquée alors que vous souhaitez tous les deux la même chose. C'est peut-être dommage, non ?

Il secoua la tête.

— Ne le prends pas mal mais tu te trompes du tout au tout, maman. Annabelle ne m'aime pas.

Comme il se détournait, elle le rattrapa par le bras.

— Peut-être est-il temps que tu fasses quelque chose, un genre de grand geste, comme dans les films, afin de lui faire savoir ce que tu ressens pour elle.

Dawson eut un petit rire.

— Elle sait très bien ce que je ressens pour elle, maman.

Elle le lâcha.

— Tu veux une assiette de chili ?

— Merci mais je n'ai pas faim.

Il s'en alla pour regagner sa propre maison, sachant que sans Anna, celle-ci lui semblerait vide et qu'il y serait malheureux.

Annabelle se réveilla en sursaut, tirée des bras de Morphée par un bruit inhabituel. Elle tendit l'oreille. Pendant un moment, elle craignit que quelqu'un ne soit en train de soulever la trappe sous son lit mais Dawson en avait bloqué l'ouverture avec une planche et des clous. Personne ne pourrait entrer dans la maison en passant par le souterrain.

Une lumière étrange perçait les rideaux. Les sourcils froncés, elle se leva pour se rendre à la fenêtre. Le premier blizzard de la saison soufflait sur la campagne, constata-t-elle. Les températures s'étaient nettement rafraîchies, les vitres étaient tapissées de givre et de gros flocons de neige tourbillonnaient dans la nuit.

Après un été indien plus long que la normale, l'hiver était brutalement arrivé pendant qu'elle dormait.

Annabelle se recoucha en frissonnant. Elle tenta de se persuader que seul le vent l'avait réveillée. Blottie sous ses couvertures, elle essaya de se rendormir jusqu'au moment où elle entendit un bruit qui la glaça. Son cœur se mit à battre la chamade. Quelqu'un forçait la porte d'entrée !

Rob pensait que son oncle serait furieux d'apprendre le fruit de ses déductions mais Bernie parut surtout étonné.

— Elle était enceinte ? De moi ? Elle portait mon enfant quand elle s'est enfuie ?

— Si vous savez compter, cela ne fait aucun doute.

— J'ai donc eu un fils dont j'ignorais tout ? Où est-il maintenant ?

— À ce que j'ai entendu dire, il a trouvé la mort il y a

quelques années dans un accident de voiture avec sa femme. À l'époque, la dernière de leurs filles avait quatre ou cinq ans.

— C'est donc ma petite-fille qui a hérité de la maison, poursuivit son oncle. Ma petite-fille… C'est incroyable ! Et dire que ma poupée m'avait caché sa grossesse…

— Alors, que voulez-vous que je fasse, maintenant ?

— Ce que je t'ai toujours dit de faire. Retrouve le magot. Mais je t'interdis de toucher un cheveu de ma petite-fille. Compris ?

Rob n'en revenait pas que Bernie soit devenu si sentimental en vieillissant.

— Mais si elle me surprend à fouiller chez elle ?

— Tu te débrouilleras. Mais ne lui fais aucun mal.

Rob raccrocha avec un juron. Comme il quittait le motel, il s'aperçut qu'une tempête de neige s'était abattue sur la ville pendant la nuit. Décidément, il n'avait pas de chance. Mais il ne pouvait tergiverser plus longtemps. Il lui fallait agir. Il était grand temps de reprendre ses recherches et d'aboutir. Il espérait que la petite-fille de Bernie aurait renoncé à vivre dans la vieille demeure après y avoir découvert un cadavre.

Sortant du lit, Annabelle se précipita pour verrouiller la porte d'entrée. Elle allumait la lumière et elle traversait le salon quand elle entendit des pas derrière elle. Elle se retourna, surprise de se retrouver face à Lawrence Clarkston, le vieil homme à la canne qui avait prétendu avoir été le petit ami de Frannie.

Elle le regarda, très étonnée de le découvrir dans son living. Et plus étonnée encore de voir le pistolet qu'il pointait sur elle.

— Où sont les bijoux ? lança-t-il. Je sais que votre grand-mère les avait encore lorsqu'elle est morte. Elle avait dépensé l'argent du butin mais elle avait gardé les pierres précieuses.

Annabelle poussa un gémissement.

— J'ignore tout de ces bijoux, je n'ai vu aucun joyau. Mais comment êtes-vous au courant de cette histoire ?

— Mon frère avait retrouvé la trace de Baby Doll. Elle avait changé d'État, de mode de vie, d'apparence, mais il était parvenu à la localiser. Mais quand il s'est présenté chez elle pour l'obliger à lui remettre ce qui restait du magot, elle l'a tué ! Malheureusement, il ne m'avait pas dit où Baby Doll s'était réfugiée. L'imbécile espérait garder les joyaux pour lui. Il les aurait écoulés discrètement sans rien dire à Bernie. J'avais essayé de l'en dissuader. En vain, évidemment. Mais il n'a pas réussi à mener son projet à bien. Il s'est fait descendre par la petite amie de Bernie ! Comme un débutant, ajouta-t-il avec mépris.

— Il avait dû pourtant vous donner des détails puisque vous vous êtes présenté à ma porte, il y a quelques jours… Et avant la découverte du cadavre, dit Annabelle.

Elle ne savait pas qui ou quoi croire. Ce Lawrence Clarkston lui avait déjà menti une fois.

— Ce n'est pas lui qui m'a conduit jusqu'ici. J'ai fait profil bas pendant des années. Mais je gardais Bernie à l'œil. Je me doutais qu'il ne renoncerait jamais à chercher Baby Doll et le butin. Quand j'ai appris qu'il vivait désormais dans une maison de retraite, j'y ai pris, moi aussi, une chambre. Pour l'espionner. Il ne me connaît pas mais moi, je le connais.

Pendant qu'il lui racontait toute l'histoire, Annabelle réfléchit à toute vitesse, cherchant le moyen de lui échapper, de s'enfuir. La porte n'était pas loin mais aurait-elle la possibilité de l'atteindre ? Elle en doutait.

— Mickey n'était pas très malin, poursuivait Clarkston. J'ai longtemps cru qu'il avait récupéré les bijoux et filé à l'étranger. Mais voir le *Milk River Courrier* dans la corbeille de Bernie m'a mis la puce à l'oreille. J'ai consulté le journal en ligne et j'ai découvert la photo que Bernie avait découpée. Dès que j'ai vu le portrait de votre grand-mère, j'ai compris.

Il sourit.

— Bernie l'avait évidemment reconnue, lui aussi. Votre grand-mère était ravissante. Mais elle s'était bien moquée de Bernie. Saviez-vous qu'elle ne lui avait jamais dit son nom ? Il la surnommait Baby Doll. En tout cas, le vieux a envoyé Robby, son neveu, chercher les joyaux. Mais ces bijoux me reviennent de droit. Alors donnez-les-moi et je m'en vais.

Annabelle lui répétait qu'elle ne savait rien quand un bruit de verre cassé les fit sursauter.

Lawrence jura.

— Restez ici, ordonna-t-il.

Comme il se dirigeait vers sa chambre, Annabelle en profita pour courir vers la porte. Elle s'apprêtait à s'élancer dehors lorsqu'une silhouette sombre surgit du porche devant elle. Le nouveau venu avait dû jeter une pierre sur l'une des fenêtres pour détourner l'attention de Clarkston. L'individu qui se dressait devant elle la repoussa brutalement à l'intérieur de la maison. Il venait de claquer la porte derrière lui quand Lawrence revint dans le salon, l'arme au poing. Il fit feu.

Sans hésiter, le deuxième homme riposta. Et comme Lawrence Clarkston s'effondrait sous les yeux horrifiés d'Annabelle, il s'exclama :

— Larry le Loser ? Que fait-il ici, celui-là ?

Tout s'était passé si vite qu'Annabelle n'avait pas eu le temps de bouger. Mais quand elle tenta de gagner discrètement la porte, le type pointa son pistolet sur elle.

— Votre grand-mère avait causé beaucoup d'ennuis à mon oncle. Il s'était laissé envoûter par sa beauté mais ce ne sera pas mon cas, je vous préviens. À la moindre entourloupe, je vous descends.

— Votre oncle ?

Il s'agissait sans doute de Robby, le neveu de Bernie que Lawrence avait mentionné.

— Bernie, oui. Vous avez compris qu'il était votre grand-père, n'est-ce pas ?

— Mon grand-père, oui.

— Alors, filez-moi ce qui reste du butin et je m'arrache.

— Comme je viens de l'expliquer à ce vieil homme, j'ignore tout de ce trésor.

— Depuis que vous avez récupéré cette maison, vous avez jeté beaucoup de choses à la déchetterie. Êtes-vous sûre de ne pas avoir balancé des perles, des diamants, des émeraudes ?

— Grands dieux, non ! De toute façon, Frannie ne portait jamais de bijoux, pas même des bijoux fantaisie.

— Elle n'en portait jamais ? dit-il en ricanant. Vous

plaisantez, je suppose. À une époque, Bernie la couvrait d'or et de pierres précieuses. Le jour de son anniversaire, il lui avait offert une émeraude qui lui avait coûté une petite fortune. Et elle se serait débarrassée de tous ses cadeaux ? J'ai du mal à le croire.

— Pourtant, je ne l'ai jamais vue avec des bijoux, jamais.

— Eh bien, nous allons les chercher ensemble…

« Faire un geste, un grand geste, comme dans les films. » Dawson ne pouvait sortir cette phrase de sa tête. Qu'est-ce que sa mère attendait exactement de lui ? Devait-il se présenter chez Annabelle comme la dernière fois, avec une bague de fiançailles et un bouquet de roses ? À l'époque, cela ne l'avait pas mené bien loin… Au lieu de se jeter à son cou avec des larmes de joie comme il l'avait espéré, elle était partie…

Non, les grands gestes ne changeraient rien à la donne. Annabelle ne l'aimait pas, il devait l'accepter. Mais tout en roulant au milieu des flocons, il ne cessait de penser à elle. Il se reprochait de l'avoir laissée seule dans cette maison. Bien sûr, il ne croyait pas aux fantômes. Et Annabelle non plus, il en était certain.

Pourtant, une angoisse sourde le taraudait. Aussi, quand il arriva devant chez lui, il décida de ne pas s'arrêter et de retourner chez Annabelle. Il était tard parce que, après avoir parlé à sa mère, il avait travaillé un moment sur son vieux tracteur.

À présent, la tempête de neige se déchaînait autour de lui. Les flocons tombaient en rideau si dru qu'il avait du mal à distinguer la route. Il était la proie d'un mauvais pressentiment.

Dans le lointain, il apercevait les lumières de Whitehorse. Annabelle serait sans doute au lit et profondément endormie, à cette heure-ci.

Pourtant, il accéléra encore. Il n'était plus très loin maintenant.

*
* *

Rob observa Annabelle avec attention. Elle disait la vérité, il le sentait. Il avait appris que cette femme avait été top model jusqu'à ce qu'elle connaisse des moments difficiles et revienne à Whitehorse pour vendre la maison de sa grand-mère.

— Écoutez, je vais appeler mon oncle pour le mettre au courant. Le fait que vous soyez sa chair et son sang et la petite-fille de Baby Doll a tout changé pour lui. Pour vous aussi, j'imagine. Alors vous devez être honnête avec moi, d'accord ?

Annabelle réfléchissait à toute vitesse.

— Vous avez trouvé le souterrain, dit-elle par déduction. J'imagine que vous l'avez déjà fouillé. Je ne connais pas d'autres cachettes, je vous le promets. J'ignorais tout de la jeunesse de ma grand-mère à New York. Découvrir qu'elle avait aimé un gangster, volé des bijoux et tué un homme m'a fait un choc…

Avant de pouvoir répondre, Rob entendit un bruit derrière lui. Il se retourna mais trop tard. Lawrence Clarkston, qu'il croyait avoir tué, s'était relevé et il avait tiré une épée dissimulée dans sa canne. Il la lui passa à travers le corps avec une force surprenante pour un homme de son âge.

Rob s'effondra sur le sol.

— Bernie me vengera, Larry, dit-il dans un dernier souffle.

Terrifiée, Annabelle se précipita vers la porte, mais le vieillard fut plus rapide. Il bondit sur elle et l'attrapa par les cheveux.

— Vous allez me dire où est planqué le butin, gronda-t-il, parce que moi, je me fiche que vous soyez la petite-fille de Bernie et je vous buterai si vous ne me remettez pas le trésor.

Apparemment, il avait surpris sa conversation avec Rob.

— Allons dans votre chambre, ordonna-t-il. Les bijoux y sont-ils ?

— Il n'y a pas de bijoux dans cette maison. Nulle part.

— C'est ce que nous verrons, répondit Lawrence Clarkston en la poussant en avant. Peut-être faudra-t-il vous aider à vous rafraîchir la mémoire.

Larry ouvrit l'armoire. Tout en gardant un œil sur Annabelle, il se mit à arracher les vêtements de Frannie de leurs cintres, à jeter les affreux sweat-shirts sur le sol.

Annabelle tenta de profiter de son inattention pour s'enfuir. Mais il la rattrapa et la traîna avec violence vers la chambre. Tirant sur les stores pour en arracher le cordon, il lui attacha les mains dans le dos.

Il était brutal et elle cria :

— Vous me faites mal !

— Et ce n'est que le début. Je n'hésiterai pas à vous tuer, compris ? Je veux ces bijoux. Vous étiez la préférée de votre grand-mère. Elle vous a forcément confié où elle les avait cachés. Dites-le-moi !

En arrivant devant la propriété des Clementine, Dawson vit les lumières allumées dans la chambre d'Annabelle et dans le salon. Il poussa un soupir de soulagement. Il ne pouvait pas expliquer ce qui lui avait fait si peur. Son mauvais pressentiment ne reposait donc sur rien. Se précipitant vers la maison, il frappa à la porte. Elle allait penser qu'il était fou. Qu'il espérait revenir dans sa vie. Ou Dieu sait quoi. Mais il s'en fichait. Il devait la voir, s'assurer qu'elle allait bien.

La lumière dans la chambre s'éteignit.

— Oh ! non, dit-il en cognant plus fort. Ouvre-moi, Anna ! Je ne m'en irai pas !

Quelques instants plus tard, la porte s'entrouvrit et le visage pâle d'Annabelle apparut.

— Que veux-tu ? demanda-t-elle d'une voix tremblante.

Il remarqua qu'une marque rouge ornait l'une de ses joues.

— J'avais seulement envie de m'assurer que tout allait bien. Je sais que ça a l'air dingue mais… Puis-je entrer ?

Elle secoua la tête.

— Non. Va-t'en, s'il te plaît.

Alors qu'elle s'apprêtait à refermer le battant, le mauvais pressentiment qui torturait Dawson s'aggrava. Il la bouscula et pénétra dans le salon sans lui laisser la possibilité de discuter.

Il découvrit alors avec stupeur un vieillard qui menaçait Annabelle de son arme.

— Fermez cette porte et avancez, ordonna ce dernier. Si vous tentez de jouer les héros, je la bute.

Un homme, le corps transpercé d'une épée, gisait sur le plancher. La gorge de Dawson se serra.

Il lança à Annabelle.

— Que se passe-t-il ?

— Il pense que Frannie avait caché les bijoux du casse quelque part dans la maison et que je sais où ils sont, répondit-elle.

Pourquoi Dawson n'était-il pas parti comme elle le lui avait demandé ? Maintenant, il allait mourir à cause d'elle.

— C'est ridicule, répliqua Dawson. Elle n'était même pas au courant de ce hold-up ni de la relation amoureuse de sa grand-mère avec Bernie McDougal.

— Et vous allez sans doute me dire qu'elle ignorait que mon frère avait été assassiné et emmuré dans la cuisine ?

— C'est moi qui ai voulu détruire le mur pour voir ce qu'il y avait derrière. Laissez-la partir. Elle ne sait rien.

— Peut-être, je m'en moque. Mais, si vous ne voulez pas qu'elle meure, vous ferez exactement ce que je vous dis.

Et Larry fit signe à Dawson de traverser le salon et de prendre la direction de sa chambre.

Annabelle ne se faisait aucune illusion. Lawrence Clarkston ne leur laisserait certainement pas la vie sauve s'il ne trouvait rien. Ni même s'il découvrait les bijoux.

Dawson ouvrait la marche, Annabelle sur les talons. Larry les suivait, la poussant devant lui. Remarquant qu'il avait baissé son arme, elle décida d'en profiter.

Sans crier gare, elle se retourna brusquement et lui envoya un coup de genou dans le bas-ventre. Comme il se recroquevillait sur lui-même avec un cri de douleur, Dawson se précipita vers Robby. Il arracha l'épée et se jeta sur Lawrence Clarkston pour lui enfoncer la lame dans les reins.

Larry s'effondra sur le sol.

Dawson lui prit son arme et la pointa sur lui.

Tout s'était passé si vite qu'Annabelle se sentait sonnée, en proie à un mélange de peur et de soulagement. Était-ce vraiment fini ? Ou d'autres hommes allaient-ils surgir, exigeant à leur tour leur part du butin ?

Dawson appela le shérif. Puis il prit Annabelle dans ses bras et il la serra contre lui jusqu'à l'arrivée des adjoints.

19

Annabelle se réveilla et sentit une langue chaude et râpeuse sur sa joue. Elle battit des paupières et éclata de rire à la vue du chiot de Dawson qui venait lui dire bonjour en lui léchant le visage.

Dawson se précipita dans la pièce.

— Sadie, non ! cria-t-il. Voilà des heures qu'elle essaie d'entrer dans ta chambre. Je pensais que j'avais refermé la porte mais… Comment te sens-tu ?

— Bien, grâce à toi.

— Tant mieux parce que je t'ai préparé un petit déjeuner spécial.

Il prit la chienne dans ses bras et sortit.

Annabelle chercha ses vêtements et poussa un gémissement en se rendant compte que, la veille au soir, elle avait enfilé par mégarde un sweat-shirt de Frannie sur son jean. Tout en s'habillant, elle pensait à sa grand-mère.

Lui ressemblait-elle vraiment ? Frannie était une battante. Et elle aussi, d'une certaine façon.

— Que cela sent bon ! s'exclama-t-elle en entrant dans la cuisine de Dawson.

— Tu dois avoir faim. Il est presque midi.

Annabelle n'en revenait pas d'avoir dormi si longtemps.

La veille au soir, Dawson l'avait ramenée chez lui et il l'avait aidée à se mettre au lit. Elle avait voulu le remercier mais il avait déjà refermé la porte. Puis elle avait sombré dans le sommeil jusqu'au moment où Sadie avait sauté sur son lit.

— Tu m'as sauvé la vie, la nuit dernière, Dawson, dit-elle

d'une voix brisée. Si tu n'étais pas revenu pour voir comment j'allais…

— Pour une fois, mon instinct ne s'est pas trompé, dit-il avant de reporter son attention sur ses fourneaux.

Une délicieuse odeur de pancakes flottait dans l'air. Dawson avait toujours été excellent cuisinier. Avec Willie, il avait été à bonne école.

— Toi non plus tu ne t'es pas trompé, il y a treize ans, dit-elle. J'avais envie de t'épouser. La bague, les roses… J'étais sous le charme. Mais c'était trop tôt, je ne pouvais pas.

Il hocha la tête, le visage grave.

— J'ai fini par le comprendre. Tu avais besoin de découvrir le monde, de voler de tes propres ailes. C'était incroyablement égoïste de ma part de te demander de renoncer à tes rêves pour moi.

— En tout cas, maintenant que je l'ai vu de près, je sais que l'univers des mannequins n'est pas fait pour moi et je n'y retournerai pas. Mais toi, que veux-tu faire ? Tu m'as dit que tu sortais avec Amy, ces derniers temps mais…

— Anna, tu ne peux pas prendre une décision de cette importance si vite. Après tout ce qui s'est passé, tu as besoin de recouvrer tes esprits, de réfléchir…

— Je ne changerai pas d'avis, crois-moi. Je vais te piquer à Amy parce que j'ai l'intention de vivre le restant de mes jours avec toi, Dawson.

Il secoua la tête.

— Anna…

— L'autre nuit, quand nous nous sommes retrouvés après avoir découvert le souterrain, j'étais perdue, je ne savais plus où j'en étais, ce que je voulais. Mais maintenant, je le sais. Je t'aime, Dawson. Je t'attendrai le temps qu'il faudra. Chacun son tour. Je vais garder la maison de Frannie et trouver un emploi à Whitehorse. J'ai entendu dire que le gérant de la supérette cherchait une nouvelle caissière. Et si je ne fais pas l'affaire, je…

Interrompant ce flot de paroles, Dawson prit son visage entre ses grandes mains et il l'embrassa. Elle oublia alors les pancakes, sa faim, ses projets… Elle oublia tout sauf la joie d'être à nouveau dans les bras de cet homme merveilleux.

Il l'emporta dans sa chambre et ils firent l'amour passionnément avant de recommencer plus tendrement. Lorsqu'ils se blottirent enfin dans les bras l'un de l'autre, Annabelle savait qu'elle aimait Dawson au-delà de tout. Il était sa vie.

Quand ils redescendirent dans la cuisine, Willie s'y trouvait. Elle se précipita vers son fils pour l'embrasser avec force.

— Lorsque je te conseillais de faire un grand geste, dit-elle, je ne voulais pas dire que tu devais te faire tuer.

— En tout cas, j'ai décroché le cocotier, répondit-il en souriant.

— Oh ! vous les garçons, vous me ferez mourir ! dit Willie.

Elle se dirigea vers Annabelle et l'étreignit.

— Tu restes à Whitehorse, si je comprends bien.

— Je ne peux pas vivre sans Dawson, je le sais maintenant.

Willie leur sourit.

— Je suis tellement contente que vous vous en soyez tirés sains et saufs, tous les deux.

— Le cauchemar est terminé, déclara Dawson.

— J'aimerais que ce soit vrai mais tant que les bijoux du hold-up n'auront pas été retrouvés, rien ne sera vraiment fini, dit Annabelle. Nous ne sommes même pas sûrs que Frannie les ait volés. Mon grand-père en est persuadé parce que sa Baby Doll avait disparu sans explication en même temps que le butin. Il les cherche depuis plus de cinquante ans. Je doute qu'il y renonce, maintenant.

Annabelle se rendit compte soudain que Willie ne l'écoutait pas. Elle contemplait son sweat-shirt hideux d'un air émerveillé qui lui parut incompréhensible.

— D'où sors-tu ce vêtement ?

— Je l'ai trouvé chez ma grand-mère. Elle a une commode remplie d'horreurs du même genre.

— J'en suis sûre. Je n'ai jamais rien vu de tel. J'ai remarqué que celui que tu portais l'autre jour était orné d'un clown. Que représente celui-ci ?

— Une licorne, répondit Annabelle.

— Je peux ? demanda Willie en soulevant l'une des pierres vertes qui entouraient la licorne. Cela fait un moment que je n'avais pas vu d'émeraude mais je jurerais que ce petit caillou en est une.

— Quoi ? s'exclamèrent Dawson et Anna à l'unisson.

Un grand sourire éclaira le visage de Willie.

— Je crois que nous avons trouvé les pierres précieuses. Frannie se doutait que de nombreux gangsters voudraient les récupérer, et les chercheraient chez elle, alors elle a eu l'idée de les cacher d'une manière originale, au vu et au su de tous.

Dawson regarda Anna.

— Maman a raison. Tu disais qu'il y en avait une douzaine dans ses placards ?

Annabelle hocha la tête, incrédule.

— Nous devons appeler le shérif.

— Es-tu sûre de vouloir garder la maison ? demanda Dawson comme ils installaient le dernier meuble dans la chambre d'amis.

Heureusement, ils avaient pu en récupérer une grande partie chez le brocanteur.

— Mes sœurs reviennent à Whitehorse pour Noël. Je préfère les accueillir ici. C'est dans cette demeure que nous avons grandi.

— J'avais l'intention d'acheter la propriété, de toute façon, avoua-t-il en la prenant dans ses bras pour l'embrasser.

— Tu n'es pas fatigué de me rendre service en permanence ?

— Pas du tout.

Comme quelqu'un frappait à la porte, ils se regardèrent. Que se passait-il encore ?

Un coursier se tenait sous le porche. Il lui tendit une grande enveloppe.

Annabelle revint à l'intérieur et la montra à Dawson.

— Elle vient de New York, de Bernie, à mon avis. J'ose l'ouvrir, tu crois ?

En se remémorant l'alcôve murée, elle sut qu'il était inutile de lui poser la question. Elle connaissait déjà sa réponse. Son futur mari était encore plus curieux qu'elle.

Elle trouva à l'intérieur une autre enveloppe sur laquelle étaient griffonnées quelques lignes.

J'étais l'une des infirmières de Bernie McDougal. Avant de mourir, il m'a demandé de m'assurer que cette lettre vous parviendrait. J'ai bien sûr respecté ses dernières volontés.

Annabelle lut alors les mots que son grand-père lui avait adressés.

Ma chère petite-fille,

Je suis désolé de n'avoir jamais eu la possibilité de te rencontrer. Mais je voulais que tu saches que j'ai aimé ta grand-mère à la folie. Quoi qu'elle ait pu faire, c'était pour protéger l'enfant qu'elle portait et plus tard, ses trois petites-filles, je l'ai compris maintenant.

Mon neveu m'a dit que tu étais le portrait craché de ma Baby Doll. Tu es donc ravissante et tu as dû hériter aussi de son caractère.

Je te souhaite une longue et belle vie. Tu n'as plus rien à craindre, à présent.

Bernie, ton grand-père.

Annabelle tendit la lettre à Dawson, les larmes aux yeux et se rassit à côté de lui.

— Tu devrais peut-être t'inquiéter des gènes que j'ai hérités de mes grands-parents paternels ?

Il rit et l'attira à lui.

— Je m'en arrangerai.

Elle se blottit contre cet homme merveilleux qui avait toujours été là pour elle et sur qui elle savait pouvoir compter. Dans ses bras, elle se sentait bien comme nulle part ailleurs.

Ses sœurs seraient bientôt là. Elles passeraient un merveilleux Noël dans cette maison.

Dehors, la neige continuait de tomber. Elles auraient droit à un Noël blanc, pensa-t-elle, ravie.

Annabelle n'avait qu'un regret. Que Frannie ne soit plus là pour le fêter avec elles. Mais au fond, leur grand-mère serait présente à leurs côtés par l'esprit et par le cœur.

JENNA KERNAN

Les disparues de Turquoise Canyon

Traduction française de
VÉRONIQUE MINDER

BLACK ROSE

HARLEQUIN

Titre original :
UNDERCOVER SCOUT

1

Les sourcils froncés par la concentration, Ava Hood regardait aux jumelles le Dr Kee Redhorse. C'était difficile d'avoir un regard critique, d'aussi loin, sur ce beau garçon qu'on disait agréable, bienveillant et toujours de bonne humeur. Sa réputation d'intégrité faisait l'unanimité. Tant de perfections réunies en un seul homme confortaient sa méfiance. *La perfection n'est pas de ce monde*, se répéta-t-elle.

Ava soupçonnait Kee Redhorse, le séduisant jeune médecin auquel les autochtones, ou Amérindiens, de cette réserve apache de Turquoise Canyon accordaient une confiance si aveugle, d'être un monstre en puissance.

Elle l'observait de sa Chevrolet Malibu, garée entre le vieux bulldozer jaune qui avait servi à la construction de cette mauvaise route de terre et une gravière. De sa « planque », elle avait une vue d'ensemble sur les mobile homes de la FEMA — The Federal Emergency Management, soit l'Agence fédérale des situations d'urgence —, surtout sur les deux qui avaient été attribués à sa sœur Sara et au Dr Kee Redhorse, que ce dernier partageait avec un Anglo, autrement dit, un Blanc ou « individu de type caucasien », le Dr Richard Day.

Posant ses jumelles sur les genoux, elle écrivit sur un petit carnet :

« Dimanche 15 octobre, 8 h 8. K. R. sort de chez lui. »

Ava enquêtait à l'insu de la police tribale de la réserve de Turquoise Canyon. Seule et libre de ses mouvements, elle pouvait faire preuve d'inventivité et de créativité — elle y excellait —, exercer son insatiable curiosité et son intrépidité naturelles pour espionner Kee Redhorse. Elle était consciente de prendre de gros risques en ne passant pas par les canaux officiels et en contournant la procédure pénale, mais elle les assumait pleinement.

À cette attitude radicale une seule raison : sa nièce Louisa, âgée de seize ans, avait disparu, à son tour victime de la série d'enlèvements ciblés qui frappait cette région de l'Arizona depuis plusieurs mois.

Les disparues étaient sans exception de très jeunes filles apaches de la réserve de Turquoise Canyon, toutes kidnappées et inséminées à leur insu par des Russes à la tête d'un réseau de mères porteuses et de vente de nouveau-nés destinés aux couples d'Anglos en mal d'enfant. Les victimes avaient un autre point commun : elles avaient été les patientes de la clinique de cette réserve, précisément de son service de gynécologie obstétrique par deux fois, et ce quelques jours avant leur disparition. La connexion entre le réseau mafieux et cet établissement à la réputation fort honorable avait été découverte trois semaines plus tôt, c'est-à-dire dix jours avant la disparition de Louisa.

Ava reprit ses jumelles, les régla et se remit à observer son suspect.

Redhorse était vêtu d'un jean bleu clair, d'un T-shirt à l'effigie du collège de médecine de l'université de Phoenix et d'un sweat à capuche délavé et élimé aux coudes. Ainsi vêtu, il paraissait plus jeune qu'à la clinique où sa blouse blanche intimidait et impressionnait, bien qu'il ne se départît jamais de son sourire. Et à l'instant, d'ailleurs, il souriait, et du coup était plus qu'agréable à regarder…

Ava se fustigea aussitôt d'être aussi sensible au charme du jeune médecin. Elle se méfiait des hommes en général et des grands charmeurs en particulier. Aux dires de sa grand-mère, tel avait été son père. « Un parfait séducteur ! »

Une expression pour le moins antinomique, songea Ava. Quant au terme de « père », il ne recouvrait aucune réalité en ce qui la concerne. « Géniteur inconnu » était plus approprié…

— Séducteur oui, parfait non ! martela-t-elle à voix haute en poursuivant son observation de Redhorse.

Il portait des boots Timberland jaunes désormais brunies par le passage du temps et était coiffé d'une casquette de base-ball. Son regard brillant pétillait d'intelligence.

Jusqu'à quel point Kee Redhorse jouait-il de son charme naturel ?

Convaincue que ce jeune médecin était impliqué dans l'affaire des disparues de Turquoise Canyon et, par conséquent, complice du réseau mafieux, Ava le tenait à l'œil depuis sa récente arrivée dans la réserve.

À la vérité, elle surveillait les deux médecins de la clinique de la réserve : Hector Hauser, le médecin en chef, et Kee Redhorse, qui venait de terminer son internat de médecine.

Ava était accourue à Turquoise Canyon sitôt qu'elle avait appris que l'une des disparues, une certaine Kacey Doka, avait réussi à échapper au réseau de mères porteuses. Elle avait espéré s'entretenir avec cette jeune fille, or cette dernière s'était littéralement volatilisée quatre jours plus tôt avec son petit ami, qui n'était autre que Colt Redhorse, le frère de Kee Redhorse.

Ava n'était pas une dilettante. Elle appartenait au corps de la police de Saguaro Flats — c'était aussi le nom de sa tribu —, mais dès la disparition de sa nièce, au début du mois d'octobre, elle avait présenté sa candidature à la police tribale de Turquoise Canyon au prétexte qu'elle voulait intégrer une force de police plus importante. Elle avait aussitôt passé un entretien et été embauchée ; elle prendrait ses fonctions le 1er novembre, dans deux semaines.

Mais elle n'avait pas la patience d'attendre son affectation pour enquêter officiellement sur la disparition de sa nièce, donc elle s'était mise en congés pour enquêter in situ, seule et en secret des polices apache de Saguaro Flats et de Turquoise Canyon. Une décision dont elle se félicitait. Ne comptant que sur elle, elle ne mettait personne en danger, n'est-ce pas ? Enfin, sauf elle. Mais, aguerrie et courageuse, Ava n'avait pas froid aux yeux.

À titre officiel, elle était dans cette réserve pour aider sa sœur Sara qui vivait seule avec ses trois autres filles, ce qui était d'ailleurs la pure vérité. Ici, personne, pas même Sara, ne connaissait la véritable raison de sa présence.

Dans un premier temps, elle avait réussi à s'introduire subrepticement dans les mobile homes de Kee Redhorse et d'Hector Hauser pour installer un logiciel espion sur leurs ordinateurs. Elle avait ainsi eu connaissance de leurs comptes bancaires, mails, agendas électroniques et comptes Facebook. Et comme elle avait accès aux bases de données de la police, elle avait effectué des recherches sur les deux hommes ainsi que sur leurs proches et associés. Elle avait découvert qu'aucun des deux n'avait d'antécédents judiciaires.

Par ricochet, elle avait appris des informations dignes d'intérêt sur Colton et Ty Redhorse, respectivement le père et le frère de Kee Redhorse : Colton avait été condamné à la prison pour vol à main armée et purgeait toujours sa peine à l'heure actuelle. Quant à Ty, il avait fait l'objet d'un placement en centre de détention pour mineurs. De plus, il était aujourd'hui soupçonné par la police apache de Turquoise Canyon d'avoir été impliqué dans l'enlèvement de Kacey Doka, la petite amie de son frère Colt, le benjamin de la fratrie Redhorse. Faute de preuves flagrantes, il avait seulement été interrogé mais il restait dans le collimateur de la police. Colt Redhorse n'avait quant à lui aucun antécédent judiciaire.

Enfin, elle avait appris — ce qui ne l'étonnait pas — que, pour leur sécurité, Kacey Doka et Colt Redhorse avaient intégré le WITSEC, c'est-à-dire le programme fédéral de protection de témoins, jusqu'au démantèlement du réseau de mères porteuses et de vente de nouveau-nés.

— Qui tarde à venir, maugréa Ava poursuivant à voix haute le cours de ses pensées.

Elle en était à son huitième jour d'enquête en solitaire. Le temps pressait, et elle piétinait.

Ava savait, par le biais des alertes de la police apache de Saguaro Flats qu'elle recevait chaque jour, que la police apache de Turquoise Canyon avait demandé la collaboration du FBI la semaine dernière, précisément après avoir découvert que Kacey Doka n'avait pas fugué comme la police l'avait au départ soupçonné mais avait été enlevée à des fins criminelles à l'instar d'autres jeunes filles. Kacey avait en effet identifié quelques victimes séquestrées avec elle et jusque-là considérées elles aussi comme fugueuses.

Ava avait cherché à soutirer des informations au ravisseur de Kacey Doka. Celui-ci, un Russe, grièvement blessé lors de son arrestation, était toujours hospitalisé à l'hôpital de Darabee sous la surveillance étroite de la police afin qu'il ne tente pas de mettre fin à ses jours. L'individu lui avait opposé un silence obstiné au prétexte qu'il ne parlait pas un mot d'anglais. Mais Ava avait photographié ses tatouages, puis consulté la gigantesque base de données biométriques du FBI qui rassemblait des tatouages et autres marqueurs d'identité, symboles et images liés à des gangs ou toute autre organisation criminelle.

Les tatouages de cet individu dénotaient indiscutablement son appartenance à un réseau mafieux, lequel avait, de toute évidence, des complicités au sein de la clinique de cette réserve apache.

Si elle savait désormais à peu près tout sur Kee Redhorse et Hector Hauser, en particulier grâce au piratage des données de leurs ordinateurs, Ava n'avait en revanche rien découvert sur leur implication dans l'affaire des jeunes disparues.

Sa prochaine étape, c'était donc pénétrer dans la clinique en dur de Pinon Flats et de pirater le contenu de l'ordinateur de son administratrice, Betty Mills.

Cet objectif en tête, Ava relança le moteur de la Chevrolet et prit la route de terre bordée par les mobile homes à bardeaux blancs de la FEMA.

Trois semaines plus tôt, la destruction de la digue en amont de la réserve avait obligé la tribu à évacuer Pinon Flats, basses terres sillonnées par la rivière et donc menacées d'inondation, pour rejoindre les hautes terres de Turquoise Ridge. Les habitations permanentes en dur étaient certes intactes mais, la digue ayant été détruite par un acte d'écoterrorisme, ni les anciens de la tribu ni la FEMA n'avaient voulu faire courir davantage de risques aux habitants. La communauté de Pinon Flats s'était donc installée, par précaution et à titre provisoire, dans des mobile homes de la FEMA pendant que la FEMA renforçait la digue.

Sa sœur Sara avait été parmi les premières à être relogées, car elle était mère de trois jeunes enfants.

Ava se gara devant le mobile home de sa sœur. Son arrivée fut saluée par des aboiements joyeux. C'était sur l'insistance de Louisa que Woody, un croisement de chien de berger et de pitbull, avait été accueilli dans la famille. Aussi, à sa vue, Ava ne put-elle s'empêcher de penser à sa nièce. Pauvre Louisa, où pouvait-elle bien avoir été emmenée ? L'animal avait une taille respectable, mais il n'aurait pas fait de mal à une mouche. Ava le gratta derrière les oreilles et consulta sa montre, décidée à attendre le retour de Kee Redhorse chez lui.

Comme à son habitude, Woody revint vers elle avec une balle de tennis dans la gueule. Ava la prit et la jeta, sans quitter des yeux l'extrémité de la route et le mobile home du jeune médecin. Elle le repéra au bout de quelques minutes, marchant dans sa direction, le journal sous le bras. Soudain il l'aperçut. Ava s'en rendit compte à son hésitation et à son pas, qui simultanément ralentit.

Ava jeta de nouveau la balle à Woody sans relâcher son attention. Kee Redhorse continuait de s'approcher. Elle le suivit des yeux. Il avait les cheveux très noirs coupés court, un teint doré avec des nuances bronze. Un grand front, un nez droit et une bouche généreuse. Il avait les oreilles percées mais il ne portait pas d'anneaux. Indiscutablement séduisant, conclut Ava.

Il ne s'était pas rasé ce matin, remarqua-t-elle ensuite, et son ombre de barbe le rendait encore plus séduisant. De là, elle fixa sa bouche. Pleine. Sensuelle. Quand il lui sourit, elle sentit une espèce de nœud se former au niveau du plexus solaire.

Cet homme compte parmi tes suspects ! s'admonesta-t-elle avec sévérité.

Woody fit la fête à Kee Redhorse, qui tendit la main pour le flatter.

C'est une belle main. Une main de médecin. Sensible, bien modelée.

À cette nouvelle constatation, Ava sentit son bas-ventre se

nouer. Voir que ses émotions et réactions physiques échappaient à toute raison et logique l'exaspéra au plus haut point.

— Woody aime tout le monde, lâcha-t-elle, se contraignant à adresser un sourire à Kee Redhorse.

Là-dessus, elle descendit l'escalier et se posta devant lui, les mains dans les poches.

Elle portait une tenue de gagnante, de femme sûre d'elle et ses attraits ! récapitula-t-elle *in petto*. Un chemisier avec une encolure discrète mais suggestive, un jean qui lui allait à la perfection et qui, si moulant fût-il, lui permettait de porter un discret holster de cheville. Woody renifla la main de Redhorse et laissa tomber sa balle au pied du nouveau venu.

Traître, pensa Ava.

— Il veut que vous la lui lanciez, dit-elle à Redhorse, sans se départir de son sourire.

Ainsi fit-il. Elle constata qu'il était bon lanceur et sportif, et se félicita d'être armée et en excellente condition physique.

Woody revint, la balle dans la gueule. Haletant, il s'allongea et la déposa entre ses pattes.

Ava s'en désintéressa pour poser une main sur ses hanches, incliner la tête sur le côté et planter les yeux dans ceux de Kee Redhorse.

Elle découvrit qu'il avait un regard intense, profond et pénétrant. Si elle avait voulu le déstabiliser, elle en fut pour ses frais. Ce fut même l'inverse qui se produisit… Elle eut plus chaud tandis que son cœur bondissait et battait plus fort. Elle se souvint alors avoir lu qu'il était actuellement célibataire après avoir été fiancé avec une Anglo pendant ses études de médecine. Elle n'avait pas découvert les raisons de leur rupture.

Redhorse quant à lui toussota et baissa les yeux sur Woody. Ava en profita pour prendre une grande inspiration et se ressaisir afin de conjurer le charme que, décidément, il exerçait sur elle. Jamais un homme ne lui avait fait autant perdre ses moyens, songea-t-elle surprise et perplexe.

Elle serra les poings, regrettant de manquer d'indices et de preuves à charge pour pouvoir lui lire ses droits et l'arrêter sur-le-champ. Les menottes aux mains, nul doute qu'il cesserait de lui adresser ce sourire conquérant !

— Bonjour, dit-il soudain en tonto apache, l'un des dialectes de l'apache occidental. Je suis Roadrunner, né de Wolf, l'aîné des fils de Colton et de May Redhorse.

Puis il lui tendit la main.

— Dr Kee Redhorse, termina-t-il en anglais.

Ava s'affola. Si cet homme lui faisait déjà autant d'effet rien qu'à le regarder, qu'est-ce ça serait si elle le touchait… ? Étant donné qu'il était son suspect n° 1, elle jugea plus prudent d'éviter un contact direct.

— Excusez-moi… Trop humides. Bave de chien…, marmonna-t-elle en levant les mains, paumes ouvertes comme pour invoquer le ciel.

Kee Redhorse continua de sourire alors qu'il laissait retomber le bras.

— J'habite là-bas, poursuivit-il, lui montrant son mobile home. Enfin, pour le moment. Jusqu'au retour de ma tribu à Pinon Flats.

— Il paraît que c'est pour bientôt, non ? déclara Ava.

Il acquiesça.

— Le week-end prochain. Mais c'est bizarre, ajouta-t-il en tonto apache, il ne me semble pas vous avoir déjà vue ici. Je m'en souviendrais certainement sinon.

Tout en l'écoutant parler, Ava fixait sa bouche et en admirait la courbe sensuelle de sa lèvre supérieure. Lutter contre la fascination qu'il exerçait sur elle, c'était comme de nager à contre-courant dans un rapide. Et il avait des dents si blanches. Un menton décidé et viril… Seigneur, elle perdait la tête ! Et contre toute attente, elle espéra qu'il ne soit pas coupable parce que… Parce que quoi au fait ? Parce qu'elle était séduite, et en train de tomber amoureuse ? Bon sang, elle devait recouvrer son sang-froid !

Elle n'avait pas à souhaiter qu'il soit coupable ou innocent, c'était contre-productif et pas du tout professionnel. Elle s'était fixé un but et un seul : retrouver Louisa. Si Kee Redhorse était impliqué dans sa disparition, il était coupable, point.

Des considérations sentimentales ou romanesques ne devaient pas entrer en ligne de compte !

— Je ne sais toujours pas comment vous vous appelez, reprit Kee.

— Ava Hood.

Elle n'utilisait jamais le nom de famille de son père. Si son état civil, Avangeline H. Yokota, apparaissait sur ses diplômes et autres documents officiels, c'était par la force des choses.

— Vous n'êtes pas née dans cette réserve, Ava, n'est-ce pas ?

Son sourire fut alors si radieux qu'elle en fut littéralement éblouie. Son charisme continuait de la dérouter et de lui faire perdre de vue ses buts. C'était trop dangereux.

Ava se ressaisit avec effort.

— Je suis Snake, née de Spider à Saguaro Flats, dit-elle dans un tonto apache parfait, utilisant à son tour la forme de salutation traditionnelle qui indiquait d'abord le nom de la tribu, puis celui du clan et enfin, de la famille.

— Mes parents sont Eldon et Lydia Hood, acheva-t-elle ne donnant que le prénom de son père.

— Vous parlez bien le tonto apache, dit-il en anglais.

Elle n'avait eu d'autre choix que de l'apprendre, car sa grand-mère, chez qui elle avait vécu jusqu'à l'âge de huit ans, ne lui parlait que ce dialecte.

— Je connais la réserve de Saguaro Flats, poursuivit-il. Assez petite, n'est-ce pas ?

— Oui.

— Qu'est-ce qui vous amène dans notre réserve ?

— Ma sœur. Elle a épousé un homme d'ici.

— Comment s'appelle-t-il ?

— Diamond Tah.

Kee se rembrunit.

— Je le connaissais bien. J'aimais l'écouter jouer de la flûte lors de nos rassemblements. Donc votre sœur est…

— Sara Tah.

Sara était veuve depuis peu. Diamond était subitement mort d'une rupture d'anévrisme. Il n'avait que quarante-deux ans. Et, comme un malheur n'arrivait jamais seul, le kidnapping de Louisa était survenu peu après.

Kee Redhorse baissa les yeux. Était-il mal à l'aise en songeant à Louisa et à son implication dans sa disparition ? Ou savait-il, comme tout le monde dans cette réserve, que sa sœur allait très mal, même plus qu'Ava ne se l'était imaginé avant sa venue. Elle savait Sara dépressive depuis le décès de Diamond, mais elle l'avait découverte sous l'empire de la boisson, très amaigrie et démissionnaire. La situation était d'autant plus préoccupante qu'elle avait trois autres jeunes enfants à sa charge.

— Je suis désolé, dit enfin Redhorse au bout d'un long silence.

— Désolé ? De quoi ? ne put-elle s'empêcher de relever.

Kee Redhorse parut surpris et gêné par pareille question. Ava attendit, elle voulait entendre ses raisons de sa bouche.

— Sara a perdu son mari il n'y a pas longtemps et, avec la disparition de Louisa, elle subit une autre épreuve, commença Kee Redhorse. Je…

Embarras, hésitation et compassion certes, mais rien qui inspire les soupçons ou dénote sa responsabilité dans la disparition de sa nièce.

— Nous ne perdons pas espoir, lâcha Ava, consciente de la banalité de ses paroles.

— Comment votre sœur s'en sort-elle ?

Savait-il que Sara buvait plus que de raison ? s'interrogea Ava, consciente d'être sur la défensive. Elle était dotée d'un puissant instinct de famille, et protéger les siens était une seconde nature.

— Disons que ça n'est pas facile.

— Et ses filles ?

Ava tressaillit, envahie par la colère. De quel droit cet homme qu'elle soupçonnait d'être impliqué dans la disparition de Louisa s'enquérait-il de ses trois petites sœurs ?

— Elles sont effrayées, répondit-elle avec effort. Les jumelles ont peur d'aller à l'école ou de prendre le bus. C'est moi qui les y conduis chaque jour.

Margarita et Alexandra avaient cinq ans, et Olivia, trois. C'étaient les filles de Sara et de Diamond, Louisa étant née d'un premier mariage de Sara qui s'était soldé par un échec.

Redhorse ne connaissait peut-être pas encore les trois petites de Sara mais, en tout cas, il avait reçu Louisa en consultation le 30 septembre dernier, soit deux jours avant sa disparition, se remémora Ava en fronçant les sourcils.

— Je comprends, dit-il. C'est heureux que vous soyez auprès de Sara. Vous êtes la cadette ?

— Pourquoi cette question ?

Il lui adressa un sourire en coin.

— Vous semblez très jeune.

— Je suis la plus jeune, mais pas de beaucoup. J'ai vingt-huit ans.

Il ne cacha pas sa stupéfaction. Ava avait l'habitude que ses interlocuteurs s'étonnent de son apparence juvénile, laquelle présentait autant d'avantages que d'inconvénients : si on ne se méfiait pas d'elle, on doutait en revanche qu'elle soit un policier compétent et aguerri.

Un nouveau silence tomba. Ava observait toujours l'attitude de son suspect. Il ne se dandinait pas d'un pied sur l'autre, il ne se frottait pas la nuque, ni ne lui dérobait son regard — des postures et gestes qui auraient dénoté sa hâte à prendre congé ou un malaise grandissant. Il avait seulement un air compatissant approprié.

— C'est une belle famille, lâcha-t-il enfin.

— Oui. Je suis prête à tout pour ma sœur et ses enfants.

— Vous vouliez me parler ? reprit-il avec sérieux. M'interroger à leur propos ?

Tiens tiens, une confrontation directe ? C'était habile. Et s'il était coupable, cette habilité ne le rendait que plus dangereux.

— Je vous retourne vos deux questions, répliqua-t-elle vivement.

— Pardon ? interrogea-t-il, étonné.

Il inclina la tête, sourit en coin.

— Je suis content d'avoir fait votre connaissance, Ava. Puis-je vous appeler Ava ?

Elle opina.

— Appelez-moi Kee.

Elle préférait l'appeler « principal suspect dans l'affaire des disparues de Turquoise Canyon ».

— Quel est votre métier, Ava ?

— Eh bien, vous êtes direct !

— Parce que j'ai l'impression que vous n'êtes pas du genre à tergiverser.

Et, de nouveau, un silence tomba. Plus long. Comme il la dévisageait, elle remarqua des points dorés au fond de ses prunelles.

— Je travaille dans le casino de ma réserve, répondit-elle enfin. Mais j'ai pris un congé.

C'était en réalité l'activité professionnelle de Sara, mais Ava n'avait certainement pas l'intention de révéler à son interlocuteur qu'elle était entrée dans la police de Saguaro Flats après avoir été formée dans la Reserve Officers' Training Corps. Sara, dépressive et repliée sur elle-même, ne risquait guère de trahir la couverture professionnelle qu'elle venait de s'inventer, se persuada-t-elle.

Là-dessus, ils continuèrent de bavarder. Kee Redhorse lui révéla ce qu'elle savait déjà, à savoir que la clinique comprenait deux médecins, une administratrice, et cinq infirmières dont l'une, Lori Mott Redhorse, était sur le point de devenir sage-femme.

C'est précisément Lori, la belle-sœur de Kee, qui avait découvert l'implication du service de gynécologie obstétrique de la clinique dans l'affaire des six disparues de la réserve de Turquoise Canyon. Ava s'était déjà entretenue avec cette dernière, qu'elle mettait au-dessus de tout soupçon. Lori semblait n'avoir d'autre but que de retrouver ces jeunes filles et de contribuer de son mieux à l'enquête. Lori Redhorse n'avait certainement pas l'attitude et la démarche d'une coupable.

— Deux médecins ? releva Ava. J'ai entendu dire qu'il y en avait trois dans cette clinique.

— Vous avez raison. Le Dr Day nous a été prêté par la FEMA, si je puis m'exprimer ainsi. C'est aussi mon colocataire, du moins provisoirement, jusqu'à ce que nous puissions regagner nos maisons en dur sur les basses terres de la réserve.

Ayant fouillé le mobile home de Kee, Ava n'ignorait pas

cette précision. Mais elle ne s'intéressait pas à cet Anglo arrivé depuis peu dans la réserve.

— Je ne savais pas que la FEMA « prêtait des médecins » ?

— Pourtant si. La FEMA dispose bel et bien d'une équipe médicale. Notre clinique occupe pour le moment deux mobile homes de leur unité mobile. Je vous avoue qu'on y est un peu à l'étroit, mais cela ne nous empêche pas de faire du bon travail. C'est une chance inespérée d'avoir un autre médecin à nos côtés. Nous sommes en effet débordés. Malheureusement, nous allons perdre Day plus vite que prévu…

Ava leva un sourcil en signe d'étonnement.

— Pourquoi cela ?

— La FEMA va le rappeler sitôt que nous aurons repris nos marques dans la clinique en dur de Pinon Flats, poursuivit-il. C'est dommage, il est… très bien.

Si son jugement avait été positif, son ton de voix avait été réservé.

— Mais… ? insinua-t-elle.

Il sourit, elle comprit qu'elle ne s'était pas trompée.

— Il est sympathique, lâcha-t-il seulement.

— Mais ce n'est pas un Apache, acheva-t-elle pour lui. Il n'est pas des nôtres, c'est ça ?

Kee acquiesça d'un signe de tête.

— Richard est en effet originaire du Minnesota. Il souffre terriblement de la chaleur de l'Arizona.

— Eh bien, il détesterait Saguaro Flats ! Il y fait encore plus chaud !

Le rire franc de Kee, à la fois viril et gai, fit courir sur sa peau des frissons.

Ava, ressaisis-toi !

— Sa spécialité, c'est la médecine d'urgence, continua-t-il. Il ne s'intéresse pas aux maladies chroniques et, à mon avis, il en a par-dessus la tête des diabètes et autres pathologies liées à l'hypertension artérielle !

— Je vois.

À cet instant, Woody, qui venait de découvrir une bouteille de soda en plastique, la lui apporta. Ava tenta de la lui prendre mais ses tentatives se soldèrent par un échec.

— Vous aimez travailler à la clinique ? reprit-elle, reportant son attention sur le jeune médecin.

— Oui, beaucoup. Cela dit, je n'y travaille qu'à temps partiel. Le Dr Hauser, qui est notre médecin en chef, s'était organisé afin que je partage mon temps entre la clinique de notre réserve et l'hôpital de Darabee. Maintenant que j'ai terminé mon internat, je n'ai plus que ce mi-temps mais, avec l'affaire de la digue, je ne compte plus mes heures.

— Aïe… Au temps pour la vie sociale, alors.

Kee haussa les épaules sans se départir de sa bonne humeur.

— C'est juste. Je n'ai pas de vie sociale. Pas le temps de voir et de profiter de ma famille. Les gens ont été fragilisés par la catastrophe et ses conséquences, Alors la clinique ne désemplit pas, et j'y vis presque à demeure. Mais ça ne me gêne pas, j'aime la médecine. Seulement, avec mes emprunts…

Il leva la main à la gorge pour lui montrer qu'il était étranglé par les dettes.

— Il me faut désormais un poste à plein temps et bien payé dans un grand hôpital. Mais je ne désespère pas de revenir un jour exercer dans la clinique de notre réserve.

Ces propos n'étaient pas ceux d'un homme qu'une association criminelle avec un réseau mafieux russe aurait mis financièrement très à l'aise… À moins que Kee n'invoque astucieusement sa pauvreté pour mieux brouiller les pistes. Qui sait si son frère Jake, qui faisait partie de la police de Turquoise Canyon, ne lui avait pas transmis des informations confidentielles relatives à l'enquête en cours sur les disparues ?

— Les études de médecine coûtent très cher, dit-elle, décidée à jouer la carte de l'empathie.

D'un autre côté, Ava savait qu'il lui disait la vérité. En piratant son ordinateur, elle avait bel et bien découvert qu'il était lourdement endetté par ses emprunts étudiants, et qu'il avait d'excellentes raisons de vouloir obtenir des liquidités très vite pour les rembourser.

— Ma tribu m'a apporté un soutien financier, confia-t-il. Le Dr Hauser m'a aussi aidé à obtenir un prêt pour couvrir mes dettes les plus urgentes.

— C'est généreux de sa part.

Même s'il est un dangereux criminel, songea-t-elle.

— Oui, c'est un homme exceptionnel ! renchérit-il. C'est Hector qui a suscité ma vocation de médecin. Nous nous connaissons depuis longtemps, lui et moi. Autrefois, en effet, j'ai souffert d'une ILMI.

La voyant froncer les sourcils, il s'empressa d'ajouter :

— Il s'agit d'une inégalité de longueur des membres inférieurs. Hector s'est intéressé à mon cas et m'a pris en charge.

Ava repensa à une photo qu'elle avait vue dans le mobile home de Kee Redhorse, celle d'un jeune enfant avec des béquilles.

— J'ai subi de nombreuses opérations à Phoenix, poursuivit-il. Du coup, maintenant, je suis le plus petit de ma famille.

Petit ? Elle leva les yeux sur lui. Il faisait bien un mètre quatre-vingts, non ?

— Pourquoi ? s'enquit-elle.

— Les médecins n'ont pu rallonger ma jambe trop courte. Alors ils ont raccourci l'autre au niveau du fémur, qui est l'os le plus long.

Ava frémit à la pensée d'une si lourde intervention.

— Du coup, j'ai perdu sept centimètres, précisa Kee. C'est Hector qui s'est occupé de tout : de l'opération à la rééducation. Il a fait jouer ses relations.

Hector Hauser avait donc le bras long, et Kee Redhorse avait une dette envers lui. Jusqu'où était-il prêt à aller pour s'en acquitter ? À devenir son complice dans une association criminelle ?

— Ça n'a pas été l'époque de ma vie la plus heureuse, conclut-il. D'autant que mon père n'était plus chez nous.

Faisait-il déjà un séjour en prison ? compléta-t-elle *in petto.*

— De plus, nous n'étions pas riches.

— Je comprends mieux votre gratitude et votre admiration envers le Dr Hauser, souligna Ava, certaine que son sourire était tendu et artificiel.

Il ne sembla pas le remarquer.

— Autrefois, quand j'étais gamin, Hector donnait ses consultations dans une salle du QG de la tribu. C'est là qu'il m'a fait mes vaccins. Mais vous devriez voir notre clinique en dur, maintenant ! Nous avons une unité d'urgence, trois salles d'examens, une aire d'accueil avec un hall d'attente, un service de radiologie et un autre de gynécologie obstétrique, qui comprend trois salles de naissance et d'examens !

— C'est impressionnant ! Les infrastructures de votre clinique ont sans doute été financées par les bénéfices du casino de votre réserve ?

Depuis les années 1980, chaque tribu était en effet autorisée à ouvrir un casino, afin de jouir d'un moyen de développement économique et de pouvoir construire les équipements manquants dans la réserve. Mais Ava n'avait posé cette question que pour la forme, elle savait bien que ça n'était pas le cas. Elle avait en effet pris connaissance du budget de la réserve de Turquoise Canyon, par le biais de son site Web et grâce au mot de passe de sa sœur. Ces pages d'accès restreint, réservées aux seuls membres de la tribu, renfermaient les comptes rendus du conseil tribal et diverses informations financières et administratives.

Kee haussa les épaules.

— Je ne sais pas. C'est notre administrateur qui gère l'aspect budgétaire.

Betty Mills, compléta Ava. Récemment divorcée. Mère de trois grands enfants et qui aimait parader au volant d'une Audi achetée par la clinique.

Un bruit attira son attention. Woody avait réussi à fendre la bouteille de plastique en deux. De peur qu'il n'en ingère des morceaux, Ava jeta la balle de tennis un peu plus loin pour que le chien délaisse son nouveau jeu.

— Je dois vous laisser, Kee. Il faut que j'aille m'occuper de mes nièces.

Sara était sans doute repliée dans sa chambre pendant que ses trois filles, livrées à elles-mêmes, jouaient à des jeux vidéo. Elles passaient trop de temps sur la console de jeux… Au moins, Ava assurait l'intendance, les tirait du lit chaque matin, et leur préparait un petit déjeuner copieux, et le soir, un bon dîner.

Elle seconderait sa sœur jusqu'à ce que Louisa et les autres disparues soient retrouvées.

— Oh ! dit-il, l'air déçu.

Il se ressaisit.

— Bien sûr, je comprends. Dites, Ava… Vous allez rester longtemps dans notre réserve ?

— Je ne sais pas trop…

— J'aimerais vous inviter à boire un verre. Enfin, si vous en êtes d'accord.

Il avait rougi en prononçant ces derniers mots, et Ava trouva sa timidité absolument charmante. Elle sentit de nouveau son cœur battre la chamade.

Se réjouissait-elle d'un rendez-vous en tête à tête ou de la possibilité de poursuivre son enquête au plus près de son suspect ? se demanda-t-elle, très troublée. Ava, décontenancée, se mordilla la lèvre inférieure avec nervosité, en cherchant distraitement à réunir les deux morceaux de la bouteille fendue par Woody.

Revoir Kee Redhorse lui permettrait de mieux le cerner, donc d'en apprendre davantage sur le Dr Hector Hauser et sur le mystère qui entourait le financement de la clinique et son budget de fonctionnement. D'un autre côté, il y avait cette attirance qu'elle n'arrivait pas à…

— Ava ?

Elle tressaillit.

— Ai-je été indélicat ? Vous avez peut-être un homme dans votre vie ? reprit Kee. Un fiancé ?

Elle hocha lentement la tête.

— Non.

À la vérité, avant Kee, jamais un homme n'avait réussi à faire battre son cœur aussi vite.

— Seulement, il faut que je m'organise avec ma sœur, pour les filles. Et j'ajoute que je ne bois pas d'alcool.

L'alcool troublait les pensées et l'esprit, et il était hors de question qu'elle perde ses moyens.

— Moi non plus, mais c'était façon de parler. De plus, je comprends que votre sœur et vos nièces soient votre priorité. Telle est d'ailleurs la raison de votre séjour dans notre réserve. La famille avant tout, comme dit mon père.

De belles paroles, vides de sens, de la part d'un petit escroc raté.

Pour autant qu'elle sache, Kee et Jake étaient les seuls de la fratrie à rendre visite à leur père, et encore, c'était rare. Mais eux, au moins, ils avaient un père, ne put-elle s'empêcher de penser.

— Écoutez, Sara rentre en général à la maison vers 17 heures. Je prépare le dîner des filles, et ensuite j'ai quartier libre.

— Alors très bien. Dînons ensemble.

— D'accord. Quand ?

— Après-demain, mardi ? Au casino ?

Aïe… Kee ne risquait-il pas de comprendre qu'elle lui avait menti ? Pour les collègues de Sara, elle était censée travailler sur un programme d'éducation autochtone pour adultes… Elle réfléchit rapidement. Inutile de complexifier les choses, elle trouverait bien une parade le moment venu, se persuada-t-elle.

— Ça me semble parfait, dit-elle.

— Je passe vous chercher vers 18 heures ?

— Plutôt 19 heures.

— Alors c'est convenu.

Ava sortit un stylo.

— Donnez-moi votre main.

Il obtempéra, docile. Elle la saisit et aussitôt fut frappée par la sensation de sa paume tiède sur la sienne, et lorsqu'elle effleura son poignet, une émotion étrange l'envahit. Retirant le capuchon du stylo avec ses dents, elle écrivit son numéro de téléphone sur le dos de la main du beau médecin.

Et, de peur de ne pouvoir se soustraire à son regard noir et brillant, elle s'empressa de monter sur la première marche de l'escalier du mobile home de sa sœur.

— Avant un lavage chirurgical de vos mains, n'oubliez pas de noter le numéro, le taquina-t-elle mais elle était loin d'éprouver la désinvolture qu'elle affichait.

Il lui sourit.

— Promis.

Elle lui sourit aussi, mais elle se sentait parcourue de frissons.

— Alors à mardi, docteur Redhorse.

— Kee.

Et d'ajouter :

— S'il te plaît, Ava, appelle-moi Kee.

— Si tu veux, Kee.

Ava se remit à sourire malgré elle, incapable de conjurer le frémissement qui, de nouveau, la parcourait. Puis elle se raidit.

Bon sang, si Kee Redhorse collaborait avec la mafia russe, elle ferait en sorte que plus jamais il ne croise le regard d'une fille et ne lui sourie de la sorte.

2

Lundi après-midi, la clinique était une fois de plus en pleine effervescence. Depuis la rupture de la digue, en septembre, elle ne désemplissait pas. Kee avait espéré que la situation s'améliorerait avec la présence d'un troisième médecin, mais c'était loin d'être le cas.

Les ambulanciers venaient d'amener un nouveau patient. Il le connaissait, d'ailleurs, ce qui n'avait rien d'étonnant car cette réserve était de taille assez modeste et il y avait toujours vécu. La victime n'était autre que Robbie, le fils de son vieux camarade de lycée, Robert Corrales. L'adolescent était passé au travers d'une fenêtre en faisant du skate-board.

Il était né quand Robert et lui étaient encore au lycée, en seconde précisément, se rappela Kee, aussi devait-il avoir douze ans aujourd'hui. Mais il n'atteindrait pas ses treize ans s'il n'était pas soigné très vite…

Kee le prit donc aussitôt sous son aile, avec l'assistance de Lori Mott.

Lori Mott ? Non, Redhorse ! rectifia-t-il en pensée. Lori avait en effet épousé son frère Jake moins d'un mois plus tôt. Mais il ne s'y habituait toujours pas. Cela dit, il avait des excuses, car ce mariage avait été décidé on ne peut plus rapidement.

Pendant que Lori nettoyait le front de Robbie, profondément entaillé par les fragments de verre, Kee renforça le pansement que les ambulanciers lui avaient fait au poignet. Il fallait absolument stopper l'hémorragie artérielle. Le garçon était tétanisé aussi bien à cause du choc que de la perte de sang. Il avait les lèvres bleuies, et était d'une pâleur inquiétante.

— C'est bon, dit enfin Kee. Je vais maintenant m'occuper de son front.

— Pour plus de sûreté, l'ambulancier a préféré le conduire ici, expliqua Lori.

— Il a eu raison ! fit Kee, suturant la plaie qui allait de la racine des cheveux jusqu'à l'arcade sourcilière.

— Je vais chercher une poche de solution de Ringer Lactate, reprit Lori, sortant. Je t'apporte aussi une poche de plasma ?

— Non. Seulement la solution de Ringer.

Quand Lori revint, Kee avait terminé la suture.

— Dès qu'il sera stable, je le ferai transférer à l'hôpital de Darabee, annonça-t-il à Lori.

Darabee n'était qu'à une trentaine de kilomètres, mais avec la route en construction le long de la rivière et les virages à flanc de la montagne, le trajet au départ de Turquoise Ridge, où se trouvaient les mobile homes et la clinique temporaire, totalisait une bonne heure.

— Son père demande de ses nouvelles, dit Lori, qui réglait le débit de la perfusion.

— Son fils va avoir besoin d'un chirurgien vasculaire s'il veut garder sa main, déclara Kee.

— Betty va s'en occuper. Ne t'inquiète pas, Kee, ajouta-t-elle en lui souriant.

Les rideaux autour du lit de leur jeune patient furent soudain tirés, et la voix du Dr Hauser s'éleva dans leur dos :

— Besoin d'aide ?

— Non, j'ai terminé, répondit Kee en retirant ses gants stériles.

— Beau travail, Kee !

D'un regard sur les compresses imbibées de sang, le Dr Hauser évalua la gravité des blessures de Robbie. Puis il prit son pouls.

— Faible, dit-il seulement.

Il vérifia la poche de perfusion suspendue à la potence. À cet instant, le Dr Day s'approcha.

— Besoin d'aide ? s'enquit-il à son tour.

Kee n'eut pas le temps de répondre que déjà Hector répliquait froidement :

— Non. Inutile.

Kee lança un regard d'excuse à Day, qui pinça les lèvres et s'éloigna.

— Je vais aller parler au père de Robbie, reprit le Dr Hauser.

— Vous savez que la spécialité de Day, c'est la médecine d'urgence ? intervint Kee, montrant du menton la salle d'examens où s'était replié leur collègue. Il a été formé par la FEMA dans ce domaine, et il est diplômé.

— Si mon mobile home s'effondre, je ferai appel à lui, sois tranquille, ironisa Hector.

Sur ces mots, il s'éloigna. Il ne tarda pas à revenir en compagnie de Teddy, le plus jeune frère de Robbie.

— Ses parents ne l'avaient pas remarqué, déclara-t-il, mais Teddy s'est blessé à la jambe en portant secours à son frère.

Et il continua en tonto apache :

— Tu es un héros, bonhomme ! Tu as sauvé la vie de ton grand frère !

Teddy lui adressa un regard rempli de confusion. Le Dr Hauser cessa de sourire.

— Tu n'as pas compris ce que je viens de dire ? lui demanda-t-il en anglais.

Teddy hocha la tête négativement.

Hector Hauser, consterné, hocha la tête à son tour. Il se démenait pour que les enfants de la tribu apprennent le tonto apache. C'était même sa croisade personnelle.

Des pas se firent entendre. Pilotés par Lori, Robert Corrales et sa femme approchaient. Kee vint aussitôt à leur rencontre.

— Comment va Robbie ?

— Il aura besoin d'une exploration vasculaire à Darabee, expliqua Kee. Mais il est tiré d'affaire.

Aussitôt Robert l'étreignit avec fougue. Sa femme aussi, et Kee se trouva pris en sandwich entre les deux. Sur ces entrefaites, Lori conduisit Teddy dans une salle d'examens pour qu'il y soit soigné pendant que les parents se rendaient au chevet de leur fils aîné.

Une vingtaine de minutes s'écoulèrent avant que Kee ne se satisfasse de l'état de son jeune patient et le juge assez stable pour autoriser son transport à l'hôpital de Darabee.

Une fois Robert junior parti en ambulance en compagnie de son père, Kee s'approcha d'Hector, qui terminait de suturer la plaie de Teddy. Il voulait profiter de la courte pause entre deux patients pour lui annoncer qu'il quitterait bientôt la clinique.

Kee s'en voulait d'abandonner le Dr Hauser, surtout avec la charge de travail actuelle, mais à la vérité, il n'avait pas le choix. Sa mère avait décidé d'héberger trois adolescentes, des orphelines, à savoir les sœurs de Kacey Doka. Cette décision généreuse le privait de sa chambre et l'obligeait à chercher un autre hébergement. Il vivait en effet chez sa mère pour s'épargner un loyer et restreindre au maximum ses dépenses mensuelles. Il n'était pas en mesure de louer un appartement avec son modeste salaire auquel s'ajoutaient les mensualités destinées à rembourser les dettes exorbitantes de son emprunt étudiant.

On ne fait pas toujours ce qu'on veut dans la vie, se dit-il, résigné.

Hector tourna les yeux vers lui et le dévisagea par-dessus ses lunettes. Kee l'observa à son tour. Hector Hauser avait le front dégarni et le teint cuivré. Il portait un pendant d'oreille doré, un mandella représentant le bouclier amérindien de protection médicale. Kee avisa soudain la strie lui barrant le lobe de l'oreille et se figea. Cette strie caractéristique, connue sous le nom de « signe de Franck », pouvait être l'annonce d'une grave maladie coronaire.

Hauser surprit son expression et leva un sourcil étonné qui lui plissa le front.

— Un problème ?

— J'aimerais m'entretenir avec vous quand vous aurez une minute.

— Bien entendu. Pour le moment, donne-moi cette compresse, dit-il en la lui désignant.

La rupture de la digue, qui avait contraint sa tribu à venir s'installer dans les mobile homes de la FEMA, avait doublé leur charge de travail. Kee n'aurait jamais pensé qu'une attaque écoterroriste toucherait ce coin perdu de l'Arizona. Quoi qu'il en soit, depuis, la cadence à la clinique était exténuante et face à l'urgence, son mi-temps était, de facto devenu un plein-temps. Hector, à en juger par ses yeux cernés de bistre, était épuisé.

Kee lui tendit la compresse, et Hector acheva le pansement. Enfin, il enfila un filet tubulaire pour le maintenir bien en place.

— Voilà, c'est terminé, dit-il à Teddy.

Ce dernier avait encore des larmes dans les yeux et des traces humides sur les joues, mais il était plus calme maintenant que la novocaïne avait fait son effet et qu'il ne voyait plus de sang.

— Une fois à la maison, donnez-lui du Tylenol, reprit Hector en s'adressant cette fois à la mère du garçon restée à son côté. Deux comprimés de 80 mg trois fois par jour. Aujourd'hui seulement. Gardez ce pansement au sec. Revenez dans dix jours afin que je retire les sutures.

Teddy leva un regard hésitant vers lui.

— Tu peux y aller, lui dit le Dr Hauser. Tu peux marcher. Mais ne cours pas et ne nage pas non plus.

Sur ces mots, il lui tendit la main avec la solennité.

— Bon travail aujourd'hui, Teddy ! ajouta-t-il chaleureusement. Tu peux être fier de toi ! Protège ton frère et occupe-toi bien de ta mère.

Teddy opina, et dégringola de la table d'examens. Hector venait d'employer les mêmes mots que son père avant sa condamnation, pensa Kee malgré lui. Le plus triste, c'est que son père n'avait jamais suivi ce précepte. Il était l'illustration parfaite de qui arrive lorsqu'on érige ses propres règles de vie au lieu de suivre celles de la morale et du bien commun.

Comme la mère et le fils s'éloignaient, le Dr Day s'approcha.

— Il y a là une Mme Cruz qui ne veut voir que vous, Hector, lui annonça-t-il.

— Logique, puisque je la suis depuis sa naissance, répliqua le Dr Hauser.

Puis il marmonna quelques mots, et Kee crut entendre « crétin ».

— Dites-lui que j'arrive, acheva-t-il en le congédiant d'un geste.

Là-dessus, Kee vit Hector lui adresser un signe de tête fataliste. Les coins de sa bouche s'incurvèrent vers le bas, lui évoquant l'achigan à grande bouche qu'il aimait pêcher à ses moments perdus.

— Lorsque cette ambulance est arrivée, tout à l'heure, reprit Hector, il…

Le Dr Hauser s'interrompit, jetant un regard vers la zone d'examens où officiait le Dr Day.

— Tout urgentiste qu'il est, il n'a pas daigné se déplacer. Il a pourtant dû entendre son arrivée.

Kee haussa les épaules. Il ne savait quoi répondre.

— Bon sang, mais de quel bois sont faits les médecins de la FEMA ? reprit Hector, indigné.

— Laissez-lui une chance, lâcha Kee, faute de mieux.

— Personne ne veut le voir en consultation. Je ne comprends pas pourquoi le conseil tribal a fait venir un médecin de la FEMA, reprit Hector, très contrarié. C'est ma clinique, non ! J'aurais dû avoir mon mot à dire !

Inutile de rappeler au Dr Hauser que c'était la destruction de la digue qui avait entraîné cette mesure exceptionnelle, songea Kee. Pour sa part, il considérait que c'était une chance que le conseil tribal ait réussi à obtenir un médecin supplémentaire car, depuis la catastrophe, ils étaient débordés.

D'un autre côté, force lui était de constater que les requêtes comme celles de Mme Cruz étaient fréquentes depuis l'arrivée du Dr Day dans la réserve. Kee ne comprenait pas pourquoi les patients se montraient aussi exigeants. Richard Day était très sympathique, malheureusement le courant ne passait pas entre lui et Hector, ainsi qu'entre lui et les patients.

— Bon, fit Hector, changeant de sujet. Comment s'est déroulé ton entretien à Phoenix ?

Kee avait récemment postulé au St Martin Medical Center de Phoenix et était pressenti pour en intégrer le service de médecine interne. Il aurait nettement préféré être affecté aux urgences, mais bon… Lorsqu'on est pauvre et aux abois, on ne choisit pas, on prend ce qui vient et on s'en réjouit…

Kee avait été sous le choc en constatant qu'il devait rembourser ses prêts à peine son internat achevé. Plusieurs années seraient nécessaires avant qu'il réussisse à éponger ses dettes et puisse revenir exercer dans la clinique de sa réserve. Il avait réalisé son rêve de devenir médecin, mais ce rêve lui coûtait aussi très cher. Ironie du sort, il avait voulu devenir médecin pour soigner et aider les membres de sa tribu, à l'instar du Dr Hauser. Au lieu de ça il devait s'exiler dans une grande ville.

— On m'a offert le poste, déclara-t-il d'un ton égal.

— Je n'en suis pas surpris ! Félicitations ! J'espère cependant que tu vas étudier notre proposition au préalable.

Kee fronça les sourcils, interloqué. Quelle « proposition » ?

— Concerne-t-elle aussi le Dr Day ?

— Tu sais comme moi que sa présence ici est seulement temporaire. Une fois que nous serons revenus dans la clinique en dur de Pinon Flats, deux médecins suffiront.

Ça n'était pas la première fois qu'ils tenaient cette conversation. Pendant son internat à l'hôpital de Darabee, le Dr Hauser avait réussi à le garder à mi-temps dans sa clinique mais, financièrement, il ne pouvait plus se satisfaire d'un temps partiel.

— Ma mère va accueillir et héberger les trois sœurs Doka, annonça Kee tout à trac.

— Je l'ai entendu dire. Les petites sont venues en consultation pour un contrôle : dénutrition et problèmes dentaires. Mais ta mère en a vu d'autres.

— Je sais. Le problème, cependant, c'est que je ne peux plus habiter chez ma mère. Je dois déménager.

Pour l'instant, il partageait un mobile home de la FEMA avec le Dr Day, mais il était question que tous les occupants de ces logements provisoires regagnent leurs habitations sur les basses terres au cours du week-end prochain. Lui comme les autres…

— Je vois. Les filles Doka vont occuper ta chambre ?

Kee opina.

— Oui. Mais ça n'est pas tout. J'ai fini mon internat, je dois dès à présent rembourser mes prêts étudiants. Je ne peux donc plus me permettre d'avoir un salaire à mi-temps à la clinique, Hector.

Et je ne sais pas pendant combien de temps encore je

vais survivre en travaillant sans cesse et en ne dormant que quelques heures par nuit.

Au détriment de ma vie sociale et familiale…

Kee avait beau habiter chez sa mère, il ne la voyait guère, pas plus d'ailleurs qu'il ne voyait ses frères.

Il n'avait pas revu Colt et Ty depuis une semaine. Pourtant, il se faisait un sang d'encre pour Colt qui vivait dans les bois, dans la concession minière de leur famille depuis son retour d'Afghanistan, et qui souffrait de stress post-traumatique. Colt ne voulait voir personne, sauf Ty.

— Le problème, c'est ton logement ou le remboursement de tes prêts ? reprit Hector.

— Les deux.

— J'ai la solution à tes deux problèmes, Kee. Ma demande pour t'embaucher à temps plein dans ma clinique a été acceptée.

Kee joua avec le pavillon de son stéthoscope.

— J'ai besoin d'un poste permanent, Hector.

— Cinq ans, cela te semble assez permanent ?

— Cinq ans ? répéta Kee, incapable de cacher sa surprise.

— Oui. Avec une maison. Dans le nouveau parc d'habitations en construction à Pinon Flats qui est destiné aux employés de la tribu. Les médecins sont prioritaires. Les travaux seront terminés dans trois mois, donc tu pourras emménager en décembre. Tu seras proche de la clinique. Trois pièces, un garage et une terrasse. Et tu bénéficieras d'un effacement de tes dettes, puisque tu travailles en zone rurale. À la condition de rester au moins cinq ans dans notre réserve.

— Et le salaire ?

Le montant que lui communiqua Hector le laissa bouche bée.

— Plus cinq pour cent d'augmentation annuelle indexée sur le coût de la vie, ajouta ce dernier.

Bien que très gêné, Kee avait accepté de son frère Ty qu'il lui rétrocède sa part des bénéfices du casino, lesquels étaient gérés par un trust et versés à chaque membre de la tribu à l'âge de majorité. Le montant, 18 000 dollars, lui avait permis de couvrir ses dépenses quotidiennes pendant ses études de médecine. Avec le salaire que Hector venait de lui proposer, il rembourserait son frère et assurerait les frais de réparation de la voiture de sa mère.

— Tu pourras te débarrasser de ta poubelle ! reprit Hector au même instant.

Kee possédait un vieux pick-up RAM bleu nuit d'occasion. Si ce véhicule était toujours en état de marche, c'était grâce aux talents de mécanicien de Ty.

— J'ai l'habitude de travailler avec toi, continua Hector, je n'ai pas envie de m'accommoder à de nouveaux médecins.

Et de tourner la tête en direction du couloir où officiait le Dr Day.

— Pourquoi ne m'avez-vous pas annoncé la nouvelle plus tôt ? s'enquit Kee.

Il se serait bien passé en effet de prospecter un poste partout dans l'Arizona, de Flagstaff à Tucson, littéralement malade à l'idée de devoir quitter sa réserve.

— C'est parce que j'ai reçu seulement aujourd'hui un mail m'en informant. La décision vient d'être approuvée. Tu as besoin de temps pour réfléchir et me donner ta réponse ?

— L'ardoise de mes prêts sera vraiment effacée ? J'en ai cinq !

— Oui, elle le sera.

— Les prêts privés comme les prêts gouvernementaux ?

— Tous, je te dis. Sans exception.

Kee sentit alors un énorme poids tomber de ses épaules. Il n'y avait plus à réfléchir !

— C'est d'accord !

Hector lui tendit la main. Kee la lui serra en retour, mais son mentor l'attira à lui spontanément pour lui donner une franche accolade.

— Je suis médecin dans cette clinique depuis trente-cinq ans et, le moment venu, c'est à toi que je passerai le relais.

Hauser le lâcha et reprit en tonto apache :

— Je te considère comme mon fils, Kee.

Kee, submergé par l'émotion, resta coi.

— Tu connais la réserve de Turquoise Canyon, continua Hector. Tu en fais partie. Avec ton peuple. Les Apaches.

Et d'ajouter en anglais :

— Je t'imagine mal dans un hôpital en ville alors qu'on a tant besoin de toi, ici.

— Je suis honoré de marcher dans vos pas, monsieur, déclara Kee solennel.

— Alors c'est réglé. Je te donnerai les documents nécessaires à signer. Tu me les rendras quand tu pourras.

Kee était ému au-delà des mots. Le Dr Hector Hauser avait toujours été son modèle. Il était aussi rempli d'allégresse. Ses efforts avaient payé ! Hector à son tour le respectait et, mieux, le considérait comme un fils. Il en eut les larmes aux yeux.

— Il ne te reste plus qu'à passer la bague au doigt à une jolie fille de chez nous ! conclut Hector, bonhomme.

Kee rougit, gêné.

— J'ai encore le temps.

— Il faut battre le fer pendant qu'il est chaud ! Tu as un emploi, plus de dettes, tu dois donc te marier et fonder une famille. Pour être un Apache important et respecté dans notre tribu ! En assurer la pérennité.

Ces derniers mots étaient pour le moins étranges, pensa Kee, décontenancé. Il voulait avant tout fonder sa réputation sur son sérieux, son intégrité et ses compétences médicales. À la différence de son père et de Ty, il avait choisi la voie du travail acharné ; il n'avait jamais eu de démêlés avec la police ni le moindre problème avec la justice.

— Ma femme a d'ailleurs une nièce que j'aimerais te présenter ! enchaîna Hector toujours jovial. Elle est très jolie, parle le tonto apache et vit à Koun'nde, conclut-il, nommant l'une des trois colonies de la réserve de Turquoise Canyon.

— On verra, répondit Kee, évasif.

Hector lui donna une tape sur l'épaule.

— Comme tu veux.

Une voix de femme mélodieuse s'éleva alors derrière leurs dos.

— Docteur Hauser ? Docteur Redhorse ?

Kee se retourna et sourit à Betty Mills, l'administratrice de la clinique. C'était une femme entre deux âges, avec de grands yeux noirs et une abondante chevelure aile de corbeau. Elle s'habillait avec soin et élégance, était toujours impeccablement coiffée, maquillée. Elle avait pour habitude de souligner son regard d'un trait épais d'eye-liner et de mettre sa bouche en valeur avec un rouge à lèvres rose fuchsia. Ses escarpins lui galbaient la jambe, et le cliquetis de ses nombreux bracelets en or précédait toujours son arrivée. Betty en aimait la mélodie autant qu'elle aimait les bijoux clinquants. Même la chaîne qu'elle portait à ses lunettes de lecture et qui, à l'instant, retombaient sur sa chemisette mauve vif, était en or et garnie de perles de cristal.

— Que se passe-t-il, Betty ? rétorqua Hector.

— Le hall d'attente est bondé, nous avons dû installer des chaises de camping, dehors. Toutes occupées. Pourriez-vous accélérer la cadence, messieurs ?

Betty claqua des doigts pour souligner ses propos. Kee remarqua que ses ongles vernis étaient assortis à son chemisier violet.

— Voilà mon vrai patron ! ironisa Hauser avec un clin d'œil à Kee.

— Je vais annoncer aux infirmières que vous êtes prêts à recevoir les prochains patients, déclara Betty en haussant les épaules.

Peu après, plus bas dans le couloir, Kee vit le Dr Day tirer les rideaux autour d'un lit et émerger du box en se frottant la nuque. Aussitôt, Hector, désormais tout proche, tira les rideaux autour du lit de son patient d'un geste brusque, comme s'il ne supportait pas la vue de son collègue.

Hector, très contrarié par la décision unanime du conseil tribal de faire venir un troisième médecin à la clinique, avait éprouvé une antipathie spontanée et ostentatoire pour Richard Day dès son arrivée. À l'évidence, il ne voyait aucun inconvénient à être houspillé par Betty, mais il n'appréciait pas l'autorité du conseil tribal, et encore moins que celui-ci se mêle de *sa* clinique, comme il le répétait à l'envi et non sans fierté.

Kee vit Richard Day s'approcher de lui avec un regard de chien battu.

— Ma seule erreur, c'est d'avoir demandé au Dr Hauser s'il

me parlerait anglais pendant mon séjour ici. Je ne comprends pas un mot de tonto apache.

— Je comprends, dit Kee, plein de sympathie pour ce jeune Anglo qui s'efforçait de s'adapter à la culture locale.

Sur ces entrefaites, Lori lui amena une jeune femme portant un bébé qui pleurait. Kee lui fit signe de s'approcher.

La mère s'exprima en tonto apache, et Kee lui répondit dans ce dialecte. En même temps, il souriait, il n'arrivait pas à croire à sa bonne fortune : il allait rester dans sa réserve, avec sa famille et ses proches. Il allait avoir une maison. Une voiture et un salaire dont le montant dépassait ses espérances.

C'était presque trop beau pour être vrai.

3

Mardi matin, l'ambiance à la clinique était plus survoltée que jamais, d'autant que le Dr Day ne s'était pas présenté pour assurer ses consultations. Kee fut donc obligé de gérer le service de gynécologie obstétrique qui se trouvait dans une unité mobile adjacente au mobile home où avaient été installées les urgences. Il essaya de contacter Richard à de nombreuses reprises au cours de la matinée, mais chaque fois, en vain.

— Tu as du nouveau ? lui demanda Hector à un moment donné.

— Non. Richard ne répond pas au téléphone.

— C'est intolérable. Je vais me plaindre à la FEMA.

Hector avait dès le début saboté les efforts de Richard pour s'intégrer, il allait lui donner le coup de grâce en adressant des récriminations à la FEMA. Kee ne comprenait pas le sens de cet acharnement irrationnel qui ne lui ressemblait pas.

Hector fit un geste désinvolte de la main.

— Day a autant d'empathie qu'une tortue, et à peine autant de personnalité, lâcha-t-il.

Kee, quant à lui, était passablement inquiet. Il avait vu Richard partir avec sa Subaru, son vélo tout-terrain dans le coffre, ce matin à 7 heures. En général, Richard revenait au mobile home vers 8 h 30 pour prendre une douche et c'est pourquoi, d'ailleurs, il arrivait systématiquement en retard à la clinique. Mais ce retard n'excédait jamais une dizaine de minutes.

À midi passé, Kee, de plus en plus inquiet, n'y tint plus et contacta son frère Jake.

— Quand as-tu vu ton collègue pour la dernière fois ? lui demanda ce dernier une fois que Kee l'eut informé de la situation.

— Ce matin. Il partait faire son tour à vélo comme chaque matin. C'est un passionné.

— Je crois l'avoir vu à la station-service : un canari géant en short de lycra noir ?

Kee songea au maillot jaune fluo de Richard et ne put s'empêcher de sourire.

— C'est lui.

— Pour le moment, je ne peux pas faire grand-chose, car je suis actuellement sur le chantier au bord de la rivière. Je vais quand même appeler la FEMA pour savoir s'ils ont de ses nouvelles. Toi, en attendant, contacte un voisin au cas où Richard serait revenu entre-temps. Demande-lui d'aller voir si sa voiture est là. Et si possible d'entrer dans le mobile home.

Kee pensa aussitôt à Ava Hood qui habitait à proximité.

— Bonne idée. Je m'en occupe.

— Informe-moi, si le voisin l'a vu, conclut son frère.

— Entendu.

Kee raccrocha et garda son smartphone contre son cœur déjà battant à la perspective d'appeler Ava. Après avoir pris une grande inspiration pour conjurer une subite et inexplicable émotion, il composa son numéro.

— Tu peux regarder si sa voiture est là ? conclut-il après lui avoir indiqué l'objet de son appel.

— OK.

Là-dessus, Kee l'entendit se déplacer et ouvrir la porte d'entrée, et la refermer.

— C'est la première fois qu'il est absent sans explication ? demanda Ava.

— Oui. Chaque matin, il part faire du vélo tout-terrain et du coup, il arrive en retard à la clinique. Mais ce retard n'excède jamais dix à quinze minutes.

— Il a une petite amie chez qui il aurait pu faire un détour ? Un parent non loin ?

— A priori non. Je sais juste qu'il a un frère qui travaille dans une agence de police dans la région. DEI ou IC, enfin, quelque chose comme ça.

— DEA, non ? La Drug Enforcement Administration, qui est chargée de lutter contre le trafic de stupéfiants. Ou l'ICE ? C'est l'agence de police douanière et de contrôle des frontières du département de la Sécurité intérieure, débita Ava.

— L'un ou l'autre, je ne m'en souviens pas, lâcha Kee, impressionné.

— Ça y est, j'y suis presque ! l'interrompit Ava. Non, je ne vois pas de Subaru. Tu veux que je rentre chez vous ?

— Impossible. C'est fermé à clé.

— Je suis en train de regarder par la fenêtre de devant. Je vois un crochet dans l'entrée.

— Il y suspend son vélo.

— Je n'en vois pas. Ça semble désert. Je vais quand même frapper.

Il l'entendit faire. Un silence s'ensuivit.

— A priori, il n'y a personne, Kee, conclut Ava.

Kee se passa la main sur le front.

— Donc Richard est toujours dans la nature.

— Avertis le chef Tinnin de sa disparition. Tu as une idée de ses itinéraires ?

Kee ferma les yeux et serra les paupières.

— Pas vraiment. Je sais seulement que son point de départ c'est le parking près des vestiges du site anasazi.

Ava lui promit de s'y rendre avant de raccrocher. Là-dessus, Kee rappela Jake qui lui annonça qu'il allait diffuser l'information sur la disparition de Day. Kee reprit ses consultations, l'estomac noué. Son intuition lui soufflait qu'il était arrivé malheur à Richard.

Il terminait de vacciner un bébé de dix-huit mois quand son smartphone sonna. Il le sortit à la hâte. C'était Ava. En décrochant, il leva les yeux vers la pendule et constata qu'il était déjà 15 heures.

— J'ai retrouvé la voiture de Day, annonça Ava d'emblée.

Kee se pressa la main sur le front.

— Et… ?

— Rien de plus, hélas. À partir de là, c'est difficile de

savoir quelle direction il a pu prendre. Il y a beaucoup de pistes et de sentiers.

— On va le retrouver ! Mon frère Ty a un chien. Un bon pisteur.

Ses derniers mots furent accueillis par un long silence qui l'intrigua.

— Ava ?

— Appelle Ty, dit-elle d'un ton bref. Et retrouve-moi devant la voiture de Day.

— Je devrais peut-être avertir la police ? hasarda Kee.

— Comme tu veux. Cela dit, je doute que Ty en désire la présence, déclara-t-elle d'une voix neutre.

Kee pinça les lèvres. À peine arrivée dans la réserve, Ava connaissait déjà la réputation de Ty. Celle de son père aussi ?

— Bon, je verrai une fois sur place, marmonna-t-il.

— Il faudrait qu'on ait un vêtement de Richard qu'il a porté récemment, ou une casquette, des gants, pour que le chien de Ty puisse suivre sa piste, reprit Ava.

À cette indication qui laissait présager le pire, Kee accusa le choc.

— Je m'en occupe. Je repasse au mobile home. Rendez-vous devant sa voiture dans dix minutes.

Ava s'adossa à sa Chevrolet Malibu dans la lumière poudrée et dorée du soleil de cette fin d'après-midi. Le ciel bleu et le chant des oiseaux contrastaient avec son humeur, plutôt maussade.

Richard Day avait laissé sa voiture dans le parking en contrebas de l'imposante falaise dans laquelle les Anasazis avaient autrefois creusé des habitations troglodytes. Sa Subaru bleu clair était couverte d'une fine couche de poussière de grès ocre, signe que le véhicule se trouvait là depuis un bon moment.

Ava vérifia son arme de service et la remit dans son holster d'épaule en s'assurant que sa veste en daim en masquait la vue. Déformation professionnelle ou non, elle appréciait toujours d'être armée.

Dans la matinée, elle s'était introduite dans la clinique en dur de Pinon Flats, profitant de ce qu'elle était actuellement déserte si l'on exceptait les quelques agents d'entretien qui y faisaient le ménage en prévision de sa réouverture, en début de semaine prochaine. Le bureau de Betty Mills était ouvert, et elle avait pu sans problème s'y glisser pour fixer, dans le détecteur de fumée au plafond, une minicaméra espion dirigée vers son poste de travail. Elle l'activerait à distance dès lundi. Et obtiendrait ainsi le mot de passe de son ordinateur, espéra-t-elle.

Le procédé était tout à fait illicite, et Ava était plus que jamais consciente que son initiative pouvait lui valoir la radiation de la police si elle était découverte. Même si son statut de policier lui octroyait l'autorité, le respect et l'autonomie auxquels elle avait toujours aspiré, elle était prête cependant à courir le risque de le perdre si cela lui permettait de sauver Louisa à temps.

Et si l'absence de Richard Day était liée à l'affaire des jeunes filles disparues ? s'avisa-t-elle soudain.

Son intuition, très sûre, lui soufflait que le médecin de la FEMA avait dû être confronté à un problème autrement plus grave qu'un accident de vélo… Si oui, voilà qui viendrait compliquer sérieusement un dossier déjà fort complexe…

Day avait-il, lors de son travail à la clinique, vu des choses qu'il n'aurait pas dû voir ? Avait-il découvert des éléments à charge, une piste ? En conséquence de quoi on aurait décidé de l'enlever, de le supprimer en le poussant du haut d'une falaise ?

À la pensée que Richard Day avait peut-être été tué, Ava sentit son cœur se serrer. Elle leva les yeux vers la falaise et le canyon sillonnés par de nombreux sentiers et pistes, creusés d'habitats troglodytes qui, réunis, formaient l'habitat traditionnel anasazi.

Kee arriva peu après. Une fois qu'il se fut garé, il s'approcha à la hâte. L'air distrait, il l'attira à lui, la prenant par les coudes pour l'embrasser sur la joue avant de se diriger aussitôt vers la Subaru de Day. Ava, saisie par l'intimité de son geste, réagit avec un temps de retard.

— Non ! Ne touche à rien ! s'écria-t-elle.

Kee se figea et se retourna.

— Pourquoi ?

— Si quelque chose est arrivé à ton collègue, il y a peut-être des indices sur ou dans sa voiture. C'est dès lors une scène de crime, dit-elle.

— Des indices ? Une scène de crime ? reprit Kee en reculant.

Devant son air interloqué, Ava regretta de s'être exprimée aussi brutalement.

— Mais peut-être a-t-il eu tout simplement un malaise. Dans ce cas, il faut juste espérer qu'il ne s'est pas trop gravement blessé en tombant de vélo, reprit-elle plus doucement en l'écartant prudemment du véhicule. Tu connais le lieu ? Le réseau de pistes du site ?

— Pas trop. Les sentiers conduisent vers les vestiges anasazis. Je ne suis monté qu'une fois.

Il se frotta la jambe.

— Impossible, en effet, de suivre mes frères…

Combien il avait dû souffrir d'être toujours à la traîne, se dit Ava.

Elle caressa sa joue spontanément, d'un geste furtif.

— Tout cela, c'est du passé, Kee.

Il lui adressa un sourire, elle le lui rendit, résistant au désir de se rapprocher davantage. Le voyant prêt à poser les mains sur sa taille, elle recula de peur qu'il ne sente, sous sa veste en daim, son holster et s'étonne qu'elle soit armée.

— Le réseau de pistes couvre plusieurs kilomètres, précisa-t-il, levant les yeux vers la crête qui se découpait sur le bleu du ciel. Il y a de nombreux canyons et falaises où Richard a pu s'aventurer avec son vélo tout-terrain.

Au même instant, un bruit de moteur s'éleva au loin. Kee se retourna pour regarder dans la direction de la route.

— Ça doit être Ty.

Puis avec une hésitation, il ajouta :

— Si j'ai bien compris, tu le connais ?

Ava, qui avait consulté en long et en large le dossier de Ty, chercha une réponse passe-partout.

— J'ai parlé de toi à ma sœur, et elle m'a parlé de ta famille, prétendit-elle.

Kee rougit.

— Donc ta sœur t'a parlé du passé de Ty et de… de mon père ?

Ava opina, se demandant pourquoi il avait l'air aussi gêné. Ça n'était pas lui qui avait cambriolé un magasin, hein ? *Kee Redhorse ou M. Parfait*, pensa-t-elle non sans amusement. Droit dans ses bottes, honteux de l'attitude et des actes délictueux des siens. La loi, pourtant, ne jugeait que les individus coupables de l'avoir transgressée, et non les membres de leur famille. D'un autre côté, Ava comprenait ce que Kee ressentait. Elle aussi avait eu honte du comportement dysfonctionnel de sa mère, de sa toxicomanie et de son alcoolisme.

— Personne n'est parfait, lâcha-t-elle.

— Mais moi je ne suis pas comme mon père, répliqua-t-il à la hâte.

Il croisa son regard, elle y vit de la colère. Contre son père, le cambrioleur et petit escroc raté ? Ou contre Sara, qui lui avait dévoilé l'histoire de sa famille ?

— Je n'ai jamais commis la moindre infraction, insista-t-il. À vrai dire, la condamnation de mon père m'a dessillé les yeux. J'avais toujours été très prudent, à cause de ma jambe, mais lorsqu'il a été arrêté et condamné, j'ai compris qu'une réputation pouvait se briser plus facilement que des os, et contrairement à des os, ne pouvait être réparée.

Ava ne put s'empêcher de penser à sa propre réputation et à sa carrière susceptibles de se briser de façon irrémédiable. Elle avait fait un parcours sans faute sur le plan professionnel et était promise à un bel avenir, mais si la police autochtone de Saguaro Flats ou celle de Turquoise Canyon découvraient qu'elle enquêtait illicitement, c'en serait fait de sa carrière. Tant pis. Une fois de plus, elle se répéta que la vie de Louisa en valait la peine. Ava prononçait ces mots sans cesse, comme s'il se fut agi d'un mantra.

Le ronronnement du moteur devint plus audible.

— C'est sa moto, expliqua Kee.

— Une Harley ? demanda-t-elle, élevant la voix pour se faire entendre.

— Une Harley Indian, précisa Kee. Sa nouvelle moto.

— Où est son chien ? cria-t-elle à Kee comme Ty arrivait.

Pour seule réponse, Kee pointa l'index vers la Harley Indian blanc et marron, étincelante et rutilante de chrome, si bien qu'Ava y voyait le reflet du ciel et de la route.

C'était une deux places. Un berger allemand, affublé de lunettes de motard, était assis derrière Ty, les pattes avant sur ses épaules. Lorsque Ty arriva à leur hauteur, elle constata qu'il avait installé son chien dans un genre de caisse et l'avait attaché à l'aide d'un harnais.

Une fois que Ty eut coupé le moteur, il les dévisagea. À l'évidence, il ne semblait pas ravi d'être là. Il avait les cheveux longs et en bataille — il ne portait pas de casque. Il était vêtu de noir. Il ressemblait à Kee, mais en plus sévère et plus sombre. Il avait une fossette sur le menton.

Sa vue mit en tout cas ses instincts de policier en alerte. La lueur de défi qui jaillit du regard de Ty lorsqu'il croisa le sien aurait suffi en effet à alerter n'importe quel représentant des forces de l'ordre.

Mal à l'aise, Ava reporta son attention sur le chien qui haletait.

— Il ressemble à un loup, dit-elle.

— C'est une femelle. Un berger allemand croisé, précisa Kee.

— Croisé avec un loup, précisa à son tour Ty.

Kee rit. Son rire profond et viril la fit frissonner.

— Ty s'en amuse, car il se perçoit…

Ava surprit le regard que Ty lança à son frère. Kee toussota, sans finir sa phrase.

— … On y va, dit-il à la place.

Une fois descendu de sa moto, Ty donna une accolade virile à son frère, le soulevant presque de terre par la même occasion. Ty était plus grand et plus carré d'épaules et, par le fait, plus intimidant que Kee.

Le contraste vestimentaire entre les deux frères était également frappant. Kee portait un jean, à la taille duquel il avait fixé son smartphone, une chemise bleue et un bolo turquoise — une cravate texane — ainsi que des chaussures de ville. Il avait un petit sac à dos qui contenait au moins une bouteille d'eau.

Ty avait, quant à lui, à sa ceinture de cuir, un couteau, un portefeuille retenu par une chaîne. Il avait des jambières de cuir sur son jean, était chaussé de mocassins hauts de fabrication apache et un débardeur noir qui révélait, à chaque bras, un tatouage tribal.

Ty caressa les oreilles pointées de sa chienne, avant de la libérer pour la poser à terre. La chienne renifla Kee, puis s'intéressa à elle. Ava tendit la main pour la caresser, mais la chienne se figea devant elle, en alerte.

Sur ces entrefaites, Kee fit les présentations. Ty resta à distance respectable, la jaugeant toujours, les yeux étrécis par la méfiance. Ava se sentit encore plus mal à l'aise.

— C'est un flic ? demanda-t-il à Kee, la montrant du pouce.

Ava se raidit, et se demanda si son apparence, sa posture ou l'attitude du berger allemand à son égard l'avaient trahie.

— Mais non ! répondit Kee. C'est une voisine !

Ty soutint son regard tandis que Kee, qui les observait, se trémoussait sans cacher sa gêne. Il rompit le silence :

— J'ai quelque chose qui appartient à Richard, fit-il en lui donnant une paire de gants de vélo gris en néoprène.

Ty tendit aussitôt les gants à Hemi. La chienne les renifla et, tête baissée, se dirigea vers la Subaru de Day. Arrivée là, elle se dressa sur ses pattes arrière et posa ses pattes avant sur la portière passager.

— Bonne fille, lui dit Ty d'une voix étonnamment tendre chez un homme à l'air et à l'apparence si durs. Cherche, Hemi !

Cette dernière, le museau au ras du sol, se précipita sur la piste qui conduisait vers le site anasazi.

Ty essuya les traces de pattes sur la Subaru avec les gants de Richard sans égard pour d'autres éventuels indices. Vraiment très méfiant, se dit Ava qui ne le quittait pas des yeux. Voulait-il garder son intervention secrète ?

En dehors du fait qu'il était dans le collimateur de la police apache pour son rôle ambigu dans l'enlèvement de Kacey Doka, avait-il quelque chose à cacher ?

Si oui, quoi ? Elle haussa les épaules. Pour l'heure, une tâche plus urgente l'attendait. Elle s'engagea sur la piste aux côtés de Kee et de Ty, avec Hemi en tête.

En chemin, Kee demanda à Ty des nouvelles de Colt. Ty se figea pour lui adresser un regard indéfinissable. Kee semblait ignorer que Colt avait quitté la réserve, constata Ava à son tour surprise.

— Quand l'as-tu vu pour la dernière fois ? s'enquit Ty d'un ton sobre.

— Samedi dernier, quand tu l'as conduit à l'hôpital de Darabee.

Pris par son travail et ses obligations, Kee ignorait ce qui se passait dans sa famille bien qu'il vive dans la réserve.

— Colt va enfin être pris en charge ? Aidé ? Protégé ? insista Kee.

— Oui, répondit Ty d'un ton bref.

Mieux que Kee ne pouvait le penser, se dit Ava en songeant au programme fédéral pour la protection de témoin que Colt avait intégré.

Elle observa Ty et se récapitula les récents événements dans lesquels il était impliqué. Il avait enlevé Kacey Doka, alors qu'elle venait d'échapper à ses ravisseurs, dans une Plymouth Barracuda de 1973. Un véhicule qui, par extraordinaire, n'avait jamais été retrouvé. Pas de voiture, pas de preuve avérée de « kidnapping », d'autant que Kacey Doka n'avait pas décrit les événements dans ces termes et n'avait pas non plus porté plainte contre lui — sans doute par égard pour la famille Redhorse.

Bien que le FBI le lui ait demandé, le conseil tribal avait refusé d'arrêter Ty Redhorse. Si le FBI disposait des pleins pouvoirs au niveau fédéral, il n'intervenait pas sur les terres autochtones souveraines, sauf à y être autorisé expressément.

Les autochtones avaient en effet leur propre Cour de Justice et le droit de refuser l'intervention de la police fédérale quand un des leurs était accusé d'actes délictueux sur leurs terres.

Et les tribus apaches tenaient à cette prérogative, surtout au regard de leur passif avec le gouvernement fédéral.

— Quelle est la marque de la voiture de Ty ? demanda Ava une fois que ce dernier eut pris de l'avance.

Kee fronça les sourcils, l'air étonné par sa question.

— Aucune idée. Mon frère en change comme je change de gants de chirurgien. Aux dernières nouvelles, il avait une Pontiac GTO de 1967.

— Un véhicule rapide. De quelle couleur ? Noire ?

— Oui. Et jaune métallisé.

La couleur du Wolf Posse, le gang de sa tribu, conclut Ava.

Ty faisait a priori partie de ce gang tribal, tandis que Jake appartenait à la police autochtone. Et Kee ? De quel côté était-il ?

Quand ils eurent atteint le sentier de découverte avec sa signalétique et ses panneaux d'information historique, tous trois marquèrent une pause.

Hemi poursuivait ses recherches dans l'enceinte du site anasazi. Les murs en grès et en terre adobe toujours en place s'élevaient à près de trente mètres mais, à d'autres endroits, ils s'étaient effondrés par bloc. Leurs poutres de soutènement quoique affaissées et tordues étaient parfois restées en place.

Les Anglos pensaient que la colonisation des terres d'Amérique du Nord remontait à l'arrivée du *Mayflower* à Plymouth, en 1622. Or, à cette époque, cela faisait déjà bien longtemps que les Anasazis, une peuplade indienne de chasseurs-cueilleurs que les Apaches appelaient « les Anciens », vivaient dans des habitations troglodytes — une version rudimentaire des immeubles modernes. Des vestiges creusés plus haut dans la falaise étaient encore plus anciens, voire de différentes origines. Nul ne pouvait expliquer pourquoi les Anasazis avaient fui ces lieux. À cause d'un changement climatique ? La sécheresse ? Des guerres ? D'eux on ne connaissait que leur habitat.

— Combien compte-t-on de villages troglodytes anasazis dans la région ? s'enquit Ava.

— Quatre, je crois. Mais il doit y en avoir davantage dans les canyons environnants.

Comme la chienne, infatigable, continuait de grimper, Ava soupira.

Bon sang, comment pouvait-on trouver du plaisir à faire du vélo tout-terrain dans un endroit pareil ? se demanda-t-elle. Elle mourait de chaud, et elle prit avec reconnaissance la bouteille d'eau que Kee lui tendit.

Hemi disparut, revint afin de vérifier leur progression, plus lente que la sienne, et repartit. Quand ils la rejoignirent, ils la découvrirent assise à côté d'un vélo.

— C'est le vélo de Richard ! s'exclama Kee.

— En tout cas sa piste s'arrête là, reprit Ty. C'est mauvais signe.

— Tu en es sûr ? demanda Kee.

Ty regarda Hemi qui, la langue pendante, semblait attendre ses instructions.

— À l'évidence, Hemi ne peut plus suivre ses traces.

Ils s'approchèrent du bord de la falaise et regardèrent vers le bas. Ils ne virent que des roches.

— Il serait tombé ? hasarda Ty.

— Après être descendu de vélo ? Bizarre.

— S'il s'est arrêté pour contempler la vue, il a pu perdre l'équilibre, marmonna Ty en haussant les épaules.

Pas très plausible…

— Quoi qu'il en soit, il n'est pas là, conclut Kee. On devrait contacter Jake.

À ces mots, Ty eut un mouvement de recul.

— Si tu appelles la police autochtone, je file. On cherche déjà à me coincer parce que j'ai été le chauffeur de Kacey. Je n'ai pas envie qu'on m'accuse cette fois d'être lié à la disparition de ce type.

« Le chauffeur de Kacey », un euphémisme pour parler de l'enlèvement de la jeune fille, songea Ava.

— De quoi parles-tu ? interrogea Kee, l'air surpris.

Quoi ? Kee n'était pas au courant de ça non plus ? s'étonna à son tour Ava.

Il est vrai que la police restait en général discrète sur une enquête en cours…

Mais pourquoi Ty n'avait-il rien dit à Kee ? Pour le protéger ? Ou par méfiance ?

— Fais ce que tu veux, mais pas un mot sur moi, d'accord ? reprit Ty en haussant les épaules. Sinon, tu peux toujours compter pour que je te vienne à nouveau en aide.

Là-dessus, Ty tourna les yeux vers elle et leva les deux doigts pour lui adresser un salut militaire.

— Officier.

Et il s'éloigna, Hemi sur ses talons.

Kee, interloqué, reporta son attention sur elle.

— Pourquoi est-ce qu'il t'a appelée… ?

— Regarde là, en bas. Qu'est-ce que c'est ?

Elle venait de repérer une tache jaune fluo entre les arbres au bas de la falaise.

— C'est Richard, je reconnais son maillot ! s'exclama Kee.

4

Richard Day avait-il eu un malaise et perdu l'équilibre ? L'avait-on poussé ? Si Kee ne pouvait être le meurtrier, il était peut-être son complice, aussi Ava le tint-elle à l'œil jusqu'à ce qu'ils arrivent en bas de la falaise.

À ce moment-là, il était presque 18 heures. Le soleil avait disparu derrière la crête, les couleurs chaudes du couchant se fondaient pour devenir grises. Kee essaya d'appeler la police de Turquoise Canyon, mais il n'y avait pas de réseau. Il tendit en silence sa bouteille d'eau à Ava. Elle but longuement puis la lui rendit.

— Il fera nuit dans une demi-heure, lui annonça-t-elle.

— Nous devrions remonter et avertir la police pour qu'elle nous rejoigne.

Ava n'y tenait pas. Elle ne voulait pas que le détective Jack Bear Den ou Wallace Tinnin, le chef de police de la réserve, la voient sur une scène de crime, lui posent ensuite les questions d'usage et découvrent ses liens familiaux avec Louisa et, de là, son enquête en sous-main. Jack Bear Den et Tinnin seraient furieux s'ils apprenaient à quoi leur future recrue employait son congé avant d'intégrer leur équipe.

Lors de son entretien d'embauche, Wallace Tinnin l'avait briefée sur l'affaire des disparues de Turquoise Canyon et informée qu'elle travaillerait dessus dès sa prise de fonction. Ava s'était bien gardée de lui révéler que sa nièce comptait parmi les victimes, ce qui, elle en avait conscience, était une grave entorse à la déontologie.

— Il ne nous reste qu'une dizaine de minutes de marche pour atteindre ton collègue, fit-elle valoir.

Kee hésita et regarda la piste devant lui.

— Et s'il était vivant ? insista Ava.

Ces derniers mots eurent raison des dernières hésitations de Kee. Kee était-il aussi dévoué, gentil, consciencieux et charmant qu'il le semblait ? Ou les apparences étaient-elles trompeuses ?

— Tu lui connais des ennemis ? s'enquit-elle.

— Non. Richard n'est arrivé dans la réserve qu'au début du mois d'octobre.

Kee regarda derrière lui, puis vers le haut de la falaise et le ciel sillonné par des volutes orangées qui s'assombrissaient, à l'est.

— Je doute que l'on puisse survivre à une chute pareille.

Puis il la dévisagea.

— Comment peux-tu rester aussi calme ?

Parce qu'elle avait déjà vu la mort de près. Trop souvent.

— On devrait marcher plus vite, biaisa-t-elle, lui faisant signe d'avancer. Aurais-tu remarqué quelqu'un ou quelque chose d'étrange, récemment ?

— Où ?

— À la clinique, par exemple. Ou dans le voisinage. Dans le comportement du Dr Day.

À cet instant, Kee se figea.

— C'est bien Richard !

Ava parcourut les derniers mètres en courant. Certes, elle avait vu nombre d'individus morts de cause naturelle dont le corps avait été découvert longtemps après le décès, ou des victimes de graves accidents de la circulation, mais ici, le calme ambiant contrastait avec la tragédie qui avait frappé Richard. Il avait les yeux grands ouverts, une expression d'horreur sur les traits, de nombreuses plaies consécutives à sa chute le long du flanc rocheux ainsi que des lacérations dues aux grands pins. Entouré de branches cassées, il avait les jambes et les bras étalés.

Kee, qui l'avait rejointe, s'agenouilla et vérifia la carotide de son collègue, mais Ava avait compris rien qu'en le voyant que Richard Day était mort.

Elle se pencha pour l'observer mieux, sans le toucher, à la

recherche d'indices matériels. Quand elle remarqua du sang et de la peau sous ses ongles, elle frémit. C'était peut-être la preuve que Richard Day n'était pas tombé tout seul, qu'il avait lutté contre son assaillant, lequel pourrait donc être identifié une fois les prélèvements effectués et l'ADN extrait. Sans compter que le meurtrier de Richard devait avoir des griffures sur le visage ou sur les bras.

Selon les croyances apaches, les fantômes des morts pouvaient hanter les vivants. Ava n'y croyait pas, mais elle savait que le meurtrier de Richard serait hanté à tout jamais par son horrible forfait.

— Il faut que je contacte Hector, déclara Kee, toujours agenouillé.

Pourquoi Hector au lieu de Jake, son frère policier ?

Kee lui adressa un regard troublé et déglutit.

— Hector est le médecin légiste de la tribu, expliqua-t-il comme s'il l'avait entendue penser.

Là-dessus, il se rejeta en arrière, s'assit sur ses talons, et l'air déconcerté se passa la main sur la bouche.

Déconcerté ? Ébranlé, plutôt. Et pourtant, comme tous les médecins, il côtoyait la mort chaque jour, songea Ava, étonnée. D'un autre côté, il connaissait personnellement Richard Day ; il était son collègue et de plus, son colocataire.

Ava posa un genou à côté de Kee et passa un bras autour de ses épaules. Kee posa la main sur la sienne.

— Regarde sous ses ongles, lui dit-elle.

Il se pencha.

— Qu'est-ce que c'est ?

— Du sang. Des morceaux de peau.

Kee eut un soubresaut et se leva. Il croisa les mains derrière la nuque et fit les cent pas.

— On l'aura poussé ? Il se serait débattu ? C'est ce que tu penses ?

— Pas toi ?

Kee opina, l'air grave.

— Il faudrait prendre des photos…, insinua-t-elle ensuite.

Le crépuscule tombait, la scène de crime serait vite polluée.

Il fallait prendre des photos sans attendre. C'était crucial pour la suite de l'enquête.

— Tu crois ? dit-il, sortant déjà son propre smartphone.

Elle en fut ravie, elle répugnait à se servir du sien. Elle s'était déjà assez exposée, se dit-elle, songeant à Tinnin et à Bear Den avec un soupir fataliste.

— Ça aiderait la police de ta tribu, expliqua-t-elle.

Ava lui fit photographier Richard sous tous les angles, en particulier ses mains et les alentours.

— À mon avis ça sera nécessaire pour les repérages, déclara-t-elle bien qu'elle en soit certaine.

Kee avait suivi ses instructions sans un mot, le visage fermé et l'air choqué. Quand il eut terminé, il resta les bras ballants, son regard fixe, toujours incrédule, posé sur Day. Quand Ava glissa la main dans le creux de son coude, il sursauta. Il posa sa main sur la sienne, puis la caressa comme s'il cherchait à la réconforter.

— Toujours pas de réseau ? dit-elle à mi-voix.

— J'en doute, mais qui sait.

Sur ces mots, Kee leva son smartphone, cherchant un signal.

— Rien.

— Alors partons vite. Il faut informer la police maintenant.

— Et dire qu'il voulait aller chez le coiffeur, ce soir, poursuivit Kee d'un air absent, sans quitter Day des yeux.

Ava, consciente qu'il parlait sous l'effet du choc, se sentit émue. À son plus vif étonnement, elle se rendait compte que son opinion sur Kee changeait peu à peu. Et elle se souvint que, à l'académie de police, l'un de ses instructeurs répétait souvent qu'il ne fallait jamais oublier que le premier suspect, que tout pourtant accusait, était souvent innocent. S'était-elle trompée sur le compte du Dr Kee Redhorse ? Dans ce cas, elle devait élargir le champ de ses investigations, s'intéresser de plus près au Dr Hauser.

Si elle avait considéré Kee comme son suspect n° 1 c'était à cause de ses fonctions de premier plan à la clinique, mais aussi à cause du mystère qui entourait son frère Ty. Sans parler de son autre frère Colt qui avait intégré le WITSEC.

Ava était décontenancée et contrariée par l'incertitude qui grandissait en elle.

Kee et elle remontèrent le sentier, qu'ils éclairèrent à l'aide de leurs smartphones. Une fois arrivés à leurs voitures respectives, ils marquèrent un long silence. Ava réfléchissait. Elle ne voulait surtout pas être présente à l'arrivée de la police. Certes, elle savait qu'elle devrait tôt ou tard donner son témoignage, mais elle voulait temporiser au maximum.

— Écoute, Kee, il faut que je rentre, commença-t-elle d'une voix lente. Ma sœur a quelque chose de prévu ce soir…

C'était une réunion des Alcooliques anonymes, à laquelle Sara lui avait promis d'assister.

— Et si je ne suis pas rentrée, Sara va annuler pour ne pas laisser ses filles seules. De plus, les petites sont anxieuses et sur le qui-vive depuis la mort de leur père et la disparition de Louisa. Ma présence les réconforte.

Ava marqua un temps d'arrêt.

— Voilà ce que je te propose : j'appelle la police sur la route, dès que j'aurais du réseau, pour qu'elle vienne te rejoindre.

— La police va vouloir t'interroger.

— Je sais. La police pourra venir chez ma sœur dans la soirée. Après 21 heures de préférence, car les filles seront couchées.

Déjà Ava s'éloignait. Kee lui saisit le bras, et la force de sa poigne la fit tressaillir.

— Ça ira ?

— Oui.

En dépit de son trouble, elle lui sourit, consciente plus que jamais de l'attraction magnétique entre eux et à laquelle sans nul doute il était lui aussi sensible.

Et, mue par une impulsion, Ava se leva sur la pointe des pieds pour l'embrasser sur la joue, effleurer ses lèvres.

Elle profita de la stupéfaction de Kee pour s'éclipser. Une fois qu'elle fut sur la route et qu'elle eut du réseau, Ava contacta la police de Turquoise Canyon. Elle donna son nom, Ava Hood, et l'adresse de Sara. Puis, feignant d'être trop choquée par la découverte du corps de Richard Day pour fournir d'autres informations, elle se borna à signaler la position de Kee et raccrocha. Les dés étaient jetés… Bientôt elle devrait assumer les conséquences de son enquête illicite sur ces terres.

Lorsque Ava arriva chez sa sœur, il était presque 20 heures. Woody l'accueillit avec son enthousiasme habituel. Sara dormait, étendue sur le canapé. Ses ronflements et la vue des canettes de bière sur la table basse indiquèrent à Ava à quoi sa sœur avait passé la soirée. La table de la cuisine était jonchée de récipients en plastique et d'emballages de fast-food.

Ava soupira et se promit d'avoir une conversation sérieuse avec Sara une fois qu'elle se serait occupée de ses nièces. Elle enfila le couloir et entra dans la plus petite des deux chambres. Les trois fillettes, assises sur la couchette inférieure du lit superposé, avaient les yeux rivés sur l'écran de télévision. Margarita et Alexandra jouaient à un jeu vidéo, Olivia les observait. Quand Ava éteignit la télévision, les jumelles exprimèrent bruyamment leur désapprobation.

— Vous avez dîné ? demanda Ava, caressant les cheveux d'Olivia qui se pelotonnait contre elle.

Un chorus de « oui » suivit.

— Très bien. Vous avez fait vos devoirs ?

Cette fois, pas de réponse. Et des regards fuyants…

— Vous allez les faire maintenant. Vite ! À la cuisine.

Les fillettes poussèrent des hauts cris mais finirent par la rejoindre dans la cuisine avec leurs affaires de classe. Ava avait débarrassé la table pour leur faire de la place. Tandis que Margarita et Alexandra sortaient leurs cahiers, elle coupa des pommes en quartier et ajouta à sa collation du céleri en branche tartiné de beurre de cacahuète, ainsi que des brocolis crus avec de la sauce western.

Woody vint s'allonger sous la table, sur les pieds des filles. Ava donna ensuite du papier et des crayons de couleur à Olivia pendant que ses sœurs faisaient des lignes de lettres de l'alphabet.

— Maman ne nous dit jamais rien en tonto apache, dit soudain Margarita.

Aucune des trois ne le parlait. Ava prit donc la parole en tonto apache, et décida de s'exprimer plus souvent dans ce dialecte qui faisait partie de leur patrimoine culturel.

Les petites filles mangèrent ce qu'elle avait préparé, sauf les brocolis. Au moins, se dit Ava, elle avait essayé. Enfin, elle leur annonça en tonto apache que l'heure était venue d'aller se coucher. Les fillettes la comprirent assez pour protester.

— Maman, elle dort beaucoup, lâcha Olivia tout à trac.

Ava opina seulement. Sara lui avait fait la promesse de chercher de l'aide auprès des AA, elle ne l'avait pas tenue. Sa sœur sombrait dans l'alcool et la dépression, et négligeait ses trois filles. Comment pouvait-elle être aussi irresponsable ? se demanda Ava à la fois triste et en colère.

Les filles furent au lit un peu avant 21 heures. Depuis son arrivée dans la réserve, les jumelles partageaient la couchette supérieure du lit superposé pour lui laisser celle du bas. Olivia dormait quant à elle dans l'autre chambre, avec sa mère, mais par deux fois, elle était venue rejoindre Ava. Aussi, ce soir-là, Ava la coucha-t-elle d'emblée dans la couchette du bas.

Quand elle grimpa la petite échelle pour border les jumelles et les embrasser, Margarita lui souffla :

— Je suis contente que tu sois là.

— Moi aussi, fit-elle, émue.

— Tu vas rester toujours ? lui demanda Alexandra.

— Non, pendant quelque temps seulement.

À ces mots, Alexandra roula sur le flanc et lui tourna ostensiblement le dos. Ava soupira. Pauvre petite ! Son père était mort, sa grande sœur avait été enlevée et leur mère, bien que physiquement présente, n'en était pas moins absente. Envahie par une profonde tristesse, Ava lui caressa l'épaule et lui souhaita bonne nuit en tonto apache. Enfin, elle éteignit la lumière, laissant celle du couloir allumée conformément aux désirs de ses nièces.

Une fois revenue au salon, elle réveilla sa sœur et la força à se redresser.

— Diamond ? murmura cette dernière, prononçant le nom de son mari.

De nouveau Ava céda à la tristesse. Sara restait très

éprouvée par la mort de Diamond, mais était-ce une raison pour négliger trois petites filles ?

— Non, c'est Ava, répondit-elle en lui passant le bras autour des épaules.

— Ava ? Que fais-tu ici ?

— Je suis là depuis une semaine.

— Et les filles ? Où sont-elles ?

— Dans leur chambre. Sara, tu avais promis d'aller à la réunion ce soir.

— Quelle réunion ?

Ava soupira et conduisit sa sœur dans sa chambre. Sara s'assit sur le lit, tête penchée. Ava crut d'abord qu'elle s'était endormie, mais elle vit ses épaules se soulever et trembler. Et bientôt, le son familier de sanglots s'éleva.

— Louisa…, balbutia Sara, se couvrant le visage.

Ava l'étreignit. Sara s'abandonna dans ses bras, s'agrippant à l'encolure de sa chemise de ses deux poings fermés, comme un tout petit enfant perdu, terrorisé. Ava, au bord des larmes, la berça.

— Je la retrouverai, je te le promets, je te le jure.

5

Sara et les filles dormaient lorsque Ava entendit frapper. Elle alla ouvrir. C'était un jeune policier que, par chance, elle n'avait pas rencontré lors de son entretien d'embauche. Il se présenta : officier Daniel Wetselline.

Elle le fit entrer et lui proposa une tasse de café qu'il accepta avec empressement. Ensuite il lui demanda son état civil complet, elle le lui donna.

Voilà… Dès ce soir, ou au plus tard demain, Tinnin et Bear Dean apprendraient qu'Ava Hood n'était autre qu'Avangeline Hood Yokota, la nouvelle recrue de la police apache de Saguaro Flats, et qu'elle était donc la sœur de Sara Tah, soit la tante de Louisa Tah. Cerise sur le gâteau, ils découvriraient qu'elle s'était trouvée sur une scène de crime en compagnie d'un suspect dans l'affaire des disparues de Turquoise Canyon.

Le jeune officier lui posa les questions d'usage, notant ses réponses sur son bloc avec application.

— C'est vous qui avez découvert le corps de Richard Day ?

— J'ai d'abord retrouvé sa voiture grâce aux indications du Dr Redhorse. Puis, du haut de la falaise, j'ai aperçu le maillot jaune fluo du Dr Day. Le Dr Redhorse et moi avons découvert le corps en même temps.

Wetselline se remit à écrire, opinant avec satisfaction. Ava eut ainsi la preuve que ses réponses correspondaient à celles de Kee. Pour autant, ce jeune policier avait dû apprendre à l'académie de police qu'il ne devait rien laisser paraître lorsqu'il prenait des témoignages.

Wetselline termina son café et la remercia du temps qu'elle

lui avait consacré, la priant de venir signer sa déposition au poste, le lendemain.

Et voilà, le sort en est jeté.

Une fois qu'Ava eut fermé la porte derrière l'officier, Woody s'assit devant elle et la regarda avec insistance en agitant la queue.

Ava poussa un soupir. Quand pourrait-elle enfin penser un peu à elle ?

— Personne ne t'a fait sortir ce soir, pas vrai ?

Woody jappa.

— C'est bien ce que je pensais.

Ava enfila son sweat à capuche, prit la laisse de Woody, et sortit. Arrivée à la hauteur du mobile home de Kee, elle ralentit le pas, songeant à ce dernier seul avec ses pensées dans ce logement provisoire qu'il avait partagé avec Day.

Remarquant qu'il y avait de la lumière derrière son mobile home, elle s'en approcha, précédée par Woody. Bientôt, des chuchotis lui parvinrent, avec une odeur de citronnelle. Après avoir tourné le coin, elle remarqua une grosse bougie dotée de trois mèches sur une petite table. Kee, assis sur une chaise pliante face à cette table, parlait à quelqu'un qu'elle ne voyait pas.

Ava s'approcha encore, et constata que son visiteur n'était autre que le Dr Hauser. Elle avait donc ses deux suspects sous les yeux. *Parfait*. Après s'être fait une idée précise de Kee, elle éprouvait le désir irrésistible de rencontrer Hector Hauser.

Elle pressa son coude contre son flanc, rassurée de sentir son arme de service dans son holster d'épaule.

— Hello ? appela-t-elle.

Les deux hommes se retournèrent. Tirant sur sa laisse, Woody s'avança dans le faible halo dispensé par la bougie.

— Qui va là ? s'enquit le Dr Hauser.

— Woody ! s'écria Kee.

Puis, l'apercevant, il se leva et s'approcha, les mains tendues en signe d'accueil.

— Ava ! Nous parlions de toi, justement !

Cette remarque éveilla tant sa curiosité que sa contrariété. Ava n'avait certainement pas envie d'être le sujet de conversation de ces deux hommes. Pourquoi parlaient-ils d'elle ? Qu'avaient-ils pu dire à son propos ?

— Viens ! insista-t-il comme elle restait dans l'ombre.

Il souriait. À l'évidence, il était content de la revoir.

— J'aimerais te présenter Hector ! ajouta-t-il.

Déjà, le Dr Hauser se levait pour la saluer. Ava savait presque tout de lui, mais ce dernier ne l'avait jamais vue. Ava avait en effet été très prudente à ne pas se montrer ou à se faire remarquer. Kee fit les présentations dans les formes.

Le Dr Hauser n'avait certes pas l'air d'un monstre avec son sourire paterne et son visage lunaire. Son regard curieux passa sur elle, il la jaugea de haut en bas tandis qu'il levait la main pour lui adresser un petit signe. Ava dirigea son regard vers ses bras. Si elle espérait y repérer des traces de griffure, elle en fut pour ses frais. Non seulement la pénombre l'en empêchait, mais le Dr Hauser portait une veste.

Que lui avait révélé Kee à son sujet ? Hector Hauser savait-il qu'elle était la tante de Louisa ? S'il trempait dans l'affaire des disparues de Turquoise Canyon, il devait être prévenu contre elle et, sa méfiance aiguisée, il ne tarderait pas à découvrir qu'elle était aussi dans la police. À la pensée du danger qui peut-être la menaçait, Ava sentit un frisson glacé lui parcourir l'échine.

Le Dr Hauser se présenta de façon formelle, en tonto apache.

— Enchantée, répondit-elle dans ce dialecte. Ava Hood, de Saguaro Flats.

— Vous êtes donc venue rendre visite à votre sœur ? demanda-t-il, toujours en tonto apache.

— Oui. Je vais séjourner chez elle pendant quelque temps.

— Kee m'a dit que vous étiez célibataire.

Ava contint un sourire.

— Oui.

Hector Hauser reporta son attention sur Kee, et reprit, cette fois en anglais :

— Elle parle bien notre langue.

Il souligna ses dires avec un signe d'approbation et poursuivit, à son intention :

— Je suis content de voir qu'on enseigne encore le tonto apache aux enfants, à Saguaro Flats.

— Je l'ai appris à l'école et avec ma grand-mère.

— Je vous en félicite. Mais je vous en prie, prenez mon siège, je partais.

— J'espère que je ne vous fais pas fuir ? Je ne faisais que passer. Pour sortir Woody. Je ne peux pas m'absenter longtemps.

— Votre sœur n'est donc pas à la maison ? demanda le Dr Hauser.

— Si, mais…

Ava se tut. Elle n'avait pas envie de parler de l'état de Sara, mais elle devina que son silence l'avait trahie.

— Je comprends, reprit le Dr Hauser d'un air entendu. Votre sœur a subi deux pertes. Son chagrin est compréhensible…

Douleur et chagrin n'induisaient pas forcément une addiction à l'alcool, se dit Ava, mais elle acquiesça poliment.

Sur ces entrefaites, Hauser donna une tape sur l'épaule de Kee, puis il lui sourit.

— Ravi d'avoir fait votre connaissance, Ava.

La saluant en tonto apache, il prit congé.

— Il parle vraiment bien notre dialecte, déclara Kee.

— Tout à fait. Il est venu à pied ? s'enquit-elle, étonnée, soudain, de ne pas avoir vu sa voiture.

Le mobile home de Kee et celui de Hauser étaient distants d'environ deux kilomètres.

— Oui. Pourquoi ?

Ava haussa les épaules pour seule réponse.

— Ça n'est pas si loin, enchaîna Kee. Hector est très affecté par la mort tragique de Richard, et il est venu me rendre visite. Sans doute avait-il besoin de marcher. Nous n'avons cessé d'évoquer le drame. Disons que c'était une veillée de deuil.

Hauser ne lui avait guère semblé endeuillé, songea Ava. Plutôt guilleret, au contraire…

— Assieds-toi donc ! dit Kee avec un sourire bienveillant en lui indiquant la chaise que Hector Hauser avait occupée. Tu veux boire quelque chose ? Cela dit, je n'ai que de l'eau : eau vitaminée ou eau de source.

Woody s'approcha de lui et lui lécha la main. Kee le caressa d'un air absent.

— C'est le conseil de notre tribu qui a annoncé la triste nouvelle à ses parents, reprit-il à mi-voix.

Ava prit place sur la chaise qu'il lui désignait. Aussitôt Kee approcha la sienne. Il était pieds nus, et l'encolure de sa chemise, ouverte. Il avait les cheveux humides, et il émanait de sa personne une odeur à la fois épicée et boisée à laquelle elle était très… trop sensible.

Les bouteilles vides sur la table lui fournirent un sujet de diversion.

— Tu dis que tu n'as que de l'eau, mais n'est-ce pas des bouteilles d'alcool que je vois là ?

— Erreur, c'est du thé glacé. Tu cherches à me confondre, c'est ça ? fit-il en souriant. Tu mènes ta petite enquête ?

Ava se raidit. Repensait-il à la suspicion de Ty envers elle, à son insinuation lorsque ce dernier l'avait qualifiée d'un « officier » froid au moment de prendre congé tout à l'heure ? Se méfiait-il à son tour ?

— Le grand patron passe souvent chez toi ? s'enquit-elle, changeant délibérément de conversation.

— Non. Mais ce soir, il se faisait du souci pour moi, et il est venu voir comment j'allais.

Animé d'intentions louables ? Ou inquiet et en quête d'informations ? Ava soupçonnait Kee ou Hauser, voire les deux, d'être liés à l'affaire des disparues, mais elle aurait préféré que Hauser soit le seul responsable. Dans ce cas, cependant, Kee, qui travaillait chaque jour à la clinique, aurait logiquement remarqué quelque chose d'anormal dans son attitude ou ses agissements, non ?

— Et ça va ? renchérit-elle en toussotant.

— Plus ou moins. Et toi ? Tu sembles aller bien.

— Je ne connaissais pas Richard Day.

— Tu es restée si calme lorsque nous sommes partis à sa recherche. Et à la vue du corps…

Il s'interrompit.

— Tu es restée de marbre, acheva-t-il.

Il était trop perspicace.

— La plupart des gens auraient détourné les yeux, enchaîna-t-il. Moi, j'ai beau être habitué aux drames en tant que médecin, je sais que je vais faire des cauchemars pendant plusieurs nuits. Trouver le corps de mon coloc…

De nouveau il s'interrompit et fit la grimace.

— C'est autre chose que de voir la mort chaque jour dans un hôpital.

— Hector Hauser a l'air sympathique, s'empressa-t-elle de déclarer de peur qu'il ne s'interroge de nouveau à son sujet.

Par précaution, elle glissa une main dans la sienne. Surpris, il haussa les sourcils.

— Ce soir, il s'est de nouveau inquiété de me savoir célibataire et seul, répondit-il en hochant la tête. Il voudrait que j'aie vite une femme et beaucoup d'enfants pour égayer ma maison.

Il souligna ces derniers mots par un regard insinuant qui l'ébranla.

— Quelle maison ? balbutia-t-elle.

Kee lui expliqua que le Dr Hauser lui avait offert un poste à plein temps à la clinique, avec un logement et d'autres avantages non négligeables à la clé. Ava cacha prudemment sa stupéfaction. D'où venaient les fonds qui alimentaient aussi généreusement le fonctionnement de la clinique de Turquoise Canyon ? La clinique de Saguaro Flats était moins bien lotie, il n'y avait qu'un médecin et une infirmière.

— Tels sont donc tes projets d'avenir : avoir une femme et une grande famille ? commenta-t-elle quand il eut fini.

À la façon dont il soutint son regard, elle frémit. Et son sourire lent accentua les battements de son cœur.

— Oui. Mais pas parce que j'aurai une grande maison. Parce que je le désire de tout mon cœur. Je vois trop d'enfants non désirés, mal aimés et rejetés.

Ava serra sa main, s'efforçant d'échapper à l'émotion qui la saisissait au contact de leurs paumes.

— Et as-tu déjà rencontré le grand amour ? demanda-t-elle.

— Pas encore.

Son sourire était si charmant dans son visage harmonieux qu'elle ne se lassait pas de le contempler. Pourquoi fallait-il que Kee Redhorse soit mêlé à cette histoire sordide ? Si elle l'avait rencontré dans d'autres circonstances, elle l'aurait trouvé d'autant plus séduisant et attirant qu'il était différent des hommes qu'elle rencontrait dans son milieu professionnel.

— Personne n'a encore réussi à mettre le grappin sur le beau médecin ? plaisanta-t-elle.

Le sourire de Kee disparut.

— Tu ne crois pas si bien dire. J'ai souvent été une cible lorsque j'étudiais à Phoenix.

Le regard perdu au loin, il ajouta :

— Une femme a cependant compté dans ma vie. On a failli se marier.

— Que s'est-il passé ?

Il étendit les jambes devant lui.

— Une fois qu'on a été fiancés, elle s'est montrée très autoritaire. Dépensière. Elle voulait un grand mariage. Une lune de miel dans les Fidji, alors que je ne me nourrissais que de gratin de macaronis. Je lui ai expliqué que tous les médecins n'étaient pas fortunés, surtout en début de carrière, mais…

— Tu as rompu ?

— Non, c'est elle qui a rompu. Elle a épousé un dentiste.

— Outch.

— C'est mieux comme ça. Certes, j'ai été blessé mais en même temps, j'ai été soulagé.

— Il y aurait pourtant de bonnes raisons pour épouser un médecin, médita Ava. Sécurité, statut social prestigieux et fortune.

— Pas obligatoirement. Encore une fois, tous les médecins ne gagnent pas bien leur vie.

— Ils sont sans doute mieux payés que les policiers ! lâcha-t-elle sans réfléchir.

Elle sourit aussitôt pour masquer son embarras.

— Je fais le parallèle avec ton frère Jake, reprit-elle à la hâte.

— Ah, d'accord. Mais toi, dis-moi, Ava : l'argent, le prestige social, ça compte à tes yeux ?

Maintenant, il avait l'air à la fois triste et méfiant.

— Pour commencer, je n'ai pas besoin d'un homme pour vivre comme je l'entends. Ensuite, j'apprécie mon indépendance et enfin, je crois que je n'aimerais pas être mariée à un médecin et, en particulier à un médecin urgentiste.

— Pourquoi ?

— Parce que les urgentistes sont comme les…

Elle s'arrêta avant de prononcer le mot « policiers ». *Ouf !*

— … Ils voient le pire partout, ce qui les rend prudents, méfiants voire cyniques.

— La médecine a développé mon empathie, qui est à l'opposé du cynisme. Et j'ai été prudent longtemps avant de devenir médecin. Principalement à cause de mes problèmes de jambe. J'ai en effet été fragilisé à un moment de ma vie où les ados sont des casse-cou.

Il soupira.

— Moi, la transgression, ça me stresse. Je n'ai jamais été appréhendé par la police. Je conduis en dessous de la limite de vitesse autorisée et je mets toujours ma ceinture de sécurité. Je suis vigilant, je réfléchis beaucoup avant de prendre une décision.

En d'autres termes, Kee était l'opposé de Ty qui testait ses limites et faisait de la transgression un sport, ou de Jake dont le métier exigeait qu'il prenne des risques et se mette en danger.

— C'est plutôt…, commença-t-elle.

— Ennuyeux ? coupa-t-il.

— Inattendu.

— Je ne ressemble pas à mes frères. Colt et Ty sont partis défendre leur pays ; Jake, lui, a juré de le protéger et de le servir.

— Et toi, tu as promis de soigner tes prochains.

Il sourit.

— C'est un fait.

Ava doutait de plus en plus à présent que Kee soit complice d'un réseau mafieux. Et s'il était innocent, elle pourrait…

Une petite voix la mit en garde. *Attention, Ava. Qui sait s'il ne te teste ou ne te manipule pas…*

Justement, Kee reprenait :

— Et toi, quel est ton genre d'homme ?

6

Ava fut tentée de lui dire qu'elle aimait les hommes fidèles. Elle ne connaissait pas son père, ni son grand-père, mort quand elle avait deux ans. Le seul homme qui avait compté dans sa vie avait été son sergent instructeur de l'académie de police. C'était plutôt pathétique.

— Je ne sais pas trop, commença-t-elle. Je n'en ai pas connu tant que ça… Parce que je suis d'un naturel méfiant et que, surtout, j'aime mon indépendance.

— Tu redoutes l'engagement ?

— L'engagement ?

Elle rit.

— Entre nous, je n'ai pas rencontré beaucoup d'hommes prêts à s'engager !

— Et tes parents ? Ils sont toujours ensemble ?

Wow. En plein dans le mille.

— Le père de ma sœur aînée a quitté la réserve après avoir appris que maman était enceinte de Sara. Il avait dix-neuf ans et elle, quinze seulement. Trois ans plus tard, je suis née… Inutile de te préciser qu'en vingt-huit ans d'existence je n'ai pas une seule fois rencontré mon père…, ajouta Ava d'un ton acerbe.

Kee fronça les sourcils.

— Je n'arrive pas à croire que tu as vingt-huit ans, s'exclama-t-il. Honnêtement, on t'en donne vingt !

— Je sais. Et parfois j'en profite.

Le sourire et le regard qu'ils partagèrent furent trop complices et intimes, estima Ava qui s'empressa de rompre le contact.

— Tu as vécu avec ta mère et ta grand-mère ? reprit-il.

— Tu as vraiment envie d'entendre mon histoire ?

— Je t'écoute.

— À ma naissance, ma mère est partie avec son nouvel amoureux et m'a confiée à ma grand-mère qui m'a élevée jusqu'à mes huit ans.

— Parce que ta mère est revenue ?

Ava soupira. Il cherchait un *happy end* ? Il en serait pour ses frais.

— Oui, mais contrainte et forcée : ma grand-mère était malade, elle est morte peu après. Ma sœur et moi sommes retournées vivre avec ma mère jusqu'à ce que… Bref. Disons que j'ai eu de bonnes raisons d'apprendre à me débrouiller seule.

— Ta mère vit toujours ?

— Morte d'un cancer du foie favorisé par une hépatite C.

En tant que médecin, Kee avait sans doute deviné la façon dont sa mère l'avait contractée. Son silence en effet fut éloquent.

— Je suis désolé, dit-il finalement.

— Inutile. Ce qui ne tue pas rend plus fort, c'est ce qu'on dit, pas vrai ?

— Oui, mais je ne suis pas certain que ça soit vrai, justement…

— Tu sais maintenant que j'ai manqué de référents masculins.

— J'ai l'impression que nos pères respectifs n'ont pas gagné le premier prix de meilleur père de l'année…

Là-dessus, ils restèrent silencieux, absorbés par leurs pensées à la lueur vacillante de la bougie. Ava était surprise d'avoir raconté son histoire à Kee. Elle la taisait toujours.

— Mon père est un petit escroc, reprit Kee. Pire, un petit escroc raté. Il a souvent été condamné par notre cour tribale. Là-dessus, il a mis l'un de mes jeunes frères dans une situation impossible lors d'un cambriolage raté. C'est mon frère qui était au volant, donc chargé de leur fuite une fois le forfait commis. À l'époque, il n'avait que dix-sept ans.

Voilà donc pourquoi Ty avait fait un séjour dans un centre de détention pour mineurs, compléta Ava en son for intérieur.

— C'était la troisième condamnation de mon père, aussi

le conseil de notre tribu a-t-il porté son affaire devant la juridiction fédérale, poursuivit Kee. Mon père est toujours en prison à Phoenix… Il a été condamné à dix ans… Avec un peu de chance, il n'aura pas de remise de peine et restera en prison jusqu'à ce que ma sœur Abbie soit majeure. Ce n'est pas un homme respectable. Mon frère a aussi été arrêté mais il a évité le procès de justesse.

— Ty ?

— Oui. Il est entré chez les marines, ce qui a résolu le problème.

Devait-elle lui poser davantage de questions sur Ty ? Sur leur père ? s'interrogea Ava. Ou ne montrer qu'une sympathie de bon aloi ?

— J'en connais un rayon sur les mauvais exemples, continua Kee. Mon père détient un triste record dans ce domaine. Vol. Membre de gang. Violence conjugale. Quand il était ivre, il valait mieux l'éviter.

Il poussa un gros soupir.

— Je n'ai pas envie d'en parler plus longtemps. Je voulais seulement que tu le saches. Je connais cette impression d'impuissance, le sentiment d'être piégé. Ma seule échappatoire, ça a été l'instruction. Ty est entré chez les marines, Jake dans la police, et Colt…

— Colt, c'est le plus jeune ?

— Il vit dans les bois, en ermite. Il ne veut parler à personne, sauf à Ty. L'Afghanistan l'a changé.

Kee ignorait donc bel et bien que Colt bénéficiait d'un programme de protection pour témoin et avait de ce fait quitté la réserve.

— En Afghanistan, Colt a été fait prisonnier. Les membres de son escouade ont été torturés et tués. C'est Ty qui me l'a raconté. Colt a été exempté de l'armée suite au traumatisme, et Ty et moi l'avons conduit à l'hôpital de Darabee, mais il n'y est pas resté. À cause du retour de son ex-petite amie.

Kacey Doka. La seule qui avait réussi à échapper à ses ravisseurs.

— L'amour l'a guéri ? C'est positif, non ? demanda Ava.

— Je ne sais pas. Lors de leurs retrouvailles, Kacey

était enceinte d'un enfant qui n'était pas le sien et sur le point d'accoucher. Colt n'avait pas besoin de cette nouvelle complication dans sa vie. Sans compter que ce bébé grandira sans son père biologique.

Kee secoua la tête.

Soit il est le meilleur acteur du monde, soit il n'a aucune idée des épreuves que son frère et Kacey ont très récemment traversées...

— Quand as-tu vu Colt pour la dernière fois ? lui demanda-t-elle, pour le tester.

— Il y a une semaine. Samedi dernier. Le 7 octobre, précisément. Enfin « vu », c'est un grand mot : il a refusé de me parler.

C'était quelques jours avant que Ty, selon toute vraisemblance, enlève et livre Kacey aux Russes. Avant que Colt et Kacey bénéficient du WITSEC.

Ni Colt ni Ty n'avaient jugé bon d'en informer Kee. Pourquoi ? Par méfiance ? Ou Kee était-il à ce point aveuglé par sa charge de travail, depuis la destruction de la digue et le déménagement temporaire de la clinique sur les basses terres, qu'il n'avait pas remarqué ce qui se passait au sein de sa famille ? Avant d'emménager dans un mobile home de la FEMA, il habitait chez sa mère, et Ava était à peu près certaine que, de son côté, May Redhorse savait que Colt avait intégré le programme fédéral de protection des témoins. Ava se promit de le vérifier.

— Cela fait beaucoup de choses à gérer, commenta-t-elle, cachant sa confusion. Ta mère est toujours seule ?

— Divorcée puis remariée. Avec un type épatant. Pas ambitieux mais bien. Il est gentil avec elle.

Ava sourit. L'homme en question s'appelait Burt Rope et n'avait pas d'antécédents judiciaires.

— Il est tard, dit-elle soudain.

Elle se leva, il l'imita.

— Je voulais simplement voir comment tu allais. Savoir si tu avais besoin de quelque chose, acheva-t-elle.

Il sourit et entrelaça ses doigts aux siens, puis porta sa main à ses lèvres, ce qui provoqua en elle une émotion puissante, proche du désir et, en tout cas, une conscience aiguë de l'intensité du moment. Kee recula mais sans lâcher sa main, désormais proche de son holster.

— C'est dommage qu'on ait manqué notre dîner, ce soir, dit-elle.

Son sourire disparut, il la lâcha.

— Mardi ! C'était aujourd'hui. Ava, je suis désolé, je l'avais oublié. On le reprogramme ? Cela me ferait plaisir, surtout avec ces derniers événements. Disons demain ? Malgré l'autopsie de Richard qui va me priver de Hector et m'obliger à m'occuper seuls de nos patients. Cela dit, la perspective de passer la soirée avec toi me permettra de surmonter la journée !

Toute fatigue envolée, Ava se rassit. C'est Hauser qui allait faire l'autopsie de Richard Day ? S'il était innocent il la ferait dans les règles, mais s'il était coupable ou complice, il pourrait ignorer certains indices matériels et conclure à une mort accidentelle. C'était inquiétant.

— La famille de Richard a refusé qu'il y ait une autopsie, poursuivit Kee, mais quand survient une mort inexpliquée...

Il n'acheva pas, soupira et porta la main à sa nuque.

— Je vais passer une journée décidément impossible, car je vais devoir aussi organiser le déménagement de la clinique. Nous regagnons les bâtiments en dur de Pinon Flats plus tôt que prévu.

— Quand ?

— Dès demain mercredi.

C'était une bonne nouvelle, se dit Ava. Elle pourrait déclencher à distance, et plus tôt que prévu, sa minicaméra espion braquée sur le poste de travail de Betty Mills.

— Je suis désolé, lui dit-il, secouant la tête, l'air contrit. Je n'aurais pas dû te parler de l'autopsie.

— Ne t'inquiète pas.

Elle lui serra les mains.

— Quand quitterez-vous les unités mobiles ?

— Théoriquement, demain à midi. Mais, en pratique, nous fermerons plutôt après le dernier patient. Alors il est probable qu'on ne revienne pas dans la clinique en dur de

Pinon Flats avant la fin de l'après-midi. J'espère que je ne serai pas en retard pour notre dîner, et que cela ne te dérangera pas, le cas échéant ?

— Préviens-moi une demi-heure avant de passer, d'accord ?

— D'accord.

— La clinique en dur rouvrira quand ?

— Après-demain.

Mills se servirait donc de son ordinateur dès jeudi matin, et, vendredi, elle pourrait récupérer sa minicaméra. Comment ? *On verra. À chaque jour suffit sa peine*, se dit-elle.

— Quand la famille de Richard arrivera-t-elle sur place ? demanda-t-elle pour changer de sujet.

— Ils ne viendront pas dans la réserve, mais seulement à Darabee. Ils ramèneront le corps de Richard dans le Minnesota après l'autopsie.

— Donc, si j'ai bien compris, tu n'y assisteras pas ?

— Non. Étant donné que Richard est mort dans la réserve, c'est au Dr Hauser de s'en charger, mais comme Richard était un Anglo il y aura peut-être aussi le médecin légiste du comté.

Le médecin légiste du comté s'assurerait que la procédure se déroule correctement, espéra Ava. À moins qu'il n'effectue qu'une supervision, auquel cas Hauser aurait, le cas échéant, la voie libre pour escamoter des indices matériels.

— Et la police ? Assistera-t-elle à l'autopsie ? demanda-t-elle, suivant le cours de ses pensées.

Au regard étonné de Kee, elle se rendit compte trop tard que sa question était insolite.

— Je ne sais pas, Ava, lâcha-t-il d'un ton un peu froid.

Pour masquer sa gêne, elle sortit son smartphone pour consulter l'heure.

— Bon… Il faut que je rentre…

Kee lâcha sa main et se leva. Woody grogna et s'étira, puis se redressa et les regarda, en agitant la queue.

— Je te raccompagne.

Il souffla sur la bougie, Ava reprit la laisse de Woody. Ils marchèrent côte à côte, en silence, jusqu'au mobile home de Sara. Le parc des mobile homes de la FEMA était maintenant plongé dans la nuit. La lune luisait, les étoiles brillaient dans un ciel plus bleu que noir.

Elle resta à la droite de Kee pour, le cas échéant, lâcher la laisse de Woody et sortir son arme de son holster. Que pensait Kee des armes à feu ? s'interrogea-t-elle. Le plus grand mal sans doute, comme la plupart des médecins.

Soudain, Kee lui serra la main et entrelaça ses doigts aux siens.

— Je suis content que tu sois venue, murmura-t-il.

Évoquait-il sa visite de ce soir ou son séjour chez sa sœur ? Peu importe. La nuit enveloppante et le silence agissaient sur elle comme un puissant sortilège. Elle avait le sentiment qu'ils étaient lui, le premier homme, et elle, la première femme au monde.

Unis pour le meilleur et le pire.

Quand ils eurent atteint le mobile home de Sara, ils s'arrêtèrent. Il lui fit face, et Ava leva les yeux vers lui. La lune baignait le visage de Kee d'un étrange halo, et ses traits lui semblèrent sculptés dans du bois exotique. Son cœur battit plus fort.

— Je crois que je vais t'embrasser, lâcha-t-il à mi-voix.

Avertissement ou promesse ? Peut-être les deux…

Un baiser, pourquoi pas ? Quel mal à l'embrasser ?

Ava se leva sur la pointe des pieds, lui exprimant son consentement muet en allant à sa rencontre. Il posa les mains sur ses épaules, puis les fit glisser lentement le long de ses bras. Enfin sa bouche effleura la sienne, douce au début pendant qu'il en commençait l'exploration puis avec plus de passion alors qu'il se penchait et accentuait la pression de ses lèvres.

Les sens en alerte, Ava frémit. Elle avait la chair de poule, et était agitée jusqu'au tréfonds de son corps. C'était… troublant… Sans avoir connu beaucoup d'hommes, elle n'était pas non plus inexpérimentée, et c'est pourquoi elle comprit que ce baiser était différent. Que Kee Redhorse était différent.

Kee Redhorse, son suspect…

Et la pensée qui l'avait traversée un peu plus tôt : « *Un baiser pourquoi pas ? Quel mal à l'embrasser ? »* s'imposa de nouveau à elle… Seulement, cette fois, elle n'était plus très certaine que ce baiser soit sans conséquence…

Tant pis, elle s'y abandonna sans réserve.

7

Kee sentit un afflux extraordinaire de sensations et de chaleur l'envahir au contact de leurs lèvres. Il en fut surpris. Son cœur battit plus vite. Grisé, il inspira l'odeur d'Ava, eut conscience de leurs langues qui s'entrelaçaient et s'enroulaient érotiquement. Il savait que de tels baisers provoquaient une réaction chimique qu'il pouvait décrire avec des termes cliniques précis — dilatation des vaisseaux sanguins, afflux plus important d'oxygène vers le cerveau, respiration plus profonde et dilatation des pupilles. Les lèvres avaient la plus importante concentration de cellules nerveuses de tout le corps, et elles envoyaient des informations innombrables vers le cerveau alors inondé d'adrénaline et de dopamine.

À la vérité, il n'avait qu'un seul mot pour qualifier ce baiser. Magique. Il était devenu l'incarnation du désir en l'espace de quelques secondes. Étonnamment, quand il voulut attirer Ava à lui, elle recula d'un mouvement brusque en contradiction avec sa ferveur et son avidité.

Dégrisé, il se détacha d'elle et la fixa, un sourire pour la forme plaqué sur ses lèvres pour mieux masquer sa déception. Il avait été trop impatient, il n'avait pu s'en empêcher. Ava s'était décrite comme une femme libre et indépendante, mais il voyait en elle une femme fragile et blessée. Ses blessures et ses meurtrissures psychologiques ne guériraient qu'avec le temps, et surtout, beaucoup de patience.

Il avait envie de gagner sa confiance. Attiré par Ava plus qu'il n'avait été jamais attiré par une autre femme, et déjà la désirant, il était prêt à consacrer son énergie, comme à son habitude quand il désirait quelque chose, à sa conquête.

— Bonne nuit, Ava. À demain soir.

Là-dessus, il donna une petite tape sur la tête de Woody et s'intima l'ordre de rentrer, mais il en fut incapable. Tout à coup il pensait à son mobile home désert et à Richard qui n'était plus. Une immense tristesse le submergea, achevant de le dégriser.

— Kee ? demanda Ava d'une voix hésitante.

Il sursauta, et fut certain qu'elle allait annuler leur dîner.

— Ça va aller ? reprit-elle avec une grande douceur.

Ému, il essaya de l'attirer de nouveau à lui, mais elle résista. Comment allait-il conquérir Ava ? Comment allait-il retenir plus longtemps dans la réserve cette jeune femme intrépide et surprenante qu'il ne connaissait que depuis deux jours ?

Amoureux ? Déjà ?

Sa mère lui avait dit un jour que le coup de foudre, c'était comme de tomber d'une falaise. Simultanément rappelé au souvenir de Richard, Kee baissa la tête.

Comme si elle avait compris qu'il revivait l'horreur de cette journée, Ava se leva sur la pointe des pieds et l'embrassa sur la joue. Sa bouche tiède, douce, lui apporta des odeurs de fleurs et de terre. En plus de l'oubli…

Avant qu'il n'ait le temps de la presser contre lui, elle s'esquiva pour gagner le mobile home de sa sœur. Kee la suivit des yeux, confondu. C'était trop beau pour être vrai. Telle fut sa première pensée à peu près cohérente.

Jusqu'à présent, les femmes qu'il rencontrait poursuivaient un but. Leur regard s'allumait quand il leur révélait qu'il était médecin. Ava ne leur ressemblait pas. Elle était différente. Intelligente, lucide et jolie. Elle avait le sens de l'humour et de l'empathie, pour autant, ses réactions au stress étaient pour le moins inhabituelles. Elle avait beaucoup de sang-froid et aurait fait un bon urgentiste. Elle était perspicace et aurait aussi été un bon policier, songea-t-il. Ce qui lui fit penser que Ty l'avait saluée d'un « officier ». Il fronça les sourcils. Pourquoi son frère l'avait-il appelée ainsi ? Par dérision ? Il chassa ce souvenir. *Non, pas ce soir. Assez de pensées contrariantes et troublantes pour aujourd'hui.*

À pas lents, Kee revint vers son mobile home, se rejouant

son baiser avec Ava. Sans le drame d'aujourd'hui il aurait été pleinement heureux et se serait félicité de sa chance. Après sa rupture avec Connie, il s'était exclusivement consacré à ses études de médecine. Maintenant qu'il les avait terminées et que ses dettes allaient être effacées, il était prêt à suivre le conseil d'Hector : épouser une femme qui le comprendrait, comprendrait sa culture, ses origines et avec qui il fonderait une famille.

Ava ?

Était-elle l'âme sœur ? La compagne avec qui il lierait son destin pour le meilleur et le pire ? Qui l'aimerait pour ce qu'il était, et non pour le prestige dû à son métier ?

Mercredi matin, Betty Mills vint à la rencontre d'Hector.

— J'ai obtenu quelques informations par le biais du conseil tribal de Saguaro Flats. J'ai expliqué que j'effectuais des recherches pour une embauche, dit-elle en lui tendant un papier. Si j'en crois le registre de cette tribu, il y a trois Ava Hood dans la région. L'une a dix-huit ans, la seconde, soixante-deux et la troisième, qui travaille pour le casino, a la quarantaine.

Administratrice de la clinique, Betty tenait à jour le registre des membres de leur tribu. Elle avait des connexions avec les autres tribus apaches de l'Arizona voire des États voisins. D'un simple coup de fil, elle réussissait à obtenir des informations confidentielles.

Hector Hauser consulta la feuille de papier.

— Bizarre. Pourquoi « la nôtre » n'apparaît-elle pas ?

— Je me suis posé la question si bien que j'ai effectué une recherche sur « Ava ». J'ai obtenu vingt réponses. Cinq avec l'âge correspondant. C'est ce nom-là, je pense, qui est le bon…

De la pointe de son ongle vernis elle le lui indiqua.

— « Avangeline H. Yokota », lut Hector.

Il fronça les sourcils en lisant l'information accolée à ce nom.

— Hein ? « Police autochtone de Saguaro Flats » ?

Betty opina.

— C'est elle ? insista Hector.

— Oui, j'en ai bien peur. Reste à savoir si elle est venue dans notre réserve pour enquêter sur la disparition de Louisa et des autres…

— C'est en tout cas de mauvais augure, déclara Hector, songeant, de plus, à l'intérêt de Kee pour la jolie nouvelle venue.

Il jura en tonto apache.

— Tu crois que Yury pourrait s'en charger ? reprit Betty.

— Nous venons de lui demander d'éliminer Day…

Le Russe était de type caucasien et, si discret fût-il, ne passait pas inaperçu dans la réserve. Sa présence trop fréquente et remarquable pouvait éveiller les soupçons.

— Sans compter que l'autopsie de l'Anglo pourrait mettre la police sur sa piste, ajouta-t-il en grimaçant, poursuivant à voix haute le cours de ses pensées.

— C'est toi qui vas la faire, alors conclus à une mort accidentelle.

— C'est difficile. Le médecin légiste du comté devrait aussi être présent.

— Tu trouveras le moyen. Nous n'avions pas le choix, Hector, martela Betty. Day avait des doutes, il fouinait. Il a essayé d'avoir accès à des fichiers protégés et heureusement cryptés. Nous devions prendre nos précautions. J'ai changé le mot de passe de mon ordinateur, et je recevrai une alerte si quelqu'un tente de se connecter.

— Bon, alors, qu'est-ce qu'on fait pour Hood ?

Betty se mordilla le petit doigt.

— Pour l'instant, on reste vigilants, lâcha-t-elle.

Mercredi un peu avant 9 heures, Ava se dirigea vers le QG de la police de la réserve de Turquoise Canyon, qui avait déjà regagné ses locaux en dur, à Pinon Flats. L'autopsie de Richard Day avait lieu aujourd'hui, et il fallait absolument qu'elle sache si un membre de la police y assisterait.

Le chef Tinnin avait sans doute pris connaissance du rapport de l'officier Wetselline, et savait désormais qu'elle était la tante de Louisa Tah. Il lui demanderait des explications, et elle les lui donnerait. Et tant pis si elle encourait une sanction.

Cela dit, Tinnin était un homme intelligent, et elle pourrait toujours faire valoir que, ne dépendant d'aucun département de police, elle avait la liberté d'agir en tant que citoyen.

Lors de son entretien d'embauche, Tinnin lui avait expliqué que la police autochtone de Turquoise Canyon concentrait son enquête sur la clinique de la réserve parce que c'était le seul point commun entre les disparues. C'était leur seule piste à ce jour, et cette révélation avait redoublé son désir d'enquêter seule et *in situ*.

Dans le QG de la tribu flottait une odeur de poussière. Ava se dirigea vers l'aile où était logé le poste de police et fut accueillie par Carole Dorset, le dispatcher, unc femme plutôt âgée au visage très doux, et dont le rouge à lèvres corail s'infiltrait dans le réseau de rides autour de sa bouche. Son regard vif pétilla comme elle la reconnaissait.

— Déjà ? s'exclama-t-elle en lui souriant. Nous ne vous attendions qu'à partir du 1er novembre !

— Je sais.

Carol inclina la tête, attendant à l'évidence une explication qu'Ava n'avait pas l'intention de lui donner.

— Nous venons de réintégrer nos bureaux, lui expliqua Carol avec un geste ample. On a de nouveau l'électricité, donc le conseil tribal, notre appareil exécutif, administratif et policier ainsi que notre équipe médicale reprennent peu à peu possession des lieux. L'ouverture officielle de tous nos services aura lieu demain jeudi.

— Ce sont de bonnes nouvelles, déclara Ava. Le chef Tinnin est occupé ?

— Comme toujours. Mais je vais lui annoncer votre venue.

Carol décrocha son téléphone et lui fit signe de continuer. Ava traversa la salle d'escouade déserte jusqu'au bureau de Wallace Tinnin.

Par la porte ouverte, elle le vit assis de dos, son fauteuil tourné vers la fenêtre, un téléphone plaqué à l'oreille. Ava entra et regarda autour d'elle. La dernière fois qu'elle était venue là, c'était un vrai capharnaüm ; aujourd'hui, la pièce était quasi déserte. Sur le vieux bureau en bois ne se trouvaient qu'un ordinateur portable et deux cartons. Les béquilles dont le chef

Tinnin se servait depuis qu'il s'était cassé le pied, lors de la rupture de la digue, étaient appuyées contre le mur recouvert de photos jaunies. Il ne portait pas d'uniforme, seulement un jean et une chemise, un holster avec un pistolet à la taille ainsi que le bouclier doré de sa tribu. Elle ne pouvait voir sa jambe qui sans doute était toujours plâtrée.

Le chef avait son autre main posée sur sa tête grisonnante, ses cheveux gris lui retombaient sur les épaules. L'ayant entendue arriver, il fit pivoter son fauteuil dans sa direction. Il avait de profondes rides autour des yeux, nota Ava. Il était mince, et cependant il avait du ventre. Il devait avoir la cinquantaine.

Il leva les sourcils à son intention et prononça quelques mots au téléphone :

— Elle est là. Merci, Carol.

Sur ces mots, il raccrocha.

— Vous pouvez m'expliquer la véritable raison de votre présence dans ma réserve, détective ? Et par-dessus le marché sur une scène de crime avec Kee Redhorse ?

— Ma sœur est…

— Sara Tah, la mère de Louisa Tah, la dernière disparue en date, coupa-t-il. Je sais. C'était dans le rapport de Wetselline. Ce qui est étrange, c'est que vous n'ayez pas cru bon le mentionner lors de votre entretien d'embauche.

Tinnin pressa l'arête du nez entre le pouce et l'index comme s'il souffrait d'une sinusite. Ava resta coite, consciente que ce geste traduisait avant tout son exaspération.

— Vous enquêtez en solitaire, c'est ça ? poursuivit-il. En enfreignant quelques règles au passage…

Ava ne pouvait le nier. Le chef leva le menton.

— Détective Hood, je sais que vous êtes nouvelle mais, ici, mes hommes suivent et respectent la procédure.

Ava attendit la suite, qui vint vite.

— Vous êtes déchargée de l'enquête.

— Je n'en ai pas été chargée, ne put-elle s'empêcher de répliquer. Je suis en congés jusqu'au 1er novembre. J'agis dans le cadre d'une démarche personnelle.

— Précisément, Hood. Vous agissez de votre propre

initiative dans une enquête criminelle, et c'est bien ce que je vous reproche. Quoi qu'il en soit, à défaut de respecter la procédure, vous êtes tenue de respecter la loi !

— Je veux retrouver ma nièce, répliqua-t-elle obstinément.

— Vous auriez pu attendre d'avoir intégré mon équipe au lieu de fouiner et faire Dieu sait quelles âneries ! riposta Tinnin. Pourquoi ne m'avez-vous pas révélé vos liens avec Sara et Louisa Tah ?

Ava le fixa crânement.

— Disons que j'ai pu vous soupçonner d'être lié aux disparitions.

— Et maintenant ? Vous m'avez exclu de votre liste de suspects ? ironisa-t-il en se renversant dans son fauteuil.

Ava se contenta d'opiner.

— Et que me vaut cet honneur ? insista Tinnin.

— Je n'ai pas trouvé d'indices susceptibles d'établir une connexion entre mes principaux suspects et vous-même.

— C'est hasardeux. Tout le monde est lié à quelqu'un. Même vous.

— Je progresse, argua Ava.

— Non, vous interférez avec une enquête criminelle en cours.

— Interférer ? Au contraire. C'est tout de même moi qui ai retrouvé la voiture de Day et son cadavre. Moi qui me suis aussi assurée que Kee Redhorse ne contamine pas la scène de crime et la photographie, riposta-t-elle, passant la présence de Ty Redhorse sous silence.

— J'ai contacté votre patron, à Saguaro Flats, annonça froidement Tinnin. Je lui ai décrit la façon dont vous passiez vos vacances.

Ava ne dit mot, attendant le blâme qui allait suivre.

— Je vous déconseille de continuer votre enquête, enchaîna Tinnin.

Ava étrécit le regard.

— Jusqu'où iriez-vous pour retrouver votre fils s'il avait disparu ? répliqua-t-elle.

Tinnin posa les mains bien à plat sur son bureau. Elle vit

les anneaux de corail rouge et de turquoise à son index et au majeur de sa main droite.

— Mon fils aîné travaille à la DEA en Oklahoma. Il est en sécurité et en bonne santé aux dernières nouvelles. Mon plus jeune fils a seize ans et parfois, j'aimerais qu'on le kidnappe.

— Vous n'y pensez pas sérieusement.

— Non, bien sûr.

Tinnin se redressa.

— Il faut que la police ou le FBI soient présents pendant l'autopsie ! lâcha-t-elle d'un coup.

Le chef de la police tribale leva les yeux au ciel.

— Le médecin légiste du comté supervisera l'autopsie, et c'est un agent du FBI. Le Dr Hauser l'ignore. Ma réponse vous convient, Hood ? Ou dois-je plutôt dire, Yokota ?

— Je n'utilise pas ce nom.

— C'est pourtant celui que vous avez mis dans votre dossier de candidature.

— Je ne vais pas vous raconter mon histoire mais mon père n'était pas un modèle de vertu. Je ne le connais pas, je n'utilise pas son nom de famille.

— Sauf quand vous y êtes obligée.

— Pour des contingences administratives, oui. Bon, puisque me voilà rassurée sur le bon déroulement de l'autopsie, je ne vais pas vous déranger plus longtemps.

Comme elle sortait, il la rappela.

— Attendez !

Elle se retourna. Il lui adressa un regard dur.

— Vous êtes certaine de ne pas avoir pollué la scène de crime, Hood ?

— Sûre, monsieur. Je connais mon métier.

— Autre chose que vous auriez envie de me révéler ?

— Redhorse m'a invitée à dîner.

Bras ballants, Tinnin la dévisagea.

— Jake ?

— Kee.

Tinnin regarda en l'air comme s'il s'exhortait à la patience.

— Le Dr Redhorse ? Mon suspect ?

— Oui, monsieur. Nous dînons ensemble ce soir.

— Il sait qui vous êtes ?

— Il ne me connaît que sous le nom d'Ava Hood.

Tinnin se détendit.

— Et il ne sait pas que je travaille pour la police, précisa Ava. Pour le Dr Hauser aussi je suis Ava Hood.

Tinnin contint un soupir exaspéré.

— Vous montez une souricière ? Seule ?

— Je me permets de vous rappeler que je ne travaille pas encore pour vous, monsieur. Cela dit, je vous informerai de mes découvertes.

— Et moi je vous rappelle que, même en congés, vous êtes toujours rattachée à la police autochtone de Saguaro Flats. D'ailleurs, votre patron veut que vous rappliquiez au plus vite.

Ava baissa la tête. Elle s'y refusait.

— Dans ce cas, je démissionnerai ! dit-elle enfin en se redressant.

— Enfreignez la loi sur ma réserve et je vous arrête, Hood.

— Non, monsieur, vous me remercierez parce que je vais découvrir le ou les coupables.

— Et résoudre cette affaire seule ?

Ava fit la grimace mais elle ne répondit pas et sortit un papier de sa poche qu'elle posa sur le bureau.

— Qu'est-ce que c'est ? s'enquit Tinnin.

— Hauser échange des sextos avec Betty Mills.

Il parcourut le papier.

— Comment les avez-vous obtenus ?

Elle le regarda au fond des yeux sans répondre.

— Comment, Ava ? insista-t-il. Vous savez ce qu'il en est des preuves obtenues en dehors du cadre légal. Ce qui en résulte. Un vice de procédure.

— Sauf quand ces preuves servent l'intérêt public…

— Vous jouez gros quand même, vous pouvez tout perdre, coupa Tinnin.

— Du moment que je retrouve ma nièce.

— Ça n'est pas aussi simple. Kacey Doka a failli perdre la vie en essayant de piéger les criminels du réseau, en arrivant sans protection à la clinique et ensuite en s'exposant pour être de nouveau leur proie.

— Et, grâce au courage de Kacey Doka, on a retrouvé deux douzaines de filles dans un camp dans le désert au nord de ma réserve, répliqua Ava.

— Vingt-trois, précisa Tinnin.

— Kacey Doka a fait le bon choix.

— Nous respectons la loi, Ava. On jure de la respecter. Pas d'aller au casse-pipe.

— Protéger et servir ? C'est précisément ce que je fais, monsieur.

— Avez-vous pensé à votre sœur ou à ses enfants que vous mettez en danger par vos actions de justicière ? À leur sécurité ? Ces criminels ne sont pas des enfants de chœur et peuvent s'en servir pour faire pression sur vous.

Ava se tut. Cette perspective lui glaça les sangs. C'était une chose de se mettre en danger, c'en était une autre de faire courir des risques à ses trois nièces. Mais si elle renonçait, Louisa ne reviendrait peut-être jamais.

— Un choix difficile, pas vrai, Hood ? conclut Tinnin.

Ava serra les dents, consciente que sa voix la trahirait si elle parlait. Tinnin l'observait.

— Il n'y avait pas d'empreintes sur le vélo, annonça-t-il soudain.

Ava ne cacha pas sa surprise.

— Le vélo de Richard Day ?

Il opina.

— Vous voulez dire, il n'y avait pas d'autres empreintes que celles de Day ? insista-t-elle.

— Non, même les siennes ont disparu. Effacées.

Le cœur battant, Ava fit les déductions qui s'imposaient.

— C'est donc bien un homicide.

— À confirmer.

— J'ai remarqué quelque chose de bizarre dans le budget de la tribu de Turquoise Canyon, dit Ava à son tour. Dans le budget de la tribu précisément.

Ava fit un geste vers son ordinateur portable.

— Vous permettez ?

Pour seule réponse, Tinnin le tourna dans sa direction, Ava s'assit devant. Pendant le chargement du site Web de la tribu, elle observa la table en bois et se demanda, distraitement, combien d'années il fallait pour en patiner la surface. Une fois la page chargée, elle se connecta à l'espace réservé aux membres de la tribu avec le mot de passe de Sara.

— Vous avez un accès privilégié ? s'étonna Tinnin.

— Pas moi, ma sœur. Regardez.

Ava lui montra le tableau Excel qui présentait les bénéfices du casino alimentant le budget de la tribu. Tinnin se pencha pour mieux voir.

— Le budget destiné au fonctionnement de la clinique de Turquoise Canyon n'est pas indiqué. Pourquoi ?

Tinnin fronça les sourcils.

— Qui a financé son équipement ? insista Ava. Son service de radiologie, de gynécologie obstétrique et ses trois salles d'examens ainsi que la salle d'opération aménagée ?

— Medicare ? L'État de l'Arizona ? hasarda Tinnin, se massant la nuque.

— Non. Votre clinique est, par extraordinaire, complètement autonome sur le plan financier. Alors que, à titre de comparaison, la clinique de ma réserve tourne avec 25 % des bénéfices de notre casino et bénéficie pour le reste des prestations de Medicare, le système d'assurance-santé fédéral.

Et de conclure, un large sourire aux lèvres :

— Vous en avez, de la chance, à Turquoise Canyon !

Tinnin s'assit sur un coin de son bureau et croisa les mains sur sa cuisse.

— D'accord. Je vous écoute.

8

— De plus, la clinique de Pinon Flats disposera bientôt…

Ava s'interrompit pour faire apparaître une nouvelle fenêtre avec un article illustré par une photo du Dr Hauser tout sourires. Elle lut à voix haute.

— « … D'un laboratoire d'analyses biologiques et médicales réalisant des examens d'immunohématologie classiques ainsi que des examens complexes, et se prête à une exégèse des résultats qui participe au diagnostic et au suivi de certaines maladies. » Bla-bla-bla « … Prélèvements et analyses des fluides corporels par un personnel de laboratoire qualifié… »

Elle se tourna vers Tinnin.

— Si je me réfère à la clinique de ma réserve où les prises de sang et les prélèvements sont confiés chaque jour à un laboratoire extérieur, je me demande comment celle de Turquoise Canyon peut se doter d'un laboratoire high-tech qui tourne à plein temps ? Avec quel argent ?

De toute évidence, Tinnin n'avait pas la réponse, ce qu'il exprima par un haussement d'épaules.

— Mais surtout le futur laboratoire de votre clinique sera en mesure de faire des tests de grossesse sanguins *in situ*, insista Ava, songeant au réseau de mères porteuses. Un gain de temps appréciable.

— Quels sont vos suspects ?

— Les Dr Kee Redhorse et Hector Hauser ainsi que Betty Mills. Et les infirmières.

— J'exclus Lori Mott, qui a découvert le point commun entre les disparues : la clinique précisément.

— Lori Mott a épousé Jake Redhorse, le frère de Kee, fit observer Ava pour la forme, car elle aussi la croyait innocente.

— Un policier, précisa Tinnin.

— Susceptible de lui transmettre des informations d'initiés sur l'enquête, répondit Ava du tac au tac.

— Impossible.

— Admettons, dit Ava en haussant les épaules à son tour.

— Nous nous intéressons déjà de près à Kee Redhorse et à Hector Hauser, poursuivit Tinnin.

— Dans ce cas, pourquoi confier l'autopsie de Day à Hector Hauser ? Le médecin légiste du comté aurait suffi.

— Parce que Richard Day est mort sur notre réserve.

— C'est l'explication officielle, n'est-ce pas ? Parce que vous allez sans doute en profiter pour mettre Hauser à l'épreuve ?

Tinnin sourit sans répondre, se grattant le menton.

— Le médecin légiste supervisera seulement. C'est Hauser qui procédera à l'autopsie. S'il escamote ou détruit des indices, nous le saurons de toute façon car des prélèvements ont déjà été effectués.

— Vous voulez parler des débris de peau sous les ongles de Day ?

— Oui. Vous l'aviez remarqué, les photos prises par Kee Redhorse nous ont alertés. Quant à savoir s'il a averti Hauser...

— J'en doute.

— Entre nous, moi aussi.

— Nous sommes d'accord.

— On devrait avoir des résultats dans quelques jours, conclut Tinnin. On décèlera peut-être un profil ADN.

— Donc, tout va pour le mieux ?

— En ce qui vous concerne, pas vraiment, Hood.

Tinnin se leva, mettant fin à l'entretien.

— Parce que j'ai annoncé à votre supérieur que nous renoncions à vous embaucher.

Mercredi, Kee géra seul les consultations pendant que le Dr Hauser faisait l'autopsie.

Ainsi qu'il le craignait, la salle d'attente était bondée et la fermeture de la clinique prévue théoriquement à midi était donc complètement utopique. Betty lui annonça que le Dr Hauser les rejoindrait directement à la clinique en dur de Pinon Flats, une fois l'autopsie finie.

Après sa dernière consultation, vers 16 heures, Kee rangea ses affaires personnelles dans un carton puis surveilla le transport des équipements. Il avait hâte de regagner la clinique plus spacieuse et mieux aménagée. La situation revenait enfin à la normale. Du moins, il l'espérait.

Lorsqu'il arriva à la clinique en dur avec son carton, Betty Mills était déjà à son poste à la réception. Hector aussi. Ce dernier lui sourit largement.

— Bienvenue à la maison !

— Merci, dit-il sobrement, car il pensait à Richard et à l'attaque des écoterroristes. Quels sont les résultats de l'autopsie ?

— Sans surprise. Des hématomes suite à la chute. Nuque brisée. Il est mort sur le coup.

Oui… Mais à quoi avait-il eu le temps de penser pendant qu'il tombait ? Kee frissonna à cette idée.

— Froid ? interrogea Hector, se méprenant sur sa réaction. La clim est à quelle température, Betty ?

— Vingt-quatre degrés, comme d'habitude.

— Ton corps a sans doute besoin d'un temps d'adaptation parce que dehors, il fait très chaud. Tu vas te réhabituer aux délices de la climatisation, déclara le Dr Hauser, lui donnant une tape amicale sur l'épaule.

— Quelles sont vos autres conclusions ? reprit Kee en mettant son carton sur son autre hanche. Chute accidentelle ? Acte criminel ?

— Chute accidentelle. Je te laisse regagner ton bureau, enchaîna Hector sans lui laisser le temps de répondre. Nous ouvrons demain matin.

Mais ils durent faire une exception pour une parturiente. Et lorsque Kee consulta l'horloge murale pour annoncer l'heure de la naissance, il se rendit compte qu'il était déjà tard.

— Il faut que j'y aille, dit-il à Lori.

— Un rendez-vous galant ?

— Je crois, oui.

Elle leva les sourcils et rit.

— Contente pour toi. Il était temps. Je la connais ?

— C'est la sœur de Sara Tah.

Lori lui adressa un sourire attristé. À Pinon Flats, le nom de Sara était associé à la mort récente de son mari et à la disparition de sa fille aînée.

— Elle est venue aider sa sœur, et elle est géniale.

— Alors amuse-toi bien.

Lorsque Kee revint à son mobile home, il était 19 h 30. Il téléphona à Ava, elle ne décrocha pas. Il se doucha, s'habilla et, à 20 heures, de nouveau l'appela en vain et avec un sentiment croissant de frustration. C'en était fait de leur dîner. Décidément.

Il entendit frapper alors que, déçu mais résigné, il rempochait son smartphone. Il alla ouvrir, la chemise encore ouverte et ses cheveux en désordre malgré le gel coiffant qu'il utilisait pour les discipliner.

C'était Ava, vêtue d'un pull trop grand mais avec un joli décolleté qui montrait sa peau lisse et bronzée sur laquelle se détachait une petite chaîne en or qui accrochait la lumière. Kee sentit son pouls battre plus vite en croisant son regard.

— Désolé, je suis très en retard, Ava. J'ai essayé de te contacter.

— Je sais. J'étais en voiture. J'ai appelé la clinique, et on m'a annoncé que tu venais de terminer un accouchement. Un petit garçon.

Le sourire qui accompagna ces mots le toucha. Sur ces entrefaites, elle lui tendit un grand sac en papier brun et une bouteille de thé glacé, remontant au passage la bandoulière de sa besace.

— Qu'est-ce que c'est ?

— Notre dîner. Un pique-nique. Salade de pommes de terre. Pain. Porc braisé et gâteau au chocolat.

— Je voulais t'inviter au restaurant…

— Tu as eu une dure journée.

Comme toujours…

— Et surtout, un pique-nique, c'est plus… intime.

Il leva les sourcils à cette franche insinuation et lui adressa un sourire en coin. Certes, il était déçu de ne pouvoir l'inviter, comme il l'avait projeté, mais il se réjouissait de l'intimité que promettait cette soirée et qu'il désirait au moins autant qu'Ava.

Mais il voulait aussi comprendre ce qu'elle cherchait.

Ava l'intriguait. Son baiser, puis sa dérobade, ajoutés aux allusions de Ty à son endroit lui avaient occupé l'esprit au cours de la journée. Plus il y repensait, plus il se demandait quels buts elle poursuivait. Il s'était dit que sa rencontre avec Ava était trop belle pour être vraie, et à tout réfléchir, ça n'étaient peut-être pas de vains mots.

— À moins que tu aies envie de changer d'air ? demanda-t-elle face à son hésitation.

Mais il s'effaça pour la faire entrer.

— Non. Je vais mettre la table.

— Où est la salle de bains ? s'enquit-elle soudain.

— Par là.

Il la délesta de son sac avec leur pique-nique, qu'il emporta à la cuisine. Elle le suivit jusqu'au coin kitchenette, suspendit sa besace bâillant au dossier d'une chaise, puis se rendit dans la salle de bains. Il la suivit des yeux et la vit, contre toute attente, entrer dans la chambre de Richard.

Troublé par son attitude, Kee s'obligea néanmoins à sortir les victuailles du sac. Peu après, lorsque Ava revint, il avait boutonné sa chemise, mis la table et servi à boire.

— Tout va bien ? lui demanda-t-il sèchement.

— Pourquoi cette question ? Parce que j'ai apporté notre dîner ?

— En partie, oui.

— Écoute, Kee, je sais que les études de médecine coûtent cher. Je n'ai pas besoin que tu m'impressionnes en m'invitant dans un grand restaurant.

Aurait-il vraiment rencontré une femme qui n'était pas attirée par le prestige et l'argent ? À moins qu'elle ne soit intéressée par tout autre chose ?

Car elle poursuivait un but. Lequel ?

— À charge de revanche, lui dit-il.

— Si tu cuisines, avec plaisir !

— Je ne suis pas un très bon cuisinier.

— Après la fac de médecine, aucun défi ne doit te faire peur.

Il rit.

— Tu veux savoir quelles sont mes spécialités ? Spaghettis à la bolognaise. Plats lyophilisés. Gratin de macaronis. Brownies industriels.

— Un menu complet.

— J'oublie les brocolis à la vapeur.

— Une nourriture saine ! Bravo ! J'adore les spaghettis, confia-t-elle en jouant comiquement des sourcils. Et le gratin de macaronis avec du fromage grillé encore plus. Sans oublier les burgers.

— Tu as bon goût.

— Du goût pour les glucides, tu veux dire ! conclut-elle en éclatant de rire.

Il l'appréciait vraiment beaucoup, côté humour ils étaient sur la même longueur d'onde. En revanche, il n'aimait pas qu'on se joue de lui ou qu'on se serve de lui. Car, à l'évidence, Ava n'était pas seulement venue pour un dîner en tête à tête.

À cette idée, son sourire disparut.

— Kee ? Que se passe-t-il ?

— Désolé. Je viens de penser à Richard.

Elle posa la main sur son épaule.

— Je comprends. Le Dr Hauser a découvert l'origine de sa mort ?

— Accidentelle, selon lui.

Ava étrécit le regard mais elle ne souffla mot. N'y tenant plus, il lui prit la main et l'attira à lui. Elle lui tendit les lèvres mais elle résista à son étreinte avec cette étrange brusquerie que, la veille déjà, elle lui avait manifestée.

Kee, dépité et troublé, recula, accrochant au passage la besace entrebâillée d'Ava. Machinalement, il jeta un coup d'œil et voici ce qui s'offrit à sa vue : un pistolet et un badge doré portant l'inscription « Police de Saguaro Flats ».

Sortant le pistolet et le badge, il les brandit. Ainsi, Ty l'avait su avant lui.

Ava était policier.

9

Ava braqua son arme de service sur Kee sitôt qu'il sortit de sa besace le pistolet, déchargé, et son badge de policier. Il les observait avec un air troublé, la bouche entrouverte et les sourcils froncés. Ava fut parcourue par un frisson d'appréhension quand elle songea à l'issue du test qu'elle lui faisait actuellement passer.

Si Kee connaissait un tant soit peu les armes, il s'apercevrait vite que celle-ci n'était pas chargée. Elle savait qu'il n'avait pas touché sa besace plus tôt parce que celle-ci était restée dans la position où elle l'avait déposée, à dessein bâillant.

Mais rien ne lui prouvait non plus qu'il ne possédait pas lui-même une arme… chargée, celle-ci.

Elle croisa le regard accusateur de Kee, et attendit qu'il prenne la parole le premier. Voyant la colère se peindre sur ses traits, elle pressa les bras contre le flanc, rassurée par la veste Kevlar qu'elle portait sous son pull trop grand, et par le poids de son arme de service qu'elle avait bien en main. Mais elle n'en avait pas moins la bouche sèche, et le cœur battant.

Kee posa le pistolet et le badge sur la table avec une telle brusquerie que les couverts s'entrechoquèrent.

— La police. Logique, dit-il avec un regard dur.

— Oui, reconnut-elle, toujours sur la défensive.

Mais déjà elle respirait mieux. Elle détendit sa main sur la crosse de son arme, engagea le cran de sûreté, toujours sans quitter Kee des yeux, et baissa le bras. Elle était consciente que, par cette confrontation, elle désobéissait formellement à Tinnin. Mais elle avait aussi conscience que chaque jour qui passait était un jour supplémentaire où sa nièce était séquestrée. Elle refusait d'attendre et de se conformer aux ordres de Tinnin.

— Ty a tout de suite compris que tu étais dans la police. À quel jeu jouez-vous avec moi, détective Hood ? insista Kee d'une voix glacée.

— Recule, Kee.

Il obtempéra, et leva même les mains sans paraître surpris ni apeuré. Il semblait plutôt défait. Déçu. Amer.

— J'aurais dû me douter dès le début que tu poursuivais un but. Que je n'étais qu'un moyen de l'atteindre.

Ava le regrettait. Elle aurait aimé être conforme à l'image que Kee avait de sa personne. Mais elle s'était jouée de lui, et il ne l'oublierait pas. De la main gauche, elle remit le pistolet et son badge dans sa besace.

— Tu veux me fouiller ? Ou retourner fouiller la chambre de Richard à ton aise ? reprit-il sèchement.

Ava braqua de nouveau son arme de service sur lui, sans répondre.

— Tu pensais que j'allais tirer sur toi ? insista Kee. Bon sang, je suis médecin ! J'ai trop souvent soigné des blessures par balles !

— Je suis désolée. Je voulais jauger ta réaction.

— Ah, c'était un test... Je ne sais pas de quoi tu me soupçonnes et pourquoi, mais je mérite une explication.

— Je suis venue dans cette réserve pour retrouver ma nièce, dit-elle sans ambages.

Kee croisa les bras.

— Je ne sais pas quel est le rapport avec moi, mais continue, tu m'intéresses.

— Et si tu t'asseyais ?

— Non, merci.

Ava hésitait. Que lui divulguer ? Que lui cacher ? Kee n'avait décidément pas l'attitude d'un suspect. Si vraiment il était innocent, ne devait-elle pas s'en faire un allié ?

— Tu espérais trouver ta nièce dans la chambre de Richard ? insista Kee.

Ava baissa le bras et, son arme de service toujours en main, prit appui contre le dossier d'une chaise. Kee s'adossa au comptoir à côté de la fenêtre, en face d'elle. Il avait le visage fermé, les bras toujours croisés, dans une posture défensive.

— Une des infirmières de ta clinique a fait une découverte dans certains dossiers médicaux. Elle en a informé la police de Turquoise Canyon et lui a fourni les copies de ces dossiers. Les filles qui ont disparu ont un point commun : elles sont toutes passées par la clinique.

Kee fronça les sourcils.

— Évidemment ! Presque tous les membres de la tribu s'y font soigner. Vérifie les registres de notre tribu, et tu le constateras. Rien d'anormal à cela !

Ava nota qu'il ne s'était pas enquis du nom de l'infirmière. Un coupable le lui aurait demandé.

— Ça n'est pas tout, Kee.

Elle déglutit et s'assit.

— Ces filles ne se connaissaient pas et fréquentaient différents établissements scolaires : Turquoise Ridge, Koun'nde et Pinon Flats. Mais *toutes* sont passées dans le service de gynécologie obstétrique de la clinique de Turquoise Canyon, deux fois en l'espace d'un mois, et ont disparu quelques jours après leur seconde visite.

Sur les traits de Kee, l'exaspération cédait peu à peu à la perplexité et à l'inquiétude.

— Mais encore ?

— Laisse-moi continuer. J'ai interrogé Zella Collelay, enchaîna-t-elle. Tu la connais ?

— Oui.

— Tu l'as soignée ?

— Non !

— Tu en es sûr ?

— Oui. J'ai une excellente mémoire. Je me souviens de tous mes patients.

Et pourtant, aux dires de Lori, avec qui elle s'était entretenue, le dossier médical de Zella indiquait que Kee l'avait reçue en consultation et qu'il était son médecin traitant.

— Marta Garcia, une des disparues actuelles, a averti Zella d'être vigilante : on la suivait. Puis Marta a disparu.

Du coup Zella a pris peur et s'est cachée. C'est pourquoi elle n'a pas été enlevée.

— Enlevée ? s'exclama Kee. Je pensais que ces filles qui avaient disparu étaient des *fugueuses*.

— Non. C'est alors que Zella, enceinte, a donné naissance à un bébé que ton frère Jake a adopté. La petite Fortune.

— Quel rapport avec les disparitions ?

Il s'interrompit.

— Attends, Zella est la mère biologique de Fortune ? C'est bizarre parce que…

Il se tut. Elle termina la phrase à sa place :

— Parce que Fortune, conçue par une mère apache et a priori d'un père apache, est de type caucasien ?

Il opina. Elle soupira.

— Écoute, Kee, non seulement ces filles ne sont pas des fugueuses mais elles ont été inséminées artificiellement, à leur insu, dans ta clinique. Une fois leur grossesse avérée, elles ont été enlevées par un réseau mafieux de mères porteuses et de vente de nouveau-nés à des Anglos.

Un silence s'installa. Kee semblait assommé.

— Combien de filles ont disparu… euh… ont été enlevées ? finit-il par demander.

— Dans cette réserve, cinq. Sans compter Kacey.

— Kacey ? Son retour et sa grossesse seraient donc liés à ces… ces… événements ?

— Donc, tu étais au courant de la grossesse de Kacey ?

— Colt m'a téléphoné pour que je m'enquière de l'état de Kacey, en train d'accoucher à l'hôpital de Darabee. Je me suis renseigné et en effet j'ai appris qu'elle y a accouché d'une petite fille.

Ava sauta sur l'occasion pour en avoir le cœur net.

— Tu sais où est Colt maintenant ?

— Aucune idée. Depuis son retour d'Afghanistan, mon frère souffre de stress post-traumatique, et il est imprévisible. La semaine dernière, il était à l'hôpital de Darabee, il n'y est plus. Je me suis rendu à la cabane où il vit en reclus mais il n'accepte d'y recevoir que Ty. Selon Ty, Colt et Kacey seraient partis en voyage.

— Tu l'as cru ?

— Voyager avec un nouveau-né me semble improbable. Ma mère semble savoir quelque chose, mais elle m'a seulement annoncé que mon frère serait absent pendant quelque temps. Est-ce que ça a un rapport avec… tout ça ?

— Colt et Kacey bénéficient du WITSEC. Un programme fédéral de protection de témoins.

Kee ouvrit la bouche et se passa la main sur le front.

— Mais pourquoi Jake me l'a-t-il caché ?

— Jake est policier, et il lui est interdit de communiquer, directement ou indirectement, des renseignements qui révèlent ou permettraient de découvrir le lieu où se trouve Colt, biaisa-t-elle.

— Mais je suis son frère, non ? dit-il d'un ton étonnamment coupant.

— Tu es aussi suspect, Kee, lâcha-t-elle.

— Quoi ? Suspect d'avoir inséminé ces filles, c'est ça ? Soupçonné de complicité avec un réseau mafieux de mères porteuses et de vente de nouveau-nés ? De qui tiens-tu cette information rocambolesque ? Et dans ce cas, pourquoi la police de Turquoise Canyon ne m'a-t-elle jamais convoqué ni appréhendé ?

— Parce que l'enquête n'en est qu'à ses débuts.

Il leva les sourcils.

— Mais toi, si j'en crois ton badge, tu es de la police de Saguaro Flats. Tu n'es pas, par conséquent, habilitée à enquêter ici.

— C'est exact.

— Alors comment as-tu obtenu des informations aussi précises sur une enquête en cours dans *ma* réserve ?

— D'abord, par la police de Saguaro Flats, avertie de la situation par le chef Tinnin. Ensuite, sitôt que Louisa a disparu, j'ai pris des dispositions. J'ai passé un entretien pour intégrer la police de Turquoise Canyon. J'ai été embauchée et informée précisément sur cette enquête par le chef Tinnin. Ça s'arrête là.

— Ty sait qui tu es ?

— Vu comment il m'a appelée, il doit le soupçonner. Et

toi, sais-tu que ton frère fait l'objet d'une enquête de la part du FBI parce qu'il a rendu Kacey Doka à ses ravisseurs ?

— Qu'est-ce que c'est que cette histoire encore ?

Elle s'efforça de ne pas se laisser affecter par la peine, l'accablement et la fureur qu'elle lisait maintenant sur le visage de Kee.

Il s'effondra sur la chaise la plus proche.

— Et toi, tu arrives la bouche en cœur, avec de quoi dîner, au prétexte de passer la soirée seule avec moi. Mais c'était seulement pour me confondre et fouiller mon mobile home, hein ?

— Je l'ai fait il y a une semaine, et j'ai piraté ton ordinateur, Kee, avoua-t-elle. Day n'étant pas suspect, je m'en suis désintéressée. Maintenant, je le regrette.

— Quoi ?

La stupéfaction se lisait sur les traits de Kee. Puis, comme si cet aveu, replacé dans son contexte, ne lui semblait plus si choquant, il précisa d'une voix atone :

— La police a emporté son ordinateur qu'elle a mis sous scellés mais elle a laissé ses affaires, qui seront mises en carton demain et expédiées à ses parents.

— Ce soir, je voulais jauger ta réaction.

— Je l'avais compris, merci.

— Essaie de me comprendre, je veux retrouver ma nièce, déclara-t-elle obstinément.

— Ça te donne le droit de violer ma vie privée ? Tu as outrepassé tes droits, Ava ! Je ne suis pas policier mais je sais que tu n'étais pas autorisée à entrer chez moi pendant mon absence sans l'aval de notre chef de tribu, sans un mandat de perquisition de la part de Tinnin.

Ava, n'étant guère en position de défendre sa démarche, préféra reprendre sous un autre angle :

— À ton avis, qu'arrive-t-il à ces filles une fois qu'elles ont accouché ?

— Je n'ai qu'à décrocher mon téléphone pour appeler la police, coupa-t-il sans l'écouter. Pour porter plainte.

Il se passa la main sur le front, comme s'il hésitait. Puis il la scruta, le visage grave.

— Donne-moi une seule raison de ne pas avertir la police.

— Si tu le fais, peut-être ne sauras-tu jamais qui est le vrai coupable…

Kee tapa du poing sur la table, et les couverts s'entrechoquèrent.

— Tu te trompes.

— Mais… Sur quoi au juste ? interrogea-t-elle, déboussolée.

— Sur moi ! Et les implications de ma clinique. Notre mission, c'est de soigner ! Je ne reste jamais seul avec une patiente pendant un examen médical. Pour ma protection. Pour la sienne ! Nous avons des procédures que nous respectons à la lettre. Nous ne pratiquons pas des inséminations artificielles sur nos patientes à leur insu ! Bon sang, nous avons une éthique, nous sommes des médecins !

— Nous ? Et Hector Hauser, justement ? dit-elle après un silence.

Il eut un soupir d'incrédulité qu'il étouffa par un rire.

— Tu soupçonnes Hector ? Le fondateur de notre clinique ?

— Si ça n'est toi, ce ne peut être que lui.

— Non !

— Prouve-le.

— Comment ?

— En collaborant avec moi.

— Non ! Je ne trahirai pas Hector ! coupa Kee.

— Même si c'est lui, le complice du réseau et qui lui a livré six jeunes filles de ta réserve ?

— Cherche une autre piste, Ava.

— Chaque disparue a été reçue dans la clinique, en gynécologie obstétrique par deux fois avant sa disparition, répéta-t-elle implacable.

— Je suis rarement dans le service de gynécologie obstétrique. C'est Hector qui généralement y officie. C'est son bébé pour ainsi dire.

— Et toi tu me certifies que tu ne les as pas reçues ?

— Oui !

— Et pourtant ton nom apparaît dans leur dossier médical.

— Tes affirmations relèvent de l'affabulation ! s'écria Kee, outré. Je ne les ai jamais reçues en consultation. Je ne les ai jamais soignées. Pourquoi mon nom figurerait-il dans ces dossiers ?

Elle soupira.

— Alors, montre-moi le dossier médical de ces filles, Kee. Je te donne leurs noms, tu vérifies qui est leur médecin traitant. Et après, on reparle de tout ça.

Il réfléchit et leva le menton.

— D'accord.

10

— Je n'arrive pas à croire que j'ai accepté de te montrer ces dossiers ! se récria aussitôt Kee. C'est grave de rompre le secret médical.

— C'est ta seule inquiétude ? riposta Ava. Bon sang, Kee, on parle de traite d'êtres humains, là !

Il tourna vers elle un regard rempli de confusion.

— Tes révélations sont terribles, mais je te répète que ma clinique ne peut pas être impliquée. Je ne pourrais pas sinon ignorer tout ce que tu viens de me raconter.

— Si tu es innocent, et je le crois en définitive, c'est Hauser le responsable.

— Impossible ! Hector est l'être le plus dévoué que j'aie jamais rencontré. C'est un excellent médecin, un mari aimant. Il a un fils qui est respecté dans la tribu.

Ava croisa les bras.

— Les apparences sont trompeuses, Kee, tu peux me croire. Si ton nom apparaît dans le dossier médical des disparues, que feras-tu ?

— J'interrogerai Hector.

— Surtout pas ! Richard a payé de sa vie ce qu'il avait sans doute soupçonné ou découvert. Tu ne dois rien révéler à Hector.

— Richard ? Mais quel rapport avec…

— Day a été poussé du haut de la falaise, coupa Ava. Tu as vu comme moi le sang et la chair sous ses ongles. Il s'est débattu.

— C'est au médecin légiste de donner ses conclusions.

Et Kee sentit son cœur se serrer en songeant que c'était

Hector qui avait pratiqué l'autopsie et qu'il avait conclu à une mort accidentelle.

— Quels étaient les rapports entre Day et Hauser ? reprit Ava.

Comme Kee détournait le regard, Ava eut sa réponse avant qu'il ne la formule.

— Difficiles. Hector le méprisait.

— Kee ! Regarde-moi.

Il obtempéra. Il avait l'air troublé et avait croisé les bras comme s'il éprouvait une douleur à la poitrine. Elle connaissait cette posture que, de son côté, elle adoptait lorsqu'elle devait annoncer de mauvaises nouvelles à des familles. Kee éprouvait une profonde affection pour Hauser, celui-ci n'était pas seulement le grand patron mais son modèle. Kee l'avait placé si haut sur un piédestal que la chute de Hector Hauser n'en serait que plus terrible pour lui.

— Kee, reprit-elle posément, il n'y a que deux médecins à la clinique. Alors, c'est toi *ou* Hector, ou bien toi *et* Hector.

— Il y a un instant, j'ai eu ton arme en main, Ava, donc si ç'avait été moi…

— C'est exact, tu as passé le test avec succès. Et c'est pourquoi, d'ailleurs, nous avons maintenant cette conversation à cœur ouvert. Mon intuition me souffle que tu es quelqu'un de bien, Kee, mais je crois aussi que tu es trop candide.

Elle lui adressa un demi-sourire.

— Cela dit, j'avais pris des précautions.

Elle leva son pull trop large et lui montra son Kevlar.

— Quoi ? Tu redoutais que je ne tire sur toi ?

Indigné, il bondit de sa chaise et leva les bras au ciel.

— J'enquête sur un homicide et six enlèvements, lâcha-t-elle, butée.

Comme pour évacuer sa colère, il se mit à faire les cent pas dans sa petite cuisine.

— Jake m'évite, reprit-il soudain. Je lui ai laissé des messages, il ne me rappelle pas. Il n'est pas autorisé à me parler, c'est ça ?

— Oui, il en a reçu l'ordre.

— Et Jake sait-il pour Ty ? Si tant est que ce que tu m'as raconté est vrai…

— Ty est impliqué dans cette affaire, Kee. Certes, sa participation est ambiguë, voire contradictoire, mais une chose est sûre : il est dans le collimateur de la police.

Le comportement de Ty Redhorse continuait de la plonger dans la plus grande perplexité. Il semblait appartenir au gang de sa tribu et, en même temps, semblait collaborer avec la police. Sans compter qu'il avait privilégié les liens fraternels à ses accointances avec le gang à deux occasions.

Kee se laissa tomber sur le canapé.

— Ça n'est pas possible…, lâcha-t-il.

Dans le silence qui s'installait, elle se souvint de ce que Lori lui avait raconté, sur la captivité de Kacey.

La jeune fille avait passé des mois dans une cave, sur un matelas posé à même le sol. Kacey sur le point d'accoucher avait réussi à échapper à ses ravisseurs et à gagner la cabane où vivait Colt. Colt l'avait protégée en dépit de son état de grande vulnérabilité psychologique. De là, Kacey avait décidé de jouer les appâts, de se faire à nouveau enlever pour conduire le FBI vers ses amies toujours séquestrées. Elle n'y avait pas réussi, en revanche, grâce à sa courageuse initiative, le FBI avait retrouvé un tout autre groupe de captives.

Le plan intrépide de Kacey avait entraîné la participation équivoque de Ty dans sa réalisation. Le Wolf Posse, le gang de la tribu, avait, pour ainsi dire mordu à l'appât et chargé Ty de « récupérer » Kacey, au motif que cette dernière lui ferait confiance puisqu'il était le frère de Colt.

De quel côté se trouvait Ty ? Du gang ? Du crime ? De Kacey et de son désir de justice ? Par conséquent, de la police et du FBI ?

Kee restait immobile, la tête entre ses mains. Ava résista au désir de le réconforter et elle en ressentit bientôt un tel besoin qu'elle se fit violence pour s'éloigner de lui.

Enfin, Kee releva la tête. Il avait le visage d'un homme qui vient d'apprendre la mort d'un proche. La douleur déformait ses traits, donnait un pli amer à sa bouche et voilait son regard.

— Kee…

— Hector est irréprochable, murmura-t-il.

— D'une certaine façon, peut-être.

— Tu veux me faire croire que cet homme qui a changé ma vie, m'a donné deux jambes droites, qui travaille inlassablement au bien de notre réserve et a suscité ma vocation de médecin, est capable de… ça ?

Il ferma les yeux et se pinça l'arête du nez entre le pouce et l'index. Ava de nouveau lutta contre le désir de le réconforter et ferma les yeux pour le conjurer.

— Oui, Kee.

Elle ouvrit les yeux, tendit la main dans sa direction, mais il détourna la tête. Elle comprenait sa colère. Elle avait ouvert une brèche dans ses certitudes. Combien de temps lui faudrait-il avant qu'il n'accepte la vérité ? Lui pardonnerait-il un jour de lui avoir dessillé les yeux ?

— Mais pourquoi ? reprit Kee dans un souffle.

— Les mobiles classiques d'agissements criminels sont la vengeance, le crime passionnel ou l'argent.

— Hector n'est pas riche.

— Hauser a sa clinique.

Kee se renversa sur le canapé, les sourcils froncés par la confusion.

— Une clinique qu'il a construite *ex nihilo*, continua-elle. Et bientôt un laboratoire high-tech. Avec quel argent ?

— Avec les bénéfices du casino de la tribu, quelle question !

— Non, justement, objecta Ava. Ta tribu ne verse pas un sou de ses revenus à la clinique : cette dernière fonctionnerait grâce aux seules subventions fédérales et à des dons.

— C'est impossible ! murmura-t-il.

— Je ne te le fais pas dire.

Il la dévisagea comme s'il la voyait pour la première fois, les bras ballants et livide.

— Tu peux m'aider, Kee, insista-t-elle. Je sais que tu veux découvrir la vérité. Tu peux nous aider à retrouver ces filles, à les ramener à leurs familles.

— Redonne-moi leurs noms.

Elle les lui énonça, par ordre de leur disparition.

— Elsie Weaver, disparue en novembre. Marta Garcia et

Kacey Doka, en février. Brenda Espinoza, en mai. Maggie Kesselman, en septembre. Ma nièce, Louisa Tah, enlevée le 2 octobre. Elle n'a que seize ans.

— Je connais leurs parents. Ils ne se soucient pas d'elles.

— Tu peux t'expliquer ? lâcha Ava froidement.

Kee lui adressa un regard dur.

— Je vais te donner un exemple éloquent : ta sœur, Sara, n'a pas daigné signaler la disparition de sa fille. C'est son établissement scolaire qui s'est inquiété car Louisa était absente depuis déjà quelques jours.

Ava, stupéfaite, posa ses mains sur son cœur.

— Combien ? demanda-t-elle d'une voix étranglée.

— Je ne sais pas. Trois ou quatre ? Mais là n'est pas la question. Le problème, c'est que Sara ne s'est pas rendu compte tout de suite que sa fille n'était pas rentrée et ne s'en est pas inquiétée.

Ava sentit la colère et l'incrédulité la saisir. Comment Sara avait-elle pu être aussi inconséquente ?

— Et si justement Hauser choisissait des filles issues de familles à problèmes multiples ? lâcha-t-elle. Monoparentales, précarisées par le chômage, l'alcool, etc. Susceptibles de se volatiliser, de fuguer, justement ? Il y a tout intérêt…

De nouveau, un silence pesant tomba.

— Ma mère a décidé d'héberger les jeunes sœurs de Kacey Doka, dit soudain Kee.

— Je suis au courant. C'est un beau geste. Cela dit, toutes les trois font désormais partie de ta famille puisque Kacey et Colt se sont mariés.

Stupéfait, décontenancé, Kee se figea. Ava savait qu'elle venait de lui assener un nouveau choc. Kee n'avait pas le moins du monde l'air d'un coupable empêtré dans ses mensonges, mais d'un homme dont le monde vient de s'écrouler. Il la dévisagea longtemps, et se passa les doigts sur les lèvres puis sous le menton.

— Je me dépense sans compter pour cette clinique, commença-t-il d'une voix éraillée. Jusqu'à hier, je croulais sous les dettes et me voyais obligé d'accepter un poste de médecin mieux payé à Phoenix pour les rembourser. Puis un miracle est survenu qui me permet de rester dans ma réserve. Mais j'ai été tellement préoccupé par mes difficultés que j'en ai oublié de m'intéresser à celles de ma propre famille ! conclut-il, accablé.

— Je suis désolée, Kee.

— Si tu dis vrai et que tous ces… événements ont bien eu lieu, alors c'est tout de même incroyable que je n'en aie rien su ou que je n'aie rien vu !

Elle se leva et se percha sur le bras du canapé, près de lui.

— C'est justement parce qu'ils se sont passés sous ton nez que tu ne les as pas remarqués. Tu n'avais pas assez de recul. Et, ainsi que tu le dis, tu étais trop accaparé par ton travail et tes soucis matériels.

Il soupira, frustré.

— Mais maintenant, je veux comprendre. Je ne veux pas de tes théories et de tes hypothèses, je veux la preuve tangible et solide que tu as raison.

— Commençons par fouiller la chambre de Richard Day, et tu consulteras ensuite le dossier médical de ces filles, d'accord ?

11

En se garant devant chez sa sœur, Ava remarqua qu'il n'y avait pas de lumière et que sa voiture n'était pas là.

Que s'était-il passé ?

Paniquée, Ava ouvrit sa portière, bondit et courut vers la porte d'entrée, qui n'était pas fermée à clé. Elle constata aussitôt, avec soulagement, que les trois fillettes dormaient paisiblement dans leur lit ; en revanche, Sara avait disparu. Une fois dans la cuisine, Ava vit une bouteille d'alcool vide sur le plan de travail et une autre dans la poubelle. La rage l'envahit et lui fit saisir l'évier à deux mains.

Comment Sara avait-elle pu laisser ses filles seules, prendre sa voiture en état d'ébriété pour aller Dieu sait où ?

Ava sortait son smartphone quand elle vit une lueur de phares balayer la cuisine, puis Sara descendre de sa voiture avec un sac en papier. Sa sœur dut s'appuyer par trois fois au capot de sa voiture avant de gagner son mobile home d'un pas plus que chancelant. Ava alluma alors la lumière, et Sara, effrayée, poussa un cri en serrant un sac contre sa poitrine. Ava en identifia vite le contenu. Une bouteille d'alcool.

— Ava ? Qu'est-ce que tu fais là ?

Elle plaisantait ou quoi ? Elle n'avait pas vu sa voiture ?

— Je pensais que tu avais un rendez-vous ? reprit Sara.

— Tu as laissé tes filles seules !

Sara agita la main d'un geste désinvolte et se mit à rire.

— Pour quelques minutes seulement. Elles vont bien.

— Et Louisa ? Elle va bien ? À ton avis ?

Sara, comme frappée, cessa de sourire, et vacilla.

— Que veux-tu dire ? demanda-t-elle, serrant toujours sa bouteille contre elle.

— Tu ne t'es même pas inquiétée quand elle a disparu !

— Mais si, bien sûr !

— Quand l'as-tu vue pour la dernière fois ?

— Samedi ? Non, peut-être dimanche… La veille que son école ne me signale son absence, en tout cas.

— Je viens d'apprendre tout autre chose… Louisa n'était pas rentrée depuis plusieurs jours, et plusieurs nuits donc, mais tu n'avais pas donné l'alarme !

Sara ouvrit la bouche et se passa la main sur le front.

— Je ne sais plus.

Puis elle leva vers elle ses yeux injectés de sang et maintenant remplis de larmes.

— Je ne sais pas…, répéta-t-elle dans une plainte.

Ava était prête à la serrer dans ses bras mais elle refréna son élan pour prendre la bouteille vide sur le plan de travail qu'elle lança à la volée dans la poubelle, sur celle qui s'y trouvait déjà. Après, elle s'approcha de Sara.

— Donne-moi cette bouteille !

Sara obtempéra sans résister. Ava en vida le contenu dans l'évier.

Jeudi matin, Kee se rendit à la clinique, conscient que cette journée serait une véritable épreuve. En l'espace d'une nuit, son mentor, l'homme qu'il admirait depuis l'enfance et qu'il portait aux nues était devenu un inconnu. Peut-être un criminel. Dans un premier temps, Kee, en proie au doute et à l'affliction, choisit la solution la plus simple. L'éviter.

Hier soir, avec Ava, il avait découvert dans la chambre de Richard Day une chemise en carton renfermant des mails que le jeune médecin avait adressés aux superviseurs de la FEMA, tous relatifs au refus du Dr Hauser de lui donner accès au dossier médical de certaines patientes. En soi, c'était très troublant. Mais ça n'était pas tout.

Il s'était ensuite connecté à la base de données de la clinique pour avoir accès aux dossiers médicaux des disparues. Ava avait dit vrai : il y était indiqué comme le médecin traitant de ces jeunes filles, et ses comptes rendus de consultation y figuraient. Pourtant, il ne les avait jamais reçues ni examinées !

Aussi, ce matin, avait-il l'impression d'évoluer dans un monde parallèle. Tout était en apparence semblable aux jours précédents, mais, en même temps, dangereusement, terriblement différent. Il éprouvait une douleur physique à la pensée que Hector, qu'il respectait et admirait, l'avait peut-être trahi et utilisé à ses propres fins… Non, à des fins criminelles. Et il était en colère contre son propre aveuglement.

Kee passa ainsi la journée dans les affres et quitta la clinique plus tôt que d'habitude au prétexte qu'il était souffrant. Betty Mills et Hector lui dirent de se reposer, mais, étrangement, les sourires compatissants qu'ils lui adressèrent n'atteignirent pas leurs yeux, remarqua Kee.

Tout au long de ce jeudi, les membres de la tribu avaient commencé à regagner leurs maisons en dur de Pinon Flats, et les mobile homes de la FEMA désormais désertés étaient enlevés au fur et à mesure des déménagements. Le départ de son mobile home étant prévu pour demain, Kee fit ses cartons. Les affaires personnelles de Richard avaient été rangées dans le courant de la matinée par du personnel de police et envoyées à sa famille.

Kee avait envisagé de passer sa dernière nuit dans ce mobile home mais, maintenant, il s'y sentait trop mal. Il décida donc d'aller dîner chez sa mère et de rester dormir sur le canapé du salon. Peut-être même qu'il ferait de même jusqu'à ce qu'il puisse prendre d'autres dispositions en attendant la livraison de son logement de fonction.

Où était Ava ? se demanda-t-il tout à trac. Que faisait-elle en ce moment ? Enquêtait-elle sur la mort de Richard ? Ava était la première femme qui l'attirait depuis la rupture de ses fiançailles. Et cependant, il restait furieux contre elle parce qu'elle l'avait utilisé et manipulé.

Quand il entra chez sa mère, il remarqua que sa main droite tremblait sur la poignée de porte. Il ferma le poing, le rouvrit et déglutit pour déloger la boule qui s'était formée dans sa gorge. Enfin, après plusieurs inspirations, le nœud se dénoua.

Il ne décolérait pas contre son aveuglement et était désormais inquiet pour son avenir de médecin. Des dossiers médicaux avaient été falsifiés à son insu, il était impliqué dans des procédures criminelles contraires à l'éthique médicale, ce qui pouvait le faire radier de l'ordre des médecins.

Sa mère, intuitive, comprit au premier coup d'œil qu'il allait mal. Une fois que les trois sœurs de Kacey Doka se furent retirées dans leur chambre — dans *sa* chambre —, il s'attabla à la cuisine, en face d'elle, reprenant automatiquement la place qu'il avait toujours occupée.

— Je suis au courant, pour le Dr Day, commença-t-elle.

— Oui. Nous sommes tous sous le choc.

Là-dessus, Kee dévisagea sa mère, perplexe.

— Tu savais que Colt participe à un programme de protection de témoins ? ajouta-t-il.

Elle soupira.

— Ty te l'a dit ? En dépit de ses réticences ?

— Non, je... Ty avait des réticences ? reprit-il ? Pourquoi ?

— Ton frère est resté vague.

Elle soupira.

— Tout a été si précipité et puis, on ne t'a pas beaucoup vu, depuis la rupture de la digue.

— J'aurais quand même aimé être informé.

— Ce n'est pas le genre de nouvelles qu'on annonce par téléphone.

— Où est Colt maintenant ?

Sa mère se pencha et baissa la voix :

— Nous ne sommes pas non plus censés le savoir, Kee. Colt bénéficie du WITSEC, ce qui signifie qu'il se trouve dans un endroit où il ne connaît personne, et où personne ne le connaît. Nous ne pouvons le contacter, et il n'en a pas le droit non plus. C'est pour sa sécurité. Toute communication pourrait en effet entraîner un préjudice sérieux. Mais Ty l'a suivi. Son fameux instinct de protection, tu sais bien... Et aussi parce qu'il savait que ça me rassurerait de savoir où il se cache.

— Où ? insista Kee avec impatience.

— À Kenai, en Alaska. Colt y est poissonnier.

— Est-ce vrai qu'il s'est marié avec Kacey Doka ?

— Oui. J'ai assisté au mariage. Ty aussi. La cérémonie a eu lieu la semaine dernière, au QG de la tribu et en petit comité. C'était avant leur départ. Ne regrette rien. Jake non plus n'y était pas.

— Mais Jake, bien sûr, était au courant que Colt allait bénéficier de mesures de protections exceptionnelles.

Sans paraître noter sa rancœur, sa mère poursuivit :

— Jake m'a expliqué que tu ne pouvais être présent au mariage parce que tu étais en mission d'infiltration à la clinique.

« En mission d'infiltration » ? C'était ce que Jake avait trouvé pour rassurer leur mère, lui cacher qu'il était impliqué dans l'affaire des disparues ? Complice de mafieux ? *Suspect.*

Préférant changer de sujet, Kee lui parla d'Ava. Il lui révéla qu'elle avait découvert le corps de Richard avec lui, mais aussi piraté son ordinateur et enfreint une douzaine de lois.

— Tu pourrais porter plainte contre elle, commenta sa mère.

— Je ne l'ai pas fait.

— Pourquoi ?

Il posa les coudes sur les genoux et croisa les doigts.

— Pour deux raisons. La première, je crois qu'elle a raison : la disparition de ces filles serait liée à notre clinique. À Hector.

— Mon Dieu, Kee ! Je lui fais une confiance aveugle ! Il a soigné chacune de vos maladies et a suturé si souvent vos plaies. Et il y a eu ta jambe. Je lui suis à jamais reconnaissante. Comment aurait-il pu… ?

Kee n'avait pas de réponse non plus.

— Abbie vient de passer sa visite médicale avec lui, pour le volley-ball, acheva sa mère.

Kee ferma les poings. Si Hector avait touché à un cheveu de sa sœur…

— Et si ton amie policière se trompait ? reprit sa mère.

— J'aimerais bien. Mais, si j'ai bien compris, Ava a été renseignée par Lori.

— Notre Lori ?

— Oui. La Lori de Jake. Elle a fait des découvertes troublantes. Les disparues ont un point commun : elles sont passées dans notre clinique par deux fois avant de disparaître peu après.

— Et si c'était une coïncidence ? demanda sa mère qui n'était plus incrédule mais inquiète.

Un silence tomba, qui fut rompu par les rires des filles dans la pièce d'à côté.

— Elles font le même cinéma tous les soirs, lui expliqua sa mère.

— Elles sont heureuses, ici ?

— Je crois. Elles posent beaucoup de questions sur leur mère, sur l'avenir.

Leur mère avait été arrêtée pour trafic de drogue. Ça n'était pas la première fois qu'elle était mise en cause, mais elle était cette fois soupçonnée de trafic de grande ampleur.

— Leur grande sœur leur manque, reprit sa mère. C'est Kacey qui les a élevées parce que leur mère était sans cesse absente. On sait maintenant pourquoi…

Sa mère ponctua ces mots par un soupir désapprobateur.

— La plus jeune, Shirley, continue de voler de la nourriture.

— Voler ? répéta Kee, étonné.

— Oui. Elle a toujours peur de ne pas avoir assez à manger.

Kee sentit son cœur se serrer.

— Comment réagis-tu ?

— Je la laisse faire. Du moment que ça la rassure. Elle surmontera tôt ou tard son angoisse.

Kee n'avait jamais connu la faim. Même quand leur père était en prison ou disparaissait pendant des semaines, sa mère avait toujours réussi à les nourrir. Comment s'était-elle débrouillée ?

— Abbie et Shirley sont devenues de bonnes amies, même si c'est Winnie qui est plus proche d'Abbie, par l'âge.

— Je suis contente que tu t'occupes d'elles, maman.

Sa mère sourit et rougit, puis eut un geste désinvolte comme si la charge de trois filles turbulentes ne lui pesait pas.

— Comment va ton pied ? lui demanda-t-il ensuite.

Sa mère, qui souffrait de diabète, s'était entaillé la cheville.

— Guérie. Je porte des bas de contention maintenant. Mais ne change pas de sujet, je te prie. Tu as dit que tu avais deux raisons de renoncer à porter plainte contre cette jeune femme. Tu ne m'en as donné qu'une. Quelle est la seconde ?

Kee rougit.

— Ah je comprends ! reprit-elle avec un petit sourire. Ava te plaît. Et pourtant, elle s'est jouée de toi…

— Plus ou moins.

— Mais dis-moi, Kee, toi, es-tu en paix avec ta conscience ?

Acculé, il eut l'impression d'avoir de nouveau quinze ans.

— Kee ? Je t'ai posé une question.

— Oui. J'ai la conscience tranquille. Je suis innocent. Je te jure que je ne suis pas lié à ces disparitions.

— Cette jeune femme finira par le comprendre, si ça n'est déjà fait, d'ailleurs. Tu ne peux pas non plus lui reprocher de vouloir protéger ses proches. As-tu songé à ce que tu entreprendrais, si Abbie avait été enlevée à des fins criminelles ?

Il fut frappé par ces mots.

— Tu as raison. Mais je pense que son intérêt pour moi est surtout motivé par son enquête.

— Peut-être. Ça peut changer.

Sur ces mots, sa mère se leva lourdement, grâce aux accoudoirs de son siège, et l'embrassa sur le front.

— Bonne nuit, mon fils. Merci d'avoir cédé ta chambre aux filles.

Kee la suivit des yeux tandis qu'elle traversait le salon puis enfilait le couloir d'un pas lent. Sa mère avait élevé cinq enfants, dont quatre garçons turbulents. Aujourd'hui, seule Abbie, encore mineure, était à la maison. Mais au lieu de souffler, sa mère avait décidé de s'occuper de trois « gamines » supplémentaires. Il admirait son abnégation.

Là-dessus, il s'allongea sur le canapé, tira la couverture et les draps sur les coussins avachis, malmenés par ses assauts et ceux de ses frères. Puis il ferma les yeux, certain de passer une nuit blanche. Il repensa à Ava, et à ses révélations. Sa mère avait raison. Ava s'était donné une mission : retrouver sa nièce à tout prix. La fin justifiait les moyens. Il comprenait, même s'il désapprouvait.

Le lendemain, vendredi, il se leva tôt, prit sa douche et s'habilla avant les filles pour ne pas avoir à faire la queue à la salle de bains. Au moment de partir, sa mère l'embrassa tendrement et lui recommanda d'être prudent. Comme il était encore très tôt, Kee décida de passer voir Jake, qui était de nouveau affecté à la circulation.

Les gens continuaient de regagner leurs habitations en dur, effectuant plusieurs voyages entre Turquoise Ridge et Pinon Flats avec leurs pick-up lourdement chargés. En dépit de l'heure matinale, le trafic était dense. Kee se gara et s'approcha de Jake.

— Salut ! lui lança son frère. Ça va ?

Non, ça ne va pas, pas du tout même.

— Tu connais Ava Hood ? attaqua-t-il aussitôt.

Son attention fixée sur les voitures, Jake acquiesça.

— C'est notre nouvelle recrue.

— Tu l'as rencontrée ?

Jake secoua la tête.

— Non. Pas encore. Elle ne doit prendre son poste que le 1er novembre.

— Tu savais qu'elle enquêtait sur notre clinique ?

— Qui te l'a dit ?

— Elle. En personne.

Kee lui relata à la hâte les révélations d'Ava.

— Désolé, mais je n'ai pas le droit de parler d'une enquête en cours, déclara Jake quand il eut terminé.

De nouveaux véhicules passèrent, certains conducteurs accoudés à leurs vitres de portières baissées. Jake leur fit signe de s'arrêter pour laisser le passage à un camion.

— J'ai consulté le dossier médical des disparues, reprit Kee quand Jake sembla plus disponible pour l'écouter. J'y suis indiqué comme étant leur médecin.

Jake se figea.

— Je ne les ai pourtant jamais reçues en consultation ni examinées, continua Kee. Je n'y comprends plus rien, Jake. Est-ce Hector qui a falsifié ces dossiers ? Il veut que je marche dans ses pas, que je lui succède un jour… Est-ce pour me rendre complice d'actes criminels à mon insu ?

Jake soupira.

— Encore une fois, je ne suis pas habilité à te parler, Kee.

Tout ce que je puis te dire, c'est que j'ai été obligé d'endosser des responsabilités lorsque Jack Bear Den a dû gérer l'attaque des écoterroristes, la rupture de la digue et l'évacuation de Pinon Flats. Concrètement, j'ai été chargé d'interroger des familles et de gérer les appels téléphoniques, ce qui, normalement, aurait dû échoir à Bear Den. Je m'étais déjà rendu chez ces familles, avant que les parents ne signalent les disparitions de leur fille : parfois avec des agents des services de protection de l'enfance, parfois avec des collègues, lorsqu'on nous signalait des nuisances et troubles de voisinage. Ce sont des familles à problèmes multiples, et pas des moindres.

En parlant, Jake continuait de faire la circulation.

— Fortune t'a été confiée avant ou après cette enquête sur les disparues ?

— Sois prudent, Kee, biaisa son frère. Si vraiment tu as l'impression qu'il se passe des choses graves dans ta clinique, adresse-toi à Tinnin ou à Bear Den.

— Et Ty ? Il a des ennuis ?

— Oui.

— Quel genre ?

— Je ne peux rien te dire.

— Bon sang, Jake !

Jake lui adressa un regard peiné, sans cesser d'agiter la main.

— Bon, ça, je peux te le dire puisque ce n'est plus un secret. Ty a fait monter Kacey dans une voiture, commença-t-il.

Et d'ajouter en hochant la tête :

— C'est ce que Kacey voulait. Ils ont envoyé Ty.

— « A fait monter dans une voiture » ? Ce que Kacey « voulait » ? « Ils » ? Bon sang, Jake, explique-toi à la fin !

Jake agita soudain la main plus vite. Kee n'aurait su dire si son impatience était due au flux de la circulation ou à ses questions.

— « Ils », les membres du gang de la tribu ? hasarda Kee face à son silence. Le Wolf Posse ?

— Ces événements remontent à environ deux semaines. Kacey est venue à la clinique et s'est exposée à la seule fin d'être de nouveau la cible de ses ravisseurs, pour les confondre. C'est Ty qui a été envoyé. Kacey l'a confirmé dans son témoignage. Elle a affirmé qu'elle « voulait revenir » auprès de ses ravisseurs et que, dans ce but, elle a « accepté » de « monter avec Ty » pour qu'il la « transporte » à l'extérieur de la réserve. Je mets des guillemets, car je cite Kacey. Concrètement, il n'y aurait pas eu contrainte, menace ou capture, donc pas kidnapping. Ty n'a pas été arrêté, d'autant que le témoignage de Colt…

Jake s'interrompit.

— Je parle trop. Quoi qu'il en soit, nous n'avons pas retrouvé les filles séquestrées avec Kacey. Celles-ci ont été déplacées après sa fuite, mais Kacey n'en espérait pas moins découvrir leur nouveau lieu de détention et y conduire le FBI…

— Je n'y comprends toujours rien. Ty a-t-il aidé Kacey et Colt, ou a-t-il aidé le gang ?

— C'est une bonne question. Peut-être les deux… ?

Jake repoussa son chapeau de cow-boy en arrière, ce qui le fit paraître plus jeune et moins intimidant.

— Ty est le frère de Colt, donc le Wolf Posse savait que Kacey n'aurait aucune hésitation à monter avec lui.

— Pourtant, c'était un piège puisque, d'un autre côté, Kacey voulait jouer les appâts, acheva Kee. C'est bien ça ?

— Ce que le Wolf Posse ignorait.

— Tu crois ?

— Écoute, Kee, je vais te faire une confidence. Ty m'a sauvé la vie. Il m'a averti lorsque le Wolf Posse a envoyé deux ravisseurs à nos trousses pour enlever Fortune. Ty et Hemi nous ont protégés.

— J'ignorais tout cela, conclut Kee. Je suis désolé, Jake, de n'avoir pu t'aider alors que tu étais en danger.

— Mais toi ? Es-tu mêlé aux disparitions de ces filles ?

— Non. Je te le jure !

— Sois prudent à la clinique, surtout. Je suis convaincu qu'on a tué ton collègue.

Jake l'étreignit, et Kee regagna son pick-up plus troublé qu'il ne l'avait été depuis la condamnation de leur père.

Comment avait-il pu être aussi aveugle ?

12

Malgré sa conversation avec Jake, Kee arriva à la clinique quarante-cinq minutes avant son ouverture. Il s'engagea derrière le bâtiment, où il retrouva avec plaisir sa place de parking tout au fond, ombragée du matin au soir par de grands pins.

Il traversa la route qui séparait le QG, autrement dit le siège du conseil tribal de la réserve, de la clinique et longea le service de gynécologie obstétrique pour entrer par la salle de repos — reprenant ses anciennes habitudes quand il arrivait tôt. Il tournait le coin quand il aperçut, à quelques mètres, Hector sortir précisément de la salle de repos, suivi par Betty. Cette dernière avait dans les mains des produits de soins, lui sembla-t-il. Kee, pris de curiosité, s'immobilisa. Et les vit se diriger vers un pick-up noir à l'arrêt. Le véhicule était immatriculé en Arizona, nota-t-il encore.

Un homme de type caucasien en descendit. Grand, mince et musclé, il portait des bottes de motard, un jean et un débardeur vert. Il avait une coupe de cheveux militaire, ses biceps étaient couverts de tatouages noirs et bleus dont les cercles représentaient une chaîne ponctuée par un crâne. Un autre tatouage à la clavicule représentait un poignard sanguinolent. Il avait aussi de nombreuses lacérations infectées sur les bras.

Hector lui adressa quelques mots, lui tendant une boîte de Zithromax, un antibiotique prescrit contre les infections à bactéries, comme celle dont l'homme semblait souffrir. Bizarre, la clinique ne traitait pourtant que les membres de la tribu. Que se passait-il encore ? se demanda Kee, les révélations d'Ava sur les agissements illicites de la clinique présentes à son esprit.

Soudain l'homme leva les yeux, l'aperçut et, aussitôt, mit la main derrière le dos. Kee, croyant qu'il allait dégainer une arme, conjura la menace en interpellant Betty et Hector.

— Besoin d'aide ? lança-t-il d'un ton qu'il espéra neutre.

Betty fit volte-face brusquement. Hector, lui, se pencha vers l'inconnu pour lui parler à voix basse.

— Kee ! s'exclama-t-il ensuite, lui souriant largement.

Puis il reprit à l'attention de Betty :

— Tu t'occupes de Kee ?

Betty remit à Hector les compresses qu'elle avait dans la main et se hâta dans sa direction. Sans doute voulait-elle l'intercepter avant qu'il ne s'approche de l'inconnu.

— Que se passe-t-il ? lui demanda Kee. Qui est cet homme ?

— Un ouvrier de la FEMA.

— Pourquoi reçoit-il des soins à l'extérieur de la clinique ?

— Il a refusé d'entrer. Il doit être claustrophobe. Ou il a peur des hôpitaux. Qui sait ? fit Betty en haussant les épaules.

Elle déverrouilla la porte du service de gynécologie et le fit entrer.

— Entre nous, je suis plutôt soulagée de m'éloigner de ce type, confia-t-elle. Il me fiche la frousse.

Puis elle reporta son attention sur lui.

— Et toi, ça va ? Tu n'as pas bonne mine, je trouve.

— Je me suis levé tôt. J'ai essayé de prendre les filles Doka de vitesse, pour occuper la salle de bains.

Betty se mit à rire.

— Tu as dormi chez ta mère ? Tu veux que je passe quelques coups de fil afin de te trouver un logement temporaire en attendant la livraison de ta maison ?

— Ce serait génial !

Betty lui tapota le bras, ce qui fit tinter ses bracelets en or puis elle se dirigea vers son bureau, dans l'espace accueil du service des urgences.

Resté seul, Kee repensa aux lacérations sur les bras de l'homme, et l'image du sang et de la chair sous les ongles de Richard s'imposa avec force à lui.

En dépit de ces indices qui tendaient à prouver que Richard s'était débattu avant de tomber de la falaise, Hector avait affirmé que la cause de sa mort était accidentelle. Était-ce cet individu tatoué qui l'avait poussé ? Kee replia les doigts comme des serres, comme pour imiter Richard en train de griffer son assaillant pendant qu'il luttait contre lui.

Devait-il informer Ava ou Jake de ce qu'il venait de voir ? Il sortit son téléphone et choisit d'appeler Ava.

— Décris-moi cet individu, lui demanda-t-elle, une fois qu'il lui eut fait son récit. Et ses tatouages, avec précision.

Ainsi fit-il.

— Nous avons une base de données biométriques pour les tatouages et autres symboles, conclut-elle. Je m'en occupe.

— Ava… Hector a peut-être découvert que tu étais dans la police et que tu enquêtes sur la disparition de ta nièce. Si cet individu tatoué est son complice, il peut s'en prendre à toi. Sois prudente.

Il y eut un silence sur la ligne.

— Ava ? reprit-il.

— Ne t'inquiète pas pour moi. Toi, agis comme à ton habitude. Soigne tes patients. Il ne faut pas alerter Hauser.

C'était plus facile à dire qu'à faire.

— Si je trouve quelque chose, reprit-elle, tu as un lieu à me proposer pour qu'on se voie en toute discrétion ?

— Le QG de la tribu, derrière la clinique.

— OK.

Betty, dans son bureau, s'entretenait avec Hector.

— Tu te souviens, j'ai installé un IDS, ou système de détection intrusion, lorsque Kacey est revenue à la clinique. Je voulais que des activités anormales ou suspectes sur mon ordinateur soient repérées et signalées. Je craignais qu'on ne cherche à avoir accès à son dossier médical ou à ceux de nos « paquets ». Pour des raisons évidentes, je n'ai pu verrouiller et crypter la base de données destinée à la gestion des patients, consultations, actes, prescriptions, contacts et courriers, contrairement à certaines données confidentielles et sensibles.

— Viens-en au fait, dit-il sans cacher son inquiétude.

Depuis que Kacey Doka avait échappé à ses ravisseurs et

que la police avait découvert que les disparues, alors considérées comme fugueuses, avaient en réalité été enlevées, Betty et lui redoublaient de méfiance. Deux « paquets prêts à être acheminés » s'étaient d'ailleurs volatilisés. Ces deux jeunes filles s'étaient-elles cachées par peur d'être enlevées ? Mais quand elles découvriraient qu'elles étaient enceintes…

— J'ai reçu un mail qui m'a notifié une connexion à une heure indue, c'est-à-dire après la fermeture de la clinique, poursuivit Betty.

Toujours à ses obligations professionnelles, Betty sourit à Andy Imperius qui glissait son formulaire sous la vitre du guichet.

— Merci, Andy. Encore quelques minutes de patience.

Elle sourit jusqu'à ce que le vieil homme retourne s'asseoir, puis reprit la conversation là où elle en était restée :

— C'est Kee Redhorse qui s'est connecté tard hier soir à la base de données pour consulter certains dossiers médicaux.

— Kee ? s'exclama Hector, déconfit.

Elle posa la main sur la sienne et la serra, l'obligeant à la regarder.

— Il a sans doute agi sous l'impulsion d'Avangeline Yokota. Par chance, il a seulement le mot de passe pour accéder à la base de données de gestion des patients de la clinique. Quoi qu'il en soit, il sait désormais qu'il n'a pas examiné nos « paquets ».

— Quand je pense que Kee…

— Méfie-toi, Hector, le coupa Betty, agacée. Kee doit se poser des questions, maintenant. Yokota a dû l'éclairer sur les disparues de Turquoise Canyon. Sur le réseau des mères porteuses. Et sur l'implication de la clinique. Sans compter qu'il a vu Yury ce matin.

Hector grimaça.

— Kee est impliqué, désormais, reprit Betty. Yokota l'utilisera pour nous atteindre.

— Mon Dieu, Kee… Kee à qui j'ai tout appris.

— N'oublie pas que c'est ton œuvre qui est menacée, Hector. Le travail de toute une vie. Ton héritage.

Une voix de femme s'éleva devant la vitre.

— Excusez-moi…

Betty vit Lucinda Olice, et lui adressa un sourire chaleureux. La jeune femme tenait son fils fiévreux dans ses bras.

— Je crois qu'Uriah est malade, dit cette dernière dans un tonto apache parfait.

— Le Dr Hauser va l'examiner tout de suite.

Ava appela Kee depuis le parking du QG, derrière la clinique.

— Je crois avoir trouvé les tatouages que tu m'as décrits. Tu as une minute pour venir voir ?

Entre deux consultations, Kee la rejoignit dans sa Chevy.

— Fais vite, je ne veux pas que Betty ou Hector remarquent mon absence.

Ava plaça son ordinateur portable entre eux et lui montra des photos de tatouages.

— Non, dit-il aux trois premières images.

Mais à la quatrième, il bondit et pointa le doigt sur l'écran.

— Ça y ressemblait !

— Un peu ? Beaucoup ?

— C'est exactement ce que j'ai vu, dit Kee.

— Ce genre de tatouage est prisé chez les mafieux russes. L'individu que tu as vu est un tueur à gages. Disons que ces tatouages annoncent la couleur aux personnes averties.

— Donc, pour la police aussi ?

— Ça ne signifie pas que la police peut les arrêter. Ces tatouages sont des indications et non des preuves à charge.

Ava cliqua sur la photo suivante. Cette fois, Kee aperçut un homme au crâne rasé, à la mâchoire proéminente, et dont le tatouage à la base de la clavicule était bien visible.

— C'est lui, je le reconnais !

— Tu en es certain ?

— Absolument !

— Il s'appelle Yury Churkin. Il travaille pour Leonard Usov, un *avtoritet*, un genre de capitaine, dirons-nous. Les deux hommes font partie de la famille du crime Kuznetsov qui sévit à Atlanta. Drogue, argent sale et traite d'êtres humains.

Cette famille possède des clubs et différentes affaires, et est spécialisée dans le secteur de l'accueil.

— L'accueil ?

— Prostitution, si tu préfères… Manifestement, c'est Usov qui gère les réseaux spécialisés dans les enlèvements dans la région. Churkin n'est qu'un bras armé. Autrement dit, un tueur. Il est donc vraisemblable que ce soit lui qui ait éliminé Day. Maintenant, j'aimerais que tu éloignes Betty de son bureau pendant quelques instants afin que je puisse récupérer ma minicaméra espion.

— Une minicaméra espion ?

— Oui. Je l'ai placée dans le détecteur de fumée et braquée vers son ordinateur, de façon à la filmer quand elle se connectera. Je veux en effet obtenir son mot de passe. Ma caméra fonctionne depuis ce matin.

— Tu es entrée par effraction dans la clinique, dans son bureau ? s'exclama Kee. Quand ? Comment ?

— Avant la réouverture des locaux, et grâce aux agents d'entretien.

— Ça reste une effraction !

— Je sais. Alors peux-tu me faire entrer tout à l'heure, pour que je récupère ma minicaméra ?

Kee serra les dents.

— Betty ne quitte presque jamais son bureau. Même pour le déjeuner.

Ava réfléchit.

— Il y a des accouchements prévus aujourd'hui ? demanda-t-elle tout à coup.

— Non.

— De nombreux patients dans la zone de la réception ou dans les salles d'examens ?

— Pour une fois, quelques-uns seulement.

— Des cas graves ?

— A priori non.

— Il reste donc l'alarme incendie !

À ces mots, Kee pâlit.

— Tu veux que je la déclenche ?

— Oui. Ou alors tu me fais entrer et je m'en occupe.

Il fronça les sourcils.

— C'est illégal !

— Tout comme d'enlever des jeunes filles.

— La fin justifie les moyens, c'est ça, ta morale ? lança-t-il d'un ton de défi.

— Je me fiche de la morale, du moment que l'alarme est déclenchée !

— Pourquoi ne pas plutôt appeler Jake ou le chef Tinnin ? objecta-t-il.

— Parce qu'il leur faudrait des semaines de démarches, pour obtenir ce que moi, je peux obtenir en quelques minutes !

— Parce que la police, elle, agit conformément à la loi !

— Des criminels détiennent ma nièce, lâcha-t-elle entre ses dents, les yeux dans les siens. Je ne peux pas attendre si longtemps.

Kee soupira, sachant qu'il l'aiderait malgré les affres de sa conscience.

— Je vais te faire entrer dans la salle de repos, dit-il enfin. Et, afin que personne ne risque d'être blessé, je ne déclencherai l'alarme incendie que lorsque je me serai assuré qu'il n'y a plus de patients dans les salles d'examens.

— Parfait, répondit-elle en lui adressant un large sourire. Vas-y. J'attends.

13

Ava se faufila dans la salle de repos, impressionnée par le professionnalisme et l'altruisme de Kee. Ce qui renforçait sa conviction qu'il n'était pas impliqué dans l'affaire des disparues de Turquoise Canyon.

Mais l'avait-elle convaincu ? Était-il désormais conscient de la gravité de la situation ?

À moins qu'il ne me manipule ? se dit-elle, tout à coup effleurée par un soupçon résiduel. Dans ce cas, même si elle était armée, elle était peut-être piégée dans cette salle de repos. S'était-elle jetée dans la gueule du loup ? Allait-elle subir le même sort que Richard Day ? Et l'image de Yury Churkin, un tueur de sang-froid face à qui elle ne ferait pas le poids, si aguerrie fût-elle, la glaça.

Les minutes s'égrenaient, horriblement longues. Et plus le temps passait, plus Ava se disait qu'elle n'aurait peut-être pas dû faire confiance à Kee. S'était-elle laissé déstabiliser par son attirance pour lui ? Elle n'avait écouté que son cœur, avait faibli face à son charme irrésistible et s'était départie de sa méfiance naturelle.

Chaque fois qu'elle était avec lui, elle se laissait submerger par ses émotions, griser par son odeur riche et séductrice. Kee sentait bon la menthe et le bois de teck. Il n'était plus auprès d'elle mais son odeur persistait autour d'elle. Ava, consternée, découvrit qu'elle n'avait plus la force et l'envie de résister à l'attrait qu'il exerçait sur elle. Allait-elle le payer de sa vie… ?

Au comble de l'inquiétude, Ava s'approchait de la fenêtre, prête à prendre la fuite, quand le son aigu et insupportable de la sirène s'éleva. Elle poussa un long soupir de soulagement et regretta, de nouveau, sa méfiance naturelle.

Kee, le médecin qui n'avait jamais commis une infraction de sa vie, venait de déclencher une alarme incendie pour lui permettre de s'introduire dans le bureau de l'administratrice de la clinique. Au même instant, il passa la tête par l'entrebâillement de la porte, et lui fit signe.

— Vite. La voie est libre.

Ava remonta le couloir, longea le service de radiologie, tourna à gauche pour prendre la direction de la zone d'accueil des patients. La porte vitrée du bureau de Betty Mills était fermée à clé. *Aïe…* Si l'administratrice de la clinique avait eu la présence d'esprit de le verrouiller en sortant, au moment où l'alarme avait retenti, c'est donc qu'elle avait des choses à cacher, se dit Ava.

Elle utilisa son kit de serrurier pour crocheter la serrure. Le mécanisme était assez simple, mais son cœur battait fort et sa main tremblait. Elle n'avait de cesse de penser aux pompiers volontaires dont la caserne se trouvait à côté du QG de la police de la tribu et qui arriveraient donc très vite sur les lieux.

Enfin, la porte s'ouvrit. Ava entra, la rabattit sans fermer et se cacha sous le bureau comme elle entendait les pompiers remonter le couloir. Il était temps ! Elle attendit encore un peu qu'ils s'éloignent davantage, puis, quittant sa cachette, elle monta sur une chaise, dévissa le détecteur de fumée dont les interstices cachaient sa minicaméra et le mit dans son sac. Enfin, après s'être assurée que la voie était libre, elle sortit du bureau, qu'elle referma soigneusement. Par chance, il suffisait de claquer la porte pour qu'elle soit verrouillée.

Elle longea le bureau de Hauser, une salle d'examens et le placard des fournitures et, ayant tourné à droite, se retrouva face à une porte. Elle entendit les pompiers loin derrière qui devaient maintenant parcourir le service de gynécologie obstétrique.

La porte donnait dans une cour et le QG de la tribu et, par la même occasion, Ava fonça droit dans le chef Wallace Tinnin.

— Justement la personne que je cherchais ! maugréa ce dernier.

Tinnin avait les mains sur les hanches, le menton baissé et les sourcils froncés alors qu'il la regardait par-dessous le bord de son Stetson avec l'expression qu'on destine à un enfant désobéissant et insupportable.

— Suivez-moi immédiatement, Hood ! lui intima-t-il.

Ava s'exécuta, consciente du poids du détecteur dans sa besace et, surtout, d'être en mauvaise posture. Tinnin se déplaçait lentement à cause de ses béquilles, ainsi put-elle s'arrêter deux secondes, le temps d'ouvrir le détecteur, d'en sortir la minicaméra et la carte SIM, qu'elle cacha dans son soutien-gorge.

Une fois dans les locaux du poste de police, ils passèrent devant Carol Dorset, en conversation téléphonique. À leur vue, elle haussa ses sourcils dessinés au crayon.

La salle d'escouade était déserte, mais le bureau de Tinnin était occupé par le détective Jack Bear Den, qui se leva à leur arrivée.

— Vous l'avez trouvée ! dit-il à Tinnin.

— Je n'ai eu aucun mal. J'ai suivi le son des sirènes.

Tinnin contourna son bureau et lui désigna une chaise. Bear Den ferma la porte et se plaça derrière elle.

Eh bien, au moins elle n'était pas dans une salle d'interrogatoire, se dit Ava.

Derrière Tinnin s'élevait une étagère remplie de cartons vides. Sur la table se trouvaient un téléphone, un ordinateur et des piles de dossiers.

— C'est vous qui avez déclenché l'alarme ? demanda Tinnin.

— Non, monsieur.

— Alors qui ?

Ava garda le silence. L'air désapprobateur, Tinnin retira son Stetson, le jeta sur la patère, qu'il manqua. Il jura, le ramassa de la pointe de sa béquille et renouvela l'opération. Avec succès, cette fois.

Là-dessus, il prit place.

— Nous avons reçu les rapports d'autopsie.

— *Les* rapports ?

— Oui, madame. Le premier émane du Dr Hector Hauser.

Tinnin sortit une feuille d'un dossier et la posa devant elle.

— Ses conclusions : mort accidentelle.

Ava ne fit aucun commentaire. Kee l'en avait déjà informée, et elle s'y attendait de toute façon.

— Il n'a pas effectué les prélèvements sous les ongles de la victime, comme vous vous en doutiez. Il les a ignorées, volontairement, bien sûr. Le médecin légiste qui supervisait n'a pas levé le petit doigt.

— Rassurez-moi : il les avait effectués au préalable, n'est-ce pas ?

— C'est exact, répondit Tinnin. Le Dr Richard Day n'est donc pas mort accidentellement, mais je ne rendrai pas cette information publique pour des raisons évidentes. Maintenant, vous vous demandez pourquoi je vous laisse continuer à vous balader dans ma réserve, hein ?

Ava haussa les épaules.

— Parce que vous faites ce que moi je ne peux pas faire. Fouiner. Mais ne vous illusionnez pas, Hood, je ne cautionne pas pour autant toutes vos manœuvres et vous n'en serez pas moins sanctionnée. En attendant, si vous ne perdez pas la vie, vous ferez peut-être d'autres découvertes utiles grâce à votre sagacité.

Ava sentit son téléphone vibrer, elle en consulta l'écran. C'était un message de Kee.

Où es-tu ? Tu l'as ?

Elle tapa sa réponse.

Oui. Je t'appelle plus tard.

Tinnin l'observait, l'air impassible, sans lui poser de question sur l'auteur du message ni son contenu.

— Pourquoi Ty Redhorse n'a-t-il pas été arrêté ? s'enquit-elle.

— Pour quel motif l'aurait-il été ?

— Pour avoir transporté Kacey Doka dans un endroit

isolé et l'avoir livrée à deux hommes dont l'un est toujours à l'hôpital, désormais paraplégique.

— Vous êtes bien renseignée.

— Donc je répète ma question : pourquoi Ty Redhorse n'a-t-il pas été arrêté pour enlèvement ?

— Parce qu'on ne sait pas si Ty protégeait Kacey ou s'il la mettait en danger.

— Bien qu'il l'ait livrée à ses ravisseurs ?

— Telle était la volonté de la jeune Kacey, se borna à répondre Tinnin.

— Mais de quel côté est Ty Redhorse à la fin ? Du gang ou de la police ?

— Je n'ai pas l'intention de parler d'une enquête en cours avec vous, Hood, lâcha Tinnin froidement.

Bien que n'appréciant guère d'être envoyée dans les cordes, Ava décida de lui révéler ses récentes découvertes. Peut-être qu'il se montrerait ensuite plus coopérant.

— Vous devriez vous intéresser à un certain Yury Churkin. Et notamment aux lacérations qu'il a sur les bras.

Tinnin ouvrit son tiroir mais, le voyant vide, jura.

— Je n'ai même pas un maudit crayon !

— Utilisez votre cellulaire pour prendre des notes, intervint Bear Den.

Tinnin obtempéra et y nota le nom qu'elle venait de lui donner.

— Puis-je savoir comment vous avez obtenu ces informations, Hood ?

Ava lui raconta la scène dont Kee avait été témoin, ce matin avant l'ouverture de la clinique.

— Nous ne nous intéressons pas aux petits poissons, intervint de nouveau Bear Dean.

— Vous avez tort, riposta Ava. Les petits poissons mènent aux gros !

— Convoquons Kee, dit Tinnin à Bear Den.

Ava s'empressa d'intervenir :

— Demandez plutôt à Jake de l'interroger. Ça sera plus discret.

Tinnin et Bear Den échangèrent un regard, suite à quoi Bear Den opina et partit.

— Rassurez-vous, reprit le chef de la police, nous serons discrets. Et vous, soyez prudente surtout. Restez armée. Portez votre veste Kevlar en permanence et contactez-moi si vous revoyez Churkin dans les parages.

— Oui, monsieur.

Quand elle se leva, Tinnin lui adressa un long regard.

— J'aurais vraiment aimé travailler avec vous, Hood. Dommage que vous soyez une tête brûlée.

La veille au soir, Ava avait informé la belle-mère de Sara de la situation difficile de sa bru. Sylavania Tah était veuve et avait la soixantaine. Elle était obèse et avait de nombreux problèmes de santé dont l'hypertension, l'arthrite et le diabète. Mais elle aimait ses petites-filles et avait rassuré Ava, lui disant que, en cas de besoin, elle pouvait les lui confier.

Bien qu'ayant perdu toute confiance en sa sœur et redoutant de la laisser seule avec ses enfants, Ava voulait aussi l'aider. Ainsi, jeudi matin, une fois Sara redevenue sobre, elle lui avait posé un ultimatum : si Sara ne faisait rien pour se ressaisir et sortir de son marasme, elle demanderait à la tribu de placer ses trois filles. Ava avait aussi rappelé à sa sœur les dégâts que l'alcoolisme avait causés à leur mère, en particulier le grave accident de voiture qu'elle avait eu, lorsque Sara avait quatorze ans et elle, onze. Suite à ce nouveau drame, leur mère avait d'abord pris de l'oxycodone, un analgésique très puissant contre la douleur et, de là, de l'héroïne, après quoi toutes deux avaient été placées.

Sara avait enfin admis qu'elle avait un problème avec l'alcool, contrairement à leur mère, qui avait été en permanence dans le déni, du moins jusqu'à ce qu'elle contracte une hépatite C.

Jeudi, en début d'après-midi, Ava conduisit sa sœur à sa première réunion chez les AA. Elle n'était guère confiante ni optimiste de nature, mais elle espérait que Sara persisterait dans son désir et sa volonté de guérir de son addiction. Ensuite, de retour au mobile home, avant de faire les cartons en vue du réemménagement à Pinon Flats, elles vidèrent et jetèrent toutes les bouteilles d'alcool, et Sara inaugura sa première journée sans alcool par un café glacé. Ava savait toutefois que les jours suivants ne seraient pas de tout repos.

Trois allers-retours entre Turquoise Ridge et Pinon Flats avec leurs deux voitures furent ensuite nécessaires pour transporter toutes les affaires. Après cela, elles firent le ménage, et Sara alla chercher les jumelles à la sortie de l'école et Olivia au jardin d'enfants.

Le lendemain, vendredi, c'est Ava qui se chargea d'aller récupérer ses nièces pendant que Sara faisait des courses. À l'heure du dîner, Sara n'était toujours pas rentrée.

Ava lui téléphona, mais tomba sur sa messagerie. À 19 heures passées, elle entendit frapper. Ça n'était pas Kee, comme elle l'avait espéré, mais l'officier Wetselline. Il avait le visage fermé.

— Que s'est-il passé ? demanda Ava, inquiète.

— Votre sœur a eu un accident.

14

La grand-mère paternelle de ses nièces arriva vers 20 heures. Craignant sans doute de devoir séjourner chez Sara pendant quelques jours, Sylavania portait un sac de voyage, mais Ava lui promit qu'elle serait de retour chez elle dans la soirée.

— Ça ne me dérange pas de rester plus longtemps. La dernière fois, je me suis occupée des petites pendant presque deux semaines.

Ava, stupéfaite, la dévisagea.

— Je l'ignorais !

Elle ne put questionner Sylavania, car ses nièces, quittant la table où elles étaient en train de dîner, accoururent demander pourquoi leur grand-mère était là, et où était leur mère.

— Elle a eu un petit accident, rien de grave, leur expliqua Ava. Elle va bien.

— C'est parce qu'elle était de nouveau sobre ? demanda Alexandra, qui mélangeait les mots.

Ava doutait qu'une fillette de cinq ans puisse de toute façon faire la différence entre « ivre » et « sobre ».

— Sa voiture a quitté la route. Je vais tout de suite aller prendre de ses nouvelles.

Margarita se mit à pleurer, sa jumelle l'imita. Olivia s'accrocha à ses jambes.

— Tu reviendras ? interrogea la petite fille suppliante.

Ava la serra dans ses bras.

— Je reviendrai. Promis.

Tandis qu'elle montait dans sa voiture, Ava songea qu'elle ne disposait plus librement de sa personne. Quand elle était venue dans la réserve de Turquoise Canyon, elle avait eu conscience de courir de nombreux risques en menant son enquête en solitaire sur l'enlèvement de Louisa, notamment celui de se faire radier de la police ou de devenir une cible à son tour. Mais jamais elle n'aurait pensé être entravée par les autres membres de sa famille.

L'accident de sa sœur, et tout ce qu'elle continuait d'apprendre sur Sara lui faisaient prendre conscience qu'elle s'était lourdement trompée. Elle n'était plus libre de ses mouvements. Car d'elle dépendaient maintenant ses trois autres petites nièces et sa sœur dépressive et alcoolique. Toutes quatre vulnérables.

Une idée horrible soudain la frappa. Et si Hauser, Churkin ou le Wolf Posse se servaient de ces dernières pour faire pression sur elle ?

Comment n'y avait-elle pas pensé plus tôt ?

Une petite voix intérieure lui rappela alors que le chef Tinnin l'avait déjà mise en garde à ce sujet… Pourquoi n'en avait-elle pas tenu compte ? S'était-elle crue invincible ? Avait-elle péché par orgueil ? Mais cette fois, elle allait se le tenir pour dit !

Non, elle ne pouvait pas prendre le risque que Sara, Olivia, Margarita et Alexandra payent les conséquences de son obstination à découvrir ce qui se tramait à la clinique.

Aussi, avant de prendre la route, appela-t-elle Jack Bear Den pour lui faire part de ses inquiétudes. Non seulement il ne la rassura pas, mais il réussit au lieu de cela à l'inquiéter davantage. Paniquée, Ava le pressa de venir surveiller la maison de Sara jusqu'à ce qu'elle soit de retour du QG. Ce que, grâce à Dieu, il accepta.

Quand elle arriva au QG de la police, un peu avant 21 heures, elle fut reçue par Jake Redhorse. Il la conduisit vers la cellule où Sara dormait sur un lit de camp.

— Dire que je l'ai conduite à sa première réunion AA, hier ! soupira Ava à la vue du visage tuméfié de sa sœur.

— Elle avait un taux d'alcool de 1,5 g/L. Elle passera devant la cour de notre tribu lundi matin.

— Pourra-t-elle bénéficier d'une libération sous caution ? Une mise en liberté avec l'engagement de comparaître ?

Jack Redhorse fit la grimace.

— Non. C'est une récidive. Sara conduisait alors qu'on lui avait retiré son permis de conduire.

— Quoi ! s'exclama Ava qui l'ignorait.

— Elle va être condamnée à la prison. Sans doute pour quelques mois.

— Mais elle a trois…

Jake Redhorse, sans lui laisser le temps de terminer sa phrase, déclara :

— J'ai contacté les services de protection de l'enfance. Une assistance sociale viendra demain. Je doute que Sara soit capable de s'occuper de ses filles pendant quelque temps.

Ava se sentit blêmir.

— Je ne veux pas que mes nièces soient placées ! Je peux m'occuper d'elles. Et elles ont aussi leur grand-mère paternelle.

Jake Redhorse la scruta du regard.

— Comment va Sylavania ?

— Elle est…, commença-t-elle.

— Incapable de s'occuper à temps plein et longtemps de trois enfants âgés de moins de six ans, enchaîna le policier.

— Alors c'est moi qui…

— Ça n'est pas à vous d'en décider, Ava.

Elle fit un geste d'agacement.

— Je vois. Dites à Sara que je suis venue. D'accord ?

Jake Redhorse le lui promit.

Le moral dans les talons, Ava repartit. Puisqu'elle ne pouvait rien faire pour sa sœur dans l'immédiat, autant qu'elle avance sur l'affaire des disparues. Munie désormais du mot de passe de Betty Mills, elle avait hâte de se connecter à son ordinateur pour accéder à toutes ses données. Et dans l'espoir que Kee se trouve encore à la clinique, elle lui envoya un message. Ce dernier l'appela aussitôt.

— Ava ? Où es-tu en ce moment ?

L'inquiétude qui perçait dans sa voix eut raison d'elle. Ava sentit sa gorge se serrer, les larmes lui monter aux yeux et soudain, couler en abondance. Elle avait envie de lui parler de Sara, de lui confier ses inquiétudes sur la sécurité de ses nièces. Elle avait envie de lui dire qu'elle redoutait que son enquête ne les mette en danger. Mais elle lui dit seulement où elle se trouvait, et lui demanda une nouvelle faveur.

— Quoi ? Que je laisse la fenêtre de la salle de repos entrouverte ? répéta Kee.

— Oui.

— Maintenant ?

— Oui.

Ava retint son souffle, attendant sa décision. Kee lui avait déjà divulgué le contenu de dossiers médicaux, puis avait déclenché l'alarme incendie de la clinique pour lui permettre de s'introduire dans le bureau de Betty. Qu'il agisse de façon si contraire à sa nature lui prouvait soit qu'il était perturbé par les événements en cours, soit qu'il lui faisait confiance. Peut-être les deux ? Elle ne devait pas oublier qu'il se mettait lui aussi en danger en se pliant à ses exigences.

— D'accord, lâcha-t-il enfin.

— Merci. Sans toi, je serais dans une impasse…

— On se voit plus tard ? biaisa-t-il.

— Oui.

Kee ayant laissé la fenêtre de la salle de repos entrouverte comme convenu, entrer dans la clinique fut un jeu d'enfant. Ava se rendit aussitôt dans le bureau de Betty Mills et, de nouveau, en crocheta la serrure, cette fois sans subir de pression, aussi y réussit-elle du premier coup. Il était 22 heures quand, grâce au mot de passe de l'administratrice, elle eut accès à toutes les données de son ordinateur. Le temps de copier son disque dur sur une clé USB, il était 23 heures quand elle quitta les lieux. Avec un peu de chance, songea Ava, elle découvrirait des éléments à charge d'ici demain matin et en ferait une copie qu'elle adresserait aussitôt à Tinnin.

Ava reprenait la route pour rentrer chez sa sœur quand elle reçut un appel de Kee. Elle se gara pour décrocher.

— Je viens d'apprendre par Jake que Sara était en garde à vue, commença-t-il.

— Oui, soupira Ava. Elle a eu un accident alors qu'elle conduisait en état d'ébriété et sans permis.

— Où sont les filles ?

— Avec leur grand-mère paternelle.

— Seules ?

— Sous la surveillance de la police de la tribu.

Elle entendit Kee soupirer de soulagement.

— Et toi, où es-tu, Ava ?

— En route. Je rentre.

— J'arrive.

Ava fut sur le point de refuser. Elle était trop fière pour accepter l'aide ou le soutien d'autrui… D'un autre côté, elle avait terriblement envie que Kee soit avec elle ce soir.

— Les services de protection de l'enfance viendront demain, annonça-t-elle tout à trac, le cœur lourd. On va s'occuper de mes nièces, mais seront-elles vraiment en sécurité ? Ne les ai-je pas mises en danger avec mes entreprises hasardeuses ? Et si je m'étais fourvoyée, Kee ?

— Appelle le chef Tinnin si tu redoutes le pire.

— Le détective Jack Bear Den est déjà sur place… Mais… il ne peut pas non plus assurer une surveillance en permanence.

— Sa fiancée est toujours dans notre réserve. Elle travaille au FBI.

— Je vois mal ce que le FBI pourrait faire de plus que la police de Turquoise Canyon… Mais pourquoi pas ?

— À tout à l'heure.

Ava avait vraiment envie de le voir, et sentit même l'impatience la gagner tandis que son inquiétude se muait en du soulagement. Elle savait qu'elle pouvait compter sur Kee.

— Ça n'est pas la peine de venir, répondit-elle pourtant.

Mais Kee avait déjà raccroché.

Ava ralentit en arrivant devant chez sa sœur et se gara à côté de la voiture de patrouille de Bear Den à qui elle annonça son souhait de solliciter le FBI. Bear Den contacta aussitôt sa fiancée, l'agent Sophia Rivas, qui à son tour contacta son boss, un certain Luke Forrest.

En attendant l'arrivée de Sophia Rivas, Ava expliqua la situation à Sylavania. Celle-ci savait que Sara avait eu un retrait de permis suite à une conduite en état d'ivresse. Tout le monde était au courant, d'autant qu'un entrefilet avec sa photo avait paru dans le quotidien de Turquoise Canyon. Pire : Sara avait été arrêtée en dehors de la réserve, ce qui l'avait obligée à comparaître devant la justice de l'Arizona.

— Ça ne me gêne pas de prendre mes petites-filles chez moi, conclut Sylavania comme Ava lui précisait que Sara allait écoper de quelques mois de prison.

— Ça va être difficile à cause de tes problèmes de santé, objecta-t-elle.

Sylavania pinça les lèvres.

— Je me débrouillerai.

— Nous en reparlerons demain, dit Ava qui admirait l'abnégation de cette femme épuisée par la maladie.

Alors elle expliquerait à Sylavania que les trois petites filles seraient momentanément sous la protection du FBI, et que les services sociaux interviendraient dès demain. Elle doutait que Sylavania lui pardonne ce qu'elle considérerait comme une trahison. N'était-ce pas ce qu'elle ressentait elle-même ?

— Tu ne veux vraiment pas que je reste pour la nuit ?

Plus tôt Sylavania rentrerait chez elle, plus tôt elle serait en sécurité.

— Je t'appelle si nécessaire, d'accord ? répondit-elle seulement.

— D'accord.

Sylavania prit ses affaires et ses clés de voiture, et lui serra la main.

— Sara et les filles ont de la chance que tu sois là, Ava.

Ava se sentait plutôt coupable à la pensée qu'elle avait peut-être mis ses nièces en danger. Elle s'était flattée d'être indépendante et autonome, mais elle venait de solliciter l'aide de la police et du FBI.

Elle suivit des yeux Sylavania qui gagnait sa voiture et y montait. Sous son poids, le véhicule s'affaissa. Ava refusait d'imposer à cette femme courageuse mais affaiblie par l'âge et des problèmes de santé trois petites filles turbulentes. Sara devait prendre ses responsabilités, suivre une cure de désintoxication pour élever ses filles comme elles le méritaient. Ava voulait s'occuper de ses nièces, mais, ainsi que le lui avait fait remarquer Jake Redhorse, ce serait les services sociaux qui en décideraient. À court terme, elle ne pouvait que s'assurer que ses recherches pour retrouver Louisa ne mettent pas en péril Margarita, Alexandra et Olivia.

En reculant, Sylavania passa devant la voiture de patrouille de Bear Den, si bien cachée qu'elle ne dut pas la remarquer.

Aussitôt après, Bear Den s'approcha, accompagné par l'agent de terrain Sophia Rivas, une très belle femme à l'allure athlétique qui portait sur les traits une expression énergique et pragmatique.

Après concertation, il fut décidé que les trois petites seraient conduites dans une maison sécurisée où elles passeraient la nuit, en échange de quoi Ava promettait de collaborer avec le FBI dès le lendemain.

— Vous devriez venir maintenant aussi, conclut Sophia Rivas.

— Non. J'ai encore du travail.

Rivas lui adressa un regard dur.

— Pourquoi ne pas travailler ensemble dès à présent ?

Ava n'ignorait pas que le FBI enquêtait sur les liens entre les disparues et la famille mafieuse russe qui opérait à Atlanta depuis plusieurs mois.

— Vous n'êtes pas la seule à vous intéresser à cette affaire, insista Sophia Rivas. Vous n'êtes pas non plus la seule à être affectée par les disparitions. Ça n'est pas une excuse pour jouer les justicières.

— Assurez la sécurité de mes nièces, c'est tout ce que je vous demande dans l'immédiat.

— Je m'en occupe, soyez sans crainte. Et vous, soyez prudente. Vous me semblez incapable d'accepter l'aide d'autrui. Vous péchez par orgueil, Hood. Je ne vous envie pas, vous devez vous sentir seule dans votre tour d'ivoire, lâcha Rivas.

Ava serra les dents. De quel droit cette inconnue la jugeait-elle ?

Elle conduisit Rivas et Bear Den dans la chambre de ses nièces. Olivia ne se réveilla pas lorsque Ava la souleva et la déposa sur la banquette arrière de la voiture de patrouille de

Bear Den, mais Margarita et Alexandra furent quant à elles prises de panique et pleurèrent toutes les larmes de leur corps, surtout au moment où le véhicule démarra. Ava, chavirée et déchirée, se revit emmenée avec Sara par les services sociaux lorsque leur mère avait dû subir une cure de désintoxication. Quel âge avait-elle alors ? Dix ans ? Onze ans ?

Comment avait-elle pu laisser le passé se répéter ?

Ava gardait les yeux fixés sur la route où la voiture de patrouille avait disparu quand un pick-up arriva.

Ava éteignit la lumière et se baissa. *Yury Churkin ?*

Le pick-up ralentit, elle sortit son arme de service et en dégagea le cran de sûreté. Le véhicule s'engagea devant chez Sara. Un tueur n'agirait pas de façon si ostentatoire, songea-t-elle.

Un soupir de soulagement lui échappa quand elle reconnut le Dodge RAM de Kee.

— Je t'avais dit de ne pas venir, lui dit-elle, venant à sa rencontre sur le seuil de la porte.

— Je suis aussi désobéissant que mes patients.

Elle se tut, luttant contre le désir de courir à lui.

— Personne ne décide à ma place. De plus, j'avais envie de te voir.

Ava sourit. Il ouvrit les bras, elle s'y jeta. Il se serra fort contre elle alors qu'elle se pressait contre lui, les yeux fermés, submergée par une joie fulgurante.

— C'était dangereux de venir, souffla-t-elle.

— Tu as peur pour moi ?

— Bien sûr.

— Moi j'ai peur pour toi, Ava. Raison de plus pour que je reste !

Et, sur ces mots, il l'embrassa sur le front puis sur la joue. Spontanément elle leva la tête, lui offrant sa bouche. Ensuite, le cœur battant avec violence, elle se laissa absorber par leur baiser et oublia tout le reste.

Jamais contact ne fut plus réconfortant, plus délicieux et sensuel à la fois, en dépit de leurs vêtements qui faisaient obstacle à l'explosion de leur sensualité. Elle recula un peu pour déboutonner sa chemise, puis se figea, consciente qu'ils se trouvaient quand même sur le pas de la porte de chez Sara.

Elle laissa retomber les mains.

— Il vaudrait mieux que tu y ailles, Kee…

Il riva son regard au sien.

— Non ! Laisse-moi entrer ou je passe la nuit devant cette porte.

Ava regarda de part et d'autre de la rue. Tout semblait calme. Sans danger… Elle s'effaça pour le laisser entrer. Et referma la porte derrière lui.

15

La petite musique de son portable, qui faisait office de sonnerie, réveilla Hector avant que sa phrase mélodique ne se répète. Médecin, il était habitué aux réveils intempestifs au milieu de la nuit — sa femme aussi, d'ailleurs c'est à peine si elle se réveillait ; pour l'heure, elle roula sur le flanc avec un soupir tandis qu'il prenait sa communication.

— Hauser, j'écoute, dit-il d'une voix rauque, ensommeillée.

— Quelqu'un s'est connecté à mon ordinateur, dit une voix familière.

Betty ? Jamais elle ne téléphonait chez lui. À une heure si tardive, les appels provenaient en général de la caserne des pompiers.

Le cœur battant, il se redressa d'un bloc.

— Répète.

— On a réussi à se connecter à mon ordinateur, à la clinique. Je viens de recevoir une alerte.

— Quelle heure est-il ?

Tournant les yeux vers sa table de nuit, il constata qu'il était 22 h 55.

Il se leva et se rendit dans la cuisine, le combiné pressé à son oreille.

La voix de Betty s'éleva de nouveau.

— Hector ? Tu es toujours là ?

— Oui. Tu en es certaine ?

— Oui.

— Comment a-t-on pu découvrir le mot de passe ?

— Aucune idée. Mais il y a eu une connexion, insista-t-elle. Que faire maintenant ?

Certainement pas contacter la police.

— Je suis sûre que c'est cette femme ! reprit Betty. Ava Hood. Yokota. Je te parie que le déclenchement de l'alarme incendie était une diversion pour accéder à mon bureau. Oh Hector ! Que faire ?

— Calme-toi, Betty. Les dossiers et fichiers les plus sensibles sont cryptés, n'est-ce pas ?

— Exact.

Il entendait son souffle rapide à l'autre bout du fil, et il fut soudain excité de penser à Betty seule et épouvantée.

— Je vais contacter Churkin pour qu'il règle son compte à Yokota, dit-il. Toi, ne va surtout pas à la clinique. C'est peut-être un piège.

— Hector, je suis folle d'angoisse.

— Tu veux que je vienne ?

— De nombreux dossiers et fichiers de l'ordinateur de Betty Mills sont chiffrés, ou si tu préfères, cryptés, expliqua Ava. Sans doute pour de bonnes raisons ! Mais j'ai un logiciel de décryptage.

— Ça va prendre longtemps ?

— Un signal m'indiquera quand ça sera fini.

Sur ces mots, Ava sourit avec satisfaction. Enfin ! Enfin elle allait savoir où se trouvait Louisa ! De plus, non seulement ses trois autres nièces étaient en sécurité, mais Kee se tenait auprès d'elle. Alors, oui, pour la première fois depuis son arrivée dans la réserve de Turquoise Canyon, elle était heureuse et optimiste.

— Où sont les filles de ta sœur ? demanda Kee, regardant autour de lui.

Ava lui fit part des décisions temporaires qu'elle avait prises, ajoutant que la police de la réserve surveillait la maison. Quant à Sara, elle était en garde à vue, protégée d'elle, enfin, de ses démons, et d'autrui.

— Il ne nous reste donc qu'à patienter avant de passer à l'action ! conclut Kee.

Elle sourit, ravie par son « nous ». Et dire que quelques

jours auparavant elle le soupçonnait... Maintenant, elle l'incluait dans sa quête, dans son enquête !

Aïe... C'était précisément la chose à ne pas faire... ! s'avisa-t-elle soudain en fronçant les sourcils.

— « Nous » ? Non, Kee. Si on t'interroge sur le déclenchement de l'alarme incendie, tu ne sais rien.

— Ah je vois. Tinnin t'a posé la question ?

— Oui et je n'ai rien dit. Quand la vérité éclatera, et ça ne saurait tarder, je ne veux pas que tu sois impliqué de quelque façon que ce soit. Tu auras fort à faire, car ta tribu, ta clinique auront besoin de toi plus que jamais, une fois que Hauser et Mills seront appréhendés.

— Et à ton avis, personne ne s'étonnera ou ne se méfiera lorsque, interrogé, je prétendrai avoir tout ignoré ? N'avoir rien vu, rien entendu ? L'aveu de mon innocence sera interprété comme de la stupidité et de la naïveté !

Peut-être.

— Écoute, Ava, reprit-il, comme toi je veux connaître le fin mot de cette histoire. Aujourd'hui, côtoyer Hector, sachant qu'il jouait un rôle, portait un masque, a été une véritable épreuve pour moi.

Il marqua un temps d'arrêt.

— Je garde cependant le mince espoir que tu te trompes sur son compte. J'oscille entre le doute et les certitudes.

— Bientôt nous en aurons le cœur net.

Ava baissa la tête et poursuivit :

— Je suis désolée de t'avoir soupçonné, et déçu.

— Soupçonner, c'est ton métier, pas vrai ? lâcha-t-il d'une voix tendue, contrôlée.

— Oui. Mais en général, je n'ai pas d'état d'âme. Là, je me sens pathétique...

Et d'ajouter au bout d'un silence :

— Tu ne méritais pas ce traitement de ma part, Kee.

Et Ava découvrit, surprise, qu'elle lui faisait confiance bien qu'elle ne le connaisse que depuis une semaine.

Elle avait des amis, elle avait eu des petits amis, mais jamais de vrais amis ni d'amours authentiques. Elle s'était interdit tout attachement et engagement. Elle connaissait en effet le mal qu'un homme pouvait faire à une femme très amoureuse.

Mais Kee n'était pas comme les autres. Il était intègre, il avait des valeurs. C'était un homme fiable. Respectable.

Idéal.

Parfait... ?

Fait pour elle.

Frappée par ces conclusions, et de là portée par un élan irrésistible, elle tendit la main vers lui. Il s'approcha et, d'un geste, l'étreignit. Ava se blottit dans ses bras sans arrière-pensées et, levant les yeux vers lui, le vit entrouvrir ses lèvres souriantes.

— Ava ? murmura-t-il comme s'il cherchait à obtenir un consentement.

Elle ne le laissa pas terminer.

— Embrasse-moi...

Il lui prit le visage en coupe, plongea les yeux dans les siens en s'inclinant et, avec un sourire, posa la bouche sur la sienne. Leur baiser fut plein d'abandon. Ils étaient seuls, ils avaient la nuit devant eux. Et, comme ils étaient en sécurité, Ava pouvait se départir de sa vigilance et de sa méfiance pour une fois. Et elle comptait bien ne pas s'en priver.

La langue de Kee, veloutée, déjà s'introduisait entre ses lèvres, pour s'entremêler avec vigueur, habileté et avidité à la sienne.

Tandis qu'elle se pressait dans ses bras, jouissant de son corps qu'elle sentait fort et palpitant, elle prit conscience de l'accélération de son pouls et de sa propre excitation. Ses émotions et réactions lui échappaient, ses seins devenaient lourds et douloureux sous la tension d'un désir qu'elle n'avait jamais éprouvé. N'y tenant plus, elle saisit une main de Kee pour la poser, d'autorité, sur l'un de ses seins. Ce contact lui fit pousser un cri étranglé qui fit écho au gémissement qui jaillit sur les lèvres, toujours sur les siennes, de Kee.

Quand il lui retira sa veste, il se figea à la vue de son holster. Ava s'en débarrassa promptement, et se dévêtit pour ne garder que son soutien-gorge et sa petite culotte. Elle croisa le regard de Kee et elle fut frappée par ses prunelles sombres, brillantes et avides. Sans le quitter des yeux, elle passa les mains sous son T-shirt, pour caresser avec délectation son ventre plat, et remonta jusqu'à son torse musclé. N'y tenant plus, elle fit passer son T-shirt pas dessus sa tête et s'attaqua ensuite à la ceinture de son jean.

Kee s'aida du talon d'une botte pour retirer la première et, de la pointe du pied, se débarrassa de la deuxième. Désormais presque nus, ils s'embrassèrent de nouveau ardemment.

Ava sentit la main de Kee s'aventurer dans son dos afin de dégrafer son soutien-gorge. Elle l'ôta prestement par-devant en poussant un soupir d'aise. Kee recula et l'enveloppa d'un regard admiratif.

— Ava, tu es la plus belle femme que j'aie jamais vue, murmura-t-il d'une voix vibrante.

Elle rougit. Elle n'était pas sûre de mériter le compliment, mais, lui, sans conteste, était beau. Bien découplé. Idéalement musclé. *Parfait.* Elle posa de nouveau une main sur sa poitrine et, sous la pression de sa paume, sentit l'un des mamelons durcir. Elle laissa glisser l'autre main jusqu'à sa taille, la posa avec insistance sur la braguette dont la bosse attisa son désir.

— J'ai tant pensé au moment où nous ferions l'amour. Tant imaginé, souffla-t-elle.

— Moi aussi.

Et il reprit sa bouche, mais il ne s'en contenta plus car il l'embrassa dans le cou avec une lenteur frustrante, puis mordilla, lécha la pointe de ses seins. Ava se cambra, s'arc-bouta, les lui offrant davantage, avec plus d'insistance. Le plaisir n'en finissait plus de monter.

Elle tremblait d'impatience quand Kee lui retira sa petite culotte, de nouveau avec cette lenteur délicieusement exaspérante et sensuelle. Elle se mit à genoux, il l'allongea sur le tapis, plaçant au préalable un coussin du canapé sous ses hanches que, pour finir, il souleva. Puis il se positionna entre ses jambes. Ava se mordilla la lèvre inférieure en sentant la bouche de son amant explorer délicatement et voluptueusement sa féminité brûlante. Vite elle céda aux sensations, à leur maelström, pour atteindre les cimes du plaisir sensuel absolu.

Poussant un cri, elle se redressa. Elle voulait reprendre la bouche de Kee, enrouler sa langue autour de la sienne, qui avait été si habile à lui donner ce plaisir. Mais Kee l'embrassait à présent sur les hanches, le ventre et dans le cou.

— C'était incroyable..., murmura-t-elle quand il lui sourit.

Elle caressa sa joue, portant son autre main sur son sexe gonflé.

Elle découvrait en Kee un amant passionné et audacieux, si différent du médecin prudent et parfois candide et vulnérable qu'elle avait côtoyé et appris à connaître au cours de ces derniers jours.

Déjà, Kee sortait de sa poche un préservatif. Il le lui tendit. Ava déchira le carré de papier avec ses dents et, les yeux dans les siens, descendit la braguette de son jean.

Kee sursauta en entendant un bip. Il ouvrit les yeux, se vit dans un salon inconnu. Au bout d'un moment il recouvra ses souvenirs et ses sens.

Ava, nue, était blottie tout contre lui, sur le canapé. Une de ses jambes était entrelacée à sa cuisse et sa main, abandonnée sur son épaule. Un nouveau bip s'éleva. Il émanait de l'ordinateur.

S'étaient-ils assoupis depuis longtemps ?

Consultant son portable, il constata qu'il était minuit passé.

Il sourit au souvenir de leurs ébats. Ava n'avait été que douceur. Il s'était attendu à une amante ardente, passionnée, fougueuse, car ainsi la connaissait-il dans la vie de tous les jours, or dans l'intimité elle avait montré une tendresse et une vulnérabilité qui l'avaient à la fois surpris et ému.

Ava à son tour réveillée lui sourit. Dans son regard il lut le bonheur d'une femme comblée. Et, sur son visage, cette fatigue radieuse due à la sensualité et la volupté. Et aucun regret. Une semaine plus tôt, samedi dernier précisément, il ne connaissait pas ce visage, aujourd'hui, il ne se lassait pas de le contempler. Ava avait pris possession de son cœur.

De nouveau l'ordinateur émit un bip. Ava se raidit.

— Mon logiciel a terminé de décrypter les dossiers et fichiers codés de Betty Mills.

Alors elle se redressa d'un mouvement souple et gracieux, et, s'enveloppant du plaid froissé à leurs pieds, quitta le canapé.

Kee enfila quant à lui son boxer et son jean à la hâte avant de la rejoindre. Déjà, Ava était concentrée sur l'écran de son ordinateur.

Il fit un effort pour ignorer le désir qui, de nouveau, l'envahissait alors qu'il posait une main sur son épaule. Elle la recouvrit de la sienne, et il comprit qu'il ne pourrait pas plus maîtriser l'impétuosité d'Ava à retrouver sa nièce que l'amour absolu qu'il éprouvait pour elle. Bien que n'ayant croisé son chemin qu'une semaine plus tôt, il avait l'impression qu'Ava avait toujours fait partie de sa vie.

S'efforçant de revenir à la réalité, il porta les yeux sur l'écran, à la fois impatient et plein d'appréhension à l'idée de ce qu'ils allaient découvrir dans les dossiers et fichiers désormais décryptés. La culpabilité ou l'innocence d'Hector ? Il doutait toujours que cet homme, qu'il portait aux nues depuis l'enfance, soit un criminel. Sans doute, au pire, était-il victime de chantage ou de pressions ? Hector ne pouvait être impliqué dans un réseau criminel de mères porteuses, comme l'affirmait Ava avec tant de conviction. Hector était médecin, il ne saurait être capable de commettre des actes aussi vils que des inséminations à l'insu de jeunes patientes.

Il vit Ava copier dossiers et fichiers sur une clé USB. Quand elle eut terminé, elle en ouvrit certains.

— Regarde ! s'exclama-t-elle en lui montrant un tableau Excel. La liste des candidates potentielles ! Et là, des noms, les dates de visite à la clinique. Les tests de grossesse sanguins et les dates d'enlèvement de…

Un cri d'indignation lui échappa comme elle reprenait :

— … Les dates d'enlèvement des… « paquets » ! C'est comme ça qu'ils appellent ces pauvres filles, quelle horreur ! Regarde, Louisa est mentionnée là !

Kee fit les déductions qui s'imposaient : Betty impliquée, Hector l'était forcément. L'administratrice n'avait aucune compétence médicale, elle n'aurait pu inséminer les jeunes filles à leur insu.

Kee sentit son cœur chavirer alors que ses derniers doutes

cédaient la place aux plus terribles certitudes, la peur, la déception et la colère ensuite les cristallisant. Accablé, le cœur lourd, il se laissa tomber sur la chaise à côté d'Ava.

— Et là, à mon avis, ce sont les parents biologiques, des Anglos, mais Betty utilise des numéros pour les identifier, dit-elle, les lui montrant. Elle est très organisée.

Ava tapa sur le clavier et continua de commenter, inconsciente de son silence et de son malaise croissants.

— Ce que je ne vois pas, en revanche, c'est qui procède à « l'enlèvement des paquets », ni où ils sont « acheminés », pour reprendre leur odieuse terminologie. Bon, quoi qu'il en soit nous avons suffisamment de preuves à charge ! Il faut que j'appelle Tinnin et l'agent Forrest tout de suite. Je ne veux pas que Mills et Hauser se doutent que nous sommes sur leur piste et prennent la fuite !

Elle marqua un silence. Puis :

— Tu vois, j'avais raison depuis le début ! s'exclama-t-elle.

Son sourire triomphant disparut quand elle croisa son regard.

— Kee ? Que se passe-t-il ?

16

Kee ramassa sa chemise et l'enfila. Puis il s'assit sur le canapé et mit ses chaussettes et ses bottes.

— Kee ? répéta Ava, troublée.

Resserrant le plaid sur ses épaules, elle prit place à côté de lui mais il s'écarta.

— Tu gardais l'espoir qu'Hector était innocent, n'est-ce pas ? souffla-t-elle.

Kee rabattit son jean sur ses bottes et se leva.

— C'est un monstre, Kee ! insista Ava.

— Tu ne comprends pas… J'avais toujours été à l'écart. Mon père avait choisi Ty, plus fiable que moi sur le plan physique, pour en faire son complice lors de son cambriolage raté. C'était minable mais, à l'époque, j'ai été humilié qu'il ait préféré Ty. J'étais l'aîné quand même ! Mais je boitais… J'ai voulu faire partie du Wolf Posse à treize ans, mais le gang m'a refusé, encore une fois à cause de ma déficience physique. Le seul qui ait fait de moi sa priorité, qui a cru en moi et ne m'a pas repoussé, c'est Hector Hauser. Il a réparé mes jambes, il m'a fait découvrir ma vocation. La médecine. Il m'a épaulé pendant mes études.

— Je suis désolée, Kee… Hauser n'est pas l'homme qu'il prétend être.

— Un homme marié, bon époux et bon père de famille.

— Un homme qui trompe sa femme. Betty et Hector ont une liaison.

Kee, sous ce nouveau choc, se crispa.

— Comment le sais-tu ? s'enquit-il, les narines dilatées et le souffle court.

En guise de réponse, Ava lui serra la main. Il la lui abandonna passivement, et sans chercher non plus son regard.

— Contacte Tinnin, dit-il enfin d'une voix sourde. Le FBI. Qui tu veux. Il faut en finir.

Samedi, dès l'aube, Ava faisait les cent pas dans la salle d'escouade du poste de police de Turquoise Canyon. Le FBI avait demandé à Tinnin de livrer Hector Hauser et Betty Mills au bureau du FBI de Tucson. Tinnin avait refusé au motif que c'était au conseil de la tribu de statuer. La souveraineté des tribus indiennes sur leur réserve ayant été reconnue par la Cour suprême des États-Unis au milieu des années soixante-dix, les tribus avaient en effet une grande liberté de décision quand un autochtone était accusé d'actes délictueux sur leurs terres.

Tinnin et Bear Den avaient parcouru les fichiers qu'Ava avait piratés et, de là, accepté l'aide du FBI pour la poursuite de l'enquête. Le Dr Hector Hauser et sa femme Beatrice avaient aussitôt été arrêtés. Betty Mills aussi.

L'équipe technique et scientifique du FBI avait passé la nuit dans la clinique afin d'obtenir de façon licite ce qu'Ava avait obtenu illicitement. Les techniciens avaient découvert, dans les fichiers de l'administratrice, le nom de la prochaine victime du réseau ou « paquet à enlever ». Une certaine Heather Cosay. Hélas, tout comme pour les autres disparues, ni la date de « l'enlèvement » ni le lieu de « stockage » de ce nouveau « paquet » n'étaient mentionnés. À l'évidence, les opérations étaient compartimentées pour des raisons de sécurité.

Si l'intervention de Mills semblait prendre fin une fois le « paquet enlevé », celle de Hauser restait à déterminer en revanche.

Kee avait vu Hector, l'homme qu'il avait mis sur un piédestal, arriver menotté. Ava avait tenté de le réconforter, il l'avait ignorée. Son désespoir semblait sans fond… Ava, épuisée, avait fini par s'assoupir sur une chaise à côté de lui. Lorsque Forrest la réveilla, elle découvrit qu'il n'était plus là.

— Où est Kee ? demanda-t-elle.

— À la clinique. Appelé en urgence pour un accouchement, lui expliqua le chef du FBI.

Il portait un costume gris avec un pantalon au pli impeccable bien qu'il ait travaillé toute la nuit. Sa chemise blanche était froissée, mais son élégante cravate gris acier cachait ce désordre relatif. C'était un autochtone au regard brun très vif, qui portait ses cheveux noirs très courts. Il était mince, grand et musclé, et son visage anguleux, presque émacié, révélait qu'il travaillait plus qu'il ne mangeait ou dormait.

— Hauser a avoué qu'il avait assuré le suivi de certaines filles à Darabee.

— Là où était justement détenue Kacey Doka ?

— En effet. Après le raid, selon Hauser, les Russes auraient décidé d'avoir recours à un autre médecin, par précaution, au cas où il serait sous surveillance. On va voir si Mills confirme.

Ava se mordilla les lèvres, déçue.

— Où est Louisa ?

— Nous ne le savons pas. Je suis désolé. Mais on continue d'interroger Hauser et Mills.

Non ! Elle ne pouvait pas avoir mis sa carrière en jeu pour si peu de résultats. Ava leva les yeux vers la grande horloge sur le mur. Il était un peu plus de 7 heures.

— Vous pensez que Mills accepterait de passer un accord en échange d'une collaboration avec la police et le FBI ? s'écria-t-elle soudain.

Forrest fronça les sourcils.

— C'est-à-dire ?

— Son contact attend forcément un appel pour se faire confirmer « l'enlèvement du paquet ». Heather Cosay. Je pourrais me substituer à Heather Cosay.

Forrest la jaugea un instant.

— La fille en question a tout de même dix ans de moins que vous ! objecta-t-il en pinçant les lèvres.

— Avec des vêtements appropriés, maquillage et coiffure à l'appui, je pense que c'est jouable.

Certes, Ava avait vingt-huit ans, mais elle ne les paraissait pas. Elle devait souvent prouver qu'elle était majeure lorsqu'elle entrait dans un bar.

— C'est la seule chance de retrouver les disparues ! insista-t-elle.

— Vous pourriez y perdre la vie, grommela Forrest. Tinnin a raison : vous êtes complètement folle. Avez-vous pensé à votre sœur, actuellement en garde à vue ? À vos trois nièces ?

— Vous oubliez la quatrième ! riposta Ava. Trop de raison tue la raison ! Et si mon grain de folie peut changer la donne…

— Je vais en parler à mon boss. Mais ne vous bercez pas d'illusions, Hood. Si nous montons une opération et proposons un appât, ce sera avec une fille de chez nous.

— Parce que vous avez un agent qui parle tonto apache, peut-être ? Assez juvénile pour avoir l'air d'une fille de dix-sept ans ? Qui peut être briefée et prête dans…

Elle consulta de nouveau l'horloge du regard.

— Une heure ou deux ? Car inutile de vous préciser qu'il faut agir vite.

17

Kee avait été appelé en urgence pour un accouchement et c'est seulement en fin de matinée qu'il apprit, de la bouche du détective Bear Ben, qu'Ava avait convaincu le FBI de se faire passer pour la prochaine victime du réseau de mères porteuses.

Furieux, il avait frappé Bear Den, qui l'avait neutralisé et tenu en respect jusqu'à ce qu'il cesse de l'accabler d'imprécations en tonto apache.

— Où est Ava en ce moment ? parvint-il à demander malgré la colère qui le suffoquait.

— Vous ne pouvez pas la voir.

— De mieux en mieux ! s'écria Kee, fou d'impuissance et de frustration. Si elle perd la vie au cours de cette opération, ce sera votre faute !

— Et vous, si vous entreprenez quoi que ce soit pour la retrouver dans les prochaines heures, je vous mets en état d'arrestation, répliqua Bear Den. Ava est notre meilleure chance de retrouver les disparues. Certains que c'est Heather Cosay, les Russes la conduiront vers les autres victimes.

— Vous n'en savez rien ! vitupéra Kee. Ce ne sont que des suppositions ! Ils peuvent aussi la conduire Dieu sait où. Ou découvrir la supercherie et la tuer sur-le-champ ! Ava a l'air jeune mais de là à paraître dix-sept ans… ! De plus, elle est avant tout un policier, elle en a l'attitude et les réflexes.

— Nous avons pris les dispositions nécessaires pour assurer sa protection, objecta Bear Den. Avec le FBI. On la localisera à chaque seconde.

— Je ne supporterai pas qu'il lui arrive quelque chose, conclut Kee à mi-voix.

— Je comprends ce que vous ressentez, reprit Bear Den en soupirant.

— Elle ne m'a même pas mis au courant, déclara-t-il, soudain déçu.

Ava n'avait pas compris qu'il l'aimait comme un fou ? Il ne comptait donc pas pour elle ? Il avait pourtant cru lui avoir révélé ses sentiments, la nuit dernière, en lui faisant l'amour, mais ça n'avait pas suffi apparemment… Il aurait dû le lui signifier par des mots.

— Hood n'en a pas eu le temps, expliqua Bear Den.

Kee haussa les épaules.

— Vous savez, Hood a du cran. Elle force le respect, reprit le détective.

Kee resta coi. Il était en colère et trop désappointé. Comment expliquer que son inquiétude pour Ava, et que sa soudaine et inexplicable indifférence à son égard, après les moments uniques, sublimes qu'ils avaient passés dans les bras l'un de l'autre, lui cause une douleur physique insupportable ?

— Vous le prenez trop à cœur, déclara Bear Den. J'imagine qu'elle le mérite.

— Mériter quoi ?

— L'amour que vous lui portez, Redhorse.

Étranglé par l'émotion, cette fois, Kee garda le silence.

Lorsque, abattu, il quitta le poste de police, Kee entendit, dans son dos, le détective demander qu'il bénéficie d'une escorte. Kee serra les dents pour retenir les larmes qui lui montaient aux yeux. Peine perdue. Il dut attendre que sa vision soit moins brouillée avant de prendre la route. Mais ses larmes devinrent sous peu si abondantes que, pour finir, il se gara sur l'accotement, coupa le moteur, et s'essuya les yeux avec un pan de sa chemise.

Il se rendit ensuite chez sa mère, personne n'y était. Où aller ? Chez qui ? Jake ? Non. Trop occupé par son enquête actuelle. Colt ? Non. Tenu dans un endroit secret dans le cadre d'un programme de protection de témoin. Restait Ty… Ty si énigmatique…

Mon Dieu ! Et si c'était Ty le chauffeur pressenti pour « l'enlèvement du prochain paquet » — à savoir Heather Cosay, ou plutôt celle qui se faisait passer pour telle ?

Arrivé chez son frère, Kee constata que la voiture de patrouille derrière lui se garait aussi mais en retrait. Quand il se dirigea vers le garage, Hemi en sortit et lui fit la fête. Kee posa un genou à terre et serra la chienne contre lui, enfouissant son visage dans son épais pelage.

— Que se passe-t-il ? demanda Ty peu après.

Tout en sachant que son frère avait des liens avec le gang de la tribu, Kee lui gardait sa confiance. Il lui raconta que Richard avait été tué, Hauser et Mills arrêtés.

— Et ça n'est pas fini, répliqua Ty en hochant la tête.

Kee sentit son anxiété redoubler.

— Que veux-tu dire ? Explique-toi.

— Avant que tu ne m'informes de sa disparition, j'ignorais tout de Richard Day. En proie au doute, j'ai interrogé Faras. Il m'a révélé que Day fouinait et était dangereux. C'est pourquoi il a été tué. Je pense d'ailleurs savoir par qui.

Faras Pike. Le chef du gang Wolf Posse. Avec lequel Kee avait été en classe. S'il honorait son intelligence et sa force physique, Kee l'évitait. Contrairement à Ty.

— Ce sont les hommes du Wolf Posse qui l'ont supprimé ?

— Non, c'est le tueur à gages d'un réseau avec qui le Posse est en affaires. Un réseau mafieux impliqué dans des trafics divers… Enfin, pour autant que je sache. Moi, je ne suis qu'un pion dans la configuration. Un de leurs « chauffeurs ».

Il se tut et hésita avant de reprendre :

— Toujours selon Faras, ce tueur à gages aurait un nouveau contrat à exécuter. Un autre fouineur à éliminer.

— Qui ? interrogea Kee.

Le silence de Ty le renseigna plus sûrement que ce qu'il comptait lui répondre.

— Ava ? Non ! s'écria-t-il, pris de panique. Comment le réseau a-t-il pu savoir qu'Ava était dans la police et cherchait à retrouver sa nièce ? Pourquoi Faras t'en a-t-il informé ?

— Parce que je suis « chauffeur », je te dis. Et le meilleur.

C'est pourquoi je suis toujours au courant des opérations en cours.

— Appelle Faras, s'écria Kee. Demande-lui de contacter ses… ses… Ces individus pour annuler le contrat sur la tête d'Ava !

— Impossible.

— Ava va se faire passer pour Heather Cosay, la prochaine victime du réseau. Elle va jouer les appâts ! Le tueur à gages va tomber soit sur Ava, soit sur Ava alias Heather Cosay. Du coup, l'opération du FBI et de la police tribale peut se solder par un fiasco. Et dans tous les cas, Ava est en danger ! Il faut que je la prévienne.

Sur ces mots, Kee sortit son téléphone et composa le numéro d'Ava.

Ava sortit de la douche, et posa prudemment un pied sur le tapis de bain. La maison de Sara avait été bâtie dans les années cinquante, le carrelage en était, comme le voulait la mode à cette époque-là, rose ocre veiné de noir. Le lavabo et la baignoire étaient quant à eux d'un tendre rose pâle. Seules les toilettes, qui avaient été changées pour un modèle plus récent, étaient blanches.

Après qu'elle avait été maquillée et coiffée à la façon de Heather — en se basant sur la photographie contenue dans le dossier médical de la jeune fille —, Ava avait été prise en photo, et Betty Mills, en présence du FBI, avait envoyé ce cliché au réseau mafieux de façon que les ravisseurs puissent identifier leur victime. Les ravisseurs en effet ne voyaient jamais le « paquet » avant le jour de son « enlèvement ». Ce qui était une chance, dans le cas présent, songea Ava, qui avait redouté que le manque de sommeil et ses cernes n'échouent à lui faire paraître dix-sept ans, mais sa silhouette juvénile et un adroit maquillage avaient pallié ces inconvénients.

Pour l'heure, Ava se reporta de nouveau à la photo de la vraie Heather. Jolie et charmante avec ses couettes, mais son rouge à lèvres était trop vif et son regard trop charbonneux.

Elle se refit des couettes, en apportant un soin particulier aux deux barrettes qui renfermaient une mini-balise espion. Tout comme son smartphone et ses sneakers. Puis elle se rendit dans la chambre à coucher de Louisa pour lui emprunter des vêtements. Un short frangé, bien trop court à son goût, et un T-shirt baby doll transparent qui révélait la couleur de son soutien-gorge.

— Comment les filles peuvent-elles s'attifer de la sorte ? demanda-t-elle à son reflet.

Une fois qu'elle se fut maquillée, Ava se regarda dans le miroir de la chambre de Louisa pour juger du résultat. Visage de poupée, tenue d'adolescente, poitrine pigeonnante et jambes interminables, elle était bluffante. Elle ne portait pas de veste Kevlar pour des raisons évidentes, et se sentait d'autant plus nue qu'elle n'était pas non plus armée. Elle fit quelques pas dans la pièce, rassurée de ne pas sentir la mini-balise dissimulée sous la semelle intérieure de sa sneaker droite.

Elle tourna ensuite les yeux vers son smartphone. L'agent Forrest devait l'appeler sitôt que les ravisseurs annonceraient qu'ils étaient en route pour « l'enlèvement du paquet ». Le FBI attendait de son côté l'appel de confirmation pour « l'enlèvement du paquet » sur le téléphone à carte prépayée de Mills, qui lui avait été remis par le destinataire du « paquet ».

Le FBI la conduirait alors au domicile de Heather où elle attendrait l'arrivée des mafieux. Il ne lui restait qu'à patienter.

Dans l'intervalle, Forrest avait-il réussi à mettre la main sur la jeune Heather et son petit ami Lenni, à les intercepter et à assurer leur sécurité, le temps de l'opération ?

Ava avait entendu dire que les deux jeunes gens vivaient ensemble. Un mois plus tôt, lorsque le père de Heather avait découvert leur liaison, il l'avait mise à la porte. Aux dires de Mills, Heather avait été convoquée à la clinique, vendredi dernier, au prétexte qu'elle souffrait d'anémie. Un test de grossesse avait été pratiqué sur la jeune fille à son insu et s'était révélé positif. Heather découvrirait sous peu qu'elle était enceinte…

Betty Mills avait alors aussitôt révélé à son contact mafieux qu'un nouveau « paquet » était prêt, et ce contre l'avis de Hauser qui, en raison de la situation « tendue », souhaitait interrompre momentanément le « flux de livraison ». Mais les Russes avaient réclamé de nouvelles livraisons, et Mills avait redouté des représailles si elle ne se soumettait pas à leurs exigences.

Soudain, Ava eut l'intuition d'une présence dans la maison et inclina la tête pour mieux prêter l'oreille. Elle n'entendit rien, mais resta cependant tendue.

Le FBI ? Non. Ses agents se seraient annoncés. Kee ? Aussi.

— Sylavania ? appela-t-elle d'une voix incertaine. C'est toi ?

Elle se rendait dans le salon quand elle vit Woody, qu'elle avait pourtant laissé dans la cour, dans le couloir. Quelqu'un était entré… Qui ? Un frisson la parcourut.

Au même instant surgit devant elle un homme de grande taille, un vrai colosse. Il était de type caucasien, avait le crâne rasé et portait des tatouages qui dénotaient son appartenance à une organisation criminelle. Ses bras nus présentaient des lacérations.

Yury Churkin !

C'était bien lui. Et lui, la connaissait-il ? Savait-il à quoi elle ressemblait d'habitude ?

Woody fit la fête au nouvel arrivant, mais le tueur à gages l'ignora.

— Que fais-tu ici ? lui demanda-t-il, l'air surpris, en braquant aussitôt son arme sur elle.

Ava était muette de stupeur. Son cœur battait fort, elle était figée, respirait trop vite. L'odeur du chewing-gum qu'elle mastiquait et celle de son rouge à lèvres lui montaient aux narines.

Elle recula. *Bon sang, que se passe-t-il ? Que fait-il chez Sara ?*

— Hazel Casay… ? reprit-il en avançant vers elle.

Ouf ! Il la prenait pour Heather…

— H-Heather, s'empressa-t-elle de corriger. Heather Cosay.

— Où est la femme policier ?

Donc Churkin la cherchait. Pour la supprimer, sans aucun doute. Aussi longtemps que la supercherie fonctionnerait, elle ne risquait rien, tenta de se persuader Ava.

— Quelle femme policier ? réussit-elle à articuler.

— Ava. Ava Hood.

— Ava ? Elle est allée chercher ses nièces.

— Qu'est-ce que tu fais ici, Hazel Cosay ? répéta-t-il d'une voix plus forte alors qu'il avançait toujours dans sa direction.

— Je… Je dois garder ses nièces pendant qu'elle accompagne sa sœur à une réunion.

Woody trottait derrière lui en agitant la queue, mais Churkin ne lui prêtait aucune attention.

Il parla en russe. Pestant, manifestement. La croyait-il ? S'il était le « chauffeur » prévu pour l'enlèvement du « paquet », allait-il du coup l'embarquer et la conduire jusqu'à Louisa ? Ça ne faisait pas partie du scénario prévu, songea Ava, mais le FBI la localiserait sans mal puisqu'elle portait des mini-balises espion.

— Qui êtes-vous ? Que voulez-vous ? s'enquit Ava.

Sa peur était authentique, elle n'avait pas besoin de la surjouer.

Comme Churkin ne répondait pas, Ava, mue par la panique, voulut prendre la fuite. Le tueur à gages la rattrapa par l'une de ses couettes. Dans le même temps, il lui confisqua son smartphone et la jeta sur son épaule.

— Lâchez-moi ! s'écria-t-elle, se débattant.

Il enfila le couloir pour se diriger vers la chambre de Sara. Une fois là, il la jeta sur le lit. Ava tenta une nouvelle fois de lui échapper, mais il la rattrapa par la cheville d'une main, tenant toujours de l'autre son smartphone. Celui-ci se mit justement à sonner. Ava, qui avait programmé et personnalisé la tonalité de ses sonneries, sut aussitôt qui cherchait à la joindre.

Kee… ! La pensée qu'elle pourrait ne plus jamais le revoir lui fut intolérable. *Non, ça, jamais !* Alors, comme son portable continuait de sonner, sur la table de nuit, Ava, prise d'une ardeur furieuse, se jeta contre son assaillant. Mal lui en prit. Le tueur à gages lui assena une gifle retentissante qui l'étourdit à moitié. Avec une dextérité surprenante, il la roula ensuite dans le couvre-lit.

Elle était désormais comme une mouche dans une toile d'araignée. Elle portait certes des mini-balises espion, mais la maison de sa sœur n'était pas sous surveillance. À quoi bon, en effet, puisque « l'enlèvement du paquet » était prévu au domicile de Heather Cosay.

Son portable cessa de sonner au moment où Churkin la chargeait sur l'épaule, mais le poste fixe de la cuisine prit le relais. Le FBI cherchait-il aussi à la joindre ? Churkin pressa le pas ; Ava entendit la sonnerie s'éloigner et, plus près d'elle, le cliquetis du collier de Woody qui les suivait. Elle entendit aussi le claquement des chaussures de Churkin sur le carrelage, puis leur glissement sur le tapis du salon et le lino de la cuisine.

La sensation de l'air, brûlant, lui fit comprendre que le tueur à gages venait de sortir dans la cour arrière. Seule une petite barrière décrépite séparait cette dernière de celle des voisins. Mais, à cette heure, il y avait peu de chances que les voisins de Sara soient dans leur cour, se désola Ava.

Lorsque Churkin eut gagné son véhicule, il la jeta dans le coffre et lui lia les chevilles avec un serre-câble dont le cliquet anti-retour condamnait toute velléité de fuite. Puis il referma sur elle le couvre-benne à couvercle rigide.

Ainsi plongée dans la pénombre et la touffeur, Ava réfléchissait à mille à l'heure. Si Churkin était à ses trousses, c'est que Hauser et Mills, ayant découvert ses fonctions dans la police et les buts qu'elle s'était fixés, avaient averti leurs complices du danger qu'elle présentait.

Ava se félicita d'avoir demandé l'aide du FBI. Au moins, sa sœur et ses filles étaient en sécurité pour l'instant.

Cela dit, elle n'en était pas moins prisonnière, plutôt, Heather Cosay l'était. Churkin allait-il la conduire auprès de Louisa ?

Pourquoi Betty Mills n'avait-elle pas révélé au FBI qu'il y avait un contrat sur sa tête ?

Une raison de plus pour en réchapper, songea Ava, furieuse. L'administratrice de la clinique ne l'emporterait pas au paradis s'il s'avérait qu'elle avait rompu l'accord qu'elle avait passé avec le FBI.

18

La peur le saisit avec la violence d'un coup de tonnerre.

— Comment ça, Ava n'est plus chez sa sœur ? répéta Kee.

Il avait mis son smartphone sur haut-parleur. Ty conduisait.

— Ava a été enlevée, lui expliqua l'agent Forrest.

— Vous pouvez la localiser ?

— Oui. Elle porte toujours les mini-balises espion dont nous l'avons munie pour l'opération. Une équipe est en route et suit sa trace.

— Quelle direction ?

— Turquoise Ridge.

Ty hocha la tête.

— Tenez-moi au courant, conclut Kee.

Il raccrocha.

— Qu'est-ce que cela signifie ? demanda-t-il à Ty.

— Que le Russe n'a pas exécuté le contrat sur la tête d'Ava, ni filé. C'est pourtant la procédure. Ce type, c'est un tueur à gages. Il ne fait que « le nettoyage », après quoi il s'éclipse.

Kee réfléchissait à toute vitesse.

— En se rendant chez Sara Tah pour supprimer Ava, il est sans doute tombé sur Ava sous les traits de Heather Cosay. Et s'il est au courant que le prochain « paquet » à livrer est cette dernière, il se sera empressé de l'enlever.

— Possible.

— Je crois connaître l'identité du tueur, reprit Kee avec angoisse. Yury Churkin. Je l'ai vu avec Hector et Betty Mills. Grand. Tatoué. Avec des lacérations sur les bras.

Il se renversa contre son dossier.

— La situation n'est donc pas si désespérée puisque Churkin n'a pas exécuté son contrat et que le FBI peut localiser Ava !

— Tant qu'on ne l'a pas fouillée, objecta Ty. Quand on mettra la main sur ses balises, sa trace sera perdue, et Ava rejoindra le contingent des disparues.

— Tu sais où ? s'écria Kee, ses espoirs de nouveau réduits à néant.

Ty lui adressa un regard contrit.

— Je ne suis qu'un « chauffeur », Kee. La seule raison pour laquelle je suis au courant de certains détails, c'est grâce à Jake, Colt et Kacey.

Ty leur avait sauvé la vie.

— Mais Hauser sait où les filles sont séquestrées, reprit Ty.

— Pourquoi le saurait-il ?

— Selon Kacey, c'est lui qui assure le suivi médical des filles et ferait les accouchements.

Kee serra les poings.

— Alors rendons-nous à la prison de la réserve, où il est détenu.

Le FBI avait-il compris qu'elle avait été enlevée ? s'interrogea Ava, ruisselante de sueur dans le couvre-lit dont elle était toujours enveloppée. Si oui, l'avait-il localisée ? Elle devait être patiente. Rester confiante.

Mais la confiance, ça n'était pas son fort. Elle pouvait compter sur les doigts d'une main les gens qui avaient son entière confiance. En tête de cette liste figurait Kee Redhorse. Alors c'est Kee qu'elle invoqua. Du fond du cœur. Avec ferveur. Et amour.

Aux vibrations du véhicule, elle comprit que son conducteur avait quitté la route asphaltée pour s'engager dans un chemin de terre. Où Churkin la conduisait-il ? Selon ses estimations, ils se trouvaient toujours dans la réserve de Turquoise Canyon.

Le pick-up ralentit, tourna puis reprit de la vitesse. Ava était proche de l'évanouissement quand le véhicule s'arrêta enfin. Elle entendit la portière de devant s'ouvrir et se refermer dans un claquement, puis le mécanisme du couvre-benne fut déverrouillé. Lorsqu'un peu d'air lui parvint, elle inspira à grandes goulées.

De nouveau, Churkin la chargea sur son épaule et se mit en mouvement. Au changement de luminosité et à l'odeur de bois, Ava devina qu'ils étaient entrés dans une cabane.

Inutile de songer à se mesurer à son tortionnaire, songea Ava comme ce dernier la déposait sur un plancher. Elle n'était pas de taille à lutter contre ce colosse, encore moins après son séjour prolongé dans un coffre de voiture. C'était risqué de plus, parce qu'il s'étonnerait qu'une gamine de dix-sept ans sache se battre à mains nues et avec l'adresse d'un judoka.

Elle devait rester prudente jusqu'à ce que le FBI la retrouve. En espérant que le FBI intervienne vite…

Mais la suite fut si rapide qu'elle n'eut pas le temps de réagir. Churkin n'était pas seul… Aidé d'un complice, il la débarrassa du couvre-lit et lui arracha ensuite ses vêtements et ses sneakers.

Il prononça quelques mots en russe, après quoi son acolyte lui retira ses barrettes, défaisant ses couettes par la même occasion.

Non ! cria-t-elle en son for intérieur en songeant aussitôt aux mini-balises qui y étaient cachées.

— Enfile ça ! ordonna Churkin en lui lançant une espèce de robe portefeuille.

Elle obtempéra et en noua le cordon à la taille.

Les deux hommes bientôt ne lui prêtèrent plus attention, et s'entretinrent en russe. Sans doute Churkin, volubile, relatait-il à son complice les derniers événements : il était venu éliminer Avangeline Yokota et, au lieu de ça, il avait trouvé le « paquet à enlever » ; un mal pour un bien dont il se félicitait.

Ava en profita pour regarder subrepticement autour d'elle. Elle se trouvait dans la cabane d'un mineur — la réserve de Turquoise Canyon tenait son nom de sa ligne de crête, Turquoise Ridge, qui renfermait des mines de turquoises. La cabane était pour le moins poussiéreuse et vétuste. Des couvertures grises recouvraient les deux fenêtres qui donnaient à l'avant, et la lumière qui s'infiltrait par des trous de mite formait de minces pinceaux.

Churkin et son complice se tenaient entre elle et la porte ; en revanche l'accès aux fenêtres était dégagé. Si elle s'échappait par l'une de ces deux issues, les couvertures pourraient la protéger des éclats de verre, estima-t-elle.

Mais bon sang, pourquoi faisait-il si chaud dans cette cabane ? Ava tourna la tête vers le coin cuisine qui consistait en une table sur tréteaux, un évier alimenté en eau par une bonbonne et un fourneau à bois. À en juger par la chaleur qui s'en dégageait, il fonctionnait alors que la journée était torride. Elle comprit vite pourquoi…

Le complice de Churkin mit les vêtements dont il l'avait dépouillée en tas et, à l'aide du couvre-lit, ouvrit le fourneau. Il y enfourna d'abord ses sneakers. Une odeur atroce se répandit aussitôt dans la cabane.

Ava avait espéré que Churkin la conduise vers les disparues, or elle était seule. Pire, maintenant que le FBI ne pouvait plus la localiser, elle était à son tour piégée. En d'autres mots, elle n'était pas en meilleure posture que les jeunes filles disparues. Avec une différence de taille : elle n'était pas Heather Cosay, et elle n'était pas enceinte. Ce que ses ravisseurs découvriraient bien assez tôt.

En bref, elle était livrée à elle-même dans un lieu isolé. Hurler était inutile. La fuite était son seul espoir de salut. Elle connaissait la région, et était forte et rapide. Certes, elle était pieds nus, et pouvait se blesser en franchissant l'une des fenêtres, même avec la protection relative des couvertures. Tant pis, elle ne voyait pas d'alternative. Elle regarda dans la direction de ses deux ravisseurs. L'un avait un genou à terre devant le fourneau tandis qu'il enfournait son short et son T-shirt à l'aide d'un tisonnier. L'autre, debout et les bras croisés, suivait l'opération des yeux.

C'est maintenant ou jamais ! Elle prit une grande inspiration et courut vers l'une des fenêtres. Rentrant la tête dans les épaules, elle lança les jambes pour mieux heurter la vitre qui se brisa.

19

À 11 h 53, Kee et Ty rencontrèrent le chef Tinnin au poste de police. Les locaux étaient déserts. D'une voix rogue, Tinnin intima à Ty l'ordre de rester dans la salle d'escouade. Kee le suivit dans le couloir, vers la salle d'observation avec le miroir sans tain qui donnait sur la salle des interrogatoires.

— Il n'y a personne au QG ? s'étonna Kee.

— Tout le monde est parti à la recherche d'Ava. Sauf Forrest, qui tente de soutirer à Hauser des informations sur le ou les lieux de séquestration des filles.

Tinnin se déplaçait à l'aide de béquilles. Sa jambe valide était arquée, remarqua Kee, se souvenant qu'il avait autrefois fait du rodéo. Son père lui avait raconté que le chef de police avait été le meilleur de la réserve au point de passer à la télévision, à Madison Square Garden, la célèbre salle omnisports de Manhattan à New York. Mais Tinnin avait été forcé d'arrêter le rodéo suite à une grave blessure au genou.

— Comme Mills, Hauser ne nous divulguera rien sans un accord, déclara Tinnin.

— Alors faites-lui une proposition ! s'exclama Kee.

— Dans ce cas, cette ordure ne sera pas condamnée comme il le mérite, grimaça Tinnin. Attendez-moi, je reviens.

Lorsque Tinnin fut entré dans la salle des interrogatoires, Kee fit les cent pas, s'arrêtant de temps à autre devant le miroir sans tain qui l'en séparait.

Il vit Tinnin prendre place à côté de Forrest, en face de Hauser. Au bout de vingt minutes, Tinnin se leva et sortit. Kee qui ne tenait plus d'impatience vint à sa rencontre dans le couloir.

— Hauser accepte de collaborer, expliqua Tinnin en s'appuyant lourdement sur ses béquilles d'une main et utilisant l'autre pour se gratter le menton. À condition de bénéficier d'une protection de témoin. C'est le conseil tribal qui en décidera.

Il marqua une pause.

— Hauser n'en a pas moins commencé à parler. Depuis le raid sur leurs locaux de Darabee, les Russes ont pris des précautions. Les filles sont d'abord transportées dans « une aire de traitement ». Une cabane de mineur sur la crête. Et c'est là, en effet, que nous perdons la trace d'Ava. Elles y sont dévêtues afin que tout indice susceptible de les retrouver soit détruit. Après quoi, elles sont transportées dans un second lieu appelé « aire de transit ».

— Vous en connaissez la localisation ?

— Hauser la connaît, mais il affirme que les Russes le supprimeront s'il les trahit. C'est pourquoi Forrest a proposé de lui faire intégrer le WITSEC s'il dit tout ce qu'il sait. Hauser demande aussi que sa femme et son fils en bénéficient. À vrai dire, sa femme ne veut plus entendre parler de lui. C'est moi qui lui ai notifié les charges qui pèsent sur son mari. Elle a été libérée car elle n'a rien à voir avec ce réseau mafieux. Non seulement elle n'accompagnera pas Hauser dans un programme de protection de témoins, mais elle demande en plus le divorce !

— Pendant combien de temps une captive reste-t-elle dans « l'aire de traitement » ? demanda Kee, revenant à ses préoccupations premières.

— Moins d'une heure. Le but, c'est de déplacer la fille au plus vite après s'être au préalable assuré qu'elle n'était pas suivie par les autorités. Selon Hauser, les Russes sont paranoïaques. À raison, finalement.

Au même instant, Luke Forrest sortit de la salle des interrogatoires. Il avait le visage sombre.

— Vous venez, Tinnin ? J'ai obtenu d'autres informations.

*
* *

Rejetant la couverture qui, l'enveloppant, lui avait permis de franchir la fenêtre sans se blesser, Ava se releva prestement de sa chute et se mit à courir. Un coup de feu éclata aussitôt dans son dos.

Puis elle entendit les deux Russes vociférer. Et le bruit de la porte qui claquait.

Aux abois, elle regarda autour d'elle. La cabane s'élevait sur des rondins dans une aire forestière. Il lui fallait une arme songea-t-elle. Une pelle. Ou un pic. Pour se défendre. Afin qu'ils ne remettent pas la main sur elle.

Et c'est pourquoi, d'ailleurs, elle ne courut pas dans la direction de la mine pour s'y cacher, car elle était certaine que les Russes anticiperaient cette initiative pour le moins évidente. Elle contourna plutôt le chalet et revint devant, où elle vit deux pick-up munis chacun d'un couvre-benne ouvrant. Mais les clés n'étaient pas dessus.

C'est alors qu'elle entendit crier en russe dans son dos. Regardant par-dessus son épaule, elle aperçut Churkin lancé à ses trousses. Il accéléra, la rattrapa et la neutralisa.

Son complice le rejoignit, lui ligota les poignets et les chevilles avec un serre-câble, les reliant ensuite avec un filin en sisal avant de la porter dans l'un des pick-up. Il la jeta dans la benne dont il rabattit le couvercle rigide. Avant qu'il ne soit refermé, Churkin cracha sur elle. Ava sentit la salive couler sur son visage et dans son cou pendant qu'elle entendait les deux portières se refermer. Puis elle entendit le véhicule démarrer et, de nouveau, fut conduite quelque part, dans un lieu inconnu.

Kee et Ty dans la salle d'escouade attendaient le retour de Tinnin. Quand ce dernier revint en compagnie de l'agent Forrest, il adressa un regard noir à Ty.

— Tu es toujours là ? Tu ferais mieux de filer.

— Je suis là à la demande de mon frère, riposta Ty.

— La seule raison pour laquelle tu n'es pas en prison, c'est parce que le conseil tribal a voté pour que tu restes dans la réserve jusqu'à ton audition.

— Quelle audition ? intervint Kee, surpris.

— Je t'expliquerai plus tard, répondit Ty.

Il lui posa la main sur l'épaule.

— Tu sais où me trouver, si tu as besoin.

Et, sur ces mots, il s'éloigna.

— Si tu quittes la réserve, c'est le FBI qui s'occupera de toi ! lui lança Tinnin.

Kee suivit son frère des yeux, et fut soudain frappé par une évidence : c'était Ty, le protecteur de la fratrie Redhorse. Et maintenant que Ty avait des ennuis, qui viendrait à sa rescousse ?

Kee entendit sa moto démarrer. Il reporta son attention sur Tinnin.

— Quelle audition ? répéta-t-il.

— Concentrons-nous plutôt sur Hood, biaisa le chef de police.

Aux dires de Hauser, l'« aire de transit » se trouvait en dehors de la réserve de Turquoise Canyon, dans la région touristique de Antelope Lake, dans les environs de Phoenix. Un endroit facile d'accès à la fois pour Hauser, qui y assurait le suivi médical des captives, et pour les parents biologiques, des Anglos, qui attendaient l'arrivée du nouveau-né.

Ceux-ci connaissaient-ils les circonstances entourant la conception et la naissance de leur bébé ? s'interrogea Kee. Ce serait l'étape suivante de l'enquête, une fois que les jeunes filles seraient retrouvées.

— Depuis le raid sur la maison de Darabee et la fuite de Kacey Doka, les Russes ont un autre « chauffeur livreur ». Autrement dit, ils ont compartimenté leurs opérations, expliqua Tinnin.

— Hauser est donc notre dernier espoir de retrouver Ava et les autres victimes, ajouta Forrest.

— Dès qu'une fille arrive à la maison d'Antelope Lake, les Russes contactent Hauser, enchaîna Tinnin. Si Hauser ne répond pas, c'est le signe qu'il y a un gros pépin.

— Une fois que Hauser a examiné la fille, celle-ci est transportée vers sa dernière destination où elle est « stockée » jusqu'à la « livraison finale ». Après ça, Hauser ne les revoit plus, précisa Forrest.

— Que proposez-vous ? demanda Kee, qui sentait son désespoir grandir.

Il était prêt à tout pour retrouver Ava. Comment le FBI avait-il pu accepter qu'elle s'expose de la sorte ? La femme qu'il aimait était en danger, c'était un cauchemar. Épuisé et à bout de nerfs, il eut un éblouissement.

— Que se passe-t-il ? lui demanda Tinnin, inquiet, comme il portait une main à son front.

Il eut soudain ce cri du cœur :

— Je l'aime.

— Tu la retrouveras, fils, dit simplement Tinnin.

— Vous ne pensez pas si bien dire, renchérit Forrest. Hauser a formé Kee pour que, un jour, il lui succède. Les Russes en sont informés. Lorsque Hauser recevra leur appel, il demandera, sur un quelconque prétexte, que ce soit Kee qui intervienne. Seulement, il nous faut votre approbation pour participer à une telle opération, docteur Redhorse, conclut-il en se tournant cette fois vers lui.

— Pourquoi le FBI ne donnerait-il pas plutôt l'assaut sur cette « aire de transit » une fois Hector sur place ? demanda Kee.

Forrest baissa les yeux.

— Parce que, selon Hauser, c'est trop dangereux pour les captives. Au premier signe d'une attaque, Les Russes les exécuteront afin qu'elles ne puissent les identifier.

— Je vois. Alors j'accepte de participer à l'opération, reprit Kee.

— Hauser viendra aussi. C'est lui le garant de Kee auprès des Russes, intervint Forrest.

— Non. Hauser est *mon* suspect : il reste au QG, objecta Tinnin.

Kee se raidit. Sans Hauser, l'opération ne pourrait avoir lieu. Il regarda tour à tour Tinnin et Forrest qui tenaient entre leurs mains le destin d'Ava.

*
* *

Ava ne s'était jamais trouvée en si mauvaise posture. Sa tentative de fuite n'avait fait qu'envenimer les choses. Elle avait désormais les chevilles et les poignets liés par un serre-câble, avec un filin en sisal qui les reliait. Et revoir Louisa en tant que captive n'avait pas fait partie de ses plans, d'autant plus que Louisa pourrait l'identifier spontanément, songea-t-elle. Ce serait alors son arrêt de mort.

Le FBI avait perdu sa piste, c'était une certitude. Sans doute les agents étaient-ils arrivés jusqu'à la cabane de mineur désormais déserte, mais ils n'y retrouveraient que ses vêtements calcinés.

Elle ne s'était pas coupée en franchissant la fenêtre, mais elle restait endolorie par sa chute. Et sa position présente étant plus qu'inconfortable, elle avait perdu la sensation de ses pieds et de ses mains.

Le seul point positif était que la chaleur était plus supportable que lors de son dernier transport, sans doute parce qu'ils roulaient vite et que la journée tirait à sa fin.

Soudain, elle entendit le clignotant, puis le pick-up tourner sur une route irrégulière. Remplie d'appréhension, elle sentit son cœur galoper, des frissons la parcourir. Jamais, même quand elle avait été prise en charge par les services sociaux ou quand elle ne réussissait pas à réveiller sa mère effondrée sur le canapé, elle ne s'était sentie aussi impuissante et paniquée.

Elle se raidit en entendant le pick-up ralentir, puis en identifiant un autre bruit de moteur et des portes claquées. Cela ressemblait fort à un échange de conducteurs… L'homme qui s'installa derrière le volant grogna, comme s'il s'étirait, et cria quelque chose qu'elle ne comprit pas. Elle n'entendit pas de réponse, mais le pick-up se remit à rouler lentement. Soudain il s'arrêta et le couvre-benne fut ouvert. Deux inconnus de type caucasien se penchèrent sur elle. L'un avait une cigarette aux lèvres. Elle essaya de mémoriser leurs traits, dans l'espoir de devoir un jour les identifier.

Dans leurs échanges, elle ne reconnut que « Heather Cosay », prononcé avec un fort accent russe. A priori, elle était toujours identifiée en tant que telle. L'homme à la cigarette la sortit du coffre, et elle put regarder autour d'elle.

Elle se trouvait dans un hangar qui contenait un bateau à moteur sur une remorque. La présence de cet engin lui fit se demander si cet endroit n'était pas proche d'une des quatre grandes retenues collinaires entre Goodwin Lake et Antelope Lake. Le hangar, sans fenêtres, était éclairé par des néons. Aussi ne put-elle déterminer quelle heure il était.

Le complice de l'homme à la cigarette sectionna le serre-câble à ses chevilles et poignets, puis coupa le filin en sisal qui les reliait. En retombant, ses pieds nus heurtèrent le pick-up si violemment qu'elle fit une grimace de douleur et s'affaissa au sol.

— Lève-toi ! lui ordonna aussitôt l'homme qui avait coupé ses liens.

Ava obtempéra, mais elle ne sentit pas le sol sous ses pieds gourds. C'est seulement en baissant les yeux qu'elle se rendit compte qu'elle tenait malgré tout debout. Soutenue de part et d'autre par ses deux ravisseurs, elle fut conduite dans une très belle maison. Les plans de travail en granite de la cuisine étaient recouverts de sacs de courses, de cartons à pizza, et l'évier débordait de vaisselle sale. Une puissante odeur de tabac froid planait.

— Où me conduisez-vous ? Pourquoi ? Qui êtes-vous ? demanda-t-elle, certaine que telles seraient les paroles de Heather.

Aucun des deux hommes ne lui répondit. Ils la conduisirent dans une autre pièce. Comme les rideaux étaient tirés et les lumières éteintes, elle supputa qu'il pouvait s'agir d'un salon. De là, ils la poussèrent dans un couloir.

Ava contint sa terreur alors qu'ils s'arrêtaient devant une porte verrouillée par un bec-de-cane électronique à pavé tactile. L'homme à la cigarette la tint d'une main et, de l'autre, composa un code.

Après un clic la porte s'ouvrit. Quand il la poussa à l'intérieur, Ava, par précaution, leva les mains devant son visage pour masquer son identité au cas où sa nièce se trouverait là.

Bien lui en prit car, à peine la porte refermée derrière elle, elle entendit une voix familière s'élever :

— Tante Ava ?

Louisa ! Sa nièce était assise sur un matelas. Ses longs cheveux noirs encadraient son visage très pâle. Elle avait ramené ses genoux à son menton et avait les pieds nus. Elle portait la même robe portefeuille qu'elle, nota Ava.

Elle se leva à son approche et s'accrocha à elle comme une enfant perdue à sa mère. Ava l'étreignit de toutes ses forces. Sa nièce était vivante, Dieu soit loué ! Mais elles n'étaient pas tirées d'affaire, loin de là…

Ava examina la pièce avec attention, cherchant une échappatoire, un outil qui lui serve d'arme. Mais il n'y avait rien, dans cette chambre aveugle, mis à part le matelas et une ampoule nue au bout d'un cordon. Une porte ouverte sur la gauche devait conduire à la salle de bains.

Ava consola de son mieux sa nièce qui pleurait, mais Louisa semblait ne plus pouvoir s'arrêter.

— Où sont les autres filles ? lui demanda enfin Ava.

Louisa leva le menton et la dévisagea avec surprise.

— Quelles autres filles ? reprit-elle, les yeux rougis par ses larmes qui continuaient de couler.

Le chef Tinnin avait organisé une visioconférence avec quatre des membres du conseil tribal disponibles : Hazel Trans, Linda Herrera, Henry Curtis et Zach Gill, qui en était le directeur exécutif.

Hazel Trans, Linda Herrera et Zach Gill plaidèrent pour que Hauser bénéficie d'un programme de protection de témoin en échange de sa coopération, la priorité étant en effet de retrouver les disparues. Ainsi balayèrent-ils les objections de Henry Curtis, qui voulait quant à lui que le Dr Hauser soit jugé en bonne et due forme et condamné.

Forrest avait donc « sa taupe ». Et lorsque les Russes le contactèrent pour qu'il vienne examiner le « nouveau paquet », Hauser, sachant que l'accord avait été entériné, accepta de collaborer.

Kee, l'agent spécial Forrest, le chef Tinnin et le détective Bear Den assistèrent à son bref échange téléphonique avec le réseau. Le Dr Hauser révéla à son contact mafieux qu'il s'était cassé le poignet et qu'il serait accompagné par un collègue médecin, le Dr Kee Redhorse. C'est ce dernier qui effectuerait l'examen médical du « paquet ».

— C'est votre successeur, le médecin dont vous nous aviez parlé ? demanda un certain Alexie, l'interlocuteur d'Hector.

— Oui.

— Avant, je dois consulter Usov. Je vous rappelle.

La communication fut interrompue.

— Il a mentionné Usov ? s'enquit Forrest.

Tinnin opina.

— Il fait sans doute allusion à Leonard Usov. C'est un…

— Ava m'en a parlé ! coupa Kee. Quand elle m'a montré une photo de Churkin, elle m'a dit qu'il travaillait pour Usov. Et que ce dernier était un… Bon sang, je ne me souviens plus…

— *Avtoritet ?* proposa Forrest.

— Oui ! C'est le terme exact qu'elle a employé.

— Usov est lié aux Kuznetsov, une famille mafieuse.

— D'Atlanta, précisa Kee.

Forrest haussa les sourcils.

— C'est rigoureusement exact.

Kee aurait aimé que Ty participe à l'opération, mais c'était difficile à plus d'un titre, d'autant que cet itinéraire le conduirait hors de la réserve qu'il n'avait pas le droit de quitter.

Le dénommé Alexie rappela à 17 h 45. Ava avait disparu depuis déjà sept heures, et Kee était dans les affres à l'idée des sévices qui lui seraient infligés si ses ravisseurs découvraient qu'elle n'était pas Heather Cosay mais Ava Hood. Il y avait aussi le risque, si Ava était séquestrée avec les disparues, que sa nièce Louisa la reconnaisse, l'identifie spontanément et trahisse sa couverture.

— Hauser a reçu le feu vert pour venir avec le nouveau médecin, lui annonça enfin Tinnin en le rejoignant dans la salle d'escouade. Mais il prétend ne pas savoir où Ava est séquestrée.

— Pensez-vous qu'elle se trouve avec les autres disparues de notre tribu ?

Tinnin haussa les épaules et se gratta la tempe.

— Aucune idée. Attendons Forrest. Il en saura peut-être davantage.

Puis d'ajouter, avec un soupir :

— Vous savez, docteur, j'avais l'impression de bien connaître cette réserve. J'y suis né, j'y ai grandi et j'y ai vécu toute ma vie. Aujourd'hui, je ne comprends plus rien. Comment l'un de nos médecins, un homme pour qui j'avais la plus haute estime, a pu commettre des actes aussi terribles ?

Kee n'avait pas de réponse.

— Le Dr Hauser a fait les vaccins et rappels de mon fils, continua Tinnin. Il est même venu chez moi, au milieu de la nuit, pour soigner ma femme quand elle a eu un zona.

— Il nous a tous abusés. Moi, je le considérais comme un père, avoua Kee.

— Je pensais être plus clairvoyant après avoir passé tant d'années dans la police.

À cet instant, Forrest fit sortir Hauser de la salle des interrogatoires. Tinnin et Kee tournèrent les yeux dans leur direction. Hauser, la tête baissée, menotté, fut conduit vers sa cellule.

— Il faut que je lui parle, s'écria Kee en se levant d'un bond.

Tinnin haussa un sourcil.

— Vous pensez qu'il va vous écouter ?

Kee ne lui répondit pas. Lorsqu'il se dirigea vers Hauser, il sentit sa jambe le faire souffrir. C'était comme si un sang mauvais, empoisonné par la déception et l'amertume qu'il éprouvait envers l'homme qui l'avait si bien soignée, l'irriguait.

On fit entrer Hector dans l'une des deux petites cellules au bout du couloir, au-delà de la salle d'escouade. Kee se souvint d'avoir vu Ty dans cette cellule, autrefois, et leur père, dans la cellule voisine.

— Kee ! Mon garçon ! s'exclama Hector en se levant à sa vue.

Il lui sourit et serra les barreaux entre ses mains avec décontraction, comme s'ils avaient été à la clinique.

Kee avait quant à lui l'impression d'être une digue sur le point de se rompre. Un sac de sable sur les bords d'une rivière dont le niveau montait. Le stress de l'instant et son infinie tristesse étaient alimentés par la vue et la réaction d'Hector très à son aise.

— Hector… Pourquoi ? Pourquoi vous en prendre à ces jeunes filles ?

Hauser plia et déplia les doigts avec une étrange décontraction.

— Des femmes pubères, précisa-t-il. Nous n'avons pas besoin dans notre réserve de ces créatures de sang à moitié apache, voire un quart apache, ou issues de familles à problèmes, je puis te l'assurer !

Kee songea à Louisa, à Kacey Doka, l'épouse de son plus jeune frère. « Ces créatures » ? La rage le souleva, il ne fut plus que colère.

— Bon sang, comment avez-vous pu, Hector ! s'écria-t-il.

— Calme-toi, Kee. Je l'ai fait pour notre tribu. Ces filles ne parlent pas tonto apache. Pas un mot ! J'ai bien sûr épargné ta jeune sœur, la jolie Abbie, une vraie Apache, celle-là, robuste, issue d'un milieu sain. Dis-moi, comment se sent-elle après son intoxication alimentaire ?

— Je vous interdis de parler de ma sœur ! coupa Kee. Répondez-moi plutôt !

— Tu es un garçon intelligent. Beaucoup plus que tes frères. Je voulais te révéler mon grand projet depuis longtemps. J'étais fou de joie à la perspective de te montrer notre laboratoire d'analyses. C'est grâce à Marta Garcia si nous avons pu acquérir cet équipement de pointe pour faire des analyses *in situ*. Tu sais combien de vies cela sauvera ? Marta Garcia a au moins servi à quelque chose. Sans cela, elle aurait épousé son petit ami, un quart apache comme elle, et eu des enfants incapables à leur tour de parler le tonto apache. Ils n'auraient donc pas contribué à la perpétuation de notre sang, ils n'auraient pas pu avoir des fonctions au sein de notre tribu. Tu comprends, Kee ? J'œuvre pour la préservation de notre peuple. Son atavisme.

Kee eut toutes les peines du monde à maîtriser sa colère. Hauser était abject. Il avait commis des actes méprisables, mais il ne ressentait ni honte ni pitié, ni commisération ou douleur. Seulement de la fierté. Les coins de sa bouche se retroussèrent soudain vers le haut, en un sourire indécent.

— Tu comprends, Kee ? répéta-t-il.

Hauser lâcha les barreaux pour tendre les paumes vers le haut comme s'il invoquait une force divine.

— Marta Garcia et les autres étaient contaminantes. Pathogènes. Autant s'en débarrasser en les cédant contre de l'argent, beaucoup d'argent. Pour financer ma clinique.

— Vous les avez *vendues,* Hector. Au nom de la pureté de notre sang et…

— Oh oui ! coupa-t-il, jubilatoire. Je suis content que tu comprennes ! J'ai si souvent voulu t'en parler, tu aimes notre réserve, tu te sens responsable des tiens Apaches. Tu as accepté avec une telle joie de travailler à la clinique, pour les nôtres. Je suis fier de toi, Kee.

Kee se sentit soulevé par la nausée. Le salaire, le logement de fonction et l'effacement de ses dettes ? Financés par la traite d'êtres humains, par la mafia…

Il dévisagea Hauser, rempli d'horreur.

Il avait devant les yeux un être diabolique. Le vrai Hector Hauser. Un homme qu'il n'avait jamais vu qu'au travers du prisme de sa confiance aveugle.

— Notre peuple a une espérance de vie de vingt à trente ans de moins que les Anglos, poursuivit Hauser. Ne me dis pas que c'est à cause d'une mauvaise alimentation, d'une mauvaise hygiène de vie ou de l'absence d'instruction. C'est parce qu'il ne bénéficie pas de soins médicaux décents. Nous les leur donnerons dans une clinique et un laboratoire sophistiqués.

— Pas à ce prix, Hector. Vendre des jeunes filles en tant que mères porteuses, c'est un crime odieux.

Hauser le dévisagea avec incrédulité et l'air peiné.

— Alors laisse-moi te l'expliquer mieux, reprit-il. Ces filles ne sont pas des nôtres, ou si peu. Et, à mes yeux, seule la pérennité de la tribu compte. Notre culture apache. Notre dialecte. Nous devons nous préserver ! J'ai agi avec les meilleures intentions. Je t'ai formé. J'ai encouragé tous les membres de la tribu qui me semblaient prometteurs. Hommes ou femmes. Hélas, cet accord que j'ai passé avec le FBI est néfaste pour mon œuvre, car je vais devoir quitter la clinique, mon garçon. Et quitter ma réserve.

Il regarda dans le couloir.

— J'espère qu'on ne m'enverra pas dans un endroit où il fait froid. Ou dans l'Est.

Hauser frissonna.

— Je n'ai jamais été au-delà du Mississippi. Même pour des conférences médicales. Tu crois que, dans un programme de protection de témoins, on me laissera continuer d'exercer la médecine ?

Kee en doutait, mais il se garda de le lui dire. Il recula. L'homme qu'il avait idolâtré était un psychopathe. Il n'éprouvait que le sentiment de sa toute-puissance et de son impunité. Son pouvoir de médecin, qui lui valait le respect et l'admiration, l'avait rendu mégalomane.

— Je ne te trahirai jamais, je te considère comme mon fils, Kee. Nous allons participer à l'opération du FBI, nous retrouverons les filles, puisque tel est le prix à payer… Après, moi, je me retirerai des affaires par la force de choses. Mais toi, tu prendras le relais, n'est-ce pas ? Tu porteras haut la bannière des Apaches. De notre tribu. Pas vrai, mon garçon ?

— Ça suffit, Hauser.

Kee sursauta. Se retournant, il vit Tinnin adossé au mur du couloir. Ça n'était pas un hasard si le chef était intervenu à cet instant précis : sans doute craignait-il que Kee, par un démenti véhément, ne compromette le succès de l'opération. Même s'il lui en coûtait, dans l'intérêt d'Ava et des autres jeunes filles disparues, mieux valait en effet laisser à Hector l'illusion qu'il l'avait convaincu.

Tinnin leva la main, et lui fit signe.

— L'entretien est terminé.

Kee, soulagé, s'éloigna. Jamais il n'oublierait le regard dément de Hauser, et sa jubilation.

— Il est complètement fou, murmura-t-il.

Tinnin se redressa sur ses béquilles.

— Non. Il savait très bien ce qu'il faisait, au contraire… Seulement il pensait que jamais il ne serait arrêté. Mais un fou n’est pas responsable de ses actes, donc il n’est pas jugé et condamné.

— De toute façon, s’il participe à un programme de protection de témoins, il ne le sera pas non plus.

Tinnin eut une moue de mépris.

— Il y avait deux options : lui demander de collaborer afin de retrouver les captives ; ou l’emprisonner jusqu’à son procès mais avec le risque de ne jamais revoir nos filles. Ça n’est pas moi qui ai eu à en décider, et j’en suis soulagé.

— Vous avez oublié une troisième possibilité, reprit Kee.

— Laquelle ?

— L’échec de l’opération. Dans ce cas, ni Hector ni moi n’en reviendrons vivants ; quant aux captives…

20

Kee passa la nuit du samedi au dimanche au QG de sa tribu où les préparatifs en vue de la prochaine opération se poursuivaient. Il ferma à peine l'œil pendant que, autour de lui, tout le monde s'affairait. À 6 heures, le chef du FBI vint le chercher. En dépit de ses exhortations au calme et au recentrage sur soi, Kee était nerveux et exténué.

— On est prêts, lui annonça Forrest, laconique.

Il lui donna une balise espion à porter dans son bolo, et lui expliqua l'opération dans les grandes lignes. Le FBI les suivrait, Hector et lui. Quand l'assaut serait donné, il lui faudrait rester avec les victimes jusqu'à ce que la maison d'Antelope Lake soit sécurisée.

— Départ dans vingt minutes. Tenez-vous prêt, conclut Forrest, lui tendant un sac d'urgence et de secours médical.

Une fois que Forrest se fut éloigné, Kee entendit son portable sonner. C'était Ty. Il décrocha.

— Prêt ? interrogea son frère.

— Pas vraiment.

Kee ne lui demanda pas comment il était au courant de l'imminence de l'opération ni où il était.

— On t'a donné une arme ?

— Mis à part un marteau réflexe de Babinski ? Non.

— Tu veux un pistolet ?

— Pour me tirer une balle dans le pied ? Je ne suis pas un guerrier. Pas comme toi, Ty.

— Mais tu n'en es pas moins un guerrier à ta façon, Kee, répliqua Ty.

— Tu sais bien que je n'ai jamais terminé ma formation de guerrier.

Autrefois, pendant que les filles de sa tribu célébraient *na'ii'ees*, la cérémonie du lever du soleil appelée aussi cérémonie de la puberté, les garçons subissaient des épreuves physiques — lutte, technique de frappe et sports de combat — et mystiques avec *hanblecheya*, « quête de vision ». Ty les avait réussies haut la main, mais Kee, qui, à cette époque avait la jambe dans le plâtre, avait seulement observé ses pairs. Il n'avait jamais passé trois jours seul dans les White Mountains seulement muni d'un couteau, comme Ty et les autres garçons de la tribu. Il avait été jugé inapte à subir les épreuves du rite de passage. Il avait beau être devenu médecin après des années d'études et de travail acharné, il éprouvait toujours le sentiment d'un échec.

— On n'apprend pas seulement par l'expérience, Kee, reprit Ty. Tu te rappelles comment on fait une clé de bras ?

— Oui, mais c'est de la théorie.

— Tu réussiras, Kee. Et moi, je ne serai pas loin.

— Le FBI accepte que tu participes à l'opération ?

Kee entendit Ty soupirer dans le téléphone.

— Non, mais je serai là quand même.

— Tinnin est au courant ?

— Méfie-toi de Hauser, biaisa son frère.

Soudain on frappa à la porte. Kee tressaillit et, sans raccrocher, ouvrit.

— Hauser vient de recevoir un message de la part des Russes, lui annonça Forrest. Nous avons l'adresse de la maison d'Antelope Lake. Nos équipes se préparent. Il faut y aller, Kee.

— Je dois te laisser, reprit Kee à l'attention de Ty. Tu expliqueras tout à maman ? Je veux dire, si nécessaire.

— Ça ne le sera pas. En revanche, tu peux encore renoncer à l'opération.

C'est donc qu'il me juge incapable d'effectuer cette mission... , songea Kee, accablé.

— Je dois délivrer Ava, dit-il seulement.

*
* *

Ava était assise sur le matelas à côté de Louisa et prêtait l'oreille. Elle entendit, derrière la porte verrouillée, des bruits de casserole.

— Ils préparent notre repas, lui expliqua Louisa qui, de nouveau, avait relevé ses genoux sous le menton et se balançait dans un geste de réconfort.

Louisa lui avait raconté que les hommes lui servaient un repas deux fois par jour. Avec des comprimés qu'on l'obligeait à avaler, précisa sa nièce. Sans doute des vitamines destinées à assurer le développement optimal du fœtus ou alors des compléments alimentaires riches en fer contre l'anémie, songea Ava.

Ses geôliers ne lui adressaient pas la parole et parlaient russe entre eux, mais Louisa commençait à comprendre quelques mots. Elle avait expliqué à Ava qu'on lui changeait sa serviette de bain et sa robe portefeuille une fois par semaine.

Ses conditions de détention étaient meilleures que celles de Kacey Doka et ses compagnes d'infortune — toutes avaient été séquestrées dans une cave, n'ayant pour leur usage personnel qu'un évier et un W.-C.

Ava avait raconté à Louisa comment elle avait été capturée. Sa nièce savait désormais que leurs ravisseurs la prenaient pour Heather Cosay et que sa survie dépendait de son silence sur sa véritable identité. Pour autant, Churkin n'allait pas tarder à comprendre que sa cible, Ava Hood, avait disparu précisément le jour où il avait enlevé Heather Cosay, chez Sara Tah, et ainsi faire les déductions qui s'imposaient. Son destin serait alors scellé, songea Ava.

Elle pensa à Kee. Et lui, pensait-il à elle ? Que ressentait-il, la sachant disparue à son tour ? Elle regrettait d'avoir perdu tant de temps à le soupçonner et de ne pas lui avoir parlé avec son cœur. Revenir sur le passé n'avait aucun sens, mais, le cerveau ayant ses étrangetés, elle cristallisait ses regrets sur son amour qu'elle n'avait pas révélé à Kee Redhorse. Cela l'obsédait.

— Combien de temps avant qu'on nous trouve, Av... Heather ? demanda Louisa.

Et, là-dessus, elle se remit à se ronger les ongles. Ava lui écarta les mains de la bouche, et Louisa reprit son balancement d'avant en arrière. Sa grossesse, et les conditions dans lesquelles elle était survenue, devait la plonger dans les affres...

Louisa l'avait informée de l'état de Sara, plus inquiétant qu'Ava ne l'avait soupçonné. Sara en permanence ivre, Louisa se substituait à sa mère, conduisait la voiture familiale, gérait la maisonnée et s'occupait de ses trois petites sœurs à temps plein.

Entendant des voix s'exprimer en anglais, elle tendit l'oreille, Louisa se raidit.

— C'est le médecin, annonça-t-elle. Le Dr Hauser. Il est déjà venu m'examiner. Il vient pour toi, tante Ava, et il va vite découvrir que tu n'es pas enceinte.

Louisa lui serra le bras convulsivement.

Sans compter que Hector Hauser la reconnaîtrait instantanément, songea Ava, qui fixa la porte, consciente que son temps était compté.

Son cœur cogna plus fort, ses oreilles se mirent à bourdonner et des frissons la saisirent. Elle serra les poings, prête à lutter chèrement pour sa vie. Le temps lui parut ralentir, alors que les bruits de pas et de voix se rapprochaient inexorablement.

Enfin elle entendit un clic, signe qu'on venait de taper le code d'accès sur le pavé tactile électronique. La porte s'ouvrit, et Alexie, l'un des deux ravisseurs, entra. Il s'écarta. Ava s'attendait à voir le complice d'Alexie, Stenka, ou le Dr Hauser, mais elle cilla à la vue de... Kee.

Kee fut immensément soulagé de voir Ava, mais l'expression qui se peignit sur son visage lorsqu'elle l'aperçut l'inquiéta. Le soupçonnait-elle de l'avoir trahie ? Hélas, il ne pouvait rien faire, momentanément, pour la rassurer. Seule Louisa se tenait à son côté, nota-t-il. Où étaient les autres disparues ? Enfermées dans un autre coin de cette demeure ? Ou ailleurs ?

À leur arrivée dans la maison d'Antelope Lake, Hector l'avait présenté à Stenka et à Alexie. Les deux Russes l'avaient salué d'un signe bref puis avaient vérifié le contenu de son sac médical, lui épargnant une fouille corporelle. Alexie les avait ensuite précédés dans le couloir. Hector fermait la marche. À un moment donné, Kee s'était retourné, craignant que Hector ne fuie ou ne le trahisse. Or Hector lui avait souri sans arrière-pensée.

Son attitude était pour le moins énigmatique. Dès leur arrivée sur les lieux, Hauser aurait en effet eu l'occasion de s'enfuir. Pourquoi ne l'avait-il pas fait ? Parce que son accord avec le FBI était plus sûr et avantageux ?

Où étaient les agents du FBI ? se demanda Kee, inquiet. Loin derrière eux ? Il y avait en effet eu un contretemps que les agents du FBI n'avaient pu anticiper.

Ils étaient certes arrivés dans une maison au bord d'Antelope Lake, mais ça n'avait été qu'une première étape sur leur parcours. De là, ils avaient traversé le lac en hors-bord pour arriver, sur la rive opposée, à la maison où ils se trouvaient désormais. Stenka était resté dans le salon où il observait le lac et assurait la surveillance des environs.

— Très bien, dit Hauser en levant sa main plâtrée censée être cassée. On va faire l'examen habituel.

À la suite d'Hector, Kee pénétra dans une autre pièce où il découvrit une table gynécologique et un chariot de soins à tiroirs sur lequel avaient été disposés les instruments destinés à un examen gynécologique. Étaient-ils stérilisés ? s'interrogea Kee. Peu importe, il n'allait pas examiner Ava, et Hector non plus. Kee chercha ensuite des yeux un instrument susceptible de lui servir d'arme. En cas de bagarre, quel camp choisirait son ancien mentor ? se demanda-t-il ensuite avec inquiétude.

Sur ces entrefaites, Alexie arriva, poussant Ava devant lui. Il la fit monter sur la table d'examen gynécologique. Puis Kee le vit se tourner vers lui.

— Allez-y, lui ordonna-t-il.

Et, sur ces mots, il se posta derrière lui et croisa les bras, lui bloquant l'accès au couloir.

Bon sang ! Que faisait le FBI ? Toujours de l'autre côté du lac ? Le contournant pour ne pas se faire repérer ? Kee, très inquiet, porta son attention vers Ava et nota combien la jointure de ses doigts avait blanchi tant elle crispait les mains autour des étriers. Soudain, il entendit le bruit, familier à ses oreilles, d'une Harley Indian.

Aussitôt après, la voix de Stenka leur parvint depuis le salon :

— Une moto arrive. Conduite par un Indien.

Ty ! Non seulement son frère avait réussi à les localiser, mais il était arrivé sur les lieux plus vite que le FBI.

Alexie, sortant son arme, passa la tête dans le couloir.

— Va voir, cria-t-il à son acolyte.

Kee voulut profiter de son inattention pour lui faire une clé de bras, comme il en avait vu faire lors des entraînements auxquels il n'avait jamais pu participer, mais Alexie se retourna et, surpris, braqua son arme sur lui.

— Non ! hurla Hector, s'interposant au moment où il tirait.

Hauser, touché au ventre, tomba à genoux.

Kee bondit sur Alexie. Le Russe était plus grand et plus fort mais, lorsqu'il fit de nouveau feu, Kee réussit à lui abaisser le poignet. Non seulement la seconde balle toucha le sol, mais Kee, faisant pivoter le poignet de son adversaire, lui fit sa clé de bras. Ty avait eu raison… Le principal était de connaître la technique. Alexie poussa un cri de douleur et lâcha son arme.

Ava, au même instant, frappa le Russe à la nuque. Sans réussir à le neutraliser hélas. Déjà Alexie se redressait, furieux.

Simultanément, du salon s'élevèrent le fracas d'une vitre qui volait en éclats et des coups de feu. Alexie essaya de reprendre son arme, mais Kee lui assena un coup de pied dans le creux des genoux qui le fit chanceler. Ava en profita pour ramasser le pistolet et tirer sur lui à trois reprises, avant de se précipiter vers la pièce où était toujours enfermée Louisa. Kee l'entendit tirer à nouveau, sans doute dans le pavé tactile électronique.

Un gémissement le fit se retourner. Hector, à genoux, se tenait toujours le ventre. Le sang coulait en abondance entre ses doigts. Kee passa un bras autour de ses épaules, essayant de le relever.

— Non, murmura Hector en levant les yeux sur lui. Laisse-moi…

Kee l'allongea sur le dos. Hector sourit. Du sang s'échappa d'entre ses lèvres.

— Je suis fier de toi, petit, balbutia-t-il. File. Maintenant.

Conscient qu'Hector était perdu, et constatant avec stupéfaction qu'Alexie se redressait, indemne, Kee sortit précipitamment, refermant derrière lui la porte également munie d'un bec-de-cane électronique à pavé tactile. Il pressa le bouton pour la verrouiller. Alexie la martela des poings.

— C'est insensé, tu as tiré sur cet homme mais il est toujours vivant ! s'écria-t-il à l'intention d'Ava qui, de toute évidence, n'avait pas réussi à ouvrir la porte de la pièce où se trouvait sa nièce.

— Il porte une veste Kevlar. Vite, la porte ne va pas tenir longtemps.

Un cri s'éleva de la cuisine. *Ty !*

— Kee !

— Par ici !

Ty surgit, la main gauche sur son épaule droite blessée. Il s'arrêta net devant Ava qui braquait son arme sur lui.

21

— Combien d'hommes ? demanda Ty.

— Deux, répondit Ava. Alexie, et Hauser, qui est blessé.

Elle lui montra la salle d'examens d'un signe de la tête, son arme toujours braquée sur la porte de la pièce où se trouvait Louisa.

— Et Stenka ? s'enquit-elle.

— Dans la cuisine, lui répondit Ty. Hors d'état de nuire.

— Il faut faire sortir Louisa de là au plus vite ! intervint Kee.

Et, sans réfléchir, il lança sa bonne jambe en avant et, de toutes ses forces, donna un coup dans le battant. Avec un cri, Ty s'interposa mais, déjà, le battant cédait. La stupéfaction se peignit sur les traits de Ty. Ava tendit la main à Louisa.

— Viens ! Vite !

— Nous allons prendre la fuite avec le hors-bord ! annonça Ty. Y a plus qu'à espérer qu'ils aient laissé les clés dessus…

Ava se mit à courir, entraînant Louisa. Dans la cuisine, elle vit Stenka face contre terre, immobile au milieu du verre cassé et des débris d'un pot en terre.

Soudain, un fracas s'éleva : Alexie avait dû réussir à défoncer la porte à l'aide de la table d'examen ou du chariot de soins. Ava resta en arrière pour tirer dans sa direction, couvrant les autres qui couraient vers le hors-bord. Quand elle fut à court de munitions, elle se précipita vers la jetée.

— Clés sur le démarreur ! lui cria Ty dès qu'il l'aperçut.

Dieu soit loué !

Ava défit le nœud de chaise de l'amarre, et Kee celui de la poupe tandis que Ty s'installait sur le siège du capitaine.

C'était un hors-bord bleu et blanc d'environ vingt pieds

de long. Avec quatre sièges au centre, dos à dos. Louisa prit place sur le sol, s'adossant à la coque en fibre de verre.

— Tu es blessé, dit Ava à Ty. Laisse-moi piloter. Kee va te soigner.

— Tu as déjà conduit ce genre d'engin ? demanda-t-il en démarrant.

— Oui.

Ty recula, ils échangèrent leurs places.

— Que s'est-il passé ? interrogea Kee comme ils s'éloignaient de la jetée. Tu as reçu une balle ?

— Non, je me suis entaillé l'épaule en franchissant la vitre.

— Tu l'avais pourtant fracassée avec un pot au préalable, non ? cria Kee pour se faire entendre.

— Oui, mais je me suis blessé en tombant sur le verre.

Puis :

— Attention ! Baissez-vous !

Kee n'entendit pas les coups de feu mais il en vit l'impact à la poupe. Une balle avait déchiqueté la fibre de verre. Louisa, paniquée, cria.

Tournant le gouvernail d'un geste brusque, Ava accéléra et s'engagea sur un bras du lac. Se cramponnant pour ne pas perdre l'équilibre, Kee vit soudain Alexie faire volte-face et pointer son arme vers les agents du FBI qui arrivaient sur la jetée. Ces derniers tirèrent, Alexie tomba dans le lac.

Ava demanda un portable pour contacter Forrest. Ty extirpa le sien de sa poche et le lui lança, lui précisant que c'était un téléphone à carte prépayée.

Dans le même temps, Kee sortit de son sac médical des ciseaux pour couper la manche du T-shirt de son frère. L'entaille, assez profonde, saignait abondamment. Il nettoya la blessure sous le regard silencieux et attentif de Louisa, la referma avec des steri-strips, plaça des compresses et banda l'épaule qu'il immobilisa. Quand il eut fini, il se figea, frappé par une évidence.

— Sans toi, on aurait échoué, Ty.

Son frère sourit pour seule réponse.

— Comment tu nous as retrouvés ? reprit Kee.

— Le FBI a ses sources. J'ai les miennes.

— Avec un prix à payer ? insinua Kee.

Ty haussa les épaules et cilla aussitôt sous la douleur.

— C'est grâce à Faras si tu as pu nous localiser ? insista Kee.

— Faras veut que je revienne, dit laconiquement son frère.

— Pourquoi ? Tu avais quitté le gang ?

Ty hocha la tête.

— À la vérité, je n'en ai jamais fait vraiment partie. Je réparais leurs véhicules, c'est tout. Mais j'ai passé un contrat avec Faras pour aider Jake : j'ai dû accepter d'être « chauffeur », si nécessaire. Maintenant…

Kee sentit son cœur chavirer, il savait combien il était difficile de sortir des griffes du Wolf Posse.

— J'ai Forrest à l'autre bout du fil, cria soudain Ava, le portable pressé contre la poitrine. Il me demande d'accoster dans la marina au nord du lac.

Voyant la panique se peindre sur le visage de Ty, Kee se souvint des menaces de Tinnin : qu'il sorte de la réserve, et il serait arrêté par le FBI. Son frère n'avait pas eu peur de se jeter au travers d'une vitre ou de tirer sur un mafieux russe mais l'idée de faire face au FBI, en la personne de Forrest, le rendait livide.

— Non ! La marina au sud ! ordonna Ty. Nous devons nous rapprocher autant que possible de Red Rock Dam !

Ava le regarda sans comprendre.

— Pourquoi ?

— Ça n'est pas loin de ma réserve. Nos terres souveraines s'étendent au-delà de la digue.

Ava ouvrit de grands yeux et dévisagea Ty, puis regarda dans la direction de Louisa, toujours recroquevillée, les genoux ramenés sous le menton et l'air perdu.

— Je m'occupe de Louisa, fit Kee voyant son inquiétude. Mais il ne faut pas que Forrest mette la main sur Ty.

Ava hésita, les mains crispées sur le volant, le téléphone toujours pressé contre sa poitrine.

— Ava, je t'en prie ! insista Kee.

— OK, murmura-t-elle sans hésiter en tournant le volant.

Là-dessus, elle raccrocha et jeta le portable sur le siège

d'à côté. Le téléphone sonna aussitôt. C'était sans doute de nouveau Forrest, mais Ava ne décrocha pas.

Il leur fallut vingt minutes pour atteindre la rivière qui alimentait le lac. Les courants rendaient les manœuvres difficiles, mais Ava réussit à surmonter ces difficultés. Ils arrivèrent enfin à la pointe sud, à environ cinquante kilomètres de la réserve de Turquoise Canyon, accessible seulement à travers bois.

— À plus pour dîner chez maman, dit Ty en guise de salut.

Kee l'étreignit.

— Merci pour tout.

Ty retira ses bottes pour gagner la rive. Ava recula le hors-bord qui reprit sa course. Kee observa son frère, qui montait sur la rive puis pénétrait dans la forêt.

— Tu penses qu'il va réussir ? s'enquit Ava.

Pour seule réponse, Kee lui adressa un regard éloquent.

22

Leur retour fut moins triomphant qu'Ava ne se l'était imaginé. Louisa avait été transportée à l'hôpital de Darabee où elle était soignée. Sa nièce souffrait en effet de déshydratation et, surtout, était traumatisée par sa captivité et sa grossesse. Louisa avait tout de même pu parler, au téléphone, à Olivia, Margarita et Alexandra, désormais hébergées chez Tinnin, qui avait pris le relais du FBI et s'était engagé auprès des services de protection à l'enfance jusqu'à ce que d'autres dispositions soient prises.

L'épouse du chef de police avait en effet spontanément proposé de s'occuper des fillettes. Elle avait élevé deux fils dont l'aîné avait quitté la maison. Quant au cadet, âgé de seize ans, il avait identifié la femme qui avait contribué à l'attaque des éco-extrémistes, ce qui avait permis de la traduire en justice.

Hector Hauser n'avait pas survécu à ses blessures ; quant à Betty Mills, ayant rompu l'accord passé avec la police et le FBI en omettant de préciser que Yury Churkin avait été mandaté pour supprimer Ava, elle serait donc jugée et condamnée. Le chef Tinnin était à peu près certain que le conseil de la tribu la remettrait aux autorités fédérales.

Churkin courait toujours et, enfin, Ty Redhorse n'était pas revenu dans la réserve. Personne ne savait où il était. Ava avait relaté les derniers événements au FBI et à la police de Turquoise Canyon, tous à sa recherche, chacun espérant mettre la main sur lui. Ava espérait qu'il leur échapperait, car elle savait que, sans Ty, ils auraient tous perdu la vie. Et elle savait maintenant aussi que, quoi qu'ait pu faire Ty par le passé, il l'avait fait pour venir en aide aux siens.

Ava bénéficiait quant à elle d'une protection vingt-quatre heures sur vingt-quatre qui était assurée tour à tour par l'officier Jake Redhorse, l'officier Dan Wetselline et le sergent Harold Shay.

Surtout, songea Ava avec découragement, les disparues de la réserve de Turquoise Canyon, Marta Garcia, Brenda Espinoza et Maggie Kesselman, n'avaient pas encore été retrouvées.

Ce mystère persistant la troublait plus que le message de son supérieur qui l'exhortait à venir rendre son badge et son arme de service sans attendre.

Le pire, cependant : Ava n'avait pas revu Kee depuis leur retour à Pinon Flats quelques jours plus tôt.

Ce mercredi matin, il était 9 heures lorsque Ava se rendit à la convocation du chef Tinnin. Que lui voulait-il ? Elle s'attendait presque à ce qu'il lui fasse quitter la réserve de Turquoise Canyon sous escorte.

Ava prit la route maintenant familière jusqu'au QG de la police de la tribu. À son arrivée, Carol Dorset en train de masser son index arthritique la salua. Elle avait une queue-de-cheval, et son rouge à lèvres était aujourd'hui rose givré.

Carol lui sourit largement, lui révélant une dentition impeccable.

— Il est au téléphone, mais vous pouvez y aller.

Ava entra dans la salle d'escouade, passa devant l'officier Wetselline qui la salua d'un hochement de tête et entra dans le bureau de Tinnin.

Ce dernier, le téléphone coincé entre le menton et l'épaule, jouait distraitement avec la molette en forme d'étoile d'un éperon en écoutant son interlocuteur. Levant les yeux sur elle, il lui fit signe d'approcher. Ava s'installa sur l'une des vieilles chaises devant son bureau antédiluvien.

— Très bien, poursuivit Tinnin à l'attention de son interlocutrice. Oui, madame. Je vous envoie quelqu'un.

Il raccrocha et appela Wetselline.

— File chez Mme Alba, sur Dustin Road. Sa fille, à Tucson, n'arrive pas à la joindre par téléphone.

Puis, reportant son attention sur elle :

— Comment va Louisa ?

— Elle voit un psychologue. Je pense que nous devons être patients…

— Et optimistes. Forrest vient de m'apprendre que Yury Churkin avait été arrêté à Flagstaff, ajouta-t-il.

— Bonne nouvelle.

— Oui. J'ai demandé qu'on m'avertisse si le FBI obtenait une correspondance entre son ADN et celui du sang et la chair retrouvés sous les ongles de Day.

Le chef pianota sur son bureau.

— Et pour vous ? reprit-il. Quoi de neuf ? Toujours virée ?

Ava opina lentement. Tinnin avait beaucoup de qualités mais le tact n'en faisait pas partie, comme souvent chez la plupart des officiers.

— Oui. Dès que je le pourrai, je me rendrai dans ma réserve pour rendre mon badge. Et toucher mes indemnités de licenciement.

— Vous n'aurez pas de bonnes références de la part de votre ex-employeur, prophétisa Tinnin.

— Je sais.

Ava se renversa dans sa chaise, les bras croisés. Elle n'avait pas besoin que Tinnin lui rappelle qu'elle n'avait pas respecté les règles et les procédures. Tant pis, le jeu en avait valu la chandelle.

— Chapeau bas, Hood. Ravi de voir que vous acceptez de payer le prix de vos erreurs. Je déteste les pleurnicheurs. Bon, j'en viens à la raison de ma convocation. Vous voyez la femme là-bas ?

Ava se retourna et vit Carol Dorset munie du casque et des écouteurs en train de parler au téléphone.

— On a construit ce bâtiment autour d'elle pour ainsi

dire. Carol est arrivée quand on a installé le téléphone, c'est vous dire. Elle était dispatcher à l'époque où cet emploi n'avait pas encore de qualificatif. Bref, Carol n'est plus de première jeunesse et s'apprête à me laisser en plan. Après cinquante-trois ans de bons et loyaux services.

Curieuse de savoir où il voulait en venir, Ava l'écoutait avec attention.

— Bien sûr, vous avez plus de qualifications qu'il n'en faut pour devenir notre dispatcher, mais je doute que vous receviez une meilleure proposition d'emploi. L'avantage aussi, vous seriez auprès de vos nièces. Ma femme est certes parfaite mais s'occuper de jeunes enfants va l'achever. Surtout la petite de trois ans.

Ava sourit. Olivia était un vrai défi.

— Mais, puisqu'elle n'est pas près d'être grand-mère, poursuivit Tinnin, elle sera ravie de continuer à les garder après l'école en attendant la fin de votre journée de travail.

Et d'ajouter en claquant des doigts :

— Ça l'empêchera de ramener un chien errant à la maison.

Ava rit.

— Alors qu'est-ce que vous en dites, Ava ?

— Et le salaire ?

— C'est tout ? s'exclama-t-elle après qu'il lui en eut communiqué le montant.

— Je vais en parler au conseil de la tribu. Vous pourriez aussi rejoindre les pompiers bénévoles. Ils participent à certaines de nos enquêtes, précisa-t-il en lui adressant un clin d'œil.

— Vous voulez un détective et un dispatcher pour le même prix ?

— Toujours aussi directe, Hood. Alors ?

Ava fronça les sourcils.

— Quel est le problème ? insista Tinnin.

— C'est que… Je ne sais pas si Kee Redhorse aimerait que je reste. Il n'a pas cherché à me revoir depuis que nous avons fait nos dépositions au FBI.

Tinnin se renversa dans son siège.

— Et vous l'interprétez comme un signe de son désintérêt ?

— Oui, monsieur.

— Alors laissez-moi vous expliquer la situation et éclairer votre lanterne, Hood. Kee Redhorse est maintenant le seul médecin de cette réserve depuis la mort de cette ordure de Hauser. Il n'y aura pas de pleureuses à son enterrement, je vous prie de le croire.

— Et Kee Redhorse ? demanda Ava, revenant au seul point qui l'intéressait.

— Kee travaille vingt-quatre heures sur vingt-quatre à la clinique. Votre amoureux n'a même pas le temps d'aller pisser, alors encore moins de voir sa copine. Vous êtes bien sa copine, pas vrai ?

Ava pressa les mains sur son visage, confuse. Elle aurait dû s'en douter. Si Kee n'avait plus voulu la revoir, il le lui aurait dit en face. Car tel était Kee. Intègre et fiable. Digne de sa confiance. De son amour. En revanche, Ava ne savait pas quelle était la nature de ses sentiments pour elle et était terrifiée à l'idée de découvrir qu'il ne ressentait rien pour elle. Elle avait l'espoir que son amour soit partagé, en même temps elle était saisie de désespoir à l'éventualité qu'il n'en soit rien.

— Écoute, mon petit, dit soudain Tinnin, je t'ai vue à l'œuvre, tu n'as pas froid aux yeux, alors ne me dis pas que tu n'as pas le cran d'aller voir ce garçon pour lui dire que tu l'aimes.

Elle baissa les mains et croisa son regard. Émue plus qu'elle ne saurait le dire par le fait qu'il l'avait tutoyée.

— C'est donc si évident ?

— Pour quelqu'un qui a connu la même chose, oui. J'ai gardé la bague de fiançailles de ma femme sur moi pendant deux mois.

— Comment avez-vous trouvé le courage de lui demander sa main ?

Il rougit.

— Elle m'a fouillé et a trouvé l'écrin.

Ava rit. Il se leva, et elle aussi.

— Tu as un emploi, Ava. Un toit, la maison de ta sœur en attendant mieux. Il ne te manque que ton homme, conclut Tinnin.

Il lui montra la porte.

— Va vite le retrouver. Il n'attend que toi pour être heureux, tu peux me faire confiance !

MALLORY KANE

Piégée par le mensonge

Traduction française de
PHILIPPE DOUMENG

BLACK ROSE

HARLEQUIN

Titre original :
COVERT MAKEOVER

Ce roman a déjà été publié en 2013

1

Sophie Brooks décroisa les jambes et tira sa jupe sur ses cuisses tandis que sa patronne arpentait nerveusement la salle de réunion de Mariage pour la Vie, société d'organisation de mariages sise dans un immeuble de haut standing du centre-ville de Miami. La robe de fin coton de Rachel Brennan virevoltait à chacun de ses pas. A son arrivée au bureau ce matin, Sophie avait remarqué que la ravissante directrice de Miami Confidentiel, une jeune femme au physique élancé et à la chevelure d'un noir de jais, était particulièrement agitée.

Rachel raccrocha son portable et appliqua son gobelet de lait frais contre sa tempe pour se rafraîchir.

— Quand la journée s'annonce ainsi, je regrette sincèrement le climat du Colorado. Comment peut-on survivre dans cent pour cent d'humidité ?

Elle posa le regard sur les bas noirs de Sophie.

— Je te promets, Sophie, je fondrais comme un cornet de glace au soleil si je m'habillais comme toi.

Sophie afficha un vague sourire en guise de réponse et recroisa les jambes. Après avoir bu une longue gorgée de son verre de lait, Rachel regarda tour à tour les membres de l'équipe installés à la table de réunion.

— Je viens d'avoir les responsables de l'hôpital. Le chauffeur de Sonya Botero a repris connaissance. Sean Majors, le responsable de la sécurité pour le clan Botero, a exigé que personne ne soit autorisé à lui rendre visite. Il veut être le premier à l'interroger.

Rafe Montoya frappa du plat de la main sur la table.

— Il aurait placé un garde du corps devant la chambre

de Johnson vingt-quatre heures sur vingt-quatre. Je n'aime pas ça. Majors s'intéresse un peu trop à ce type à mon goût. Nous savons que Craig Johnson est directement impliqué dans l'enlèvement de Sonya. Qu'est-ce que manigance Majors ? Qu'essaie-t-il de nous cacher ?

Rachel se passa la main dans les cheveux.

— Je pense qu'il se sent en partie responsable de l'enlèvement, vu que Johnson est l'un de ses hommes, et qu'il fait du zèle. D'ailleurs, il a tout à fait le droit de protéger son employé. Soyons patients. Il faudra bien, tôt ou tard, qu'il se montre coopératif.

— Il n'a pas d'autres informations au sujet de l'enlèvement ? demanda Julia Garcia.

Rachel secoua vivement la tête.

— Donc, nous n'avons toujours aucune idée du montant de la rançon, ni du lieu d'échange ?

Julia ne cachait pas son inquiétude. Elle fréquentait Sonya Botero depuis de nombreuses années et toutes deux étaient très proches.

Comme Rachel ne répondait pas à sa question, Sophie prit la parole.

— Vous pensez qu'on n'en saura pas plus, n'est-ce pas ?

Tout le monde la regarda. D'évidence, Sophie venait d'exprimer à haute voix l'angoisse que tous ressentaient.

— Leurs intentions sont évidentes : atteindre le fiancé de Mlle Botero. Si son enlèvement a pour but de contraindre Juan DeLeon à cesser sa lutte contre la drogue au Lareda, on va rencontrer de sérieux problèmes pour agir depuis ici. De plus, les élections législatives auront lieu dans quelques semaines.

Samantha Peters se dandina sur son siège et ajusta ses lunettes turquoise sur le bout de son nez.

— Il y a un autre point à ne pas négliger : l'éventuelle implication de cette folle d'ex-femme de Juan. N'importe qui parmi sa famille aurait pu monter le coup. Après tout, ils sont tous plus ou moins dans le trafic de drogue.

— Pourquoi agiraient-ils seulement maintenant ? rétorqua

Sophie. S'ils voulaient se venger, ils auraient pu le faire depuis des années.

— Oui, mais aujourd'hui Juan est devenu une personnalité très influente.

Rachel jeta son gobelet dans la corbeille et fronça les sourcils.

— Il est frustrant de ne pas avoir la moindre piste. Et, du reste, Sophie a raison. Notre pouvoir d'action depuis Miami est limité. Une chose est sûre : nous devons tabler sur le fait que Sonya est encore en vie. Tout ce que nous entreprendrons ne doit converger que vers un seul but, la récupérer vivante.

— La police ne nous donne pas de ses nouvelles, ce qui est plutôt encourageant, intervint Rafe.

— En effet. Je préfère que l'on tienne la police en dehors de tout ceci. En fait, j'ai rendez-vous avec le commissaire cet après-midi pour lui faire part de notre stratégie. Nous somme parvenus à cacher l'affaire au grand public, et le commissaire a tout intérêt à collaborer avec Miami Confidentiel, mais les médias commencent à s'intéresser de près à la présence de Juan DeLeon en Floride, et à l'absence de Sonya des cérémonies officielles.

Sophie jeta un coup d'œil à sa montre ; elle avait un rendez-vous avec un prospect. Mariage pour la Vie était une entreprise très florissante et fournissait une couverture idéale pour Rachel Brennan et Miami Confidentiel.

— Je suis désolée, Rachel, dit-elle, mais mon client sera là d'une minute à l'autre.

Rachel acquiesça d'un petit signe de tête.

— Bien. Vas-y. Pas question de négliger les affaires en cours ou d'attirer les soupçons sur la boîte.

Entendant retentir la sonnette du hall d'entrée, Sophie se leva, tout en remettant de l'ordre dans sa tenue.

— Voilà ma cliente. Dès que j'en aurais terminé avec elle, j'appellerai mes contacts à la CIA pour connaître la situation actuelle au Lareda.

— Bien. Merci à tous, dit Rachel.

Sophie descendit l'escalier en spirale, ses hauts talons claquant sur les marches en marbre, et accueillit tout sourires une jeune femme dont le souci majeur était de décider de la couleur de ses faire-part.

Sean Majors serra les poings en voyant Carlos, dans son fauteuil roulant, s'avancer dans le salon de sa superbe propriété. Sean avait de bonnes nouvelles à annoncer à son employeur, mais aussi des mauvaises.

Carlos Botero avait été un homme imposant, volontaire et assez séduisant jusqu'à ce que sa fille unique se fasse enlever, quelques semaines auparavant. A présent il semblait abattu, vidé de son énergie. Son esprit était toujours aussi vif, mais, physiquement, il dépérissait à vue d'œil.

Carlos agita faiblement la main pour signifier à Javier, son aide-soignant, de se retirer. Ce dernier échangea un regard avec Sean ; il serait non loin au cas où Sean aurait besoin de lui.

— J'ai de bonnes nouvelles, monsieur Botero.

Carlos devint soudain très pâle.

— Sonya ?

— Non, monsieur. Il ne s'agit pas de Sonya. Je suis désolé.

Sean aurait pu faire preuve d'un peu plus de tact, mais deux événements significatifs survenus durant la demi-heure précédente lui accaparaient l'esprit.

— Craig Johnson a repris conscience.

Les mains de Carlos se crispèrent sur les accoudoirs de son fauteuil.

— Je vous somme de découvrir son degré d'implication dans cette affaire, dit-il en plongeant son regard dans celui de Sean.

Sean approuva avant de détourner le regard. Carlos était tout sauf un imbécile. Il ne pouvait que sentir qu'il lui cachait quelque chose. Sean ne lui avait pas encore révélé, en effet, qu'un membre de Mariage pour la Vie avait intercepté un appel de Johnson à destination du Lareda.

— Je vais m'y employer, monsieur. Le garde du corps ne laissera personne voir Johnson tant que je n'aurais pas eu une petite conversation avec lui.

Sean prit une grande inspiration. Son estomac s'était noué.

— Monsieur Botero…

Carlos lui lança un regard inquisiteur.

— Qu'y a-t-il encore ? Vous ne m'auriez pas tout dit ?

Sean sortit de la poche de sa veste un sachet en plastique ; il contenait la feuille de bloc-notes qu'il venait de récupérer auprès du garde en faction devant l'immeuble de Carlos, et qu'il avait placée sous scellés afin d'éviter de la contaminer — c'était une pièce à conviction.

Sean allait se rendre à l'hôpital pour voir Johnson lorsque le garde l'avait appelé pour l'informer qu'un chauffeur de taxi avait déposé une enveloppe à son intention. Le garde avait judicieusement noté la plaque minéralogique, ce qui avait permis à Sean de confier à l'un de ses hommes la mission de retrouver le chauffeur et de le questionner.

— Est-ce là un autre mot des ravisseurs ? demanda Carlos, une pointe d'excitation dans la voix.

— Oui, monsieur.

— Donnez-la-moi.

Sean la lui tendit.

« Nous espérons que vous avez les deux millions que nous exigeons. Placez la somme en coupures de mille dollars dans un sac en plastique transparent et attendez nos instructions. Vous êtes prévenu : vous aurez deux heures après notre appel pour vous soumettre à nos ordres. Pas un instant de plus. »

— Monsieur Botero, il me semble judicieux de prévenir la police et le gouvernement de…

— Non !

La feuille échappa aux mains de Carlos et virevolta jusqu'au sol.

— Pas la police.

Il voulut attraper le bras de Sean et ses doigts se refermèrent sur la manche de sa veste.

— Le message ne fait pas mention de ma fille.

— Non, monsieur.

Et cela inquiétait Sean au plus haut point. Le message des ravisseurs ressemblait plus à une extorsion de fonds qu'à une demande de rançon. Il redoutait que l'enlèvement soit un plan destiné à tenir Juan DeLeon hors du Lareda et à l'éloigner ce faisant de ses fonctions politiques, afin que ses opposants le coiffent sur le poteau aux prochaines élections.

Il craignait, par ailleurs, que Sonya soit déjà morte ; mais il n'osait pas partager ses craintes avec Carlos. Cela risquait de provoquer la mort du vieil homme, lequel l'employait depuis près de dix ans. Sa mission devait se borner à accomplir les vœux de Carlos, tout en assurant sa sécurité.

Bien entendu, il avait le même engagement vis-à-vis de Sonya, et il avait lamentablement échoué.

— Monsieur, laissez-moi vous rappeler que la situation au Lareda est totalement imprévisible. L'enlèvement de Sonya a certainement un rapport avec le trafic de drogue. Les autorités locales devraient être informées de la situation.

Carlos secoua la manche de la veste de Sean.

— Non ! Je me fiche bien de ces politiciens corrompus. Je ne me soucie que d'une chose : retrouver ma fille vivante. Je vous confie sa vie ! lança Carlos en haussant la voix. Promettez-moi…

Javier passa la tête par l'entrebâillement de la porte, mais Sean lui fit signe de les laisser seuls.

— Monsieur Botero, je ne saurais vous dire à quel point je suis désolé…

— Je n'ai que faire de vos excuses. Promettez-moi seulement de laisser les autorités en dehors de tout ceci.

— Je ferai selon vos désirs, monsieur.

Carlos braqua son regard fiévreux sur Sean.

— Je veux que l'on me rende ma fille. Sonya est le soleil de ma vie, mon seul enfant. Je ne supporterais pas de la perdre.

Sean lui tapota la main.

— Je vous donne ma parole que je ferai tout ce qui est en mon pouvoir pour vous la ramener saine et sauve.

Carlos se détendit ostensiblement.

— Merci, merci… Si seulement mon vieil ami Esteban était encore en vie, il pourrait vous épauler dans votre mission. Mais, à présent, Javier a repris sa place de garde du corps…

Carlos eut tout à coup du mal à respirer et fut secoué d'une quinte de toux. Sean appela Javier en renfort. Il souffrait de voir son patron si diminué.

Javier apporta un verre d'eau à Carlos puis l'emmena, prétextant qu'il était l'heure de son massage quotidien. Sean s'installa alors au bureau de son employeur et, pour la énième fois, se rejoua la scène de l'enlèvement de Sonya Botero, qui s'était déroulée devant le bâtiment de Mariage pour la Vie.

En qualité de responsable de la sécurité de Botero, il sentait le poids de sa responsabilité peser sur ses épaules. C'était suivant ses recommandations que Sonya avait laissé son coupé Porsche pour la limousine de son père.

Compte tenu de la tension politique au Lareda, et des menaces que recevait régulièrement le fiancé de Sonya, il avait ressenti la nécessité de lui adjoindre un garde du corps. Il avait choisi Johnson à cause de ses glorieux états de service dans l'armée. Il avait servi dans différents conflits internationaux particulièrement délicats.

A présent, Johnson gisait entre la vie et la mort sur son lit d'hôpital, un innocent client de Mariage pour la Vie était sévèrement blessé, et personne n'avait eu de nouvelles des ravisseurs depuis plusieurs jours. Jusqu'à ce que ce nouveau message leur parvienne enfin.

Le premier message, sur lequel était apposée l'empreinte digitale ensanglantée de Sonya, avait été accompagné d'une mèche des cheveux de la jeune femme. Il était affreusement concis.

« Deux millions de dollars. Vous serez recontacté. »

Secouant la tête de dépit, Sean relut le dernier message. Il ne donnait aucun éclairage supplémentaire sur l'affaire.

« Vous aurez deux heures après notre appel pour vous soumettre à nos ordres. »

Sean décrocha le téléphone et appela le gestionnaire de Carlos pour s'assurer qu'il avait bien réuni la somme.

— Winstead ? C'est Majors. Nous avons reçu un second mot de la part des ravisseurs. La somme est prête ?

— Prête. Des précisions ?

Le gestionnaire de Carlos était un homme avare de paroles.

— Nous n'avons encore d'instructions ni sur l'heure ni sur le lieu d'échange. Nous devrons être opérationnels en l'espace de deux heures, c'est pourquoi je dois m'assurer que la somme sera bien disponible en temps voulu.

— En quelles coupures ?

— Mille dollars.

— Très bien.

— Merci, Winstead.

Sean raccrocha, en proie à un profond sentiment de solitude. Il avait l'habitude de contrôler la situation. Il avait toujours été conscient de la vulnérabilité de Sonya. Son style de vie et sa participation à des œuvres de charité l'exposaient. A chacune de ses apparitions en public, la jeune héritière était accompagnée d'un garde du corps, bien qu'elle ne s'en soit jamais doutée.

Cependant, la façon dont s'était déroulé son enlèvement le faisait tiquer. Depuis le début, Rachel Brennan, la responsable de Mariage pour la Vie, s'était employée à tenir la police et le FBI à l'écart de cette affaire. D'ailleurs, Sean avait déjà eu quelques démêlés avec son responsable de la sécurité. Rafe Montoya semblait déterminé à l'évincer.

Une entreprise d'organisation de mariages dotée d'un service de sécurité d'une redoutable efficacité… Le kidnapping d'une personnalité en vue sans que les médias s'emparent du formidable scoop que cela représentait… Les employés de Mariage pour la Vie dissimulant des informations, notamment le fait que Johnson ait passé un appel téléphonique à destination du Lareda, juste avant que l'on s'introduise dans sa chambre d'hôpital dans l'intention de le réduire définitivement au silence… Tous ces faits étaient étrangement reliés à la respectable entreprise de Mariage pour la Vie.

Quelque chose clochait.

Mais tout allait changer. Il allait de ce pas rencontrer Rachel Brennan et exiger d'elle des réponses. Il était plus que temps qu'il prenne la situation en main.

Sean se leva et replaça le message dans la poche de sa

veste. Il avait promis à Carlos de lui ramener sa fille en vie, comme s'il se fût agi de son propre enfant.

En sortant de l'imposante demeure, il se retrouva sous le soleil écrasant du mois de juillet à Miami, et se remémora les paroles de Carlos.

« Sonya est le soleil de ma vie. »

Il comprenait parfaitement les sentiments de son employeur. Sean esquissa un sourire en pensant à sa propre fille, âgée de trois ans. Michaela. Quelle serait sa réaction s'il lui arrivait malheur ? Il en mourrait, à n'en pas douter.

Comme il s'assurait de la présence du message dans sa poche, le souvenir d'un autre mot s'imposa à lui ; celui que son ex-femme, Cindy, lui avait laissé avant de le quitter.

« Toi et ta fille me rendez la vie impossible. Je ne peux plus le supporter. Je veux divorcer. Tu peux garder Michaela. De toute façon, elle est convaincue que tu es son père. »

Ces derniers mots lui avaient transpercé le cœur. Deux ans avaient passé et, si la douleur s'était peu à peu estompée, elle n'avait pas disparu.

Il s'installa dans son pick-up et démarra, faisant rugir le moteur d'une manière exagérée.

S'inquiéterait-il autant pour cette fillette si elle n'était pas son enfant ? Comment pouvait-il ressentir un tel amour pour elle si elle n'était pas la chair de sa chair ? Il ferma les yeux et demeura un instant immobile.

Ce n'était pas vrai ; cela ne pouvait être vrai. Michaela avait ses yeux, sa détermination, son courage. Cindy avait juste voulu se séparer de lui sur une note de cruauté. Du reste, elle avait toujours cherché à le blesser, par tous les moyens. Elle avait voulu détruire sa relation avec sa fille, pensant que ce serait la touche finale idéale à leur relation.

Il chassa de son esprit son ex-femme et traversa la propriété de Botero. Il franchit la grille après avoir ordonné au garde de ne laisser entrer personne, sauf si on lui présentait un laissez-passer signé de sa main. Personne ne devait pénétrer dans la propriété. Pas même la police.

Il fit la route jusqu'à l'hôpital pied au plancher et gagna directement la chambre de Johnson. Une brève discussion avec l'infirmière en charge de ce dernier lui apprit que son état était stable depuis qu'il avait repris conscience.

Le garde en place devant la porte se leva d'un bond à son arrivée.

— Bonjour, monsieur Majors.

— Bonjour, Kenner. Si vous voulez boire un café, c'est le moment. Soyez de retour dans dix minutes.

La chambre était plongée dans la pénombre. Indifférent à la série policière que diffusait un poste de télévision, Johnson avait les yeux clos, et sa main agrippait le tube à oxygène engagé dans l'une de ses narines.

Sean considéra l'homme qu'il avait engagé un an auparavant. Comment pouvait-il s'être comporté ainsi ? En colère envers lui-même et envers cet homme en qui il avait placé toute sa confiance, il traversa la chambre d'un pas décidé et ouvrit les stores d'un geste brusque.

— Hé !

Johnson se protégea les yeux avec son bras. Il grogna, toussa, puis fit un effort pour se relever.

— Monsieur Majors.

Johnson se laissa retomber sur le lit, le visage soudain extrêmement pâle.

— Ça fait plaisir de te revoir parmi nous.

Johnson battit des paupières, l'air terrorisé.

— Quelqu'un a essayé de me tuer.

— Je suis au courant. Ce que je veux découvrir, c'est pour quelle raison.

Lorsque Johnson haussa les épaules, Sean sut que son employé ne parlerait pas facilement. Il s'approcha du lit et le saisit par le poignet dans lequel était insérée la perfusion.

Johnson grimaça de douleur.

— S'il vous plaît, monsieur Majors, faites-moi sortir d'ici.

— J'ai détaché un garde devant ta porte, vingt-quatre heures sur vingt-quatre.

— Vous ne semblez pas comprendre. Cela ne les arrêtera pas. Je le sais.

— Qui en a après toi ?

Johnson transpirait à grosses gouttes, et la souffrance

déformait ses traits. Sean s'en moquait bien et ne relâcha pas sa pression.

— Je vous jure que je n'en sais rien. On m'a enfoncé une aiguille dans la poitrine pendant que je dormais. Ce qu'on m'a injecté a bien failli me tuer.

— Tu n'as donc rien vu ?

— Vous ne me croyez pas, hein ? La seule chose dont je me souviens est la sensation de cette aiguille me traversant le corps, dit-il en se frottant le torse de la paume de sa main.

Johnson avait bien été agressé. Cela ne faisait aucun doute. On lui avait administré une forte dose de potassium. Qui que soit celui qui avait agi de la sorte, il savait qu'une injection de potassium dans le cœur provoquait une mort instantanée. Fort heureusement, la tentative avait échoué.

— Pourquoi as-tu fais cela, Johnson ?

L'homme déglutit et détourna le regard. La pâleur de son visage et l'appareillage médical qui l'entourait témoignaient de la gravité de son état. Cependant, il était toujours en vie, et Sean voulait des réponses à ses interrogations.

Il attendit, silencieux.

Johnson battit des paupières de façon ridicule, puis il prit une longue inspiration qui le fit abondamment tousser.

— Dès que Sonya est montée dans la limousine, j'ai reçu un coup de fil. On m'a communiqué un numéro de téléphone. Tout ce que je devais faire était leur dire où je déposais Sonya. Je n'imaginais pas qu'ils projetaient de l'enlever.

— Mon œil !

Sean relâcha la main de Johnson, craignant que sa colère ne le pousse à blesser séricusement le jeune homme.

— Ecoutez, boss, je suis sérieux. J'ai cru qu'il s'agissait des médias.

— Les médias ? Tu mens. J'ai vu le relevé de tes communications. Tu as appelé un numéro au Lareda.

Johnson se passa la langue sur ses lèvres sèches et écarquilla les yeux.

— C'était juste un seul appel ! On n'a échangé que quelques mots.

Sean se pencha au-dessus de lui.

— Arrête de me mentir, Johnson, sinon je t'abandonne sans protection. Qu'est-ce qui t'a poussé à en arriver là ?

Le visage de Johnson revêtit une teinte verdâtre tandis qu'il jetait des regards apeurés vers la porte.

— J'avais des dettes de jeu. Après avoir dit au bookmaker que j'étais le chauffeur de Sonya Botero, j'ai commencé à recevoir ces coups de fil. Je vous jure, monsieur Majors…

Une infirmière frappa à la porte et entra dans la chambre.

— Monsieur Johnson, il est l'heure de vous rendre au scanner.

Sean poussa un soupir d'exaspération. Johnson mentait, mais il n'avait plus la possibilité ni le temps de poursuivre son interrogatoire. Il lui fallait rejoindre le siège de Mariage pour la Vie et informer Rachel Brennan de l'existence du second message que les ravisseurs avaient déposé.

Sean s'écarta du lit comme deux infirmiers à la carrure imposante entraient en poussant devant eux un brancard, et vit derrière eux le garde du corps qui regagnait son poste.

— Je te verrai plus tard, lança-t-il à Johnson en s'éloignant. Ne le quitte pas une seconde des yeux, ajouta-t-il à voix basse à l'intention du garde, en le dépassant.

Une demi-heure plus tard, Sean se trouvait devant le somptueux hall d'entrée de l'entreprise de mariages. Il jeta un coup d'œil discret aux caméras de surveillance positionnées tout autour de l'édifice. Le jour où Sonya avait été enlevée, le parking de la société était dans un total chaos. Des officiers de police, des techniciens du laboratoire et des infirmiers des urgences s'activaient en tous sens. Sur le moment, il ne s'était préoccupé que de la fille de son employeur et de Johnson, blessé durant l'incident.

Ensuite, il avait regardé les bandes vidéo et éprouvé une immense frustration devant la faible quantité d'indices que la police scientifique était parvenue à récolter sur la scène de crime.

La vidéo montrait la limousine des Botero entrant dans le champ de la caméra et venant se garer devant Mariage pour la Vie. Johnson, vêtu de sa livrée de chauffeur et visiblement contrarié de la porter, était venu ouvrir la portière arrière à

Sonya, laquelle avait jailli du véhicule, son éternel sourire aux lèvres.

Puis une seconde limousine avait surgi et s'était arrêtée à la hauteur de la première ; deux hommes en costume noir en étaient descendus et s'étaient emparés de la jeune femme. Johnson avait aussitôt tenté de s'interposer, mais l'un des deux hommes lui avait porté un violent coup à la tête.

Un jeune homme bien bâti était alors apparu, courant vers la seconde limousine, tandis que le chauffeur de cette dernière manœuvrait pour foncer sur Johnson, qui tentait de se relever.

Johnson s'était élancé sur le côté, hors du champ de la caméra, tandis que la limousine venait percuter une jeune femme assistant à la scène. Sean avait appris depuis que celle-ci se nommait Caroline Graham et que le jeune homme qui avait accouru était son frère, Alex.

Aucun des ravisseurs n'avait montré son visage à la caméra ; c'était comme s'ils savaient où se tenir exactement pour échapper à l'objectif.

S'ébrouant, Sean s'avança résolument vers la porte d'entrée. Mariage pour la Vie semblait une entreprise florissante et certainement plus rentable qu'il ne le pensait.

Il savait, de par sa propre expérience, qu'un mariage était onéreux. Néanmoins, cet équipement de sécurité coûtait plus cher que le loyer annuel de son appartement. Rachel l'avait d'ailleurs fait remplacer, depuis l'enlèvement, par un système plus sophistiqué. Une initiative prise un peu tard pour Sonya et Johnson, mais tout de même à saluer.

A cause de sa décoration insolite, le hall d'entrée de Mariage pour la Vie donnait à qui le traversait l'impression de se retrouver sur un plateau de tournage des années trente. Une jeune femme derrière un comptoir en marbre accueillit Sean avec un large sourire.

— Bonjour, monsieur. Bienvenue à Mariage pour la Vie. Que puis-je pour vous ?

— Rachel Brennan, s'il vous plaît.

La jeune femme se livra à une rapide inspection de sa personne ; la qualité de son costume, la coupe de ses cheveux, l'état soigné de ses mains.

— Sean Majors, responsable de la sécurité de M. Carlos Botero, annonça-t-il en exhibant sa carte de visite.

— Oh ! bien entendu, monsieur Majors, répondit-elle en rougissant légèrement. Mlle Brennan n'est pas disponible. Puis-je vous proposer de rencontrer… — elle jeta un regard vers son agenda — Mlle Brooks ?

Qui était-ce ? se demanda Sean en la cherchant du regard. A sa droite, près de l'escalier en marbre, dans une petite pièce dont elle avait fait son bureau, se tenait une femme blonde, à l'allure plutôt élancée et vêtue d'une robe noire et blanche, ses longues jambes prises dans des bas noirs. Face à elle était assise une petite femme à la chevelure rousse que rehaussait son ensemble rose flashy.

Les deux femmes se levèrent tandis qu'il les observait.

Jolie… Ainsi, la blonde aux longues jambes était Sophie Brooks. Comment avait-il pu oublier ces jambes ? Les bas qui les gainaient, d'une texture soyeuse et satinée, étaient une espèce en voie de disparition, vu le climat régnant à Miami. Ils étaient d'autant plus excitants que l'on était en plein été.

Comme la future mariée prenait congé et que la blonde se rasseyait en croisant les jambes, Sean en profita pour lorgner vers ses cuisses.

— Monsieur Majors, je vais prévenir Mlle Brooks de…

Sean eut un bref geste de la main.

— Pas la peine. Je l'aperçois.

La jeune femme rousse lui sourit ostensiblement alors qu'il la croisait pour gagner le bureau de Mlle Brooks.

Une mèche de cheveux masquait le visage de celle-ci : penchée, elle écrivait dans son agenda. Son téléphone sonna alors et elle décrocha, écouta un instant, puis tourna la tête vers Sean qui approchait.

— Non, aucun souci. Je vais le recevoir.

Sean lui sourit. Elle fronça les sourcils, reposa le combiné et se leva.

Il perçut le froissement soyeux du Nylon de ses bas et sentit son corps réagir curieusement.

Bon sang. Que lui arrivait-il ? Il était en mission, et n'avait pas l'habitude de se laisser aussi facilement distraire. Et certainement pas par une jolie femme. Miami était saturé de jolies femmes. De plus, il n'était absolument pas intéressé par une aventure en ce moment. Son travail et sa fille, il ne lui en fallait pas plus pour être heureux.

Malgré tout, ces magnifiques jambes gainées de Nylon...

Il dut se faire violence pour maintenir son regard à la hauteur de son visage.

Battant des cils, elle baissa les yeux et s'employa à lisser sa jupe. Etait-elle consciente du tumulte qu'elle avait provoqué en lui ?

« Laisse tomber, Majors. » Il n'était venu que dans un seul but : informer Rachel du second message des ravisseurs.

— Mademoiselle Brooks ?

— Je suis Sophie Brooks, dit-elle en lui tendant la main.

Sa main était froide, ce qui ne le surprit pas outre mesure. Elle était la froideur même. Ses mouvements étaient lents, sophistiqués, calculés, excepté le léger tressautement de sa poitrine lorsqu'elle avait croisé son regard.

— Asseyez-vous, je vous en prie, reprit-elle.

— Après vous.

Se maudissant pour son manque de volonté, il jeta un dernier regard à ses cuisses comme elle croisait de nouveau les jambes.

— Je dois m'entretenir avec Rachel Brennan, dit-il en regardant avec méfiance le petit siège de plastique gris destiné aux visiteurs.

— Mlle Brennan est sortie. Que puis-je faire pour vous, monsieur Majors ?

— Cela dépend. Etes-vous en possession d'informations sur le kidnapping de Sonya Botero ?

Le bleu de ses yeux vira soudain à l'opaque. Elle se saisit d'un crayon traînant sur son bureau et se mit à dessiner des formes géométriques sur un bloc-notes, l'air absent.

— Oui, bien entendu. Ce regrettable incident s'est déroulé juste devant notre siège social...

— Regrettable, en effet. Surtout si l'on songe à la peine qu'ont dû ressentir Sonya, son père, et les innocents blessés au cours de l'enlèvement, répliqua-t-il d'un ton sec.

L'espace d'un court instant, elle lui rappela son ex-femme : égoïste et insensible aux malheurs des autres. Mais il en attendait peut-être trop d'elle en espérant qu'elle soit bouleversée par le sort de personnes qu'elle ne connaissait pas. Elle n'était qu'une petite employée ; qu'elle ne se soucie que de la réputation de son entreprise était naturel.

— Certainement. J'ai appris que son garde du corps avait repris conscience. Comment se porte-t-il ?

Sean perçut une pointe de désapprobation dans le ton de sa voix, comme si la responsabilité du kidnapping incombait à Johnson. Et, par association, à lui-même.

— Il est sous surveillance médicale. Je dois le voir cet après-midi.

— Oui, je comprends pourquoi vous avez laissé des instructions pour que personne ne puisse l'approcher.

Son ton était de plus en plus contrarié.

— En quoi puis-je vous être utile, monsieur Majors ?

Sean la jaugeait. Elle semblait totalement maîtresse d'elle-même ; les jambes croisées, le dos droit. Peut-être trop droit, tout bien pesé. Une rigidité à la limite de la pathologie.

— Vous êtes responsable des faire-part, n'est-ce pas ?

Elle cligna des yeux. Sans aucun doute, le brusque changement de sujet la surprenait. Mettre ses interlocuteurs sous pression était une des techniques dans lesquelles Sean excellait. Les petits signes d'émotion qui échappaient à Mlle Brooks lui prouvaient qu'elle n'était pas aussi forte qu'elle voulait bien le laisser paraître.

— Tout à fait. J'aide les femmes à choisir le faire-part de l'événement le plus important de leur existence…

— Nous nous sommes déjà rencontrés. Vous avez dessiné les invitations de mon mariage.

Sophie tâcha de rester de marbre.

C'est donc pour cela qu'il lui semblait familier…

Elle avait remarqué sa présence, le jour de l'enlèvement de Sonya, et ressenti une sensation de déjà-vu. Les traits de son visage, à la fois durs et gracieux, lui avaient fait penser à une star de cinéma. Puis, elle l'avait oublié.

A présent, elle se rappelait parfaitement la cérémonie. Sa stature athlétique, ses larges épaules et sa taille étroite cintrées dans une veste de smoking… Son mariage avec une petite blonde, quatre ans auparavant, avait été son premier dossier chez Mariage pour la Vie.

— Bien sûr, répondit-elle en soutenant son regard.

Elle s'en tint là ; hors de question qu'elle admette se souvenir de lui après tout ce temps. A dire vrai, le bleu particulier de ses yeux l'avait fascinée, de même que son visage aux traits abrupts et son assurance avec les femmes. Elle se souvenait aussi de l'amour qu'il semblait témoigner à son épouse. Elle lui sourit.

— Comment va votre femme ?

Elle vit son regard virer au bleu sombre et son expression se durcir.

— Je n'en ai aucune idée, repartit-il d'un ton détaché.

Machinalement, elle jeta un regard sur sa main gauche. Pas d'alliance. Pas même une trace plus claire.

— Je suis désolée.

— Vous n'avez pas à l'être. Ce n'est pas à cause du faire-part.

S'il souriait poliment, ses yeux étaient dénués de toute trace de sympathie.

— Cependant…

— Quand Mlle Brennan doit-elle rentrer ?

Retour sur le sujet professionnel. Pour faire bonne mesure, il jeta un coup d'œil à sa montre, d'un air irrité.

« Quelque chose ne tourne pas rond. » Son intuition, aiguisée par ses années de service au sein du FBI, la mit en alerte.

— Pas de sitôt, je le crains. Mais je vous assure que j'ai tous pouvoirs en son absence.

Il acquiesça et porta la main à la poche de sa veste. D'un geste a priori anodin, il en palpa le contenu et reposa la main sur sa cuisse avec nonchalance.

Le bord d'un sachet en plastique dépassait légèrement de sa poche. Sophie en déduisit qu'il avait reçu un nouveau message des ravisseurs. Elle se pencha vers lui.

— M. Botero a des nouvelles des ravisseurs, n'est-ce pas ?

Majors plongea le regard dans son décolleté, s'attardant sur les sphères rebondies de ses seins. Ils se contractèrent en réponse, et sa peau fut parcourue d'une légère chair de poule.

Puis il leva les yeux pour croiser les siens. A cet instant, Sophie sut qu'il hésitait à lui accorder sa confiance et à la mettre dans le secret.

— Oui.

Elle sentit son cœur bondir dans sa poitrine.

Enfin, un moment de répit. Elle lissa sa jupe tout en se rappelant que, pour cet homme, elle n'était qu'une simple graphiste. Néanmoins, elle avait la responsabilité de la société quand Rachel s'absentait. Elle avait pour mission de tenter de recueillir toute information importante.

— Et, vous êtes venu nous informer que M. Botero ne souhaitait pas impliquer la police dans cette affaire.

— C'est exact. M. Botero accepte de coopérer, mais jusqu'à un certain point. Il refuse à la police l'accès à son immeuble. Il ne veut pas qu'ils sachent qu'il vient de recevoir des nouvelles des ravisseurs. Pour ma part, je n'aime pas agir sans qu'ils soient informés.

— Nous sommes disposés à coopérer sans restriction, dit Sophie du tac au tac.

Elle ne pouvait lui avouer que Rachel, en tant que responsable de Miami Confidentiel, était déjà en rapport avec le commissaire et s'employait activement à ce que la famille Botero soit épargnée par les médias.

— Comme vous le savez certainement, nous attendons avec impatience de connaître les modalités d'échange, ajouta-t-elle.

— Votre équipe de sécurité est-elle prête ?

— Bien entendu.

En qualité de responsable de la sécurité de Carlos Botero, il était de son devoir de prendre toutes les mesures de sécurité et de protection des civils. Et de respecter le principe de coopération avec les autorités. Fort heureusement, il ne suspectait en rien le rôle de Miami Confidentiel dans cette affaire. La réelle activité de Mariage pour la Vie était un secret bien gardé.

Il reporta son regard sur le crayon qu'elle agitait. Consciente d'être absorbée dans ses graffitis, ainsi qu'elle le faisait chaque fois qu'elle se sentait nerveuse, elle cessa son petit manège et recouvrit le bloc-notes de son avant-bras.

— Bien, monsieur Majors. En quoi Mariage pour la Vie peut-il vous aider ?

— J'ai besoin d'une copie des bandes de vidéosurveillance du jour de l'enlèvement. J'aimerais interroger toutes les personnes avec lesquelles Sonya est entrée en contact ce jour-là. Je veux avoir accès aux dossiers personnels de l'ensemble de vos employés.

— La police a déjà tout cela.

Il attendit silencieusement.

— Comme vous voudrez, reprit Sophie. Mlle Brennan détient des doubles de tous ces éléments.

Elle décrocha le téléphone et composa un numéro interne.

— Samantha, auriez-vous une copie de tous les éléments relatifs à l'affaire Botero, pour M. Majors ?

— Absolument tout ? demanda Samantha d'un ton amusé. J'ai remarqué le séduisant responsable de la sécurité de M. Botero. Tu as de la chance, aujourd'hui.

Sophie agrippa le combiné tout en évitant le regard du séduisant responsable de la sécurité, sachant que le fard lui était monté aux joues.

— Vous lui donnerez copies de tous les éléments déjà transmis à la police.

— Bien. Donne-moi dix minutes. Pendant ce temps, fais en sorte que l'invincible Sophie Brooks ne tombe pas sous le charme irrésistible du prince charmant.

— Non, bien sûr que non…

Elle raccrocha en vouant Samantha aux gémonies.

— Ce sera prêt d'ici dix minutes, dit-elle en offrant à son visiteur un sourire de pure courtoisie. Entre-temps, si vous le souhaitez, vous pouvez vous adresser à la réceptionniste afin de programmer les auditions des employés présents le jour de l'enlèvement. Mais, j'y pense, peut-être aimeriez-vous rencontrer votre homologue ici, M. Rafe Montoya ? Il s'est absenté, mais il ne devrait pas tarder à revenir.

Majors regarda de nouveau sa montre.

« Il est pressé. » Sophie ne pouvait plus retenir sa curiosité.

— Les ravisseurs vous ont imposé une date limite, n'est-ce pas ? A quand est fixé l'échange ? Que dit le dernier message ? Comment a-t-il été transmis ?

Sophie se tut en le voyant froncer les sourcils. Elle voulut se rattraper.

— Je voulais dire, Sonya est-elle saine et sauve ? Le message donne-t-il des précisions quant à sa santé ?

Elle se renfonça dans son siège et s'intima au calme. Sean Majors ne se doutait pas le moins du monde qu'elle était un agent infiltré de la CIA et elle ne devait en aucun cas éveiller ses soupçons.

Il ne disait toujours rien.

— Monsieur Majors, je vous répète que j'ai tous pouvoirs pour agir en l'absence de Mlle Brennan. Si vous le voulez, je peux vous donner son numéro personnel afin que vous puissiez vous en assurer directement auprès d'elle.

— Le message ne parle pas de Sonya. Il y est question de la somme réclamée et de leur intention de nous recontacter prochainement.

— Puis-je le voir ? s'enquit-elle en lorgnant vers la poche de sa veste.

Alors qu'il lui tendait enfin le sachet en plastique, elle fut distraite par la beauté de ses mains. Puissantes et tannées par le soleil, avec de longs doigts gracieux. De belles mains… et certainement très adroites.

Elle se concentra sur le mot des ravisseurs.

— Deux heures !

— Exactement. Pas une minute de plus. Il va falloir se tenir sur le qui-vive.

Elle leva le sachet pour le placer en pleine lumière.

— Papier sans filigrane, sans aucune particularité… Puis-je faire une copie de ce document ?

— Pour quelle raison ?

— Mlle Brennan voudra en prendre connaissance. Elle se sent en partie responsable de l'enlèvement de Sonya Botero.

Sean lui adressa un regard lourd de suspicion.

— Comment être sûr que ce document ne finira pas entre les mains de la police ?

— Je vous le répète, vous pouvez joindre Mlle Brennan au téléphone à tout moment.

Il secoua la tête et soupira.

— Une seule copie, sans ôter la pochette plastique.

— Bien entendu. Je m'en occupe personnellement. Vous pouvez m'accompagner, si vous le voulez.

Il se leva, l'air déterminé à ne pas le quitter des yeux un instant. Elle se leva à son tour.

— Veuillez me suivre.

Elle sortit de son bureau et monta l'escalier, dans les petits cliquetis sonores de ses talons frappant le marbre. Majors lui emboîta le pas et elle l'imagina la détaillant, reluquant la courbe de ses reins, de ses fesses, de ses jambes. C'était à la fois désagréable et très excitant. Elle hâta le pas et, parvenue à l'étage, se dirigea rapidement vers la photocopieuse.

Tandis qu'il l'observait avec attention, elle fit une seule photocopie. Il la lui prit des mains et l'inspecta.

— Votre manque de confiance est décevant…

— Il s'agit de la fille de mon employeur, et c'est son unique enfant.

— C'est exact. Je vous prie de m'excuser.

Il ne fit aucun commentaire. Il se contenta de lui tendre la copie et de récupérer l'original qu'il replaça au fond de sa poche. Tous deux regagnèrent le rez-de-chaussée, Sophie le précédant.

— Avez-vous une idée de l'endroit où s'effectuera l'échange ? demanda-t-elle en lui faisant face.

— Aucune. Ils ne semblent pas inquiets à l'idée d'opérer en plein jour, mais ils vont certainement exiger un lieu désert.

— Proposez-leur que cela se déroule ici.

Il la toisa ; elle allait trop vite. Mais elle avait acquis la certitude qu'il comptait s'acquitter seul de cette mission et, cela, elle ne pouvait l'accepter. Rachel était plus déterminée que jamais à retrouver Sonya en vie, et Sophie, ainsi que le reste de l'équipe, était habitée par la même détermination.

L'incident s'était déroulé sous leurs yeux ; la responsabilité de Mariage pour la Vie était engagée.

— L'endroit est parfait, ajouta-t-elle aussitôt. Les ravisseurs seront en confiance puisqu'ils sont bien placés pour connaître les lieux. Nous pouvons délimiter une zone sur le parking et annuler tous nos rendez-vous le jour J afin d'être tranquilles. C'est assez isolé, ici, et l'endroit est suffisamment dégagé. Cette proposition me semble justifiée.

Majors leva un sourcil.

— Vous semblez avoir déjà tout prévu. Serait-ce, là, le fruit d'une longue réflexion ?

Sa remarque la déstabilisa un instant. En fait, l'idée d'utiliser Mariage pour la Vie comme lieu d'échange venait tout juste de surgir dans son esprit.

— Je dois vous avouer que je regarde pas mal de séries policières. Mais j'imagine que cela n'a rien à voir avec la réalité, n'est-ce pas ?

— Il faudrait pour cela que les ravisseurs nous laissent ce choix, ce dont je doute. Mais pourquoi pas, supposons qu'ils acceptent. Avez-vous une idée de qui pourrait remettre l'argent ?

Sophie prit une grande inspiration et le regarda droit dans les yeux.

— Moi. Je travaille ici. Je suis sûre que les ravisseurs connaissent la liste des employés. Ils ont dû tous nous ficher avant de faire leur coup. Ils ne seront pas surpris de me voir.

— Vous *ficher* ?

— Excusez-moi, fit Sophie en baissant la tête. Comme je vous l'ai dit, je pense que je regarde trop de séries policières.

— Vous pensez ? ironisa-t-il.

Piquée par sa remarque désobligeante, Sophie fronça les sourcils.

— Vous assumerez votre rôle ? ajouta-t-il, retrouvant son sérieux.

— Vous ne m'en croyez pas capable ? retourna-t-elle avec défi.

— Si. Je crois que vous y arriverez. Tout ce que vous aurez à faire est de marcher sur quelques dizaines de mètres et de déposer une mallette au sol. Ma véritable interrogation est : pourquoi voulez-vous vous en charger ?

Devant la rudesse de sa voix, elle se renfrogna. Pensait-il qu'elle puisse être de mèche avec les ravisseurs ?

Cependant, elle ne pouvait lui dire la vérité. Lui avouer qu'en tant qu'agent de Miami Confidentiel, elle avait pour mission de s'assurer que personne ne serait blessé au cours de la transaction. Son expérience au sein de la CIA en faisait l'intermédiaire idéal. Elle savait comment se comporter face au danger.

Majors croisa les bras, attendant patiemment sa réponse.

Lui souriant innocemment, elle se pencha vers lui. Comme elle l'avait espéré, il plongea aussitôt le regard dans son décolleté.

— J'aime le danger. C'est tellement excitant.

2

« C'est tellement excitant. »

L'espace d'un court instant, tandis qu'il la dévisageait, ces mots restèrent comme suspendus entre eux.

Sophie prit une grande inspiration, priant pour que son expression ne trahisse pas son embarras. Son plan avait échoué ; jamais elle n'aurait dû s'aventurer sur le terrain de la séduction. Elle se savait pourtant nulle à ce petit jeu.

Majors décroisa les bras et boutonna sa veste tout en faisant un pas en arrière. Le pli amer de sa bouche témoignait de sa désapprobation.

Elle détestait se retrouver en pareille posture, être contrainte d'employer de telles ruses pour garder secrète la véritable vocation de Mariage pour la Vie. Mais elle avait commencé ainsi et devait donc poursuivre dans cette voie. Il lui fallait, par tous les moyens, faire en sorte que Miami Confidentiel soit impliqué dans la remise de la rançon.

— Je suis sûre que ressentez la même excitation, dit-elle en avançant d'un pas vers lui.

Elle baissa les yeux et regarda le holster qui apparaissait sous sa veste. Elle en caressa la bretelle de cuir du bout des doigts, puis lui sourit.

— Sinon, quel intérêt y aurait-il à porter une arme ?

Les lèvres de Majors se pincèrent ; son regard s'assombrit.

— Ma mission est de protéger mes employeurs. Il n'y a rien d'excitant à cela.

Son ton désagréable la fit frissonner. Néanmoins, elle était parvenue à ses fins. Il la prenait pour une bimbo écervelée, excitée à l'idée de tenir le premier rôle dans le dénouement d'un kidnapping.

Elle s'accrocha désespérément à son sourire de complaisance.

Il regarda une dernière fois sa montre ; il en avait terminé avec elle.

— Très bien, mademoiselle Brooks. Votre suggestion est intéressante, après tout. Simple et directe, et cependant surprenante. Si les ravisseurs et M. Montoya l'approuvent, vous aurez droit à votre dose d'excitation. Mais n'oubliez pas un instant que la situation est on ne peut plus dangereuse. Le moindre faux pas pourrait vous coûter la vie.

Il marqua une pause, mais elle ne fit aucun commentaire, se bornant à approuver d'un petit mouvement de tête.

— Souvenez-vous : nous devrons être prêts dans les deux heures qui suivront l'annonce du rendez-vous. Je préviendrai Mlle Brennan dès que les ravisseurs nous recontacteront.

Il abaissa alors le regard le long de son chemisier de soie blanche, jusqu'à la ceinture de sa jupe, puis parcourut ses jambes. Il fronçait les sourcils. Sophie déglutit avec peine sous son regard critique. Il cherchait à évaluer sa capacité à assurer sa propre sécurité si les choses venaient à mal tourner lors de la remise de la rançon.

— Demandez à Rachel Brennan de m'appeler.

— Comptez sur moi. A-t-elle votre numéro ?

Il sortit une carte de visite de sa poche. Sophie la prit du bout des doigts.

Il lui fit un petit salut et pivota sur ses talons.

Elle se sentait en désaccord avec elle-même et éprouvait un certain malaise qu'il la catalogue comme une femme à la recherche de sensations fortes.

Tandis qu'elle le regardait s'éloigner en admirant la grâce et l'assurance de sa démarche, elle se remémora son changement d'attitude à son égard. Il avait tout d'abord observé un comportement détaché, puis il l'avait reluquée à la dérobée. A présent, il donnait l'impression de la prendre pour une potiche.

Que lui importait ce qu'il pensait d'elle ? Elle n'avait que faire de lui, après tout.

En se rasseyant à son bureau, elle regarda son bloc-notes ; elle l'avait dessiné durant leur conversation.

S'en était-il rendu compte ? Le croquis était discret, dans un coin de la feuille, mais très ressemblant. Elle alluma sa lampe pour mieux le voir. Elle avait su capturer la férocité de son regard lorsqu'il avait évoqué le sujet de sa séparation. Elle se souvint de son changement de comportement à partir du moment où elle avait joué la blonde écervelée.

Le regard qu'elle lui avait dessiné était triste, et cette tristesse s'était muée en une sorte de dégoût à la fin de leur entrevue.

Etait-il toujours amoureux de son ex-femme ?

Chassant de son esprit cette interrogation, qui d'ailleurs ne la concernait pas le moins du monde, elle appela Vicky pour lui demander d'organiser avec lui le planning des entretiens avec les membres de la société.

Elle tâcha ensuite de se remettre au travail, mais sa curiosité à l'égard de Sean Majors accaparait ses pensées. Elle parcourut les dossiers archivés dans son ordinateur portable. Elle retrouva ce qu'elle cherchait : le mariage Majors-DuVall. Le faire-part représentait deux cœurs dorés enchevêtrés sur fond de papier toilé d'un blanc immaculé.

Elle se tourna vers la baie vitrée de son bureau. Il parlait avec Vicky. Puis elle reporta son regard sur son bloc-notes et y griffonna deux cœurs identiques à ceux du faire-part, dont l'un était brisé. Elle soupira.

Elle ne vivrait pas de nouveau une déception semblable. Plus jamais.

Dans le bureau privé d'une magnifique villa dominant la capitale du Lareda, sept hommes avaient pris place autour d'une immense table de réunion. Trois d'entre eux fumaient des havanes et tous tenaient en main une tasse de café fumant.

Lorsqu'un huitième homme vint les rejoindre à la table, les sept autres se redressèrent sur leurs sièges. L'homme, grand de taille et les cheveux tout blancs, intima d'un signe au serveur de lui verser une tasse de café.

— Vous savez tous pourquoi je vous ai réunis, dit-il à l'assistance.

Un petit homme grassouillet leva timidement l'index.

— Est-il exact que la fiancée de DeLeon a été aperçue au Lareda ?

— Ce ne sont, pour l'instant, que des rumeurs. Une équipe de Miami enquête sur le sujet.

— Et elle fait du bon boulot, dit un autre participant.

L'homme aux cheveux blancs le fusilla du regard.

— Oui. J'ai fait jouer mes relations afin que ni la police ni le FBI ne soient impliqués dans cette affaire. Mais la situation peut basculer à tout moment.

— Qui est notre contact sur place ?

— Cela ne vous concerne pas. Profitez plutôt de la situation délicate dans laquelle se trouve DeLeon pour travailler à sa perte. Le peuple de Lareda voit d'un mauvais œil sa croisade contre la drogue, car elle risque de le priver de ses ressources. Nous devons profiter de ces élections pour l'évincer du paysage politique, et continuer à le dépeindre comme un fanatique, mû par le seul désir de venger son ex-femme rendue folle par son addiction à la drogue.

— Juan DeLeon est pourtant très apprécié, objecta l'un des hommes.

— En effet, et c'est pourquoi j'ai décidé de vous réunir aujourd'hui. Vous êtes mes plus fidèles alliés. Avant de nous séparer, je veux m'assurer que chacun de vous a bien saisi l'importance de son rôle dans les jours à venir. DeLeon a de nombreux adversaires parmi les sénateurs, lesquels sont pressés de procéder au premier tour du vote.

Les sept hommes se mirent à marmonner entre eux.

— J'attends avec impatience un rebondissement dans l'affaire de l'enlèvement de Sonya. Nous devons faire en sorte que le vote ait lieu *avant* le retour de DeLeon au Lareda. Certains de ses alliés ont des points faibles dont nous pouvons tirer parti. C'est la raison de votre présence, Hector. Nous allons débuter la séance par vous. Voici ce que j'attends de vous…

*
* *

Sean passa le reste de la matinée à interroger les employés de Mariage pour la Vie, y compris Sophie Brooks. Il ne parvint à recueillir que très peu de renseignements. Il se rendit ensuite à l'hôpital pour retrouver Craig Johnson.

Il ne s'entretint avec lui que quelques instants, tant l'esprit du jeune homme semblait confus — certainement à cause des calmants qu'on lui avait donnés. Les infirmières lui confirmèrent que, plus tôt dans la matinée, le jeune homme avait eu un comportement agité ; on lui avait administré un sédatif.

Sean rencontra le médecin qui suivait Johnson, afin de lui dire qu'il devait absolument parler au jeune homme dès le lendemain. Le praticien, engagé et rémunéré par Carlos Botero, lui assura que ce serait chose possible.

Sean retourna alors à son bureau, situé dans l'immeuble Botero, afin de se replonger dans les rapports de police et de visionner une partie des bandes de la vidéosurveillance. Comme il le présageait, il ne découvrit rien de nouveau.

Il mit un terme à ses recherches vers 18 heures, les ravisseurs ne s'étant toujours pas manifestés. Michaela devait l'attendre. Il fit sonner l'Interphone.

— Javier, il se pourrait que les ravisseurs vous appellent. Dans ce cas, passez la communication à M. Botero, mais mettez-moi aussitôt en mode conférence. Je veux assister à l'intégralité de la conversation.

— Bien, monsieur.

— Merci. Je voudrais parler à M. Botero.

Quelques secondes d'attente et la voix fatiguée du vieil homme résonna dans le combiné.

— Majors ?

— Monsieur Botero, avez-vous encore besoin de moi, ce soir ?

— Non, non. Javier est avec moi, ainsi que Cook. Rentrez chez vous.

— Merci, monsieur. Si quelqu'un entrait en contact avec vous, Javier a reçu la consigne de me connecter. Néanmoins, je doute que nous ayons des nouvelles ce soir. Je vous verrai demain matin.

Il était presque 19 heures lorsqu'il regagna son immeuble.

Dans l'ascenseur le menant à son étage, il dénoua sa cravate et ôta le premier bouton de sa chemise. Une fois entré dans son salon, que de larges baies vitrées baignaient de lumière, il eut à peine le temps de se débarrasser de sa veste que Michaela faisait irruption dans la pièce en criant de joie.

— Papa ! Papa ! Tu es en retard !

Ses boucles d'or et son large sourire étaient un rayon de soleil après une journée cauchemardesque. Il s'accroupit et lui tendit les bras.

— Bonjour, petit écureuil. Qu'as-tu fait de beau aujourd'hui ?

Michaela se jeta dans ses bras en gloussant de plaisir.

— Rosita et moi, on a fait des gâteaux. Tu vois ? dit-elle en exhibant ses mains couvertes de farine.

— Michaela, qu'est-ce que je viens de te dire ? fit Rosita en entrant dans la pièce. Va te laver les mains tout de suite.

L'enfant regarda son père avec un air sérieux.

— Je dois me laver les mains, papa, pour ne pas salir ton costume.

— C'est une très bonne idée.

Elle disparut en courant.

— C'est un peu tard, mais c'est quand même une bonne idée, plaisanta-t-il.

Il ôta sa cravate et déboutonna sa chemise.

— Rosita, pouvez-vous déposer ces affaires au pressing dès demain, s'il vous plaît ? Excusez-moi pour mon retard.

— Monsieur Sean, veuillez vous déshabiller dans votre chambre. Ce n'est pas un spectacle pour une femme de mon âge.

Sean rit, et lui tendit sa cravate et sa chemise d'un geste désinvolte.

— Il est vrai que vous ne m'avez pas talqué les fesses quand j'étais bébé.

Il se dirigea vers sa chambre, séparée de celle de Michaela par la cuisine et le salon, puis se retourna sur le pas de la porte.

— Je vais certainement rentrer tard les jours qui viennent.

Rosita alla prendre sa veste.

— Pas de souci. Mon fils et sa femme sont allés à Disney World. Ils voulaient que je les accompagne, mais je leur ai dit que les marathons n'étaient plus de mon âge.

— Quel âge avez-vous déjà, Rosita, quatre-vingt-dix ans ?

— J'ai soixante-trois ans, vilain garnement. Je vous ai préparé de la paella pour le dîner. Je me sauve dès que les gâteaux seront prêts. Ce soir, il y a ma série préférée à la télé.

Sean prit une douche rapide et enfila un jean et un T-shirt sur lequel était inscrit « Miami Heat ». Lorsqu'il sortit de la salle de bains, tout l'appartement sentait bon le gâteau tout chaud. Michaela, qui l'attendait de pied ferme dans la cuisine, lui sauta au cou avec un grand sourire.

— Papa ! Goûte mon gâteau.

Il la prit dans ses bras et mordit à belles dents dans la pâtisserie quelque peu difforme.

— Mmm… C'est très bon.

Comme il embrassait sa joue sillonnée de sucre, il huma profondément son parfum de petite fille, auquel se mêlait une douce odeur de bonbon acidulé.

— Qui est l'écureuil préféré de papa ?

— C'est moi ! répondit-elle en se posant la main sur la poitrine.

— Oui, mon ange. Tâche de ne jamais l'oublier !

— Toi non plus, répliqua-t-elle en le désignant de son petit index tendu.

Pas de danger. Il la serra fort contre lui et chassa de son esprit le doute qu'avait tenté d'y semer son ex-femme à propos de sa paternité.

— Dis bonsoir à Rosita.

— Bonsoir, Rosita. Merci pour les gâteaux.

— Tu sais ce que nous avons à dîner, ce soir, mon écureuil ?

— Des croque-monsieur !

Il s'esclaffa.

— Pas tout à fait. De la paella.

— Pa-lé-la.

Michaela faisait la grimace en tentant de répéter le mot.

— Je n'aime pas ça, ajouta-t-elle.

— Bien sûr que si.

Il l'installa dans sa chaise et lui en servit une petite portion dans un bol.

— Allez, mange. C'est du riz et du poulet.

— J'aime le poulet, dit-elle en en prenant un morceau entre ses doigts.

— Je le sais bien, mon ange. Mais je voudrais que tu te serves de ta cuillère. Ce sera plus facile. Quand tu auras fini, tu iras prendre ton bain, et je te lirai une histoire.

Il leva les yeux vers la pendule de la cuisine ; il était presque 20 heures. Il lui fallait encore se pencher sur les modalités de la remise de la rançon. Il ne se lançait dans aucune opération sans la préparer minutieusement. Il attendrait néanmoins que Michaela soit endormie.

Il n'était pas question d'empiéter d'une seule seconde sur le temps qu'il réservait à sa fille.

Deux jours plus tard, tout était prêt pour l'échange. Carlos avait reçu un appel des ravisseurs et, selon les instructions de Sean, avait prétendu être trop faible pour poursuivre la conversation. Sean avait pris le relais en se présentant comme le responsable de la sécurité de M. Botero. Il avait refusé leur proposition de les rencontrer dans un quartier désert de Miami et était parvenu à garder son calme tandis que l'homme s'énervait à l'autre bout du fil. Il les avait défiés d'accepter le parking de Mariage pour la Vie comme lieu de rendez-vous — en plein centre, non loin du commissariat, si jamais les choses tournaient mal — et sa stratégie avait payé. L'échange aurait lieu à 18 heures.

Sean regarda sa montre. Il était à présent 17 h 15. Il se tenait dans le bureau de Rachel Brennan, en présence de Sophie Brooks, Montoya et une petite blonde qui n'avait pas daigné s'asseoir depuis qu'elle les avait rejoints. Elle se tenait devant la fenêtre, observant ce qui se passait sur le parking.

Rachel faisait les cent pas.

— Nous sommes prêts, Rafe ?

Montoya lui retourna un regard confiant.

— Absolument. L'endroit est sous contrôle. J'ai trois caméras braquées sur le théâtre des opérations. Nous aurons tout sur bande-vidéo.

— Vos hommes savent qu'ils ne doivent pas intervenir, n'est-pas ? demanda Sean en se dandinant sur sa chaise.

Il ne tenait pas en place. Il aurait voulu être déjà à l'extérieur du bâtiment, au cas où les ravisseurs arriveraient plus tôt que prévu.

— Bien évidemment. Ce sont des professionnels de la sécurité. Tout se déroulera bien.

Sous-entendu : *cette fois*. L'allusion directe à la faute de Craig Johnson dont la responsabilité, par voie hiérarchique, incombait à Sean, n'échappa pas à ce dernier.

En proie à la plus vive tension, Sean triturait sa casquette de base-ball. Il avait proposé sa propre équipe de sécurité, mais Montoya avait argumenté que les ravisseurs, connaissant la totalité des employés de Mariage pour la Vie, se douteraient de quelque chose en voyant des inconnus. Ainsi, Sean était le seul membre de son équipe sur le coup.

Il était pleinement conscient que Montoya détestait devoir collaborer avec lui. Leur seul point commun était que le chef de la sécurité était tout aussi furieux que lui que l'enlèvement se soit déroulé juste devant Mariage pour la Vie.

Mais le plus important était de récupérer Sonya vivante. L'heure n'était pas à l'affrontement stupide.

— Sophie, dit Rachel, j'espère que vous réalisez que vous devrez rester maître de la situation. Vous irez seule vous jeter dans la gueule du loup.

Comme Sophie acquiesçait, Sean se mit à étudier Rachel Brennan. Le personnage s'accordait parfaitement avec son activité d'organisation de cérémonies ; elle était féminine, détendue et gracieuse. Mais quelque chose dans son comportement détonnait. Elle dégageait une autorité digne d'un représentant de la loi.

Sean reporta son attention sur Sophie Brooks et suivit sa main du regard tandis qu'elle tirait sur le bas de sa jupe en satin gris. C'était là un réflexe contre le stress. Elle portait son uniforme habituel : un chemisier de haute couture, une jupe moulante lui arrivant au-dessus du genou, et ses incontournables bas noirs. Elle était chaussée d'une paire d'escarpins noirs. Elle n'aurait pas pu choisir une tenue moins appropriée à la mission qui l'attendait…

— Sean ?

Il prit conscience qu'il reluquait les jambes de Mlle Brooks. Il détourna les yeux et croisa le regard de Rachel Brennan.

— Je vous ai demandé si vous n'aviez pas de changement de dernière minute.

— Non, à moins de parvenir à convaincre Mlle Brooks de s'habiller de façon plus adéquate.

L'intéressée lui lança un regard mauvais.

— Je ne vois pas ce qui cloche dans…

Rachel leva la main pour couper court.

— Si vous parvenez à lui faire ôter sa minijupe et ses bas noirs, je vous invite à dîner.

Rafe Montoya s'esclaffa, aussitôt rejoint par Isabelle, la petite blonde qui n'avait pas souhaité s'asseoir.

Sean sentit un sourire naître sur ses lèvres. La jeune graphiste s'était aussitôt empourprée.

— Je tenterais bien ma chance, dit-il en la dévisageant.

Elle battit des paupières tout en lissant sa jupe d'un geste inconscient.

— S'il vous plaît, trouvez-vous un endroit discret pour cela, ajouta Rachel, secouée d'un rire.

Un instant, cet intermède détendit l'atmosphère.

Sean se leva et son sourire disparut.

— Il est temps de nous mettre en place. Nous ne disposons plus que d'une demi-heure et je tiens à être prêt au cas où ils seraient en avance.

Majors quitta la pièce d'un pas décidé sous le regard de Sophie, laquelle tentait de masquer son embarras. Au cours des deux nuits passées, dans ses rêves, il faisait exactement ce que Rachel avait lancé sur le ton de la plaisanterie. Il lui arrachait sa jupe, mettait à sac son chemisier et caressait ses cuisses en glissant les doigts sous ses bas.

Elle s'était éveillée en proie à un indéfinissable malaise —

à un puissant désir inassouvi. Jamais elle ne faisait ce genre de rêve. Non, jamais.

Le suivant dans l'escalier de marbre menant dans le salon d'accueil, elle en profita pour se livrer à une brève étude du personnage. Qu'avait-il de si différent pour venir s'immiscer jusque dans ses rêves ?

Ce matin, lorsqu'il lui était apparu au volant d'une camionnette frappée du logo de Mariage pour la Vie, habillé en jardinier, Sophie avait découvert une nouvelle facette non moins intrigante de sa personnalité.

Son débardeur d'un vert délavé, tranchant sur sa peau bronzée, laissait voir ses bras musclés et ses puissantes épaules, son jean moulait ses hanches étroites et le galbe de ses cuisses. Il devait posséder ce jean depuis de nombreuses années, tant il épousait ses formes à la perfection.

Parvenu au bas de l'escalier, il se coiffa de sa casquette de base-ball.

Isabelle donna un petit coup de coude à Sophie pour lui désigner du regard ses fesses avantageusement moulées dans son jean. Sophie se sentit rougir de nouveau et offrit à Isabelle un sourire gêné.

Cependant, sa collègue avait bigrement raison ; le responsable de la sécurité des Botero dégageait un érotisme torride. Si Sophie le trouvait déjà très séduisant, aujourd'hui, son charme était plus mâle que jamais.

Tout dans cet homme à la silhouette charpentée exsudait le danger — le même danger qui avait valu, des années auparavant, de gros ennuis à Sophie, et qu'elle s'était juré d'éviter depuis qu'elle avait dix-sept ans.

Il l'attendait, l'air concentré, la mâchoire contractée, les sourcils froncés. Cependant, elle remarqua la lueur de désir dans son regard lorsqu'il promena les yeux sur ses jambes.

— Vous êtes sûre de pouvoir marcher dans cette tenue ?

Elle s'arrêta sur la dernière marche et le toisa.

— Tout à fait sûre. Je le fais depuis des années.

Son regard avait retrouvé ce bleu particulier, presque translucide. Le vert de son T-shirt s'y reflétait.

— Je ferai semblant d'être occupé à soigner les plantes du

côté ouest de l'immeuble, annonça-t-il. Quand vous sortirez, je jetterai un regard alentour, puis je vous observerai. On pourrait trouver étrange que je ne reluque pas… — il marqua une pause pour la détailler de la tête aux pieds — enfin, vous voyez ce que je veux dire.

Elle ne fit aucun commentaire, mais dut s'avouer qu'elle éprouvait du plaisir qu'un homme aussi attirant que lui la trouve à son goût. Quoi de plus naturel ?

Sur ces entrefaites, Rafe, suivi d'Isabelle, sortit par la porte de service et contourna la piscine pour aller s'assurer du bon fonctionnement du système de vidéosurveillance. Restée à l'étage, Rachel observerait le déroulement des opérations depuis la fenêtre de son bureau.

— Vous savez où Montoya a disposé les snipers, reprit Majors. Ils resteront focalisés sur le véhicule des ravisseurs. On n'a pas pu les placer plus près de la scène, car le parking n'offre aucune cachette.

Elle approuva d'un petit hochement de tête.

— Il y a deux hommes au sol, dans la maison voisine, et un sur le toit de Mariage pour la Vie, récita-t-elle.

Majors lui toucha amicalement le bras.

— Ne vous inquiétez pas. Vous êtes sous haute surveillance.

Sa pression sur son bras la rassura.

— Regardez vos ongles, dit-elle.

Il fronça les sourcils et baissa le regard sur ses mains.

— Ils sont propres. C'est bizarre pour un jardinier, non ?

— Faites-moi confiance, ce n'est pas moi qu'ils regarderont, répondit-il en lui souriant. Bon, je vais me mettre en place. Ce serait préférable que je sois en sueur à leur arrivée.

Sophie croisa son regard et déglutit difficilement.

— N'oubliez pas : ne sortez de l'immeuble qu'à 18 heures et deux minutes exactement. Ils n'approcheront pas tant qu'ils ne vous auront pas vue. Contentez-vous de marcher tranquillement vers le parking. Déposez le sac à l'endroit prévu, faites demi-tour et rentrez à couvert. Ne regardez surtout pas derrière vous. N'ayez aucune réaction en entendant leur véhicule approcher. Marchez. Ne courez pas. C'est clair ?

Elle prit une grande inspiration.

— Très clair.

Majors disparut par la porte de service, laissant Sophie seule dans le hall désert. Elle se dirigea vers la porte d'entrée et s'arrêta près du sac dans lequel se trouvait la somme exigée par les ravisseurs.

Elle jeta un regard à sa montre ; encore sept minutes à patienter avant de déclencher l'opération. Ces sept minutes allaient lui paraître infiniment longues.

Sean s'activait parmi les arbustes et les fleurs afin de transpirer abondamment. Il lui serait aisé d'observer la scène sans se faire remarquer, avec ses lunettes noires et sa casquette. Il se releva et ôta cette dernière pour s'éponger le front du revers de la main. Sous le soleil de juillet à Miami, nul besoin de s'escrimer longtemps pour être en sueur.

Il regarda sa montre ; 18 heures passées de deux minutes. Que faisait Sophie Brooks ? Il remit sa casquette et ôta ses lunettes de soleil. La luminosité l'éblouit l'espace d'une seconde. Les façades des immeubles avoisinants renvoyaient la lumière tels des miroirs, et l'asphalte laissait échapper une brume de chaleur montant à la verticale vers le ciel d'un bleu limpide. Il scruta les environs : rien à signaler.

Il n'en fut pas surpris outre mesure. Il ne s'attendait pas à ce que les ravisseurs se montrent avant que la somme soit déposée. Cependant ils se tenaient non loin, en observation. Il le sentait. Ils attendraient probablement que Sophie ait livré la rançon et qu'elle ait réintégré l'immeuble pour agir. Il se pouvait même qu'ils attendent jusqu'à la nuit tombée.

Se passant la main dans le dos, il s'assura de la présence de son holster. Son débardeur ne le dissimulait pas tout à fait, mais il ferait avec. Jamais il n'aurait permis à la jeune femme de s'impliquer dans ce guêpier sans s'assurer de sa protection personnellement, et il ne serait soulagé que lorsqu'elle serait enfin hors de danger.

Il perçut alors le tintement de ses talons sur le parterre en marbre. Sophie Brooks était en marche.

Le parterre traversé, elle s'engagea sur le bitume de la

route menant au parking. Elle se déplaçait lentement, la tête droite, le sac bien assuré dans sa main. Le sac était lourd — exactement dix kilos et deux cents grammes —, mais elle le portait sans le moindre effort apparent.

Sean s'épongea avec le bas de son T-shirt sans toutefois la quitter un instant des yeux. Avec ses cheveux d'un blond doré et sa silhouette élancée, la pureté des traits de son visage et la grâce de ses longues jambes, elle lui renvoyait l'image de la femme parfaite.

A supposer qu'elle suscite son intérêt, elle était tout à fait son type de femme. Mais, bien entendu, elle ne l'intéressait pas. *Pas le moins du monde.* Il avait Michaela, ainsi qu'un travail l'accaparant au-delà du raisonnable. Il n'avait ni le temps ni l'envie de se lancer dans une relation amoureuse.

Il n'en restait pas moins que quelque chose chez Mlle Brooks déclenchait en lui des pulsions primaires. Bien sûr, il aimait regarder les femmes, surtout celles qui étaient sexy et bien faites. Mais, dans le cas de Sophie, il ne s'agissait pas seulement de son physique. Son comportement, son attitude exacerbaient sa curiosité et son désir de la posséder.

Lorsqu'il était en sa présence, lorsqu'il pensait à elle, son âme se mettait à vibrer, comme sous l'action d'un archet. Une corde magique dont le son résonnerait à l'infini.

Il sentit alors une chaleur l'envahir, au plus profond de son être, et se propager lentement, inexorablement, vers son sexe. Une sensation qu'il n'avait pas ressentie depuis très, très longtemps.

Elle approchait du point de dépose et scrutait les environs.

— Non, non, Sophie, murmura-t-il. Contente-toi d'abandonner le sac et fais demi-tour.

Comme si elle l'avait entendu, elle se baissa pour déposer le sac juste à l'endroit prévu.

En se relevant, elle regarda la route, puis reprit la direction de l'immeuble.

Le ronronnement d'un véhicule au loin la fit ralentir.

— Sophie ! Rentrez vite à l'intérieur. Je ne veux pas que vous soyez blessée ! cria Sean.

Malheureusement, elle ne l'entendit pas.

*
* *

Sophie entendit rugir le moteur de la voiture. « Ne regardez surtout pas derrière vous », lui avait ordonné Sean. Mais son expérience à la CIA et son instinct lui rappelaient de ne jamais tourner le dos au danger.

Elle accéléra le pas. Les muscles de son dos se tétanisaient comme le véhicule approchait. Pourquoi ne s'étaient-ils pas arrêtés pour récupérer le sac ?

Soudain, elle sut que le véhicule était bien trop proche d'elle. Elle jeta un coup d'œil par-dessus son épaule et, dans un réflexe, lança la main dans son dos à la recherche de son holster. Le holster ne s'y trouvait évidemment pas. Elle n'était plus en service pour la CIA.

La berline noire fonçait droit sur elle, mais, au dernier moment, le chauffeur fit une embardée et stoppa son véhicule en dérapant. Un tir retentit, en provenance de l'immeuble, et Sophie crut voir un reflet métallique surgir de la vitre passager.

Elle se jeta par terre comme un coup de feu éclatait. Ses genoux heurtèrent le sol et elle se reçut sur l'épaule avant d'effectuer une roulade, tandis qu'un second coup de feu suivait. Elle ressentit une violente douleur au coude, mais se borna à rouler sur elle-même pour échapper à la fusillade.

Elle releva la tête au moment où quelque chose lui tombait sur le dos — quelque chose de ferme et de chaud.

3

La berline fit demi-tour, projetant des graviers tout autour d'elle, et deux nouveaux tirs fusèrent.

Une voix lui cria dans l'oreille :

— Restez couchée !

Sophie supportait le poids de Sean Majors, les graviers lui meurtrissant les joues et la paume de ses mains. Il reposait son menton sur sa tête et lui protégeait le visage avec son bras replié. Elle nicha sa tête dans le creux de son coude.

La berline fut bientôt hors de vue, et un crissement de pneus retentit au loin tandis qu'elle prenait un virage serré. Sophie s'assit tant bien que mal et leva le regard vers Majors, qui rengainait son arme dans le holster placé dans son dos.

Il l'aida à se relever, puis fit un signe à Rafe qui accourait vers eux, son portable rivé à l'oreille ; l'équipe de ce dernier tentait sans doute de localiser la berline des ravisseurs.

— Etes-vous blessée ? Avez-vous été touchée par les tirs ?

Majors avait le visage couvert de poussière et de terre, ce qui faisait ressortir les petites rides au coin de sa bouche.

Sophie se borna à secouer la tête.

— Vous êtes sûre ?

Il l'inspecta du regard de la tête aux pieds. Comme il écartait du bout des doigts la manche déchirée de son chemisier afin d'examiner son épaule, elle recula malgré elle.

— Je vais bien. Je suis juste tombée sur mon épaule en roulant.

Il plongea son regard dans le sien.

— Joli réflexe.

Sophie baissa les yeux. Sa question sous-jacente, d'évidence, était : « Où avez-vous appris à réagir ainsi ? »

Sa jupe était dans un état lamentable, toute râpée et maculée d'herbe et de terre. Tentant de la brosser du plat de la main, elle leva les paumes. Sa peau était égratignée.

— Oh ! marmonna-t-elle.

Majors la prit par la taille et la guida vers l'entrée de Mariage pour la Vie.

— Ce n'est pas la grande forme, n'est-ce pas ?

Elle avait les genoux écorchés, son épaule et son coude la lançaient, et son cœur se serrait dans sa poitrine. Elle avait connu pire ; ce n'étaient que de petites blessures sans gravité. Mais personne n'était au courant de ses activités passées…

— Allez vous faire ausculter à l'intérieur. Je dois parler à Montoya.

Elle se retourna et avisa le sac, toujours à sa place, en plein soleil.

— Qu'est-ce que ça signifie ? Ils ne se sont même pas arrêtés.

Majors grimaça.

— Je n'en sais rien. Je n'ai pas l'impression qu'ils aient eu l'intention de prendre l'argent.

— Attendez, dit-elle en lui prenant le bras.

Sa peau était chaude sous la paume de sa main.

— Que voulez-vous dire ? Pourquoi m'ont-ils tiré dessus ?

— Je pense qu'il s'agissait d'un test. Ils ont accepté notre lieu de rendez-vous un peu trop facilement.

— Un test ? Pour voir si nous allions prévenir la police ?

Majors haussa les épaules. Rafe les avait rejoints.

— Sophie, comment vous sentez-vous ?

Lorsqu'il lui toucha l'épaule dans une attitude protectrice, elle lui adressa un hochement de tête qui se voulait rassurant.

— Je vais bien, Rafe. Quelle est la situation ?

Rafe détourna le regard pour le poser sur son confrère.

— Rentrez, Sophie. Majors et moi avons deux trois points à éclaircir.

*
**

De retour dans le bâtiment de Mariage pour la Vie, Sophie se rendit dans la cuisine située au deuxième étage et prit place à la table. Isabelle vint la rejoindre.

— J'ai atterri sur mon épaule droite et je me suis égratignée les genoux et les mains, lui dit-elle.

Elle baissa les yeux. Ses bas étaient filés de toute part.

— Bon sang, jura-t-elle en tirant sur sa jupe pour dissimuler le désastre.

Isabelle s'en fut et revint avec la trousse à pharmacie. Rafe et Sean la suivaient.

— Elle va mieux ? demanda Rafe à Isabelle.

— Je vous ai dit que ça allait, répondit Sophie.

— Alors, qu'avez-vous vu ? Racontez-nous.

— Je n'ai vu la berline noire que lorsqu'elle a foncé sur moi. J'ai tout fait pour suivre les instructions de M. Majors, à savoir ne par regarder derrière moi. Je ne pense pas que le véhicule avait une plaque minéralogique, mais je n'en suis pas sûre.

— Pas de plaque minéralogique, confirma Majors.

Rafe fronça les sourcils et se saisit de son portable pour appeler son équipe. Sophie le vit hocher la tête tandis qu'il écoutait, visiblement satisfait.

— D'accord, les gars. Bon boulot. Amenez-nous les vidéos. On va passer tout ça au peigne fin.

— C'est exact, dit-il à Sophie, le véhicule n'avait pas de plaque, et des vitres suffisamment teintées pour empêcher de voir à travers. Vous n'auriez pas aperçu l'homme qui a tiré, des fois ?

— Non, désolée. J'ai vu une lueur se refléter sur un objet en métal et je me suis jetée à terre.

Isabelle appliquait une compresse d'alcool sur son genou, par les déchirures de ses bas.

Sophie lui fit signe de s'éloigner.

— Laisse tomber, je vais faire un aller-retour chez moi pour me changer. C'est ce que j'ai de mieux à faire.

Elle fut soudain consciente de la détresse de sa voix et espéra que les autres imputent son émotion au fait que l'on venait de lui tirer dessus. Elle voulait se changer au plus vite, car elle était extrêmement mal à l'aise dans cette tenue.

Elle jeta un regard désespéré à sa jupe ; elle était déchirée au niveau de la hanche et portait les traces de la transpiration de Sean Majors. Sentant le regard de celui-ci sur elle, elle leva les yeux.

Il était la parfaite incarnation du mâle, avec ses bras nus couverts de sueur et de la terre. Une lueur de désir flamboyait dans ses yeux tandis qu'il la dévisageait.

— Vous avez effectué un sacré beau plongeon pour vous mettre à l'abri, dit-il d'un ton neutre.

— C'est grâce à mes cours d'autodéfense, répondit-elle du tac au tac.

Isabelle ramassa la trousse à pharmacie.

— Venez, Sophie. Allons dans un coin tranquille afin que je nettoie ces vilaines plaies.

— Jamais de la vie, dit-elle en secouant énergiquement la tête. Je rentre chez moi.

Elle prit son sac à main et regarda de nouveau la paume de ses mains ; elle se mit à frissonner.

— Je… je vais bien. J'ai juste besoin de prendre une douche et me changer.

— Je vous accompagne, déclara Majors.

Sophie lui adressa un regard surpris. Quoi, il allait quitter le périmètre sans l'avoir inspecté dans ses moindres recoins ?

— Après tout, tout cela est de ma faute, ajouta-t-il pour se justifier.

— Ça, c'est bien vrai, marmonna Rafe.

Majors lui lança un regard noir.

— Au moins, nous avions un plan.

Sophie s'empressa de s'interposer entre les deux hommes avant que l'orage n'éclate.

— S'il vous plaît, messieurs… Très bien, monsieur Majors, emmenez-moi à mon appartement. Je me change rapidement et nous revenons faire le point sur toute cette histoire afin de décider de notre prochaine action.

Rafe lui coula alors un regard qui en disait long ; elle

devait surveiller ses paroles. Trop tard. Majors en avait relevé la pertinence.

— *Notre prochaine action ?*

Elle se leva.

— Enfin, *votre* prochaine action.

— Montoya, quand pourrai-je visionner ces vidéos et interroger vos hommes ? M. Botero voudra connaître tous les détails de l'incident.

— Quand vous le voudrez. Je vais y jeter un coup d'œil pendant que vous conduirez Sophie.

Surprise de se sentir si faible, Sophie suivit Majors d'un pas mal assuré vers sa voiture, une BMW décapotable dernier cri.

— On devrait peut-être emprunter mon pick-up. Je vais salir votre jolie voiture.

Il eut un geste vers ses cheveux poudrés de poussière, son débardeur chiffonné, ses chaussures de sécurité pleines de terre grasse provenant du jardin.

— Je ne vaux pas mieux que vous.

Elle se mordilla la lèvre.

— Dans ce cas…

Il contourna le coupé sport pour lui ouvrir la portière passager. Elle repensa à la sensation de bien-être qu'elle avait éprouvée en nichant son visage dans le creux de son bras. Personne ne s'était jamais mis autant en danger pour la protéger. C'était tout nouveau pour elle — une sensation délicieuse et cependant singulièrement dérangeante.

Elle fut prise d'un léger tremblement tandis qu'elle le frôlait pour s'installer dans le véhicule. Sa jupe remonta haut sur ses cuisses, provoquant un coup d'œil approbateur de son compagnon. Puis il claqua la portière, contourna le coupé, s'assit au volant, fit rugir le moteur et lança le véhicule hors du parking.

A la CIA, Sophie avait occupé le poste d'expert graphologique. Son rôle consistait à étudier des documents, de nouvelles encres ou des papiers anciens, confectionner des faux, rechercher des empreintes. Bien qu'elle ne soit jamais intervenue sur le terrain, elle s'était régulièrement entraînée au tir et avait conservé son arme de service.

Elle s'enfonça dans son siège, les genoux joints, les mains glissées entre ses cuisses, et soupira. Tout son corps était pris de tremblements.

— Alors, se faire tirer dessus est-il si excitant ?

Le ton de Majors était empreint d'une certaine hostilité. Elle était intimement convaincue qu'il n'appréciait pas sa compagnie. Après tout, c'est elle qui avait choisi de le laisser croire qu'elle souhaitait mettre un peu de piment dans sa vie. Mieux valait qu'il pense cela plutôt qu'il sache la vérité. Elle avait donné sa parole à Rachel de ne pas révéler son véritable rôle dans cette affaire d'enlèvement.

— Pas autant que…

« Pas autant que de sentir votre corps pesant sur le mien. »

Elle se racla la gorge.

— … que je l'escomptais.

— Ah ? Je pensais que vous aviez apprécié.

— Peut-être serait-ce le cas si je n'avais pas endommagé ma nouvelle jupe et mon beau chemisier.

Son regard rivé sur la route, sa mâchoire contractée et son laconisme témoignaient de son antipathie à son égard.

— Vous ne m'aimez pas beaucoup, n'est-ce pas ?

Son accoutrement de jardinier le rendait si différent aujourd'hui, bien loin du jeune cadre dynamique dans son costume de bonne facture. Dans cette tenue de simple ouvrier, il était plus attirant que jamais. Sophie ne pouvait détacher son regard de cet homme au corps musclé, à la stature imposante, et la vue de ses cuisses, moulées dans ce jean délavé, la fit frissonner de désir.

Elle reporta son regard sur son profil. Ses cils étaient brun clair et étonnamment longs pour un homme. Elle avait déjà remarqué, dès leur première rencontre, la couleur particulière de ses yeux. Quant à sa bouche, elle était légèrement incurvée, ce qui lui conférait une expression de petit garçon malicieux.

Le type d'homme qu'elle s'était juré de ne jamais plus fréquenter.

— En fait, je n'ai pas d'avis précis sur vous, répondit-il en sortant son portable de sa poche.

Elle savait qu'il lui mentait. Le simple fait qu'il s'emploie à paraître détaché le lui confirmait. Et, étrangement, son intérêt pour elle l'enchantait.

— Javier, passe-moi Carlos.

Sophie détourna le regard pour mieux écouter leur conversation.

— Non, ne le réveille pas. Dis-lui juste que j'ai appelé. Non. Rien. Oui, il ne va pas bien le prendre. Reste auprès de lui. Si tu penses que cela vaut mieux, je ferai un détour pour le lui annoncer en personne avant de rentrer chez moi. Merci.

Il raccrocha et déposa le portable sur ses cuisses. Sophie dut se faire violence pour en détourner les yeux.

— C'était le père de Sonya ? Comment va-t-il ?

Il serra les mains sur le volant.

— Pas très bien. Il est passablement diminué. Son esprit n'est pas affecté, mais du point de vue physique... Enfin, c'est une tout autre histoire. Il ne survivra pas à la perte de Sonya.

— On la retrouvera.

Comme il lui jetait un regard suspicieux, elle se reprit aussitôt.

— Je sais combien Rafe est efficace dans son travail, et aujourd'hui vous avez risqué votre vie pour me sauver.

Elle haussa les épaules.

— Je sais que vous en ferez de même pour sauver la fille de votre employeur.

Elle se retrouva contrainte de l'inviter à entrer pendant qu'elle se changeait. Tout en insérant la clé dans la serrure, elle tenta de se rappeler si quoi que ce soit d'inopportun pouvait traîner dans son appartement. Elle avait ramené du bureau des doubles des rapports de police, mais ils se trouvaient dans sa chambre, sur sa table de nuit.

Son accréditation et son insigne de la CIA étaient dissimulés dans le tiroir de sa commode, sous la pile de ses sous-vêtements. Elle se félicitait d'avoir pris cette initiative au cas où elle recevrait de la visite. Cela dit, elle ne recevait jamais personne.

— Je n'en ai que pour quelques minutes. Faites comme chez vous. Il y a de l'eau et du jus de fruits dans le réfrigérateur.

— Ça va, merci.

Il n'avait pourtant pas l'air à son aise. Plutôt contrarié, impatient. Pourquoi avait-il tenu à l'accompagner ?

— J'aurais pu venir seule. Il n'était pas indispensable que vous m'escortiez.

— Cessez de vous excuser et dépêchez-vous de vous changer. Il faudra soigner vos genoux. Je suppose que vous possédez une trousse à pharmacie ?

— J'ai aussi suivi une formation de premiers secours, rétorqua-t-elle. Je sais désinfecter une plaie et appliquer un pansement. Je n'en aurai pas pour longtemps.

Sean regarda Sophie Brooks quitter la pièce. Sa jupe était de guingois, ses cheveux décoiffés parsemés de brins d'herbe et la manche de son chemisier pendait lamentablement. Le charme qui se dégageait d'elle dans cette tenue le fascinait.

Comme il se dirigeait vers la cuisine pour se servir un verre d'eau, il entendit la douche commencer à couler.

La sonnerie de son portable le tira de sa vision de Sophie, nue sous le jet d'eau brûlant, et le ramena à la dure réalité. Carlos tentait de le joindre. Il poussa un long soupir. Comment lui avouer qu'il n'avait encore aucune nouvelle de sa fille ?

— Monsieur Botero.

— Sean, Javier m'a dit que vous aviez appelé.

La voix du vieil homme lui apprit que Javier lui avait administré un calmant.

— Alors, les ravisseurs ont-ils récupéré l'argent ?

— Non, monsieur. Il semblerait que quelque chose les en ait dissuadés. Ils sont arrivés dans une berline noire sans plaques minéralogiques et ont fait feu sur la femme censée leur remettre la somme.

— Mon Dieu ! A-t-elle été blessée ?

— Juste quelques égratignures. L'incident l'a secouée. C'est une employée de Mariage pour la Vie, Sophie Brooks.

— Pas de nouvelles de ma Sonya ?

— Non, monsieur. Je suis désolé.

— Sonya, ma fille chérie ! Quelle tragédie…

Sean était pleinement conscient de la tristesse et de la douleur du pauvre homme.

— Nous faisons notre possible pour retrouver sa trace, monsieur. Mais leurs coups de feu étaient un avertissement. Ils étaient assez proches de Mlle Brooks pour ne pas la manquer s'ils avaient vraiment voulu la tuer.

Il ressentait encore dans sa chair les tremblements de son corps quand il s'était allongé sur elle pour la protéger. Il s'attendait à recevoir à tout moment une balle dans le dos.

Se sentant à l'étroit dans le salon, il entra dans la chambre de Sophie.

— Tâchez de ne pas trop vous inquiéter, monsieur Botero. L'argent est en lieu sûr dans les locaux de Mariage pour la Vie. Nous aurons bientôt de leurs nouvelles.

Un dossier sur la table de nuit attira son attention. Il jeta un coup d'œil vers la salle de bains pour s'assurer que la porte était fermée avant de s'approcher. Il s'agissait du rapport de police sur l'enlèvement de Sonya Botero.

— J'ai l'intention de prévenir la police.

— Non, pas la police ! Les ravisseurs vont exécuter ma fille ! cria Botero à l'autre bout de la ligne.

Carlos fut pris d'une atroce quinte de toux et Javier lui prit le récepteur des mains. Il informa Sean qu'il allait lui donner un sédatif.

Démuni face à la souffrance de son employeur, Sean remercia Javier. Il remit son portable dans sa poche tout en parcourant le rapport. C'était le même que celui dont Sophie Brooks lui avait fourni une copie.

Il fronça les sourcils. Pourquoi une employée de Mariage pour la Vie s'intéressait-elle à un rapport de police au point d'en faire sa lecture de chevet ? Cela dépassait de loin le degré d'implication d'une simple graphiste. Avait-elle voulu s'imprégner des moindres détails de l'affaire avant de proposer son aide dans la remise de la rançon ?

« Quel zèle, mademoiselle Brooks ! »

Il sursauta quand la douche cessa de couler. Il referma le rapport et le remit en place avant de quitter la chambre à pas de loup, non sans remarquer le dessus-de-lit en coton blanc et les oreillers aux taies jaune pâle, vert tendre et rose flashy. La seule note de gaieté dans cet appartement un peu tristounet.

La porte de la salle de bains s'ouvrit, laissant s'échapper un nuage de vapeur, comme il s'avançait dans le salon.

Sophie apparut, enveloppée dans un peignoir semi-transparent, les cheveux mouillés et tirés en arrière. Elle tenait à la main une trousse à pharmacie.

Il la détailla depuis son visage jusqu'à ses pieds, nus, dont les ongles étaient peints en rose vif. Son désir tendit l'étoffe de son jean.

Bon sang. Il n'avait pas le temps de se laisser distraire par une aventure, fût-elle sans lendemain. Et certainement pas avec cette femme. Quand bien même il s'était senti puissamment attiré par elle dès qu'il avait posé le regard sur ses longues jambes gainées de Nylon.

Cependant, son courage et son cran l'impressionnaient. Il contracta la mâchoire tandis que son corps lui criait qu'il la désirait. Il ne s'agissait que d'un désir physique, sexuel, et on ne peut plus naturel. Mais le fait qu'il l'affecte à ce point le rendait fou de rage.

Cette femme sophistiquée n'aurait pas dû susciter chez lui un tel émoi ; son attitude détachée et hautaine lui rappelait par trop son ex-femme.

L'évocation de Cindy lui fit l'effet d'une douche glacée.

— Je serai bientôt prête, lui annonça la jeune femme.

— Tant mieux. On a déjà assez perdu de temps ici.

Elle grimaça, et il se sentit coupable d'avoir employé un ton si rude.

— Je comprends, dit-elle.

Elle se hâta vers sa chambre et s'arrêta sur son seuil.

— Si vous voulez vous débarbouiller, ne vous gênez pas.

Elle entra et referma derrière elle.

Après tout, pourquoi pas ? Avec un peu de chance, elle en avait encore pour une bonne demi-heure. Il gagna la salle de bains et s'y enferma. La cabine de douche et le miroir étaient encore embués, et des senteurs délicates vinrent chatouiller son odorat. Son corps se raidit lorsqu'il reconnut les effluves de son parfum. Il les avait respirées alors qu'il la maintenait au sol, le visage enfoui dans ses cheveux.

Se saisissant de la serviette humide jetée sur le lavabo, il essuya le miroir, ce qui était plus facile que d'effacer de son esprit l'image de Sophie Brooks promenant cette même serviette sur son corps.

Elle ne valait pas la peine qu'il se mette dans tous ses états. Pas davantage elle qu'une autre. Du moins, pas pour le moment. Chaque instant qu'il ne consacrait pas à son travail était réservé à sa fille.

Faisant couler l'eau dans le lavabo, il ôta son T-shirt pour se savonner le visage et le torse. Fort heureusement, la présence d'un savon de Marseille près du robinet lui éviterait de s'imprégner des mêmes senteurs qu'elle.

Cette toilette partielle lui fit le plus grand bien. Il lui fallait malheureusement remettre le même T-shirt, mais ce ne serait pas pour longtemps. Il regarda sa montre : cinq minutes s'étaient écoulées.

Autrement dit, il allait encore devoir attendre Mlle Brooks un petit moment. Avec un petit grognement de contrariété, il revint dans le salon, où il se mit à déambuler de long en large.

Il était impatient de regagner Mariage pour la Vie et d'apprendre de Rafe ce qu'il avait découvert en visionnant les bandes-vidéo. Il voulait s'assurer que ses hommes avaient bien inspecté les environs et recherché les douilles des balles des ravisseurs, les morceaux de verre ou les éclats de peinture dus aux tirs des snippers de Montoya.

En proposant à Sophie de l'accompagner chez elle, il avait agi par compassion. L'avoir vue si fragile, livrée à elle-même au milieu du parking, sous les tirs fusant de toute part, avait activé son instinct protecteur ; mais sa réaction l'avait choqué : sous une apparence de petite femme fragile, elle avait plongé et roulé sur elle telle une vraie professionnelle.

Il y avait aussi ce dossier sur sa table de nuit. Sean ne parvenait pas à justifier sa présence. Cela participait-il de son « excitation » ? Faisait-elle partie de ces gens qui se délectent de romans policiers basés sur des faits réels ou qui écoutent les fréquences de la police sur leur scanner ?

Rien dans sa personnalité ne le laissait penser. Cela dit, rien non plus chez son ex-femme ne trahissait son addiction à la drogue.

Il considéra le salon. Depuis combien de temps vivait-elle dans cet appartement ? Son mariage avec Cindy avait eu lieu quatre ans auparavant et elle lui avait dit qu'il s'agissait de son premier contrat avec Mariage pour la Vie.

Elle n'avait amassé que peu d'objets personnels durant ces quatre années. Le mobilier semblait compris dans la location. La décoration tournait de façon obsessionnelle autour du noir et blanc. Seule sa chambre était égayée de quelques touches de couleur.

Son portable sonna. C'était Montoya.

— Majors, j'ai regardé les bandes. Il n'y a pas grand-chose à voir, mais je suppose que vous voudrez vous en rendre compte par vous-même.

— Vous supposez bien. Ecoutez, Sophie prend son temps et je risque d'être de retour plus tard que prévu. Avez-vous inspecté le parking ?

— Bien entendu. Nous avons trouvé deux douilles de fusil-mitrailleur et des éclats de peinture. Au moins une de nos balles a atteint la berline.

— Qu'allez-vous faire de ces indices ?

Montoya demeura un instant silencieux.

— Je m'occupe de les faire analyser.

— Et à propos des bandes-vidéo ?

— Je peux vous les faire livrer chez vous, si vous voulez.

Sean fronça les sourcils. La proposition était inattendue. Cependant, elle lui ferait gagner un temps précieux.

— J'apprécierais beaucoup.

Il lui communiqua son adresse et, sur le point de lui parler de Johnson, se ravisa. Ce sujet pouvait attendre.

Il raccrocha et regarda la porte toujours close de la chambre de Sophie. Quinze minutes s'étaient écoulées.

Déambulant dans le salon, il s'intéressa à la petite bibliothèque. Au-dessus des livres, une étagère remplie de DVD. Il pencha la tête de côté pour en lire les titres. *Oliver Twist,*

Autant en emporte le vent, Le Fantôme de l'Opéra, Les Experts... Un choix pour le moins éclectique.

Quant à ses livres, il s'agissait principalement de romans, d'amour ou d'aventures, d'après les titres et les couvertures. Mais il y avait aussi un rayonnage de livres épais et techniques : *Une vie à la CIA, Double Vie, Un agent dans la tourmente*...

De l'espionnage ? Alors qu'il allait se saisir du livre à propos de la CIA, un petit fascicule intitulé *Retour à la vie civile* attira son attention. Intrigué, il voulut s'en emparer.

— Qu'est-ce que vous faites ?

Sean se raidit. Etait-ce de la peur, de la colère qui animait la voix de la jeune femme ?

Il croisa son regard et haussa les épaules.

— Je jetais juste un œil sur votre collection de DVD. Vous avez des goûts plutôt variés.

Elle était redevenue la femme froide et sophistiquée qu'il connaissait. Elle avait attaché ses cheveux en une queue-de-cheval qui lui donnait l'air sévère et s'était légèrement maquillée. Elle portait un top blanc à manches courtes et une petite jupe rayée noire et blanche.

— Si vous le dites, dit-elle en plissant les yeux.

Sean ne put s'empêcher de la détailler. Elle avait enfilé ses incontournables bas noirs et était juchée sur des hauts talons. A travers le Nylon opaque, il distinguait les petits rectangles clairs des pansements recouvrant ses genoux.

Aujourd'hui, elle avait failli perdre la vie, et elle en était pleinement consciente. Mais, si les tremblements dont elle était sujette alors qu'il la recouvrait de son corps l'attestaient pleinement, elle ne l'aurait jamais admis.

Il la vit alors sous un nouveau jour. Elle ne voulait pas que les gens, et encore moins Sean, s'intéressent à elle. Pour quelle raison ?

Bon sang. Ces considérations futiles n'étaient-elles pas une perte de temps ?

Il attrapa les clés de la BMW et les fit sauter dans sa main.

— Vous voulez que je conduise ?

— Vous pouvez d'abord me rendre un petit service ?

— Euh... Bien sûr. De quoi s'agit-il ?

— Pourriez-vous bander mon coude ? J'ai déjà gaspillé trois bandages en tentant de les placer correctement.

Elle lui tendit la trousse à pharmacie en lui souriant.

Une fois encore, son attitude le surprenait. L'espace d'un instant, il avait cru percevoir quelque chose de particulier dans son expression, quelque chose la différenciant de son ex-femme. Mais son comportement séducteur était de retour. La personnalité de cette femme était décidément complexe.

— Tant qu'il s'agit d'aider une jolie femme à se faire belle, répondit-il avec une pointe de sarcasme.

Elle rougit et lui présenta son coude. Sa peau délicate était entaillée. Un gravillon particulièrement tranchant, sans doute.

— Cette plaie n'est pas belle à voir, et votre bras est écorché au-dessus du coude. Laissez-moi regarder ça de près.

Il voulut relever sa manche.

— Non ! s'écria-t-elle en s'éloignant brusquement.

Sean leva les mains.

— Je ne voulais pas vous faire de mal…

— Ce n'est rien. Je… Je demanderai à Isabelle de le faire.

— Allez, approchez. Je ne toucherai pas à la plaie. Je me contenterai d'appliquer le bandage.

Il en ôta la partie collante et saisit le pansement du bout des doigts.

— Vous voyez, mes mains ne vous toucheront pas.

Elle lui présenta de nouveau son coude tout en s'assurant, de l'autre main, que sa manche resterait bien en place. Il apposa délicatement le bandage sur la plaie. Dès que ce fut fait, elle eut un mouvement de recul.

— Merci.

Elle lui adressa un regard apparemment amical, mais il avait noté le tremblement de sa voix.

Il avait aussi noté un autre fait : Sophie Brooks n'était pas aussi parfaite qu'elle voulait le laisser croire. Elle possédait une cicatrice juste en dessous de l'épaule.

Une méchante cicatrice… qui ne datait certainement pas d'hier.

4

L'homme qui avait tenté d'assassiner le chauffeur de Sonya Botero était prêt pour un second essai. Il rassembla les éléments de sa trousse médicale et prépara une seringue. Cette fois, ce serait plus facile. Lors de sa précédente tentative, le chauffeur n'était pas encore sous perfusion. Il avait dû enfoncer son aiguille dans la poitrine de Johnson pendant qu'il dormait. Il n'était parvenu qu'à lui administrer la moitié de la dose mortelle, la position assise de Johnson ne lui ayant pas facilité la tâche. Le jeune homme avait sombré dans un coma profond auquel il avait hélas survécu.

La bonne nouvelle était que, cette fois-ci, il lui suffirait d'introduire l'aiguille dans la perfusion. Cela ne prendrait que quelques secondes. Johnson décéderait d'un arrêt cardiaque aussitôt que le produit se répandrait dans son organisme.

La mauvaise nouvelle était qu'un garde du corps avait été affecté à la surveillance du chauffeur. Il lui fallait imaginer comment se rendre discrètement au huitième étage, car il travaillait cette semaine au service des urgences, au rez-de-chaussée. Puis comment se débarrasser du garde.

Mais il se savait malin et prudent, extrêmement prudent.

Craig Johnson, chauffeur de limousine et agent de sécurité pour Carlos Botero, ne verrait pas le soleil se lever le lendemain.

Comme Sean prenait place aux côtés de Sophie dans la BMW, il jeta un coup d'œil à sa montre. Il lui serait impossible de déposer Sophie à son bureau et de rentrer chez lui à temps pour coucher Michaela. Cela faisait deux soirs de suite qu'il manquait ce rendez-vous.

Sa fille grandissait chaque jour un peu plus et il ne pouvait assister à cette transformation.

Il se frotta la joue et soupira de dépit.

Il décida de déposer Sophie et de repartir avec le camion dans lequel il était venu le matin. La proposition de Montoya de lui faire livrer les bandes-vidéo tombait à pic. Il resterait un peu plus longtemps à la maison demain matin et prendrait le petit déjeuner avec Michaela.

— Je suis sincèrement désolée. Je sens bien que je bouleverse votre programme.

— Ne vous en faites pas, marmonna-t-il. Je comptais passer à l'hôpital pour poursuivre ma conversation avec Johnson, mais la journée ne s'est pas déroulée comme prévu.

— Vous avez pu lui parler ? s'enquit-elle, soudain intéressée.

Son changement de ton le fit se tenir sur ses gardes.

— Oui, juste quelques instants. On est venu le chercher pour l'emmener au scanner.

— On peut donc désormais lui rendre visite ?

Sean lui adressa un regard lourd de sous-entendus.

— Non.

Elle eut une expression contrariée.

— Pourquoi voulez-vous le voir ?

— Eh bien, il est impliqué dans l'enlèvement. Ma directrice aimerait savoir ce qu'il a à en dire.

— Je n'en doute pas une seconde. Pour ma part, je suis déterminé à découvrir jusqu'où il est impliqué dans cette affaire. Mais je ne permettrai à personne de l'interroger tant que je ne l'aurais pas fait moi-même.

— Il y a toujours un garde posté devant sa porte ?

— Vous êtes bien curieuse à son sujet.

— Rachel s'intéresse beaucoup à lui. Il s'est servi de nous, en quelque sorte. Son coup de fil au Lareda est certainement une piste qui pourrait nous mener au lieu de détention de Sonya.

— Je dois d'abord découvrir ce qui s'est réellement passé.

— En sa qualité de chauffeur personnel de Mlle Botero,

il était le mieux placé pour fournir des renseignements sur ses différents déplacements. Comment a-t-il eu ce job ?

— C'est moi qui l'ai embauché, dit-il d'un ton neutre.

— Vous pensiez pouvoir lui faire confiance.

— Apparemment, j'avais tort.

Mais il ne comprenait toujours pas ce qui avait bien pu se produire. Il avait toujours été plutôt perspicace avec les gens. Cette qualité lui avait permis de se forger un nom dans le métier.

Son regard se posa sur la pendule du tableau de bord. Il sortit son portable de sa poche et appuya sur l'une des touches du clavier pour lancer la numérotation automatique.

Lorsque Rosita décrocha, il entendit aussitôt les pleurs de sa fille au loin dans la pièce.

— Qu'est-ce qu'il y a ? demanda-t-il sans préambule.

— Ah, monsieur Sean. Elle se comporte comme une petite peste.

— Comme une petite peste ? Michaela ? Elle doit juste être un peu fatiguée.

Rosita adorait employer cette expression lorsque ses propres petits-enfants la faisaient tourner en bourrique.

— Que s'est-il passé exactement ?

— Aujourd'hui, elle a dessiné pour vous. Vous vous souvenez qu'elle vous a dit qu'elle vous dessinerait l'affreux monstre poilu ? Du coup, elle ne veut pas aller se coucher. Elle s'est réfugiée sous son lit pour pleurer.

Un sentiment de culpabilité lui noua le ventre. Il avait fait une promesse à sa fille chérie et l'avait oubliée.

— Je rentre au plus vite. M'a-t-on livré un paquet ?

— Ah, oui. Le concierge me l'a monté. Je l'ai laissé sur la table de la cuisine.

— Je suis désolé de vous mettre en retard.

— Ce n'est pas grave. Mais, s'il vous plaît, ayez pitié d'une pauvre vieille femme. Dépêchez-vous.

Il raccrocha. Sophie ne chercha pas à dissimuler son intérêt pour sa conversation.

— Une petite peste ? répéta-t-elle en fronçant délicieusement le nez.

— Michaela. Ma fille.

Sophie faillit pousser un cri de surprise. Ainsi, il avait un enfant ? Elle s'attendait à tout sauf à ça. Cet homme était un vrai caméléon. Elle l'avait vu en jeune marié, en homme d'affaires et, aujourd'hui, en jardinier suant, jurant… et terriblement attirant. Pour conclure, elle avait pu sentir son côté mâle et protecteur lorsqu'il s'était jeté sur elle pour faire bouclier de son corps.

Elle n'arrivait pas à l'imaginer dans son rôle de père.

— Je pensais que… vous aviez divorcé.

— C'est exact.

Pourquoi son ex-femme n'avait-elle pas gardé l'enfant ?

Il lui adressa un regard sombre qui l'enjoignait de s'en tenir là ; il n'avait aucunement l'intention de parler de sa vie privée.

Cela lui allait très bien. Elle avait décidé de ne plus lui accorder d'attention. La raison pour laquelle il s'était proposé de la conduire chez elle, de même que ses regards à la dérobée sur son physique, étaient désormais le cadet de ses soucis. En rinçant ses plaies, tout à l'heure, sous la douche, elle l'avait définitivement chassé de ses pensées.

L'équation était simple : pas de liaison, pas de souffrance. C'est ainsi qu'elle voyait les choses. Cependant, il lui était parfois douloureux de se sentir seule.

Alors qu'elle était assise à côté de l'homme le plus séduisant qu'il lui ait été donné de rencontrer, son sentiment de solitude revint lui vriller le cœur.

Elle avait planifié sa vie avec rigueur, l'avait organisée de façon à ne jamais ressentir aucun regret, aucun remords. Les choses qu'elle avait perdues, tout comme celles qu'elle avait manquées, elle avait choisi de les oublier. Elles resurgissaient parfois au plus profond de la nuit, lorsqu'elle s'éveillait en sursaut, suite à un bruit suspect ou à un rêve étrange.

— Ecoutez, mademoiselle Brooks, dit-il en empruntant la sortie de l'autoroute.

— Vous pouvez m'appeler Sophie.

Il ne releva pas sa remarque.

— J'ai une chose urgente à faire avant de vous déposer à Mariage pour la Vie. Cela ne devrait pas être long.

Sophie sentit son cœur bondir dans sa poitrine et enfouit ses mains au creux de ses cuisses.

— Bien sûr. Pas de problème.

« Pourvu que ce ne soit pas au sujet de sa fille. »

Après de nombreux virages, il s'engagea dans un domaine résidentiel et vint se garer devant un petit immeuble.

— J'ai fait une promesse à ma fille et je suis en retard. Elle devrait déjà dormir. Il faut que je voie le dessin qu'elle a fait pour moi et que je la mette au lit.

Elle sentit ses mains se mettre à trembler.

— Très bien, se contenta-t-elle de répondre.

Elle faisait de son mieux pour rependre son rôle d'agent de Miami Confidentiel, pour penser et agir en conséquence, au lieu de se comporter comme une fille sensible aux nerfs à fleur de peau. Hélas, ses différentes blessures lui rendaient la tâche complexe. Elle avait connu le danger par le passé, et aussi la peur. Or cet homme lui avait fait ressentir un sentiment de totale protection, et ce, pour la première fois de son existence. Cette expérience toute nouvelle avait affaibli ses défenses.

Elle l'avait à présent dans la peau. Plus que tout, elle allait maintenant se retrouver nez à nez avec sa fille. Elle prit une grande inspiration pour se donner du courage.

N'en avait-elle pas à revendre ?

— Quel âge a-t-elle ?

Elle faisait un effort pour engager la conversation.

A sa grande surprise, l'expression de son visage changea du tout au tout. Ses yeux se mirent à briller et sa bouche s'entrouvrit dans un sourire de petit garnement. Sophie baissa les yeux.

— Trois ans, dit-il avant de couper le contact.

L'âge de sa fillette fit tiquer Sophie ; elle déglutit avec peine, tâchant d'éviter de se lancer dans des calculs.

Elle avait vingt-neuf ans. Ce qui signifiait que son enfant

aurait aujourd'hui douze ans. Elle se mordit la lèvre et, comme elle l'avait déjà fait des centaines de fois, se rassura en se disant qu'elle avait alors pris la meilleure décision. Compte tenu de son passé mouvementé, elle n'aurait pas fait une bonne mère.

Elle ravala ses regrets et poussa un long soupir.

— Je peux vous attendre dans la voiture ?

Il se figea, la main sur la poignée, comme en proie à une soudaine réflexion.

— Non, répondit-il en sortant.

Il contourna le véhicule et vint lui ouvrir la portière.

— Nous n'en avons pas pour longtemps.

Ils empruntèrent l'ascenseur sans échanger un mot. Sophie avait la certitude qu'il était aussi mal à l'aise qu'elle de la ramener chez lui.

Comme les portes de la cabine s'ouvraient, il lui adressa un regard peu amène.

Elle se sentit rougir. Il était évident qu'il était embarrassé, voire contrarié, de devoir lui présenter sa petite fille. Elle ferma brièvement les yeux ; elle était un ex-agent de la CIA, un membre actif de Miami Confidentiel. Son travail exigeait d'elle qu'elle joue la comédie.

Elle saurait relever ce défi.

Il ouvrit la porte de son appartement et s'effaça pour la laisser entrer. Des jouets et des peluches de toutes sortes étaient disséminés au quatre coins du salon spacieux et décoré dans les tons pastel. Un grand canapé en cuir fauve trônait au centre. Une rambarde de protection courait le long des baies vitrées, certainement à l'intention de Michaela.

— Asseyez-vous. Je vais…

— Papa ! Papa, Papa ! s'écria une petite voix dans une autre pièce.

Un tourbillon en pyjama rose et jaune surgit alors.

Sophie s'installa sur le canapé tout en regardant, fascinée, Sean s'accroupir pour recevoir sa fille dans ses bras.

— Papa, j'ai dessiné le monstre pour toi, et tu n'es pas venu, et Rosita m'a fait prendre mon bain. Je n'aime pas Rosita.

Sean déposa un petit baiser sur sa joue encore humide

de larmes et se mit à la bercer d'avant en arrière dans ses bras puissants.

— Bien sûr que si, Michaela. Tu l'aimes, Rosita.

Une femme d'un certain âge, d'origine hispanique, apparut dans l'encadrement de la porte du salon.

— Rosita n'apprécie pas de rentrer si tard, le soir, maugréa-t-elle avant de remarquer Sophie.

Elle se mit à la scruter de son regard noir.

Ne sachant quelle attitude adopter, Sophie se leva et esquissa un pâle sourire.

Rosita, apparemment peu impressionnée par la jeune femme, reporta son attention sur Sean.

Le malaise de Sophie s'accentua et les battements de son cœur s'accélérèrent.

— Michaela, je te présente Mlle Sophie.

Les larmes lui montèrent aux yeux. Le regard de l'enfant était du même bleu particulier que celui de son père. Elle était magnifique. L'enfant parfait.

— Ma-moi-selle Sossi.

— Sophie, lui murmura Sean en exagérant le « F ».

— So-phie.

Tous les regards étaient braqués sur Sophie. Elle approcha de la fillette en battant des cils.

— Bonjour, Michaela. Tu es si jolie.

Sean échangea un regard avec Sophie tandis que Michaela enfouissait le bout de son nez dans son cou.

— Beurk, papa, tu sens mauvais.

Sean éclata de rire.

— Tu crois que je devrais aller vivre dans une porcherie ?

Michaela se posa le doigt sur les lèvres et se mit à rouler des yeux, apparemment en proie à une intense réflexion. Puis elle secoua la tête en fronçant les sourcils.

— Viens voir mon dessin. Il fait très peur.

Sean regarda Sophie, puis Rosita.

— Rosita, je vous présente Sophie Brooks. Mlle Brooks est impliquée dans l'affaire sur laquelle je travaille actuellement. Pourriez-vous lui servir un verre ? Je vais admirer le dessin de ma fille, puis je prendrai une bonne douche.

Rosita coula à Sophie un regard suspicieux.

— Dix minutes, et pas une de plus, mauvais garçon. Vous me devez tellement de jours de repos.

— Je le reconnais. Dès que cette affaire sera bouclée, je vous offre une croisière. Qu'est-ce que vous en dites ?

Le visage de Rosita s'illumina.

— Destination Cancún ?

— Où vous voudrez.

Comme Sean quittait la pièce, Rosita reporta ses grands yeux noirs sur Sophie.

— Je vous sers quelque chose ?

Sophie avait la bouche atrocement sèche. Elle tentait de ravaler ses larmes.

— Avec plaisir. Un soda ou… du thé glacé ? Je vous prie de m'excuser pour le dérangement.

— Cela ne me dérange pas. Mais je suis très surprise. Il n'est jamais en retard à cause d'une femme.

Sophie ne sut plus où se mettre.

— Oh ! Ce n'est pas ce que vous…

Mais Rosita avait disparu dans la cuisine.

Sophie reprit sa place sur le canapé. Elle avait passé l'épreuve avec succès, finalement. Elle était parvenue à rencontrer la fille de Sean sans paniquer.

Rosita lui apporta un verre de thé glacé et se planta là, comme surveillant son territoire.

— Il me faut encore ramasser ces jouets, marmonna-t-elle, et finir de remplir le lave-vaisselle. J'ai passé la soirée à distraire la petite pour qu'elle ne pleure pas.

Sophie acquiesça. Elle ne savait que dire. Rosita se mit alors à parcourir le salon pour récupérer, un à un, les jouets épars.

— Rosita, pourquoi ne pas me laisser ramasser les jouets pendant que vous vous occupez de la cuisine ?

La gouvernant se releva dans un petit grognement et la regarda droit dans les yeux.

— Vous prévoyez de dormir ici, cette nuit ?

— Comment ? Non ! se défendit-elle. M. Majors me ramenait à mon travail, mais il a voulu faire un crochet pour voir sa fille. S'il avait pu l'éviter, il ne m'aurait certainement pas amenée chez lui.

Rosita leva un sourcil et marmonna un mot en espagnol tout en virevoltant pour regagner sa cuisine. Elle ne se doutait pas que Sophie avait compris son commentaire.

En effet, pour avoir grandi à Puerto Rico, elle parlait couramment cette langue.

Rosita avait dit : *Acerto,* ce qui pouvait se traduire par : « Vous ne croyez pas si bien dire ! »

Quand Sean sortit de sa chambre, douché et rasé de près, il tomba nez à nez avec Rosita qui, posant les mains sur ses hanches, se dressa sur son passage.

— J'ai bien envie de prendre quelques jours pour aller rendre visite à ma sœur.

— Rosita, j'ai besoin de vous, ici. Je sais que je vous en demande beaucoup mais, au moment où je vous parle, l'un de mes hommes est à l'hôpital, et on n'a toujours pas retrouvé Sonya Botero.

— Aïe, aïe, aïe, je sais, je sais.

Puis elle eut un mouvement de tête vers le salon.

— Et c'est qui, celle-là ?

— Elle travaille à Mariage pour la Vie. Elle a eu une dure journée, aujourd'hui, et je lui ai proposé de l'accompagner chez elle pour qu'elle se change.

— Ah, répondit Rosita, une lueur espiègle dansant dans ses grands yeux noirs. Et il fallait que ce soit une blonde, hum ?

— Rosita…

— Au moins, elle a l'air plus sympa que votre ex-femme.

Sean leva les sourcils de surprise.

— Qu'est-ce qui vous fait dire cela ?

— Elle donne l'impression de bien vous connaître.

L'espace d'un instant, Sean la dévisagea, ne sachant que lui répondre, puis il tourna son regard vers Sophie, installée sur le canapé, qui tuait son ennui en suivant le parcours d'une goutte de condensation le long de son verre de thé glacé.

— Je ne vois pas du tout de quoi vous parlez. On vient

juste de se rencontrer. Elle ne me connaît pas, pas plus que je ne la connais.

— Bon, il est bien tard pour une femme de mon âge pour rentrer seule en voiture à travers la ville. Je vais dormir ici. Michaela pourrait avoir besoin de moi.

Rosita se dirigea vers la chambre de la fillette en poussant un soupir volontairement exagéré.

— Vous n'êtes pas obligée de rester, Rosita. Sophie, enfin… Mlle Brooks va partir.

— Vous venez de me dire que vous aviez besoin de moi. Par ailleurs, je dois m'acheter une nouvelle télévision. J'ai tout intérêt à faire des heures supplémentaires.

Sean se mit à rire. Quel sens de la repartie ! Il adorait cette petite femme qui l'avait élevé et qui aimait sincèrement sa fille.

— Rosita, je devrais vous dénoncer pour extorsion de fonds.

— Oui, et qui accepterait de s'occuper de Michaela pour un salaire aussi dérisoire ?

Elle lui adressa un regard brillant de malice en se faufilant dans la chambre de la fillette.

— A demain matin.

Il ne put réprimer un sourire ; elle était incontestablement le chef de la maison. Il en était soulagé, à vrai dire. Avec Rosita veillant sur Michaela, il pourrait démarrer sa journée de bon matin.

Sophie le regarda tandis qu'il pénétrait dans le salon et il croisa son regard.

Tandis qu'il était sous la douche, l'erreur qu'il avait commise lui était apparue clairement. A quoi s'attendait-il en l'invitant à monter chez lui ? Ils avaient emprunté sa BMW ; il aurait pu se contenter de la laisser repartir seule. La camionnette de location se trouvait toujours sur le parking de Mariage pour la Vie, mais son véhicule personnel était dans le garage du sous-sol.

Eh bien, il était temps de remettre les choses en place.

— Je viens de me rendre compte que vous auriez pu rentrer chez vous. Votre voiture vous attend en bas. Navré de vous avoir retardée.

— Oh ! s'exclama-t-elle en ouvrant grand les yeux. Vous avez raison. Je… je vais m'en aller. Je suis désolée.

Elle se leva d'un bond et, en voulant prendre son sac à main, heurta le verre de thé glacé. Sean se précipita pour le rattraper et, comme elle en fit de même, leurs doigts entrèrent en contact. Sean nota qu'elle avait les mains froides et qu'elle tremblait. Il lui prit la main.

— Qu'est-ce qui ne va pas ?

Elle se passa la langue sur les lèvres et s'empourpra.

— Rien. Je suis juste fatiguée. Il est tard.

Elle marqua une pause et ôta sa main.

— Merci de m'avoir accompagnée.

— Vous n'avez rien avalé de la journée.

Elle devait être morte de faim et de fatigue. Sean ne l'en trouva que plus humaine, plus vulnérable.

— J'achèterai quelque chose en route.

Elle se saisit de son sac à main.

— Vous ne pouvez pas conduire dans cet état, déclara-t-il d'un ton sans appel.

Il réalisait combien la journée lui avait été pénible alors qu'elle ne s'était pas plainte une seule fois.

— Je suis sûr qu'un bon dîner m'attend en cuisine. Pourquoi ne pas le partager ?

— Oh ! non, je ne peux pas accepter.

Elle lorgna vers la porte de la chambre de Michaela.

— Ma fille dort, à présent. Il faudrait une explosion pour la réveiller, ce qui vaut mieux, comptc tenu des ronflements de Rosita. On dirait une vieille locomotive.

Il attendit sa réaction, mais elle ne sourit pas. Pourquoi Michaela la mettait-elle si mal à l'aise ? Bah, décida-t-il en s'ébrouant, cela n'avait aucune importance.

Dès qu'il aurait retrouvé Sonya, il n'aurait plus aucune raison de revoir Sophie ; il lui importait peu qu'elle n'apprécie pas les enfants.

Les articulations de ses doigts serrés sur son sac à main devinrent blanches et elle vacilla légèrement, assez pour que Sean le remarque.

— Allez, c'est décidé. Allons découvrir ce que l'excellenteet-si-agréable Rosita nous a préparé, dit-il en se dirigeant vers la cuisine.

Ce qu'il entendit alors le surprit. Il se retourna. Sophie riait. Son rire était léger, chantant, et faisait briller ses yeux et se retrousser son petit nez.

Confuse, elle baissa aussitôt la tête.

— Je suis désolée. C'est… votre description de Rosita.

— En fait, Rosita est plus une mère qu'une gouvernante. Elle était ma nounou. Elle m'a élevé…

En percevant la note d'amour dans sa voix, Sophie sentit son cœur s'emballer. Elle identifia immédiatement la cause de son émoi : la peur. Elle ressentait de la peur face à cette femme qu'il aimait visiblement beaucoup.

— Etait-elle… est-elle sévère ? demanda-t-elle.

— Rosita ?

Il ouvrit le réfrigérateur et se pencha pour en inspecter le contenu.

— Pas du tout. Elle parle fort, mais elle n'a jamais mordu personne.

Sophie frissonna. Différentes émotions se bousculaient en elle. De la culpabilité, de la souffrance due à son passé, et toujours cette sensation de solitude.

Sean emplissait la pièce de sa présence. Il sentait bon le propre et respirait la confiance en lui. Son T-shirt blanc et son jean lui allaient à la perfection et rehaussaient le dessin de ses muscles et le galbe de ses fesses. Ses cheveux humides bouclaient sur sa nuque.

Il n'était pas seulement question de sa présence physique ; chaque pièce de son appartement exprimait l'amour. C'était comme si l'intrépide responsable de la sécurité de l'un des hommes d'affaires les plus influents de Miami se métamorphosait en passant le pas de sa porte.

Dans l'intimité, il était un père aimant et soucieux du bonheur de son enfant.

Sophie se sentait perdre peu à peu son aplomb. Comment en était-elle arrivée là ? L'amour de Sean pour sa fille et pour la femme qui l'avait élevé la bouleversait et elle ne savait comment appréhender ce genre d'émotion.

Il lui fallait quitter cet endroit. Elle devrait déjà être partie. Elle n'aurait jamais dû accepter son invitation et luttait contre son désir de s'enfuir sur-le-champ.

— Bien, fit Sean. Nous avons là un reste de paella, du poulet froid, une grande salade, et ça sent bon le pain chaud.

Tirée de ses pensées, elle tressaillit.

— De la salade, ce sera parfait. Il se fait tard.

Il approuva son choix d'un air satisfait. Avec une aisance insoupçonnée, il mit la table en quelques secondes.

— Vous êtes d'accord pour que j'ouvre une bouteille de vin ?

Elle haussa les épaules et s'attabla en face de lui. Après quelques bouchées de salade et de pain frais, et un verre de vin, elle commença à se détendre.

Elle observait Sean — ou plutôt M. le responsable de la sécurité des Botero, se corrigea-t-elle — et se remémorait les événements de la journée. Elle s'était tellement apitoyée sur son sort et sur le tumulte de ses émotions qu'elle n'avait pas pris le temps d'analyser les faits.

— Avez-vous pu parler à Rafe ? demanda-t-elle.

Il mordit de bon cœur dans une cuisse de poulet et leva les yeux sur elle.

— Il m'a fait livrer les bandes de vidéosurveillance. Il m'a dit qu'il n'y avait pas grand-chose à en espérer.

Sophie se souvenait de sa peur lorsqu'elle avait aperçu le canon de l'arme pointée dans sa direction par la fenêtre de la berline noire.

— J'aimerais aussi les visionner, dit-elle.

Il tendit le bras vers le plan de travail et ramena un paquet qu'il déposa sur la table.

— Les voici.

— Non, je voulais dire que je verrai cela au bureau. Pas besoin de…

— De toute façon, je dois les visionner ce soir. Il y a une télé avec un magnétoscope intégré, là, près du réfrigérateur.

Il ouvrit le paquet et en sortit une cassette VHS.

— Il y a une note. « C'est la seule cassette sur laquelle

il se passe quelque chose d'intéressant. » Bon sang ! Je lui avais bien demandé de toutes me les envoyer.

Il se leva et alla allumer la télévision pour y insérer la cassette.

— Rafe est un homme très compétent, déclara Sophie.

Elle but une gorgée de vin pendait qu'il faisait avancer la bande-vidéo jusqu'au début de l'action.

Il eut un petit reniflement en revenant s'asseoir.

— Je n'en doute pas une seconde, mais je trouve qu'il la joue un peu trop personnel. Il prend vraiment son job très à cœur.

Elle lui sourit.

— Je sais. Il se plaint continuellement de devoir veiller à la sécurité de toutes ces femmes.

Sean lui adressa un regard suspicieux.

— Rachel Brennan s'entoure de bien des précautions pour une simple activité d'organisation de mariages.

Sophie but une autre gorgée de vin pour se donner le temps de préparer une réponse. Rachel avait expliqué à chaque membre de Miami Confidentiel comment éluder les questions gênantes à propos de Mariage pour la Vie ; mais, à cet instant présent, sous le regard insistant de Sean, Sophie ne sut comment esquiver sa remarque.

— Tenez, vous voilà, s'exclama-t-il. Je vous avais bien dit de ne pas chercher à regarder autour de vous.

Sophie leva les yeux et se vit balayer du regard le parking désert tandis qu'elle déposait le sac en plastique contenant la rançon. Les réflexes qu'elle avait acquis durant ses années à la CIA avaient pris le dessus : s'assurer du périmètre…

Ils restèrent silencieux en regardant la suite de l'incident.

Alors que Sophie regagnait l'entrée de Mariage pour la Vie, le bruit d'un véhicule s'amplifiait. La berline noire entrait dans le champ de la caméra, du côté de la portière passager.

Sophie se jetait au sol.

Puis une silhouette contournait l'immeuble et sautait par-dessus un massif pour s'élancer vers elle.

Sean. Il avait risqué sa vie pour la secourir.

Une détonation retentissait. Sean venait couvrir Sophie de

son corps, l'obligeant à rester au sol et protégeant son visage de son bras replié, tout en saisissant son arme logée dans son holster. Puis, une nouvelle détonation éclatait, soulevant une gerbe de poussière à quelques centimètres de la tête de la jeune femme.

Elle frissonna.

Sean mit la bande sur pause.

— Ça va ?

— Ce tir est passé plus près de moi que je ne le pensais.

— C'était plus excitant que vous ne l'espériez ?

Elle secoua la tête, trop choquée pour se vexer de son allusion à son amour du danger.

— J'ai bien faillit être touchée à l'épaule.

— Vous seriez morte si vous n'aviez pas eu le réflexe de rouler !

Sean avait l'air hors de lui.

Elle croisa son regard. Non, il n'était pas fâché contre elle. Il semblait plutôt abasourdi.

Il détourna la tête et relança la lecture de la vidéo. Aussitôt, trois tirs retentirent successivement.

— Les hommes de Rafe, murmura Sean. Au moins une des trois balles a atteint la berline. Vous avez entendu l'impact ?

Sophie acquiesça et se pencha en avant pour se concentrer sur les images. La berline faisait une embardée et elle vit un bras qui tenait à bout portant une arme par la vitre baissée.

Puis la berline disparaissait de l'écran dans un crissement de pneus, projetant des gravillons tout autour d'elle.

Sophie fixait l'écran, fascinée. Elle gisait au sol avec Sean allongé sur son dos.

Sean levait la tête et lui murmurait quelque chose auquel elle répondait par un petit signe de tête. Puis il s'agenouillait prudemment, jetait un rapide coup d'œil alentour, et se levait pour lui tendre la main.

Elle ne se souvenait pas de ce qu'il lui avait dit, mais, étudiant son propre visage, elle grimaça.

Elle souriait largement à son héros. Sean venait de lui sauver la vie. Il s'était délibérément interposé entre elle et le danger. Jamais elle n'avait vécu une telle situation.

— Bon, dit-elle d'un ton qui se voulait détaché, il n'y a pas grand-chose qu'on ne savait déjà.

Sean remit la bande sur pause.

— Montoya m'a dit qu'il ferait analyser les douilles retrouvées sur les lieux. Peut-être nous mèneront-elles quelque part ?

— Bonne idée. On va s'en occuper.

Sean l'observait tandis qu'elle se resservait un verre de vin.

— Vous vous en êtes plutôt bien tirée, pour une graphiste dont le travail est de dessiner des faire-part de mariage.

Sophie se raidit.

— J'ai vécu à New York, vous savez. J'ai suivi des cours d'autodéfense.

— Vous deviez avoir un sacré bon prof !

Il plongea le regard dans le sien, puis tendit la main pour lui toucher la tempe du bout de son pouce. Elle aurait dû se dégager, ne serait-ce que par réflexe, mais curieusement n'en fit rien.

— Vous avez un petit bleu, là.

Le contact de sa peau était réconfortant.

— J'ai l'impression que mon enchaînement tomber-rouler n'était pas aussi bien exécuté que ça.

— Non, il était parfait.

Elle soutint son regard quelques instants, puis baissa les yeux pour rompre le charme sous lequel il la maintenait.

— Rafe n'a-t-il pris aucune autre initiative ? demanda-t-elle en se levant de table pour débarrasser. Ils n'ont pas pu identifier le type d'arme ? La marque des pneus ?

— Bonnes questions.

Une fois de plus, elle nota la curiosité et la suspicion dans le ton de sa voix. Sean Majors ne serait pas longtemps dupe de sa couverture à Mariage pour la Vie. Il était bien trop fin, trop intelligent.

Et il ne tarderait pas à s'apercevoir qu'elle éprouvait des sentiments pour lui. Il lui faudrait veiller à garder ses distances.

Alors qu'elle déposait la vaisselle sale dans l'évier, elle sentit une présence dans son dos. Il venait poser le saladier dans le bac de l'évier.

— De quoi avez-vous parlé avec Rosita ?

Le son de sa voix dans le creux de son oreille lui parut doux et chaleureux.

Elle frémit et se retourna, lui frôlant le torse de son épaule.

— Que voulez-vous dire ?

— Que lui avez-vous dit à propos de nous ? La raison pour laquelle je vous ai ramenée à la maison.

— A propos de nous ?

Elle secoua la tête, déstabilisée.

— Euh… rien.

Il était si sérieux, si sûr de lui et… si proche. Elle s'était fourrée dans une situation qu'elle s'était pourtant promis d'éviter. Elle devait en sortir, coûte que coûte.

S'éloignant de lui, elle se réfugia dans l'angle du réfrigérateur en vacillant.

Il la prit par les épaules.

— Je ne comprends pas, répondit-elle avec désespoir. Que croyez-vous que je lui aie dit ?

La bimbo blonde refaisait surface.

Elle leva la tête et croisa son regard.

— Que la seule raison pour laquelle je suis là est que vous deviez voir votre fille et que vous vous seriez bien passé de m'inviter chez vous.

5

La réponse de Sophie prit Sean au dépourvu.

— Vous lui avez dit que je me serais bien passé de vous inviter chez moi ?

— C'est la vérité.

Sean battit des paupières.

— *C'était* la vérité, ne put-il s'empêcher de répliquer.

Certes, elle avait raison : il n'avait pas sciemment décidé de l'accueillir dans son monde, son petit paradis où il était un père attentionné, aimé de sa fille — à laquelle il rendait son amour avec une exaltation dont il ne se serait jamais cru capable.

Qu'aurait-elle pensé en découvrant qu'elle était la seule femme, hormis Rosita, à pénétrer dans son appartement depuis son divorce ?

— Je dois m'en aller, dit-elle en s'éloignant.

Une pulsion soudaine le fit la rejoindre, et il effleura de nouveau l'hématome sur sa tempe. Il ne l'avait pas remarqué au cours de la journée et cet hématome formait maintenant une tache sombre.

Lorsqu'il la toucha, elle tressaillit, puis se figea.

— Cela va altérer la beauté de votre visage, dit-il en rivant son regard au sien.

Dans ses grands yeux bleus, il discerna de la méfiance, de la peur aussi, et quelque chose d'indéfinissable.

— Qui êtes-vous réellement, Sophie Brooks ?

Du bout des doigts, il se mit à caresser la peau douce de sa tempe, juste sous sa frange, se remémorant la première fois où il avait vu ces longues jambes gainées de Nylon noir et cet adorable visage, lors de sa visite à Mariage pour la Vie.

Plus il tentait de la chasser de son esprit, plus elle s'y installait. Tout chez elle le fascinait. Il la trouvait très belle, intelligente, et d'une indépendance remarquable. Mais elle cherchait sans cesse à dissimuler une facette de sa personnalité, ce qui la rendait d'autant plus mystérieuse et désirable. Elle lui rappelait par trop son ex-femme, et il refoulait cette sensation.

Elle secoua la tête, une lueur de crainte voilant ses yeux d'un bleu translucide.

— Je ne suis personne. Personne en particulier.

Cette femme était une véritable énigme. Elle était faite de contradictions ; elle devait cacher quelque chose.

Il lui fallait le découvrir. Par tous les moyens.

Il la prit par la pointe du menton et lui fit lever la tête.

— A présent je sais que vous ne me dites pas la vérité.

Elle croisa son regard.

— J'ai remarqué la façon dont vous avez passé votre main dans le dos pour saisir votre arme, reprit-il.

Elle se raidit.

— De quoi parlez-vous ?

Il scrutait la moindre de ses réactions.

— Quand vous vous êtes jetée à terre, sur le parking. Vous avez porté la main dans votre dos, là où l'on place généralement son holster.

— Vous faites erreur.

— Je peux vous repasser la vidéo.

— Je dois y aller, fit-elle d'une voix paniquée.

Elle repoussa sa main d'un geste brusque.

Il lui prit la main et la retourna, paume en l'air, ne sachant pas vraiment pourquoi il se livrait à ce petit jeu avec elle. Quel malin plaisir prenait-il à se torturer ainsi ?

Il voulait pourtant qu'elle s'en aille. En plus de sa paix intérieure, elle troublait le calme de ce petit sanctuaire réservé à Michaela.

— Je regrette sincèrement que vous ayez été blessée.

Elle demeura sans voix. Il fit pivoter son bras et inspecta son coude.

— Cette plaie n'est pas belle à voir. Avez-vous appliqué un désinfectant ?

— Bien sûr.

— Laissez-moi refaire votre pansement.

— Non. S'il vous plaît, laissez-moi m'en aller.

Son visage exprimait la peur, une peur viscérale.

Qu'avait-il fait pour la provoquer ?

— Sophie, qu'est-ce qui ne va pas ? De quoi avez-vous peur ?

Son cœur se serra lorsqu'il vit une larme rouler sur sa joue. Il posa son front contre le sien.

— J'ai besoin de savoir qui vous êtes, où vous avez appris à vous servir d'une arme, pourquoi vous n'aimez pas que l'on vous touche…

Elle demeurait là, immobile, leurs sourcils se frôlant. Puis, elle secoua la tête doucement, un signe de désapprobation qu'il ressentit comme une caresse.

Ce contact bien innocent suscita en Sean un violent désir. Il s'efforça de l'ignorer.

— Ça n'a aucune importance, chuchota-t-elle.

— Sophie…

Une autre larme glissa sur sa joue et il se pencha pour la recueillir entre ses lèvres, son goût salé ravivant la flamme de son désir. Rien dc tout cela ne semblait réel. Il se sentait comme transporté dans un conte de fées d'un genre spécial, où il tenterait de libérer une princesse prise au piège de ses propres démons.

Un imperceptible soupir s'échappa de ses lèvres et il y déposa un baiser. Alors, la petite flamme de son désir se mua en un brasier menaçant. Il pouvait sentir ses lèvres trembler sous les siennes. Il se plaqua contre elle et sentit naître son érection.

Elle exhala un petit râle et posa les mains sur son torse.

Avant qu'elle puisse le repousser, il prit ses mains dans les siennes et l'embrassa plus tendrement encore.

Sa respiration se fit saccadée et elle laissa couler ses larmes.

— Je… ne peux pas, dit-elle en reculant.

Il la laissa aller, puis lui sourit.

— Ce n'est pas assez « excitant » ? fit-il sur un ton de plaisanterie.

Elle sécha ses larmes du revers de la main et déglutit avec difficulté.

— On peut le voir ainsi, répondit-elle avant de s'effondrer.

Sean ne s'attendait pas à sa réaction et la rattrapa de justesse dans ses bras. Son corps élancé était à la fois musclé et souple. Il voulut l'emmener sur le canapé, puis se ravisa et prit le chemin de sa chambre. Il la fit doucement s'asseoir sur son lit.

Elle s'allongea alors dans une position fœtale et, se cachant le visage dans ses mains, sanglota tout son soûl.

— Qu'y a-t-il, Sophie ? Pourquoi pleures-tu ?

Il ne comprenait pas pourquoi elle craquait justement à cet instant et non pendant l'incident sur le parking ou, plus naturellement, juste après, en contrecoup.

Mû par une impulsion qu'il se refusa à analyser, il ôta ses mocassins et la rejoignit sur le lit. Il se lova tout contre elle, dans son dos, veillant toutefois à ce que son sexe en érection ne la touche pas. Avec précaution, il lui enlaça la taille.

— Raconte-moi, murmura-t-il.

— Ce n'est rien, balbutia-t-elle en voulant se relever.

D'un geste doux, il la fit se retourner sur le dos et lui ôta les mains du visage.

Elle ferma les yeux.

— Souffrirais-tu plus que tu ne veux le laisser paraître ?

Elle secoua la tête.

— Non, je vais bien. Je t'en prie, laisse-moi m'en aller. Ce que nous faisons est mal. Je dois m'en aller. Je ne devrais pas être là.

— Mal ? Es-tu mariée ? En cavale ? Es-tu un agent secret ? demanda-t-il d'un ton moqueur.

Un agent secret. Sophie ne put réprimer un tressaillement et ouvrit grand les yeux. Il était si près d'elle qu'elle ne voyait que son visage. Le sourire qu'il affichait lui alla droit au cœur et lui procura une vague de chaleur telle qu'elle n'en avait jamais connu. Il était empreint de gentillesse, de douceur.

N'écoutant que son cœur, elle passa les bras autour de son cou. Ce fut là le geste le plus difficile qu'il lui ait été donné d'effectuer, et cependant le plus agréable.

Il l'embrassa tendrement, effleurant à peine ses lèvres. Elle poussa un long soupir et s'arqua sous ses attouchements. Une douce chaleur la submergea au plus profond de son être. Elle se mit à trembler.

Il leva la tête, le regard inquiet.

Ignorant sa peur, elle fit alors ce dont elle rêvait depuis qu'elle l'avait vu ce matin dans son débardeur. Elle lui passa la main sur l'épaule et descendit sur son biceps. Il était aussi ferme et plein qu'elle se l'était imaginé.

Le contact de sa peau dissipa instantanément les brumes de son désir. Une multitude de souvenirs assaillit son esprit. La culpabilité s'empara d'elle.

Elle se retrouvait à présent face à elle-même.

Il lui faudrait bientôt se dévêtir. Elle avait souvent rêvé de plaire si fort à un homme qu'il prendrait l'initiative de lui ôter ses vêtements pour la posséder totalement. En admettant qu'elle puisse provoquer cette réaction chez un homme, cette idée lui avait toujours paru inconvenante…

Il l'embrassa de nouveau, de façon plus insistante, chassant toute pensée rationnelle de son esprit. Elle agrippa son T-shirt et se blottit contre lui.

Un désir moite et vaporeux s'insinua en elle tandis qu'il parcourait de ses lèvres des lieux secrets, jamais explorés encore. Des lieux qui semblaient attendre ses baisers depuis toujours. La peau délicate dans le creux de son oreille, à la naissance de son cou. La petite zone sous son menton. Promenant le bout de sa langue sur ses lèvres, il les fit s'entrouvrir pour prendre pleinement possession de sa bouche et lui offrir un baiser qui la laissa sans souffle.

Puis il lui tourna le dos.

Elle se tint immobile, attendant qu'il poursuive.

Peut-être avait-il changé d'avis ? Peut-être ne voulait-il pas lui faire l'amour ici, dans sa chambre ?

Elle voulut se relever.

— Je coupe l'Interphone pour bébé relié à la chambre de Michaela, dit-il, lui tournant toujours le dos.

Bébé.

Elle avait oublié Michaela. Son cœur se serra dans sa poitrine.

— Oh ! non. Je ne peux pas…

— Hé, tout va bien. Rosita est avec elle. Elles dorment profondément. Nous ne les réveillerons pas.

Néanmoins, réveiller la fillette n'était pas la préoccupation première de Sophie. Leur aventure allait trop loin. Cet enfant, ce cocon familial, cette vie normale et rassurante…

Et Sean.

— Oui, mais… je ne peux pas faire cela. Je dois y aller.

— Chhhut.

Il fit glisser ses doigts le long de sa jambe, puis sur sa cheville. Sa main, ferme et chaude, lui arracha un râle de désir.

Si elle se laissait aller…

Il râla à son tour.

… elle abandonnerait toute résistance.

— Sophie, j'adore ces bas, dit-il, la voix rauque.

Il déposa un petit baiser sur le pansement de son genou et faufila les mains sous sa jupe.

— Sean…, dit-elle désespérément tandis qu'elle savourait le contact de ses mains sur ses cuisses.

Il se souleva pour ôter son T-shirt. La vue de son corps parfait la fit frissonner. Puis il déboutonna son jean et le fit coulisser le long de ses jambes. Son désir pour elle était on ne peut plus manifeste.

Se sentant prise au piège, Sophie posa une main sur sa bouche. Elle était allée trop loin. Comment avait-elle pu laisser le contrôle de la situation lui échapper ?

Lorsqu'il s'attaqua aux boutons de son chemisier, elle lui saisit les poignets.

— S'il te plaît, Sean.

— Tu veux que j'arrête ? murmura-t-il tout en l'embrassant de-ci de-là.

Elle ne sut que lui répondre. Elle gisait là, attendant

l'inévitable. Dans l'ordre, il y aurait le plaisir, la culpabilité, puis la solitude.

Il écarta enfin les pans de son chemisier et, faisant sauter l'attache frontale de son soutien-gorge, prit ses seins en coupe dans ses mains avant de les goûter un à un.

— Oh ! je t'en prie, fit-elle dans un soupir de délice.

Elle n'arrivait plus à penser. Sa dernière résistance avait cédé sous la délicieuse pression de ses lèvres sur ses mamelons érigés.

Lorsqu'il dégrafa l'attache de sa jupe, elle tenta vainement de l'arrêter.

Il lui prit la main et la plaça sur ses abdominaux, puis déposa un baiser sur le bout de son nez.

— Tu es bien ?

A sa grande surprise, elle acquiesça.

Un sourire naquit sur le visage de Sean.

— Tu as l'air effrayé.

Elle le saisit par les épaules.

— Je le suis, plus que…

Il la fit taire d'un baiser passionné. Il continua de l'embrasser tandis qu'il la débarrassait de sa jupe pour caresser sa peau à travers la fine trame de ses bas.

Puis il se releva afin de lui ôter son chemisier.

Le cœur battant à tout rompre, Sophie baissa la tête et ferma les yeux. Jamais elle n'avait vécu pareille expérience. Habituellement, elle se déshabillait à la hâte et c'était fait.

Mais les mains de Sean, ses lèvres, étaient envoûtantes.

Elle prit une grande inspiration et attendit.

Il fit passer son chemisier par-dessus sa tête et se pencha pour lui embrasser l'épaule.

Elle eut un petit mouvement de répulsion.

Il se figea.

Elle voulut se couvrir de son chemisier, mais il l'en empêcha.

Il la prit dans ses bras et l'installa dos à lui, entre ses cuisses écartées. Elle sentit son sexe presser contre ses reins.

Elle rentra les épaules et se prit le visage dans ses mains.

Ils observèrent un long silence, entrecoupé par la respiration haletante et les sanglots de Sophie.

Elle sentit alors ses mains chaudes se poser sur son dos. Du bout des doigts, il traça le contour des cicatrices présentes autour de ses omoplates. Elle se contracta.

— Tu n'as pas à avoir peur de moi, chuchota-t-il d'une voix mal assurée.

— Je suis désolée.

— Tu es désolée ? Pour quelle raison ?

Le son de sa voix était métallique, dure, et traduisait son émotion.

— Qui t'a fait cela ?

— Ma mère adoptive était… sévère, avoua-t-elle d'une petite voix.

Sean sursauta.

— Sévère ? répéta-t-il, comme pour lui-même.

Sophie fit un petit mouvement pour s'écarter. Le moment était venu ; il allait tenter de masquer son dégoût.

— Elle n'était pas sévère, gronda-t-il. C'était un monstre !

Il posa délicatement les lèvres sur l'une des cicatrices, celle résultant d'un coup de ceinturon il y avait des années de cela.

— Allonge-toi.

Il la fit se coucher sur le ventre.

— Oh ! non. S'il te plaît.

Elle était terrorisée.

— Nous n'aurions pas dû en arriver là. Je t'en prie, laisse-moi m'en aller.

Sean embrassa chacune de ses cicatrices tandis qu'elle versait des larmes de désespoir. Ces cicatrices remontaient à un passé plus lointain encore qu'il ne l'avait supposé. Elle avait subi ces mauvais traitements alors qu'elle n'était qu'une enfant.

Pas étonnant qu'elle ait été si émue en découvrant Michaela et qu'elle ait demandé si Rosita était *sévère*.

La colère s'empara de lui alors qu'il imaginait les sévices qu'on lui avait infligés. Cela atténua son désir, calma ses ardeurs. Il serra les poings de rage.

S'exhortant au calme, il fit glisser ses mains dans le creux de ses reins, où d'autres cicatrices saillaient, puis, retenant son souffle, il roula ses bas noirs le long de ses jambes.

D'autres cicatrices. Sur l'arrière de ses cuisses.

Il les parcourut du bout des doigts. Certaines avaient presque disparu avec le temps. Mais, dans son ensemble, ce corps recelait une telle somme de peurs et de douleurs qu'il ne put contenir un frisson.

Il la fit se retourner doucement et elle posa ses paumes contre son torse, ses pansements lui grattant la peau. Elle lui adressa un regard dans lequel se lisaient la crainte, la honte et le désir, aussi.

Sean tenta de se composer une expression bienveillante, même s'il savait que la colère et l'horreur se lisaient sur son visage. Sophie ne devait pas croire que ces sentiments étaient dirigés contre elle.

— Pourquoi personne n'a-t-il tenté d'arrêter cette horrible femme ?

— C'est la vie.

— Personne n'a le droit de…

— Cela n'a pas d'importance, trancha-t-elle.

Il était néanmoins convaincu du contraire.

L'invitant à se nicher dans ses bras, il l'embrassa en y mettant toute sa tendresse. Son visage était baigné de larmes. Il se sentit enfin récompensé lorsqu'elle leva la tête pour lui retourner son baiser pour la première fois.

— Tu es magnifique, lui murmura-t-il en glissant la main entre ses jambes.

Il se mit à la caresser doucement afin qu'elle ressente le même degré d'excitation que lui.

— Non, laissa-t-elle échapper tandis qu'il explorait son intimité. Je ne suis pas jolie.

Elle lui résistait toujours, bien que son corps lui indiquât qu'elle était prête à s'offrir à lui.

Elle avait profondément souffert. Il se doutait bien que quelque chose de terrible lui était arrivé. Aussi ignoble qu'avait été sa mère adoptive, Sean redoutait que ce ne soit pas le pire épisode de sa vie.

Il lutina ses seins tout en poursuivant ses caresses. Puis il pressa son membre érigé contre son ventre et se lança dans un lent va-et-vient, s'imposant un véritable supplice tant son excitation était déjà à son paroxysme.

Enfin, elle entrouvrit les jambes en le gratifiant d'un regard dans lequel scintillaient les braises du désir.

Avec précaution, il entra en elle, sans quitter son regard. Elle était brûlante, tendue comme la corde d'un arc. La peur se lisait encore sur son visage.

Tandis qu'il allait plus profond, progressivement, elle ouvrit grand les yeux et entrouvrit les lèvres. Elle lui passa les bras autour du cou et se colla contre lui.

— Sean…

— Chhhut. Suis le mouvement de mes hanches.

Il allait et venait lentement, savourant l'exquise torture de se retenir alors qu'elle l'encourageait sans le vouloir par ses halètements.

Elle ferma les yeux et émit un petit râle venant du fond de sa gorge.

— On y est, Sophie. Encore quelques instants…

Il sentit un poids lui écraser le torse lorsqu'elle darda son regard dans le sien et se cabra, renversant la tête en arrière, avant de pousser un long gémissement.

Ne pouvant plus se retenir, il s'élança à sa suite dans la spirale du plaisir, priant que ce ne soit pas trop tôt, espérant ne pas l'avoir effrayée. Mais elle s'accrocha à lui, l'enserrant de ses jambes, et leurs corps ne firent qu'un tandis qu'ils se rejoignaient dans l'extase.

Il reposa la tête sur son épaule et eut un long soupir de plaisir. Elle passa amoureusement les doigts dans ses cheveux.

Elle lui dit quelque chose, si doucement qu'il ne put l'entendre. Au bout d'un moment, il releva la tête et plongea son regard dans ses grands yeux bleus. Ses lèvres étaient humides et pleines et son corps, pour la première fois, détendu.

Il roula sur le dos, l'entraînant dans le refuge de ses bras.

Sean tendit le bras vers sa table de nuit alors que son portable sonnait de plus en plus fort.

Il ne s'y trouvait pas.

Il s'assit dans son lit et consulta son réveil. 5 heures passées de dix minutes. Où pouvait bien se trouver ce maudit téléphone ?

Avisant son jean sur le sol, il l'attira à lui. Le portable était dans une de ses poches.

Kenner, le garde de Johnson, tentait de le joindre.

— Monsieur Majors ?

Kenner semblait hystérique ; des voix fusaient autour de lui. Les sens de Sean se mirent en alerte, chassant soudain la brume de son demi-sommeil.

— Qu'est-ce qui se passe ?

— Monsieur, il est arrivé quelque chose à Johnson.

— Comment ? Kenner !

— Je me suis juste absenté pour aller aux toilettes. Deux minutes, pas plus. Je le jure. Les médecins sont autour de lui. Ils font tout pour le ranimer.

Sean jura.

— Ne perdez pas Johnson de vue. J'arrive tout de suite.

Il jeta le portable sur la table de nuit et sauta du lit.

— Qu'y a-t-il ?

Il se figea.

Bon sang. Sophie.

Il passa son jean et le boutonna aussi vite qu'il le put.

Elle se tenait assise dans son lit, le drap remonté sur la poitrine. Ses cheveux blonds décoiffés encadraient son visage, lui donnant un air angélique. Son regard étincelait. Etait-ce de l'excitation ? La perspective du danger ? Sean se souvint avec dégoût de la curiosité macabre de Cindy pour les détails les plus scabreux de ses enquêtes.

— Rien. Lève-toi. Je dois filer.

Sophie écarquilla les yeux et se mit à trembler. Le drap glissa légèrement et découvrit l'auréole carmin d'un sein.

Un brusque désir le traversa, tel un arc électrique, et il contracta la mâchoire.

Décidément, elle le déconcentrait.

Il alla à la penderie et se choisit un sweat-shirt qu'il enfila prestement.

— J'ai dit : debout. Quelque chose est arrivé à Craig Johnson.

Elle l'avait distrait de sa mission, et il le regrettait amèrement. C'était couru d'avance. Il aurait dû retourner à l'hôpital, hier soir, au lieu de passer la soirée avec elle.

— Dépêche-toi avant que ma fille se réveille.

Une ombre passa dans son regard. Elle battit des paupières et se détourna pour récupérer ses vêtements.

Tandis qu'elle lui tournait le dos, il promena le regard sur ses cicatrices et un élan de compassion le saisit. Il l'ignora. Il n'y avait pas de temps à perdre. Johnson était peut-être déjà mort.

— Je t'accompagne à l'hôpital.

— Pas question. Tu vas retourner à tes faire-part et me laisser en paix.

Il attrapa son portable et ses clés et se rua vers la porte de la chambre.

Il tomba nez à nez avec Rosita. Ses yeux noirs allèrent de son visage au lit derrière lui, puis firent le trajet inverse.

— Ne commencez pas, Rosita. Je suis pressé, ce matin. Ecartez-vous de mon chemin.

En la dépassant, il ne put s'empêcher de jeter un regard derrière lui. Sophie, assise au milieu de son lit, semblait recroquevillée sur elle-même, déroutée, comme s'il l'avait battue.

Son cœur se vrilla dans sa poitrine et serra les dents.

Peu lui importait qu'il l'ait déçue.

Il ne devait pas lui accorder d'attention. Il ne pouvait se le permettre.

Alors qu'il se laissait aller au plaisir avec cette femme, quelqu'un s'en était pris à Johnson. Sean lui avait promis de veiller à sa sécurité, et il avait trahi sa promesse.

Sophie sentait le regard de Rosita sur elle tandis qu'elle s'habillait. Rouge de honte, elle s'escrimait à garder le dos face au mur afin de dissimuler ses cicatrices. Elle n'avait aucune envie de les exhiber devant la gouvernante ; celle-ci avait déjà une piètre image d'elle.

Lorsqu'elle fut fin prête, ayant enfilé ses éternels bas noirs, elle osa croiser son regard. Rosita l'avait observée, immobile, les bras croisés, debout dans l'encadrement de la porte, telle une sentinelle.

— Je suis sincèrement désolée, murmura Sophie. Je m'en vais. S'il vous plaît, n'allez pas penser que…

Rosita leva la main de façon autoritaire.

— Je ne vous connais pas, et donc, je ne vous jugerai pas.

Elle pointa le doigt sur elle.

— Mais, si jamais vous faites souffrir Sean, c'est à moi que vous aurez affaire.

Sophie lui sourit.

— Il a de la chance de vous avoir, dit-elle en espagnol.

Rosita leva les sourcils, abasourdie.

Sophie chaussa ses sandales, puis passa devant Rosita pour gagner la cuisine où son sac à main et ses clés de voiture l'attendaient, sur la table.

— Je n'avais pas l'intention de…, voulut-elle poursuivre.

Mais l'expression de Rosita la dissuada de s'expliquer. La gouvernante, les poings sur les hanches, dardait sur elle un regard noir.

Sophie redoutait que le mutisme de Rosita se transforme en une terrible colère. Elle fit halte alors qu'elle avait la main sur la poignée de la porte.

— Je sais que vous aimez beaucoup Michaela. S'il vous plaît, soyez gentille avec elle. Protégez-la. Et veillez sur Sean.

Elle referma la porte avec précipitation.

Sur le chemin de l'hôpital, elle appela Rachel. Egale à elle-même, la responsable de Miami Confidentiel était déjà opérationnelle et répondit dès la première sonnerie.

— Brennan.

Sa nuit avait dû être courte, mais rien dans le timbre de sa voix ne le trahissait.

— Rachel, c'est Sophie. Craig Johnson a été victime d'une nouvelle tentative d'assassinat. Je suis en route pour l'hôpital.

— Des détails ?

— Je n'en sais pas plus.

Sophie rechigna à lui faire cet aveu. Elle prit la sortie de l'autoroute menant à l'hôpital et poursuivit :

— Sean Majors a reçu un appel du garde du corps de Johnson.

— Majors vous a appelée ? s'étonna Rachel.

Les mains de Sophie se crispèrent sur le volant. Elle voulut répondre, mais aucun son ne sortit de sa bouche.

— Mmm, je vois. Je vais prévenir Rafe. Puis j'appellerai le médecin de Craig. Que sait Majors de Miami Confidentiel ?

C'était là un point important. Crucial.

— Rien du tout, répondit Sophie. Mais… il a des soupçons. Il a vu que je tentais par réflexe d'attraper mon arme pendant l'incident d'hier.

— Que lui as-tu dit ?

— Que j'ai grandi à New York et que j'y ai appris à me défendre. Il n'a pas eu l'air très convaincu.

— Sophie, quelles sont exactement vos relations ?

Sophie se gara sur le parking de l'hôpital et coupa le contact.

— Il n'y a rien, rien du tout. Il me considère comme une idiote excitée par le danger.

— Mais il sait désormais que tu es habituée à porter une arme.

La voix de sa patronne était teintée d'une évidente désapprobation. Sophie attendit, retenant son souffle.

— Sophie, je sais que ce n'est pas le moment, mais je dois t'avertir.

— Oui ?

Sophie sentit les battements de son cœur s'accélérer. Elle avait bâti sa nouvelle vie autour de Miami Confidentiel et ses collègues semblaient toutes l'apprécier. Il ne fallait pas qu'elle perde ce poste à cause d'une aventure.

Rafe se faisait du souci pour elle. Isabelle et Julia, ainsi que les autres femmes, aimaient la taquiner à propos de ses tenues vestimentaires. Personne ne l'avait jamais taquinée auparavant.

Si elle perdait son emploi au sein de Miami Confidentiel, que ferait-elle ? Que savait-elle faire d'autre ?

— Je suis bien informée sur ton passé, tu sais.

Sophie eut un petit haut-le-cœur ; elle s'attendait à recevoir une leçon sur la nécessaire séparation entre vie privée et professionnelle. Rachel ne s'était jamais permis de faire le moindre commentaire sur sa vie privée, pas même lorsqu'elle l'avait reçue en entretien d'embauche. Elle avait été impressionnée par ses états de service au sein de la CIA.

— Je sais aussi que tu n'as pas eu de relation suivie depuis que tu es arrivée à Miami.

— Comment ?

Sophie esquissa un sourire en imaginant Rachel devant sa batterie d'écrans vidéo, occupée à espionner chacun des membres de son équipe.

— Je ne vois pas ce que cela…

— Sophie, je veux seulement te donner un bon conseil. Un conseil… personnel.

Sophie se tut et ferma les yeux. Pour la seconde fois en moins de vingt-quatre heures, elle était mise à nu. Après toutes ces années passées à tenter de se cacher derrière ses tenues sophistiquées et son comportement faussement cool, elle se retrouvait subitement faible et exposée. Sans défense.

— Le mariage de Sean Majors a mal tourné. Sa femme prenait de la drogue. Elle est toujours dedans. Elle est bien connue de tout Miami pour ses frasques et ses sautes d'humeur. Elle a abandonné son enfant, Sophie.

Chacun de ces mots atteignirent Sophie en plein cœur. Pas étonnant que Sean ait manifesté de l'animosité à son égard quand elle lui avait dit que le danger l'excitait. Comment aurait-il réagi si elle lui avait raconté l'histoire de sa vie ? Une chose était certaine : il ne la laisserait plus jamais approcher de sa fille. Non, plus jamais.

— Je pense que c'est un homme aigri, refermé sur lui-même. Il ne vit que pour sa fille. Prends garde, Sophie. Il n'est probablement pas… l'homme qu'il te faut.

Sophie se passa la main dans les cheveux. Rachel semblait sincèrement inquiète.

— Rassure-toi, Rachel. Je ne me fais aucune illusion.

Sophie revoyait le ravissant visage de Michaela, le sourire

éclatant de bonheur de Sean lorsqu'il avait pris sa fille dans ses bras.

— Je suis arrivée à l'hôpital, dit Sophie pour changer de sujet.

— Très bien, répondit Rachel sur un ton professionnel. Tiens-moi informée.

— Rachel ? Merci.

Aucune réponse ne lui parvint : Rachel avait déjà raccroché.

Tandis qu'elle pénétrait dans l'hôpital et se dirigeait vers le bloc des ascenseurs, Sophie tâcha de se concentrer sur sa mission.

Mais elle ne parvint pas à chasser de son esprit les paroles de Rachel.

« Sa femme prenait de la drogue. Elle a abandonné son enfant. »

Ses jambes se mirent à trembler si fort qu'elle dut s'appuyer contre la paroi de l'ascenseur. Pourquoi avait-elle accepté de monter chez lui ? Pourquoi n'était-elle pas tout simplement rentrée chez elle ?

D'un autre côté, si elle avait agi de la sorte, elle aurait manqué la nuit la plus merveilleuse de son existence. Elle n'aurait pas non plus rencontré sa délicieuse petite fille, ni aperçu le magnifique sourire qu'il lui réservait. Elle n'aurait pas découvert qu'un tel amour existait.

A présent, elle en était pleinement consciente. Elle avait aussi appris combien Sean pouvait être tendre et aimant, déterminé et courageux.

Les paroles de Rachel résonnèrent de nouveau dans sa tête.

« Il n'est probablement pas l'homme qu'il te faut. »

Elle eut un petit rire. Elle n'avait pas besoin de Rachel pour savoir que Sean Majors était hors de sa portée. Cela, elle le savait depuis le commencement.

Non, un homme tel que Sean n'était certainement pas le bon choix. C'était un homme bon et juste, un homme attaché à sa famille. Il était entouré de gens qui l'aimaient ; elle pouvait tenter de se joindre à eux, mais en aucun cas les supplanter.

Au quatrième étage, les portes de l'ascenseur s'ouvrirent sur un véritable chaos.

Trois jeunes hommes aux yeux tirés de fatigue, vêtus de blouses blanches sur lesquelles des badges d'externes étaient épinglés, pénétrèrent dans l'ascenseur comme elle en sortait. Une infirmière poussant devant elle un défibrillateur passa en courant devant ses yeux.

Le couloir était en pleine effervescence. Le personnel médical allait et venait en tous sens, hommes et femmes échangeant quelques mots, sans s'arrêter, quand ils se croisaient.

Ici, un infirmier aidait un vieil homme à regagner sa chambre. Là, deux patientes discutaient sur le pas de leur porte, leur poche à perfusion suspendue à un portique à roulettes.

Soudain, un visage familier.

Sean s'entretenait avec un médecin, à l'extrémité du couloir. Deux aides-soignants passèrent devant eux avec un brancard recouvert d'un drap. Sean se passa la main dans la nuque en écoutant les propos du médecin.

Sophie sentit ses craintes se matérialiser ; le drap recouvrant le brancard ne laissait aucun doute.

Craig Johnson était mort.

6

Ainsi, le chauffeur et garde du corps de Sonya Botero, l'homme que tout le monde suspectait de feindre un traumatisme crânien pour ne pas avoir à répondre de ses actes, venait de mourir.

Sophie sentit une boule se former dans sa gorge. Il était si jeune ! Vingt-quatre, vingt-cinq ans à peine…

La dépouille de Johnson disparut dans l'ascenseur. Depuis l'autre extrémité du couloir, Sophie pouvait voir la tension nichée dans les épaules de Sean, les muscles contractés de sa mâchoire. Elle vit aussi qu'il était triste. Elle savait qu'il se blâmait de ce tragique incident, et il devait la blâmer, elle aussi.

Lorsque Sean, suivi du médecin, entra à son tour dans l'ascenseur, Sophie se mit à observer les gens déambulant dans le couloir. L'endroit se vidait peu à peu, à présent que le spectacle était terminé. Les patients regagnaient leur chambre et le personnel médical détaché sur le cas de Johnson avait repris ses occupations.

Sophie prit le dossier d'un patient sur le comptoir des infirmières et le plaqua contre sa poitrine afin de dissimuler son petit sac à main. Elle approcha d'un médecin, vêtu d'une combinaison bleue, qui se tenait près de la salle des infirmières. Il portait une charlotte et un masque en papier bleu masquait les traits de son visage.

— C'est la chambre du jeune homme ? demanda-t-elle.

Le médecin la dévisagea ; il ne l'avait pas vue approcher. Il approuva d'un signe de la tête et croisa les bras.

Sophie fit mine de consulter son dossier.

— Arrêt cardiaque, c'est cela ?

Le médecin haussa les épaules et fit quelques pas pour s'éloigner d'elle. Ce faisant, il jeta un regard dans la chambre de Johnson où un homme de ménage s'activait déjà.

Sophie s'arrêta sur le seuil d'une salle où une infirmière rangeait le chariot des soins intensifs. Un homme d'une trentaine d'années se tenait près d'elle et lui parlait.

— Il était sous ma responsabilité, se lamentait l'homme. Pauvre gosse. Majors va me passer un savon.

L'infirmière leva la tête et lui sourit.

— Ce sont des choses qui arrivent. Je ne saurais vous dire le nombre de fois où un parent resté des heures auprès d'un patient manque ses derniers instants pour s'être éclipsé quelques minutes seulement afin d'aller se chercher un café. C'est la vie.

— Non, dit l'homme, pas quand il s'agit d'un employé de Carlos Botero. Pas lorsque Sean Majors est votre patron. M. Majors m'avait ordonné de veiller sur lui. Je ne me suis absenté que deux minutes. Vous dites qu'il est mort d'un arrêt cardiaque ?

— Oui. J'étais occupée avec un autre patient quand j'ai entendu son monitoring se mettre à sonner. Arrêt cardiaque.

— Mais ce n'était qu'un jeune homme.

— Il avait déjà eu une complication quelques jours plus tôt.

— Oui, on a tenté de lui injecter un produit dans le cœur. C'est à partir de ce moment que M. Majors m'a détaché à sa sécurité.

— C'est arrivé avant que je sois affectée à ce service. J'ai lu le compte rendu dans son dossier, mais n'y ai rien vu de particulier. Il était considéré comme un VIP.

Sophie s'avança doucement dans la pièce pour mieux les entendre.

— VIP ? fit l'homme.

— Very Important Patient. Son dossier est confidentiel, consultable uniquement par les huiles et l'infirmière en chef, pas par nous autres, simples mortels, plaisanta l'infirmière. Mais j'ai entendu dire que…

Elle se tut brusquement en remarquant la présence de Sophie. Le garde du corps se tourna vers elle.

— Je peux vous être utile, madame ?

Sophie lui sourit.

— Je cherche la chambre de mon cousin. Il a été admis au service orthopédique.

L'infirmière détailla Sophie par-dessus la monture de ses lunettes.

— Deuxième étage, répondit-elle. Les visites ne débutent qu'à 8 heures.

— C'est l'heure à laquelle je serai au travail. Il m'a demandé de lui apporter des affaires.

— Deuxième étage.

Sophie la remercia et se dirigea vers le bloc des ascenseurs. Elle appela une cabine et s'appuya contre le mur, dans un recoin, pour se dérober aux regards de l'infirmière et du garde du corps.

Ils ne prononcèrent pas une parole jusqu'à ce que la sonnerie annonçant l'arrivée de l'ascenseur retentisse. Sophie ne fit pas un mouvement, attendant que les portes s'ouvrent et se referment.

— J'ai entendu dire que quelqu'un a tenté de le tuer en lui injectant une dose massive de potassium, reprit l'infirmière en chuchotant. C'est la raison pour laquelle il a sombré dans le coma.

— Vous pensez que c'est ce qui s'est passé aujourd'hui ? s'enquit le garde.

— Le potassium peut provoquer un arrêt cardiaque comme ça, dit-elle en claquant des doigts.

Le garde impressionné émit un sifflement.

— Qui peut avoir fait une chose pareille ? Vous n'avez vu personne de suspect ? Je ne me suis absenté que *deux* minutes, bon sang !

— Vous savez, on manque d'effectif, la nuit. J'ai pour ma part la responsabilité de dix-sept patients. Les médecins n'en font qu'à leur tête et ne se gênent pas pour me déranger pendant ma distribution de médicaments. Tenez, un médecin m'a demandé ce matin un dossier qui se trouvait juste sous son nez. L'homme de ménage était aussi en retard, hier soir. Habituellement, il commence son service à 3 heures du matin.

— L'homme de ménage ? Est-ce le type qui lavait le sol dans la chambre de Johnson il y a de cela quelques minutes ?

— Je n'en sais rien, je ne fréquente pas le personnel de ce service.

L'ascenseur s'arrêta de nouveau à l'étage et, cette fois, Sophie s'y engouffra avec un soupir de contrariété. Alors que les portes se refermaient, quelqu'un les fit se rouvrir.

Il s'agissait du médecin avec lequel elle avait tenté de lier conversation. Il entra dans la cabine et se tint à côté d'elle.

Sophie sentit qu'il la regardait. Elle se tourna légèrement pour le regarder à son tour. Ses sourcils étaient froncés ; allait-il lui demander la raison de sa présence à cet étage ?

Elle déglutit et reporta son attention sur l'indicateur de niveau. Le regard de l'homme pesait sur elle. Elle devint rapidement nerveuse. Elle ne pensait pas que les médecins aient l'habitude de se déplacer dans l'hôpital avec leur masque. Elle fit un pas en arrière et observa ses avant-bras parsemés de poils noirs et touffus.

Ses ongles étaient noirs de crasse.

Lorsqu'elle sortit de l'ascenseur, il lui emboîta le pas, se tenant juste derrière elle. Une femme passa en trombe devant eux, et Sophie s'arrêta pour l'éviter ; l'homme lui rentra dedans.

Il émit un grognement et la repoussa sans ménagement pour poursuivre sa route. Il faillit bousculer un vieil homme qui se déplaçait à l'aide d'une canne.

— Qu'est-ce qui lui prend ? fit le vieil homme. Tout va bien, madame ?

Sophie opina et suivit l'homme.

Il avait presque parcouru la longueur du couloir et il hâtait le pas. Les visiteurs et le personnel médical s'écartaient sur son passage ; il était médecin. Des vies étaient en jeu.

Parvenu au bout du couloir, il appuya sur un gros interrupteur rouge au-dessus duquel était inscrit « réservé au personnel médical autorisé » et se faufila par la porte automatique dès qu'elle s'ouvrit.

Le temps que Sophie le rejoigne et tente de l'imiter, un infirmier s'était matérialisé derrière elle.

— C'est un espace réservé, madame.

— Oh ! Je ne vous avais pas vu. Je dois parler à ce médecin.

Il fronça les sourcils.

— Quel médecin ?

— Celui en combinaison bleue, avec un masque. Il vient juste de franchir cette porte.

— Désolé. Vous n'avez pas accès à ce service.

Regardant alors à travers les hublots de la porte, elle ne vit qu'un couloir sombre.

— Qu'est-ce qu'il y a derrière cette porte ?

L'infirmier croisa les bras.

— Veuillez vous adresser à l'accueil. Ils vous mettront en relation avec ce médecin.

— Mais je ne connais pas son nom. Vous ne l'avez pas vu entrer ?

Montant sur la pointe des pieds, Sophie tenta de nouveau de regarder à travers les hublots.

— C'est très important. Il faut que je sache où mène ce couloir.

L'infirmier la prit doucement par le bras.

— Ne me forcez pas à prévenir la sécurité, madame.

— Mais…

Il la toisa.

— Très bien, *Jimmy*, dit-elle en lisant son nom sur son badge.

Elle le dévisagea, comme pour mémoriser son visage.

Jimmy ne parut pas impressionné.

Elle décida de laisser tomber et rebroussa chemin.

Elle récapitula ce qu'elle avait vu. Le médecin au masque devait mesurer un mètre soixante quinze, car elle le dépassait de quelques centimètres. D'origine hispanique, il avait les yeux rapprochés et une abondante chevelure noire que sa charlotte ne parvenait à masquer totalement. Il possédait une cicatrice à l'arcade gauche.

L'homme qui avait tenté d'agresser Samantha, une semaine auparavant, alors qu'elle sortait de la chambre de Johnson, était également vêtu d'une combinaison bleue et portait un masque lui couvrant le visage. Cependant, Samantha était sûre qu'il ne s'agissait pas d'un médecin. Elle avait remarqué, elle aussi, que ses ongles étaient noirs de crasse.

Sophie regarda son épaule, là où le prétendu médecin l'avait empoignée en sortant précipitamment de l'ascenseur. Elle y vit une tâche sombre.

Avec un peu de chance, elle portait sur elle l'empreinte du tueur.

L'homme traversa le service des urgences d'un pas rapide et sortit par le parking. Se débarrassant de sa tenue de médecin pour la jeter dans une poubelle, il se dépêcha de contourner le bâtiment et vint se poster devant l'entrée principale, feignant de se détendre en fumant une cigarette.

Les gens venant rendre visite aux patients le dépassaient sans lui prêter attention. La tête baissée, il observait le hall d'entrée à la dérobée.

Il la vit alors : la grande femme blonde qui l'avait pourchassé. Elle sortit et inspecta les alentours du regard. Elle le cherchait toujours.

Il ravala un petit rire. A présent que sa mission était accomplie, il ressentait la satisfaction du travail bien fait. Il avait passé la nuit entière à attendre le moment propice pour régler son compte au chauffeur.

La patience et la prudence étaient ses principales qualités. Il ne s'impatientait jamais, et c'est ce qui le rendait aussi performant dans son travail.

Il observa la femme comme elle le cherchait du regard, affichant une indéniable expression de frustration. Il la reconnaîtrait sans hésitation la prochaine fois qu'il la verrait. Dans quelques instants, il saurait quelle était sa voiture.

Avec ses longues jambes et ses cheveux d'un blond doré, elle était magnifique. Jusqu'où était-elle impliquée dans cette affaire ? Et, surtout, pourquoi l'avait-elle suivi ? Qu'avait-elle vu ? Que savait-elle ?

Etait-ce parce qu'il l'avait regardée avec un peu trop d'insistance dans l'ascenseur ? Non. Une femme dans son genre ne prêtait aucune attention à un homme comme lui. Elle avait dû voir, deviner quelque chose.

Elle traversa le parking. Il fit quelques pas pour la garder dans son champ de vision et la vit s'installer dans un coupé BMW. Ce faisant, sa jupe remonta et lui dévoila la peau blanche et lisse de ses cuisses.

L'espace d'un instant, il l'imagina à sa merci, ses grands yeux bleus brillant de peur et le suppliant. Cette vision le fit saliver et il sentit son entre-jambe réagir brusquement.

Il tira son portable de sa poche et composa un numéro.

— C'est Fuentes. Une femme m'a repéré.

Il communiqua à son interlocuteur le numéro de la plaque minéralogique.

La blonde démarra et sortit du parking, le dépassant sans le reconnaître.

— Non, je n'en sais rien, reprit Fuentes. Vous avez le bras long : utilisez vos relations !

Il raccrocha en jurant et revint dans l'hôpital par l'entrée des urgences. Il lui restait une heure à tirer avant de pouvoir quitter son service.

Ensuite, il s'emploierait à découvrir qui était cette jeune femme, et là où elle demeurait. Il prendrait beaucoup de plaisir à s'occuper d'elle.

Après avoir pris une douche brûlante et s'être changée, Sophie rangea soigneusement son chemisier dans un sachet en plastique et se rendit à Mariage pour la Vie. A son grand dam, elle avait rendez-vous à 10 heures avec une jeune femme pour organiser sa cérémonie de mariage.

Lorsqu'elle était entrée dans son appartement, elle s'était aussitôt immobilisée et son sang s'était glacé. Son havre de paix, son intimité avait été bousculée. Elle ressentait la présence de Sean. Il avait touché ses livres, ses DVD, avait fait un brin de toilette dans sa salle de bains.

Pénétrant dans sa chambre, elle remarqua que le dossier Botero sur sa table de nuit avait été déplacé et sut que Sean l'avait parcouru.

Elle avait commis trop d'erreurs durant les dernières vingt-quatre heures. Outrepassant les règles qu'elle s'était fixées, elle avait sacrifié une part trop importante de sa vie privée.

Et pour quel résultat ? Une brève relation charnelle avec un homme ? La sensation éphémère que quelqu'un se souciait de sa sécurité ? Un avant-goût d'une vie de famille qui ne serait jamais la sienne ?

Tandis que, sous un soleil de plomb, elle roulait à tombeau ouvert sur l'autoroute, une pensée effroyable lui vint. Elle regarda le dossier Botero sur le siège passager et imagina Sean, près de son lit, prenant connaissance de son contenu.

L'avait-il séduite afin de glaner des informations ? Elle ressentit une soudaine honte. Si tel était son dessein, il avait pris bien des risques en la ramenant chez lui. Son comportement démontrait qu'il ne voulait pas de sa présence dans sa vie, qu'il rechignait à lui présenter sa fille.

Pouvait-il s'être senti submergé par leur attirance réciproque, tout comme elle l'avait été ? Elle se remémora son corps puissant plaqué contre le sien, ses lèvres effleurant chaque cicatrice de son dos et de ses jambes.

« Arrête cela tout de suite ! »

Peu importaient les raisons de son comportement. Tout était fini entre eux. Ce matin, il l'avait purement et simplement virée de chez lui.

Il lui fallait à présent se concentrer sur l'affaire. Elle devait informer Rafe au plus vite au sujet de l'homme au masque et de son empreinte sur son chemisier. Elle jeta un regard sur la montre du tableau de bord et composa son numéro sur son portable.

— Montoya, dit-il d'une voix âpre en décrochant.

— Rafe, c'est Sophie.

— Tout va bien ?

— Oui, bien sûr. Je voulais juste…

— Je te rappelle.

— Mais…

— On est sur le rapport d'autopsie de Johnson. Tu es au bureau ?

— En route.

Rafe raccrocha.

Sophie poussa un long soupir. Le rapport d'autopsie était un élément capital. Ils allaient bientôt avoir la preuve que Johnson avait été assassiné. Les informations qu'elle s'apprêtait à lui communiquer passaient au second plan.

Elle changea de file, se préparant à sortir de l'autoroute. Tandis qu'elle manœuvrait, un véhicule noir vint se mettre à sa hauteur, approchant dangereusement.

— Qu'est-ce que vous fichez ? cria-t-elle en se dégageant vers la rambarde, tout en ralentissant.

La voiture noire approchait toujours. Leurs carrosseries entrèrent en contact dans un crissement de métal.

Paniquée, Sophie regarda dans son rétroviseur. Une file de véhicules la suivait de près.

N'osant pas regarder le véhicule la serrant sur sa gauche, elle freina, et sentit le flanc droit de sa voiture toucher la rambarde.

Des coups de Klaxon retentirent derrière elle et des pneus crissèrent. La voiture noire accéléra et lui fit une queue de poisson.

Agrippant le volant avec l'énergie du désespoir, Sophie écrasa la pédale de frein, s'attendant à être percutée par les véhicules la suivant.

Soudain, la berline noire fit une embardée et bifurqua, rejoignant le trafic sur la voie principale en coupant la route à un camping-car qui l'évita de justesse.

Sophie lutta pour conserver le contrôle de son coupé sport et finit par parvenir à se ranger sur la bande d'arrêt d'urgence.

Elle resta un moment là, comme pétrifiée, en proie à de violents tremblements. Ses larmes se mirent à couler tandis qu'elle prenait pleinement conscience de la catastrophe à laquelle elle venait, par miracle, d'échapper.

Les mains tremblantes, elle tentait de maîtriser sa respiration lorsqu'on vint frapper contre sa vitre.

— Hé ! Tout va bien ?

Un homme dans une combinaison de mécanicien. Sophie jeta un regard dans son rétroviseur et aperçut son pick-up garé dans son prolongement.

Elle hocha la tête et baissa sa vitre.

— Je… — sa voix se fêla — ça va aller.

— Quel crétin, fit l'homme en regardant dans la direction où la berline noire s'était enfuie. Je n'ai pas eu le temps de relever la plaque, mais il s'agit d'une Ford assez récente, avec des vitres teintées. Il faut prévenir la police.

— Non ! s'exclama Sophie. Je vous assure que tout va bien. De toute façon, on ne les retrouvera pas.

Elle se força à lui sourire.

— Vous savez bien comment ça se passe, ajouta-t-elle.

L'homme contourna sa voiture et inspecta la carrosserie.

— Vous avez une méchante rayure, de ce côté.

Il plongea la main dans sa poche et en ressortit une carte de visite qu'il lui tendit.

— Je travaille dans un atelier de carrosserie, et on fait du bon boulot.

Sophie la prit sans même y prêter attention.

— J'imagine que vous n'avez pas pu voir le visage du conducteur ?

L'homme secoua vigoureusement la tête.

— Comme je vous l'ai dit, les vitres étaient teintées. Ça devrait être interdit. Vous êtes sûre que ça va aller ?

Sophie le rassura et le remercia de s'être arrêté pour lui prêter secours.

Elle rappela Rafe, mais ce dernier ne décrocha pas.

Elle reprit le flot de la circulation, les mains tremblantes, l'estomac noué.

— Pourquoi te comportes-tu comme une mauviette ? se demanda-t-elle à haute voix.

Elle regrettait d'avoir abdiqué. Elle aurait dû se lancer à la poursuite de la berline noire.

Mais, d'un autre côté, cela ne lui aurait apporté que des ennuis. Le chauffeur avait failli entrer en collision avec un camping-car en s'enfuyant. Elle ne l'aurait jamais rattrapé.

Quoi qu'il en soit, une chose était sûre : elle était directement visée. Il ne s'agissait en aucun cas d'un accident, d'une erreur de pilotage. Elle regarda le sachet contenant son chemisier. Quelqu'un s'inquiétait de ce dont elle avait été témoin.

Comment était-on remonté jusqu'à elle ?

Soudain, la lumière se fit dans son esprit : elle avait été prise en chasse depuis l'hôpital.

L'assassin surveillait ses faits et gestes, et connaissait sûrement son adresse.

Sean avait passé un long moment en compagnie du médecin chargé de l'autopsie de Craig Johnson avant d'appeler les parents de ce dernier pour leur apprendre son décès, sans toutefois leur annoncer que leur enfant avait été assassiné.

Puis il s'était entretenu avec Kenner et avait entendu un à un les employés de nuit en service à l'étage lorsque le cœur de Johnson avait lâché.

Alors qu'il venait de conclure son dernier interrogatoire, Rachel Brennan et Rafe Montoya firent leur apparition, accompagnés d'un agent de la sécurité de l'hôpital. Rachel était en conversation sur son portable.

Sean avait placé Kenner devant la porte de Johnson avec pour mission de ne laisser entrer personne. Montoya écarta Kenner du revers de la main et ordonna à l'agent de sécurité de condamner la porte.

Sean s'avança vers Montoya, faisant signe à Kenner de s'éclipser.

— Qu'est-ce qui vous prend, Montoya ?

— Majors.

Le responsable de la sécurité de Mariage pour la Vie, qui était vêtu d'un costume de bonne coupe, lança un regard désapprobateur à Sean en détaillant son jean et son pull-over.

Rachel raccrocha son téléphone et les rejoignit.

— Bonjour, monsieur Majors. Je suis sincèrement désolée pour Craig Johnson. S'il vous plaît, veuillez présenter mes condoléances à sa famille.

Sean la regarda en fronçant les sourcils. Il n'était pas dupe de sa prétendue compassion.

— Je suis sûr que cela leur fera chaud au cœur, lui retourna-t-il d'un ton sarcastique avant de reporter son attention sur Montoya.

— Je suppose que c'est Sophie qui vous a prévenus.

Montoya leva la tête d'un air hautain, le regard mauvais.

— Effectivement, Majors. Si j'étais vous…

— Monsieur Majors, intervint Rachel en s'avançant. Il vaudrait peut-être mieux que vous nous laissiez nous occuper des démarches officielles avec l'administration de l'hôpital.

— Il s'agit d'un meurtre, mademoiselle Brennan, pas d'un souci de robe de mariée mal ajustée.

Montoya fut sur le point d'intervenir, mais Rachel l'arrêta en levant un doigt manucuré.

— En fait, rien ne prouve encore que Johnson ait été assassiné. J'aimerais que l'on traite cette affaire avec la plus grande discrétion. Pourquoi ne pas nous retrouver dans le bureau du directeur de l'hôpital dans — elle jeta un coup d'œil à sa montre — dix minutes ?

— De la discrétion ? railla Sean. Bien sûr. C'est là votre principal souci.

Rachel pinça les lèvres.

— Je suis convaincue que vous n'avez pas plus que nous intérêt à ce que les médias aient connaissance de l'affaire. Je pense que M. Botero n'a aucunement besoin d'un stress supplémentaire.

Sean serra les dents. Sans détester totalement Rachel Brennan, il ne la portait pas dans son cœur et se méfiait d'elle. Son exceptionnelle aptitude à gérer les situations les plus complexes le rendait perplexe.

La jeune femme savait exactement ce qu'elle faisait, et elle et son équipe cachaient bien leur jeu. Ne pas parvenir à la cerner l'exaspérait au plus haut point.

Il en était de même pour Sophie.

Sans attendre sa réponse, Rachel lui sourit et se détourna pour gagner le bloc des ascenseurs. Montoya lui emboîta le pas, suivi de l'agent de sécurité.

Sean regarda la porte close avec amertume, en proie à un vif sentiment de frustration.

— On dirait que le débat est clos, n'est-ce pas ? lança Kenner. Ce Johnson était un brave type. Il avait des tas d'anecdotes à raconter sur sa mission en Iraq. Je me demande comment il s'est retrouvé mêlé à ça.

Sean secoua la tête de dépit. Lui aussi pensait que Craig était un type bien, et il s'était toujours fié à son jugement. Johnson était-il parvenu à le berner ?

Deux raisons pouvaient expliquer les risques qu'avait pris l'assassin en venant commettre son crime au beau milieu d'un hôpital. Soit Johnson était un témoin gênant, soit il était mouillé dans l'affaire de l'enlèvement. Vu qu'il avait avoué avoir contracté des dettes de jeu, Sean penchait pour la seconde option.

— Je me souviens de lui quand vous l'avez embauché, reprit Kenner. Je ne voulais pas croire qu'il était majeur tellement il faisait jeunot. A quand cela remonte-t-il ? Trois ans ?

Sean opina. C'était quelques mois après la naissance de Michaela.

Il se mit à repenser à cette époque douloureuse.

Ce qui s'annonçait comme la plus belle période de sa vie avait viré au cauchemar. Cindy s'était vite révélée jalouse du bébé. Elle les avait abandonnés seulement quelques mois après son accouchement.

— Monsieur ?

Sean sortit brusquement de ses pensées.

— Kenner, retournez auprès de Carlos. Préparez-moi un rapport dans lequel vous noterez tout ce dont vous vous souvenez, jusqu'aux plus insignifiants détails.

— Monsieurs Majors, je me sens responsable de…

— Vous n'êtes pas responsable. Il est clair que l'assassin était déterminé et prêt à attendre la meilleure occasion pour agir. Cela se serait produit tôt ou tard. S'il doit y avoir un responsable, c'est plutôt moi. J'aurais dû prévoir un tour de garde avec deux hommes.

Sean lui tapota amicalement l'épaule.

— Vous avez fait du bon boulot, Kenner. Allez rédiger votre rapport. Vos remarques nous éclaireront peut-être sur ce qui s'est réellement passé.

— Bien, monsieur.

Kenner le salua et s'en fut d'un pas lourd vers le bloc

des ascenseurs. Sean reporta son regard vers la porte de la chambre de Johnson en poussant un soupir d'impuissance.

— Oh ! monsieur Majors, fit Kenner en rebroussant chemin, j'ai oublié de vous dire : il y avait une femme au comportement louche qui traînait par ici pendant que vous vous occupiez de la dépouille de Johnson. Au début, j'ai pensé qu'elle était médecin ; elle avait en main un dossier médical. Mais elle ne portait pas de badge, ni de tenue réglementaire.

— Qui était-elle, alors ? Un visiteur ?

Kenner réfléchit quelques instants, puis secoua la tête.

— Non, je ne crois pas. Elle semblait nous espionner.

— Nous ?

— Une infirmière et moi. Pendant qu'on faisait le ménage dans la chambre de Johnson, cette infirmière m'a expliqué comment provoquer un arrêt cardiaque en injectant une dose de potassium en intraveineuse.

Espionner. La curiosité de Sean s'éveilla.

— Que pouvez-vous me dire à propos de cette femme ? A quoi ressemblait-elle ?

— Je dois avouer qu'elle était d'une beauté à couper le souffle. Grande, blonde, avec de ces jambes…

Sean poussa un soupir de contrariété.

— Comment était-elle habillée ?

— Elle portait une petite jupe noire, un chemisier classique. Et des bas noirs, aussi.

Ce ne pouvait être que Sophie. Il n'y avait pas tant de femmes blondes répondant à cette description et portant des bas noirs dans tout Miami. Il se remémora la sensation de ces bas noirs sous ses doigts et fut pris d'un brusque désir.

— Combien de temps est-elle restée dans les parages ?

— Je ne sais pas. Un bon moment. Elle était la dernière à quitter les lieux. Tous les patients avaient regagné leur chambre. Je lui ai proposé mon aide et elle m'a raconté une vague histoire à propos de son cousin.

— Merci, Kenner. N'oubliez pas de mentionner cela dans votre rapport.

— Bien, monsieur.

Sean regarda Kenner s'éloigner en serrant les dents. Bon

sang. Lorsqu'il l'avait laissée ce matin dans sa chambre, il lui avait demandé de ne plus se mêler de ses affaires. Il aurait dû se douter qu'elle le suivrait.

Il ne savait pas exactement quel rôle elle jouait dans cette histoire, mais elle n'était certainement pas la simple graphiste d'une entreprise d'organisation de mariages. Elle était bien trop futée. Elle s'était jouée de lui en le convainquant de la laisser remettre la rançon. Ensuite, elle avait poursuivi son petit jeu jusque dans son lit.

Elle était parvenue à s'immiscer dans sa vie avec une facilité déconcertante. Elle avait joué de ses atouts, et su réveiller en lui ses instincts protecteurs.

Elle s'était donc évertuée à le séduire afin de découvrir ce qu'il savait à propos de l'affaire. La question était : dans quel but ?

Il frappa du poing dans sa main. Peu lui importait de savoir pourquoi elle avait agi ainsi. Elle le détournait de sa mission alors qu'il avait des engagements vis-à-vis de Carlos Botero et, depuis peu, vis-à-vis de Craig Johnson.

Il ne voulait plus entendre parler de Sophie Brooks, ni penser à elle, et encore moins la revoir. Il était hors de question qu'il se laisse aller à éprouver des sentiments pour elle. Il lui fallait garder la tête froide pour retrouver les ravisseurs de Sonya et le meurtrier de Johnson. Dans les plus brefs délais.

Sean se trouvait dans le luxueux bureau du directeur de l'hôpital. Rachel Brennan et Rafe Montoya s'y trouvaient également, ce qui était prévu. La présence du commissaire divisionnaire, en revanche, le prit au dépourvu.

Le directeur lui assura qu'il serait informé des résultats de l'autopsie dès que cette dernière serait pratiquée.

Sean secoua la tête et rit.

— Informé ? Je vous rappelle que c'est l'un de mes hommes qui est mort dans votre service. C'est *mon* affaire, et j'entends bien la suivre de près.

— Je me suis entretenu avec votre employeur, ce matin, monsieur Majors, déclara le commissaire.

— Vous avez parlé à M. Botero ? s'exclama Sean en maîtrisant un accès de colère. Il est très malade. Je suis son responsable de la sécurité et je m'évertue à le tenir au courant de la situation tout en veillant à ne pas le brusquer. Pourquoi n'avez-vous pas fait appel à moi ?

— Je vous assure que le brusquer n'était pas mon intention, monsieur Majors, mais je n'avais pas d'autre solution, vu le contexte délicat de cette affaire.

— Je suis tout à fait conscient du *contexte délicat de cette affaire,* et aussi de sa gravité. On a assassiné Craig Johnson et nous sommes toujours sans nouvelles de la fille de mon employeur. M. Botero m'a expressément demandé de ne pas avertir la police.

Sean parcourut l'assistance du regard.

— Je vois : vous avez tous décidé de me mettre sur la touche. Je découvre aujourd'hui qu'une directrice de société d'organisation de mariages et un flic privé en savent plus que moi sur cette affaire, dit-il d'un ton sarcastique.

— Nous souhaitons que vous coopériez, monsieur Majors, dit Rachel.

Sean la fusilla du regard.

— Je m'en doute. Et moi j'attends des réponses à mes questions, mademoiselle Brennan.

Le commissaire se racla la gorge.

— J'ai bien peur que vous deviez vous contenter de nous faire confiance. L'affaire a une portée internationale qui vous échappe. Il nous faut observer la plus grande discrétion.

Sean se leva d'un bond, faisant grincer sa chaise sur le sol.

— Je suis au courant de la situation au Lareda, et de l'implication de Juan DeLeon. Je n'ai aucun intérêt à semer la discorde. Mais je ne vais pas faire profil bas pour autant. Je dois retrouver au plus vite un assassin et un kidnappeur. Je peux m'acquitter seul de cette tâche si besoin est. Par ailleurs, vous allez rapidement prendre conscience qu'il vaut mieux m'avoir dans son camp que dans le camp adverse.

— Seriez-vous en train de me menacer, monsieur Majors ? s'enquit le commissaire d'un ton irrité.

— Pas du tout. Je vous fais part avec la plus grande

sincérité de *mes* intentions. Je vais poursuivre mes recherches sur tout ce qui a trait, de près ou de loin, à l'enlèvement de Mlle Botero.

Un instant, il les dévisagea à tour de rôle, puis il tourna les talons et quitta la pièce.

Parvenu dans le couloir, il donna un coup de poing contre une porte. La douleur qu'il ressentit le fit se sentir mieux.

Il gagna rapidement son véhicule et prit la direction de l'immeuble de Botero tout en composant le numéro de son bras droit, Al Lopez.

— Lopez, tout va comme tu veux ?

— Ça va. J'ai appris pour Johnson.

Lopez était un homme avare de paroles ; c'était là l'une de ses nombreuses qualités.

— Oui. Kenner est plutôt secoué. Il prépare son rapport. Préviens-moi lorsqu'il te l'aura remis, d'accord ? Et tâche de l'occuper. Il se sent coupable de la mort de Johnson.

— Est-ce le cas ?

— Non. J'aurais dû prévoir deux gardes.

— Peut-être bien.

Sean savait que, comme lui, Lopez n'était pas convaincu que la présence de deux gardes aurait pu éviter le meurtre de Johnson. Il ne s'en sentait pas moins responsable.

— J'ai appris que le commissaire avait appelé Carlos. Comment l'a-t-il pris ?

— Mal. Il a cru que le commissaire avait des informations à lui communiquer au sujet de Sonya. Javier m'a dit qu'il avait failli s'évanouir.

— Bon sang ! Je suis en route. Je convoque tout le monde en réunion de crise.

— Il faudra prévoir deux réunions.

— C'est juste. Une avec la moitié de l'équipe chargée de la sécurité et une avec les autres hommes. Nous allons nous partager les tâches. Lopez, je compte sur toi. Tant que nous n'aurons pas retrouvé Sonya, je veux toute l'équipe sur le pied de guerre.

Il jeta un coup d'œil à sa montre.

— Je serai là dans dix minutes. Rassemble les hommes

de la première équipe. Et, Lopez, je veux que tu interceptes personnellement toutes les communications téléphoniques. Que ce soit toi qui répondes quand les ravisseurs appelleront. J'ai le sentiment que cet appel ne devrait plus tarder.

Sean raccrocha. Lopez était fiable. Au service de Carlos depuis que ce dernier s'était installé aux Etats-Unis, il aurait pu obtenir la place de Sean, mais il n'en voulait pas. Dans sa jeunesse, pendant la guerre civile, il avait servi dans les rangs des insurgés. Si l'équipe respectait Sean, elle manifestait une loyauté inébranlable à l'égard de Lopez et était prête à mourir sous ses ordres.

Briefer l'équipe et s'entretenir avec M. Botero de la conduite à tenir lorsque les ravisseurs rappelleraient lui prendrait environ une heure.

Ensuite, aussi désagréable que cela serait, il irait dire deux mots à Sophie. Elle lui avait menti, et lui avait fait baisser sa garde. Comment avait-il pu être si faible ? Jamais il n'avait perdu ses moyens à cause d'une femme. Pas même à cause de Cindy. Bien qu'il l'ait profondément aimée, il n'avait jamais été dupe.

Cependant le regard triste de Sophie l'avait touché.

Elle l'avait suivi à l'hôpital, ce matin ; il devait savoir ce qu'elle y avait découvert.

7

Sean vint se garer sur le parking de Mariage pour la Vie à côté de la BMW de Sophie. En descendant de sa voiture, il remarqua aussitôt l'éraflure le long de la portière passager. Il fit alors le tour du coupé sport. Le pare-chocs était enfoncé et présentait des traces de peinture noire.

— Sophie !

En quelques foulées rapides, il fut dans le hall de la société et se retrouva face à Rafe Montoya.

— Qu'est-il arrivé à Sophie ? demanda-t-il d'un ton qui exigeait une réponse immédiate.

Du coin de l'œil, il aperçut Sophie à l'autre bout du hall. Elle porta la main à sa poitrine et se retourna.

— J'ai demandé au labo d'envoyer une équipe pour inspecter le véhicule, répondit Rafe.

— Inspecter ? Qu'est-ce qui s'est passé ?

Il dépassa Montoya et fonça vers Sophie, qui se tenait près d'une jeune femme portant des lunettes en écaille.

Le voyant approcher, celle-ci s'interposa entre lui et Sophie. Il devait donner l'impression d'un taureau en furie, mais il n'en avait cure. Il n'avait d'yeux que pour Sophie.

— Comment te sens-tu ?

La peur voilait son regard, et aussi autre chose qu'il ne sut définir. D'un geste affectueux, Sophie posa la main sur l'épaule de la jeune femme.

— Tout va bien, Samantha.

Ladite Samantha les regarda tour à tour, puis tapota la main de Sophie avant de s'éloigner.

— Majors ?

Montoya l'avait suivi ; Sean lui fit face.

— Je me ferais un plaisir de vous informer de ce qui est arrivé.

— Ah oui ?

Sean serra les poings.

— Comme vous m'avez informé de la présence du commissaire de police ? Je pense que j'ai tout intérêt à parler en tête à tête avec Sophie.

Une lueur d'amusement brilla dans le regard de Montoya.

— Je n'en doute pas.

Sean fit un pas vers lui.

— Rafe, s'il te plaît.

L'intervention de Sophie ramena Sean à la raison.

— Vous êtes tous deux têtus comme une mule. Je vais parler avec Sean.

Montoya la jaugea, puis leva les mains.

— Très bien. Si tu es sûre de toi…

Elle regarda Sean.

— Je suis sûre.

— Je vais remettre ton chemisier aux techniciens du laboratoire, mais je doute qu'ils parviennent à relever la moindre empreinte. Ils pourront néanmoins analyser la substance de la tâche.

Sophie acquiesça en évitant le regard de Sean.

Dès que Montoya fut hors de portée, Sean se tourna vers elle et lui dit tout bas :

— Il faut que je te parle en privé. Où pouvons-nous aller ?

Elle leva les yeux sur lui. Il y lisait toujours de la peur. Il prit une grande inspiration et se força à se détendre.

— Arrête de me regarder ainsi. Je ne vais pas te faire de mal. Je veux juste savoir ce qui t'est arrivé.

Apparemment, elle ne lui faisait pas totalement confiance. Le contraire aurait été surprenant ; après tout, ils ne se connaissaient que depuis peu.

Par quel mystère parvenait-elle à le faire ainsi sortir de ses gonds ? Il savait très bien pourquoi. Elle le fascinait, comme aucune autre femme ne l'avait fait auparavant.

Il avait commis une grave erreur en l'invitant chez lui, et une plus grave encore en l'invitant dans son lit.

Découvrir qu'elle avait subi des mauvais traitements dans sa jeunesse lui avait brisé le cœur, et sa vulnérabilité l'avait fait succomber à son charme. Le souvenir de leur étreinte voluptueuse fit s'emballer les battements de son cœur.

Elle se passa la langue sur les lèvres.

— Nous pouvons aller dans le patio. Il y fait très chaud, mais…

Sa voix se fêla et elle baissa les yeux.

— Ce sera parfait.

Ni l'un ni l'autre ne savait quel attitude adopter suite à la nuit qu'ils avaient passée ensemble. Ce dont il était sûr, c'est qu'il devait se libérer de l'attirance déstabilisante qu'il ressentait pour elle, reprendre le contrôle de ses sentiments. Elle n'avait pas besoin de lui ; Montoya était là pour la protéger.

Tout était une question de self-control. La moindre négligence de sa part pouvait causer sa perte. Par ailleurs, comme il ne cessait de se le marteler, il n'avait ni le temps ni le désir pour une relation amoureuse.

Sophie le conduisit dans le patio, situé à l'arrière du bâtiment. La journée était particulièrement belle et chaude et le ciel, dans lequel glissaient paresseusement des nuages épars, d'un bleu limpide.

De là, on avait une vue magnifique sur l'océan. L'air était saturé d'embruns et le soleil ourlait les flots de milliers de diamants scintillants.

Sophie s'arrêta dans un petit salon composé d'une table basse, de quelques fauteuils et d'un canapé, et l'invita à s'asseoir.

Ce faisant, il ne put s'empêcher de reluquer ses jambes et un élan de compassion le submergea. Il s'ébroua afin de chasser de son esprit la vision de cette peau aux multiples cicatrices et chercha son regard.

Elle baissa aussitôt la tête, jouant machinalement avec le bouton de la manche de son chemisier.

— Tu voulais me parler ?

Sean s'avisa qu'il avait serré le poing et qu'il se frappait inconsciemment la cuisse en de petits coups répétés qui faisaient tinter le bracelet de sa montre. Il était à cran et devait absolument parvenir à se détendre.

— Voyons, par où commencer… Pourquoi m'as-tu suivi à l'hôpital ? Et pourquoi as-tu prétendu rendre visite à ton cousin quand mon garde t'a questionnée ?

Il marqua une pause et la dévisagea.

— Et puis, qu'est-il arrivé à ta voiture ? Quand cela s'est-il produit ? Et pourquoi ton chemisier a-t-il été confié aux techniciens du laboratoire ?

Son ton s'était fait plus agressif qu'il ne voulait et Sophie avait écarquillé les yeux au fur et à mesure que les questions pleuvaient sur elle. Le vent vint déranger ses cheveux et une mèche se plaqua sur son visage. Elle eut un petit mouvement de la tête pour la chasser et entrouvrit les lèvres. Puis elle joignit les mains sur ses cuisses et les regarda longuement, l'air absent.

Lorsqu'elle leva les yeux sur lui, ses lèvres étaient pincées en une fine ligne témoignant de sa contrariété. Elle prit une grande inspiration et se pencha en avant.

— Je t'ai suivi car je me doutais que Rachel me demanderait ce qui était arrivé à Craig Johnson. J'ai inventé cette histoire de cousin pour justifier ma présence. Ce n'était pas encore l'heure des visites. Il ne fallait pas que quiconque entrave ma mission.

Elle serrait si fort les mains que ses articulations étaient devenues blanches.

— Il s'est avéré que j'ai bien fait. Un homme en tenue médicale et portant un masque est monté dans l'ascenseur avec moi. Il n'a cessé de m'observer durant notre descente. En sortant, il a bousculé tout le monde et s'est enfui. Je l'ai suivi, mais il m'a échappé en pénétrant dans un local réservé au personnel.

— Il t'a bousculée ?

— C'est ainsi qu'il a fait une tache sur mon chemisier. Ce n'était pas un médecin. Ses mains et ses ongles étaient affreusement sales.

— A-t-il dit quelque chose ?

— Non. Il avait l'air malsain.

— Et tu penses…

— Je pense qu'il pourrait s'agir du meurtrier de Johnson.

Sean la sondait du regard, tentant de donner un sens à cet incident.

— S'il avait effectivement les mains sales, il a dû laisser ses empreintes sur toi. J'espère que les hommes de Montoya ne vont pas contaminer ces preuves.

— Notre équipe de sécurité est très performante.

Sean leva un sourcil.

— *Notre* équipe de sécurité ?

Sophie battit des paupières.

— Enfin, celle de Rachel.

— A ce propos, je trouve les moyens financiers dédiés à la sécurité d'une société d'organisation de mariage exagérés…

Elle se pinça les lèvres et baissa les yeux.

— Pourrais-tu décrire cet homme ?

— J'ai déjà dit à Rafe tout ce dont je me souviens. Nous pensons qu'il s'agit du même homme qui a tenté d'agresser Samantha, la semaine dernière.

Sean se promit de demander à Montoya de lui fournir la liste des employés de l'hôpital en service cette nuit-là afin de les questionner de nouveau.

— Nous en avons terminé avec l'hôpital. Passons à ta voiture : que s'est-il passé ?

— Je suis rentrée à la maison et j'ai pris une douche.

Elle fit une pause, et rougit comme leurs regards se rencontraient.

L'espace d'un instant, le souvenir de leur nuit d'amour plana entre eux. Une étrange lueur brilla dans les yeux de la jeune femme.

Sean aurait aimé avoir le courage de venir près d'elle, de la prendre dans ses bras et de lui murmurer que tout irait bien, que son secret était bien gardé. *Tous ses secrets.* Mais cette attention les aurait par trop rapprochés.

L'intrusion de cette femme dans sa vie, dans son intimité était trop récente, trop lourde de significations. Cependant, alors qu'il devait prendre ses distances, il ne trouvait pas le courage de lui en exposer les raisons.

— Je me suis changée et j'ai repris la route pour venir ici, poursuivit Sophie. Comme je sortais de l'autoroute, une grosse berline noire a voulu me serrer contre le rail de sécurité.

Elle s'exprimait d'une voix posée, mais elle serrait ses mains plus fort encore et des petites rides étaient apparues aux coins de sa bouche.

— Bon sang, Sophie ! Comment te sens-tu, à présent ?

Une vision d'horreur s'imposait à lui : le petit cabriolet BMW écrasé entre la berline et le rail de sécurité.

L'idée qu'elle puisse être en danger lui était intolérable.

— Ça va, répondit-elle en esquissant un pâle sourire.

Il posa la main sur les siennes.

— As-tu pu relever le numéro d'immatriculation ? As-tu prévenu la police ? Es-tu sûre de pas avoir été blessée ?

— Je vais bien. Non, je n'ai pas pu relever le numéro, et non, je n'ai pas prévenu la police.

— Effectivement, tu as préféré avertir Rachel Brennan.

Il balaya du regard le luxueux bâtiment de Mariage pour la Vie. Tout cela n'était qu'une façade, une illusion destinée à dissimuler d'autres activités. Lesquelles ?

Sophie dit quelque chose qui lui échappa, tant il était plongé dans ses réflexions.

— Comment ?

Elle se tortilla dans son siège.

— Rien.

Mais il reconstitua ce qu'il avait inconsciemment entendu.

— Est-ce que tu aurais dû poursuivre la berline ? Tu plaisantes ? Ce n'était certainement pas la chose à faire. Ils auraient pu être armés. Sophie, d'après toi, cherchaient-ils à te tuer ?

De toute évidence, elle n'avait même pas envisagé la question sous cet angle.

— Je… je ne pense pas. Leur berline est très puissante. S'ils l'avaient voulu, ils auraient pu réduire mon coupé en miettes. Je crois qu'il s'agit d'un avertissement.

Sophie regarda la cadran de sa montre, puis se leva.

— Je suis désolée, Sean. J'ai rendez-vous avec un client.

Sean se leva à son tour. Manifestement, elle regrettait

tout autant que lui la nuit qu'ils avaient passée ensemble et, étrangement, cela ne le fit pas se sentir mieux pour autant.

— Sophie, dit-il en l'attrapant par l'épaule. Quelqu'un t'a suivie jusque chez toi. Tu vois ce que cela implique.

Elle soutint son regard.

— Tu es en danger.

— Je peux me débrouiller seule, rétorqua-t-elle comme Montoya s'avançait vers eux. Excuse-moi, mon client doit déjà m'attendre.

Conscient que Montoya l'observait, Sean la relâcha et la regarda s'éloigner. Sa jupe noire et son chemisier gris clair mettaient en valeur son teint hâlé. Elle était divinement belle. Ses collègues avaient-ils la moindre idée de ce qu'elle avait enduré, sacrifié, pour se construire une vie en apparence normale ? Savaient-ils ce qui lui en coûtait de donner l'image d'une femme sereine et confiante ?

Il ne pouvait s'empêcher de s'interroger sur sa véritable personnalité. Etait-elle la femme sophistiquée qui venait de l'éconduire, ou la jeune femme qui avait vibré sous ses caresses, la nuit passée ?

— Etes-vous disposé à ce que je vous briefe ? s'enquit Montoya.

Sean ne lui adressa pas même un regard.

— Vous savez que l'accident de Sophie n'est pas survenu par hasard.

Montoya ne répondit pas.

— Elle court un réel danger. Ils savent où elle habite.

— Je veille sur elle.

Sean lui fit face.

— Je me sentirais mieux si je m'assurais moi-même de sa sécurité.

Montoya éclata de rire.

— Je vous fais confiance, dit-il avec un clin d'œil.

— Ne me sous-estimez pas, Montoya, gronda Sean. Comme je vous l'ai déjà dit, mieux vaut m'avoir comme ami que comme ennemi. Je veux voir sans plus tarder votre rapport sur Craig Johnson.

*
* *

Confortablement installé dans sa voiture, Jose Fuentes attendait Sophie devant chez elle. Il se mit à chantonner un air de musique cubaine, en tapotant sur le volant. Il avait tout son temps.

Régler son compte à Johnson ne lui avait pris qu'une poignée de secondes. Le cas de Sophie avait été aussi vite expédié. Il avait descellé son compteur électrique, fait son branchement et tout remis en place en moins d'une minute. Il avait eu tout le temps d'inspecter son appartement. Il considérait ces intrusions dans la vie privée de ses cibles comme une récompense.

Il ferma les yeux et se remémora le plaisir qu'il avait ressenti en manipulant ses sous-vêtements délicats, en rejetant son dessus-de-lit pour humer les senteurs de son corps entre les draps.

Violer l'intimité des femmes qu'il devait éliminer l'excitait au plus haut point. Surtout celle-ci, après qu'elle l'avait dévisagé dans l'ascenseur.

Cet incident l'avait rendu fou de rage. Elle l'avait regardé avec suspicion, mais il avait aussi décelé de la peur et du dégoût dans ses yeux.

Néanmoins, elle ne semblait pas s'effrayer facilement, car elle avait repris courage et fourni sa description aux forces de l'ordre, et ce, malgré la tentative d'accident dont elle avait été victime sur l'autoroute.

Fuentes, ainsi que tous les employés masculins de type hispanique de l'hôpital, avait été interrogé. On avait même prélevé des échantillons sous ses ongles. Il en avait conçu une vive humiliation. Fort heureusement, on se récurait les mains à longueur de journée lorsqu'on travaillait dans un hôpital. Ses ongles pouvaient être sales, on ne pourrait rien prouver d'après les échantillons recueillis.

Il jeta un coup d'œil à la pendule du tableau de bord. Sophie rentrerait tôt ou tard chez elle. Elle traverserait d'abord son appartement sans se douter qu'il s'y était introduit. Puis elle prendrait conscience que quelqu'un était entré, avait examiné son petit univers.

Il voulait la voir rentrer et allumer la lumière, aller et venir à contre-jour. Il se délectait à l'avance en imaginant son effroi en constatant que ses affaires n'étaient pas tout à fait à leur place habituelle.

Elle penserait instinctivement qu'elle se trompait. Il avait été extrêmement prudent, méticuleux, veillant à replacer chaque chose au bon endroit.

Il connaissait bien ce type de femme, continuellement en proie au doute. Elle se sentirait mal à l'aise, puis parviendrait peu à peu à se détendre. Elle s'assurerait que sa porte était bien verrouillée, de même que ses fenêtres. Elle se dirait qu'elle était fatiguée et se servirait peut-être un verre de la bouteille de vin qu'il avait aperçue dans le réfrigérateur.

Après cette rude journée, elle déciderait de prendre une douche.

Et c'est à cet instant qu'elle mourrait.

Sophie avait emprunté la voiture de Rachel pour regagner son appartement. Parvenue devant son immeuble, elle coupa le contact et poussa un profond soupir. Enfin, elle était chez elle.

Rachel avait eu la gentillesse de l'inviter à dîner, mais la conversation avait tourné uniquement autour de deux sujets : les événements de la journée, et le fait que, selon sa patronne, Sean Majors n'était pas l'homme qu'il lui fallait.

Elle avait eu beau lui répéter une bonne douzaine de fois que Sean ne l'intéressait pas, Rachel n'avait pas été dupe un seul instant. Le pouvoir de déduction de la brillante jeune femme ne se limitait pas aux enquêtes criminelles.

Sophie descendit de voiture, en condamna les portières et se dirigea vers le hall d'entrée. Elle n'avait qu'une idée en tête : prendre une bonne douche.

A peine avait-elle refermé sa porte qu'elle déboutonnait son chemisier. Tandis que le plaisir d'avoir enfin retrouvé son intimité lui arrachait un soupir, son portable sonna.

— Sophie, je n'ai pas eu l'occasion de te revoir avant ton départ. Tout va bien ?

Sophie eut un sourire. Samantha s'inquiétait pour elle.

— Je vais bien, merci. Du nouveau sur la mort de Johnson ?

— Les experts en criminologie ont passé sa chambre au peigne fin. Aucune trace ni empreinte sur l'intraveineuse. Mais Rafe m'a dit qu'ils ont retrouvé une paire de gants qui pourrait bien porter des empreintes *à l'intérieur.* Ils étaient à la blanchisserie, dans un sac de linge sale, parmi des draps et des serviettes.

— Cela ne m'étonne pas. J'avais trouvé louche que l'homme soit en tenue de chirurgien et ne porte pas de gants. Le laboratoire a-t-il pu analyser la substance sur mon chemisier ?

— Je n'ai aucune information à ce sujet. J'allais d'ailleurs te poser la même question. J'ai su que tu étais allée dîner avec Rachel.

— Elle a été sympa. Elle s'est comportée comme une amie avec moi.

— Elle s'inquiète beaucoup pour toi.

Sophie fit passer son portable dans son autre main afin de finir de déboutonner son chemisier.

— Pour moi ?

— Allez, Sophie, ne fais pas l'innocente. Tu n'es pas une seule fois sortie avec un homme en quatre ans.

— C'est faux. Je sors de temps en temps.

— D'accord. Une ou deux fois, au cinéma ou au théâtre. Mais tu vois très bien ce que je veux dire. Tout le monde à Mariage pour la Vie se soucie de ton bonheur.

Un sentiment étrange et réconfortant s'empara de Sophie ; celui d'appartenir à une famille. Sa prudence l'avait fait se tenir à distance de ses collègues de Miami Confidentiel. Mais, depuis qu'on lui avait tiré dessus et qu'une mystérieuse berline avait tenté de la projeter hors de la route, elle avait découvert que Rachel se préoccupait de son sort, que Rafe s'employait à la protéger, et maintenant, que Samantha ressentait de l'amitié pour elle.

— Vous vous souciez de mon bonheur ? répéta Sophie

en égrenant un petit rire embarrassé. S'il te plaît, ne me dis pas que vous tenez des réunions à propos de ma triste vie.

Samantha rit à son tour.

— Tu es tout sauf triste, Sophie. Tu es magnifique. Tu es intelligente. Tu dois te trouver un homme. Au fait, tu étais censée m'en dire plus à propos de Sean Majors. Il est terriblement sexy. Tu devrais jeter ton dévolu sur lui.

Sophie se sentit rougir.

— Ce n'est pas parce que tu as trouvé l'homme de ta vie en la personne d'Alex qu'il faut te sentir obligée d'accoupler les célibataires qui gravitent autour de toi. Qui seront les prochains ? Isabelle et… Rafe, pourquoi pas ?

— Ils iraient bien ensemble, plaisanta Samantha. Et puis, il y a pire que Sean Majors, tu sais. Sérieusement, Sophie : tu te sens bien ? Où es-tu ?

— A la maison. Je m'apprêtais à prendre une douche. Je me suis levée à 5 heures, ce matin.

— Rafe pense que le conducteur de la berline noire qui a manqué de te tuer t'a suivie depuis l'hôpital et qu'il connaît ton adresse. Tu ne devrais pas rester seule. Pourquoi ne viendrais-tu pas dormir à Mariage pour la Vie ?

Sophie ne l'entendit pas de cette oreille. Elle se débrouillait seule depuis qu'elle avait dix-sept ans.

— J'ai mon arme à portée de main. Ma porte possède deux verrous de sécurité. Je suis en sécurité.

— Mais…

— Samantha, tu as fait partie du FBI. As-tu le moindre doute sur tes capacités à assurer ta propre sécurité ?

— Non, mais…

— Eh bien, moi, j'étais à la CIA. Tu peux me faire confiance. Je n'ai besoin de personne pour veiller sur moi.

— Très bien. Bon, on se verra demain matin au bureau.

Sophie raccrocha, soulagée que Samantha ait lâché prise. Elle alla déposer son portable dans la salle de bains et gagna sa chambre pour finir de se déshabiller.

A la recherche de ses sous-vêtements préférés, un ensemble en satin rose flashy, elle se figea en ouvrant le tiroir de sa commode. Le lot de trois petites culottes qu'elle avait acheté la semaine précédente n'était pas à sa place.

Elle fronça les sourcils et se mit à réfléchir. Elle était pressée ce matin, alors qu'elle venait de quitter Sean. Elle avait peut-être dérangé ses affaires.

Elle referma le tiroir et ouvrit celui de dessous pour prendre son pyjama. Il se trouvait exactement là où elle l'avait vu la dernière fois. En le prenant, elle remarqua que son chemisier de soie couleur pêche était froissé.

— C'est de ta faute, Samantha, murmura-t-elle. Tu me fiches la trouille avec tes histoires…

Elle jeta un regard circulaire sur sa chambre afin de s'assurer que tout était en place. Samantha était bel et bien parvenue à lui communiquer son inquiétude. Sa sensation de peur la plus intense remontait à l'époque où elle avait dix-sept ans. Au cours des douze années qui avaient suivi, elle s'était forgé une carapace afin que personne ne puisse jamais plus la terroriser, ni la faire souffrir.

Elle referma le tiroir d'un geste brusque. Elle était tout simplement à cran à cause des événements de ces dernières vingt-quatre heures.

Par précaution, elle déverrouilla le tiroir de sa table de nuit et se saisit de son revolver. Mieux valait le garder à portée de main jusqu'à la fin de l'enquête.

Exhalant un long soupir de fatigue, elle alla déposer son arme sur le couvercle des toilettes, à côté de son portable, et ôta rapidement sa jupe et ses bas.

Elle écarta le rideau de douche pour ouvrir le robinet et ferma les yeux de plaisir en sentant l'eau chaude couler sur sa main.

Elle fit glisser sa petite culotte le long de ses jambes et entra dans la douche. Elle venait tout juste de se placer sous le jet quand des coups retentirent contre la porte d'entrée.

Elle s'élança hors de la douche et s'immobilisa, l'oreille tendue.

On frappa de nouveau.

Elle enfila son pyjama à la hâte sur son corps mouillé et

se saisit de son arme et de son portable, faisant disparaître ce dernier dans la poche de son pantalon.

Elle se dirigea alors lentement vers la porte d'entrée, son arme bien en main.

— Sophie, c'est Sean. Ouvre !

Sean ? Elle en eut le souffle coupé.

— Qu'est-ce que tu veux ?

— Ouvre cette maudite porte.

Un incident était-il survenu ? Elle se dépêcha de déverrouiller la porte.

Il se rua à l'intérieur sans attendre qu'elle l'y invite.

— Sean, qu'est-ce qui se passe ? Que viens-tu faire ici ?

Il la détailla rapidement des pieds à la tête avant de refermer derrière lui.

— La question est plutôt de savoir ce que *toi* tu fais là.

Son visage exprimait la colère. Sophie battit en retraite.

— Qu'est-ce qui ne va pas chez toi ? Je vis ici, je te le rappelle, rétorqua-t-elle.

Il promena une nouvelle fois les yeux sur elle et s'arrêta sur son arme. Elle réalisa qu'elle la tenait à deux mains, le canon dirigé vers le plafond, dans une posture professionnelle.

Puis le regard de Sean se fixa sur sa poitrine.

Elle baissa les yeux et constata que son haut de pyjama mouillé lui moulait les seins, faisant ressortir l'auréole sombre de ses mamelons.

Elle sentit la chaleur de son regard sur sa peau. Ses seins, il les avait déjà vus, touchés, embrassés, titillés du bout de la langue.

Le feu du désir l'embrasa tout entière. Elle brûlait de connaître de nouveau la sensation de ses mains, de sa bouche se promenant en des lieux secrets de son corps qu'elle n'avait offerts à aucun autre homme…

Le fait de se sentir si vulnérable en sa présence la contrariait au plus haut point.

Il avança d'un pas.

— Tu te fiches de savoir que l'homme qui a tenté de projeter ta voiture contre le rail de sécurité connaît ton adresse ? Qu'il aurait pu être là, à t'attendre ? Quelle idée stupide t'a poussée à rentrer chez toi, ce soir ?

— Stupide ? *Stupide ?*

Sophie déposa son arme sur le guéridon, espérant ainsi qu'il l'oublierait.

— Je suis chez moi, et je m'y sens en sécurité. Même si l'accident a quoi que ce soit à voir avec la mort de Johnson, ce dont je ne suis pas certaine, pourquoi s'en prendrait-on à moi ? Il m'est impossible d'identifier l'homme que j'ai vu à l'hôpital.

— Alors, pourquoi quelqu'un a-t-il tenté de percuter ta voiture sur l'autoroute ?

— Peut-être lui avais-je fait une queue de poisson sans m'en apercevoir ?

Sean secoua la tête de dépit.

— Pour ma part, je pense que, qui que soit l'homme qui t'a prise en chasse à la sortie de l'hôpital, il considère que tu représentes une menace pour lui. Cet accident avait pour but de t'effrayer, peut-être même de te tuer. Alors, non, tu n'es pas en sécurité ici. Tu dois déménager en attendant que toute cette histoire soit terminée.

— Attends une seconde : Samantha t'a appelé, n'est-ce pas ?

— Non, pourquoi ?

Sophie planta ses mains sur ses hanches.

— En fait, c'est Rachel Brennan qui m'a appelé. Elle était inquiète pour ta sécurité.

— Rachel a préféré te prévenir plutôt que Rafe ? J'ai du mal à le croire.

— C'est pourtant la vérité. En fait, Montoya est avec les inspecteurs de police, ce soir. Je me réjouis qu'il soit enfin capable de collaborer avec eux.

— Rafe est très impliqué dans son travail.

— Tu l'as déjà dit. Ce que je me demande, c'est quelle est la nature *exacte* de son travail. Et, par la même occasion, quelle est la tienne.

Sean l'entraînait sur un terrain dangereux. Il nourrissait des soupçons depuis le début de l'affaire. Sophie était certaine que

Rachel ne lui avait rien dit à propos de Miami Confidentiel, aussi devait-elle en faire de même.

Elle écarquilla les yeux et se passa la langue sur les lèvres, tâchant ainsi d'apparaître excitée à l'idée qu'un inconnu puisse l'espionner.

— Tu penses vraiment qu'il y a quelqu'un, là dehors, en train d'épier mes faits et gestes ?

Sophie vit sa mâchoire se contracter. Elle devait certainement le dégoûter.

— J'ai parcouru discrètement les environs et je n'ai vu aucun véhicule suspect. Mais cela ne prouve rien. N'as-tu rien remarqué d'étrange en rentrant ? Personne ne t'a suivie ? Rien n'a été dérangé dans ton appartement ?

Elle hésita une seconde, et cela n'échappa pas à Sean.

— De quoi s'agit-il ? Qu'as-tu remarqué ?

Elle secoua la tête, mais il la prit par les épaules.

— Sophie, arrête de jouer à ce petit jeu avec moi. Tu crois que je n'ai pas remarqué la façon dont tu tiens ton arme ? Tu penses vraiment que j'ai gobé ton histoire de cours d'autodéfense à New York après t'avoir vue plonger et rouler comme une vraie pro ?

Sophie eut soudain envie de se confier à lui, de se réfugier dans ses bras et de tout lui dire. Mais elle n'en avait pas le droit. S'il était désormais opportun que Sean soit informé de l'existence de Miami Confidentiel, la tâche en incombait à Rachel.

— Je ne sais pas ce que tu caches, reprit-il. Dieu sait que tu as toutes les raisons de n'avoir confiance en personne. Mais je fais tout pour te protéger. Je veux à tout prix éviter...

Il se tut, et grimaça.

— J'ai peur qu'il t'arrive quelque chose, murmura-t-il.

Sophie sentit son pouls s'accélérer. Elle ne sut que répondre à cet aveu. Son attirance pour lui grandissait à chacune de leur rencontre.

En allait-il de même pour lui ? Et, si tel était le cas, luttait-il contre cette attirance avec la même détermination qu'elle ? Elle ne serait jamais la femme de sa vie, et il semblait en être pleinement conscient.

— Il me semble que quelqu'un est venu en mon absence, admit-elle. Rien de bien précis, juste une impression.

Sa voix avait légèrement tremblé ; elle pria le ciel qu'il ne l'ait pas remarqué.

Le ciel ne l'exauça pas. Il lui prit le visage entre ses mains et le caressa tendrement.

L'espace d'un instant, elle se sentit aimée, protégée.

— Tu en es sûre ? Rien n'a été dérangé ?

Il ôta ses mains — de belles mains, puissantes et douces à la fois.

— Sophie ?

— J'ai eu l'impression que mes dessous n'étaient pas exactement à leur place, mais j'ai très bien pu les déplacer moi-même sans m'en rendre compte.

— Montre-moi.

Sophie haussa les épaules, puis se dirigea vers sa chambre. Elle entendit alors l'eau qui coulait toujours dans la douche.

— Oh ! J'ai oublié de fermer le robinet.

Elle s'élança vers la salle de bains ; Sean la suivit de près. Son pantalon de pyjama était tout aussi mouillé que son haut et elle n'avait pas eu le temps d'enfiler une culotte. Bien qu'elle sentît l'étoffe épouser les rondeurs de ses fesses, elle ne prit pas le soin de la décoller de sa peau.

Dans l'espace confiné de la salle de bains embuée, Sean l'arrêta en posant la main sur son épaule et la contourna pour fermer le robinet.

Les muscles de son dos ondulaient sous son polo de coton blanc. Elle avait touché ces muscles, les avait sentis se contracter sous ses doigts. La peau qui les recouvrait était douce et ferme.

— Qu'est-ce que c'est ? demanda-t-il d'un ton alarmé.

— De quoi parles-tu ?

— Reste à l'écart, ordonna-t-il en se retournant. Sors de cette pièce.

Elle voulut argumenter.

— Sors !

Il attendit qu'elle s'exécute pour ouvrir le rideau de douche et sortir de sa poche une torche miniature. Il fit courir le faisceau de la lampe le long de la canalisation, jusqu'au plafond, et Sophie vit, depuis l'encadrement de la porte, ce qu'il avait remarqué : un câble dénudé, dissimulé derrière la plomberie.

— Qu'est-ce que c'est ?

— Un branchement électrique. Certainement sous tension.

La peur la paralysa. Elle était entrée sous la douche alors que l'eau coulait à flots. Si elle avait eu le malheur de toucher le mitigeur, elle aurait été électrocutée.

Sean sortit son portable de sa poche.

— Quelqu'un est bien entré chez toi. Je préviens la police.

— Appelle plutôt Rafe.

Il la dévisagea, visiblement chagriné, et secoua la tête.

— Bien. Je suppose que ce n'est pas la peine de te demander pourquoi.

Il composa le numéro de Rafe, lequel répondit aussitôt.

— Elle va bien. D'accord. Je m'en occupe. Ne vous inquiétez pas. C'est promis.

Il raccrocha.

— Prends quelques affaires. Tu ne peux pas rester ici cette nuit. Je t'emmène chez Carlos Botero.

Et non pas chez lui...

Sophie s'ébroua. Pourquoi était-ce la première chose qui lui venait à l'esprit ? Pourquoi ressentait-elle de l'animosité à son égard, alors qu'elle aurait dû le remercier d'être arrivé à temps ? Sans lui, elle serait morte électrocutée.

N'empêche, qu'il ait décidé de l'emmener chez Botero plutôt que chez lui l'attristait profondément. Il ne voulait pas d'elle dans sa vie, pas plus qu'il ne voulait qu'elle revoie Michaela.

« Cela n'a aucune importance », tenta-t-elle de se convaincre. Elle avait passé la majeure partie de son existence à se tenir loin des autres de peur qu'ils la fassent souffrir.

— J'ai la voiture de Rachel. J'irai à Mariage pour la Vie. Nous y avons installé une pièce de repos.

— Je t'y conduis.

— Tu devrais plutôt rester ici pour attendre Rafe.

Sean serra les poings et son regard s'assombrit.

— Montoya se débrouillera seul. Il m'a demandé de veiller sur toi.

— On dirait que tout le monde te demande de me protéger, ces derniers temps. En tout cas, je t'assure que ce n'est pas nécessaire. Mariage pour la Vie est un lieu ultra-sécurisé.

— Aurais-tu déjà oublié que tu as failli être tuée, il y a à peine dix minutes ?

Sa voix était chargée d'émotion et ses traits angoissés. Pendant qu'il s'entretenait avec Rafe, Sophie avait remarqué que ses mains tremblaient.

Les événements de ces deux derniers jours se précipitèrent alors dans son esprit : la remise de la rançon qui avait mal tourné, la rencontre avec Michaela, la nuit d'amour avec Sean, le face-à-face avec le meurtrier de Johnson et, enfin, la berline qui avait essayé de projeter son coupé sport contre le rail de sécurité.

A présent, le danger la poursuivait jusque dans son appartement. On avait délibérément tenté de la tuer.

— Non, je ne l'ai pas oublié, répondit-elle d'un ton glacial. Mais je serai en sécurité à Mariage pour la Vie. Tu n'as pas à t'en faire pour moi.

— Je te suis dans mon pick-up, insista-t-il.

— Comme tu voudras. Je prends mon sac à main.

A sa surprise, l'expression de Sean se fit plus douce et il lui sourit.

— Tu ferais mieux de te mettre quelque chose sur le dos.

Elle se couvrit la poitrine de ses mains en rougissant.

— Tout juste. Je m'en occupe. Tout de suite.

Elle se précipita dans sa chambre.

Fuentes fut surpris de voir Sophie Brooks ressortir indemne de son appartement. Quand le responsable de la sécurité de Botero était arrivé sur les lieux, il s'était tassé dans son siège. Si cet homme l'avait vu, il aurait été contraint de le descendre.

Après avoir fait le tour du parking, Majors avait frappé à la porte de Sophie, ce qui avait réjoui Fuentes. Peut-être les deux tourtereaux auraient-ils l'idée de prendre une douche ensemble ? Deux pour le prix d'un, avait-il espéré.

Or la jeune femme était toujours en vie.

Après tout, si elle était terrorisée au point de ne plus fourrer son nez dans ses affaires, Fuentes n'en demandait pas plus. De toute façon, elle était dans l'impossibilité de l'identifier.

Il appela son complice pour lui décrire la voiture de Sophie, puis il démarra et engagea son véhicule à la suite de celui de Majors, en veillant à ne pas se faire repérer.

De la méthode et de la patience ; c'était la clé de la réussite. Il comptait sur son complice pour agir avec prudence. Avec un peu de chance, Sophie Brooks n'avait plus longtemps à vivre. Et, si jamais le plan de ce soir ne fonctionnait pas, il y aurait d'autres occasions.

8

Sean suivait le véhicule de Sophie, la maudissant de conduire si vite. Avait-elle l'intention de le semer, afin de se rendre ailleurs qu'à Mariage pour la Vie ?

Il accéléra, se faufilant entre les voitures pour se recoller derrière elle. Le trafic était moins dense que lorsqu'il s'était rué chez elle, suite au coup de fil de Rachel.

Il était 22 heures. Rachel l'avait contacté vers 20 h 30. Il avait encore une chance de trouver sa fille éveillée en rentrant chez lui ; il pourrait la mettre au lit et lui lire une histoire. Il remerciait le ciel de la présence de Rosita. Elle se plaignait constamment, mais elle adorait Michaela. Elle avait conscience que le travail de Sean le contraignait souvent à rentrer tardivement. Elle se laissait facilement convaincre de rester dormir avec sa fille.

Sophie accéléra à son tour. Il ne restait plus que deux sorties possibles pour se rendre à Mariage pour la Vie. Sean pouvait voir le contour de sa tête à contre-jour des phares des véhicules venant en sens inverse. Comme il la trouvait belle !

A dire vrai, ce soir, sans maquillage et les cheveux lâchés, dans ce pyjama collant à sa peau mouillée, elle était la femme la plus sexy et la plus désirable qu'il lui ait été donné d'admirer. Loin de son personnage sophistiqué, elle lui était apparue dans toute sa simplicité, délicieusement vulnérable, lui rappelant la Sophie qui avait partagé son lit.

Le contraste entre son corps tremblant et le revolver qu'elle tenait en main avait excité ses sens et fait naître en lui un puissant désir.

La frustration d'avoir été mandaté par Rachel d'aller

s'assurer que Sophie ne courait aucun danger avait aussitôt disparu lorsqu'elle lui avait ouvert sa porte.

Elle lui avait paru agréablement surprise, et ses grands yeux bleus l'avaient bouleversé, comme chaque fois que leurs regards se croisaient.

Une berline noire s'immisça soudain entre son véhicule et celui de Sophie, le tirant de ses pensées. Sean changea de file, mais la berline se plaça aussitôt devant lui.

— Qu'est-ce qui lui prend ?

Il tenta de lire la plaque minéralogique, mais elle était couverte de boue et son éclairage était éteint.

Plus loin devant, la voiture de Sophie prenait de l'avance.

Sean écrasa la pédale d'accélérateur et s'engagea sur la file de droite.

La berline prit également de la vitesse et vint se positionner à sa hauteur, le frôlant. Sean tenta d'apercevoir le conducteur, mais les vitres teintées l'en empêchèrent. Il gagnait néanmoins du terrain et dépassa la berline.

Où était Sophie ? Le trafic s'était soudain intensifié.

Il la repéra enfin, séparée de lui par trois autres voitures. Une Ford bleue surgit alors d'une autre file et vint se placer à la hauteur de Sophie.

Sean jeta un coup d'œil dans le rétroviseur. La berline noire gagnait du terrain. Il fonça.

La Ford vint cogner le côté gauche de la voiture de Sophie. Sean sentit son cœur bondir dans sa poitrine.

— Allez, fit-il en s'adressant à son pick-up, avance !

Il se rapprocha de la Ford, laquelle fit un écart pour mieux revenir sur Sophie.

Sophie se déporta violemment sur la droite afin d'éviter la collision.

En klaxonnant, Sean dépassa un énorme 4x4.

L'auto de Sophie se mit à bringuebaler quand ses roues mordirent sur le bas-côté. Ses feux de stop s'allumèrent ; elle tentait d'échapper à son agresseur en ralentissant.

— Joli réflexe, Sophie !

Mais cela n'eut aucun effet. La Ford ralentit, elle aussi, et resta à sa hauteur.

C'est alors que le pare-chocs du véhicule de Sophie heurta le rail de sécurité et s'envola pour retomber au beau milieu du flot de voitures.

Des Klaxon et des crissements de pneus retentirent comme les autres véhicules l'évitaient. La Ford s'échappa loin devant dans un nuage de gaz d'échappement.

Sean vit avec horreur la voiture de Sophie effectuer plusieurs tours sur elle-même, ses pneus glissant sur l'asphalte dans un hurlement sinistre.

Il freina et vint se placer derrière le véhicule fou, espérant que Sophie parvienne à éviter le choc avec le rail de sécurité.

Il assistait, impuissant, à la scène, comme dans une vidéo passant au ralenti. A moins qu'elle ne succombe à l'accident, Sophie risquait d'être gravement blessée.

Son véhicule cessa enfin de tournoyer sur lui-même et vint terminer sa course contre le rail de sécurité dans un fracas de tôles froissées.

— Non !

Sean en eut le souffle coupé.

Il se mit debout sur la pédale de frein et vint s'arrêter à quelques mètres de l'auto encastrée dans le rail.

— S'il vous plaît, mon Dieu…

Il sauta hors de son pick-up et courut lui porter secours. Sa voiture avait fait un demi-tour complet et le côté passager était totalement écrasé. De la fumée s'échappait du capot.

Il reprit le contrôle de lui-même ; il avait déjà connu des situations plus dramatiques. A l'armée, il s'était efforcé de sauver la vie de l'un de ses hommes, lequel avait reçu une balle en pleine poitrine. L'homme n'avait pas survécu et Sean avait passé le reste de la journée couvert de son sang.

Mais de là à imaginer que Sophie soit morte, que son corps soit démantibulé…

Sean secoua la tête pour chasser les larmes qui lui montaient aux yeux. Son cœur tambourinait. Cela le surprit ; il était pourtant persuadé qu'il s'était arrêté de battre.

A travers le pare-brise, on ne voyait que l'airbag, qui s'était déclenché. Il s'essuya les yeux du revers de la main et se précipita sur la portière côté conducteur.

Il tira de toutes ses forces et elle céda sous sa pression.

Sortant un couteau de sa poche, il creva l'airbag, le dégageant au fur et à mesure qu'il se dégonflait.

— Sophie…

Elle était plaquée contre son siège par sa ceinture de sécurité et sa tête pendait sur sa poitrine.

— Sophie, répéta-t-il.

Elle n'eut aucune réaction.

Il appliqua les doigts contre son cou, à la recherche d'un pouls, priant le ciel de sentir le sang pulser dans ses veines.

Elle eut un petit grognement.

Il poussa un profond soupir de soulagement et fut secoué d'un rire nerveux tandis que ses yeux s'embuaient.

Elle était en vie !

— Sophie, parle-moi. Es-tu blessée ?

Il parcourut son corps du regard. Pas de sang. Ses magnifiques jambes étaient indemnes.

Il la prit par le menton et lui souleva la tête. Elle avait une belle ecchymose au-dessus de l'arcade gauche. Elle battit des paupières, puis ouvrit les yeux.

— Sean, j'ai quitté la route, murmura-t-elle. Ma main me fait mal.

— Je vais détacher ta ceinture de sécurité. Crois-tu pouvoir te lever ?

— Je ne sais pas, dit-elle en clignant des yeux. Est-ce que je saigne ?

— Apparemment non. Où as-tu mal au juste ?

— A la tête, à la main. Un peu partout.

Sean se pencha au-dessus d'elle pour détacher sa ceinture.

— Je vais te sortir de là.

Une voiture vint alors se garer devant eux. Sean se tint sur ses gardes et passa la main dans son dos pour se saisir de son arme.

Un homme accourut.

— Tout va bien ? Vous voulez de l'aide ?

— Je crois que ça va aller, répondit Sean en lâchant la crosse de son arme. Vous pouvez appeler les secours ?

— Bien sûr. Il y a quelqu'un d'autre dans le véhicule ?

— Non. Je pense qu'elle n'est que légèrement blessée, mais demandez à ce qu'on envoie une unité de réanimation.

— Pas de problème, chef, dit l'homme en prenant son portable.

Sean se retourna vers Sophie. Elle tentait de s'extraire du véhicule.

— Attends. Je vais t'aider.

— Non, ça va.

Elle poussa un cri de douleur en appuyant sa main sur le volant et se figea ; son visage devint affreusement pâle.

— Qu'est-ce que tu as ?

— Ma main, gémit-elle.

Sean lui prit délicatement la main et l'examina. Elle était enflée sur le dessus, et violacée.

— J'ai l'impression qu'elle est cassée.

Elle eut un petit signe de tête et pinça les lèvres.

— Je ne me sens pas bien.

— Repose-toi contre l'appui-tête et tâche de te détendre. Les secours ne vont pas tarder.

Des sirènes retentirent au loin.

— Qu'est-ce… qui s'est passé ?

— Ce que je redoutais, justement. Une voiture t'a précipitée contre le rail de sécurité. Une fois de plus.

Sophie lui lança un regard excédé.

— Figure-toi que je suis au courant. J'étais aux premières loges. L'airbag s'est déclenché quand j'ai heurté le rail. Je crois que c'est à ce moment que j'ai perdu connaissance car c'est la dernière chose dont je me souviens.

— Tu as tournoyé sur toi-même un bon nombre de fois avant de venir terminer ta course dans le rail.

— Pas étonnant que je me sente tout étourdie.

Sean repoussa les cheveux de son visage en veillant à ne pas toucher l'ecchymose sur son front.

— Tu te sens mal à cause de l'airbag.

Elle ferma les yeux et toucha la bosse sur son front.

— On va bientôt te sortir de là.

Elle tenta de dégager sa jambe, mais Sean l'arrêta aussitôt.

— Attends. Les secours seront là d'une seconde à l'autre.

A peine avait-il terminé sa phrase qu'une ambulance se garait devant la scène et qu'un infirmier se précipitait, muni d'une trousse de premiers secours.

— Y a-t-il des blessés ? demanda-t-il.

Sean s'effaça pour lui laisser le champ libre. Il vit alors une voiture de police foncer dans leur direction et sortit son portable pour appeler Montoya.

— Je n'ai pas beaucoup de temps, dit-il dès que Montoya eut décroché. Quelqu'un a tenté de tuer Sophie en projetant sa voiture hors de la route. Elle est légèrement blessée, mais je pense que ça va aller. La police est déjà sur les lieux.

— Pouvez-vous faire passer cela pour un accident ?

— A une condition.

— Laquelle ?

— Que vous m'expliquiez toute cette affaire.

— Ecoutez, Majors…

Un officier de police venait à lui.

— Je dois vous laisser.

Sean raccrocha sans laisser le temps à Montoya de prendre sa décision.

— Qu'est-il arrivé ? s'enquit le policier. Dans quel état se trouve le conducteur ?

Sean se retourna. Les ambulanciers aidaient Sophie à sortir du véhicule. Elle avait replié son bras droit contre sa poitrine et marchait en louvoyant. Un infirmier soutenait son bras gauche tandis qu'ils la guidaient vers l'ambulance.

Son téléphone se mit à sonner ; il regarda l'écran ; il s'agissait de Montoya. Il ne répondit pas.

L'officier de police revint à la charge.

— Monsieur, je vous ai demandé ce qui s'est passé.

La tournure qu'allaient prendre les événements dépendait de sa réponse. Rachel Brennan verrait ou non son emploi du temps chamboulé. Elle travaillait manifestement de concert avec les forces de l'ordre et Sean n'avait pas oublié les paroles du commissaire : « Faites-nous confiance… L'affaire a une portée internationale qui vous échappe… Il nous faut observer la plus grande discrétion. »

Il prit une grande inspiration et regarda l'officier de police droit dans les yeux.

— Je suivais Mlle Brooks dans mon pick-up quand j'ai vu une Ford bleu foncé la frôler dangereusement. Mlle Brooks a perdu le contrôle de son véhicule. La Ford n'a même pas ralenti. Son conducteur n'a probablement pas remarqué qu'elle percutait le rail.

Sean déglutit, se préparant au goût amer du mensonge.

— C'était un accident.

— As-tu tout ce qu'il te faut ?

Sean se tenait sur le seuil de l'une des nombreuses chambres d'amis de la demeure de Carlos Botero. Il feignait l'indifférence face à Sophie. Vêtue de l'un de ses T-shirts, trop grand pour elle, elle apparaissait fragile et toute menue.

Elle était pieds nus et avait le poignet droit bandé. L'ecchymose sur son front avait viré au violet sombre.

— A qui est ce T-shirt ?

— A moi. Je garde des affaires de rechange chez M. Botero, au cas où je doive y passer la nuit.

Durant les deux heures qui venaient de s'écouler, il avait raconté tant de mensonges et omis tant de faits dans sa déposition à la police qu'il aurait pu être arrêté sur-le-champ pour faux témoignage.

Puis il avait appelé Rosita pour prendre des nouvelles de Michaela, et Montoya pour lui livrer tous les détails de l'incident, avant de récupérer Sophie aux urgences afin de l'emmener chez Carlos, ignorant le flot de ses protestations.

Il était épuisé, tout autant qu'elle. Tous deux avaient besoin d'une bonne nuit de sommeil.

— Tu restes dans les parages, cette nuit ?

Il secoua la tête.

— Tu me laisses toute seule chez M. Botero ? Est-il au moins informé de ma présence ? Quelqu'un d'autre sait que je dors là ?

— Je n'importune pas M. Botero avec ce genre de détails.

Sa gouvernante et ses gardes sont au courant. Tu es sécurité, ici, et on s'occupera bien de toi.

— Ce genre de détails. Oh ! je vois…

Sean grimaça. Ce n'était pas ce qu'il avait voulu dire.

— M. Botero est très souffrant. Ses seules pensées vont à sa fille. Je ne veux pas qu'il sache que d'autres personnes sont menacées.

Elle opina et se passa la main dans les cheveux.

— Je crois que je vais aller m'allonger.

Sean s'avança et la prit par la taille.

— Que t'ont-ils donné aux urgences ? Des anti-inflammatoires ?

— Ils m'ont fait une injection. Je ne me sens pas bien.

Elle tremblait.

— Ce doit être un genre de morphine ou de codéine. Quand as-tu mangé pour la dernière fois ?

— Ce midi… je ne sais plus.

— Pas étonnant que tu te sentes mal.

Sean alla ôter le couvre-lit. Il dormait dans cette chambre lorsqu'il était de garde. Cela ne lui était d'ailleurs pas arrivé souvent. La dernière fois, c'était le jour où Sonya avait été kidnappée.

Il aida Sophie à s'asseoir sur le lit et la regarda s'allonger en étirant ses magnifiques jambes. A contrecœur, il les recouvrit du drap.

Sophie poussa un long soupir et ferma les yeux.

Sean décrocha le téléphone de la chambre.

— Que désires-tu manger ?

— Rien. Je ne me sens pas la force d'avaler quoi que ce soit.

Le cuisinier répondit à l'autre bout du fil.

— Roberto ? Désolé de vous déranger si tard. Pourriez-vous préparer une assiette avec du fromage, des toasts et du thé à la menthe que vous m'apporterez dans ma chambre ? Merci.

Il raccrocha et vint s'asseoir près d'elle sur le lit.

— Sophie, je dois te poser quelques questions. La police t'a interrogée sur les lieux de l'accident ; que lui as-tu dit ?

— Rien de particulier. Qu'il s'agissait d'un accident.

— As-tu parlé d'une Ford bleu foncé ?

— L'inspecteur l'a mentionnée, alors j'ai dit qu'elle m'avait percutée. C'est tout.

— Très bien. C'est ce que je leur ai dit. As-tu vu le conducteur ? Remarqué un détail ?

La sonnerie de son portable l'interrompit. C'était encore Montoya.

— Pourquoi ne répondez-vous pas à mes appels ? Comment se porte Sophie ?

— Sophie va bien. Elle a le poignet foulé, et non cassé comme je le craignais, et un vilain bleu sur le front. Nous venons juste de quitter les urgences.

— Où êtes-vous ?

— Chez M. Botero. Elle dormira là cette nuit.

— Que dit la police ?

— Nous leur avons laissé croire qu'il s'agissait d'un accident dû à un chauffard qui a pris la fuite.

— Laissez-moi parler à Sophie.

— Elle ne se sent pas bien. Elle est sous tranquillisants.

— Bon, bon. Demandez-lui de m'appeler demain matin, alors. Majors ?

— Oui ?

— Vous êtes responsable de sa sécurité.

— Ne vous inquiétez pas. C'est ma toute première priorité.

— Avez-vous des nouvelles des ravisseurs ?

— Non, et je n'aime pas cela. Ils mettent trop de temps à se manifester.

Des petits coups frappés à la porte annoncèrent l'arrivée du cuisinier. Il entra et fit rouler son chariot jusqu'au pied du lit.

Sean lui fit un petit signe de la tête et il prit aussitôt congé.

— Se peut-il que Botero ait appris quelque chose qu'il vous cache ? reprit Montoya.

— C'est exclu. Javier, son intendant, est à ses côtés vingt-quatre heures sur vingt-quatre. De toute façon, Carlos ne possède pas de téléphone portable. Je suis automatiquement connecté à tous les appels entrants. Mes hommes sont parfaitement briefés sur la marche à suivre en cas d'appel des ravisseurs. Faites-moi confiance.

Montoya demeura silencieux un court instant.

— Qu'est-ce que vous en pensez ?

Sean nota une pointe d'inquiétude dans le ton de sa voix, cette même inquiétude qui n'avait cessé de le harceler de la journée. Pourquoi les ravisseurs ne rappelaient-ils pas ? Sean espérait que Sonya était encore en vie.

— Si seulement je savais que penser…

Il attira à lui le chariot et remplit une tasse de thé qu'il tendit à Sophie. Elle la prit avec un petit sourire de remerciement et l'entoura de ses mains afin de les réchauffer.

— Voyons-nous demain, proposa Montoya. Nous tâcherons de mettre au point une nouvelle stratégie.

Sean fronça les sourcils.

— Voyons-nous demain afin de discuter du véritable rôle de Rachel Brennan dans cette affaire.

Sophie lui lança un regard en biais en entendant le rire sonore de Montoya résonner dans l'écouteur.

— J'en toucherai un mot à Rachel, mais elle n'aime pas beaucoup les menaces.

— Il n'est pas question de menaces. Je pensais que nous avions un accord.

— Vous avez dicté vos conditions, Majors, et je ne crois pas les avoir acceptées.

— Arrêtez votre petit jeu, Montoya. Nous avons les mêmes intérêts.

— Je vous verrai demain.

Sophie s'assit dans son lit comme Sean raccrochait.

— Tu vas rentrer chez toi ?

— Oui. Ma fille s'attend à me voir à son réveil.

— Michaela, dit Sophie en souriant. Elle a de la chance de t'avoir comme père.

— C'est moi qui ai de la chance de l'avoir.

Le ton de regret de la remarque de Sophie le fit repenser à ses cicatrices et aux sévices qu'on lui avait infligés. La colère s'empara de lui. S'il lui était possible de remonter dans le passé, il réglerait son compte à cette femme qui l'avait fait tant souffrir.

— Elle a tes yeux, poursuivit-elle, et cette même expression volontaire.

Sean n'avait aucune envie d'évoquer sa fille avec elle.

— Il est bien tard pour parler de cela.

Il ramena le couvre-lit sur elle.

— Tu dois à présent te reposer.

— Tu n'aimes pas parler d'elle avec moi, n'est-ce pas ? demanda-t-elle en s'assoupissant.

Elle ferma les yeux.

— Je suis désolée, Sean. Je n'aurais jamais dû venir chez toi. Je n'avais aucune intention de m'immiscer dans ta vie privée.

Elle rouvrit les yeux et lui sourit.

— J'aimerais beaucoup la revoir, ne serait-ce qu'une fois. Elle est… si belle, si parfaite. Comment sa mère a-t-elle pu l'abandonner ? Au moins, Michaela sait que tu seras toujours là pour elle.

Sean étudiait son visage. Son expression était à la fois douce et triste.

— Comment a-t-on pu t'abandonner ?

Cette question lui échappa. Il se pencha et embrassa chastement l'hématome sur son front.

Elle tendit alors le cou et lui offrit sa bouche. Il piqua de baisers sa tempe, sa joue, puis s'empara de ses lèvres. Prenant son visage entre ses mains, il l'embrassa avec une ardeur croissante. Elle émit un râle de plaisir et lui rendit son baiser, l'invitant à la posséder.

Il la désirait totalement, désespérément. Son esprit était sous l'emprise de sa passion tandis que son sexe s'érigeait, pressant l'étoffe rude de son jean.

Promenant la main sur sa poitrine, il sentit les bouts de ses seins se tendre à travers son T-shirt et se mit à les caresser, à les masser doucement, ce qui la fit s'arquer pour se plaquer contre lui.

Il se figea. *A quel jeu jouait-il ?* De quel droit lui ferait-il l'amour dans la maison de Carlos, alors que Michaela dormait tranquillement, croyant son père à la maison pour la protéger ? Pensait-il que Sophie avait changé, simplement parce qu'elle était blessée ?

Elle était le même genre de femme que son ex…

Sophie entrouvrit les yeux et fronça les sourcils.

— Sean…, murmura-t-elle.

Il tenta de se ressaisir, de se convaincre que rien de tout cela n'était en train de se produire. Il lui fallait se détourner de cette femme vulnérable à la beauté ravageuse.

— Je pense que tu as eu ta dose d'excitation pour aujourd'hui, lança-t-il froidement en consultant sa montre. Je rentre chez moi. Si tu as besoin de quoi que ce soit pendant la nuit, appuie sur la touche 4 du téléphone. C'est le numéro du gardien de nuit. Il préviendra Javier, l'aide-soignant de Carlos.

Il se leva et fit quelques pas vers la porte.

— Sean ?

Sa voix était empreinte de ce ton particulier qui lui faisait toujours perdre ses moyens.

— Oui ?

— Merci de m'avoir suivie.

Il se retourna et la dévisagea.

— Alors que tu as tenté de me semer dans la circulation ?

Ses joues s'empourprèrent.

— Peut-être un jour seras-tu suffisamment reconnaissante pour me dire la vérité.

— La vérité ?

— Qui tu es réellement, et qu'est-ce qui se trame à Mariage pour la Vie.

Il la quitta, satisfait d'avoir lu la culpabilité dans son regard.

9

Le lendemain matin, Sophie s'éveilla en entendant s'ouvrir la porte de sa chambre. Par réflexe, elle tendit le bras vers la table de nuit dans laquelle elle cachait son arme, mais une vive douleur dans son poignet l'arrêta.

Elle se souvint alors que Sean l'avait conduite chez Carlos Botero.

— Veuillez m'excusez, madame, mais M. Majors a laissé la consigne de vous réveiller à 9 heures. Votre petit déjeuner est prêt.

Sophie bâilla comme l'employée de maison déposait un plateau sur le lit. Les odeurs du café chaud, des toasts et du bacon frit l'enveloppèrent, précipitant son réveil. Elle regarda au pied du lit : le chariot de la veille au soir avait disparu.

— Il m'a demandé de vous trouver de quoi vous habiller.

— Pourquoi ? Où sont mes affaires ?

— M. Majors m'a priée de les laver. Voici vos sous-vêtements, ainsi qu'une robe. M. Majors voulait quelque chose de long.

La femme exhiba une longue robe en coton bleu pastel.

Quelque chose de long. Sophie en fut reconnaissante à Sean. Il avait deviné qu'elle souhaiterait dissimuler ses jambes.

— Merci. Cette robe est très jolie.

— C'était… c'est une robe de Mlle Sonya.

Sophie lança un regard inquisiteur à l'employée. Son lapsus était-il révélateur ? Avait-on appris le décès de Sonya dans la nuit ?

La femme se mit à pleurer.

— Pardonnez-moi, madame.

— Vous êtes inquiète pour Sonya ?

— Oui, madame. Elle a toujours été bonne avec moi. Avec nous tous. J'espère…

Elle ne put terminer sa phrase. Elle ne jouait pas la comédie. Elle devait sincèrement penser que Sonya était déjà morte.

— Comment vous appelez-vous ?

— Amelia, madame.

— Amelia, M. Majors et les gens pour lesquels je travaille font tout pour retrouver Sonya saine et sauve. Si vous entendez ou voyez quoi que ce soit qui puisse nous aider, vous nous le direz, n'est-ce pas ?

— Oui, madame. Merci.

Dès que l'employée de maison fut partie, Sophie s'habilla le plus rapidement qu'elle le put, compte tenu de son poignet douloureux.

La robe était un peu trop ample au niveau de la poitrine, mais sinon elle lui allait très bien.

Regrettant de ne pas avoir ses bas avec elle, elle chaussa les mêmes sandales qu'elle portait la veille.

Elle s'assit sur le lit, se servit une tasse de café et se beurra un toast. Tout en sirotant son café, elle songea à Carlos Botero. Le pauvre homme était âgé, malade, et rongé d'inquiétude pour sa fille adorée. Combien de personnes travaillaient actuellement sur l'affaire ?

Si elle-même était kidnappée, il n'y aurait personne pour payer une éventuelle rançon. Personne ne se soucierait de savoir où elle se trouvait et si elle était ou non en vie.

— Arrête ces jérémiades, se dit-elle à vois basse. Tu es pathétique. Tu sais bien que tu n'as aucune famille.

L'image de Sean et de Michaela riant ensemble s'imposa douloureusement à elle.

Elle sentit les larmes lui monter aux yeux.

Un coup violent à la porte la fit sursauter. Sean entra sans être invité. Vêtu d'un costume gris clair très chic, il faisait songer à un jeune businessman.

Il haussa les sourcils en la découvrant.

— Oh ! Tu as l'air… si différente.

— Merci. C'est mon nouveau look. Pas de maquillage, une robe empruntée et des chaussures dépareillées.

— Ça te va bien. J'aime la couleur de cette robe.

— Vraiment ? fit-elle en baissant les yeux. Je ne porte jamais de bleu.

— Cela… fait ressortir la couleur de tes yeux.

— Si tu le dis. Pourrais-tu me prêter un sweat-shirt ?

— Pourquoi ? Tu es superbe, ainsi.

— Cette robe est sans manches, répondit-elle en grimaçant.

— Oh ! je vois.

Il vint la prendre par les épaules et la plaça de façon à ce que le soleil que laissait passer une fenêtre illumine son épaule gauche. Immobile, Sophie se laissa faire tandis qu'il caressait du doigt sa cicatrice.

— On la voit à peine, dit-il en effleurant la fine marque sur sa peau.

Sophie frissonna en se remémorant la sensation de son corps plaqué contre le sien alors qu'il promenait ses lèvres sur ses cicatrices. Personne ne l'avait traitée avec autant de gentillesse, de douceur. Il faut dire qu'elle ne s'était jamais laissé approcher de si près…

— Es-tu prête ? Il est temps de partir.

— Allons-nous à Mariage pour la Vie ? Je meurs d'envie de tout savoir : ce que Rafe a découvert chez moi, les indices qu'il a pu récolter sur la voiture de Rachel…

C'est alors que le portable de Sean sonna.

— Quoi de neuf, Kenner ?

— J'ai les ravisseurs au téléphone, monsieur.

Sean se figea.

— Où se trouve Carlos ?

— Dans son bureau.

— J'arrive tout de suite. Connecte-moi sur la ligne.

Sean s'élança dans le couloir en direction du bureau de Carlos. Les pas de Sophie résonnaient derrière lui.

Il y eut un grésillement sur la ligne, puis il entendit la voix de Carlos.

— Je vous en supplie, dites-moi que ma fille est toujours en vie.

— Contente-toi d'écouter, vieil homme, ou tu n'es pas près de la revoir.

Sean pénétra en trombe dans le bureau et, intimant d'un geste à Carlos de se taire, prit aussitôt le relais.

— Je suis Sean Majors, le responsable de la sécurité de M. Botero. M. Botero n'est pas en état de soutenir cette conversation.

— Qu'est-ce que vous racontez ? Il me parlait à l'instant.

Sean fit signe à Carlos de tousser, et ce dernier s'exécuta en exagérant.

— C'est avec moi qu'il faudra désormais négocier.

Il y eut un silence ; Sean attendit. Les ravisseurs étaient-ils tellement à cran qu'ils ne voulaient traiter qu'avec Carlos ?

Du coin de l'œil, il vit Sophie entrer dans le bureau et venir chuchoter à l'oreille de Carlos. Le vieil homme l'écouta, puis hocha la tête. Elle lui prit alors le combiné des mains et le plaça contre son oreille.

— Botero a tout intérêt à se remettre vite, dit la voix au téléphone, parce que, cette fois, s'il ne dépose pas lui-même la rançon, nous lui renverrons sa fifille adorée en plusieurs morceaux.

— Il sera là, assura Sean. Quand voulez-vous procéder à l'échange ? Dans deux heures ?

— Oh ! non. Nous avons changé nos plans. Nous vous rappellerons. En attendant, vous feriez mieux de vous mettre au boulot, car le prix a changé. Il a doublé, pour être précis. Cette fois, nous exigeons quatre millions.

Sean grimaça.

— Nous avons besoin de temps pour rassembler une telle somme.

— Vous auriez dû y songer plus tôt, monsieur le responsable de la sécurité. En désobéissant à nos ordres, la dernière fois, vous auriez dû vous douter que le montant grimperait.

Sean croisa le regard de Sophie.

— De quelle façon avons-nous désobéi ? L'argent a été déposé à l'endroit indiqué. Vous ne l'avez même pas récupéré.

— C'était trop dangereux compte tenu de la présence des snippers. Quand je demande à ce que l'on vienne seul, monsieur Majors, cela veut dire seul.

— Je vois.

— Je suis un homme de parole. Je vous ai promis que M. Botero retrouverait bientôt sa fille. Que ce soit morte ou vivante dépend de vous. Souhaite-t-il recevoir une preuve de ma sincérité ? Un de ses doigts, peut-être ?

— Non ! Ce ne sera pas nécessaire. Je lui ferai part de vos instructions. Quand nous rappellerez-vous ?

— Quand cela me plaira. Au revoir, monsieur Majors.

Sean retint son souffle. La communication avait été interrompue.

— Ils ont raccroché, dit Sophie en reposant son combiné sur le bureau. Croyez-vous que…

— Javier, l'interrompit Sean, nous devons nous préparer au cas où M. Botero doive sortir cet après-midi.

Sean rangea son portable en lançant un regard d'avertissement à Sophie, puis s'approcha de Carlos.

— Monsieur, pensez-vous être en mesure de procéder à la remise de la rançon ? Cela pourrait se dérouler dès aujourd'hui. Ils ne nous laisseront que très peu de temps.

— Je suis prêt à tout pour ma Sonya, répondit Botero en agrippant les accoudoirs de son fauteuil roulant. Rien de tout cela ne serait arrivé si Sonya m'avait écouté. Où est cette ordure dc DeLeon ? Tout est de sa faute.

Carlos fut pris d'une quinte de toux et Sean demanda à Javier de lui administrer un calmant.

— Je fais tout mon possible pour retrouver votre fille. Nous serons prêts pour le prochain appel des ravisseurs. Nous ferons ce qu'ils demandent et nous ne préviendrons pas la police.

Carlos approuva d'un clignement des yeux.

Sean fit signe à Sophie de le suivre hors de la pièce. Contrarié qu'elle ait écouté la conversation, il était en proie au doute. Il tentait de se persuader qu'elle était comme son ex-femme : une droguée, non pas aux stupéfiants, mais à l'adrénaline. Cela lui serait plus facile de rompre le charme sous lequel elle le tenait et de cesser de tenter de la protéger à chaque instant.

D'un autre côté, il voulait croire qu'elle était différente. Que son prétendu amour du danger n'était qu'une façade dissimulant sa véritable personnalité. Que la tristesse qu'il lisait dans son regard était bel et bien réelle.

— Sean, attends.

Il se retourna. Elle descendait quatre à quatre les marches du perron, sa robe bleu pâle et ses cheveux blonds donnant l'impression qu'elle venait de s'échapper d'une aquarelle.

Bon sang ! Tout était de sa faute. Elle le détournait de sa mission. Sa présence interférait avec son travail. Au lieu de s'employer à contrer les ravisseurs et réfléchir à une stratégie, il jouait les chauffeurs et promenait Sophie aux quatre coins de la ville.

Il monta dans son pick-up et démarra. Elle le rejoignit et contourna le véhicule pour ouvrir la porte passager. Elle était condamnée.

A contrecœur, il la déverrouilla, et Sophie prit place à ses côtés.

Ils n'échangèrent pas un mot tandis que Sean franchissait la grille du parc et prenait la direction de l'autoroute. Il sortit son portable.

— Winstead ? La situation se complique. Oui. Il nous faut deux millions de plus.

Il fronça les sourcils en écoutant l'homme lui répondre.

— Je sais, mais vous devez faire tout votre possible. Ils peuvent nous recontacter à tout moment. C'est une sacrée somme, j'en suis conscient. Débrouillez-vous. Prévenez-moi quand ce sera prêt.

Il raccrocha et tourna la tête vers Sophie.

— Le gestionnaire de Botero, dit-il.

Enfin, il lui parlait. Sophie sauta sur l'occasion.

— Merci pour les vêtements.

Il haussa les épaules.

— Je suis sincère. C'était très délicat de ta part de penser à une longue robe. Tu es tellement préoccupé ces temps-ci, et il est survenu tant de choses ces dernières vingt-quatre heures… Oh ! mais j'y pense : depuis la mort de Johnson, tout tourne autour de moi.

— Ça y est ? Tu as enfin percuté ? Au moins es-tu parvenue à tes fins. Je pense que tu as ta dose *d'excitation*, à présent, non ?

Le ton acide de sa voix la fit frissonner. Elle eut envie de lui passer les bras autour de son cou et de l'embrasser, de lui jurer qu'elle était tout le contraire de son ex-femme. Mais elle savait que cela ne modifierait en rien l'image détestable qu'il avait d'elle.

Et, de toute façon, ce serait là un piètre mensonge.

Elle s'appuya contre le dossier de son siège et soupira.

— Pourquoi ? Pourquoi en ont-ils après moi ?

— Parce que tu as pris l'ascenseur avec le meurtrier de Johnson. Tu es la seule personne à l'avoir vu.

— Mais ça s'arrête là. Je ne sais pas qui il est. Je ne saurais pas le reconnaître. Il portait un masque.

— Tu l'as poursuivi. Il a compris que tu le suspectais de quelque chose. Il a donc décidé de t'éliminer.

— De cela, j'en suis parfaitement consciente. Ce que je ne comprends pas, c'est pourquoi. Il lui suffisait de jouer profil bas et il n'aurait jamais été inquiété.

— Je ne crois pas qu'il puisse la jouer ainsi. Il est certainement au cœur de toute cette affaire.

— Tu crois que c'est lui qui détient Sonya ?

— Non, mais je suis sûr qu'il sait où elle se trouve.

— Sean, je ne pense pas pouvoir l'identifier, même si nous étions placés face à face.

— Tu as dit qu'il avait une cicatrice.

— Au-dessus de son sourcil gauche.

— Eh bien, voilà ce qui doit l'effrayer. C'est ce qu'on appelle un signe particulier. Tu l'as dit à Montoya et à la police, n'est-ce pas ?

Sean se gara sur le parking de Mariage pour la Vie.

— Bien entendu. En fait, je me demande bien pourquoi on n'a pas organisé une séance d'identification à l'hôpital.

— C'est une bonne question.

Il sortit de la voiture et vint lui ouvrir la portière. En descendant du véhicule, elle tira sur sa robe afin de cacher ses jambes.

Ils marchèrent ensemble vers le hall d'entrée, Sean la tenant par la taille. Sa main était chaude et ferme.

Sophie était à présent convaincue qu'il mettrait sa propre vie en danger pour la protéger.

Dommage que cela ne dure pas éternellement. Quand cette histoire serait terminée, il reprendrait sa vie auprès de sa fille et elle retrouverait la solitude de son appartement.

Mlle Sophie Brooks, à jamais célibataire. C'était là l'histoire de sa vie. Même si leur relation venait à s'épanouir, elle n'oserait jamais lui dire toute la vérité, car il était persuadé qu'elle lui mentait en permanence.

Sophie retint un sourire. Il ne pouvait savoir à quel point il avait raison.

Vicki, la jeune femme de l'accueil, et Julia Garcia, occupée avec une cliente, se trouvaient dans le hall.

— Sophie, qu'est-ce qui t'arrive ? chuchota Vicki.

— Regarde-toi. Tu es sûre que tout va bien ? demanda Julia en s'avançant.

Sophie hocha la tête.

— Le bleu te va à ravir, déclara Julia en remarquant l'hématome sur son front et le bandage à son poignet. Vraiment, tout va bien ?

— Ça va. J'ai juste eu une petite altercation avec un airbag, répondit-elle en tâchant de sourire aux deux jeunes femmes.

— Au fait, fit Vicky, Rachel vous attend, M. Majors et toi. Elle m'a demandé de la prévenir de votre arrivée.

— Nous allons la voir de ce pas, dit Sean en poussant Sophie vers l'escalier, lui plaçant la main dans le dos.

Sophie se retourna pour voir Julia contrefaire un évanouissement. Son message était clair : elle trouvait Sean extrêmement sexy. Sophie se contenta de lui sourire.

La porte du bureau de Rachel était ouverte ; la jeune femme faisait les cent pas, l'oreille rivée à son téléphone. Elle leur fit signe de s'asseoir à la table de réunion où Rafe Montoya était déjà installé.

— Ce n'est pas mon problème, disait-elle. Si vous n'êtes pas capable d'organiser une séance d'identification, faites-moi parvenir des photographies des suspects. Nous voulons identifier au plus vite l'homme qui a agressé l'un de mes employés.

Montoya s'adressa à Sophie.

— Comment vous sentez-vous ? Vous êtes ravissante dans cette robe bleue. Elle rehausse la couleur de vos yeux.

— Merci, Rafe.

— Où avez-vous passé la nuit ? demanda-t-il en regardant Sean.

— Chez M. Botero. Sean a pensé que c'était plus prudent.

Sophie ne fit aucune allusion à l'appel des ravisseurs, laissant le choix à Sean de divulguer ou non l'information.

— La police a-t-elle découvert des indices dans l'appartement de Sophie ? demanda ce dernier.

Rafe sortit un bloc-notes de sa poche.

— Pas de signe d'effraction. Quelques traces sur les serrures prouvant qu'elles ont été forcées. Il est très fort. Il est parvenu à verrouiller la porte en partant.

— Et à propos du câble électrique ?

— Il était connecté au secteur. C'est un miracle que Sophie n'ait pas été électrocutée.

Sophie vit de la colère dans le regard de Sean, mais cette colère ne semblait pas dirigée contre elle. Il était très pâle, comme sous le coup d'une peur intense.

— J'allais prendre ma douche lorsque Sean a frappé à la porte.

Sean pinça les lèvres et opina.

— A-t-on relevé des empreintes ? s'enquit-il.

— Non, excepté les vôtres et celles de Sophie.

Sophie rougit. Comme c'était pathétique… On n'avait pas relevé d'autres empreintes que celles de Sean car elle ne recevait jamais de visites.

— Cela dit, les vôtres se trouvaient partout dans l'appartement, dit Rafe à Sean en le dévisageant. Dans le salon, sur le réfrigérateur, sur la table de nuit.

Sean leva la tête et soutint son regard ; Sophie retint son souffle. Ainsi, il avait bien parcouru le rapport de police alors qu'elle prenait sa douche.

Rachel termina sa conversation téléphonique et vint les rejoindre, mettant ainsi un terme à la confrontation à laquelle se livraient les deux hommes. Tous deux baissèrent les yeux lorsqu'elle leur lança un regard désapprobateur.

— Nous allons te présenter une série de photos, dit-elle à Sophie. Je ne sais pas encore ce que nous pourrons en tirer. Elles proviennent du fichier des employés de l'hôpital. Il n'a pas été mis à jour depuis des années. Certaines de ces photos sont très anciennes.

— Je ferai de mon mieux. Que se passera-t-il si je parviens à identifier l'un de ces hommes ? Il sera arrêté ?

— Non, intervint Sean.

Les regards se tournèrent vers lui.

— Cet homme joue un rôle déterminant dans cette affaire. Il a réussi à identifier Sophie, et en a fait sa cible prioritaire, ajouta-t-il.

Rachel avait toute son attention ; elle lui fit signe de poursuivre.

— Il est très adroit. Il est parvenu à injecter un poison dans l'intraveineuse de Johnson sans laisser la moindre trace de son intervention. Il est entré chez Sophie avec une facilité déconcertante. Et il s'y connaît en électricité.

Rafe haussa les épaules.

— Alors, pourquoi ne pas l'arrêter ?

— Réfléchissez une seconde. Son arrestation risquerait de semer la panique parmi ses complices, et mettrait la vie de Sonya et de Sophie encore plus en danger.

Rafe approuva malgré lui.

— Nous devons te placer sous haute sécurité jusqu'à la fin de l'affaire, dit Rachel à Sophie.

— Non, s'il vous plaît, Rachel ! J'ai envie de participer, d'apporter mon aide.

— Il y a une autre solution, dit Sean. Carlos a reçu un appel ce matin.

La tension monta soudain d'un cran.

— Un appel des ravisseurs ? Pourquoi ne l'avez-vous pas dit plus tôt ? Que voulaient-ils ? Ont-ils fixé un rendez-vous ? demanda Rafe avec emportement.

— Aucun rendez-vous n'a été fixé pour l'instant. Ils nous recontacteront. Le montant de la rançon a doublé. Quatre millions. Ils ont menacé Carlos de lui faire parvenir un doigt de sa fille pour lui prouver leur détermination. Et ils exigent que ce soit lui qui remette la rançon.

— Est-il en mesure de le faire ? s'enquit Rachel. Il est très faible, n'est-ce pas ?

— Il le fera. Je serai là, à ses côtés.

Rafe frappa la table du plat de la main.

— Nous ne savons toujours pas si Sonya est ou non au Lareda. Je ne comprends pas le rôle de Sophie dans cette affaire. Pourquoi ne pas la mettre à l'écart en attendant le dénouement de toute cette histoire ?

— Je suis intimement convaincu que l'homme au masque est le cerveau de l'opération, répondit Sean. Il est inquiet que Sophie puisse l'identifier.

— S'il est le cerveau, pourquoi a-t-il pris le risque d'assassiner lui-même Johnson ? Il aurait pu déléguer l'un de ses hommes.

— Il est évident qu'il travaille à l'hôpital, car il a accès à des espaces réservés au personnel. Nous savons qu'il a une haute image de lui-même — il met un point d'honneur à s'acquitter en personne des missions importantes. Mais, s'il se sent traqué, il pourrait bien se volatiliser.

— Dans ce cas, mieux vaut ne pas le laisser penser que nous sommes après lui, dit Rachel.

— Oui, mais je veux tout de même que Sophie regarde ces photos. Il est important pour la suite des événements que nous sachions à qui nous avons affaire. Nous pourrions examiner ses antécédents et entrer en possession de la liste de ses appels téléphoniques afin de découvrir quels sont ses contacts.

— Je m'occupe de cela, fit Rachel.

Sean lui lança un regard entendu.

— Oui, j'ai vu avec quelle efficacité vous preniez les choses en mains. Comment vous y prenez-vous exactement, mademoiselle l'organisatrice de mariages ?

Rafe repoussa son siège, s'apprêtant à se lever ; Rachel leva la main pour l'en empêcher.

— C'est une question pertinente, monsieur Majors. Malheureusement, je ne peux y répondre pour l'instant. Me croiriez-vous si je vous disais que j'ai des contacts influents ? Nous sommes tout autant mobilisés que vous pour retrouver Sonya saine et sauve.

— Je n'aime pas cela, marmonna Sean.

— J'en suis tout à fait consciente, mais je vous donne ma parole que Rafe vous tiendra informé de tout nouveau rebondissement. Maintenant, que décidons-nous à propos de Sophie ?

— Elle reste avec moi. Nous devons nous comporter avec le plus grand naturel. Si Sophie venait à disparaître, cela éveillerait leurs soupçons.

Rachel croisa les bras et toisa Sean.

— Autre chose, monsieur Majors ?

— Nous devons nous tenir en alerte. D'après moi, la remise de la rançon aura lieu ce soir. Et je parie qu'elle s'effectuera dans les environs de Mariage pour la Vie.

10

Pendant que Sean et Rafe apportaient la dernière touche aux préparatifs de la remise de la rançon, Sophie termina la maquette des faire-part d'un jeune couple tout en répondant aux nombreuses questions de ses collègues.

Quelle étrange sensation de les voir venir à tour de rôle lui demander comment elle allait et si elle avait besoin de quoi que ce soit… Et, pour tout dire, elle y prit un certain plaisir.

Elle s'était toujours considérée différente des autres. Elle avait grandi au sein d'une famille d'origine hispanique et en était, de fait, la pièce rapportée. Cela ne lui avait pas facilité la vie, notamment auprès des enfants de son quartier.

Ces débuts avaient fait d'elle une jeune fille rebelle et avaient décidé du cours de son existence. Cela pouvait peut-être encore changer.

Lorsque Julia et Isabelle vinrent lui proposer de déjeuner ensemble, Sophie se rappela qu'elles lui en avaient souvent fait l'offre et qu'elle avait toujours refusé.

Cette fois, elle leur sourit et accepta l'invitation, se riant de leur réaction stupéfaite.

Ce déjeuner lui fit le plus grand bien. Elles avaient évité de parler de l'affaire comme des derniers déboires de Sophie. La discussion avait tourné autour de la mode, de la diététique, des films à l'affiche. Des histoires de fille, en somme.

De retour à Mariage pour la Vie, les jeunes femmes se séparèrent et Sophie regagna son bureau. Sean, qui tournait en rond dans le hall, l'y rejoignit.

— Où étais-tu ? demanda-t-il, visiblement irrité.

— Je suis allée déjeuner.

— Nous étions d'accord pour que tu restes près de moi.

Sophie était encore sous le charme de ce déjeuner agréable et reposant. Elle écarquilla les yeux.

— Oh ! tu veux dire vingt-quatre heures sur vingt-quatre et sept jours sur sept ? Je n'avais pas compris la chose ainsi.

— Ce que tu n'as apparemment pas compris, c'est que tu es en danger. Serais-tu encore à la recherche d'une dose d'excitation ?

— Je suis désolée. Je n'ai jamais pensé qu'un simple déjeuner avec deux…

Elle se tut ; elle avait failli dire « deux agents de Miami Confidentiel ».

— … avec deux collègues poserait problème.

Sean la dévisagea un instant.

— Nous avons reçu les photos. Il faut que tu les voies.

— Où sont-elles ?

— Dans le bureau de Rachel. On vient tout juste de nous les livrer.

Une fois installée dans le bureau de Rachel, il ne fallut que quelques secondes à Sophie pour reconnaître l'homme qui lui avait échappé.

— C'est lui, j'en suis sûre. Vous voyez cette cicatrice, juste au-dessus de son arcade gauche ?

Sean et Rafe s'assirent de part et d'autre de Sophie.

— Tu en es absolument certaine ? fit Sean.

— Je reconnais son regard, dit-elle en frissonnant.

Le portable de Sean sonna.

— Comment ? Quand ?

Sa voix prit un ton paniqué ; il jeta un coup d'œil à Sophie et à Rafe, puis sortit précipitamment de la pièce.

Sophie et Rafe échangèrent un regard interrogateur. Les ravisseurs avaient-ils rappelé ?

— Nous saurons bientôt de quoi il retourne, déclara Rafe. C'est du bon boulot, Sophie. Nous allons pouvoir récupérer un maximum d'informations sur cet homme.

Sean les rejoignit.

— Sean ? Qu'y a-t-il ? demanda Sophie. M. Botero a eu des nouvelles des ravisseurs ?

— Non. Il ne s'agit pas de cela. Nous devons y aller. Maintenant.

Rafe se leva.

— Majors ?

— C'était un appel personnel, répondit Sean.

— Sophie peut rester ici, rétorqua Rafe. Je ne bougerai pas de l'après-midi.

Sean secoua la tête. Son comportement alarmait Sophie.

— Quelque chose est arrivé à Michaela ? A Rosita ?

Sean la prit gentiment par la taille et l'entraîna hors du bureau de Rachel.

— Tu me ramènes chez moi ? s'enquit-elle comme ils empruntaient l'escalier.

— J'aimerais bien, mais l'accès à ton appartement est contrôlé. Je te rappelle que c'est une scène de crime.

— Oui, bien sûr…

Elle aurait dû s'en douter. Elle était à présent sans domicile, et les quelques affaires qu'elle avait emportées se trouvaient chez Carlos.

— Cela ne me facilite pas la tâche, dit-elle. Je n'ai rien à me mettre.

Tandis qu'ils passaient devant le comptoir de la réception, Vicki tendit un sac rose et blanc à Sean en lui souriant ostensiblement. Ignorant son sourire, Sean se saisit du sac pour le donner à Sophie.

— Rachel s'est occupée de cela. Elle a envoyé Vicki faire quelques courses pendant ton déjeuner.

Elle s'arrêta, contrariée. Sean était une vraie tête de mule.

— Tu t'imagines que tu vas être en permanence sur mon dos dans les jours qui viennent ?

Il lui adressa un regard amusé et la poussa à l'extérieur du bâtiment. Au loin, les nuages s'amoncelaient à l'aplomb de l'océan.

— S'il s'agit d'un problème personnel, pourquoi ne pourrais-je pas rester au bureau ? Je suis en sécurité, ici. Tu n'as pas à jouer les baby-sitters tout le temps.

— Il n'y a rien qui me ferait plus plaisir que de te laisser à tes petits jeux d'agent secret, mais cela n'est pas possible.

Je n'ai plus confiance en personne. Je dois moi-même veiller sur toi.

Sophie le dévisagea.

— Tu es la seule à pouvoir identifier l'homme qui a enlevé la fille de mon employeur, et je dois te protéger à n'importe quel prix, ajouta-t-il.

Ils traversèrent le parking et grimpèrent à bord de son pick-up.

— Chaque fois que je te perds de vue, tu te fourres dans des problèmes.

— Où allons-nous ? se contenta-t-elle de demander.

— J'ai quelque chose à faire.

Après quelques tentatives infructueuses d'engager la conversation, Sophie abdiqua. Elle ferma les yeux et tâcha de se détendre.

Elle s'éveilla alors qu'ils pénétraient dans un parking sous-terrain.

— Où sommes-nous ?

— Chez moi.

— Oh non !

Pourquoi la ramenait-il chez lui, alors qu'il voulait la tenir éloignée de Michaela ?

Sean se gara près des ascenseurs et ils s'y engouffrèrent rapidement.

— L'appel provenait de Rosita. L'un de ses petits-enfants s'est cassé la jambe.

Sophie comprit alors qu'il n'avait d'autre choix que de la ramener chez lui.

Sean ouvrit la porte de son appartement et s'effaça pour la laisser entrer. Michaela accourut aussitôt.

— Papa !

Sean afficha un magnifique sourire et s'accroupit pour recevoir sa fille dans ses bras. Il se releva tandis qu'elle lui déposait un énorme bisou sur la joue.

Vivement émue par cet instant de bonheur entre ce père et sa fille, Sophie s'éloigna. Elle battit des paupières, tentant de contenir ses larmes.

— Papa, comment tu as fait pour rentrer si vite ?

— J'ai couru pour venir embrasser mon petit écureuil. L'as-tu vu ?

Michaela se désigna du doigt.

— C'est moi, ton petit écureuil.

Il rit et l'embrassa.

— C'est vrai ! J'avais oublié.

Ce tableau familial touchait Sophie au plus profond de son cœur. Elle avait envie de rire et de pleurer à la fois, et se sentait de trop dans la scène.

Michaela remarqua alors sa présence.

— Papa ! C'est So-phie ! Tu es venu avec Sophie.

Elle se mit à gigoter, tendant les bras vers Sophie.

— Sophie ! Tu es venue pour me voir !

Sean lui tendit sa fille qui se débattait pour la rejoindre.

— Tu ne veux pas la prendre ? demanda-t-il, interloqué.

— Je…

Comment lui dire qu'elle ne connaissait rien aux enfants ? Qu'ils l'effrayaient et la rendait mélancolique ?

— Sophie, je veux aller dans tes bras, dit Michaela au bord des larmes.

— D'accord, d'accord.

Elle prit la fillette qui se jeta dans ses bras.

Oh ! quelle agréable sensation ! Elle était chaude, frétillante, pleine d'énergie. Elle sentait bon le propre, avec une touche de parfum à la guimauve, et ses cheveux étaient doux comme ceux d'un ange. Sophie sentit les larmes lui monter aux yeux.

— Ah, enfin ! fit Rosita en surgissant de la chambre, son sac en main. Je n'en ai pas pour longtemps. Je veux juste m'assurer que ce petit coquin de Joachim se porte bien. Bonjour, Sophie.

— Bonjour, Rosita.

Sophie fut surprise de l'accueil chaleureux que lui réservait Rosita. Les deux femmes échangèrent des propos en espagnol, et Rosita les quitta sans demander son reste.

— De quoi avez-vous parlé ? demanda Sean.

— Tu ne parles pas espagnol ?

Il haussa les épaules.

— Je sais dire « grand-mère », « médicament » et « merci beaucoup ».

Sophie se moqua gentiment de lui.

— Viens, mon écureuil, dit Sean en voulant la récupérer. Je suis sûr que Sophie en a assez de te porter.

Michaela s'agrippa au cou de Sophie.

— Non. Sophie, tu veux bien jouer avec moi ?

— Michaela, je pense que ton papa veut que tu ailles avec lui.

— Oh ! non. J'ai tellement passé d'heures à jouer avec elle. Je te laisse ce plaisir. Je vais en profiter pour prendre une douche. Ensuite, ce sera ton tour, si tu veux.

Sophie le vit lui sourire comme la fillette nichait son visage dans son cou. Elle se sentait submergée par un bonheur auquel elle avait toujours aspiré, tout en sachant qu'il ne lui appartiendrait jamais. Mais elle ne faisait que voler à Sean ces quelques instants d'amour. Cette mascarade finirait bientôt.

Lorsque Sean sortit de la douche, une demi-heure plus tard, il passa la tête par la porte du salon pour voir comment Sophie s'en sortait avec sa fille, laquelle était constamment habitée d'une énergie débordante.

Il fut surpris de constater que Michaela dormait paisiblement dans les bras de Sophie, sur le canapé.

Cela l'inquiétait que Michaela se soit aussi vite attachée à Sophie. Sa fille se trompait rarement sur ses sentiments à propos des gens ; soit elle les aimait, soit elle les repoussait, une fois pour toutes. Il ne s'attendait pas à ce que la fillette lui demande chaque jour des nouvelles de Sophie.

Cette dernière avait posé sa tête sur celle de Michaela et avait les yeux clos. Il approcha doucement et vit qu'elle avait pleuré. Une étrange douleur s'insinua dans sa poitrine. Il voulait essuyer ces larmes. Non. Il avait plutôt envie de les sécher par ses baisers. Son désir s'éveilla.

« Elle ressemble par trop à Cindy », s'admonesta-t-il. Mais cela ne suffit pas à chasser son désir. Alors que Sophie ne rencontrait Michaela que pour la seconde fois, toutes deux partageaient un moment de tendresse tel que Cindy n'en avait jamais connu.

Sophie ouvrit les yeux et ils se regardèrent longuement. Sean ne parvenait à deviner ses pensées, mais il songeait à elle, nue dans son lit, quand il tentait d'effacer de ses baisers la douleur que contenait chacune de ses blessures, chacun des actes de cruauté qui lui avaient laissé d'horribles cicatrices.

— Tu veux la mettre au lit ? murmura-t-elle.

Il acquiesça mais ne fit aucun mouvement ; il tâchait de reprendre le contrôle de lui-même. Sophie rougit en remarquant son trouble.

Elle parcourut du regard son torse nu, puis baissa les yeux vers son entre-jambe tandis qu'il prenait Michaela dans ses bras.

— Va donc te doucher, lui dit-il. Utilise la salle de bains de ma chambre. Tu y seras à ton aise.

Sophie se leva du canapé et caressa le dos de Michaela d'un geste maternel. Sean en fut ému.

— Pourquoi as-tu pleuré ? murmura-t-il.

— Elle est… si parfaite, si belle.

Sa voix se brisa. Sean se sentit frustré. Il aurait voulu connaître ses pensées, ses peurs, ses souhaits les plus secrets.

— Sophie…

Son regard était empreint de crainte. Il se pencha pour embrasser délicatement ses lèvres. Elle les entrouvrit et émit un léger soupir de plaisir. Tenant toujours Michaela dans ses bras, il intensifia son baiser.

Seules leurs lèvres étaient en contact, mais Sean sentait sa présence le submerger. A cet instant, leurs âmes furent en parfaite communion.

Ce baiser représentait leur plus intime échange, car il ne traduisait pas seulement un désir physique, mais aussi une sincère émotion.

Sophie rompit le charme en se dégageant.

— Je ferais mieux d'aller me laver, dit-elle en prenant le sac blanc et rose contenant ses vêtements.

Sean demeura là, caressant le dos de Michaela, tandis que Sophie disparaissait dans sa chambre.

Elle n'avait pas été insensible à ce baiser, il en était certain.

Aussi grands que soient ses doutes quant à sa réelle motivation, il savait que, tout comme lui, elle luttait avec l'énergie du désespoir contre leur attirance réciproque.

Quand Sophie sortit de la chambre de Sean, vêtue de jolis dessous de soie rose, du petit haut sans manches et du pantalon en lin beige que Vicki était allée lui acheter, Rosita était de retour tandis que Sean arpentait le salon d'un air préoccupé.

A son entrée, il leva les yeux et son regard brilla d'une lueur de satisfaction.

— Bien. Te voilà prête.

— La nuit sera longue, je le sens, se plaignit Rosita. Vous avez laissé Michaela faire la sieste trop longtemps. Elle va se réveiller en pleine nuit.

— Laissez-la dormir jusqu'à notre départ, répondit Sean. Vous lui direz que son papa sera de retour demain matin. Elle s'est bien dépensée en jouant avec Sophie.

Rosita regarda Sophie avant d'acquiescer.

— Allons-y, Sophie. Cette attente se prolonge un peu trop à mon goût. Je dois voir mes hommes et prendre des nouvelles de la santé de Carlos.

— Je pourrais rester avec Michaela et Rosita…

— Non. Je te l'ai déjà dit : tu ne me quittes pas d'un pas.

Sean attrapa son blouson et son arme, puis invita Sophie à le suivre sans plus attendre.

Ils parcoururent la distance les séparant de la propriété de Carlos en un temps record. A la grille, il interrogea le gardien, lequel n'avait rien de particulier à lui signaler. Il venait à peine de se garer que son portable sonna.

— Mettez-moi en ligne. Tout de suite !

Les ravisseurs rappelaient, enfin ! Sophie sentit son cœur s'emballer. Sean bondit hors de son pick-up et courut vers la maison. Sophie s'élança à sa suite.

Sean écoutait déjà la conversation lorsqu'ils déboulèrent dans le bureau de Carlos.

Le vieil homme semblait plus mal en point que la dernière

fois où Sophie l'avait vu. Son angoisse pour sa fille le vidait peu à peu de ses forces.

— Je veux savoir si ma fille va bien, disait-il, la voix tremblante d'émotion.

Le regard de Sean ne présageait rien de bon tandis qu'il écoutait la réponse des ravisseurs. Il secoua la tête à l'intention de Botero.

Le vieil homme comprit le sens de son signe.

— Non ! s'exclama-t-il. Je ne coopérerai que quand j'aurai la preuve que ma Sonya est en vie.

Javier se tenait près de Carlos, la main sur son poignet afin de contrôler son pouls.

— Cela ne me suffit pas. Laissez-moi parler à ma fille ou allez au diable !

Carlos raccrocha furieusement le combiné.

— Je ne crois pas ce que ce soit une bonne idée, monsieur Botero, fit Sean d'un ton prudent.

Sophie joignit les mains en une prière silencieuse. Les épaules de Sean s'étaient contractées, trahissant sa tension. Carlos leva un regard sombre vers son responsable de la sécurité.

— Je sais ce que je fais, Sean. Ils vont rappeler. S'ils ne me la passent pas, ils n'auront pas un centime de ma part.

— Je dois donner un calmant à M. Botero, intervint Javier.

— Viens, Sophie. Allons prendre un café.

Dès qu'ils furent hors du bureau, elle lui bloqua le passage.

— Tu penses que Sonya est morte, n'est-ce pas ?

Sean se passa la main sur le visage.

— Je n'en sais rien. Tout dépend du bon-vouloir des ravisseurs. S'ils ont besoin d'argent, Sonya sera certainement épargnée. Si, en revanche, ils n'ont d'autre motivation que de tenir DeLeon éloigné des prochaines élections au Lareda…

— Tu te fais beaucoup de soucis pour M. Botero, n'est-ce pas ?

— Je travaille pour lui depuis plus de dix ans. Il me fait entièrement confiance. Il s'imagine que je peux tout régler.

Sean secoua la tête et se massa la nuque.

— Eh bien, tu le peux, n'est-ce pas ?

Il la regarda et lui sourit ; son expression s'adoucit.

— Tu as fait grande impression à Michaela, dit-il.

Son brusque changement de sujet la surprit, et les larmes lui montèrent aux yeux.

— Elle est… merveilleuse.

— Pourquoi as-tu pleuré ?

Sophie sentit son cœur cogner dans sa poitrine.

— Je te l'ai dit, murmura-t-elle, évitant son regard.

— Sophie ? insista-t-il.

Elle se mordit la lèvre et poussa un profond soupir.

— Je suis désolée, Sean. Je ne voulais pas qu'elle voie mes larmes, mais, pendant que nous jouions, elle a aperçu la cicatrice sur mon épaule. Alors, elle m'a…

Sa voix se fêla ; elle déglutit et prit une grande inspiration.

— Elle m'a demandé qui m'avait fait ça, et… elle a embrassé ma cicatrice.

Sean prit son visage entre ses mains et chassa une larme de sa joue du bout de son pouce.

— Ma fille est très émotive.

« Tout comme toi, Sean. » Sophie se remémora la douceur avec laquelle il avait embrassé une à une chacune de ses cicatrices. Puis elle revit Sean allongé sur elle, la regardant droit dans les yeux tandis qu'il la menait à l'extase.

Une nouvelle larme roule sur sa joue.

Le portable de Sean se mit à sonner.

Les ravisseurs.

Il fonça dans le bureau. Sophie sécha ses larmes et le suivit.

Carlos semblait avoir repris confiance. De ses doigts secs, il se saisit du combiné tandis que Sean se connectait depuis son portable.

— Sonya ! *Mi corazón ! Cómo estás ?* Tu es blessée ?

— Papa, répondit-elle d'une voix à peine audible, je vais bien. J'ai…

— Ça suffit, intervint une voix grave que Sean reconnut pour être celle de la dernière conversation.

Les salauds !

— Voilà, vieil homme. Tu as pu te rendre compte que ta fille était en vie.

— *Si.* Je l'ai bien entendue.

Sean s'approcha de Carlos et lui tapota l'épaule. Il devait conserver son sang-froid. Sean ne voulait aucune interférence dans la négociation. D'après le son de la communication, il ne pensait pas que Sonya soit au même endroit que les ravisseurs.

Il craignait qu'elle se trouve au Lareda, ce qui signifierait que les ravisseurs n'avaient pas l'intention de la rendre à son père. Son employeur ne verrait pas sa fille, pas aujourd'hui, du moins.

— Que voulez-vous ? reprit calmement Carlos.

— Vous abusez de notre patience, vieil homme. Vous avez nos quatre millions ?

— Oui.

— Bien. On se retrouve dans deux heures.

— Où cela ? demanda Carlos en se mettant à trembler.

Sean sortit un stylo de sa poche pour prendre des notes.

— Il y a un entrepôt abandonné sur les quais de West Street. Entrez à l'intérieur avec votre véhicule et attendez-nous. Venez seul.

Sean tapota de nouveau l'épaule de Carlos, cette fois pour lui rappeler leur accord. Il ne devait pas oublier de leur signaler qu'il ne pouvait conduire et qu'il serait accompagné de son chauffeur.

— Je suis en fauteuil roulant. Je ne peux donc ni marcher ni conduire. Mon chauffeur me conduira. Je serai assis à l'arrière de ma voiture avec l'argent.

— Vous mentez ! Je ne veux pas de chauffeur. Nous allons exécuter votre fille, monsieur Botero.

Le visage de Carlos perdit instantanément toute couleur.

— *Señor,* je vous dis la vérité. Je ne pense qu'à revoir ma fille. Nous procéderons ainsi ou l'échange ne se fera pas. C'est la seule façon de récupérer votre argent.

Après un long silence, la voix se fit entendre.

— Bien. Vous et votre chauffeur. Pas une personne de plus.

— Vous avez ma parole.

— Deux heures. Quatre millions de dollars. La moindre embrouille et votre fille est exécutée sur-le-champ.

— Vous l'amènerez avec vous ?

L'homme avait déjà raccroché.

11

Sophie accompagna Sean quand il alla chercher les quatre millions de dollars. Ils empruntèrent la limousine de Carlos afin de loger les deux larges valises dans le coffre spacieux.

Sophie se tenait auprès de Sean comme les gardes transféraient les valises à l'aide d'un imposant chariot en métal.

— Cet appel a épuisé M. Botero, dit-elle. Il n'a pas la force de s'acquitter de cette mission.

— Il lui suffira d'être présent, rétorqua Sean. Un de mes hommes, un tireur d'élite, sera avec nous et interviendra au moment propice. Je dois le récupérer en te ramenant à la propriété Botero.

Sophie avait remarqué la présence d'un chapeau et d'un manteau noirs sur la banquette arrière de la limousine.

— Cette tenue, au beau milieu de l'été, ne risque pas de sembler suspecte ?

— Depuis son AVC, Carlos ne se déplace plus que dans cette tenue. Tu connais sa réputation. Il est bien connu de la communauté hispanique de Miami. C'est un homme fier qui n'a pas envie d'apparaître faible et malade. C'est la raison pour laquelle il utilise cette espèce de déguisement. Par discrétion.

— Tu penses que Sonya est détenue dans cet entrepôt ?

Sean ne répondit pas et ferma le coffre. Alors qu'il ouvrait la portière à Sophie, son portable sonna.

Sophie n'aurait su dire qui était son interlocuteur, mais le visage de Sean pâlit affreusement.

— Quand ? Tout juste à l'instant ? Comment va-t-il ? Appelle une ambulance. Pas de sirène.

Il raccrocha et donna un coup de pied dans l'un des pneus de la limousine.

— Sean, qu'est-ce qui ne va pas ?

— Les ravisseurs ont rappelé. Ils ont avancé l'horaire d'une heure.

— On devait s'y attendre.

Il la dévisagea en fronçant les sourcils.

— Laisse tomber… Quelle est cette histoire d'ambulance ?

— Carlos a eu une attaque, quelques minutes après notre départ. Javier dit que ce n'est pas trop grave, mais il est tout de même paralysé du côté gauche. Bon sang, on va manquer de temps !

— Laisse-moi prendre sa place.

Sean lui adressa un regard noir.

— N'y pense même pas.

— De combien de temps disposons-nous ? Pouvons-nous nous rendre à temps à l'entrepôt ?

— Il ne nous reste que dix minutes. J'irai seul.

— Cela ne fonctionnera pas. M. Botero est hors du coup, à présent. Je porterai sa tenue et me dissimulerai à l'arrière.

Sean l'attrapa fermement par le bras.

— Est-ce que tu me refais le coup de l'excitation face au danger ? Je te préviens, Sophie, ce n'est vraiment pas le moment.

— Ecoute-moi bien. Je peux le faire. Je suis en fait un agent d'une division du Département de la Sécurité nationale, connue sous le nom de Miami Confidentiel. Mariage pour la Vie n'est qu'une couverture.

Sean vacilla, puis la saisit par les épaules.

— Serais-tu devenue folle ? Bon sang, mais de quoi parles-tu ?

— Tu dois me faire confiance. Je suis entraînée pour ce genre de mission. Avant d'appartenir à Miami Confidentiel, je travaillais à la CIA, au bureau de New York.

Sean frappa le toit de la limousine du plat de la main.

— Nom d'un chien ! Ne me prends pas pour un imbécile, Sophie. Il est question de vie et de mort, pas de…

— Sean ! s'écria-t-elle. Je ne peux pas te prouver maintenant ce que j'avance, mais, si tu veux sauver Sonya, tu dois me faire confiance. Il est temps de nous mettre en route.

Sean dévisageait Sophie, fasciné. Il tentait, sans succès, de digérer ses dernières paroles. Elle était un *agent du gouvernement*. Mariage pour la Vie n'était qu'une *couverture*. Elle avait appartenu à la *CIA*. Tout cela lui paraissait incroyable.

Elle soutint son regard sans défaillir, levant la tête d'un air de défi qu'il commençait à bien connaître.

Il n'avait d'autre choix que de suivre son plan. La vie de Sonya en dépendait, de même que celle de Carlos, car Sean ne doutait pas que, si sa fille venait à disparaître, le vieil homme en mourrait.

— Monte dans la voiture, lâcha-t-il.

Ni une ni deux, Sophie s'installa à l'arrière de la limousine et se glissa dans les vêtements de Carlos.

— As-tu une arme ? demanda-t-elle comme il rejoignait la circulation.

— Une arme ?

Leurs regards se croisèrent dans le rétroviseur.

— Oui, Sean. Une arme. Un revolver. Nous allons rencontrer des criminels dans un lieu désert. Nous devons tous deux être armés.

— Mais ton poignet…

Elle lui adressa un sourire entendu.

— Je sais tirer des deux mains.

De mieux en mieux.

— Regarde dans l'accoudoir.

Elle s'exécuta et dénicha un 9 mm dissimulé dans un compartiment.

— Beau jouet, commenta-t-elle en introduisant une balle dans la culasse. A combien sommes-nous de l'entrepôt ?

— A peu près quatre kilomètres. J'appelle Montoya. On aura besoin de renforts.

— Dis-lui que je t'ai mis au parfum à propos de Miami Confidentiel, et demande-lui de positionner des hommes tout autour du bâtiment. Les ravisseurs ont certainement posté des sentinelles.

Sean composa le numéro de Montoya.

— C'est Majors. La remise de la rançon aura lieu dans quelques minutes... Non, nous n'avons pas le temps. Sophie m'a dit pour Miami Confidentiel. Pouvez-vous nous envoyer des renforts au 2497 West Street ? Oui, il s'agit d'un entrepôt désaffecté.

Il écouta un moment.

— Qui sait ? Ils auront certainement des hommes postés tout autour du bâtiment... Nous ne serons que Sophie et moi. Carlos a eu une nouvelle attaque. Grouillez-vous, Montoya, nous sommes déjà en retard... Oui, nous avons pris la limousine de Botero... Donnez comme consigne à vos hommes de n'intervenir que s'ils entendent des coups de feu. Je ne veux pas laisser ces hommes s'échapper... Oui, je protégerai Sophie.

Sean raccrocha et tourna dans l'avenue menant aux quais. *Protéger Sophie.* Sophie semblait pourtant être en mesure d'assurer seule sa protection.

Il n'avait plus le temps d'analyser ses sentiments pour elle, ni ce qu'il ressentait pour les employés de cette fichue société d'organisation de mariages qui n'avaient fait que lui jouer la comédie. Depuis le début, il savait bien que quelque chose ne tournait pas rond dans cette affaire.

Une division du Département de la Sécurité nationale... c'était plutôt vague comme information.

Il jeta un coup d'œil à Sophie dans le rétroviseur. Elle semblait vulnérable dans les vêtements trop amples de Carlos. Elle avait dissimulé son arme dans la manche du manteau.

Leurs regards se croisèrent et elle lui sourit. Ses grands yeux bleus brillaient de détermination.

A partir de cet instant, il la considéra différemment. Elle lui apparaissait telle une professionnelle aguerrie. Toute trace de la jolie blonde en quête d'excitation face au danger avait disparu de son expression.

Il se souvint alors d'elle, plongeant et roulant sur le sol, tentant de saisir son arme au creux de ses reins. Il fut pris d'un violent désir de lui faire l'amour à l'arrière de la limousine.

« Calme-toi, mon gars », s'admonesta-t-il. Ce n'était pas le moment de se laisser aller à des fantasmes érotiques avec sa mystérieuse partenaire.

— Nous y sommes, dit-il en s'engageant dans le chemin menant à l'entrepôt.

Le lourd battant métallique était suffisamment ouvert pour laisser entrer la limousine. Ils avancèrent au pas dans la pénombre.

Les phares de la limousine s'allumèrent automatiquement, ainsi que les veilleuses à l'intérieur du véhicule, le baignant d'une lumière tamisée.

— Tu vois quelque chose ? murmura Sophie.

Devant eux se trouvait une structure composée d'une multitude de piliers de bois qui pouvait fournir de nombreuses cachettes pour des guetteurs ou des snipers.

Sean chargea son revolver.

— De quoi parlais-tu, tout à l'heure, à propos de ton rôle exact dans toute cette histoire ? demanda-t-il d'une voix rude.

— Rachel Brennan dirige Miami Confidentiel. Nous travaillons de concert avec le Département de la Sécurité nationale sur des dossiers nécessitant la plus grande discrétion.

Sean eut un petit rire.

— Discrétion ? C'est le terme que tu emploierais ?

Son ton était amer.

— Je n'avais pas l'intention de te mentir.

— Et pourtant tu ne t'en es pas privée.

— J'ai suivi les instructions de Rachel.

— Ah oui ? fit-il en se retournant.

Ses sourcils froncés et le pincement de ses lèvres lui firent de la peine. Il lui en voulait, visiblement, et ne semblait pas enclin à lui pardonner de l'avoir ainsi trompé.

— Jusqu'où est prêt à aller un agent de Miami Confidentiel pour mener à bien sa mission ?

— Sean, je sais ce que tu penses…

— J'en doute fort.

Elle déglutit péniblement et ferma les yeux. Puis elle fit ce dont elle ne se serait jamais crue capable ; le cœur battant la chamade, elle se confia à lui :

— J'étais sincère, la nuit que nous avons passée ensemble.

Il ne broncha pas.

Elle se couvrit la bouche d'une main pour ravaler un sanglot. « Arrête ça, Sophie. Concentre-toi sur ta mission. »

De nouveau, elle scruta l'intérieur de l'entrepôt. Cela lui fut plus facile, car ses yeux s'étaient entre-temps adaptés à la pénombre. Rien ne bougeait.

— Et à propos de tes cicatrices ? Je suppose que tu m'as menti aussi ? Que s'est-il réellement passé, Sophie ?

Elle serra les dents.

— Je t'ai dit la vérité.

— Je n'ai décidément aucune psychologie avec les femmes. J'avais placé toute ma confiance en ma femme, puis je me suis aperçu qu'elle me mentait depuis le premier jour de notre mariage. Y compris au sujet de sa grossesse.

Sophie sentit ses yeux la piquer.

— Sean…

— J'ai même douté que Michaela soit bien ma…

Il se tut.

— Oh non ! Ta femme t'a dit que Michaela n'était pas ta fille ? C'est horrible, et tellement cruel. Ce n'est pas vrai ! Elle a tes yeux. Ton visage. Ce même regard déterminé.

Sean scruta à son tour l'intérieur du hangar, puis se tourna vers elle.

— Je t'ai posé une question.

Sophie soupira.

— Tu veux entendre la triste vérité ?

— On n'a rien d'autre à faire pour l'instant.

— D'accord. Mais tâche de bien écouter, car je n'ai jamais raconté mon histoire à qui que ce soit, et je ne me répéterai pas.

Elle prit une grande inspiration.

— On m'a trouvée sur le parvis d'une église catholique alors que je venais tout juste de naître. Personne n'a jamais su d'où je venais, ni qui j'étais. La bonne du prêtre, Lourdes Ruiz, venait tout juste d'accoucher, aussi a-t-elle accepté de s'occuper de moi. Je l'ai très vite appelée Mamou. Mais il s'est avéré que j'étais une enfant un peu différente, difficile. Et Mamou était très sévère. Je me suis sauvée de la maison quand j'avais dix-sept ans. Je pensais que mon petit copain était l'homme le plus merveilleux au monde. Je me suis donnée à lui et suis tombée enceinte. J'ai perdu mon enfant et mon copain le même jour. Puis j'ai remonté la pente et décidé d'apprendre à m'en sortir par moi-même. Et, me voilà, aujourd'hui.

Sophie était surprise d'être parvenue à lui raconter toute son histoire sans craquer. Elle avait gardé un ton neutre, dépourvu d'émotion, ainsi qu'elle l'avait espéré.

Elle sentit des sanglots se former dans sa poitrine, mais s'interdit de pleurer en sa présence. Elle retint son souffle.

Dans le regard de Sean brillait une étrange lueur.

« Surtout pas, eut-elle envie de lui crier. Je ne veux surtout pas de ta pitié ! »

— Alors, toutes ces cicatrices proviennent des mauvais traitements que cette femme t'a infligés ?

Sophie ne se sentait pas le courage d'en dire plus. C'était par trop humiliant, trop douloureux.

— Sophie ? Je sens que tu es encore en train de me mentir…

Elle grimaça. Que fichaient ces maudits ravisseurs ? Elle aurait préféré qu'une fusillade éclate à cet instant, plutôt que de poursuivre cette douloureuse conversation.

— D'accord. Tu veux l'intégralité de l'histoire de la pauvre petite Sophie ? Tu veux te sentir supérieur et te venger en me forçant à te livrer tous les détails, y compris les plus sordides ? Très bien.

Sa colère lui faisait du bien ; elle lui donnait de la force. Elle la laissa s'emparer d'elle.

— Tu veux d'autres preuves que je n'ai rien à faire dans ta vie ou dans celle de ta fille ? Tu penses que je n'ai pas remarqué que tu détestais la voir dans mes bras ? Que vous êtes tous les deux trop bien pour moi ?

— Sophie, surtout ne va pas…

— Eh bien, sache que j'en suis tout à fait consciente. Je ne voulais pas tomber sous ton charme. Je t'ai supplié de ne pas me toucher. Je n'ai jamais cherché à rencontrer Michaela, ni à jouer avec elle. Je n'ai pas la fibre maternelle. Je n'ai pas eu de vie de famille. J'étais très satisfaite de ma vie avant de te rencontrer. Je sais qui je suis et d'où je viens.

Elle déposa son arme sur ses cuisses pour se détendre les doigts.

— Non, mes cicatrices ne proviennent pas toutes des maltraitances de ma mère adoptive. Les plus moches, y compris celle sur mon épaule, sont le résultat des coups que m'a donnés le père de mon enfant. Disons qu'il n'était pas particulièrement enchanté que je sois tombée enceinte.

— Sophie…

— Non ! fit-elle en reprenant son arme pour en frapper le canon contre l'accoudoir. Je ne veux pas de ta pitié. Tu as ce que tu voulais, mais tu n'as aucun droit de me juger du haut de ta petite vie parfaite avec ta magnifique petite fille.

— Je ne voulais pas…

L'entrepôt s'illumina soudain.

Sophie sursauta. Sean s'était figé. Sophie arma le chien de son revolver. Le cliquetis résonna dans le silence. Elle abaissa le rebord de son chapeau afin de dissimuler son visage.

La sonnerie du portable de Sean retentit ; il marmonna un juron en décrochant.

— Oui ? Je suis son chauffeur, répondit Sean. M. Botero m'a demandé de répondre à sa place. Il m'a chargé de vous dire qu'il était pressé d'en finir avec cette histoire.

Il se tut pour écouter la réponse des ravisseurs et se tourna vers Sophie.

— M. Botero, je dois vous informer qu'une arme est pointée sur votre tête.

Ne sachant à quelle distance se trouvaient les ravisseurs, elle eut l'idée de prendre une voix enrouée.

— Dites-leur que je ne suis pas impressionnée par leur petite mise en scène et que je me soucie peu de ma propre vie. Je ne pense qu'à une chose : la sécurité de ma fille.

Sean lui adressa un regard contrarié.

Sophie remua la tête, comme pour lui dire : « Aie confiance en moi. » Elle lui montra qu'elle tenait son arme bien en main.

Sean répéta ses paroles aux ravisseurs et continua de la regarder tandis qu'ils lui répondaient.

— Non, pas encore. Montrez-vous les premiers. Ayez les *cojones* de vous présenter devant le père de la pauvre fille que vous détenez contre son gré.

Sophie parcourut l'entrepôt du regard ; toujours aucun mouvement à signaler.

— Qu'ont-ils dit ?

— Rien. Ils ont raccroché. Je sors, dit-il en détachant sa ceinture de sécurité.

— Non, Sean. Tu vas leur offrir une cible parfaite.

Sophie fit sauter la boucle de sa ceinture de sécurité.

— Je leur ai demandé de se montrer. Je dois faire le premier pas. Garde ton calme et tiens-toi prête.

Il plongea son regard dans le sien.

— Jure-moi que tu m'as dit la vérité et que tu sais te servir d'une arme.

Sophie soutint son regard.

— Je le jure. Je ne te laisserai pas tomber, Sean, pas plus que je ne laisserai tomber Michaela.

Il cligna des yeux et, baissant la visière de sa casquette afin de masquer son visage, sortit du véhicule. Sophie remarqua alors du mouvement au fond du bâtiment. Un homme d'origine hispanique, vêtu de noir, avançait vers eux en bombant le torse. Deux hommes surgirent derrière lui. Les trois avaient une arme à la main.

Sophie resserra son emprise sur la crosse de son 9 mm. Ils seraient bientôt assez près pour qu'elle puisse les atteindre. Elle viserait tout d'abord l'homme qui venait en tête.

Comme il s'approchait, elle distingua la cicatrice au-dessus de son arcade. Il s'agissait de l'homme masqué de l'ascenseur. C'était apparemment lui le chef.

Sur sa droite et derrière elle, lui parvint le son caractéristique d'un fusil dont on arme la culasse. Il devait s'agir du sniper dont avait parlé l'homme au téléphone.

— Arrêtez-vous, dit Sean d'une voix calme.

Le chef lui sourit et fit crânement quelques pas de plus.

— Ainsi, le *señor* Botero laisse son chauffeur mener la danse ? Où sont donc ses *cojones* ?

L'homme pencha la tête pour s'adresser à Sophie.

— Eh, vieil homme ! Peut-être les avez-vous perdues quand on vous a enlevé votre fille ? Nous sommes désolés de vous savoir en mauvaise santé. Nous allons régler cette affaire rapidement et proprement.

Il donna un coup de pied dans le pare-chocs avant de la limousine.

— Sors de la voiture, vieil homme. Montre-toi.

Sean était fou d'inquiétude pour Sophie. Il regrettait de ne pas avoir son arme déjà en main, car il aurait pu descendre les trois hommes sans leur laisser le temps de broncher, mais elle se trouvait dans la poche de veste. Et puis, comment savoir s'il n'y avait pas d'autres hommes en embuscade ?

— Hé, vous autres, fit l'homme à ses complices. Allez aider le *señor* Botero à sortir de la voiture.

Sean plongea la main dans sa poche pour serrer la crosse de son arme.

— Ne bougez pas, fit-il. M. Botero ne peut pas marcher, je vous l'ai déjà dit. C'est avec moi que vous devez traiter.

— J'ai l'impression que vous n'avez pas saisi la situation, monsieur le chauffeur. Ce n'est pas vous qui décidez, ni le *señor* Botero.

L'homme eut un sourire carnassier. Sean remarqua alors la cicatrice sur son arcade ; c'était l'homme qui avait suivi Sophie. Son pouls s'accéléra.

— C'est moi le patron, ici, ajouta l'homme en donnant un autre coup de pied contre le pare-chocs.

Sean sentit ses muscles se contracter. Il se préparait à passer à l'action. Il serra la mâchoire et se contraignit à respirer lentement.

— Sors de cette voiture, vieil homme !

L'homme à la cicatrice fit un signe à l'un de ses complices, lequel leva le canon de son arme et avança vers la limousine.

Sean entendit alors la portière s'ouvrir.

Non, Sophie ! Qu'est-ce qui lui prenait ? Elle ne pourrait pas parler, à cause du timbre de sa voix, ni montrer son visage. Ils allaient rapidement comprendre qu'il ne s'agissait pas de Botero.

Un voix de fond de gorge sortit de l'arrière de la limousine et emplit le bâtiment désert.

— Une minute, s'il vous plaît.

Cette voix était crédible ; elle aurait pu appartenir à un vieil homme épuisé.

Le complice hésita.

Durant un bref instant, personne ne bougea, puis la voix se fit de nouveau entendre.

— Où est ma fille ?

— Arrêtez de gagner du temps, fit l'homme à la cicatrice. Où se trouve l'argent ?

— Dans le coffre, répondit Sean.

— Bien entendu. C'est le seul endroit où ranger une si grande somme. J'espère que vous ne nous y avez pas tendu un piège ?

— Il n'y a aucun piège, rétorqua Sean en déclenchant l'ouverture à distance du coffre.

— Où est ma fille ? répéta Sophie dans un râle.

— Le ferme, vieil homme ! Tu ne reverras jamais ta fille vivante.

— Fuentes !

La voix jaillit de derrière Sean.

— Fuentes ! *En el coche. Ese no es Botero !*

Sean comprit le message : « Ce n'est pas Botero. » Avant qu'il puisse réagir, un coup de feu retentit, immédiatement suivi par le bruit d'un impact dans la carrosserie.

Il se jeta à terre et sortit son arme.

— Sophie ! Baisse-toi.

« Mon Dieu, pourvu qu'elle ne soit pas touchée ! »

Les trois hommes firent feu et Sean riposta. En un instant, les balles se mirent à fuser et à ricocher en tous sens.

Sean perçut des tirs en provenance de la limousine. C'était Sophie. Elle n'était pas blessée !

Il prit une grande inspiration et se leva, faisant feu de toutes ses cartouches en direction des ravisseurs. Il entendit l'un d'eux geindre et sut qu'il l'avait atteint. Il ressentit alors une douleur dans le bras gauche et s'élança à couvert, derrière l'aile avant de la limousine.

Il voulut se relever afin de tirer, mais se sentit étrangement lourd, et ralenti.

D'autres coups de feu partirent depuis le siège arrière de la limousine. Le tireur embusqué à l'arrière du véhicule fit feu sur lui et la balle vint s'incruster dans le toit, à quelques centimètres de sa tête.

Lorsqu'il put enfin se relever, l'homme à la cicatrice braquait son arme sur la tête de Sophie, laquelle, pour sa part, le tenait en joue en le visant au ventre.

— Ne fais pas ça ! cria Sean.

Sa main gauche ne lui était plus d'aucune utilité ; en fait, il ne la sentait plus. Il allongea le bras en s'appuyant sur le toit de la limousine et visa l'homme à la tête.

— Tu peux toujours la descendre, mais tu mourras aussitôt.

— Tes complices sont à terre, salopard, renchérit Sophie. Je suis sûre que tu ne veux pas finir comme eux. Faisons un marché : tu me dis où se trouve Sonya et je ne te tuerai pas. On est à deux contre un.

Sean contourna la limousine, se déplaçant avec difficulté. Il réalisa alors qu'il avait reçu une balle.

— Pas de marché, Sophie. Je vais tuer cette ordure.

Il se plaça derrière l'homme et lui tordit le bras dans le dos, appliquant le canon de son revolver contre sa tempe.

— Il a assassiné Johnson. Je vais lui faire exploser la cervelle.

L'homme ne bougea pas.

Sean savait que l'homme avait le temps de tuer Sophie avant de mourir. Il espérait que le criminel soit plus attaché à sa vie à qu'à son désir de vengeance.

Il s'agissait là d'un pari risqué. L'homme n'ignorait pas que Sophie était en mesure de l'identifier et qu'il était perdu, quelle que soit sa décision. Soudain, on entendit au loin hululer des sirènes.

— Ne le tue pas encore, dit Sophie. Je veux savoir son identité et le rôle qu'il a joué dans le kidnapping de Sonya.

Ces informations peuvent se révéler capitales ; proposons-lui de les négocier.

— Tu n'as pas l'intention de négocier, n'est-ce pas ? Allez, dis-moi que non, cracha Sean en armant le chien de son revolver.

— D'accord, fit l'homme en lâchant son arme.

Une détonation retentit et l'homme s'écroula au sol.

— Sophie ! Dans la voiture ! cria Sean.

Avec l'énergie du désespoir, Sean s'accroupit et vida son chargeur en direction du tireur, puis il se pencha sur l'homme à la cicatrice.

— Fuentes, Fuentes ! C'est bien ton nom, n'est-ce pas ?

— Sonya, balbutia l'homme.

Sean l'agrippa par le col de sa chemise.

— Qu'as-tu à dire à propos de Sonya ? Sais-tu où elle est ?

L'homme eut une quinte de toux ; du sang s'écoula de sa bouche.

— Sonya… elle est…

Une ambulance entra en trombe dans l'entrepôt.

— … Lareda… Base militaire…

L'homme toussa de nouveau et des petites bulles rouges apparurent au coin de sa bouche.

— Pour qui travailles-tu ?

Les infirmiers se précipitèrent auprès de Fuentes.

— Sale blessure, fit l'un d'eux.

— A ce point ? demanda Sean.

— Il a reçu une balle dans le poumon. Il nous faut l'évacuer au plus vite.

Sean se releva et un voile rouge descendit devant ses yeux. Il chancela.

— Ne le laissez pas mourir. Il détient des informations qui peuvent sauver une vie.

12

Rachel Brennan remercia le commissaire pour la quatrième fois au moins, espérant ainsi clore la communication et commencer enfin sa réunion.

— Bien, Rachel, je dois, moi aussi, assister à une réunion, fit le commissaire à l'autre bout du fil. Je vous laisse. Encore merci.

— Au revoir.

Elle raccrocha en poussant un soupir de soulagement et se tourna vers ses collaborateurs.

— Le commissaire nous remercie de notre concours dans l'arrestation du meurtrier de Johnson.

— La personne qu'il devrait remercier ne se trouve pas parmi nous, observa Samantha.

— Sophie est chez elle. Je l'ai obligée à prendre quelques jours de repos.

— Toujours est-il que nous n'avons aucune nouvelle de Sonya Botero, dit Montoya.

Rafe donnait l'impression d'être détendu, cependant Rachel le connaissait bien : il s'évertuait à masquer son inquiétude. Ses doigts ne cessaient de tambouriner sur la table.

— Le commissaire en est bien conscient, tout autant que moi, répondit Rachel. Mais, grâce à Sophie et à Sean Majors, nous savons à présent que l'homme qui t'a agressée, Samantha, est le même qui a assassiné Johnson. Hélas, il est décédé dans l'ambulance.

Rafe jura en espagnol.

— Surveille ton langage, Rafe, s'il te plaît. Nous savons qu'il se nommait Jose Fuentes. Il avait été embauché à l'hôpital quelques semaines avant le kidnapping. Néanmoins, l'information la plus importante est que Sean est parvenu à découvrir où se trouve Sonya.

Rachel sentit la tension chez ses interlocuteurs monter d'un cran ; elle se campa sur ses jambes et croisa les bras.

— Elle est en vie ? Je suis tellement heureuse de l'apprendre, fit Samantha, dont les yeux s'emplirent de larmes.

Julia Garcia, la meilleure amie de Sonya, étouffa un petit cri de joie, et Rachel comprit combien la jeune femme avait dû s'inquiéter de sa disparition.

— Où est elle ? demanda Rafe.

— Je n'ai pas d'informations suffisamment précises, repartit Rachel. Samantha, Julia, Ethan : c'est tout ce que je peux vous dire pour le moment. Merci à tous pour l'excellent travail que vous avez fourni.

Les trois intéressés se levèrent et sortirent.

Isabelle et Rafe lancèrent un regard interrogatif à Rachel.

— Rafe, Isabelle, restez, s'il vous plaît. Il y a un point dont j'aimerais discuter avec vous.

Rachel s'assit et joignit les mains sur la table.

— Qu'y a-t-il, Rachel ? fit Rafe.

— Sean est parvenu à arracher trois mots à Fuentes : « Lareda », et « base militaire ».

— Le Lareda ne compte pas plus de trois ou quatre bases militaires, mais toutes sont nichées dans les montagnes.

— Je me doutais que vous auriez ce genre d'information, Rafe. Savez-vous où elles se trouvent exactement ?

— Non, mais je peux rapidement le savoir.

Il plongea la main dans sa poche pour prendre son portable.

— Attendez, dit Rachel en l'arrêtant d'un geste.

Puis elle reporta son attention sur Isabelle, laquelle observait Rafe avec une pointe d'admiration. Rachel s'était demandé s'ils avaient une liaison. Une petite enquête dans le service avait prouvé qu'il n'en était rien. Cependant, leur attirance l'un pour l'autre était flagrante.

Il était paradoxal qu'Isabelle soit l'agent le plus performant pour accompagner Rafe au Lareda. Ce matin, Rachel avait longuement réfléchi avant de décider de les envoyer ensemble sur cette mission dangereuse. Elle avait pris cette décision en se basant uniquement sur leurs qualités professionnelles.

— Rafe, vous avez vécu en Amérique du Sud. Vous connaissez bien la région, ainsi que les réseaux des trafiquants de drogue.

Elle s'adressa à Isabelle, dont les yeux brillaient d'une lueur d'excitation.

— Isabelle, en qualité de porte-parole de Mariage pour la Vie, il est tout à fait logique que vous vous rendiez au Lareda avec Rafe. Vous serez en liaison avec la presse et vous vous assurerez que le mariage DeLeon-Botero fasse toujours la une des journaux. Vous rencontrerez la famille de Juan DeLeon et leur promettrez que Sonya sera bientôt retrouvée, saine et sauve.

Isabelle lui adressa un sourire gênée.

— Je ne peux pas l'accompagner.

— Comment cela ? se récria Rafe. C'est pourtant une excellente idée.

— Mais, Rachel, si je vais là-bas avec lui, tout le monde va penser que nous…

— Tout à fait. C'est un bon plan, répliqua Rafe. Tu attireras l'attention avec tes conférences de presse pendant que je rechercherai Sonya.

Rachel se leva et quitta tranquillement la salle de réunion, laissant les deux collègues régler leur différend. Elle gagna le bureau de Vicki et lui demanda de procéder aux réservations d'hôtel et de billets d'avion.

En les choisissant pour cette mission délicate, elle espérait avoir fait le bon choix.

Sophie se servit une tasse de café et se mit à errer dans son salon. Il y avait çà et là des morceaux de bande adhésive ayant servi à délimiter la scène de crime, et l'on voyait partout des traces de poudre à empreintes.

Elle n'avait pas fermé l'œil de la nuit. Elle avait tenté de trouver le sommeil en écoutant de la musique, puis en lisant un roman policier, en prenant un bain chaud ; tout cela en vain. Chaque fois qu'elle fermait les yeux, elle voyait Sean, dans son T-shirt blanc maculé de sang, disparaître à l'intérieur de l'ambulance.

Lorsqu'elle avait réalisé qu'il avait reçu une balle, lorsqu'elle l'avait vu vulnérable, affaibli, en danger de mort, elle avait été contrainte de regarder la vérité en face.

Elle l'aimait.

Cet amour était stupide, car il était voué à l'échec. Elle se sentait la seule responsable de tout ce gâchis. Elle lui avait permis de l'approcher et l'avait séduit.

Elle l'aimait et n'envisageait pas de vivre sans lui.

Dieu merci, il s'en était sorti.

Elle s'assit sur le canapé et regarda la petite pendule sur la table basse. 9 heures. Il s'était probablement levé à 6 heures, avait pris son petit déjeuner avec Michaela, s'était habillé, puis s'était rendu à l'hôpital pour prendre des nouvelles de Carlos.

« Oh ! Sophie, arrête de te lamenter. »

Elle ne pouvait pas passer ses journées à s'interroger sur ses faits et gestes. Il était parti. Il avait disparu de sa vie. Elle ne verrait plus Michaela.

Elle se mit à pleurer.

La sonnette retentit.

Elle sursauta et renversa du café sur la table.

C'était certainement la police qui venait recueillir sa déposition.

Ellc se leva et regarda son reflet dans le miroir du salon. Elle ne portait qu'un pantalon de pyjama en coton et un petit haut sans manches. Elle attrapa un gilet qui traînait là pour se couvrir les bras.

Elle entrouvrit la porte.

Sean !

Dans son jean et son T-shirt « Miami Heat », il semblait particulièrement en forme pour quelqu'un qui avait reçu une balle.

— Est-ce que je peux entrer ?

Elle demeura pétrifiée un instant, puis, se ressaisissant, ouvrit grand la porte.

Lorsqu'il passa devant elle, elle capta les effluves de son

corps, auxquels se mêlaient des senteurs de musc et de citron. Ces senteurs l'enveloppèrent et la firent vaciller.

Sean se retourna et elle l'observa mieux. Il ne semblait pas aussi alerte qu'elle l'avait cru tout d'abord. Sa bouche était pincée en une grimace de contrariété et un bandage apparaissait dans l'encolure de son T-shirt.

— Comment te sens-tu ? demanda-t-elle.

— Ça va. La blessure n'était que superficielle. Et toi ?

— Je vais bien.

Ils étaient là, face à face, ne sachant quelle attitude adopter.

— Comment…

— Est-ce que…

Ils s'étaient exprimés au même instant. Sean lui sourit et l'invita à parler la première.

— Comment se porte Carlos ?

Le sourire de Sean disparut.

— Il se remet. Sa dernière attaque n'était pas sérieuse, mais il s'affaiblit de jour en jour. J'ai peur qu'il ne perde espoir.

— Il ne doit pas. Nous *allons* retrouver Sonya.

Il acquiesça.

— Il te reste du café ?

— Bien sûr.

Tout en le servant, elle prit conscience qu'elle en savait très peu à son sujet, excepté qu'il était un homme d'honneur et qu'il aimait sa fille plus que tout au monde. Et qu'il lui avait fait l'amour avec une passion telle que Sophie était certaine qu'il était épris d'elle.

— Je ne sais même pas comment tu aimes ton café, dit-elle tristement.

— Noir.

Elle lui tendit sa tasse et tous deux restèrent un bon moment silencieux.

Que venait-il faire chez elle ? Il ne semblait pas avoir envie de parler, ou peut-être était-il aussi mal à l'aise qu'elle l'était…

— Tu voulais me dire quelque chose ?

Il but une gorgée et la regarda, avant de baisser les yeux.

— Oui.

Sophie attendit, mais il restait là, debout, à siroter son café.

— Je suppose que Rachel t'a tout raconté au sujet de Miami Confidentiel.

Il opina.

— Ecoute, Sean, je suis désolée pour toute cette histoire. Je te jure que…

Il s'approcha de la table basse et y déposa sa tasse d'un geste brusque. Sophie tressaillit et s'éloigna de lui.

— Bon sang, Sophie, murmura-t-il. Je ne vais pas te faire de mal.

Elle croisa les bras et le dévisagea.

— Que me veux-tu ?

Il se tenait à distance, les bras ballants, et Sophie baissa la tête, luttant pour ne pas fondre en larmes. Croiser son regard l'aurait à coup sûr fait craquer. Elle songea un instant à le ficher à la porte mais se ravisa ; elle devait d'abord écouter ce qu'il était venu lui dire.

— Je n'avais pas vraiment l'intention de venir te voir.

Elle ferma les yeux et attendit qu'il poursuive.

— Sophie, regarde-moi.

Elle rouvrit les yeux et une larme roula sur sa joue.

— Michaela demande après toi.

— Mi… ?

Les mots lui manquèrent.

— Elle dit qu'elle veut jouer avec So-phie. Elle m'a fait promettre de te supplier de revenir la voir.

Sophie ne put contenir son émotion et fondit en larmes.

— Cela ne marchera pas entre nous, dit-elle en lui tournant le dos. Tu as raison depuis le début. Je suis le même genre de femme que ton ex. Pire, même. J'ai pris de la drogue alors que j'étais enceinte, mais je ne savais pas que je portais cet enfant en moi…

Elle frissonna.

— Oui, j'ai fait pire que ta femme. Elle a peut-être abandonné Michaela, mais elle savait que sa fille serait en sécurité avec toi, alors que moi, j'ai tué mon enfant.

Elle craignait que son aveu tempère l'ardeur de Sean, et c'est malheureusement ce qui se produisit. Il demeura sous le choc un long moment, immobile et silencieux. Sophie sentait sa présence dans son dos, et entendait sa respiration entrecoupée.

— C'est ce que tu penses ? dit-il enfin. Que tu as tué ton bébé ?

— Il n'y a pas d'autre mot pour qualifier mon geste. Je me suis laissé entraîner dans la drogue et j'ai perdu mon bébé.

— Tu m'as dit que cette grossesse n'était pas désirée ; est-ce la vérité ?

Elle hocha la tête.

— Tu n'avais que dix-sept ans, reprit-il. Tu n'étais qu'une enfant.

Elle se cacha le visage entre ses mains.

— Je devais être enceinte de trois, quatre semaines, et je ne le savais pas.

— As-tu repris de la drogue depuis cette époque ?

— Jamais.

Il s'approcha et lui caressa l'épaule.

— Tu n'as pas connu d'autres hommes depuis cette tragédie, n'est-ce pas ? A part moi...

Elle se dégagea et se retourna.

— Que veux-tu savoir de plus ? demanda-t-elle, soudain sur la défensive. Tu sais déjà que ma mère m'a abandonnée, que ma mère adoptive me battait, et que j'ai causé la mort de mon enfant.

Le regard de Sean se fit menaçant.

— Je suis venu te voir pour qu'on mette les choses à plat entre nous, mais tu es manifestement trop apitoyée sur toi-même pour entendre raison.

Elle lui jeta un regard noir.

— Tu es fâchée, là ? Bien. Je déteste te voir pleurnicher sur ton sort.

Il lui prit les mains et, lorsqu'elle voulut se libérer, resserra son étreinte.

— Maintenant, tu vas m'écouter. Je me suis trompé à ton sujet. En fait, c'est moi qui m'apitoyais sur mon sort et ne cessais de me trouver de bons prétextes pour te repousser.

De nouveau, elle tenta de se soustraire à son étreinte.

— Arrête de lutter. Je veux te tenir les mains et te regarder droit dans les yeux pendant que je te parle. Sophie Brooks, tu es la plus belle femme qu'il m'ait été donné de rencontrer… et la fille la plus têtue aussi, juste après Michaela. Peut-être aussi après Rosita, qui n'est pas mal dans le genre.

Sophie ne put s'empêcher de sourire.

Sean l'attira à lui et la prit dans ses bras.

— J'ai la nette impression que ma fille et ma gouvernante aimeraient t'avoir plus souvent à la maison.

— Je croyais que tu étais venu pour mettre les choses à plat entre nous, rétorqua Sophie.

Il lui sourit et se pencha pour l'embrasser tendrement. Son baiser la fit frémir de désir.

Alors qu'il relevait la tête, elle se hissa sur la pointe des pieds pour qu'il l'embrasse encore. Il fit glisser son gilet de ses épaules et promena sa langue dans le creux de son cou puis le long de son épaule, jusqu'à sa vilaine cicatrice qu'il embrassa alors avec ferveur.

— Sais-tu à quel point tu es merveilleuse, courageuse, et spéciale dans ton genre ? murmura-t-il en déposant de petits baisers entre ses seins.

— Sean, arrête, je t'en prie. Je ne suis pas faite pour ce genre de relation occasionnelle.

Il posa son index sur ses lèvres pour la faire taire.

— Sophie, accepterais-tu d'envisager de te marier avec moi ?

Se marier ? Abasourdie, Sophie le dévisagea.

— Je n'ai jamais pensé que je me marierais un jour.

Le calme de sa réponse cachait bien le tumulte de ses émotions. Néanmoins, son cœur battait la chamade.

— Cela fait longtemps que je ne t'ai pas vue dans tes bas noirs, dit Sean en la gratifiant d'un sourire canaille.

Sophie éclata de rire.

— Mes bas noirs ? Ils tiennent bien trop chaud, particulièrement en été. Non, désormais, je porterai des robes amples et des pantalons en lin, bien confortables.

— Tu pourras toujours porter tes bas dans l'intimité de notre chambre.

Sophie rougit et Sean l'embrassa, glissant les mains sous son haut pour lui caresser les seins.

— A propos de chambre, et si nous allions nous coucher ? Le futur jeune marié est impatient de commencer sa nuit de noces.

Le regard de Sean brillait de convoitise tandis qu'il lui souriait.

Alors, avec un petit clin d'œil coquin, il la prit par la main pour la mener sur la voie du bonheur.

La vérité sans masque, de Angi Morgan - N°528

SÉRIE ENQUÊTES EN EAUX TROUBLES 1/3

Fuir ! Échapper à la fois aux criminels qui la menacent et à la police qui l'accuse d'un crime qu'elle n'a pas commis… En quelques jours, la vie de Megan Harper, enquêtrice au sein du bureau du commissaire aux incendies, est devenue un enfer. Une course-poursuite haletante dans laquelle, par bonheur, elle n'est pas seule. Car, au moment où elle perdait espoir, un homme est apparu providentiellement à ses côtés : Jack MacKinnon, garde du corps improvisé, séduisant et sûr de lui. Jack dont elle ne sait rien, si ce n'est qu'il est là pour la protéger et l'aider à prouver son innocence…

Tension à Eagle Mountain, de Cindi Myers

Brûle ce livre ou tu mourras… Dwight relit la phrase et croise le regard inquiet de Brenda, la jeune directrice du musée d'histoire locale. Selon elle, le message fait allusion à un recueil sur les armes nucléaires de la Seconde Guerre mondiale, conservé par le musée. Mais qui, dans la petite bourgade tranquille d'Eagle Mountain, s'intéresse à ce genre de choses ? Et pourquoi cette mise en garde s'adresse-t-elle spécifiquement à Brenda ? Dwight l'ignore, mais il est certain d'une chose : il fera tout pour arrêter l'auteur de cette lettre et garantir la sécurité de celle dont il est depuis toujours secrètement amoureux…

Protection forcée, de Nichole Severn - N°529

« Je t'accorde vingt-quatre heures de mon temps, pas une de plus ! » Jane doit bien se résoudre à accepter la proposition de Sullivan Bishop. À vrai dire, elle n'en espérait pas tant de la part de l'homme qui dirige maintenant la plus célèbre agence de sécurité d'Anchorage. Car, malgré l'attirance inavouée qui plane toujours entre eux, le passé pèse lourd dans leur relation. Et, même si Sullivan se déclare prêt aujourd'hui à démasquer l'inconnu qui la harcèle depuis des mois, Jane sait qu'il ne lui a jamais pardonné d'avoir autrefois fait condamner son frère…

Alliance à risques, de Melinda Di Lorenzo

Le souffle coupé, Nadine se débat dans les bras puissants de l'inspecteur Anderson Somers. Tout en le foudroyant du regard, elle subit en silence le discours moralisateur auquel elle a droit chaque fois qu'elle essaie de s'échapper du centre de soins où on la retient « pour son bien ». Elle sait, bien sûr, que ceux qui ont déjà tenté de la tuer recommenceront à la première occasion, mais en aucun cas elle ne veut être traitée comme une enfant. Et, si le bel inspecteur attaché à sa protection veut lui rendre service, il n'a qu'à faire équipe avec elle pour démasquer les hommes qui en veulent à sa vie…

Composé et édité par HarperCollins France.

Achevé d'imprimer en février 2019.

CPI
BLACK PRINT

Barcelone

Dépôt légal : mars 2019.

MIXTE
Papier issu de sources responsables
FSC® C108412

Pour limiter l'empreinte environnementale de ses livres, HarperCollins France s'engage à n'utiliser que du papier fabriqué à partir de bois provenant de forêts gérées durablement et de manière responsable.

Imprimé en Espagne.